ANDRÉ MAUROIS
de l'Académie française

LÉLIA
ou la vie de
George Sand

marabout

Les collections **marabout** sont éditées par la S.A. Les Nouvelles Éditions Marabout, 65, rue de Limbourg, B-4800 Verviers (Belgique). — Le label **marabout**, les titres des collections et la présentation des volumes sont déposés conformément à la loi. — Distributeurs en **France** : HACHETTE s.a., Avenue Gutenberg. Z.A. de Coignières-Maurepas, 78310 Maurepas, B.P. 154 — pour le **Canada** et les **États-Unis** : A.D.P. Inc. 955, rue Amherst, Montréal 132, P.Q. Canada — en **Suisse** : Office du Livre, 101, route de Villars, 1701 Fribourg.

NOTE LIMINAIRE

POURQUOI *George Sand ? Les amitiés d'esprit se font par chaînes et rencontres, comme les amitiés de cœur. Un ami admiré nous fait connaître ses amis, et ceux-ci nous plaisent par des traits qui sont aussi les siens. C'est par Marcel Proust et par Alain que j'ai été rapproché de George Sand. Les romans de George Sand avaient été les premiers livres sérieux que sa mère et sa grand-mère eussent donnés à Marcel Proust. Quand il était malade, elles lui lisaient à haute voix* La Petite Fadette *ou* François le Champi. *Plus tard, devenu lui-même bon juge de style, il avait partagé leur goût pour cette prose lisse et fluide qui, comme les romans de Tolstoï, « respire toujours la bonté et la distinction morale ». Alain, lui, parlait de Sand avec respect. « Cette grande femme », disait-il, et le ton de sa voix faisait comprendre qu'à ses yeux cette grande femme était un très grand homme. Ajoutez, à ces deux répondants, les maîtres qui furent ses contemporains. Pensez qu'elle inspira Chopin et Musset ; que Delacroix avait chez elle un atelier ; que Balzac venait demander à « la camarade George Sand » le sujet d'un de ses plus beaux livres :* Béatrix ; *que Flaubert l'appelait : « Ma chère maître » et pleura quand il apprit sa mort ; que Dostoïevski voyait en elle un écrivain « presque unique par la vigueur de son esprit et de son talent », et vous comprendrez pourquoi j'ai souhaité étudier une femme qui a été, pendant une longue part de sa vie, une puissance spirituelle, et qui est aujourd'hui trop peu lue.*

« Trop peu lue ? disent certains. C'est qu'elle est illisible ! » Quelle erreur ! Quelques-uns des romans qu'elle écrivait « pour payer les notes de son boulanger » ne valent

*pas grand-chose ? C'est vrai, mais ouvrez l'*Histoire de ma
Vie, *la* Correspondance, *les* Lettres d'un Voyageur, *les*
Journaux intimes. *Là elle est l'égale des meilleurs. Et quel
auteur fut jamais plus fertile en inventions ? Elle a été « la
voix de la femme en un temps où la femme se taisait ». Elle
a parlé de la musique aussi bien que Stendhal, et bien mieux
que Balzac ou Hugo. Elle a décrit la vie des paysans français
avec une grandeur tantôt idyllique, tantôt épique. Elle a
éprouvé et exprimé un amour sincère du peuple, bien avant
que le suffrage universel imposât cette attitude. « Je ne suis
pas, disait-elle, de ces âmes patientes qui accueillent l'injustice
avec un visage serein. » Elle a, dans* Lélia, *abordé la première
des problèmes sensuels que l'on commence seulement aujour-
d'hui de traiter avec franchise. Enfin elle a été, dans ses meilleurs jours, le roman même, et le début de* Consuelo *demeure
un des récits les mieux conduits de notre littérature.*

*Voilà qui répond, je l'espère, à la question : « Pourquoi
Sand ? » Restait la difficulté de renouveler le récit d'une vie
qui passait pour si bien connue. Pourquoi la raconter une
fois de plus, après tant d'autres ? A cela, deux réponses. La
première, c'est que j'ai eu la chance de trouver de nombreux
documents qui m'ont permis de donner l'importance qui
convient à la jeunesse et à la maturité de George Sand, ce qui
replace les épisodes familiers dans une perspective plus juste.*

*La seconde, c'est que la plupart des auteurs qui ont écrit sur
Sand éprouvaient, à l'égard de sa personne et de ses idées, une
évidente hostilité. La mode a longtemps été de parler d'elle
avec ironie et sévérité. J'ai le bonheur — ou la faiblesse —
de l'aimer. Elle a écrit un jour, parlant d'une autre femme,
Marie Dorval : « C'est une âme admirablement belle, généreuse et tendre, une intelligence d'élite, avec une vie pleine
d'égarements et de misères.... Je t'en aime et t'en respecte
d'autant plus, ô Marie Dorval !... » Ces phrases s'appliquent
à celle qui les écrivit. George Sand fut, elle aussi, une âme
généreuse ; elle aussi eut une vie pleine d'égarements et de
misères. Le génie, pour tous compagnon exigeant et dangereux, est, pour une femme, un hôte plus redoutable encore ; et*

la rencontre, en amour, de deux génies produit de brûlantes étincelles. Des égarements, je ne cacherai rien. Pourquoi mentir ? Mais j'espère faire reconnaître le génie et amener le lecteur, comme j'ai été amené moi-même, à respecter « cette grande femme » et à lui accorder, dans l'histoire des lettres, la place d'honneur qui de droit lui appartient.

Je dois des remerciements infinis à Mme Aurore Lauth-Sand, qui a bien voulu m'ouvrir ses archives, me conter ses souvenirs et me laisser toute liberté de traiter le sujet comme je l'entendais. Marcel Bouteron, conservateur de la collection Spoelberch de Lovenjoul, m'a permis, avec une amicale générosité, de consulter tous ses dossiers et, en particulier, les correspondances Dorval-Sand, Balzac-Sand, Mme d'Agoult-Sand, jusqu'alors peu ou point connues. A la Bibliothèque nationale, l'administrateur général, M. Julien Cain, M. Jean Porcher, conservateur du département des manuscrits, M. Jacques Suffel et M. Marcel Thomas ont pu mettre à ma disposition de précieux inédits : les Agendas de George Sand, de 1852 à sa mort, sa correspondance avec Dumas fils et les importantes lettres au docteur Émile Regnault, dont une partie seulement avait été utilisée par Mme Marie-Louise Pailleron et par Miss Mabel Silver. M. Henri Goüin m'a confié la très intéressante correspondance de Mme Sand avec son grand-père, Édouard Rodrigues ; Mme Bonnier de la Chapelle, des lettres inédites à l'éditeur Hetzel. M. Henri Martineau et M. Alfred Dupont m'ont donné d'utiles documents. Mme Jacques Lion m'a fait connaître le comte de Grandsagne, qui ne pouvait me communiquer les lettres de George Sand à son grand-oncle, détruites par le fils unique de celui-ci, mais m'a dit ce qu'était, au sujet de cette correspondance et de cette amoureuse amitié, la tradition dans sa famille. Enfin Mme Jacques Suffel a établi l'index de ce long ouvrage.

J'ai, depuis longtemps, l'agréable devoir, au début de chacun de mes ouvrages historiques ou biographiques, de remercier ma femme pour ses travaux immenses de recherches et de copie. Jamais ma dette envers elle n'a été plus grande que cette fois. Elle a dépouillé et classé des montagnes de lettres, archives et documents. Elle a copié cinq fois ce long manuscrit, dans des versions successives. Elle a préparé l'édition, qui va être faite, de la correspondance entre George Sand et Marie Dorval, ainsi que la publication des lettres de Sand à Augustine Brault, Charles Marchal et quelques autres, dont elle possède les originaux. Pour ce travail fait en commun, avec une commune passion, je lui rends grâces.

Si, malgré tant de soins, de labeur et d'amitiés diligentes, le lecteur trouve encore quelque erreur, qu'il excuse les fautes de l'auteur. J'ai essayé, autant qu'il était en moi, de mettre en forme ce qu'on sait aujourd'hui sur cette grande vie. Mais la recherche ménage toujours des surprises; il se peut que demain des érudits trouvent des sources qui m'ont échappé. Si l'un d'eux alors fait mieux que moi, je serai le premier à m'en réjouir.

A. M.

PREMIÈRE PARTIE

AURORE DUPIN

> Une femme, dites, bourgeois,
> songez un peu, l'un par dedans
> l'autre, tous les êtres qu'il y a là-
> dedans, à n'en plus finir, c'te créa-
> ture.
>
> PAUL CLAUDEL

L'HISTOIRE de George Sand est celle d'une femme qui, par sa naissance, se trouva placée sur la frontière de deux classes et, par son éducation, sur une frange où se rencontraient le rationalisme du XVIIIe siècle et le romantisme du XIXe ; qui, ayant dès l'enfance perdu son père, souhaita le remplacer auprès d'une mère adorée et acquit par là un comportement viril ; qui fut confirmée dans cette attitude par l'éducation garçonnière que lui donna un précepteur un peu fou et par les vêtements d'homme qu'il lui fit porter ; qui se vit, à dix-sept ans, indépendante, maîtresse à Nohant d'un domaine, d'une maison, et tenta toujours, inconsciemment, de recréer ce libre paradis de son adolescence ; qui ne put jamais supporter un maître et demandait à l'amour ce qu'elle trouvait dans la maternité : une chance de protéger des êtres plus faibles ; qui, impatiente de toute autorité masculine, lutta pour en émanciper les femmes et pour leur assurer la franchise de leurs corps et de leurs sentiments ; qui exerça ainsi, sur les mœurs, une influence étendue et utile ; qui, d'abord

catholique, fut toujours chrétienne et se crut en communion
mystique avec son Dieu ; qui devint socialiste, comme elle
resta chrétienne, par générosité de cœur ; qui se jeta, en
1848, dans un mouvement révolutionnaire et, après l'échec
de celui-ci, sut garder son prestige sans renier ses idées ;
qui, ayant violé toutes les conventions, tant dans sa vie
privée que dans sa vie publique, s'imposa pourtant au
respect de tous par le génie, le travail et le courage ; qui
réussit, toutes passions éteintes, à recréer, dans la maison
de son enfance, le paradis perdu ; et qui trouva enfin dans
une vieillesse sereine, active et matriarcale, le bonheur
qu'elle avait cherché en vain dans la passion.

I

ROIS, SOLDATS, CHANOINESSES, COMÉDIENNES

Il est toujours téméraire d'expliquer un caractère par l'hérédité. Tel trait d'un ancêtre reparaît soudain à la quinzième
génération. Tel homme de talent a des enfants médiocres.
Tel ménage de notaire produit Voltaire. Toutefois, dans le
cas de George Sand, il est naturel, pour qui étudie
l'histoire de ses ancêtres, de prévoir pour elle une étrange
et haute destinée. D'autres familles ont compté un, deux,
trois personnages étonnants. Parmi les aïeux de George
Sand, *tous* les personnages sont extraordinaires. Les rois s'y
mêlent aux chanoinesses, les grands soldats aux filles de
théâtre. Toutes les femmes s'appellent Aurore, comme dans
les contes de fées ; toutes ont des fils, des amants, et pré-
fèrent les fils aux amants. Les enfants naturels y tombent
comme grêle, mais sont reconnus, exaltés, royalement élevés. Tous sont séduisants, anarchistes, tendres et cruels.
« A cette race impolie et forte, dit Maurras, George devait
quelques grands traits de son caractère physique, la brutalité de la vie, l'audace impudente à la vivre, et je ne sais

quoi de glouton dans le mouvement du désir [1]. » Cette chronique familiale tient de la comédie galante, de l'épopée et des *Mille et Une Nuits*.

Les Kœnigsmark, famille germano-suédoise, s'illustrèrent en un temps où un soldat de fortune pouvait aller de cour en cour et commander en chef des armées que, la veille, il combattait. Ils figurent sur la scène de l'Europe, à partir de la guerre de Trente Ans. Le fondateur avait été le feld-maréchal Jean-Christophe de Kœnigsmark, soudard, pillard, coquin, astucieux et brutal. Après lui, tous les hommes de ce clan s'étaient révélés des héros, des aventuriers et des séducteurs ; les femmes, des saintes ou d'adorables pécheresses. Aurore de Kœnigsmark fut, vers la fin du XVIIe siècle, une fille belle comme le jour, sœur de ce fameux Philippe de Kœnigsmark que l'électeur de Hanovre, le futur George Ier d'Angleterre, fit assassiner par jalousie en 1694. Des enquêtes relatives à la mort de ce frère la mirent en rapport avec Frédéric-Auguste, électeur de Saxe, plus tard roi de Pologne. Avec ses grands yeux sombres et doux, son esprit tout français, sa gaieté brillante, elle était irrésistible. Auguste de Saxe l'aima, comme il pouvait aimer, de manière assez vulgaire. Pour lui une femme, pourvu qu'elle fût élégante et complaisante, en valait une autre. Il ne comprit rien à ce qu'il y avait, chez Aurore, de délicat et même d'éminent, mais eut d'elle un enfant qui naquit en 1696, fut baptisé Maurice et fait comte de Saxe.

Les rapports entre les deux amants avaient cessé avant les couches et ne se renouèrent point. Aurore, délaissée, prit une agressive et brillante retraite dans l'abbaye protestante de Quedlimbourg, dont elle fit, à la pieuse horreur des autres chanoinesses, un hôtel de Rambouillet et une cour d'amour. Elle y donna, pour Pierre le Grand, une fête restée célèbre, au cours de laquelle elle parut en muse et récita des vers français dont elle était l'auteur ; elle charma

---

1. CHARLES MAURRAS. *Les Amants de Venise*, p. 9.

ce jour-là à la fois le tsarévitch et la dame abbesse, qui, sourde et fort âgée, prit la muse pour une sainte. Aurore chantait des airs italiens en s'accompagnant au clavecin, et la reine de Suède l'appelait « mon rossignol suédois ». Elle courait la poste, de Dresde à Vienne et de Berlin à Stockholm. En 1728, elle mourut ruinée par les orfèvres, les marchandes à la toilette, les apothicaires, et aussi par son fils qu'elle aimait tendrement et pour qui elle formait de grandes ambitions.

Ce fils, Maurice de Saxe, avait la figure belle et le front haut de sa mère. Loyal et franc, de nature tendre, il éprouvait, comme beaucoup d'enfants naturels, des sentiments de mélancolie en embrassant les médaillons de son père et de sa mère. Il montra, dès le plus jeune âge, de grandes dispositions pour le métier des armes. Son père le fit élever à la dure. Par son ordre, Maurice ne mangeait que de la soupe et du pain, et devait traverser l'Europe, à pied, en portant son fourniment. A treize ans, il fut salué enseigne sur le champ de bataille et enleva une fillette de son âge, qu'il avait engrossée. Il avait hérité le libertinage de son père. Ses intrigues avec la princesse de Conti, avec Adrienne Lecouvreur, avec Mme Favart et la duchesse de Bouillon agitèrent Paris. Fils de roi, il eut longtemps, par un maladif désir de faire oublier sa bâtardise, l'idée fixe de la souveraineté. Aussi tenta-t-il de se faire élire duc de Courlande. Sa mère, Aurore de Kœnigsmark, et sa maîtresse, Adrienne Lecouvreur, vendirent leurs bijoux pour l'y aider. Il allait épouser la veuve du dernier duc, Anna Ivanovna, future tsarine de toutes les Russies, et touchait donc au but quand il commit l'imprudence d'introduire une jeune maîtresse au palais. Découvert, il dut mettre fin à sa chasse aux chimères. L'amour lui coûtait la couronne.

Mais c'était un temps où l'amour et la gloire faisaient bon ménage. On sait que Maurice de Saxe finit par prendre du service dans les armées du roi de France, dont il devint le parent, car il fit de sa nièce, Marie-Josèphe de Saxe, la dauphine. Elle fut la mère de Louis XVI, Louis XVIII et

Charles X. Brelan de rois. Protestant, le comte de Saxe avait besoin de ce mariage pour affermir sa position dans un royaume catholique. Il mena la négociation comme ses batailles, « tambour battant, mèche allumée », écrivant en vue de cette intrigue les plus jolies lettres, avec l'orthographe la plus folle. Ce soldat illettré avait le goût des idées. Il composa des *Rêveries* ou *Mémoires sur l'Art de la Guerre* qui sont vifs et francs :

Axiome : Plus de morts, moins d'ennemis. *Conséquence :* Donner la mort et l'éviter.... — Douze soldats pour prendre un petit poste ? Vous n'y pensez pas. Passe encore si c'était douze lieutenants généraux.... — Il y a de l'habileté plus qu'on ne pense à faire de mauvaises dispositions ; mais il faut savoir les changer en bonnes dans le moment ; rien ne déconcerte plus l'ennemi : il a compté sur quelque chose, il s'est arrangé ; dans le moment qu'il attaque, il ne tient plus rien [1]....

C'est la préfiguration de la bataille de Torres Vedras. Dans ces *Rêveries*, il se montrait, en bon philosophe de son siècle, curieux de réformes et, après avoir enseigné l'art de détruire le genre humain, tâchait de faire connaître les moyens de le propager : « Les mariages ne devraient durer que cinq ans et ne pourraient être renouvelés qu'avec une dispense, lorsque aucun enfant ne serait né pendant ce temps. » Il est assez remarquable que cette idée soit venue à l'arrière-grand-père de George Sand.

Général heureux et qui méritait son bonheur, Maurice de Saxe devint vite maréchal de France. Ce vainqueur continuait d'aimer les femmes ; il en fut aimé. « On sait, dit Marmontel, qu'avec beaucoup de noblesse et de fierté dans l'âme, le maréchal de Saxe avait les mœurs grivoises. Par goût autant que par système, il voulait de la joie dans ses armées, disant que les Français n'allaient jamais si bien que lorsqu'on les menait gaiement et que, ce qu'ils craignaient le plus à la guerre, c'était l'ennui [2].... » Il entre-

1. MAURICE, COMTE DE SAXE, *Lettres et Documents inédits*, pp. 342-355.
2. GASTON MAUGRAS, *Les Demoiselles de Verrières*, p. 28.

tenait aux armées une troupe de comédiennes, dociles à
ses caprices. Chaque soir, il y avait spectacle, et l'on annonçait sur la scène la bataille du lendemain :

> Demain nous donnerons Relâche,
> Quoique le directeur s'en fâche ;
> Vous voir comblerait nos désirs.
> On doit tout céder à la gloire.
> Nous ne songeons qu'à vos plaisirs ;
> Vous ne songez qu'à la victoire [1].

« La réputation galante de Maurice étant universelle »,
ce fut à lui que pensèrent deux petits bourgeois de Paris,
M. et Mme Rinteau, ancêtres de M. et Mme Cardinal, quand,
en 1745, ils voulurent tirer parti de l'extraordinaire beauté
de leurs deux filles : Marie et Geneviève. Marie avait dix-
sept ans ; Geneviève, près de quinze. Le zèle de ces excellents parents fut récompensé. Marie plut au maréchal
pendant plusieurs années ; il lui donna un hôtel à Paris,
où les deux sœurs devinrent les « demoiselles de Verrières »,
et il eut d'elle, en 1748, Marie-Aurore, qui hérita la
beauté de ses parents. Elle n'hérita que de cela.

Marie de Verrières, qui n'était pas plus vertueuse que
les grandes dames de son temps, tomba successivement
dans les bras d'un fils de fermier général, M. d'Épinay, et
de l'écrivain Marmontel, qui avait été chargé de lui enseigner la diction. Rentré d'un voyage en Saxe, le maréchal
« apprit à la fois les études dramatiques de sa protégée
et la façon dont elle avait su en profiter ». Il avait de
l'amour-propre ; quand il mourut, en 1750, mère et fille
étaient rayées de son testament. Tout ce que Marie de
Verrières put transmettre à sa fille, comme souvenirs de
famille, fut une tabatière donnée au maréchal par le roi,
après la victoire de Fontenoy, un cachet et le portrait
d'Aurore de Kœnigsmark.

« La demoiselle Aurore, fille naturelle et unique de M. le

---

1. GASTON MAUGRAS, *Les Demoiselles de Verrières*, p. 30.

maréchal de Saxe », se jeta, par un placet, aux pieds de Mme la dauphine, nièce du héros, et demanda une pension. En marge de la requête : *Le roi accorde une gratification de huit cents livres à la demoiselle Aurore, tant qu'elle restera dans un couvent au choix de Mme la dauphine* [1]. La maison choisie fut celle des dames de Saint-Cyr, où la demoiselle Aurore fut élevée en fille de qualité. En 1766, la dauphine, ne pouvant la rendre à sa mère, voulut la marier, mais la qualification de *fille naturelle, de père et mère inconnus*, effrayait les prétendants souhaitables. La jeune fille souffrit beaucoup de cette humiliation et, par un nouveau placet au Parlement, demanda qu'au nom de la suppliante fût ajouté : *fille naturelle de Maurice, comte de Saxe, maréchal général des camps et armées de France, et de Marie Rinteau* [2].

Le Parlement sanctionna cette reconnaissance posthume, et un prétendant convenable fut trouvé. Tout ce que George Sand a écrit dans l'*Histoire de ma Vie*, au sujet du premier mariage de son aïeule, et qu'ont reproduit ses biographes successifs, est un roman, fort différent de l'aventure véritable. Elle fait du fiancé un comte de Horn, bâtard de Louis XV ; du mariage, un mariage blanc qui se serait terminé, après trois semaines seulement, par la mort du mari, tué en duel. Rien de tout cela n'est vrai. Le fiancé était un capitaine d'infanterie de quarante-quatre ans, qui se nommait Antoine de Horne. Pour le mariage de sa fille, Marie de Verrières donna, dans sa « folie » du village d'Auteuil [3], une fête splendide. Aurore y fit la connaissance de son demi-frère, le chevalier de Beaumont, fils d'un amant postérieur à Maurice de Saxe, le duc de Bouillon.

A l'occasion de son mariage, Horne avait été nommé lieutenant du roi à Sélestat, c'est-à-dire commandant de cette petite place, mais cinq mois s'écoulèrent avant le départ pour l'Alsace. En arrivant à Sélestat, le lieutenant du roi

---

1. Ministère de la Guerre, archives administratives, *Dossier du maréchal de Saxe*.

2. Archives nationales, *Parlement*, X 1 A 4533, 15 mai 1766.

3. Aujourd'hui, n° 45, rue d'Auteuil.

et sa femme ne furent *pas* reçus, comme le raconte Sand,
au bruit du canon ; on ne leur apporta *pas* les clefs de la
ville sur un plateau d'or, « mais tous deux étaient pleins
de gaieté et d'espoir ». Ils arrivèrent un lundi ; le mardi,
M. de Horne « se trouva incommodé d'une oppression sur
la poitrine » ; malgré les saignées, il mourut le vendredi[1].
La jeune veuve se jeta, une fois de plus, aux pieds de
Louis XV, pour obtenir de conserver l'emploi de son mari,
mais la requête était absurde. Comment une femme pouvait-elle commander une place ? En outre, Aurore perdit
alors sa protectrice, la dauphine, qui mourut en 1767. Elle
s'installa dans un couvent et pétitionna de plus belle :

Aurore de Horne au duc de Choiseul, ministre de la Guerre :
Fille de M. le maréchal de Saxe, reconnue comme telle par
arrêt du Parlement de Paris, la mort m'enleva mon père dès
la plus tendre enfance.... Je suis convaincue que le ministre qui
dirige la guerre avec tant de sagesse, de bienfaisance et d'éclat...
ne permettra pas que la fille du maréchal de Saxe languisse
dans la misère[2]....

Le duc demeura insensible. Quatre ans plus tard, Choiseul
étant en disgrâce, elle s'adressa au nouveau ministre :
« Fille de M. le maréchal de Saxe, reconnue comme telle
par arrêt du Parlement de Paris... faute de pouvoir payer
ma pension au couvent où je m'étais retirée, j'ai été forcée
d'en sortir[3]. » Elle s'était en effet réfugiée chez sa mère,
Marie de Verrières, qui vivait, avec sa sœur Geneviève,
dans un bel hôtel de la chaussée d'Antin, des libéralités de
leurs riches protecteurs. Les demoiselles de Verrières
avaient une maison agréable, où l'on recevait bonne société
et où l'on jouait la comédie. M. d'Épinay, donnant ainsi
un bel exemple de « constance illégitime », était un des
fidèles. La mère d'Aurore, bien que mûrissante, gardait sa
beauté ; ayant eu des amants cultivés, Marmontel, le poète

1. Ministère de la Guerre, *Dossier De Horne (Antoine)*.
2. Ministère de la Guerre, *Dossier du maréchal de Saxe*, avril 1768.
3. Ibid., novembre 1772.

Colardeau, elle écrivait des lettres dont la fermeté de style et de pensée étonne encore.

M. d'Épinay, fermier général, avait à se plaindre de sa femme, la célèbre Mme d'Épinay, celle de Rousseau, de Diderot et de Grimm ; elle aimait un autre financier, Claude Dupin de Francueil. Celui-ci, excellent musicien, ayant offert à Mme d'Épinay de lui donner des leçons de composition, les avait transformées en leçons d'amour. La seule vengeance d'Épinay fut d'emmener chez les demoiselles de Verrières son rival, qui devint l'amant de la cadette, Geneviève. La pénitence était douce. Dupin de Francueil vit souvent, chez les Verrières, la nièce de sa maîtresse, Aurore de Horne ; il fut charmé de ses talents et de son éducation. La jeune veuve, élevée à Saint-Cyr dans la tradition Maintenon, était une grande dame, une actrice de talent et une parfaite musicienne. Sur le théâtre privé de la chaussée d'Antin, que dirigeait le critique La Harpe, elle joua Colette du *Devin de Village*, puis des opéras de Grétry, de Sedaine. Musicienne d'un goût fin et sûr, elle aimait surtout Porpora, Hasse, Pergolèse. Elle était naturellement fort courtisée, mais, ayant plus de bon sens que de sens, ne céda jamais aux entraînements de ce milieu fort libre. Pourtant aucune foi profonde ne la protégeait ; elle n'avait d'autre religion que le déisme de Voltaire.

Mais c'était une âme ferme, clairvoyante, éprise particulièrement d'un certain idéal de fierté et de respect pour soi-même. Elle ignora la coquetterie ; elle était trop bien douée pour en avoir besoin, et ce système de provocation blessait ses idées et ses habitudes de dignité. Elle traversa une époque fort libre et un monde très corrompu sans y laisser une plume de son aile ; et, condamnée par un destin étrange à ne pas connaître l'amour dans le mariage, elle résolut le grand problème de vivre calme et d'échapper à toute malveillance, à toute calomnie [1]....

Ses grands amis étaient Buffon, qui fréquentait le salon

1. GEORGE SAND, *Histoire de ma Vie*, t. I, p. 39.

Verrières, et l'aimable Dupin de Francueil, qu'elle appelait *papa*. Représentant en Berry du fermier général, M. Dupin (ou du Pin) avait aussi des intérêts dans les manufactures de drap de Châteauroux, ce qui faisait de lui un homme fort riche.

Aurore de Horne fut l'une des femmes les plus remarquables d'un temps où beaucoup de celles-ci brillaient par leur culture. Voici d'elle une lettre à un adorateur, qui donne quelque idée de son agrément :

Vous voulez aussi m'instruire, monsieur, dans la philosophie, comme si je n'étais pas platonicienne depuis que je suis au monde.... Si ma figure et mon âge vous inspirent quelque répugnance à me croire, il faut la vaincre, comme moi mon amour-propre à vous en faire l'aveu. Je suis infiniment sensible au sentiment d'amitié et je m'y livre tout entière, parce qu'à quelque distance que j'en place les bornes mon œil peut toujours les apercevoir mais je redoute ce qui m'aveuglerait et me ferait craindre sans cesse d'en trop faire, ou de n'en pas faire assez.... J'ai toujours vécu avec des gens fort au-dessus de mon âge et je me suis insensiblement mise à leur niveau. Je n'ai pas été jeune longtemps, c'est peut-être une perte, mais j'en suis plus raisonnable [1]....

En 1775, Marie de Verrières mourut, à quarante-sept ans, aussi doucement qu'elle avait vécu. L'inconduite n'exclut pas le bonheur. M. d'Épinay, qui était son amant depuis vingt-cinq ans, la pleura beaucoup, puis continua de vivre avec la sœur survivante. Aurore jugea que la vie chez sa tante devenait difficile et rentra, une fois encore, au couvent. Son vieil ami Dupin de Francueil vint souvent l'y voir et, malgré son âge, sut lui plaire. En 1778, il demanda sa main et fut agréé. Marie-Aurore avait trente ans ; Dupin de Francueil, soixante-deux ; elle était veuve depuis quinze ans, et sage.

Ils furent très heureux. Plus tard, vieille dame, Mme Dupin disait à sa petite-fille Aurore, qui est notre George Sand :

---

1. Vente d'autographes du 14 mai 1888, catalogue Étienne Charavay.

Un vieillard aime plus qu'un jeune homme et il est impossible de ne pas aimer qui vous aime parfaitement. Je l'appelais mon vieux mari et mon papa. Il le voulait ainsi et ne m'appelait jamais que sa fille, même en public. Et puis est-ce qu'on était jamais vieux dans ce temps-là ? C'est la Révolution qui a amené la vieillesse dans le monde. Votre grand-père, ma fille, a été beau, élégant, soigné, gracieux, parfumé, enjoué, aimable, affectueux et d'une humeur égale, jusqu'à l'heure de sa mort. Plus jeune, il avait été trop aimable pour avoir une vie aussi calme, et je n'eusse peut-être pas été aussi heureuse avec lui ; on me l'aurait trop disputé. Je suis convaincue que j'ai eu le meilleur âge de sa vie et que jamais jeune homme n'a rendu jeune femme aussi heureuse que je le fus. Nous ne nous quittions pas d'un instant, et jamais je n'eus un instant d'ennui auprès de lui. Son esprit était une encyclopédie d'idées, de connaissances et de talents, qui ne s'épuisa jamais pour moi. Il avait le don de savoir toujours s'occuper d'une manière agréable pour les autres autant que pour lui-même. Le jour, il faisait de la musique avec moi ; il était excellent violon et faisait ses violons lui-même, car il était luthier, outre qu'il était horloger, architecte, tourneur, peintre, serrurier, décorateur, cuisinier, poète, compositeur de musique, menuisier, et qu'il brodait à merveille. Je ne sais pas ce qu'il n'était pas. Le malheur, c'est qu'il mangea sa fortune à satisfaire tous ces instincts divers et à expérimenter toutes choses ; mais je n'y vis que du feu, et nous nous ruinâmes le plus aimablement du monde. Le soir, quand nous n'étions pas en fête, il dessinait à côté de moi tandis que je faisais du parfilage, et nous nous faisions la lecture à tour de rôle ; ou bien quelques amis charmants nous entouraient et tenaient en haleine son esprit fin et fécond, par une agréable causerie. J'avais pour amies de jeunes femmes mariées d'une façon plus splendide, et qui pourtant ne se lassaient pas de me dire qu'elles m'enviaient mon vieux mari.

C'est qu'on savait vivre et mourir dans ce temps-là !... On n'avait pas d'infirmités importunes. Si on avait la goutte, on marchait quand même et sans faire la grimace : on se cachait de souffrir, par bonne éducation. On n'avait pas de ces préoccupations d'affaires, qui gâtent l'intérieur et rendent l'esprit épais. On savait se ruiner sans qu'il y parût, comme de beaux joueurs qui perdent sans montrer d'inquiétude et de dépit. On se serait fait porter demi-mort à une partie de chasse. On trouvait qu'il valait mieux mourir au bal, ou à la comédie, que dans son lit, entre quatre cierges et de vilains hommes noirs. On était philosophe, on ne jouait pas l'austérité, on l'avait parfois sans en faire montre. Quand on était sage, c'était par goût et sans faire le pédant ou la prude. On jouissait de la vie et, quand l'heure de la perdre était venue, on ne cherchait pas à dégoûter les autres de vivre. Le dernier adieu de mon vieux mari fut de m'engager à lui survivre longtemps, et à me faire une vie heureuse. C'était la vraie manière de se faire regretter que de montrer un cœur si généreux [1]....

M. et Mme Dupin cultivèrent ensemble les lettres et la musique. Tous deux admiraient Rousseau et le reçurent. Ils passaient une grande partie de l'année à Châteauroux, où les appelaient des devoirs officiels. Ils y habitaient le vieux château Raoul et vivaient dans un luxe princier. En musique, parasites et bienfaisance, ils mangèrent sept à huit millions du temps. Aussi quand M. Dupin mourut, en 1788, il laissait un grand désordre, tant dans ses affaires avec l'État que dans ses affaires privées. Toutes dettes payées, il resta à Mme Dupin soixante-quinze mille livres de rentes. Ce fut ce qu'elle appela être ruinée.

II

LA RÉVOLUTION ET L'EMPIRE

Une révolution divise les habitants d'un pays en trois groupes : ceux qui ne peuvent être que révolutionnaires, ceux qui ne peuvent être qu'hostiles à la révolution, et ceux qui sont partagés ou déchirés parce que, tout en étant liés à la classe menacée, ils ont contre elle des griefs. C'était à ce tiers parti qu'appartenait Mme Dupin de Francueil. Par ses royales alliances, par son éducation, par sa fortune, elle était une aristocrate ; mais, affligée de bâtardise à deux degrés, elle avait été humiliée, offensée, et pensait que la cour s'était conduite envers elle sans générosité. Tant chez sa mère que chez son époux, elle avait rencontré des philo-

---

1. GEORGE SAND, *Histoire de ma Vie*, t. I, pp. 43-44.

sophes et des encyclopédistes ; elle vénérait Voltaire et
Rousseau ; elle haïssait la coterie de la reine. Les premiers jours de la Révolution lui donnèrent l'impression
d'une revanche sur ses ennemis et d'un triomphe de ses
idées.

Elle était allée, après son veuvage, vivre à Paris, rue du
Roi-de-Sicile, avec son fils Maurice, qui avait eu onze ans
en 1789, et le précepteur de celui-ci, « l'abbé » Deschartres.
Le précepteur, qui n'avait jamais été ordonné, cessa, dès
que cela sembla prudent, de porter le petit collet et devint
le citoyen Deschartres. C'était un singulier personnage, fort
instruit, de bonne tournure, mais pédant, puriste et d'un
contentement de soi qui allait à l'extravagance. Avec cela
follement courageux, admirablement désintéressé, « il
avait toutes les grandes qualités de l'âme, jointes à un
caractère insupportable ». Son élève, Maurice Dupin,
comme lui de la plus noble nature, s'attacha tendrement à
ce maître ridicule et sublime. Maurice était beau comme une
jeune fille, de la fatale beauté des Kœnigsmark ; il avait
leurs yeux de velours, leur goût pour la musique et la
poésie, leur style naturel. Mère et fils s'adoraient.

Quand la révolution de Mirabeau devint celle de Dan-
ton, Mme Dupin cessa d'applaudir. Elle eut même l'imprudence de souscrire soixante-quinze mille livres à un fonds
pour les princes émigrés. Songeant à quitter Paris, le Berry,
où elle avait été heureuse avec son mari, lui parut être un
refuge assez sûr, et, le 23 août 1793, elle acheta au comte
de Serennes, dont les biens n'avaient pas été confisqués,
la terre de Nohant, entre Châteauroux et La Châtre, au
prix de deux cent trente mille livres. Il y avait eu jadis, à
Nohant, un château féodal acquis par « noble homme
Charles de Villalumini, écuyer », au XIVe siècle. Il n'en
restait plus qu'une tour, où roucoulaient des pigeons. Le
nouveau château était une grande maison Louis XVI,
simple et commode, posée « au bord de la place champêtre,
sans plus de faste qu'une habitation villageoise ». L'entrée
faisait face à la petite place du bourg, ombragée d'ormeaux

centenaires. Mme Dupin allait se retirer dans cette province, encore paisible, quand un coup imprévu la mit en
grand danger.

Elle avait, à Paris, quitté son appartement pour se
loger rue de Bondy, « espérant se faire oublier dans la
tourmente [1] ». Là elle eut pour propriétaire le vieil Ammonin, ancien valet de robe du comte d'Artois. Avec le
concours de cet homme, elle dissimula « dans le cabinet
de toilette, derrière une volière, dans le mur fait de moellons
pris dans un lambris », sa vaisselle d'argent et ses bijoux.
Le 5 frimaire (25 novembre 1793), un nommé Villard signala
cette cachette, prohibée par la loi, au Comité révolutionnaire (section de Bonconseil [2]). A la suite d'une perquisition, la citoyenne Dupin fut arrêtée et incarcérée au
couvent des Augustines anglaises, devenu la « maison
d'arrest des Anglaises, rue des Fossés-Saint-Victor ».
C'était un coup terrible pour son fils et pour Deschartres,
non seulement parce qu'ils se trouvèrent séparés d'elle,
mais surtout parce qu'ils pouvaient tout craindre pour elle.
On était en pleine Terreur, et Deschartres savait que, dans
la cachette sur laquelle le Comité de sûreté générale avait
mis les scellés, se trouvaient des papiers très compromet-
tants, dont le reçu du prêt au comte d'Artois. Il eut le
courage de s'introduire, la nuit, avec Maurice, dans l'appartement, de briser les scellés et de brûler les documents
dangereux. Des traits de ce genre effacent tous les ridicules. Maurice mûrissait vite parmi de tels événements.
Cette dure adolescence produisit un homme « d'une candeur, d'une vaillance et d'une bonté incomparables ».

Le citoyen Deschartres et surtout le jeune citoyen
Dupin s'efforçaient, non sans succès, de gagner les membres
de la section de Bonconseil à la cause de la prisonnière.
Elle-même, experte en placets, en adressait de fort bien
faits au Comité de sûreté générale :

1. Cf. Ch. Gailly de Taurines, *Aventuriers et Femmes de qualité;
La Fille du maréchal de Saxe.* Hachette, Paris, 1907.
2. Archives nationales, *Comité de sûreté générale* (dossier Ammonin).

Citoyens républicains, ne soyez pas insensibles à la douleur d'une mère qui a été arrachée à son fils, à un enfant qu'elle a nourri, qu'elle n'a point quitté jusqu'à ce jour et qu'elle élève elle-même pour la patrie.... A l'époque de la fuite honteuse du tyran, un citoyen habitant la maison que j'occupe me demanda si je ne craignais point pour ma fortune mobilière et il me proposa, si je voulais lui confier ma vaisselle d'argent, de la mettre dans un endroit sûr et à l'abri de tout événement. Je la lui confiai. Je m'en interdis l'usage depuis, pour ne point afficher dans un temps malheureux **un** luxe condamnable.... La conduite que j'ai tenue dans toutes les circonstances, depuis le premier jour de la Révolution, ma bonne volonté pour le bien général me mettent à l'abri de toute suspicion. Je n'ai d'ailleurs aucun parent, de quelque degré que ce soit, émigré. Je pouvais, il y a trois ans, passer en pays étranger avec toute ma fortune, entièrement disponible alors, mais mon âme indépendante répugnait trop à respirer un air corrompu par l'esclavage [1]....

Enfin Thermidor vint. La citoyenne Dupin sortit de prison et obtint même un certificat de civisme sur la recommandation d'Antoine, son ancien valet de pied, qui avait été un des vainqueurs de la Bastille. En octobre 1794, elle put s'installer à Nohant avec son fils. De sa grande fortune amputée par la chute des assignats, par les emprunts forcés, lui restaient quinze mille livres de rentes. Elle passa quatre années à compléter, avec Deschartres, l'éducation de Maurice. Quelle carrière choisir pour lui ? Il souhaitait les armes ; elle l'en dissuadait. Mme Dupin montrait, depuis la Terreur, de l'hostilité contre les excès de la Révolution, sinon contre ses principes. Elle ne reniait ni Voltaire ni Rousseau, mais elle eût préféré voir Maurice au service d'une monarchie modérée qui eût respecté les situations acquises. A Paris, Barras était roi ; on y trouvait, comme jadis, l'honnête homme à pied, le faquin en litière. « C'étaient d'autres faquins, voilà tout. »

Cette dernière réflexion était de Maurice, qui, avec le scepticisme naturel aux époques d'après crise, s'amusait de

---

1. Archives nationales, *Comité de sûreté générale*, reçu au comité le 21 frimaire (11 décembre 1793).

voir les révolutionnaires nantis s'entendre avec les musca-
dins pour conserver les places. Pour lui, il se consolait avec
son violon de n'être pas l'un des profiteurs du régime et
brillait, à La Châtre, dans un orchestre d'amateurs. En 1798,
lié intimement avec une trentaine de jeunes gens des deux
sexes, les Duvernet, les Latouche, les Papet, les Fleury,
il jouait la comédie, avec « un talent spontané et irrésistible ». Mais l'inaction lui pesait. En vain sa mère lui disait-
elle qu'en se faisant soldat de la République il servirait
une mauvaise cause ; il pensait que toute cause est bonne
pourvu que l'on défende son pays et savait que sa mère
elle-même, plus patriote qu'elle ne l'avouait, connaissait
Jemmapes et Valmy sur le bout des doigts, aussi bien que
Fontenoy, Raucoux et Lawfeld. « Quoi ? Partir comme
simple soldat ! » disait-elle. La Tour d'Auvergne, le plus
brave soldat de France, auquel Maurice fut présenté, lui dit :
« Est-ce que le petit-fils du maréchal de Saxe aurait peur de
faire une campagne ? — Non, certainement. » Il s'engagea.

C'était le temps où les Français croyaient libérer l'Europe
et en être aimés. Maurice Dupin, à Cologne, fit des conquêtes
et raconta ses amours à sa mère. Bien que vertueuse, faute
de tempérament plutôt que par principes, elle était femme du
XVIIIe siècle et pardonnait aisément tout libertinage de bon
ton. Maurice, fidèle aux mœurs ancestrales, avait, avant de
quitter Nohant, fait un enfant à une jeune femme attachée
au service de la maison. Mme Dupin prit soin de ce petit-fils
illégitime, Hippolyte, qui, non reconnu, porta le nom de
famille de sa mère : Châtiron. Il fut mis en nourrice chez une
paysanne, voisine de Nohant. Mme Dupin donnait de ses nouvelles à Maurice : « Nohant, 6 brumaire an VIII... La *Petite
Maison* se porte bien. Il est monstrueux. Il a un rire charmant.
Je m'en occupe tous les jours ; il me connaît à merveille [1]... »

Les lettres de Maurice étaient alertes et poétiques. Allait-
il au théâtre et y entendait-il un air que sa mère avait
chanté : « Je me retrouvais près de toi, dans la rue du Roi-

---

1. GEORGE SAND, *Histoire de ma Vie*, t. I, p. 338.

de-Sicile, dans ton boudoir gris de perle ! C'est étonnant
comme la musique vous replonge dans les souvenirs ! C'est
comme les odeurs. Quand je respire tes lettres, je crois
être dans ta chambre à Nohant, et le cœur me saute à
l'idée que je vais te voir ouvrir ce meuble en marqueterie
qui sent si bon [1].... » Mme Dupin souhaitait la paix ; son
fils la guerre, pour devenir officier : « En se conduisant
proprement dans quelque affaire, on peut être nommé sur
le champ de bataille. Quel bonheur ! Quelle gloire ! »

En 1800, à Milan, l'aide de camp Maurice Dupin, plumet
jaune, écharpe rouge à franges d'or, trouva dans la chambre
de son général une très jolie fille, riante, aimable, qui
embellissait l'automne de ce guerrier. Elle s'appelait
Antoinette-Sophie-Victoire Delaborde :

Je lui donne ses trois noms de baptême parce que, dans le
cours agité de sa vie, elle les porta successivement.... Dans son
enfance, on préféra pour elle le nom d'Antoinette, celui de la
reine de France. Durant les conquêtes de l'Empire, le nom de
Victoire prévalut naturellement. Depuis son mariage avec elle,
mon père l'appela toujours Sophie [2]....

Sophie-Victoire Delaborde était fille d'un maître oise-
lier qui, après avoir tenu un estaminet pourvu de billards,
avait vendu des serins et des chardonnerets sur les quais
de Paris. Elle avait eu la jeunesse orageuse d'une fille
pauvre en temps de troubles.

Ma mère, écrira plus tard George Sand, était de la race
avilie et vagabonde des bohémiens de ce monde. Elle était
danseuse, moins que danseuse : comparse sur le dernier des
théâtres du boulevard de Paris, lorsque l'amour du riche vint
la tirer de cette abjection pour lui en faire subir de plus grandes
encore. Mon père la connut lorsqu'elle avait déjà trente ans,
et au milieu de quels égarements ! Il avait un grand cœur, lui.
Il comprit que cette belle créature pouvait encore aimer [3]....

1. George Sand, *Histoire de ma Vie*, t. I, p. 241.
2. *Opus cit.*, t. I, p. 409.
3. Collection Spoelberch de Lovenjoul, E. 921, folio 70. Lettre inédite
de George Sand à Charles Poncy (23 décembre 1843).

D'une liaison antérieure, Sophie-Victoire avait une fille, Caroline, qui l'accompagnait à l'armée d'Italie. Elle abandonna, au mépris de toute hiérarchie, le général pour le lieutenant, qu'elle enchanta par sa tendresse passionnée. Il avait connu, avec les dames de La Châtre et les chanoinesses d'Allemagne, l'amour goût ; cette fille audacieuse et charmante lui révéla l'amour romanesque. A sa mère, il fit part de son bonheur : « Qu'il est doux d'être aimé, d'avoir une bonne mère, de bons amis, une belle maîtresse, un peu de gloire, de beaux chevaux et des ennemis à combattre ! » On croit entendre le Fabrice de Stendhal.

Cet amour fut durable, de part et d'autre, ce qui inspira de vives inquiétudes à Mme Dupin. Bien que disciple de Rousseau, elle tolérait le cynisme des *Liaisons dangereuses* mieux que la passion de *La Nouvelle Héloïse*. Frustrée des plaisirs par ses vertus, elle avait reporté sur son fils une affection jalouse et passionnée. Quand, en 1801, Maurice vint à Nohant, il installa sa maîtresse à l'auberge de la Tête-Noire, à La Châtre. Deschartres, qui, n'ayant jamais connu l'amour, n'en comprenait pas les ardeurs, entreprit, par dévouement pour la mère, de chasser la maîtresse du fils. Il y eut, à l'auberge, des scènes violentes. Sophie-Victoire ne manquait ni de verve ni d'esprit ; elle rabroua le fâcheux, que Maurice aurait assommé s'il ne s'était souvenu du courageux dévouement de Deschartres pendant la Terreur. Mais cette démarche avait montré que Mme Dupin redoutait un mariage auquel, jusqu'à ce moment, les deux amants n'avaient osé penser et « comme il arrive toujours qu'on provoque les dangers dont on se préoccupe avec excès, la menace devint une prophétie [1] ».

Maurice Dupin à sa mère, mai 1802: « Dis à Deschartres que, par son style de pédant, ses raisonnements d'apothicaire et sa morale d'eunuque, il est digne de traiter M. de

---

1. GEORGE SAND, *Histoire de ma Vie*, t. I, p. 433.

Pourceaugnac, au moral et au physique [1].... » Après cette
légitime explosion, Maurice tomba dans les bras de sa
mère, et même dans ceux de son précepteur ; ces trois
êtres s'aimaient trop pour se bouder longtemps ; mais il
resta fidèle à sa maîtresse. Mme Dupin de Francueil, encore
qu'elle prétendît se mettre au-dessus des préjugés aristocratiques, continuait à soutenir que mésalliance engendre
mésentente. Son fils, avec un simple bon sens de soldat,
refusait de voir où était la mésalliance.

Maurice Dupin à sa mère, prairial an IX (mai-juin 1801) :
Raisonnons un peu, maman. Comment se fait-il que mon goût
pour telle ou telle femme soit une injure pour toi et un danger
pour moi, qui doive t'inquiéter et te faire répandre des larmes ?...
Je ne suis plus un enfant et je puis très bien juger les personnes
qui m'inspirent de l'affection. Certaines femmes sont, je le veux
bien, pour me servir du vocabulaire de Deschartres, des *filles*
et des *créatures*. Je ne les aime ni ne les recherche.... Mais jamais
ces vilains mots ne seront applicables à une femme qui a du
cœur. L'amour purifie tout. L'amour ennoblit les êtres les plus
abjects, à plus forte raison ceux qui n'ont d'autre tort que le
malheur d'avoir été jetés dans le monde sans appui, sans ressources et sans guide. Pourquoi donc une femme ainsi abandonnée serait-elle coupable [2] ?...

Cependant la France changeait. « Napoléon perçait sous
Bonaparte. » Maurice était à Charleville, avec le général
Dupont, et ces deux républicains n'aimaient guère « le
Maître ». Dupont disait qu'on ne savait par quel bout le
prendre, qu'il avait des moments d'humeur où il était
inabordable. Les carrières se faisaient dans les antichambres.
On était bien loin de Marengo. « Voilà ce qui arrive quand
un seul gouverne.... Tu ne m'as pas élevé pour être un
courtisan, ma bonne mère, et je ne sais pas assiéger la
porte des protecteurs.... » Elle ne l'avait élevé ni pour
être un courtisan, ni pour être un suborneur, mais elle aurait
préféré qu'il eût de l'avancement et ne fût pas trop fidèle

1. George Sand, *Histoire de ma Vie*, t. I, p. 471.
2. *Opus cit.*, t. I, p. 434.

en amour. La logique n'était pas le fort de cette femme si aimable.

Au camp de Boulogne, en 1804, Sophie-Victoire vint rejoindre le capitaine Dupin. Elle était enceinte et, quand elle se vit près de son terme, voulut rentrer à Paris. Maurice l'y suivit et, le 5 juin 1804, ils se marièrent en secret, à la mairie du IIᵉ arrondissement, pour assurer la légitimité de l'enfant. La mariée tremblait de bonheur ; elle avait longtemps souhaité cette union sans y croire. Jusqu'au dernier moment, elle avait offert d'y renoncer, car elle voyait que son amant, accablé d'effroi et de remords, n'osait annoncer ce mariage à sa mère. Tout de suite après la cérémonie, Maurice partit pour Nohant « avec l'espérance de tout avouer ». Il ne put ; dès les premiers mots, Mme Dupin fondit en larmes et « avec une tendre perfidie » lui dit : « Tu aimes une femme plus que moi, donc tu ne m'aimes plus !... Que ne suis-je morte, comme tant d'autres, en 93 ! Je n'aurais jamais eu de rivale dans ton cœur [1] ! » Maurice garda son secret.

Le 1ᵉʳ juillet 1804, an premier de l'Empire, à Paris, un soir où Sophie-Victoire, vêtue d'une jolie robe de couleur de rose, avait dansé une contredanse au son d'un violon de Crémone, sur lequel Maurice improvisait à sa façon, elle se sentit un peu souffrante et passa dans la chambre voisine. Au bout d'un instant, sa sœur Lucie cria : « Venez, venez, Maurice ! Vous avez une fille. — Elle s'appellera Aurore, dit-il, comme ma pauvre mère qui n'est pas là pour la bénir, mais qui la bénira un jour. » La tante Lucie, femme d'expérience, annonça : « Elle est née en musique et dans le rose ; elle aura du bonheur. »

Tout se sait. Mme Dupin de Francueil apprit le mariage, essaya de le faire annuler et se heurta cette fois à la ferme volonté de son fils qui lui dit, dans le meilleur style de Rousseau : « Ne me reproche pas d'être l'homme que tu as fait de moi. » Sophie-Victoire, elle, ne se jugeait point

1. George Sand, *Histoire de ma Vie*, t. II, p. 72.

mariée puisqu'elle ne l'était pas religieusement. Elle ne se
croyait donc pas complice de rébellion envers la mère de
son mari et ne comprit pas pourquoi « cette orgueilleuse
grande dame » était irritée contre elle. Il faut avouer que
l'obstination de Mme Dupin de Francueil paraît, le mariage
étant fait, vaine et cruelle, mais, passionnément attachée
à ce fils unique pour qui elle avait espéré une vie si brillante, elle ne pouvait supporter l'idée de le voir lié à une
« gourgandine » et logé dans un grenier. Elle ne tolérait
pas qu'il lui parlât de sa femme et refusait de voir celle-ci.
Il fallut recourir à une scène digne de Greuze pour lui
mettre, par supercherie, sa petite-fille sur les genoux. Alors
elle reconnut les yeux sombres et doux des Kœnigsmark.
Elle fut vaincue : « Pauvre enfant, tout cela n'est pas sa
faute ! Et qui l'a apportée ? — Monsieur votre fils lui-
même, madame ; il est en bas. » Maurice monta quatre à
quatre et embrassa sa mère en pleurant. L'attendrissement
est une politique ; il permet de reconnaître une erreur sans
tomber dans un ridicule.

Quelque temps plus tard, le mariage religieux fut célébré,
et Mme Dupin y assista. Mais les rapports entre elle et sa
belle-fille demeurèrent difficiles. Ce que Sophie-Victoire
avait de meilleur était sa fierté : « Se sentant peuple
jusqu'au bout des ongles, elle se croyait plus noble que
tous les patriciens et les aristocrates de la terre [1]. » Nullement intrigante, elle montrait trop de réserve pour s'exposer même à des froideurs. Elle n'était heureuse que dans
son intérieur, et son mari, là-dessus, sentait comme elle.
« Ils m'ont légué, dit Sand, cette secrète sauvagerie qui m'a
toujours rendu le monde insupportable et le *home* nécessaire [2].... » Ils lui léguèrent aussi l'horreur d'une société
dont les préjugés avaient fait leur malheur.

1. GEORGE SAND, *Histoire de ma Vie*, t. II, p. 117.
2. *Opus cit.*, t. II, p. 118.

III

LES ENFANCES AURORE

Je fus mise en sevrage à Chaillot, pendant que ma mère partit pour l'Italie. Clotilde et moi demeurâmes là, chez une bonne femme, jusqu'à deux ou trois ans. On nous apportait le dimanche à Paris, sur un âne, chacune dans un panier, avec les choux et les carottes qu'on vendait à la halle [1]....

Clotilde Maréchal était la cousine germaine de la petite Aurore Dupin et la fille de sa tante Lucie. La famille paternelle refusant de recevoir Aurore, celle-ci ne connut, jusqu'à l'âge de quatre ans, que sa famille maternelle et s'y attacha. Son père, soldat de l'Empire, était pour elle une brillante apparition chamarrée d'or, qui venait l'embrasser entre deux campagnes. Ce fut beaucoup plus tard, quand elle put lire les lettres de Maurice Dupin, qu'elle sentit combien elle tenait de lui. Alors elle se réjouit de découvrir, en ce père disparu, un artiste, un guerrier et un rebelle, traitant le patriciat de chimère et la pauvreté de leçon utile ; alors elle fut fière de lui ressembler : « Mon être est un reflet, affaibli sans doute, mais assez complet, du sien.... Eussé-je été un garçon et eussé-je vécu vingt ans plus tôt, je sais et je sens que j'eusse agi en toutes choses comme mon père. »

Quant à sa mère, Aurore en devint, à la lettre, amoureuse dès sa petite enfance. Sophie-Victoire avait la parole vive et la main leste, mais son charme, sa gaieté et une sorte de naturelle poésie emportaient tout. Bien que sans instruction, elle possédait « une clef magique » pour ouvrir l'esprit de sa petite fille au sentiment inculte et profond qu'elle avait de la beauté. « Voilà qui est joli, regarde »,

---

1. GEORGE SAND, *Voyage en Auvergne et en Espagne, 1825,* ouvrage posthume publié dans le supplément littéraire du *Figaro,* nᵒˢ du 4 et du 11 août 1888.

disait-elle, et, avec son goût de grisette parisienne, elle ne se trompait guère. Tout le jour, elle cuisinait, tricotait, cousait dans son grenier de la Grange-Batelière. Elle asseyait Aurore sur une chaufferette sans feu, entre quatre chaises, et lui donnait à regarder, dans des livres d'images, les figures de la mythologie et les scènes de l'Évangile. Elle les lui expliquait naïvement et ingénieusement ; elle lui racontait des contes de fées, lui faisait réciter des fables et, le soir, dire ses prières. La petite n'était pas difficile à occuper. Elle pouvait rester des heures entières assise sur sa chaufferette comme sur un trépied, les yeux fixes, la bouche entrouverte, à se raconter des histoires ; ou bien encore à écouter un voisin qui, dans quelque mansarde voisine, jouait du flageolet. Toujours elle allait se souvenir avec nostalgie de cette vie de tendresse, d'enchantement et de pauvreté.

En 1808, le colonel Dupin était, à Madrid, aide de camp de Murat. Il avait fait sa paix avec Napoléon ; il continuait à reprocher à l'empereur d'avoir pour les flatteurs un goût indigne d'un homme de sa taille ; mais, malgré tout, il l'aimait. « Il ne me fait pas peur du tout, disait le colonel Dupin, et c'est à cela que je sens qu'il vaut mieux que les airs qu'il se donne. » Sophie-Victoire, jalouse jusqu'à la démence, craignait pour son mari la coquetterie des belles Espagnoles et entreprit, bien qu'enceinte de huit mois, d'aller avec leur fille le rejoindre. Ce fut un dur voyage, à travers un pays hostile. Aurore n'en conserva que le souvenir du palais de Godoy à Madrid, et d'un petit uniforme d'aide de camp qu'elle avait porté, pour l'amusement de Murat.

Maurice Dupin à sa mère, Madrid, 12 juin 1808 : Sophie est accouchée ce matin d'un gros garçon.... Aurore se porte très bien. J'emballerai le tout dans une calèche, que je viens d'acquérir, et nous prendrons la route de Nohant.... Cette idée, ma bonne mère, me comble de joie [1]....

1. George Sand, *Histoire de ma Vie*, t. II, p. 208.

Il attendait un immense bonheur de la première réunion, dans la maison de famille, de toutes ses affections. Mais ce retour fut difficile. La calèche traversa des champs de bataille jonchés de cadavres ; les enfants souffraient de la fièvre et de la faim ; dans des auberges sales, ils attrapèrent la gale et des poux. Aurore, masse inerte et brûlante, ne retrouva conscience qu'en entrant dans la cour de Nohant. Elle y fut reçue par la grand-mère qu'elle connaissait à peine et dont elle regardait avec surprise la figure blanche et rose, la perruque blonde crêpée et le petit bonnet rond à cocarde de dentelle. Mme Dupin de Francueil, autoritaire et cordiale, envoya sa bru se reposer, emporta Aurore dans sa chambre et la posa sur son lit. Il était en forme de corbillard, avec des panaches aux quatre coins et des oreillers en dentelle. La petite, qui n'avait jamais rien vu de si beau, crut être au paradis.

La grand-mère épouilla et décrassa les enfants ; Deschartres, en culotte courte et bas blancs, vint les examiner doctoralement. Aurore se remit vite, mais le bébé mourut. Quelques jours plus tard, Maurice, qui avait ramené d'Espagne un cheval superbe et fougueux, Leopardo, se tua sur un tas de pierres, dans une chute nocturne à la sortie de La Châtre. Quelle douleur ! Voici par le hasard amenées à vivre ensemble deux femmes aussi différentes par leurs natures qu'elles l'étaient par leurs habitudes ; « l'une (la grand-mère), blanche, blonde, grave, calme et digne, aux grands airs pleins d'aisance et de bonté protectrice ; l'autre (la mère), brune, pâle, ardente, gauche et timide devant les gens du beau monde, mais toujours prête à éclater ; jalouse, passionnée, colère et faible, méchante et bonne en même temps [1] »....

La grand-mère observait la mère avec curiosité et se demandait pourquoi son fils l'avait tant aimée. Elle le comprit bientôt. Sophie-Victoire était une artiste-née, capable d'écrire une jolie lettre sans orthographe, de chan-

---

[1]. GEORGE SAND, *Histoire de ma Vie*, t. II, p. 243.

ter juste sans solfège, de dessiner sans principes ; et aussi une fée qui, de ses doigts, taillait des robes exquises, chiffonnait des chapeaux, réparait le clavecin dérangé. « Elle osait tout et réussissait à tout.... Seulement elle avait horreur des choses qui ne servent à rien et disait tout bas que c'étaient des amusements de vieille comtesse [1].... » Dans la critique, elle était étincelante, avec un bagou de gamin parisien, et l'on imagine aisément l'amusement que sa fille Aurore trouvait à ce langage « incisif et pittoresque ».

De loin, mère et grand-mère ne s'aimaient pas ; de près, elles ne pouvaient s'empêcher de se plaire ensemble, car chacune avait un charme puissant. En cas de conflit, Aurore prenait le parti de sa mère, bien que celle-ci la grondât et la frappât. Elle n'eût pas toléré de sa grand-mère la centième partie de cette rudesse. Elle sentait que les « vieilles comtesses » du voisinage traitaient sa mère avec dédain et elle éprouvait un désir viril de la défendre. Voyant le désespoir où la mort de son mari avait plongé la jeune veuve, l'enfant s'efforçait de consoler celle-ci en l'aimant à la folie. Bientôt Aurore eut appris à lire et vécut dans le monde de Perrault et de Mme d'Aulnoy. Elle avait pour camarades de jeu son demi-frère Hippolyte Châtiron, l'enfant de la « petite maison », gros garçon bourru mais divertissant, qui prétendait, dans une vie antérieure, avoir été chien et en gardait la rudesse ; et les enfants du village : Ursule, Pierrot, Rosette, Sylvain. Avec eux, elle courait librement dans le beau parc et devenait la terrienne passionnée qu'elle allait rester toute sa vie.

« J'adorais déjà, dit-elle, j'ai toujours adoré la poésie des scènes champêtres. » Elle aimait les grands bœufs au front baissé, au pas lent, les charrettes de foin, les assemblées de village, les noces paysannes, les veillées où le chanvreur racontait les vieilles légendes. Elle se mêlait aux travaux de la métairie, soignait les agneaux, donnait à manger aux poules. Sa mère l'y encourageait, jouait avec elle dans son petit jardin et construisait pour elle des grottes de coquillages, des cascades. La grand-mère souffrait de voir sa petite-fille prendre « des manières de campagnarde ». Elle s'était attachée à cette enfant dont elle pressentait l'intelligence. Involontairement, elle l'appelait *Maurice* et disait : « Mon fils » en parlant d'elle. Ainsi mère et grand-mère l'amenaient toutes deux à regretter de n'être pas un garçon : Aurore souhaitait protéger sa mère ; Mme Dupin voulait ressusciter son fils.

Pour faire de sa petite-fille la digne héritière de Nohant, Mme Dupin de Francueil désirait l'arracher au « côté oiseleur ». Aurore savait que les « vieilles comtesses » la regardaient d'un œil critique. Une d'elles, Mme de Pardaillan, l'appelait toujours : « Ma pauvre petite » et lui disait : « Sois bonne, parce que tu auras beaucoup à pardonner. » Autour d'elle, on parlait de l'avenir difficile que lui préparait la mésalliance de son père. Sa grand-mère voulait la rendre « gracieuse de sa personne, soigneuse de ses petites parures, élégante dans ses petites manières ».

Il y avait, dans les idées de ma bonne-maman, une grâce acquise, une manière de marcher, de s'asseoir, de saluer, de ramasser son gant, de tenir sa fourchette, de présenter un objet ; enfin une mimique complète, qu'on devait enseigner aux enfants de très bonne heure afin que ce leur devînt par l'habitude une seconde nature. Ma mère trouvait cela fort ridicule et je crois qu'elle avait raison [1]....

Le conflit entre les deux femmes s'étendait aux idées religieuses. La mère était croyante, avec simplicité et chaleur. Française de son temps, elle mêlait, sans le savoir, une poésie déjà romantique à ses sentiments religieux. La grand-mère, femme du siècle précédent, acceptait la religion abstraite des philosophes. Elle tenait, disait-elle, « Jésus-Christ en grande estime » ; elle fit faire sa première communion à son petit-fils Hippolyte, mais ce fut avec le bon vieux curé de Saint-Chartier, l'abbé de Montpeyroux,

---

1. GEORGE SAND, *Histoire de ma Vie*, t. II, p. 330.

dont la religion était toute formelle. Aurore, qui avait soif
de merveilleux, admirait la foi passionnée de sa mère et
devenait triste quand sa grand-mère raillait, au nom de la
raison, les miracles qui lui étaient chers.

Je lisais avec un égal plaisir les prodiges de l'Antiquité
juive et païenne. Je n'aurais pas mieux demandé que d'y
croire. Ma grand-mère faisant, de temps en temps, un court
et sec appel à ma raison, je ne pouvais pas arriver à la foi ;
mais je me vengeais du petit chagrin que cela me causait en
ne voulant rien nier intérieurement [1]....

Entre les deux dames Dupin, une séparation était inévitable. La grand-mère ne voulait pas recevoir chez elle
Caroline Delaborde, demi-sœur d'Aurore, née avant la
liaison avec Maurice ; la mère refusait d'abandonner cette
enfant, qui n'avait au monde qu'elle. Le difficile problème,
pour Sophie-Victoire, était : « Aurore sera-t-elle plus heureuse à Nohant qu'avec moi ? » Elle pensa, malgré les
supplications de la petite, qu'elle n'avait pas le droit de
la priver d'une brillante éducation et de quinze mille livres
de rentes. D'ailleurs on se reverrait à Paris, chaque hiver.
Pour Aurore, ce fut un déchirement : « Ma mère et ma
grand-mère s'arrachèrent les lambeaux de mon cœur. »
Sa passion pour sa mère prit la force douloureuse d'un
amour contrarié. Elle se voyait livrée à un monde que
Sophie-Victoire lui avait appris à mépriser. Elle pleura
beaucoup.

Pourtant elle jouit à Nohant, après le départ de sa mère,
d'une complète liberté. Deschartres lui enseigna les sciences
naturelles et le latin ; sa grand-mère fit d'elle une musicienne accomplie et lui transmit son goût littéraire. Aurore
lut l'*Iliade*, *La Jérusalem délivrée*. Elle écrivait, sur la vie
des champs, des morceaux qui furent les premiers signes
de sa vocation. Mais elle était surtout, comme l'humanité,
à la recherche d'une religion, et on ne lui en enseignait

1. George Sand, *Histoire de ma Vie*, t. II, p. 365.

aucune. Dans ses livres, elle trouvait Jupiter et Jéhovah. Elle souhaitait un dieu plus humain. Bien qu'on lui eût fait faire sa première communion, on ne lui parlait jamais du Christ. Or elle avait besoin d'aimer, de comprendre : « Pourquoi suis-je ici ? Pourquoi Nohant ? Pourquoi ce monde ? Pourquoi les méchants ? Pourquoi les vieilles comtesses ? » L'homme projette ses questions sur l'écran du monde, qui les réfléchit sous forme de mythes. L'enfant a besoin de se sentir soutenu par une puissance magique. Aurore se créa donc un dieu familier, qui était toute douceur et toute bonté, et qu'elle appela *Corambé*. Elle lui éleva, dans le secret d'un taillis, un autel de mousses et de coquillages sur lequel elle venait, non point sacrifier, mais libérer des oiseaux et des scarabées. Seulement, pour les libérer, il fallait d'abord les prendre, ce qui les faisait souffrir. D'où l'on voit que le corambéisme, comme toutes les religions, avait ses mystères.

L'Empire allait vers sa perte ; Marie-Aurore de Saxe ne le regrettait pas ; mais Sophie-Victoire Delaborde gardait en Napoléon la foi des grognards. Nouveau sujet de conflit entre les deux femmes. Aurore, quand sa grand-mère l'emmenait à Paris, était heureuse de revoir, dans le petit appartement de sa mère, le décor de son enfance, les vases remplis de fleurs en papier, la chaufferette sur laquelle elle avait rêvé ses premiers rêves. Mais on lui marchandait ces visites ; on lui interdisait de jouer avec sa demi-sœur Caroline. D'où, chaque fois, des scènes et des pleurs. « Patiente, lui disait sa mère, je vais ouvrir un magasin de modes ; alors je te reprendrai et tu viendras m'aider. » Cette chimère, à laquelle Sophie-Victoire ne croyait guère elle-même, enthousiasmait Aurore qui se mit à cacher ses petits bijoux afin de les vendre un jour et de s'enfuir. La femme de chambre de sa grand-mère, Mlle Julie, personne sèche et qui n'aimait pas cette enfant, découvrit le naïf projet : « Vous voulez donc retourner dans votre petit grenier ? » dit-elle dédaigneusement, et elle avertit Mme Dupin de Francueil, qui venait d'avoir une légère attaque.

Suivit une scène déplorable. Ayant fait agenouiller sa petite-fille près de son lit, la vieille dame raconta sa propre vie, celle de son fils, puis celle de sa belle-fille, dont elle dévoila l'immoralité présente et passée. Ce fut fait sans pitié et sans indulgence. Il aurait fallu, pour être équitable envers la mère d'Aurore, parler « des causes de ses malheurs : l'isolement et la misère dès l'âge de quatorze ans ; la corruption des riches libertins, qui sont là pour guetter la faim et flétrir l'innocence ; l'impitoyable rigorisme de l'opinion ». Il aurait fallu dire aussi que Maurice Dupin avait été aimé fidèlement pendant huit années. Mais la pauvre bonne-maman, inspirée à la fois par la haine et par ce qu'elle croyait être son devoir, alla aux grands mots : Sophie-Victoire était « une femme perdue », et Aurore « une enfant aveugle, qui voulait s'enfoncer dans un abîme ».

Cette révélation provoqua une crise violente. Aurore, négligeant ses études, devint une rebelle. « Ma fille, lui dit sa grand-mère, vous n'avez plus le sens commun.... J'ai donc résolu de vous mettre au couvent et nous allons à Paris à cet effet. » Aurore fut contente : elle espérait, à Paris, revoir sa mère et, au couvent, changer de vie. Elle y entra sans regrets et sans répugnance.

IV

LE DIABLE DANS LE BÉNITIER

> Il en est de la foi comme de l'amour. On la trouve au moment où on s'y attend le moins.
> GEORGE SAND.

Le couvent des Dames Augustines anglaises, communauté britannique établie à Paris au temps où Cromwell persécutait les catholiques, affina lentement la garçonne ardente et délurée qu'avaient formée, à Nohant, la vie rustique et les conflits familiaux. En traversant Paris, elle y avait revu sa mère. Elle était venue à cette « petite maman » avec ses transports accoutumés et le désir passionné de lui trouver toutes les vertus que lui refusait un monde injuste. Elle tomba sur une indifférente, dont la vie refaite et libre était ailleurs, et qui approuva l'entrée au couvent en des termes qui blessèrent profondément l'adolescente.

Incident capital. Dans les années décisives de son enfance, Aurore avait noué, avec sa folle et séduisante mère, un attachement que rien ne remplacera. Plus tard, elle écrira : « O ma mère ! pourquoi ne m'aimez-vous pas, moi qui vous aime tant ? » Elle apprendra, parce qu'il le faudra bien, à se passer de cette mère indifférente et à ne plus la consulter, mais jamais elle ne la reniera. Toujours elle gardera le goût de cette verve un peu vulgaire. Si, toute sa vie, Sand prit plaisir à choquer la « Société » ; si, en toute révolution, elle commença toujours par donner raison au peuple, c'est parce qu'elle se souvenait avec tendresse du grenier de Sophie-Victoire. Naturellement, elle trouvera à sa conduite des explications rationnelles, mais la souffrance d'avoir été détachée du plus grand amour de sa vie occupera dans son cœur la première place et déterminera longtemps son attitude.

A quatorze ans, elle était lasse d'être « une pomme de discorde » entre deux êtres qu'elle eût voulu chérir également. Le couvent lui parut, dans un univers cruel, une merveilleuse oasis. La maison était restée très anglaise ; les mères appartenaient toutes à cette nation, et Aurore prit, avec elles, l'habitude, qu'elle conserva, de parler anglais, de prendre du thé, et même de penser parfois en anglais. Les mères avaient de belles manières, un peu froides. Leur établissement était aussi prisé, par le faubourg Saint-Germain, que le Sacré-Cœur ou l'Abbaye, et Aurore y eut pour compagnes les filles les plus nobles de France. Grandes et petites portaient des robes de sergette amarante ; le couvent, qui ressemblait à un grand village,

était couvert de vigne et de jasmin ; hors les deux aumô-
niers, l'abbé de Villèle et l'abbé de Prémord, elles ne
voyaient jamais un homme. Voici des « résolutions »
composées pour elles par l'abbé de Prémord et copiées par
Aurore Dupin :

Tous les jours, je me lèverai à une heure fixe... n'accordant
au sommeil que le temps nécessaire pour entretenir ma santé,
et ne restant jamais au lit par paresse... Je m'abstiendrai avec
soin de me livrer à de vaines rêveries, à des pensées inutiles,
et je ne me repaîtrai jamais d'aucune imagination dont je
pourrais avoir à rougir si l'on voyait ce qui se passe dans mon
cœur... J'éviterai toujours de me trouver seule avec des personnes de l'autre sexe ; je ne leur permettrai jamais la plus
légère familiarité, quels que soient leur âge et leur condition. Si
l'on me faisait quelque proposition, fût-ce dans les vues les
plus honorables, j'en avertirais aussitôt mes parents. Je m'ef-
forcerai d'être douce, indulgente envers ceux qui me serviront,
mais je ne leur permettrai jamais d'être familiers avec moi,
et je ne leur ferai jamais aucune confidence, ni de mes peines,
ni de mes consolations [1]....

Les recommandations relatives aux « personnes de
l'autre sexe » étaient bien inutiles en ce qui concernait
Aurore. Elle ne pensait pas aux hommes. Au couvent, elle
avait trouvé les jeunes filles divisées en trois groupes :
les sages, pieuses et douces ; les diables, rebelles et amusantes ; entre les deux, les bêtes, masse inerte et fluide
comme le marais des assemblées. La première année,
« Dupin » fut un diable, mêlé à toutes les folles expéditions
sur les toits et dans les caves. Ses amies la baptisèrent
Calepin, parce qu'elle prenait toujours des notes dans un
carnet, ou *Somebread*, traduction anglaise de *du pain ;*
et les religieuses *Madcap*, ou *Mischievous*, parce qu'elle
était toujours en défaut. Ses compagnes l'aimaient. Au
début, on l'avait jugée apathique et silencieuse, « une eau
qui dort ». Elle avait de sombres absences, qui tenaient à
ses réflexions sur son étrange situation de famille. Mais

1. Collection Spoelberch de Lovenjoul, texte inédit, E. 946, ff. 10-14.

l'expérience avait montré qu'elle jouissait de la gaieté des autres et que, dans les coups durs, elle était sûre, et même héroïque. On pouvait aller avec elle « chercher la victime » enfermée dans quelque souterrain, ce qui était le grand jeu romanesque du couvent.

Les diables couvraient les couvertures cartonnées de leurs livres : le *Spelling Book*, *The Garden of the Soul*, des initiales des amies préférées (ISFA était le mot magique de « Dupin » et signifiait : Isabelle, Sophie, Fanelly, Anna) et de confessions-parodies :

Hélas ! mon petit père Villèle, il m'est arrivé bien souvent de me barbouiller d'encre, de moucher la chandelle avec mes doigts, de me donner des indigestions *d'haricots*, comme on dit dans le grand monde où j'ai été z'élevée ; j'ai scandalisé les jeunes *ladies* de la classe par ma malpropreté.... J'ai dormi au catéchisme et j'ai ronflé à la messe ; j'ai dit que vous n'étiez pas beau.... J'ai fait, cette semaine, au moins quinze pataquès en français et trente en anglais ; j'ai brûlé mes souliers au poêle et j'ai infecté la classe. C'est ma faute, c'est ma faute, c'est ma très grande faute [1]....

Sur la page de garde d'un livre anglais, elle avait écrit ce texte étrange, enfantin et agressif :

Ce respectable et intéressant bouquin appartient à ma digne personne : Dupin, autrement dit l'illustre marquis de Sainte-Lucy, généralissime de l'armée française du couvent, grand guerrier, habile capitaine, soldat intrépide couronné de chêne et de laurier dans les combats, défenseur de l'oriflamme.

Anna de Wismes est une petite mimie. Isabelle Clifford *is charming*.

A bas les Anglais ! Meurent tous les chiens d'Anglais ! Vive la France ! Je n'aime pas Wellington.

Intéressantes brebis, chères petites morveuses, je vous regrette infiniment et cependant je suis enchantée de ne plus être à la petite classe. Bonsoir.

Aux Dames anglaises, 1818 [2].

1. GEORGE SAND, *Histoire de ma Vie*, t. III, p. 131.
2. Collection de Mme Aurore Lauth-Sand, texte inédit.

Cette première année d'internat fut, pour Aurore, un âge de candeur, de courage et de révolte. Elle était un diable « par une sorte de désespoir dans ses affections, qui la poussait à s'enivrer de sa propre espièglerie [1] ». Les enfants malheureux sont souvent, par dépit et ressentiment, des enfants terribles. Aurore n'était pas alors catholique orthodoxe et ne pouvait l'être, ayant été élevée par un précepteur « défroqué » et une grand-mère voltairienne. Elle suivait les exercices religieux par convenance et obligation ; elle n'avait pas souhaité recevoir l'eucharistie depuis sa première communion. Elle croyait en Dieu et en la vie éternelle, mais sans effroi, avec l'idée qu'on pouvait toujours au dernier moment avoir la grâce et être sauvé. Ses beaux sentiments étaient un dévouement tendre à ses amies et un authentique amour des arts : elle jouait de la harpe, dessinait avec goût et, dans son calepin, écrivait tantôt en vers blancs, tantôt en prose. Quand elle passa aux grandes et obtint une cellule, elle la décrivit avec talent :

Au premier, en descendant du ciel, une chambre qui n'est ni ronde, ni carrée, mais dans laquelle on peut faire six pas, pourvu qu'ils soient très petits. Le voisinage de la gouttière et des concerts de chats toutes les nuits. Mon lit, sans rideaux, est dans l'endroit le plus large, c'est-à-dire auprès de la muraille.... Quand je dis *sans rideaux*, j'ai tort de me plaindre, car je n'en ai pas besoin. La charpente et le toit de biais est précisément au-dessus de ma tête, de sorte qu'en sortant de mon lit je me casse le front tous les matins.... Ma fenêtre, composée de quatre petits carreaux, donne sur une étendue de toits couverts de tuiles.... Le papier de ma cellule a été jaune à ce qu'on prétend. Mais, quelle que soit sa couleur, il est fort intéressant, car il a été barbouillé dans tous les sens de noms, de maximes, de vers, de niaiseries, de réflexions, de dates, que toutes celles qui ont habité cette chambre y ont laissés. Celle qui l'habitera après moi aura de quoi s'amuser, car je lui laisserai des romans et des poèmes entiers à déchiffrer sur la muraille, et des des-

1. Georges Sand, *Histoire de ma Vie*, t. III, p. 84.

sins fort intéressants, gravés au couteau sur les pierres de ma
fenêtre, à l'extérieur [1]....

Plusieurs des religieuses avaient, parmi les pensionnaires,
une « fille » dont elles s'occupaient avec un soin maternel.
En deuxième année, Aurore souhaita être adoptée par la
meilleure, la plus aimable et la plus intelligente des nonnes,
Mme Mary-Alicia. La mère Alicia était très belle. Toute
son âme généreuse transparaissait dans ses grands yeux
bleus, bordés de cils noirs, « miroirs de pureté ». Sa taille
était pleine de grâce sous le sac et la guimpe, sa voix délicieuse. Aurore se prit pour elle de passion filiale et alla,
bravement, lui demander de l'adopter. « Vous ? dit
Mme Alicia. Vous, le plus grand diable du couvent ? »
La pensionnaire insista : « Essayez toujours. Qui sait ? Je
me corrigerai peut-être pour vous faire plaisir. » Mme Alicia
se résigna. Aurore, qui cherchait en cette admirable personne la mère qu'elle avait en vain attendue de sa vraie
mère, et même de sa grand-mère, s'attacha violemment et
douloureusement à Mme Alicia. Ses amies la trouvaient
toute changée. « *You are low-spirited to-day*, Dupin ?
What is the matter with you [2] ? » En fait, elle avait besoin de
vénérer un être, de trouver en lui la perfection et de lui rendre
en son cœur un culte assidu, comme à Corambé. Cet
être avait pris les traits graves et sereins de Mary-Alicia.
Aurore se mit à lire la *Vie des Saints*. Le courage et le
stoïcisme des martyrs répondirent en elle à quelque fibre
secrète. Il y avait, dans le chœur de la chapelle du couvent,
un tableau de Titien représentant le Christ au jardin des
Oliviers :

Tout en feuilletant la *Vie des Saints*, mes regards se repor-
tèrent plus souvent sur le tableau ; c'était en été, le soleil couchant ne l'illuminait plus à l'heure de notre prière, mais l'objet

1. Texte cité par SAMUEL ROCHEBLAVE dans *George Sand avant
George Sand* (*Revue de Paris*, 15 mai 1898).
2. GEORGE SAND, *Histoire de ma Vie*, t. III, pp. 150-151. (*Vous semblez abattue aujourd'hui, Dupin ? Qu'est-ce que vous avez ?*)

contemplé n'était plus aussi nécessaire à ma vue qu'à ma pensée. En interrogeant machinalement ces masses grandioses et confuses, je cherchais le sens de cette agonie du Christ, le secret de cette douleur volontaire si cuisante, et je commençais à y pressentir quelque chose de plus grand et de plus profond que ce qui m'avait été expliqué ; je devenais profondément triste moi-même et comme navrée d'une pitié, d'une souffrance inconnues [1]....

Un autre tableau, moins beau, montrait saint Augustin sous le figuier, avec le rayon miraculeux sur lequel était écrit le fameux : *Tolle, lege*, que le fils de Monique avait entendu sortir du feuillage.

Ce *Tolle, lege* décida Aurore Dupin à relire l'Évangile, mais le souvenir des plaisanteries voltairiennes la mit en défense : « Je restai froide en lisant l'agonie et la mort de Jésus. » Allait-elle donc demeurer toute sa vie un diable ? Elle avait quinze ans ; l'attente vague et grave de la jeune fille remplaçait en elle l'exubérance sauvage de l'enfance. Elle battait tristement le pavé des cloîtres et regardait passer, comme des spectres, « les ferventes qui s'en allaient furtivement répandre leurs âmes aux pieds de ce Dieu d'amour et de contrition », quand elle eut l'idée d'observer de plus près leurs attitudes. Elle entra dans l'église, dont l'aspect nocturne la saisit et la charma. La nef n'était éclairée que par la petite lampe d'argent du sanctuaire. Par une grande croisée ouverte entraient les parfums du chèvrefeuille et du jasmin.

Une étoile, perdue dans l'immensité, était comme encadrée par le vitrage et semblait me regarder attentivement. Les oiseaux chantaient ; c'était un calme, un charme, un recueillement, un mystère dont je n'avais jamais eu l'idée.... Je ne sais quel ébranlement se produisit dans tout mon être ; un vertige passa devant mes yeux... Je crois entendre une voix murmurer à mon oreille : « *Tolle, lege*.... » Un torrent de larmes inonda mon visage. Je sentis que j'aimais Dieu.... Ce fut comme si un obstacle se fût abîmé entre ce foyer d'ardeur infinie et le feu assoupi dans mon âme [2]....

Mysticisme, communication directe avec une volonté divine qu'elle trouve en elle-même, telle sera toujours sa religion. Qu'il s'agisse de foi ou d'amour, la femme aime « à accumuler en esclave dans son cœur les flots d'un amour qui tombe d'en haut [1] ». A partir de ce jour, toute résistance de son esprit cessa. « Le cœur une fois pris, la raison fut mise à la porte avec résolution, avec une sorte de joie fanatique. J'acceptai tout, je crus à tout, sans combats, sans souffrance, sans regrets, sans fausse honte. Rougir de ce qu'on adore, allons donc [2] ! »

Comme elle était une personne extrême, elle prit cette conversion pour une vocation et forma le projet d'entrer au couvent. Mais, ce qui était bien dans son caractère, elle rêva d'y entrer comme sœur converse, chargée des plus humbles besognes : balayer les salles, panser les malades. S'il y avait en Aurore Dupin les éléments d'une sainte aussi bien que ceux d'une pécheresse, c'était une sainte ménagère. « Parmi les casseroles marche le Seigneur », a dit sainte Thérèse. « Je serai, pensa Aurore, servante écrasée de fatigue, balayeuse de tombeaux, porteuse d'immondices, tout ce qu'on voudra... pourvu que je n'aie que Dieu pour témoin de mon supplice et que son amour pour ma récompense [3].... »

Son confesseur, l'abbé de Prémord, vieux jésuite très sage, enseignait une morale haute et saine. Il fut ému quand elle vint le trouver pour une confession générale et une réconciliation avec le Ciel, mais il n'inclina pas sa jeune pénitente à un mysticisme où l'homme se confondrait avec Dieu. Le prudent abbé ne voulait pas qu'on s'absorbât dans le rêve anticipé d'un monde meilleur, au point d'oublier le devoir de se bien conduire en celui-ci. « Sans lui, écrira Sand à cinquante ans, je crois bien que je serais ou folle, ou religieuse cloîtrée à l'heure qu'il est. » Car la dévotion de la jeune fille était devenue une passion. « Cette iden-

1. SIMONE DE BEAUVOIR, *Le Deuxième Sexe*, t. II, p. 508.
2. GEORGE SAND, *Histoire de ma Vie*, t. III, p. 188.
3. *Opus cit.*, t. III, p. 207.

tification complète avec la divinité se faisait sentir à moi
comme un miracle. Je brûlais littéralement, comme sainte
Thérèse ; je ne dormais plus, je ne mangeais plus, je mar-
chais sans m'apercevoir du mouvement de mon corps [1].... »
L'abbé de Prémord la blâma de se consumer comme une
lampe, dans un mysticisme complaisant, au lieu d'assumer
la charge de la condition humaine. « Vous devenez triste,
sombre et comme extatique, lui dit-il. Vos compagnes ne
vous reconnaissent plus.... Prenez-y garde, si vous continuez
ainsi, vous ferez haïr et craindre la piété.... Votre grand-
mère écrit qu'on vous fanatise.... Il entre beaucoup
d'orgueil, à votre insu, sous forme d'humilité, dans cette
maladie des scrupules que vous avez. Je vous donne pour
pénitence de retourner aux jeux et aux amusements innocents de votre âge [2].... »

Elle obéit. Le calme se fit dans ses pensées. Après six
mois de macérations et de rêveries, elle redescendit soudain sur terre, improvisa des comédies, les joua, reconstitua
de mémoire *Le Bourgeois gentilhomme* qu'elle avait lu à
Nohant, devint le boute-en-train du couvent et l'objet
d'un engouement inouï, tant des religieuses que de ses
compagnes, mais persista au fond de son cœur dans sa
vocation et, dit-elle plus tard, eût sans doute pris le voile
si sa grand-mère, très affaiblie, inquiète de l'exaltation de
sa petite-fille, ne l'avait rappelée à Nohant : « Ma fille, il
faut que je te marie bien vite, car je m'en vas [3] ». La vieille
dame parlait de sa mort, qu'elle croyait prochaine, avec
un calme tout philosophique, mais elle mourrait, disait-
elle, désespérée, si elle laissait Aurore sans protection
contre la tutelle d'une mère indigne. Il fallut donc quitter
le couvent, qui était devenu pour elle un paradis.

Elle rentrait dans le siècle avec appréhension, bien décidée à chercher de nouveau le refuge des cloîtres dès qu'elle
le pourrait sans mettre en danger la vie de sa grand-mère.

---

1. George Sand, *Histoire de ma Vie*, t. III, pp. 195-196.
2. *Opus cit.*, t. III, p. 232.
3. *Opus cit.*, t. III, p. 252.

Au couvent des Anglaises, elle était redevable de grands et heureux changements. La noble courtoisie des religieuses, les leçons du professeur de maintien lui avaient donné de charmantes manières qui devaient, pendant toute sa vie, conférer de la distinction à ses plus étranges hardiesses. Surtout elle avait acquis le sens du sérieux et de la profondeur. Sa grand-mère avait jadis orné son esprit des grâces du xviiie siècle ; Nohant lui avait enseigné la poésie de la nature ; sa foi nouvelle lui apprenait à aimer autre chose qu'elle-même. « La dévotion exaltée a ce grand effet sur l'âme qu'elle possède que, du moins, elle y tue l'amour-propre radicalement, et, si elle l'hébète à certains égards, elle la purge de beaucoup de petitesses et de mesquines préoccupations [1].... » Comme certains poètes anglais doivent à la lecture constante de l'Ancien Testament la force orientale de leurs images, Aurore Dupin allait, inconsciemment, transplanter dans sa prose la grave bonté de Mme Alicia et la sublime simplicité de l'Évangile.

V

L'HÉRITIÈRE DE NOHANT

Grand-mère et petite-fille, après la sortie du couvent, passèrent quelques jours à Paris. La terreur d'Aurore était le mariage forcé. Allait-on, comme aux ingénues de Molière, lui présenter un barbon en disant : « Ma fille, il faut dire oui ou me porter un coup mortel. » Là-dessus elle fut vite rassurée. Une vieille amie de sa grand-mère, Mme de Pontcarré, tenait en réserve un « parti ». Aurore le trouva laid, sans le regarder ; Mme de Pontcarré lui dit qu'elle était une petite sotte et qu'il était beau. Mais on n'en parla plus. Bientôt Mlle Julie fit les paquets pour Nohant, et Aurore

---

1. GEORGE SAND, *Histoire de ma Vie*, t. III, p. 214.

entendit sa bonne-maman dire : « Elle est si jeune qu'il faut lui laisser un an de répit. »

La jeune fille avait espéré que, pour fêter son retour, sa mère viendrait à Nohant ; elle la trouva défiante et dure. « Non certes ! Je ne retournerai à Nohant que quand ma belle-mère sera morte ! » Tout imbue de charité chrétienne, Aurore plaida pour un pardon mutuel. Elle ne l'obtint pas, offrit alors humblement de rester avec sa mère et fut rebutée : « Nous nous retrouverons plus tôt qu'*on* ne croit », répondit la terrible Sophie-Victoire. Ces allusions à la mort prochaine de sa bonne-maman étaient pénibles à Aurore. « Ta mère est si inculte », disait de son côté Mme Dupin de Francueil, « qu'elle aime ses petits à la manière des oiseaux.... Quand ils ont des ailes, elle vole sur un autre arbre et les chasse à coups de bec. » Contre ces haines mutuelles, sainte Aurore se vit sans pouvoir et partit pour le Berry avec sa grand-mère.

Elles arrivèrent à Nohant au printemps de 1820, dans la grande calèche bleue. Les arbres étaient en fleurs, les rossignols chantaient et l'on entendait au loin la classique et solennelle cantilène des laboureurs. Elle fut émue de revoir la vieille maison, mais pensait avec regret à la cloche du couvent et à Mme Alicia. Sur la fenêtre de sa chambre, elle écrivit au crayon, en anglais, une élégie qu'on peut encore y lire :

Written at Nohant, upon my window, at the setting of the sun, 1820. — Go, fading sun ! Hide thy pale beams behind the distant trees. Nightly Vesperus is coming to announce the close of the day. Evening descends to bring melancholy on the landscape. With thy return, beautiful light, Nature will find again mirth and beauty, but joy will never comfort my soul[1]....

---

1. Cité par WLADIMIR KARÉNINE dans *George Sand*, t. III, p. 100. (Va, soleil déclinant ! Cache tes pâles rayons derrière les arbres lointains. L'étoile du couchant annonce la fin du jour. Le soir qui tombe répand sur le paysage sa mélancolie. Avec ton retour, lumière, la Nature retrouvera sa gaieté, sa beauté, mais jamais la joie ne réconfortera mon âme.)

Cette tristesse était de mode ; en fait, Aurore jouissait vivement de son indépendance, presque totale. La vieille châtelaine, depuis son attaque, semblait fort diminuée. Elle assistait encore aux repas, droite et gracieuse dans sa douillette pensée, avec un peu de rouge aux joues et des diamants aux oreilles, mais elle s'éteignait doucement. Hors quelques bouffées de colère sénile, elle n'intervenait plus guère dans la vie de Nohant. La Restauration et l'âge l'avaient rendue un peu moins voltairienne. Mais elle restait philosophe du xviiie siècle et avait d'amicales discussions avec sa petite-fille, qui, sans le savoir, était disciple de Chateaubriand.

Aurore entendit avec surprise toutes ses camarades d'enfance : Fanchon, Ursule Josse, Marie Aucante l'appeler « mademoiselle ». Elle connut alors, pour la première fois, l'isolement des maîtres et regretta la fraternité du couvent. Même son frère Hippolyte, quand il vint en congé, fut intimidé par cette jolie fille en robe de guingan rose. Il était devenu maréchal des logis de hussards et mit Aurore à cheval, avec des principes simples : « Tout se réduit à deux choses : tomber ou ne pas tomber.... Tiens-toi bien ! Accroche-toi aux crins si tu veux, mais ne lâche pas la bride et ne tombe pas.... » Elle monta Colette, grande jument aux mouvements doux qui devinait tout ce qu'on désirait d'elle. Aurore et Colette devinrent inséparables. Au bout de huit jours, elles sautaient ensemble les haies et les fossés. L' « eau dormante » du couvent était plus téméraire que le hussard.

A une amie de couvent, Émilie de Wismes, fille du préfet d'Angers, et qui avait déjà fait son entrée dans le monde, elle décrivait sa vie campagnarde : « *Qui peut m'écrire ?*... Voilà Émilie des plus intriguées. Allons, ma chère, reconnaissez une compagne de couvent.... » Elle ne disait pas que le beau cavalier de Saumur était son frère naturel ; il devenait Hippolyte *de* Châtiron et lui enseignait à monter à l'anglaise. Avec Mme de Pontcarré et sa fille Pauline, elle faisait de l'italien et de la musique :

Il y a toujours trois ou quatre partitions ouvertes sur le piano, duos et romances traînant sur chaque chaise. Avec tout cela, nous pensons à toi et nous te regrettons pour soulager les doigts de Mme de Pontcarré, qui nous accompagne avec tant de talent. Nous avons joué la comédie : j'étais Colin ; Pauline, Lucette. Force sentiment, qui nous donnait grande envie de rire. Enfin cela a été fort bien. Nous dansons la bourrée [1]....

Un M. de Lacoux, « homme *precious* à la campagne », leur prêtait une harpe et lisait avec elles *Gerusalemme liberàta* :

Je passe mes journées étalée dans mon fauteuil, un ouvrage à la main, ou à mon dessin, tandis qu'Hippolyte me fait la lecture — ou bien dérange tout, casse tout dans ma chambre. Je finis, après l'avoir bien grondé, par faire autant d'enfantillages que lui. Maman gronde, dit que nous lui rompons la tête, et puis finit par rire aussi... *Addio, cara amica; io ti abbracio teneramente e ti amo con sincerità....* »

Janvier 1821 : « Hippolyte est parti, de sorte que nous sommes absolument seuls. J'abrège la journée en me levant tard, je déjeune, je cause avec ma grand-mère quelquefois une heure ou deux, je remonte chez moi, où je m'occupe ; je joue de la harpe, guitare ; je lis, je me chauffe, je crache sur les tisons.... Je rumine des souvenirs dans ma tête, j'écris sur la cendre avec la pincette, je descends pour dîner et, tandis que maman fait sa partie avec M. Deschartres, qui a été précepteur de mon père et d'Hippolyte successivement, je remonte chez moi et je griffonne quelques idées dans une espèce de calepin vert, qui est fort rempli maintenant [2]....

Ses conversations avec sa grand-mère devenaient tendres et intimes. Malgré les effets de la maladie, Mme Dupin de Francueil restait, en ses moments lucides, une femme supérieure par son instruction, sa droiture et son courage dans les grandes choses. Elle se montrait femmelette et petite marquise dans la vie ordinaire, mais Aurore passait làdessus. Leurs rapports étaient inversés. C'était la petitefille qui se montrait maternelle et indulgente. La grand-

1. *Revue de Paris*, 1ᵉʳ novembre 1911.
2. *Opus cit.*

mère, voyant Aurore proche du mariage, se laissait aller
à des confidences. Bien qu'elle eût vécu en un temps de
mœurs faciles, elle n'avait jamais eu d'amant :

> J'avais souvent confié aux femmes, qui me pressaient de
> faire choix d'un amant, l'éloignement que m'inspiraient l'ingra-
> titude, l'égoïsme et la brutalité des hommes. Elles me riaient
> au nez quand je parlais ainsi, m'assurant que tous n'étaient
> pas semblables à mon vieux mari, et qu'ils avaient des secrets
> pour se faire pardonner leurs défauts et leurs vices.... J'étais
> humiliée d'être femme en entendant d'autres femmes exprimer
> des sentiments aussi grossiers [1]....
> Je n'ai point la prétention d'avoir été pétrie d'un autre
> limon que toutes les autres créatures humaines. A présent que
> je ne suis plus d'aucun sexe, je pense que j'étais alors tout
> aussi femme qu'une autre, mais qu'il a manqué au développe-
> ment de mes facultés de rencontrer un homme que je pusse
> aimer assez pour jeter un peu de poésie sur les faits de la vie
> animale [2]....

Ces propos désabusés sur « la vie animale » ne réconci-
liaient pas la jeune fille avec l'idée du mariage. Elle comprenait, par les conversations entre vieilles comtesses,
qu'elle était une riche héritière, mais non un beau parti
pour un jeune homme de grand avenir, à cause de sa déplorable mère et de toutes les bâtardises ambiantes. Les
hommes qui la demandaient en mariage n'étaient pas
jeunes : un général de l'Empire, cinquante ans, avec un
grand coup de sabre à travers la figure ; un baron de
Laborde, maréchal de camp, quarante ans et veuf. A une
voisine de Nohant, la vicomtesse de Montlevic, ce Laborde
faisait écrire par un parent :

> Madame. — Vous me dîtes que vous aviez, auprès de votre
> terre, un excellent parti : Mlle Dupin, destinée à avoir, autant
> que je puis me le rappeler, vingt à vingt-cinq mille livres de
> rente.... M. le baron de Laborde, mon cousin germain, fait pré-
> sentement de huit à neuf mille livres.... Il a fait ses preuves

---

1. George Sand, *Le Secrétaire intime*, p. 203.
2. *Opus cit.*, p. 212. George Sand a elle-même indiqué que ce portrait
de vieille femme est celui de sa propre grand-mère.

de bon mari, car c'est un être excellent sous tous rapports. Malgré qu'il ait quarante ans, il n'a rien qui puisse éloigner une jeune personne pour le physique.... J'oubliais de vous ajouter qu'il n'a pas d'enfant de son premier mariage [1]....

Ce marché eût soulevé le cœur d'Aurore. Mme de Montlevic répondit en donnant le pedigree de « sa petite voisine, issue d'un mauvais mariage, pour la naissance et la fortune » :

Aurore, que j'ai vue plusieurs fois cette année, est une brune d'une jolie taille et d'une figure agréable, a de l'esprit, beaucoup d'instruction, musicienne, chante, sait la harpe, le piano, dessine, danse bien, monte à cheval, chasse, tout cela avec les manières d'une très bonne personne.... Sa fortune passe pour être de dix-huit à vingt mille livres de rente, dont elle peut entrer en jouissance d'une minute à l'autre....

Le mariage ne se fit pas, ni aucun autre. Aurore Dupin ne se trouvait pas dans la situation de la plupart des jeunes filles de son temps qui, tourmentées à la fois par l'éveil de leurs sens, par le besoin d'échapper à l'esclavage familial et par la crainte de la vie, appelaient ardemment le Prince Charmant qui les délivrerait, le maître qui les dirigerait. Elle régnait sur Nohant ; elle vivait libre et heureuse à côté de sa grand-mère ; elle se croyait encore destinée au cloître. Le vieux Deschartres, devenu maire de Nohant, l'emmenait à la chasse et lui conseillait de s'habiller en homme pour courir le lièvre, ce qu'elle fit avec bonheur. En blouse, ou redingote et pantalon, elle se sentait plus forte ; elle participait à la virilité. Cela lui donnait, pensait-elle, un particulier prestige aux yeux de ses amies.

Aurore Dupin à Émilie de Wismes, mai 1821 : Tu ne sors point en grande redingote d'homme, en casquette, un fusil sur l'épaule, arpenter les terres labourées pour troubler le repos

1. Lettre publiée par PIERRE SALOMON et JEAN MALLION dans *Un Mariage manqué de George Sand (Bulletin des Bibliophiles et des Bibliothécaires*, novembre 1949, pp. 512-518).

d'un misérable lièvre et souvent pour ne rien trouver, et rapporter de la chasse de mauvais moineaux, sur le triste sort desquels ma sensible femme de chambre répand des pleurs !... Tu n'as point été aguerrie au métier de hussard par Hippolyte, qui, pour vous rassurer, quand vous lui dites à la leçon d'équitation que vous avez peur à cheval, donne au vôtre un grand coup de chambrière et le fait, comme dit ma bonne-maman, marcher tout debout [1]....

Deschartres l'initiait à la conduite du domaine. Plus tard, pour des raisons politiques, elle prétendit ne pas s'intéresser à ce qu'elle possédait. En fait, elle fut toujours une paysanne du Berry qui, jusque dans ses prodigalités, savait compter. On a dit de Byron, autre romantique, que son trait dominant était un solide bon sens. L'âge des passions dépassé, on s'apercevra que c'était un des traits d'Aurore Dupin. Toujours elle souhaitera retrouver l'indépendance masculine, dont Nohant et Deschartres lui avaient donné le goût. Toujours aussi elle gardera ce bon sens que donne le contact avec les réalités de la terre et du travail. La pensée trop libre n'avance pas, malgré ses efforts ; elle aurait besoin, comme l'oiseau, de la résistance du milieu. L'action révèle les limites que doit s'imposer l'esprit.

Deschartres, quand Mme Dupin de Francueil, après une seconde attaque, ne quitta plus son lit, remit à la jeune fille tous ses pouvoirs, exigea qu'elle tînt la comptabilité de la maison et la traita comme une personne mûre. C'était le bon moyen de la faire mûrir. Le « grand homme » (elle le nommait ainsi par affectueuse ironie) était le pharmacien et le médecin du village ; il faisait même de la chirurgie. Il voulut qu'Aurore apprît à l'aider. Elle s'accoutuma donc à la vue du sang et au spectacle de la douleur. Sa pitié devint efficace. Jamais plus elle ne devait éprouver le dégoût des corps ; elle en parlera toujours librement, courageusement, professionnellement. Plus tard, des amants lui reprocheront

<hr>

1. Lettre publiée dans la *Revue de Paris*, 1er novembre 1911, p. 24.

son manque de pudeur ; la tranquillité de l'infirmière déroute et déçoit le débauché.

Outre Deschartres, elle voyait quelques jeunes hommes de La Châtre. Souvent elle galopait jusqu'à la petite ville, dont les rues étroites « serpentent entre des pignons inégaux, envahis par la mousse ». Maisons basses aux portes ornées de clous, hôtels aux grilles de fer forgé, là elle trouvait les fils des amis de son père : Charles Duvernet, le géant Fleury, le petit Gustave Papet, celui-là plus jeune qu'elle. Surtout elle vit beaucoup un garçon qui se destinait à être médecin : Stéphane Ajasson de Grandsagne. Il était beau, un peu comme les seigneurs brûlés de fièvre qu'a peints le Greco, de noble et très ancienne famille, mais pauvre, parce qu'ayant neuf frères et sœurs il hériterait seulement une part infime du patrimoine ancestral. Deschartres, qui s'intéressait à ce gentilhomme étudiant, l'avait présenté à Aurore, en suggérant qu'elle prît avec Grandsagne des leçons d'anatomie et d'ostéologie.

Elle accrocha donc un squelette dans sa chambre, où le jeune homme vint avec joie instruire cette fille charmante. Aurore avait une profusion de cheveux noirs, des yeux d'Andalouse, « un teint de tabac d'Espagne » et la taille la plus souple. Naturellement, le professeur fut vite amoureux ; elle l'arrêta en disant que des esprits comme les leurs s'occupaient de « Malebranche et consorts », non de fades galanteries. A la vérité, elle l'eût volontiers épousé, mais elle savait que ni le comte de Grandsagne ni Mme Dupin de Francueil ne le permettraient, l'un par orgueil de caste et horreur d'une alliance avec la fille de Sophie-Victoire, l'autre parce que Stéphane n'avait pas de fortune et passait pour un « mauvais esprit ». Aurore était mineure et devait tenir compte des oppositions familiales. Bientôt Stéphane ne lui écrivit plus qu'« avec une sincérité froide et tranchante ». Elle continuait à s'habiller en homme, ce qui donnait lieu à de plaisantes méprises. Quand elle s'arrêtait devant un vieux château gothique pour le dessiner, parfois une donzelle en sortait et faisait les doux yeux « à ce jeune monsieur ». *Aurore Dupin à Émilie de Wismes, juillet 1821 :* « Elle me regardait avec de certains yeux en coulisse tandis que, prenant un air galant, je me tuais à lui faire des courbettes auxquelles elle était fort sensible [1].... »

Chevauchées nocturnes ; casquette, blouse bleue et pantalon d'homme ; fragments de squelette sur les meubles, cette conduite romanesque choquait le Berry bien pensant. Le curé de La Châtre, confesseur d'Aurore, ayant prêté l'oreille aux cancans, l'interrogea : « N'avait-elle pas un amour naissant ? » Habituée à la finesse délicate de l'abbé de Prémord, qui, par principe, ne posait jamais de questions, elle fut blessée dans sa fierté et quitta le confessionnal. L'opinion de La Châtre lui était indifférente. « Les bêtes ont braillé » fut son seul commentaire. Sa mère, qui avait, à Paris, accueilli ces ragots, lui fit de sévères observations. Elle répondit par une lettre qui prouve un naturel génie d'écrivain, car tout y est dit avec une force et une modération admirables.

Aurore à Sophie-Victoire Dupin, 18 novembre 1821 : J'ai lu, avec autant d'attention que de respect, la lettre que vous avez eu la bonté de m'écrire, et je ne me permettrais pas la moindre objection à vos reproches, si vous ne m'eussiez ordonné de le faire promptement.... M. Deschartres, dites-vous, ma mère, est très répréhensible de me laisser livrée à moi-même ; d'abord je prendrai la liberté de vous observer que M. Deschartres n'a ni ne peut avoir aucune espèce d'autorité sur moi, et qu'il n'a d'autre droit auprès de moi que les conseils de l'amitié.... M. de Grandsagne vous a dit que j'avais le caractère guerrier ; pour ajouter foi à une pareille assurance, il vous a fallu croire, ma chère mère, que M. de Grandsagne connaissait à fond mon caractère, et je ne crois pas être assez *intimement liée* avec lui pour qu'il puisse savoir quels sont mes qualités ou mes défauts.... Il vous a dit la vérité en vous disant qu'il m'avait donné des leçons dans ma chambre : où voudriez-vous que je reçusse les personnes qui me viennent voir ? Il me semble que ma grand-mère, dans ses souffrances ou dans son sommeil, serait très

1. Lettre publiée dans la *Revue de Paris*, 15 novembre 1911, p. 326.

importunée par une visite.... Vous voudriez que je prisse, pour m'aller promener, le bras de ma femme de chambre, ou d'une bonne. Ce serait apparemment pour m'empêcher de tomber, et les lisières m'étaient nécessaires dans mon enfance... mais j'ai dix-sept ans et je sais marcher [1]....

Elle avait encore pour sa mère de l'affection, mais aucun respect autre que de forme.

Malgré cette fermeté de ton, elle était parfois désemparée. Plus de confesseur pour la guider, car elle ne pouvait aller à son bon vieux curé de Saint-Chartier, l'abbé de Montpeyroux : « J'étais trop intime, trop familière avec lui. » Elle déjeunait chez lui tous les dimanches, entre messe et vêpres ; il la ramenait en croupe à Nohant, où il dînait et passait la soirée. « L'Aurore est une enfant que j'ai toujours aimée », disait-il ; et elle : « S'il avait soixante ans de moins, je le ferais danser si je m'en mêlais [2]. » Un vieil ami que l'on domine n'est pas un directeur. Elle devait donc, seule, chercher sa vérité près du lit de sa grand-mère paralysée. Deschartres, « contradiction des pieds à la tête, grande instruction et absence de bon sens [3] », la décevait. L'abbé de Prémord était loin. Au couvent, l'*Imitation* avait été son livre de chevet, mais l'*Imitation* « est le livre du cloître, mortel à qui n'a pu rompre avec la société humaine ». Or la jeune châtelaine de Nohant se trouvait jetée avec force dans le siècle. Elle avait des devoirs d'état ; elle pansait des abcès et broyait des drogues ; avec le bel Ajasson de Grandsagne, elle découvrait les sciences. Elle chercha un christianisme adapté à la vie de son temps et découvrit Chateaubriand. Grâce au *Génie du Christianisme*, elle sentit sa dévotion se redorer de tout le prestige de la poésie romantique.

Gerson ? Chateaubriand ? Y avait-il donc deux vérités contradictoires dans le sein de l'Église ? Et, autre sujet

---

1. Lettre citée par LOUISE VINCENT dans *George Sand et le Berry*, pp. 53-55.
2. GEORGE SAND, *Correspondance*, t. I, p. 18.
3. *Opus cit.*, t. VI, p. 248.

de doute et d'angoisse : sa grand-mère était en danger de
mort. Fallait-il l'éclairer sur son état, tenter de la convertir, ou la laisser mourir en paix ? Aurore écrivit à l'abbé
de Prémord, qui conseilla le silence : « Dire à votre grand-
mère qu'elle était en danger, c'eût été la tuer.... Vous avez
été bien inspirée de vous taire et de prier Dieu de l'assister
directement. N'ayez jamais d'effroi quand c'est votre cœur
qui vous conseille. *Le cœur ne peut pas tromper* [1].... » Sand
souligne cette phrase, qui allait si longtemps lui servir de
morale. « Lisez les poètes, lui écrivait encore le tolérant
jésuite, tous sont religieux. Ne craignez pas les philosophes ; tous sont impuissants contre la foi [2] .» Rassurée,
elle cria à son âme inquiète : « En avant ! En avant ! »

Ce furent alors de grandes chevauchées à travers les
idées. Elle montait à dix heures du soir et lisait souvent
jusqu'à trois heures. Les contradictions qui divisent les
grands esprits la tourmentaient et « elle cherchait à mettre
d'accord ces lumières de diverses couleurs qui voltigeaient
autour d'elle, comme voltigeaient dans sa chambre les
flammes de l'âtre et les reflets de la lune.... Enivrée de dévotion poétique, elle avait cru d'abord qu'elle réfuterait
facilement les philosophes ; mais elle se prenait à les aimer
et à voir Dieu plus grand qu'il ne lui était encore apparu [3] ».
Chateaubriand, au lieu de la confirmer, comme elle l'avait
espéré, dans son catholicisme, avait ouvert « l'abîme de
l'examen ». En relisant, après le *Génie du Christianisme*,
l'*Imitation*, dans l'exemplaire que lui avait donné la
mère Mary-Alicia et sur lequel cette main chérie, vénérée,
avait écrit le nom d'Aurore Dupin, elle fut effrayée. Ou
bien Gerson disait vrai et elle devait renoncer à la nature,
à la famille, à la raison ; ou bien, entre le Ciel et la terre, il
lui fallait choisir la terre. A quoi Chateaubriand répondait :
« C'est dans les beautés de la terre, de la nature et de
l'amour, que vous trouverez des éléments de force et de vie

1. George Sand, *Histoire de ma Vie*, t. III, pp. 293-294.
2. *Opus cit.*, t. III, p. 300.
3. George Sand, *Impressions et Souvenirs*, p. 129.

pour rendre gloire à Dieu.... » Gerson conseillait : « Soyons boue et poussière » ; Chateaubriand : « Soyons flamme et lumière. » L'*Imitation* ordonnait de ne rien examiner ; le *Génie du Christianisme*, de tout examiner.

J'étais dans de grandes perplexités. Au galop de Colette, j'étais tout Chateaubriand. A la clarté de ma lampe, j'étais tout Gerson et me reprochais, le soir, mes pensées du matin[1]....

Chateaubriand, qui appelait, au secours du christianisme, «les enchantements de l'esprit et les intérêts du cœur », l'emporta. Puis elle étudia Mably, Locke, Condillac, Montesquieu, Bacon, Bossuet, Aristote, Leibnitz, Pascal, Montaigne et les poètes : Dante, Virgile, Shakespeare. Le tout sans ordre. Leibnitz lui parut le plus grand de tous, parce qu'elle n'y entendait rien. Que lui importaient les monades, l'harmonie préétablie et tant d'autres subtilités ? Elle était affermie dans sa foi en voyant cet esprit sublime se vouer, lui aussi, à l'adoration de la sagesse divine : « S'efforcer d'aimer Dieu en le comprenant, et s'efforcer de le comprendre en l'aimant ; s'efforcer de croire ce que l'on ne comprend pas, mais s'efforcer de comprendre pour mieux croire, voilà tout Leibnitz [2].... » A Deschartres, qui lui donnait des leçons de philosophie, elle jetait le livre à la tête : « Grand homme, cela me tue ! C'est trop long. Je suis pressée d'aimer Dieu. »

Soif de connaître ? Oui, mais avant tout besoin d'aimer. A ce moment, elle rencontra Rousseau: l'*Émile*, la profession de foi du vicaire savoyard. Ce fut une illumination ; là était la nourriture qui lui convenait. Ce langage s'empara d'elle comme une musique superbe : « Je le comparais à Mozart ; je comprenais tout ! » Avec Rousseau, elle avait en commun l'attendrissement, le désir de sincérité, l'amour de la nature. Il lui enseigna qu'il faut vivre selon cette nature, obéir aux passions et, en particulier, à l'amour.

1. GEORGE SAND, *Histoire de ma Vie*, t. III, p. 293.
2. *Opus cit.*, t. IV, p. 306.

Ce fut de Rousseau qu'elle apprit à mêler le vocabulaire
de la vertu aux entraînements du cœur. Leibnitz et Rousseau, le philosophe difficile et le compagnon aimé, restèrent
toujours ses maîtres. Pour la bien comprendre, il en faut
ajouter un troisième et noter que, dès ce temps-là, elle
lisait beaucoup Franklin. Il est remarquable que le côté
un peu prudhommesque de cette sagesse pratique, loin de
la rebuter, lui plaisait.

Était-elle encore catholique ? Plus tard, écrivant l'histoire de sa vie, elle répondit : « Je ne le pense pas. » C'est
là le plaidoyer de la femme mûre qui, ayant rompu avec
l'Église, veut se persuader qu'elle est pourtant fidèle à sa
jeunesse. En 1821, Aurore reconnaissait son allégeance
à la mère Alicia et à l'abbé de Prémord. Cependant,
elle croyait trouver en Rousseau le vrai christianisme, celui
qui exige l'égalité et la fraternité absolues. Aimer et se
sacrifier, telle lui semblait être la leçon de Jésus-Christ.
Elle croyait en Dieu ; elle croyait à l'immortalité de l'âme,
à la Providence et surtout à l'amour. Mais, sans le savoir
bien clairement, elle était immanentiste. Elle ne croyait
plus en un Dieu personnel, transcendant, qui eût assisté de
l'extérieur aux luttes de l'humanité : « J'aime mieux croire
que Dieu n'existe pas que de le croire indifférent[1] .» Cette
personne tourmentée devenait athée quelquefois, pendant
vingt-quatre heures, mais cela ne durait jamais parce
qu'elle sentait la présence divine en toutes choses :

Si tout est divin, même la matière ; si tout est surhumain,
même l'homme, Dieu est dans tout, je le vois et je le touche ;
je le sens unique puisque je l'aime, puisque je l'ai toujours
connu et senti, puisqu'il est en moi à un degré proportionné
au peu que je suis. Je ne suis pas Dieu pour cela, mais je viens
de lui et je dois retourner à lui [2]....

En somme, elle revenait, comme au jour du *Tolle, lege,*
à la foi dans une alliance surhumaine entre son âme et

1. GEORGE SAND, *Impressions et Souvenirs,* p. 132.
2. *Opus cit.,* p. 136.

Dieu. Rousseau l'enchantait parce qu'il fournissait « un intarissable aliment à cette émotion intérieure, à ce continuel transport divin ».

Essayons d'imaginer cette fille ardente et rêveuse, garçonnière et mystique, quand elle galope à travers les prairies, charmée par la succession des paysages, par la rencontre des troupeaux, par le doux bruit de l'eau qui clapote sous le pied des chevaux, ou le soir dans sa chambre quand, ayant allumé un fagot (car elle reste frileuse), elle regarde par la fenêtre les grands pins immobiles et la lune, presque à son plein, briller dans le ciel pur. Elle est une très remarquable personne, poète sans le savoir, philosophe parce qu'elle le veut, « tourmentée des choses divines », avide d'héroïsme et de sacrifice. Sous son oreiller, elle cache des papiers, car elle commence à écrire. Un portrait du *Juste* par exemple : « Le Juste n'a pas de sexe moral : il est homme ou femme, selon la volonté de Dieu ; mais son code est toujours le même, qu'il soit général d'armée ou mère de famille [1].... » Notons ce désir d'égalité des sexes.

Le Juste n'a pas de fortune, pas de maison, pas d'esclaves. Ses serviteurs sont ses amis, s'ils en sont dignes. Son toit appartient au vagabond, sa bourse et son vêtement à tous les pauvres, son temps et ses lumières à tous ceux qui les réclament.... Le Juste est sincère avant tout, et c'est ce qui exige de lui une force sublime, parce que le monde n'est que mensonge, fourberie ou vanité, trahison ou préjugé [2]....

Elle disait aussi : « Le Juste est orgueilleux, mais non pas vain. » Cela faisait un portrait assez précis de ce qu'*elle* souhaitait être. Orgueilleuse ? Sans doute. Elle se sentait forte, méprisait l'opinion de la foule, retrouvait avec plaisir en son cœur le mépris de son père pour les conventions, en son esprit la ferme intelligence de sa grand-mère. Deschartres lui prêchait la prudence et lui rappelait la parole

1. George Sand, *Lettres d'un Voyageur*, p. 115.
2. *Opus cit.*, p. 116.

sacrée : *Malheur à celui par qui le scandale arrive.* En vain. Ce que le monde appelle scandale, disait-elle, n'est pas ce que le Christ eût appelé scandale. Prudence ? « La conscience intime étant le seul juge, je me crois complète- ment libre de manquer de prudence, s'il me plaît de sup- porter tout le blâme et toutes les persécutions qui s'at- tachent aux devoirs périlleux et difficiles [1].... » Élevée en garçon, elle avait des ambitions d'homme ; élevée en chré- tienne, elle avait l'espérance d'arriver à l'état d'homme *juste.*

Cette singulière déclaration de mes *droits de l'homme,* comme je l'appelais alors, écolier que j'étais ; cet innocent mélange d'hérésies et de banalités religieuses, renferme pourtant bien, n'est-ce pas, un ordre d'idées arrêtées, un plan de vie, un choix de résolutions, la tendance à un caractère religieusement choisi et embrassé ? Elles t'expliquent à peu près ce qu'étaient les illusions de mon adolescence et, au milieu des sentiments fraî- chement dictés par l'Évangile, une sorte de restriction rebelle dictée par l'orgueil naissant, par l'obstination innée ; un vague rêve de grandeur humaine, mêlé à une plus sérieuse ambition de chrétien [2]....

VI

UNE JEUNE FILLE DÉCOUVRE LE MONDE

L'étonnante liberté d'Aurore Dupin, si anormale pour une « jeune personne » de 1821 et source d'une telle confiance en soi, tenait à des conditions sujettes à l'in- stabilité. Aurore était sous l'autorité de sa grand-mère, et sa grand-mère n'avait plus d'autorité ; Aurore dépendait du seul Deschartres, et le bonhomme était fou d'elle. Mal- heureusement l'état de Mme Dupin de Francueil, vers la fin de l'année, s'aggrava. Elle avait perdu la mémoire ; elle sommeillait toujours et ne dormait jamais. Aurore la veillait une nuit sur deux, en lisant *René* et *Lara.* D'où

1. GEORGE SAND, *Histoire de ma Vie,* t. III, p. 345.
2. GEORGE SAND, *Lettres d'un Voyageur,* p. 117.

une disposition mélancolique. Elle pensait tantôt au suicide, tantôt au cloître, jamais au mariage. Stéphane, seul garçon qui l'eût intéressée, tournait à l'athéisme et au matérialisme. « Cela creusait un abîme entre nous. » On se souvient que l'abbé de Prémord l'avait détournée de faire pression sur sa grand-mère pour que celle-ci accomplît ses devoirs religieux :

Priez toujours, espérez et, quelle que soit la fin de votre pauvre grand-mère, comptez sur la sagesse et sur la miséricorde infinies. Tout votre devoir auprès d'elle est de continuer à l'entourer des plus tendres soins. En voyant votre amour, votre modestie et, si je puis parler ainsi, la *discrétion* de votre foi, elle voudra peut-être, pour vous récompenser, répondre à votre secret désir et faire acte de foi elle-même [1]....

Ce qu'avait espéré l'aimable et sage directeur arriva. L'archevêque d'Arles, parent de la famille, puisque fils naturel du grand-père Dupin et de Mme d'Épinay, reconnaissant à la mourante des bontés qu'elle avait eues jadis pour ce bâtard de son époux, vint la voir pour sauver son âme : « Je sais bien que cela vous fait rire, lui dit-il. Vous ne croyez pas que vous serez damnée parce que vous n'aurez pas fait ce que je vous demande, mais moi je le crois, et vous pouvez bien me faire ce plaisir-là. »

A la grande surprise de sa petite-fille, la vieille dame consentit : « Laisse-moi faire, je crois qu'en effet je vais mourir. Eh bien je devine tes scrupules. Je sais que, si je meurs sans faire ma paix avec ces gens-là, ou tu te le reprocheras, ou ils te le reprocheront. Je ne veux pas mettre ton cœur aux prises avec ta conscience, ou te laisser aux prises avec tes amis. J'ai la certitude de ne faire ni une lâcheté, ni un mensonge, en adhérant à des pratiques qui, à l'heure de quitter ceux qu'on aime, ne sont pas d'un mauvais exemple. Aie l'esprit tranquille, je sais ce que je fais [2]. » Elle manda son bon vieux curé de Saint-Chartier

1. George Sand, *Histoire de ma Vie*, t. III, p. 294.
2. *Opus cit.*, t. III, p. 319.

et voulut qu'Aurore fût présente lors de sa confession, qui fut noble et franche. Le vieil abbé, dans son parler paysan, lui dit : « Ma chère sœur, je serons tous pardonnés, parce que le bon Dieu nous aime et sait bien que quand je nous repentons, c'est que je l'aimons. » L'archevêque, les domestiques et tous les ouvriers de la ferme assistèrent à son viatique.

Elle mourut le jour de Noël 1821. Ses dernières paroles furent pour Aurore : « Tu perds ta meilleure amie. » Sur son lit de mort, fraîche et rose, coiffée de son bonnet de dentelle, elle parut très belle, sublime de tranquillité, d'une autorité souveraine et plus que jamais fille du maréchal de Saxe. Deschartres, dont la douleur faisait peine, eut une idée romanesque et macabre. Ayant dû préparer la sépulture familiale à recevoir un nouveau cercueil, il avait ouvert celui du père d'Aurore et tenu à emmener la jeune fille, par cette nuit glacée, jusqu'au petit cimetière privé, sous les arbres du parc. La tête de Maurice Dupin s'était détachée du squelette. Deschartres la souleva et la fit baiser par Aurore, assez émue et exaltée pour trouver cela naturel.

« Tu perds ta meilleure amie », avait dit la grand-mère. Elle perdait aussi sa seule ligne de défense contre les méchancetés et les convoitises. Une jeune fille de dix-sept ans, héritière d'une grande fortune puisqu'elle possédait à Paris l'hôtel de Narbonne, en Berry la terre de Nohant, plus quelques rentes, pouvait tenter les prétendants. Sa grand-mère, très sagement, avait désigné comme tuteur le comte René de Villeneuve, petit-fils de son propre mari [1] ; avec lui, Aurore vivrait à Chenonceaux ; elle serait introduite par Mme de Villeneuve, avec leur fille Emma (future comtesse de la Roche-Aymon), dans un monde souhaitable ; elle resterait à la campagne, elle qui disait : « Non, je ne pourrais plus vivre à la ville. J'y mourrais

---

1. Au moment de son mariage avec Aurore de Saxe, Dupin de Francueil était veuf. Il avait, de son premier lit, une fille unique, mariée au comte de Villeneuve, propriétaire du château de Chenonceaux.

d'ennui. J'aime ma solitude passionnément [1].... » Ce projet agréait aux Villeneuve, à la seule condition que leur petite-cousine rompît entièrement avec « l'affreux milieu » de sa mère et oubliât que son père avait fait « un mariage de garnison ». M. de Villeneuve, qui vint tout de suite à Nohant, charma Aurore ; il était aimable, gai, et savait des milliers de vers par cœur ; elle se réjouit de l'avoir pour tuteur.

C'était compter sans la violence de Sophie-Victoire, qui, en apprenant la mort de sa belle-mère, s'était mise en route avec sa sœur, la tante Lucie Maréchal. Enfin Nohant lui était rouvert ! Aurore l'accueillit avec tendresse, et les premières caresses furent exubérantes. Puis les mauvais souvenirs prirent le dessus, et Mme Maurice Dupin exhala sa haine contre la morte. D'indécentes invectives conster-nèrent sa fille, qui, forte de ses résolutions de sainteté, n'opposa à ce torrent que calme et respect. « Tu t'y prends tout de travers,- lui dit sa tante. Il faut crier, tempêter comme elle. » Mais les principes d'Aurore s'y opposaient. L'ouverture du testament mit le comble à la colère de la mûrissante furie. Elle était, dit-elle, la tutrice naturelle et légale de sa fille, et ne renoncerait jamais à ce droit.

Aurore se soumit sans un murmure. Non qu'elle éprouvât encore son ancienne passion pour sa mère ; tant de haine lui faisait horreur ; elle obéissait par devoir. Au moins espérait-elle que Sophie-Victoire ou la remettrait au couvent des Anglaises, ou la laisserait à Nohant, mais elle fut emmenée à Paris. Auparavant, elle avait donné *quitus* de sa gestion à Deschartres, bien que le pauvre « grand homme », très mauvais administrateur, fût en retard de dix-huit mille francs de fermages. Aurore jura qu'elle les avait reçus, à la noire indignation de sa mère et tutrice, et pensa que Dieu lui pardonnerait ce mensonge.

A Paris, les Villeneuve l'abandonnèrent. Se croyant

---

1. Lettre à Émilie de Wismes, publiée dans la *Revue de Paris*, 15 no-vembre 1911, p. 329.

d'un autre monde que « l'aventurière », ils ne voulaient ni supporter ses injures ni partager Aurore avec elle. Leur indifférence la fit pleurer ; elle s'était prise à les aimer. Mais pouvait-elle « fouler aux pieds le respect filial » et donner ainsi à croire qu'elle reconnaissait « des castes et une inégalité originelle » ? Cette attitude généreuse la livrait sans protection à la tyrannie de sa mère. Or celle-ci, en pleine ménopause, était à demi folle, soupçonneuse à l'excès, délirante. Elle ne pouvait se résigner à la vieillesse et cherchait des émotions violentes. Elle jurait de « briser la sournoiserie » de sa fille, lui arrachait les livres des mains, lui reprochait d'être vicieuse, égarée. Quand elle était de bonne humeur, elle retrouvait son pouvoir de séduction, mais ces éclaircies étaient rares. « C'est vrai, disait-elle alors, que je fais enrager tout le monde quand je m'y mets.... Je ne sais faire autrement.... Ma tête travaille trop. »

Au printemps 1822, elle s'aigrit jusqu'à l'aliénation. Elle voulut contraindre Aurore à faire un mariage dont celle-ci haïssait la seule idée.

Journal d'Aurore : Je conservai jusqu'au bout mon sang-froid et ma supériorité. Mon visage était flétri, ma santé détruite... mais ma volonté subsistait toujours, ferme comme un mur d'airain.... Depuis longtemps, on me menaçait de la captivité. Je me contentais de répondre : « Vous n'auriez pas si mauvais cœur ! » On essaya de m'effrayer en me menant jusqu'au seuil de la prison.... Des religieuses vinrent nous ouvrir une grille et, après avoir traversé les détours étroits et obscurs d'un cloître, on ouvrit la porte d'une cellule que je pourrais bien comparer à celle de *La Chartreuse* de Gresset :

« Vous avez demandé à être au couvent, me dit-on alors. Vous avez espéré qu'en rentrant dans celui où l'on vous a élevée, et où vous avez reçu tous vos mauvais principes, vous jouiriez de plus de liberté. On sait fort bien que vous y auriez été accueillie. On y aurait passé tous vos défauts, excusé toutes vos démarches et caché votre conduite. Ici, vous serez beaucoup mieux. La communauté est prévenue sur votre compte et en garde contre vos beaux discours. Apprêtez-vous à passer dans cette cellule les trois ans et demi de votre minorité. N'espérez pas implorer le secours des lois. Personne n'entendra vos plaintes, et ni vos défenseurs, ni vous-même ne saurez le nom ni le lieu de votre retraite.... »

Puis, soit qu'on se reprochât une action aussi despotique, soit qu'on craignît la vengeance des lois, soit qu'on eût l'intention de m'effrayer, on renonça à ce projet [1]....

Quelle leçon pour la naïve jeune fille, qui s'était crue si forte et puissante au temps où elle régnait sur Nohant ! Elle découvrait qu'une mineure est, à la lettre, une esclave. Elle était malade ; son estomac, contracté par des colères muettes, refusait tout aliment ; elle espérait mourir d'inanition. Fort heureusement, Sophie-Victoire se lassa de cette lutte. En avril 1822, elle emmena Aurore, pour quelques jours, chez un ex-colonel de chasseurs, autrefois compagnon d'armes de Maurice Dupin, et qui se nommait James Roettiers du Plessis.

James et Angèle Roettiers du Plessis (quarante et vingt-sept ans) habitaient, près de Melun, le domaine du Plessis. Tous deux étaient bons et francs. Ils élevaient cinq enfants, dans un parc très vaste où Aurore, qui ne pouvait se passer de verdure et de fleurs, retrouva sinon la poésie de Nohant, au moins une belle végétation et le spectacle des travaux de la campagne. Au bout d'un jour, Sophie-Victoire s'ennuya et décida de partir. Elle changeait de résidence comme de couleur de cheveux. Mme du Plessis, voyant Aurore triste de rentrer à Paris, proposa de la garder une semaine. La mère accepta, peut-être avec l'arrière-pensée de compromettre cette fille inflexible ; elle avait vu que de nombreux officiers venaient au Plessis et que la vie y paraissait fort libre.

Les Du Plessis prirent Aurore en affection ; elle était devenue l'amie de leurs enfants et la joie de la maison ; sa mère semblait l'avoir complètement oubliée. Ils la gardèrent plusieurs mois, l'habillèrent (car elle n'avait plus de garde-robe) et la traitèrent comme leur propre fille. Elle adorait

1. George Sand, *Le Roman d'Aurore Dudevant et d'Aurélien de Sèze*, pp. 40-42.

son « père James » et sa « mère *Angel* ». L'air des champs
lui avait rendu l'appétit. Le spectacle de cette famille
heureuse l'avait réconciliée avec l'idée du mariage. Il y
avait une autre raison pour qu'elle éprouvât le besoin d'un
protecteur. Au Plessis vivaient, comme nous l'avons dit,
beaucoup de jeunes gens, de militaires, auxquels sa mère
n'avait pas manqué de la décrire « comme une jeune personne originale, inconséquente, pour ne pas dire plus ».
D'où, chez ces hommes, une audace importune. « Mme *Angel*, bonne et généreuse, n'était pas assez réfléchie pour me
mettre à l'abri des dangers qui m'environnaient [1].... »
Aurore elle-même, vive, légère, étourdie, semblait encou-
rager des avances qui, au contraire, l'exaspéraient.

Elle méditait tristement sur la difficile position dans
le monde de la femme qu'aucun homme ne défend quand,
un soir, à Paris, comme elle prenait des glaces avec les
Du Plessis, à la terrasse du café Tortoni, Angèle dit à son
mari : « Tiens ! voilà Casimir. » Un jeune homme mince,
assez élégant, d'une figure gaie et d'une allure militaire,
vint leur serrer la main et répondre aux questions empres-
sées qu'on lui adressait sur son père, le colonel baron Dudevant, très aimé et respecté de la famille. Il demanda
tout bas qui était la jeune fille et se souvint que son père
avait été ami du colonel Dupin. Aurore, de son côté,
s'enquit de ce jeune homme. Il était le fils naturel, reconnu,
d'un baron de l'Empire et d'une servante, Augustine Soulès.
Sa famille possédait soixante-dix à quatre-vingt mille
livres de rentes et un domaine en Gascogne, à Guillery.
Quelques jours plus tard, Casimir Dudevant vint au Plessis
et se mêla aux jeux des enfants, en bon camarade. Il parut
prendre un intérêt particulier à la situation d'Aurore et lui
donna d'utiles conseils.

Tu fus ce protecteur, bon, honnête, désintéressé, qui ne me
parla point d'amour, qui ne songea point à ma fortune et qui

---

1. GEORGE SAND, *Le Roman d'Aurore Dudevant et d'Aurélien de Sèze*,
p. 145.

tâcha, par de sages avis, de m'éclairer sur les périls dont j'étais menacée. Je te sus gré de cette amitié ; je te regardai bientôt comme un frère ; je me promenais, je passais des heures entières avec toi ; nous jouions ensemble comme des enfants, et jamais nulle pensée d'amour ni d'union n'avait troublé notre innocente liaison. C'est à cette époque que j'écrivis à mon frère : « J'ai ici un camarade que j'aime beaucoup, avec qui je saute et je ris comme avec toi. » Tu sais comment nos amis communs nous mirent dans la tête de nous épouser. Parmi ceux qu'on m'offrait, P... m'était insupportable, C... odieux, plusieurs autres étaient plus riches que toi. Tu étais bon, et c'était le seul mérite réel à mes yeux. En te voyant tous les jours, je te connus de mieux en mieux ; j'appréciai toutes tes bonnes qualités, et personne ne te chérit plus tendrement que moi [1]....

Elle était sincère. Dans son calepin vert, elle notait : « Bonheur inouï », et « Joie inexprimable ». Il était doux d'avoir enfin un ami sûr. Elle ne le trouvait pas beau ; le nez de Casimir était un peu long ; mais elle passait avec plaisir des heures entières avec lui. Comme toute jeune fille qui se sent isolée, sans défense, elle se prenait « au miroir de la virilité ». Ce nouveau prétendant lui plut particulièrement en lui demandant sa main à elle-même, avant toute démarche officielle des parents. En outre, elle se croyait certaine qu'il ne l'épousait pas pour son argent. Il devait être un jour plus riche qu'elle. A la vérité, la situation financière n'était pas si simple. Casimir, fils unique mais enfant naturel, n'avait pas *droit* à l'héritage de son père. Celui-ci lui donnait seulement soixante mille francs de dot et léguait tous ses biens à la baronne Dudevant son épouse, à charge pour celle-ci de transmettre la fortune familiale à Casimir. Néanmoins Casimir Dudevant, célibataire, était chez lui dans la maison paternelle ; en se mariant, il accepterait à Nohant un train de vie plus réduit. On ne pouvait l'accuser de faire, en épousant Aurore, un mariage d'intérêt.

Toutefois la soupçonneuse Sophie-Victoire ne manqua

---

1. George Sand, *Le Roman d'Aurore Dudevant et d'Aurélien de Sèze*, pp. 145-146.

pas une si belle occasion de faire sentir son pouvoir. Elle
avait été séduite par la belle figure, l'air de distinction et
de bonté du vieux colonel. « J'ai dit oui, confia-t-elle à sa
fille, mais pas de manière à ne pas m'en dédire. Je ne sais
pas encore si le fils me plaît. Il n'est pas beau. J'aurais
aimé un beau gendre pour me donner le bras. » Quinze
jours plus tard, elle tomba comme une bombe au Plessis.
Elle prétendait avoir découvert que Casimir était un aven-
turier et qu'il avait été garçon de café ! Qui lui avait
raconté ces folies ? Aurore en vint à penser qu'elle les
avait rêvées. Puis la mère exigea le régime dotal, que sa
fille jugeait offensant pour Casimir. Le mariage fut remis
en question, de nouveau décidé, de nouveau rompu. Ainsi
jusqu'à la fin de l'été. Mme Dupin ne s'accoutumait pas au
nez de Casimir et disait de lui pis que pendre à sa fille.
Enfin, le 10 septembre 1822, la cérémonie fut célébrée, et
les deux époux partirent pour Nohant, où Deschartres les
reçut avec joie.

DEUXIÈME PARTIE

MADAME DUDEVANT

> Le désir est bien au-dessous de
> l'amour, et peut-être n'est-il même
> pas le chemin de l'amour.
> ALAIN.

I

UNE VIE CONJUGALE

CE FUT une étrange impression que de se retrouver à Nohant et que d'y partager avec un homme le grand lit en forme de corbillard, panaches aux quatre coins, qui avait été celui de Mme Dupin de Francueil. Mais Aurore voulait trouver le bonheur dans le mariage. « J'étais alors pure », dit-elle plus tard. Oui, elle était pure et encore tout imprégnée de morale conventuelle.

Aurore Dudevant à Émilie de Wismes : Il faut, je crois, que l'un des deux, en se mariant, renonce entièrement à soi-même et fasse abnégation non seulement de sa volonté, mais de son opinion ; qu'il prenne le parti de voir par les yeux de l'autre, d'aimer ce qu'il aime, etc.... Quel supplice, quelle vie d'amertume quand on s'unit à quelqu'un qu'on déteste !... Mais aussi quelle source d'inépuisable bonheur quand on obéit à ce qu'on aime. Chaque privation est un nouveau plaisir ; on sacrifie en même temps à Dieu et à l'amour conjugal, et on fait à la fois son devoir et son bonheur.... Il faut aimer, et aimer beaucoup son mari pour en venir là, et pour savoir faire durer toujours la lune de miel. J'ai eu comme toi, jusqu'au moment où je me suis attachée à Casimir, une triste opinion du mariage et, si j'en ai changé, c'est à mon égard seulement [1]....

1. Collection Spoelberch de Lovenjoul. E.

Était-elle tout à fait sincère ? Une jeune femme avoue-t-elle jamais une déception à une jeune fille ? A la vérité, Aurore elle-même ne savait pas clairement où elle en était. Mariée en septembre, dès le début d'octobre elle se vit enceinte et entra dans cet état d'engourdissement béat qui accompagne les grossesses normales. La fierté rend tout mari, s'il n'est un monstre, prévenant et bon à l'égard d'une femme qui attend de lui un enfant. Casimir, en cet hiver 1822-1823, fut aux petits soins. Il chargeait Caron, son correspondant à Paris, de cent courses pour Aurore. Elle voulait avoir les chansons de Béranger : « Ne manquez pas de bien faire cette commission, car c'est une envie de femme grosse, et gare à vous si ma femme n'est pas con-tente.... » Elle exigeait des bonbons : « Son goût a dégénéré en fureur et, si vous ne songez à satisfaire sa gourmandise, elle pourrait se rejeter sur vous, aussi je vous conseille de vous faire confire comme un cédrat [1].... »

On voit que l'humour de M. Dudevant était lourd et assez vulgaire. Sa femme ne s'en plaignait pas. Les propos égrillards lui déplaisaient ; les grosses plaisanteries l'amu-saient. Alanguie par son état, elle renonça sans regret aux lectures et à toute vie intellectuelle. Au-dehors, il neigeait. Casimir, grand chasseur, passait ses journées dans les champs et les bois. Aurore rêvait, épiait les premiers tres-saillements de son enfant et cousait une layette. Elle n'avait jamais coupé ni taillé de sa vie. Elle s'y jeta avec une sorte de passion, étonnée de voir comme c'était facile et combien il pouvait y avoir « de maestria et d'invention » dans le coup de ciseaux. Toute sa vie elle allait trouver un attrait invincible à ces travaux d'aiguille, qui calmaient l'agitation de son esprit.

Le vieux Deschartres, en habit bleu barbeau à boutons d'or, habitait avec le jeune ménage. Casimir, très genti-ment, le laissait diriger Nohant, mais attendait avec impa-tience le moment où le « grand homme » prendrait sa

1. Collection Spoelberch de Lovenjoul, E. 869, f. 1 et f. 3.

retraite. Le domaine, sous le gouvernement de l'ancien précepteur, ne rapportait pas grand-chose, et le revenu du ménage ne dépassait guère quinze mille francs. Là-dessus Aurore voulait donner trois mille francs par an à sa mère et des pensions à quelques vieux serviteurs. Ce qui restait ne permettait qu'un train de vie modeste. Pourtant l'hiver « s'écoula comme un jour », sauf six semaines que, sur prescription de Deschartres, Aurore dut passer au lit dans l'inaction. C'était la première fois que cela lui arrivait. On couvrit son lit d'une toile verte ; on fixa aux coins de grandes branches de sapin et elle vécut dans ce bosquet, entourée de pinsons, de rouges-gorges et de moineaux. La petite-fille de l'oiseleur se plaisait en cette poétique compagnie.

Quand approcha le temps de sa délivrance, elle partit pour Paris avec son mari et s'installa dans un appartement meublé, à l'*Hôtel de Florence*, rue Neuve-des-Mathurins. Là naquit, le 30 juin 1823, sans accroc, Maurice Dudevant, gros bébé très vivace. Deschartres, qui prit alors sa retraite, vint voir le nouveau-né. Raide et gourmé, il démaillota l'enfant et le regarda dans tous les sens « pour voir s'il n'y avait rien à critiquer ». Puis il fit ses adieux, avec une feinte sécheresse qui était dans sa manière. Folle de son fils, la jeune mère décida de l'allaiter. Sophie-Victoire approuva. *Mme Maurice Dupin à Mme Dudevant:* « Tu veux donc nourrir. C'est bien ; c'est dans la nature et cela fait ton éloge.... » Mais elle avait des griefs contre son gendre, qui, craignant l'influence de cette femme hardie et immorale, éloignait d'elle sa fille. « Pourquoi me tenir à l'écart ? Si je n'avais fait la mère, il n'aurait pu lui faire un autre lui-même [1].... »

Casimir étant devenu, par l'abdication de Deschartres, administrateur de Nohant, le couple dut y passer l'automne et l'hiver. Le nouveau maître, comme font les nouveaux maîtres, changeait tout. Il y eut plus d'ordre, moins d'abus

1. Collection Spoelberch de Lovenjoul, E. 868, f. 270.

dans la domesticité ; les allées furent mieux sarclées et
mieux tenues. Casimir avait vendu les vieux chevaux,
tué les vieux chiens. « Nohant était amélioré, mais bouleversé. » A l'héritière du domaine, ces transformations
inspirèrent une inexplicable mélancolie. Elle ne retrouvait
plus, dans ce parc bien ratissé, « les coins sombres et abandonnés où elle avait promené les rêveries de son adolescence ». Après tout, elle était à Nohant chez elle et il lui
était douloureux de n'avoir plus voix au chapitre. Ne
s'était-elle libérée des contraintes familiales que pour
devenir l'esclave d'un mari ? Elle découvrait que la loi
était dure aux femmes. Le moindre de leurs actes exigeait
une autorisation maritale. L'adultère de la femme était
puni de réclusion ; celui de l'homme, toléré. Aurore, jeune
fille, avait attendu du mariage la certitude et la paix que
donne une foi. Les propos salés de Casimir et de ses
compagnons, hobereaux du voisinage, lui montraient assez
que cet amour mystique n'était pas leur fort.

S'éveillant de sa torpeur, elle eut plaisir à rouvrir ses
livres.

Aurore Dudevant à Émilie de Wismes : Je vis toujours dans
la solitude, si l'on peut se croire seule quand on vit tête à tête
avec un mari que l'on adore. Pendant qu'il chasse, je travaille,
je joue avec mon petit Maurice ou je lis. Je relis en ce moment
les *Essais* de Montaigne, mon auteur favori.... Mon cher Casimir est le plus agissant de tous les hommes. A peine si, le soir, je
puis obtenir une ou deux heures de lecture. Mais j'ai lu quelque
part que, pour s'aimer parfaitement, il fallait avoir *des principes
semblables avec des goûts opposés* [1]....

Si les goûts opposés avaient été gages de bonheur, elle
aurait été bien heureuse. Elle essaya de donner des livres
à son mari ; d'ennui et de sommeil, il les laissait tomber de
ses mains. Elle lui parla de poésie, de morale ; il ne connaissait pas les auteurs dont elle l'entretenait et la traita de folle
romanesque. Quand elle lui décrivit ses émotions, ses pal-

---

[1]. Collection Spoelberch de Lovenjoul, E. 911, f. 39 et f. 43.

pitations, ses effusions religieuses, il haussa les épaules et
dit que cette exaltation était « une conséquence naturelle
d'un tempérament bilieux, modifié par une disposition
accidentellement névralgique ». Elle tenta de l'intéresser
à la musique ; le son du piano le faisait fuir. Il ne se
plaisait qu'aux battues, aux beuveries, à la politique
locale.

Parfois le plaisir cimente des unions que la raison ni le
cœur ne comprennent. *Je leur donne des nuits qui consolent
des jours.* Mais, là encore, la déception avait été profonde.
Aurore s'était, par ses lectures, préparée à l'amour sentimental ; l'amour physique l'avait surprise sans la combler.
Pour la femme, le plaisir est fonction de l'imagination.
Elle a besoin, surtout dans sa première expérience, de se
sentir aimée, et aussi d'admirer son partenaire. Un homme
du type Casimir, égoïste et sensuel, s'attend que la docile
ménagère du jour se transforme soudain, dans la nuit
de l'alcôve, en amoureuse extasiée. Cela ne pouvait pas
être et ne fut pas. « Le mariage n'est agréable qu'avant
le mariage », disait-elle. Casimir, de son côté, la trouvait
bien froide : « Toi qui repousses mes embrassements, lui
disait-il, toi dont les sens me semblent à l'épreuve de
tout [1].... »

Querelles qui ne duraient guère. Elle continuait à louer
en son mari de solides qualités. Il était honnête, capable
d'affection, excellent père. Bons camarades, les époux
signaient leurs lettres ensemble : *Les deux Casimirs.*
Lorsque Dudevant voyageait et qu'elle ne pouvait l'accompagner, il écrivait tendrement. A distance, les lettres
transformaient de nouveau le mari charnel en cet amant
désincarné dont avait naguère rêvé la vierge.

Casimir à Aurore : Je sors du lit et ma première pensée est
pour mon petit amour.... Adieu, bon petit ange ; je te presse
contre mon cœur et te baise un million de fois sur chacune de

1. GEORGE SAND, *Le Roman d'Aurore Dudevant et d'Aurélien de Sèze*,
p. 18.

tes jolies joues, pour te récompenser des petites larmes qui
sortent de tes yeux adorés....

Tu me grondes bien fort, cher amour, de ne pas t'avoir écrit
de Paris. Je n'ai pas eu un moment à moi, comme je te l'ai marqué par ma lettre de Châteauroux. Je suis bien touché du chagrin que tu as de mon absence. Sois persuadée que je le partage
bien sincèrement et qu'à mon retour je serai si gentil que je te
dédommagerai de tes peines, oui, mon petit ange.... Pourquoi
ne t'amuses-tu pas, mon bon petit ange ?... Je compte les moments et les minutes passés loin de toi. Adieu, mon cher amour.
Je te presse contre mon cœur, et le pauvre petit bébé aussi [1].

Le soir, à Nohant, les deux Casimirs jouaient au piquet,
et les enjeux allaient à une masse destinée à l'achat d'un
foie gras, chez Chevet. Ou bien Aurore demandait à Caron
« quatre petites boîtes de poudre de corail pour les dents,
une bouteille d'huile de rose, une de rhum pour Casimir,
plus une aune de levantine au grand large, pour faire un
tablier sans couture, des bocaux d'abricots à l'eau-de-
vie... » et une guitare [2].

Vie normale, semblait-il, de jeunes châtelains. Mais, au
printemps de 1824, un matin, en déjeunant, Aurore se
trouva « subitement étouffée par les larmes ». Casimir se
mit en colère ; aucun sujet immédiat de contrariété
n'expliquait cette crise de désespoir. Elle s'excusa, avoua
des angoisses fréquentes, et qu'elle devait être un cerveau
faible et détraqué. Sans doute cette maison, toute pleine
encore des souvenirs de sa grand-mère, la déprimait-elle,
dit Casimir. D'ailleurs lui-même ne s'y plaisait pas. Ils
s'arrangèrent avec leurs amis pour aller au Plessis, pour
quelque temps, comme hôtes payants.

Là, dans ce milieu jeune et animé, où l'on jouait la
comédie, où vivaient de nombreuses jeunes filles, Aurore
retrouva sa gaieté. Elle brilla, et Casimir, parce que les
hommes admiraient sa femme, montra quelque jalousie.
Il faut dire qu'Aurore, en toute innocence, était une

1. Collection Spoelberch de Lovenjoul, E. 868, ff. 195 et 197.
2. *Ibid.*, E. 869, f. 38 et f. 89.

coquette-née. Ses beaux yeux, ses talents d'animatrice tournaient bien des têtes ; elle y prenait plaisir. Son mari, inquiet, devint agressif. Un jour, comme elle faisait l'enfant et jetait du sable dont quelques grains tombèrent dans les tasses de café, il lui ordonna de cesser ; elle le défia et lança une nouvelle poignée ; cette offense publique à l'autorité maritale le blessa au vif. Il la gifla légèrement. A ce moment, l'incident parut faire sur elle peu d'impression. Quand son mari alla inspecter Nohant, elle lui écrivit aussi tendrement que jamais.

Aurore à Casimir, 1ᵉʳ août 1824 : Comme c'est triste, mon bon petit ange, mon cher amour, de t'écrire au lieu de te parler, de ne plus t'avoir là près de moi et de penser que ce n'est aujourd'hui que le premier jour. Comme il me semble long et comme je me trouve seule ! J'espère que tu ne me quitteras pas souvent, car cela me fait bien du mal et je ne m'y accoutumerai jamais. Je ne sais pas ce que je fais ce soir, tant je suis fatiguée et étourdie d'avoir pleuré. Cependant, ne t'inquiète pas trop, mon ange ; je ferai tout mon possible pour n'être pas malade, ni notre cher petit non plus. Mais il ne me faudrait pas souvent des journées comme celle-ci ! Je ne peux pas m'empêcher de pleurer encore, quand je pense au moment où tu m'as quittée.... Mon Dieu ! que je voudrais être à samedi où tu reviendras !... Bonsoir, mon amour, mon cher petit mimi. Je vais me coucher et pleurer, toute seule dans mon lit....

Le Plessis, jeudi 19 août 1824 : Bibi me réveille, maintenant que je n'ai plus mon ange pour protéger le sommeil.... Quand tu seras de retour, je dormirai dans tes bras, comme une souche. Ton fils est fou comme la lune.... Jamais je ne me suis autant ennuyée de ton absence et n'ai eu plus envie et besoin de me retrouver avec toi et dans tes bras. Je voudrais bien aussi que tu fusses revenu pour le bal de la Saint-Louis, pour lequel j'ai fait des préparatifs superbes, c'est-à-dire une robe délicieuse, avec le crêpe que Caron m'a envoyé. Cependant je pense que, partant lundi, tu arriveras mercredi bien fatigué et bien peu disposé au bal. Peut-être, pour toi, feras-tu aussi bien de ne partir de Nohant que mardi. Vois, mon ange ; réfléchis.... Adieu, mon ange, mon cher amour, ma vie. Je t'aime, je t'adore, je t'embrasse de tout mon cœur, je te presse mille fois dans mes bras....

Juin 1825 : Onze heures du soir. Je suis dans mon lit et j'y suis sans toi.... J'ai eu froid, la nuit dernière, et c'est ce qui m'a fait mal. J'attends vendredi avec impatience [1]....

Il ne faut pas prendre au pied de la lettre tout ce qui s'écrit. Le ton de Mme Dudevant était en partie destiné à flatter son seigneur et maître. En fait, tous deux craignaient maintenant le tête-à-tête à Nohant. Ils ne se le disaient pas et, d'un commun et tacite accord, évitaient les explications. Elle s'efforçait de voir par les yeux de son mari et, pour y arriver, se violentait. D'où un mécontentement de soi-même et de toutes choses. Où vivre ? A Paris ? Leur revenu n'y eût pas suffi. Ils louèrent un pavillon à Ormesson. Ce mélancolique paysage de jardins et de grands arbres avait du caractère. Aurore s'y plaisait et quitta cette retraite à regret, après une querelle de Casimir avec le jardinier. Comme la tristesse revenait, accablante, injustifiable, elle alla voir son confesseur de jadis, l'abbé de Prémord.

Il avait bien changé. Sa voix était si faible qu'elle l'entendit à peine. Pourtant il retrouva sa douce éloquence pour la consoler : « Il me montra que cette mélancolie à laquelle je me livrais était l'état le plus dangereux de l'âme, qu'elle l'ouvrait aux mauvaises impressions et la disposait à la faiblesse. Heureuse, si j'eusse pu suivre ses conseils et retrouver ma gaieté et mon courage [2] !... » L'abbé de Prémord ne réussit pas à les lui rendre. Trop intelligent, trop tolérant, trop humain, le vieux jésuite ne pouvait guérir un mal qu'il comprenait trop bien. Aurore était avide d'une croyance absolue. La vie terrestre lui refusait ce qu'elle en avait espéré ; elle eût aimé à se réfugier dans les certitudes de son adolescence. L'abbé lui conseilla une retraite dans son ancien couvent. La supérieure, Mme Eugénie, y consentit. Casimir approuva : « Mon mari n'était nullement religieux, mais trouvait fort bon que je le fusse. » Sans doute espérait-il qu'une foi

1. Collection Spoelberch de Lovenjoul, E. 868, ff. 15-17 et f. 21.
2. *Ibid.*

qu'il ne partageait pas calmerait sa femme et lui donnerait, à lui, la paix. Les religieuses furent bonnes et maternelles. Aurore alla chaque jour prier dans l'église où elle avait entendu l'appel de Dieu. N'avait-elle pas eu tort de choisir le siècle, où elle n'était pas heureuse ? « Vous avez un charmant enfant, lui dit la bonne mère Alicia, c'est tout ce qu'il faut pour votre bonheur en ce monde. La vie est courte [1]. » Aurore pensa que la vie est courte pour des nonnes, mais longue pour ceux dont les sentiments et les ardeurs font, de chaque jour, un monde de douleurs et de fatigues. Elle avoua des doutes métaphysiques. « Bah ! disait d'elle la mère Alicia, au fond elle aime Dieu et Il le sait. » Assez vite, Aurore Dudevant fut reprise par la merveilleuse paix du cloître et elle éprouva la tentation d'y prolonger son séjour. Mais il y faisait froid ; elle était frileuse ; une maladie de son bébé la rappelait chez elle. De petites choses déterminent les grands choix.

II

LE PLATONISME SENTIMENTAL

« La maternité a d'ineffables délices, mais, soit par l'amour, soit par le mariage, il faut l'acheter à un prix que je ne conseillerai jamais à personne d'y mettre. » Ce prix était le don de son corps. Aurore prenait en horreur l'union charnelle. Plus tard, elle osa décrire ce qu'elle avait éprouvé aux premiers mois de son mariage. Quand son frère Hippolyte, en 1843, mariera sa fille Léontine, Aurore le mettra en garde contre un danger qu'elle connaît bien :

Empêche que ton gendre ne brutalise ta fille la première nuit de ses noces, car bien des faiblesses d'organes et des couches pénibles n'ont pas d'autre cause, chez des femmes délicates. Les hommes ne savent pas assez que cet amusement est un martyre

---

1. GEORGE SAND, *Histoire de ma Vie*, t. III, p. 450.

pour nous. Dis-lui donc de ménager un peu ses plaisirs et d'attendre que sa femme soit, peu à peu, amenée par lui à les comprendre et à y répondre. Rien n'est affreux comme l'épouvante, la souffrance et le dégoût d'une pauvre enfant qui ne sait rien et qui se voit violée par une brute. *Nous les élevons comme des saintes, puis nous les livrons comme des pouliches* [1]....

Aurore avait passé sa jeunesse à faire des rêves sublimes d'amour à la Rousseau ; elle ne pouvait plus redescendre à des appétits si grossiers. Le lit nuptial est un rude terrain de vérité où la romanesque, soudain, se sent perdue. Pour Casimir, homme tout uni, l'amour était chose simple ; il avait son expérience de célibataire aux mœurs libres ; il espérait provoquer aisément chez sa femme des sensations agréables, analogues à celles qu'il éprouvait si facilement. Il échoua et l'ignora longtemps. Elle accepta de donner des plaisirs qu'elle ne pouvait partager, mais, quand il s'endormait, insouciant et rude, elle pleurait une partie de la nuit. « Le désir de la volupté devient pour elle le supplice de Tantale. C'est l'eau bienfaisante et rafraîchissante qui l'enveloppe de toutes parts sans qu'elle puisse y étancher sa soif : c'est le fruit savoureux suspendu à la branche, que ses mains ne peuvent atteindre, pour calmer les tiraillements de sa faim. L'amour seul donne la vraie vie ; elle ne l'éprouve pas ; elle voudrait l'éprouver à tout prix [2]. »

D'autres femmes, en de telles impasses, ont cherché un amant. Aurore gardait beaucoup d'affection pour son mari ; elle désirait faire son bonheur, le servir, confondre leurs deux vies. Mais il ne semblait attacher aucun prix aux trésors qu'elle prodiguait.

A dix-neuf ans, délivrée d'inquiétudes et de chagrins réels, mariée avec un homme excellent, mère d'un bel enfant, entourée de tout ce qui pouvait flatter mes goûts, je m'ennuyais de la vie. Ah ! cet état de l'âme est facile à expliquer. Il arrive un

1. Collection Spoelberch de Lovenjoul, E. 921, f. 11.
2. Louise Vincent, *George Sand et l'Amour*, p. 114.

âge où l'on a besoin d'aimer, d'aimer exclusivement. Il faut que tout ce qu'on fait se rapporte à l'objet aimé. On veut avoir des grâces et des talents pour lui seul. Tu ne t'apercevais pas des miens. Mes connaissances étaient perdues ; tu ne les partageais pas. Je ne me disais pas tout cela, je le sentais ; je te pressais dans mes bras ; j'étais aimée de toi et quelque chose que je ne pouvais dire manquait à mon bonheur[1]....

Voilà ce qu'elle souhaitait dire. Elle ne l'osa qu'après un petit drame conjugal.

La grossesse, l'accouchement, les relevailles avaient retardé l'explication ; le retour à Nohant, en 1825, montra que la vie n'y serait plus heureuse. Aurore se plaignait de palpitations, de maux de tête ; elle toussait et se croyait phtisique. Casimir, exaspéré, conscient du caractère imaginaire de ces maux, lui disait qu'elle était « stupide, idiote ». Une triste nouvelle acheva d'accabler Mme Dudevant. Son vieux Deschartres était mort à Paris. Cet homme à idées, dogmatique, trop sûr de lui, avait spéculé, prêté des fonds à des inconnus. Ruiné, trop fier pour se plaindre, il avait choisi la mort des stoïciens. Sophie-Victoire, qui le haïssait, exulta : « Enfin Deschartres n'est plus de ce monde ! » Aurore, en perdant son « grand homme », se sentit plus orpheline encore. Qui lui restait attaché ? Son frère Hippolyte ? C'était un animal de l'espèce Casimir, bon vivant, n'aimant que le vin et les femmes. Il avait fait un mariage inespéré, avec Mlle Émilie de Villeneuve, et était venu habiter le château de Montgivray, tout proche de Nohant. Voisin amical, mais l'ivrognerie devait être « le tombeau de cette charmante intelligence ». Quant à Sophie-Victoire, elle n'écrivait guère que pour se plaindre — ou pour se vanter.

Mme Maurice Dupin à Aurore Dudevant : Vous vous êtes mariée, ma fille, le jour où votre père était porté en terre, et vous vous êtes réjouie le jour de sa fête, jour de saint Mau-

1. GEORGE SAND, *Le Roman d'Aurore Dudevant et d'Aurélien de Sèze*, pp. 148-149

rice, et je crois que votre mère, qui n'est pas heureuse, était loin de votre pensée. Tâchez d'être meilleure épouse, bonne sœur et bonne mère un jour, si vous n'êtes pas bonne fille....

Le vilain défaut que la jalousie ! Heureusement que je ne le connais plus, mais je n'en suis pas plus gaie et je ne serais pas fâchée d'être encore à ce bon temps. A moins qu'il ne me prenne fantaisie — ah ! mon Dieu ! qu'est-ce que je dis ? A mon âge ! Allons, Aurore, fais de la morale à ta mère. Voilà ce que c'est que parler mariage....

6 janvier 1824 : J'ai reçu les trois mois de pension et les quatre pages de folies, qui m'ont fait rire, et la lettre de Jour de l'an, qui m'a fait tant plaisir.... Mon adresse est : *Hôtel de la Mayenne*, rue Duphot, n° 6. Vous demanderez Mme de Nohant-Dupin [1]....

La fille du peuple choisissait un nom de vieille comtesse ! Dans cette solitude morale, ce fut une joie que de recevoir à Nohant deux amies de couvent et leur père : Jane et Aimée Bazouin. Ces jeunes filles devaient aller en juin à Cauterets ; Casimir voulait passer l'été chez son père, à Guillery. Il fut convenu que les Dudevant feraient un séjour dans les Pyrénées avant de se rendre en Gascogne. « Adieu, Nohant, écrivit Aurore, je ne te reverrai peut-être plus. » Elle se croyait mourante ; elle ne souffrait d'autre mal que d'un besoin aigu d'amour. Casimir essayait parfois, maladroitement, de la consoler, mais il avait des moments d'humeur et d'impatience. En traversant Périgueux, il fit à sa femme une scène injuste et violente ; elle marcha longtemps par les vieilles rues et pleura beaucoup. Enfin les noires montagnes de marbre et d'ardoise parurent. Un précipice se creusa au fond duquel grondait un gave. « Tout cela me parut horrible et délicieux. »

A Cauterets, elle embrassa Jane et Aimée. Elles habitaient un hôtel garni, d'une simplicité primitive et d'une cherté exorbitante. Dès le lendemain, Casimir partit pour la chasse en montagne : « Il tue des chamois et des aigles. Il se lève à deux heures du matin et rentre à la nuit. Sa

1. Collection Spoelberch de Lovenjoul, inédit, E. 868, ff. 280-281, f. 272 et f. 278.

femme s'en plaint. Il n'a pas l'air de prévoir qu'un temps
peut venir où elle s'en réjouira [1].... » Un vent de fronde
soufflait à Cauterets. Aurore s'était liée avec une jeune
Bordelaise, Zoé Leroy, qui était devenue sa confidente,
donc ennemie naturelle du mari. Mme Dudevant notait
dans son journal : « Le mariage est beau pour les amants
et utile pour les saints.... Le mariage est le but suprême de
l'amour. Quand l'amour n'y est plus, ou n'y est pas, reste
le sacrifice. — Très bien pour qui comprend le sacrifice....
Il n'y a peut-être pas de milieu entre la puissance des
grandes âmes, qui fait la sainteté, et le commode hébéte-
ment des petits esprits, qui fait l'insensibilité. — Si fait,
il y a un milieu : c'est le désespoir [2].... »

Il y en avait un autre, c'était l'enfantillage. Elle était si
jeune. Courir, grimper, monter à cheval, tout l'amusait.
« J'ai été si peu gâtée depuis que je suis au monde ! Je n'ai
jamais eu de mère, ni de sœur pour sécher mes larmes [3].... »
Lorsqu'une jeune femme aux beaux yeux cherche une âme
sœur, elle la trouve. Celle d'Aurore Dudevant se nomma
Aurélien de Sèze. C'était un jeune substitut au tribunal
de Bordeaux, qui avait vingt-six ans, l'âme noble et le goût
de la poésie. Il était dans les Pyrénées avec la famille de
sa fiancée, mais fut captivé par le charme d'Aurore, par
sa beauté de gitane, par ses grands yeux implorants et
interrogateurs, par son intelligence et sa culture, et aussi
par sa mélancolie masquée d'exubérance. Elle avait ordre
de suivre son chasseur d'izards et d'aigles, et le retrouvait,
de temps à autre, à Luz, à Bagnères. Aurélien de Sèze
l'accompagna parmi les neiges, les torrents et les ours, et
la soutint sur des corniches qui surplombaient des abîmes.
Aimée Bazouin la grondait de faire ces promenades sans
son mari. « Je ne vois pas que cela soit mal puisqu'il prend
les devants et que je vas où il veut aller.... Aimée ne com-

1. George Sand, *Histoire de ma Vie*, t. IV, p. 13.
2. *Opus cit.*, t. IV, pp. 13-14.
3. Lettre d'Aurore à Zoé Leroy, citée dans *Le Roman d'Aurore Dudevant et d'Aurélien de Sèze*, p. 2.

prend pas qu'on s'étourdisse et qu'on ait besoin d'oublier.... — Oublier quoi ? me dit-elle. — Que sais-je ?
Oublier tout, oublier surtout qu'on existe [1].... »

Aurélien de Sèze, dès les premiers jours, fut amoureux.
Qui ne l'eût été ? Quand il devint confidentiel, Aurore
voulut le renvoyer à sa fiancée. Il déclara qu' « il n'avait
aucun goût pour cette femme, fort belle mais sans esprit [2] ».

Aurélien de Sèze à Aurore Dudevant : Vos qualités, votre
âme, vos talents, votre simplicité si parfaite avec un esprit
aussi supérieur, une instruction si étendue sont les choses que
j'aime en vous.... Vous seriez laide que je vous aimerais [3]....

Elle le repoussa d'abord vigoureusement, car elle
souhaitait rester fidèle. Mais elle était touchée de découvrir
en lui, sous l'homme du monde aimable et spirituel, une
âme romanesque et délicate.

Aurore Dudevant à Aurélien de Sèze, 10 novembre 1825 :
Dieu ! Comme nous étions heureux ensemble ! Comme nous
nous entendions ! Comme la conversation, même générale et
roulant sur des sujets étrangers, avait de charmes pour moi !
Avec quelles délices je vous écoutais raconter les moindres
choses. Il me semblait qu'elles devenaient intéressantes en passant par votre bouche. Personne ne parle comme vous, personne
n'a votre accent, votre voix, votre rire, le tour de votre esprit,
votre manière d'envisager une chose et de rendre votre idée,
personne que vous. Aurélien, que vous me fîtes plaisir, en allant
nous promener à Médouze avec Zoé, quand vous me dîtes :
« Outre que je suis heureux, je suis encore *content*. Non seulement vous m'avez ravi, mais encore vous me plaisez, vous me
convenez [4].... »

Il demandait de la confiance, de l'amitié, rien de plus :

Je sentis, au plaisir de l'écouter, qu'il m'était plus cher que je
n'avais osé me l'avouer jusqu'alors : je m'en effrayai pour le

1. GEORGE SAND, *Histoire de ma Vie*, t. IV, pp. 14-15.
2. AURORE SAND, préface au *Roman d'Aurore Dudevant et d'Aurélien de Sèze*, p. 8.
3. Collection Spoelberch de Lovenjoul, E. 902, folio 24.
4. GEORGE SAND, *Le Roman d'Aurore Dudevant et d'Aurélien de Sèze*,
p. 83.

repos de ma vie, mais je voyais dans ses sentiments tant de pureté, j'en sentais tant moi-même dans les miens, que je ne les pus croire criminels [1]....

Un jour, en barque avec elle sur le lac de Gaube, il parla d'amour : « Qu'est-ce que la vertu dans le sens que vous lui donnez ? Une convention ? Un préjugé [2] ? » Elle se souvint de sa mère et de sa tante Lucie, qui disaient : « Tout ça n'a aucune importance. » Si elles avaient raison.... De la pointe de son canif, il grava dans le bois de la barque trois lettres : AUR, en remarquant que leurs deux noms commençaient de la même manière. Elle ne voulait pas encore convenir qu'elle l'aimait et feignit la colère. Son cœur battait de joie, mais Aurélien ne comprit pas la feinte. Rebuté, il passa trois jours sans lui dire un mot. Elle fut au désespoir. A Zoé Leroy elle avoua que, si Aurélien était incapable de rester son frère, son ami, s'il exigeait davantage, ce serait elle qui « se sacrifierait ». Dieu le lui pardonnerait. Aurélien partit pour Gavarnie ; elle y entraîna Casimir, qui, vaguement inquiet, blâmait ces caprices. Mais comment arrêter une femme qui court à l'amour ?

Une nuit, pendant un bal, elle put passer une heure seule avec M. de Sèze. Il s'expliqua : il ne voulait pas être un séducteur ; il avait eu tort de faire la cour à une femme mariée ; il essaierait de l'oublier. Mais elle souhaitait, comme tant de femmes, tout garder. Elle offrit une amitié tendre. Le temps était délicieux, la retraite sombre ; il la prit dans ses bras.

Sans doute, si j'eusse cédé à ses premiers élans, nous fussions devenus coupables. Quel est l'homme qui, seul, la nuit, avec une femme dont il s'aperçoit qu'il est aimé, peut maîtriser ses sens, les faire taire ? Mais, m'arrachant aussitôt de ses bras, je le suppliai de me laisser revenir. Il voulut en vain me

---

1. GEORGE SAND, *Le Roman d'Aurore Dudevant et d'Aurélien de Sèze*, p. 155.
2. *Opus cit.*, p. 55.

rassurer, me jurer de son honneur ; j'insistai pour sortir de ce lieu, et il obéit sans murmurer [1]....

En remontant une pente assez raide, il passa un bras autour d'elle et, au moment de la quitter, « imprima un baiser de feu sur son cou [2] ». Elle s'enfuit et, courant devant, rencontra Casimir : « Tu me parlas durement ; sans doute, je le méritais, mais j'en souffris. Si je n'eusse senti combien de sang-froid m'était nécessaire, je crois que l'effroi que tu m'inspiras m'eût fait tomber évanouie [3].... » Candeur des premières fautes :

Ce fut à la grotte de Lourdes, au bord du gouffre, qu'il m'adressa ses adieux : notre imagination fut vivement frappée de l'horreur de ce lieu. « C'est à la face de cette nature imposante, me dit-il, que je veux, en te disant adieu, te faire le serment solennel de t'aimer, toute ma vie, comme une mère, comme une sœur, et de te respecter comme elles. » Il me pressa sur son cœur et c'est la plus grande liberté qu'il ait jamais prise avec moi [4]....

Elle partit inondée de bonheur. « Pyrénées, Pyrénées, lequel de nous deux pourra jamais vous oublier ?... » Enfin elle avait trouvé une âme grande et belle, un esprit fort et juste, un homme qu'elle pouvait prendre pour guide et pour modèle. Son mari la conduisit à Guillery, chez le baron Dudevant, où ils devaient passer quelques mois. C'était un petit manoir gascon, aux toits de tuiles, à cinq fenêtres de façade, que prolongeaient deux ailes sans étage. Cette « bastide » était, malgré la fortune de ses maîtres, plus simplement meublée que Nohant. Le jeune ménage Dudevant logeait au rez-de-chaussée, dans deux chambres dont les loups venaient, dans les nuits d'hiver, ronger les portes. Aurore trouva d'abord fort laids ces paysages de sable, de pins et de chênes-lièges couverts de lichens. Les

---

1. GEORGE SAND, *Le Roman d'Aurore Dudevant et d'Aurélien de Sèze*, p. 160.
2. *Opus cit.*, p. 89.
3. *Opus cit.*, p. 161.
4. *Opus cit.*, p. 163.

Gascons du voisinage étaient d'excellentes gens, moins cultivés que les Berrichons, mais « infiniment moins méchants que chez nous ». Elle s'entendit bien avec ses beaux-parents, qui la gavaient de poulardes farcies, d'oies grasses et de truffes, au grand dommage de son foie qui n'avait jamais été des meilleurs.

Quant à son cœur, il était à Bordeaux. Elle se sentait déchirée. Casimir, parce qu'il avait eu peur de la perdre, se montrait complaisant, affectueux et bon. Elle se reprochait d'avoir changé à son égard : « J'aime Aurélien davantage, se disait-elle, mais j'aime mieux Casimir. » Plus tard, elle décrivit à son mari ce qui s'était alors passé en elle : « La nécessité de te cacher soigneusement ce qui se passait dans mon cœur me rendait horriblement malheureuse ; tes caresses me faisaient mal. Je craignais d'être fausse en te les rendant, et tu me croyais froide [1].... » Elle aurait souhaité s'agenouiller devant Casimir, lui baiser les mains, lui demander pardon. Mais, en retrouvant la paix de sa conscience, elle eût rendu son mari malheureux. Fallait-il donc rompre avec son ami ? Quoi qu'elle fît, elle désespérait soit Casimir, soit Aurélien. Enfin elle passait par ces grands tourments de conscience qui donnent aux femmes d'âcres et doux plaisirs.

En octobre, invités par Zoé à La Brède, les Dudevant traversèrent Bordeaux. Aurélien vint les saluer à l'hôtel. Elle voulut profiter d'un moment où Casimir les avait laissés seuls pour faire comprendre à Aurélien la nécessité d'une rupture. L'entretien devint pathétique. Défaillante, elle s'appuya sur lui, et son mari, rentrant brusquement, la trouva la joue sur l'épaule de son ami. Elle était novice et scrupuleuse. Se jetant aux pieds de Casimir, elle le supplia de l'épargner et s'évanouit. Le pauvre garçon, peu doué pour le drame, ne savait comment réagir. Il ne voulait pas faire un éclat parce qu'il craignait l'opinion du monde.

1. George Sand. *Le Roman d'Aurore Dudevant et d'Aurélien de Sèze,* p. 164.

« Il me parut partagé, dit-elle, entre le besoin de me croire et une mauvaise honte qui lui faisait craindre d'être trompé [1]. »

Pour Aurore, encore pieuse et fidèle, la situation était affreuse. Dans son innocence, elle se jugeait très coupable : « La colère, mais surtout le chagrin de mon mari, l'idée de ne plus vous revoir !... Mes dents étaient serrées. Je ne voyais plus, je me sentais mourir [2].... » Cependant Casimir semblait aussi interdit qu'elle : « Il faut surtout, dit-il enfin, éviter d'attirer l'attention publique sur ce qui s'est passé. — As-tu encore quelque crainte ? s'écria-t-elle. Regarde mon visage ! — C'est vrai, il ne sait pas se déguiser. Aussi, lorsque je vous surpris, il était bien altéré, bien coupable. J'y lus aussitôt ma honte et mon malheur. — Dites mon repentir et mon désespoir, mais votre honneur m'est plus cher que la vie et jamais.... — Je le crois, oui, je te crois, car je ne peux m'accoutumer à l'idée que tu saches tromper [3].... »

Le lendemain, une excursion à La Brède, avec Aurélien et Zoé Leroy, ne fut pas contremandée. Là, et aussi le soir à Bordeaux, en sortant du Grand Théâtre, les amis passionnés purent échanger quelques mots. Ils étaient tous deux lecteurs de *La Princesse de Clèves*, de *La Nouvelle Héloïse*, et croyaient à la noblesse d'un ménage à trois, si tout mensonge en est banni. Leur parti fut pris : ils seraient frère et sœur ; ils s'aimeraient ; aucun lien charnel ne les unirait. Ainsi l'honneur de Casimir serait sauf. « Cet hiver, nous réunirons nos soins pour le rendre heureux et tranquille. Il nous a prouvé tant de générosité et de bonté que nous ne pouvons manquer de faire passer dans son âme la noble sécurité de la nôtre [4].... »

Alors commença pour Aurore un temps d'exaltation.

1. GEORGE SAND, *Le Roman d'Aurore Dudevant et d'Aurélien de Sèze*, p. 19.
2. *Opus cit.*, p. 35.
3. *Opus cit.*, p. 16.
4. *Opus cit.*, p. 20.

Elle était revenue à Guillery et correspondait avec Aurélien, par l'intermédiaire de Zoé. Elle tenait pour lui un journal ; elle y racontait son enfance, avec une pointe de snobisme ; elle y tenait registre de ses conquêtes, car, à Guillery, les hobereaux du voisinage lui faisaient la cour, et même le curé Candelotte, qui, tout rougissant, lui glissait des vers. Surtout elle relisait sans fin les quelques lettres qu'elle avait d'Aurélien. Les lettres d'amour permettent de revivre les moments heureux qu'elles évoquent. Elles font de l'absence une présence plus parfaite et plus douce. Aurore croyait pouvoir lire celles-là sans scrupules ni remords. Elle avait accepté le sacrifice de son bonheur. Les amants de Cauterets s'aimeraient toujours, mais ils ne seraient jamais l'un à l'autre. Ils étaient ivres de sublime.

En esprit, jamais ils ne se quittaient. Qu'elle galopât dans les bruyères sur sa jument Colette, qu'elle entendît conter de vieilles légendes gasconnes ou qu'elle se mît au lit, Aurélien était près d'Aurore. Il partageait toutes ses pensées. Enfin elle avait trouvé un homme capable d'aimer sans égoïsme, avec pudeur et délicatesse. Autour d'elle, on était d'une gaieté insupportable. Ces Gascons paillards parlaient de l'amour avec gourmandise et grivoiserie ; ils se faisaient honneur de mépriser les beaux sentiments. « Ah ! les malheureux qui n'ont point d'idée de l'innocence, de la pureté, de la constance[1] ! » Quelle reconnaissance ne devait-elle pas à Aurélien pour l'avoir aidée à se maintenir dans les sentiers de la vertu ! D'autant qu'elle s'avouait que, s'il l'avait exigé avec un peu de force, elle les eût quittés pour ne pas le perdre :

Il n'est pas un homme sur la terre, pas *un*, qui se contente à la longue du cœur d'une femme. Aurélien compte sans doute sur la victoire. S'il a su la retarder, c'est qu'il est sûr de l'obtenir. S'il faut la lui accorder, j'en mourrai, et, si je la lui refuse, je perdrai son cœur[2] !...

1. GEORGE SAND, *Le Roman d'Aurore Dudevant et d'Aurélien de Sèze*, p. 91.
2. *Opus cit.*, p. 34.

Mais c'était lui qui jurait de la respecter : « C'est vous, Aurélien, qui m'engagez à vous résister, à ne pas craindre de vous affliger. O mon ange [1]!... » Devant tant d'angélisme, elle pensait à la vie éternelle : « Il est un monde meilleur, Aurélien, vous le croyez, n'est-ce pas ? » Cette poussière, capable de tant d'amour, Dieu saurait la faire revivre : « Il nous réunira pour jamais alors, dans un séjour de paix où la tendresse sera légitime et le bonheur de durée [2].... » Et pourraient-ils se revoir en ce bas monde ? Cela dépendait de Casimir. Puisqu'il avait leur serment de ne s'aimer que chastement, ne devait-il pas les autoriser à se rencontrer, à s'écrire ? « Écoute, Casimir, tu es grand, tu es noble, tu es généreux, tu me l'as prouvé et je le sais [3].... »

Elle écrivit pour son mari, sur le conseil d'Aurélien, une *Confession* en dix-huit feuillets :

Hélas ! que je suis dans une affreuse position ! Quand je me sens portée à me livrer à mon repentir, à mon émotion, je sens je ne sais quoi qui me retient et me force à mettre des raisonnements plausibles, mais froids, à la place des expressions de mon cœur. Comment définirai-je ce qui m'empêche et me glace ? Ce n'est pas certainement la dure insensibilité d'un mauvais cœur ; c'est un mouvement de fierté que j'adopte, tantôt comme un sentiment noble, et tantôt que je regrette comme une suggestion de l'orgueil humain.... Tu m'as plusieurs fois demandé des explications, des aveux ; je n'ai pu m'y résoudre : ce n'était pas seulement l'embarras d'avouer mes torts, c'était la crainte de te blesser. Il fallait couper au vif, entrer dans des détails qui t'auraient affligé, courroucé peut-être ; il fallait aussi te dire que tu étais un peu coupable à mon égard ; *coupable* n'est pas le mot : tu n'avais pour moi que de bonnes intentions, tu as toujours été si bon, généreux, attentif, obligeant, mais tu avais à ton insu des torts involontaires. Tu fus, si j'ose le dire, la *cause innocente* de mon égarement [4]....

1. George Sand, *Le Roman d'Aurore Dudevant et d'Aurélien de Sèze*, p. 36.
2. *Opus cit.*, p. 88.
3. *Opus cit.*, p. 144.
4. *Opus cit.*, pp. 141-143.

Puis elle lui racontait sa vie, triste et dépouillée par leur mariage de presque tout ce qui aurait pu l'embellir. Elle avait abandonné la musique, parce que le son du piano le mettait en fuite :

> Quand nous causions, surtout littérature, poésie ou morale, tu ne connaissais pas les auteurs dont je te parlais, et tu traitais mes idées de folie, de sentiments exaltés et romanesques. Je cessai d'en parler, je commençai à concevoir un véritable chagrin en pensant que jamais il ne pourrait exister le moindre rapport dans nos goûts [1]....

Elle reconnaissait qu'il avait été très bon ; qu'il avait dépensé, pour satisfaire les caprices de sa femme, trente mille francs (or), la moitié de sa dot. Il l'avait aimée, pressée dans ses bras, mais toujours la communion profonde avait manqué. D'où, chez elle, dégoût et larmes. Après quoi, elle lui racontait sincèrement, croyait-elle, l'aventure avec Aurélien, et comment celui-ci avait été touché par la noble attitude de Casimir :

> « Aurore, avait-il dit, je ne vous dirai jamais un mot qu'il ne puisse entendre, ni approuver. Nous nous réunirons pour son bonheur ; nous y mettrons tous nos soins ; si jamais une mauvaise pensée entre dans nos esprits, nous la repousserons avec horreur ; si nous nous sentons quelque retour vers le passé, nous nous rappellerons qu'il vous a dit : *Tu peux maintenant me tromper encore, je me fie à toi.* Et comment abuser de tant de confiance ? Aurore, je veux vous gronder, vous ne l'aimez pas assez, votre mari ; vous ne m'en aviez jamais parlé. Je ne le croyais pas capable d'une telle grandeur d'âme. Moi, je l'aime de tout mon cœur. » ... Je souriais de plaisir : « Vous le connaissez maintenant, répondis-je, et moi aussi, je le connais, je l'aime, je le chéris et je me repens de mes erreurs [2].... »

Désormais tout allait être facile. Casimir, ange de bonté, connaissant mieux Aurélien, l'aimerait comme un frère :

1. GEORGE SAND, *Le Roman d'Aurore Dudevant et d'Aurélien de Sèze,* p. 147.

2. *Opus cit.*, pp. 172-173.

Voilà, diront les âmes glacées qui, dans leur petite sphère, n'ont pas su concevoir une grande, une belle pensée, voilà un projet absurde, faux, romanesque, impossible. Sans doute, il l'est pour ceux qui pensent ainsi. Mais pour nous, mon ami, mon bon Casimir, il ne l'est pas. Entends-moi, comprends-moi, réfléchis ! Jamais on ne t'a appris à te rendre compte de tes sentiments ; ils étaient dans ton cœur, le Ciel les y avait mis. Ton esprit n'a pas été cultivé, mais ton âme est restée ce que Dieu l'avait faite, digne en tout de la mienne. Je t'ai méconnu jusqu'à ce jour, je t'ai cru incapable de me comprendre ; jamais je n'aurais osé t'écrire une pareille lettre, il y a quelque temps ; j'aurais craint qu'après l'avoir lue tu ne m'eusses dit : *Ma pauvre femme a perdu l'esprit !* Aujourd'hui, je t'ouvre mon âme avec délices ; je t'y fais lire ; je suis sûre que tu me comprends, que tu m'approuves [1]....

Elle en était si sûre qu'elle avait rédigé la charte future de leur ménage :

ARTICLE PREMIER. — Nous n'irons pas à Bordeaux, cet hiver. Les blessures sont toujours fraîches et je sens que ce serait trop exiger de ta confiance.... Nous irons donc où tu voudras et tu arrangeras notre hiver, soit à Paris, soit à Nohant : je m'y soumettrai sans regret.

ARTICLE 2. — Je te jure, je te promets de ne jamais écrire en secret à Aurélien. Mais tu me permettras de lui écrire une fois par mois.... Tu verras toutes ses lettres et toutes mes réponses. Je m'engage devant Dieu à ne pas t'en cacher une ligne.

ARTICLE 3. — Si nous allons à Paris, nous prendrons des leçons de langues ensemble. Tu peux t'instruire, partager mes occupations. Cela me fera un plaisir extrême. Pendant que je dessinerai ou que je travaillerai, tu me feras la lecture, et nos journées s'écouleront ainsi délicieusement.... Je n'exige pas que tu aimes la musique. Je t'en ennuierai le moins possible. J'en ferai pendant que tu iras promener....

ARTICLE 5. — Si c'est à Nohant que nous passons l'hiver, nous lirons beaucoup d'ouvrages utiles, qui sont dans la bibliothèque et que tu ne connais pas. Tu m'en rendras compte. Nous causerons ensemble après. Tu me feras part de tes réflexions, moi des miennes : toutes nos pensées, nos plaisirs seront en commun.

1. GEORGE SAND, *Le Roman d'Aurore Dudevant et d'Aurélien de Sèze,* pp. 176-177.

ARTICLE 6. — Jamais de fâcherie, de colère de ta part, de chagrin de la mienne. Si tu t'emportes malgré toi, je ne te cacherai pas que cela me fera de la peine, et, en te le disant doucement, tu reviendras tout de suite. Quand nous parlerons du passé, ce sera sans amertume, sans aigreur, sans défiance. Maintenant que tu sais tout, pourquoi en aurais-tu ? Maintenant que nous sommes heureux, pourquoi regretterions-nous tout ce qui a eu lieu ? Ne sont-ce pas ces événements qui nous ont rapprochés, réunis ? Qui t'ont rendu plus cher à moi que jamais ? Sans eux, je ne saurais pas ce que tu vaux. Et tu ne saurais pas comment il faut s'y prendre pour me rendre heureuse.

ARTICLE 7. — Enfin, nous serons heureux, paisibles, nous bannirons les regrets, les pensées amères. Ce sera à qui s'observera le plus pour être parfait....

DERNIER ARTICLE. — Une autre année, si nos affaires le permettent, nous irons passer l'hiver à Bordeaux, si tu trouves que cela puisse être. Sinon, nous retarderons ce projet. Mais tu me permettras de compter dessus, un jour ou l'autre.

Voilà mon plan. Lis-le attentivement, réfléchis et réponds-moi. Je ne crois pas qu'il puisse te blesser. J'attendrai ta décision avec anxiété. D'ici là, je veux vivre d'espérance [1]....

Casimir, en lisant ce texte surprenant, fut partagé entre le désir de ne pas décevoir sa femme, le remords de l'avoir rendue si malheureuse et la crainte d'être ridicule. A son demi-beau-frère, Hippolyte, qu'il vit à Châteauroux en novembre 1825, il fit, après un dîner bien arrosé, d'amères confidences. Hippolyte était un réaliste cynique; le sublime n'était pas son fort. Il écrivit à Aurore une lettre de blâme et de reproches. Elle le rabroua fermement :

Tu me traites avec mépris ; j'ai, dis-tu, tous les défauts d'une mauvaise épouse. Et qui te l'a dit ? Ce n'est pas Casimir ; non, la terre entière me le dirait que je ne le croirais pas [2]....

Frères et sœurs se jugent les uns les autres avec plus de cruelle lucidité que maris et femmes. Hippolyte avait de la sympathie pour son beau-frère, qui était aussi son compa-

1. GEORGE SAND, *Le Roman d'Aurore Dudevant et d'Aurélien de Sèze*, pp. 182-185.
2. *Opus cit.*, p. 133.

gnon de bouteille. Il reprochait à Aurore de rendre Casimir
malade et malheureux. A celui-ci, il conseillait la sévérité.
Mais Casimir se refusait à entendre les avis de l'aimable
ivrogne. Il était pris, lui aussi, de vertige romanesque ; il
voulait se hisser au-dessus de lui-même, et que sa femme
n'eût plus à rougir de lui. La souffrance éveille l'esprit ;
le malheur est le chemin de la sensibilité ; le cœur grandit
dans l'angoisse. L'Éternel Mari eut soudain soif de sacrifice.

Casimir à Aurore, 13 novembre 1825 : Je ne puis te dire, mon
petit ange, tous les rêves que j'ai faits cette nuit. Je ne t'en
dirai que deux, ou peut-être le second est-il la suite du premier.
J'étais avec mon père, je ne sais où. Il me demande : « Casimir,
pourquoi es-tu triste ? As-tu des chagrins ? — Oh ! mon
Dieu ! non, lui ai-je répondu, mais je suis fatigué de la vie, je
veux mourir. — Bien, mon ami, bien, fort bien, voilà un beau
sentiment, s'écrie-t-il, ce sentiment enflamme l'imagination,
élève l'âme, et vous rend capable des actions les plus grandes
et les plus généreuses. » Il m'en a dit fort long sur ce chapitre.
Enfin je lui ai dit : « Adieu, mon père, adieu. » Je suis parti,
pour aller encore je ne sais où. Je me retrouve cependant à un
dîner, à Paris, où était notre société des eaux et de Paris. J'entre
dans la salle à manger et je vois Stanislas [1], à côté de qui tu
étais étendue sur une planche, pâle, défigurée et rendant le
dernier soupir.... Il me semble que je suis abandonné du monde
entier. Je ne suis pas mieux ; dans ma tête, il y a quelque chose
de détraqué. J'ai toujours un bandeau sur le front ; mes idées
ne sont pas fraîches, je ne puis calculer.... Je ne sais pas où j'ai
été chercher toutes ces idées noires.... Le temps que je regrette
le plus est celui où tu me grondais. Tu pleurais aussi, ma petite
chatte. J'avais l'air piqué, mais, au fond, j'étais content. Tu
m'aimais, chère amie, tu me le disais souvent. Gronde-moi
comme tu faisais alors.... Je fuis ma chambre comme la peste ;
je n'y mets pas plus tôt les pieds que je sens comme un poids de
cent livres sur le cœur. Pas une âme qui compatisse à mes
peines, pas un cœur qui puisse me comprendre. O homme ! tu
n'es composé que d'orgueil et d'envie !... Je m'arrête. Je
m'élève trop haut. Je crains de tomber [2].

A Nohant, il prit les *Pensées* de Pascal à la Bibliothèque

---

1. Stanislas Ajasson de Grandsagne, l'un des frères de Stéphane.
2. Collection Spoelberch de Lovenjoul, E. 868, ff. 217-219.

et essaya loyalement de les lire, comme sa femme l'y avait
engagé : « Je regrette infiniment que ma paresse m'ait
privé de la lecture de cet ouvrage qui, d'après ce que j'en
ai vu, vous élève l'âme et vous apprend à penser et à raisonner [1].... » Dans chaque lettre adressée à Guillery, il protestait de son grand amour. Les succès d'Aurore et ses
conquêtes l'avaient amené à se juger inférieur à elle. A
Bordeaux, les jugements sur elle l'avaient à la fois surpris
et enorgueilli : « Tu jouis ici d'une réputation brillante ; on
ne parle que de ton esprit extraordinaire.... Juge comme je
suis fier.... Je fais jabot, comme tu penses [2].... » Il reviendrait avec des livres, un dictionnaire anglais : « Je renonce
à la chasse ; je ne sortirai plus seul ; je passerai ma vie
près de toi.... » Le malheur est que, dans la vie conjugale,
les bonnes résolutions viennent presque toujours après les
événements qui les ont rendues vaines.

Casimir n'avait pas été « trompé », mais il avait perdu le
respect de sa femme. Ses pauvres lettres, affectueuses,
pathétiques et pataudes, étaient comparées, non sans
ironie, aux lyriques effusions d'Aurélien. A Guillery, elle le
traitait avec gentillesse et hauteur. Un jour, à table, après
une plaisanterie un peu lourde de son mari, elle se pencha
vers lui et dit à mi-voix, de façon à être entendue : « Mon
pauvre Casimir, que tu es bête ! Mais tout de même, je
t'aime bien comme cela. » Ce qu'il y a de plus coupable
dans le mariage, ce n'est pas l'adultère, c'est le reniement.

Les rôles étaient renversés. Cependant que Casimir
devenait à son tour sombre et rêveur, Aurore avait retrouvé
la santé avec le bonheur. Dégoûtée, par son expérience
conjugale, de l'amour « naturel et complet », elle espérait
se sauver par un grand amour platonique, mais, craignant
que le mot n'effrayât un homme, entretenait Aurélien
dans l'idée qu'il s'agissait d'une paisible et sainte amitié.
C'était seulement dans ses rêveries qu'elle se donnait à

1. Collection Spoelberch de Lovenjoul, E. 868, f. 214.
2. *Ibid.*, E. 868, f. 227.

lui : « Je m'isolai dans ma jouissance égoïste et secrète ; je refusai de faire participer l'objet de mon étrange amour aux délicatesses et aux plaisirs de ma pensée.... » Quand son mari, confiant, accepta (dès février 1826) de la conduire à Bordeaux, elle revit Aurélien. Sans doute fut-elle coquette à ravir, car elle l'enchaîna pour longtemps. « J'aimais les souffrances voluptueuses qui résultaient pour moi de cette lutte secrète. » Le spectacle du désir lui était aussi agréable que pénible la possession. Elle savait son empire sur son ami et que, par un regard, par un serrement de mains, elle pouvait faire « battre son cœur ».

Ce fut tandis qu'elle était fêtée à Bordeaux qu'un jour Casimir, tout pâle, entra chez Zoé Leroy et dit : « Il est mort. » Aurore crut qu'il s'agissait de son fils et tomba sur ses genoux. « Non, non, votre beau-père ! » cria Zoé. « Les entrailles maternelles sont féroces ; j'eus un violent mouvement de joie ; mais ce fut un éclair. J'aimais véritablement mon vieux papa et je fondis en larmes [1].... » Le jeune ménage partit aussitôt pour Guillery. Le colonel était mort d'une attaque de goutte remontée. La belle-fille embrassa la belle-mère avec effusion ; elle la trouva glacée et glaciale. La baronne Dudevant avait du savoir-vivre, mais ni charme, ni tendresse. Elle s'était fait assurer, par testament, l'usufruit de toute la fortune du baron, ce qui était légal, Casimir étant né hors mariage ; bien que fort riche, elle n'abandonna rien à son beau-fils de l'héritage paternel. Il n'y avait plus qu'à se détacher « de cette destinée stérile et amère ». Casimir et Aurore partirent pour Nohant, décidés, malgré les échecs antérieurs, à en faire leur établissement définitif. L'économie dicte la politique, fût-ce celle des sentiments. *Aurore à Caron*: « Nous sommes fort crasseux cette année. Nous faisons bâtir des granges, qui nous ruinent, et la succession ne nous a pas enrichis [2].... »

1. George Sand, *Histoire de ma Vie*, t. IV, pp. 37-38.
2. Collection Spoelberch de Lovenjoul, E. 869, i. 38.

III

LE PREMIER PAS

Nohant : la petite place du village, ombragée d'ormeaux centenaires ; la cour plantée d'acacias et de lilas ; les allées sablées ; les charmilles ; la grande chambre du rez-de-chaussée ; le chant des oiseaux ; les odeurs divines.

Aurore Dudevant à Zoé Leroy : Il y a un plaisir réel à se retrouver sous son toit, au milieu de ses gens, de ses animaux et de ses meubles. Rien de tout cela n'est indifférent.... Ce pays me rappelle toute ma vie. Chaque arbre, chaque pierre me retrace un chapitre de mon histoire. Vous comprenez, mon amie, que je respire avec satisfaction l'air qu'il me fallait[1]....

Avec satisfaction ? Peut-être. Certainement elle eut plaisir à revoir ses vieux serviteurs, à se faire comme jadis l'apothicaire et un peu le médecin des paysans, à confectionner des onguents et des sirops, à poser des sinapismes et à faire des saignées, à jouer dans le jardin avec son petit garçon qui, ne pouvant prononcer *Aurore*, l'appelait « maman Aulo », à s'asseoir au clair de lune pour écouter « ces petites grenouilles qui n'ont qu'une note dans la voix, mais qui ont chacune un ton différent et qui se rassemblent, la nuit, au coin d'un pré, pour chanter un air à la lune[2] ».

Dans ce Nohant bruissant et fleuri, tout n'était pas pour le mieux. Elle aimait bien ses Berrichons, mais les trouvait moins vifs que les Gascons ; pour échapper à leur langueur naturelle, beaucoup d'entre eux buvaient. Son frère Hippolyte, qui était venu vivre tout près des Dudevant, au château de Montgivray, s'enivrait souvent jusqu'à tom-

1. George Sand, *Le Roman d'Aurore Dudevant et d'Aurélien de Sèze,* p. 187.
2. *Opus cit.*, p. 192.

ber, et Casimir l'imitait, sans doute pour oublier sa tristesse. Le ménage, en dépit de mutuelles assurances, n'allait pas mieux. Le domaine devenait un constant sujet de
conflit. Aurore l'administrait quand son mari était absent ;
elle présida ainsi aux moissons de 1826. Mais elle aurait
voulu régner pleinement sur ce petit royaume, qui était
le sien. Son prince consort y consentit, pour un an ; ce fut
un lamentable insuccès. Il lui avait alloué dix mille francs
de crédits ; elle en dépensa quatorze mille et perdit sa
charge, ce dont elle conçut grande amertume. La correspondance avec Aurélien continuait (Casimir lui-même
servait parfois de messager, quand il allait à Bordeaux),
et l'amant invisible était près d'elle, jour et nuit :

Un être absent avec lequel je m'entretenais sans cesse, à qui
je rapportais toutes mes réflexions, toutes mes rêveries, toutes
mes humbles vertus, tout mon platonique enthousiasme, un
être excellent en réalité, mais que je parais de toutes les perfections que ne comporte pas l'humaine nature, un homme enfin
qui m'apparaissait quelques jours, quelques heures parfois, dans
le courant d'une année et qui, romanesque auprès de moi autant
que moi-même, n'avait mis aucun effroi dans ma religion, aucun
trouble dans ma conscience, ce fut là le soutien et la consolation de mon exil dans le monde de la réalité [1]....

Entre Bordeaux et Nohant, des présents étaient échangés.
Elle crochetait pour lui une bourse, brodait des bretelles ;
il envoyait un béret basque, des livres. Les lettres d'Aurélien étaient badines ou graves plutôt que tendres. Ne
pouvant parler d'amour, il dissertait sur la politique et
combattait (car il était monarchiste) le bonapartisme héréditaire et le libéralisme instinctif de la fille de Maurice
Dupin. Elle écrivait plus que lui et lui reprochait parfois
son silence ; il se plaignait alors de recevoir des lettres
trop courtes. A la vérité, malgré quelques visites à Bordeaux, autorisées par le magnanime Casimir, cet amour sans
amour languissait.

1. George Sand, *Histoire de ma Vie*, t. IV, p. 52.

La politique, qui séparait les amis passionnés, rapprocha un instant les époux. Casimir, comme Aurore, était libéral ; ils soutinrent ensemble, à La Châtre, un candidat d'opposition, Duris-Dufresne, républicain, « homme d'une droiture antique, d'un esprit aimable et bienveillant, encore empreint de l'élégance Directoire ; petite perruque, boucles d'oreilles, physionomie vive et fine, enfin le jacobin le plus sociable [1] », et le plus délicat. Pour l'appuyer, les Dudevant allèrent s'installer à La Châtre, y louèrent une maison, donnèrent des dîners et des bals. Aurore avait retrouvé là des amis d'enfance que son mari, d'abord méfiant, avait fini par tolérer parce qu'ils partageaient ses idées : le blond Charles Duvernet, « jeune homme aux rêveries mélancoliques » ; le « gigantesque Fleury », dit le Gaulois, « homme aux pattes immenses, à la barbe effrayante, au regard terrible, homme fossile, homme primitif » ; le spirituel Alexis Dutheil, avocat, tout marqué de petite vérole, mais causeur brillant et joyeux qui consolait Aurore quand elle avait le spleen ; le poétique Jules Néraud, dit le Malgache parce qu'il avait visité Madagascar, disciple, comme Mme Dudevant, de Rousseau et de Chateaubriand.

Toute cette bande folle courait, au clair de lune, les routes, les forêts et les rues, réveillait les bourgeois, épiait les couples amoureux, ou entrait au bal des ouvriers pour y danser la bourrée. Parfois Aurore, tandis que Casimir ronflait, s'échappait de Nohant, la nuit, avec son frère, galopait jusqu'à La Châtre et allait chanter une romance sous la fenêtre de Dutheil. Ou bien elle partait à l'aube avec Néraud, qui était naturaliste, pour étudier les plantes, les minéraux, les insectes. Un automne fut consacré à l'étude des champignons, un autre à celle des mousses et lichens. L'ombre de Rousseau planait sur ce couple herborisant. Naturellement, les compagnons de jeux ou de recherches s'éprenaient de la jolie femme en pantalon et

1. GEORGE SAND, *Histoire de ma Vie*, p. 45.

blouse, qui les traitait en camarades. Dutheil était marié ;
il fit pourtant sa cour, sans succès. Le Malgache, bien que
tout édenté et marié, lui aussi, tenta sa chance. Il fut
repoussé. A Casimir, « l'inhumaine » racontait, en plaisan-
tant, les déclarations reçues : « N'ayant pas un cœur
susceptible d'amour, je n'en ressens ni pour lui, ni pour
personne », cependant qu'au Malgache elle avouait qu'« elle
aimait un peu ailleurs », ce qui n'empêchait pas Mme Néraud de lui écrire « une lettre de sottises » pour lui reprocher « son hypocrisie, sa coquetterie, et tout ce qui finit
en *ie* ».

Il était vrai qu'elle se plaisait, de plus en plus, à éveiller
les désirs qu'elle n'avait nulle intention de satisfaire. Les
hobereaux et bourgeois de La Châtre blâmaient ses aga-
ceries et ses libertés. Mme Dudevant n'avait-elle pas prétendu réunir, dans un même bal, la première, la deuxième
et la troisième société de la ville ? N'avait-elle pas poussé
le sous-préfet, M. de Périgny, à inviter le maître de musique
et sa femme ? « C'est encore comme Mme Dudevant »,
disait-on dès que l'on apprenait quelque nouvelle incar-
tade. Elle le savait et jugeait la province sotte et méchante.
D'autant que cette petite ville intransigeante se montrait
elle-même fort immorale : « Les hommes passaient leurs
nuits à l'auberge, s'enivraient, se livraient à la débauche
sous toutes ses formes. Les femmes, et les meilleures, étaient
d'une légèreté inouïe [1]. »

Ces exemples, ces critiques injustes inclinaient à la
licence une jeune femme qui, jusqu'alors, avait été imprudente, mais chaste. Les lettres d'Aurélien, plus rares et
moins tendres, la protégeaient mal contre les tentations.

L'être absent, je pourrais presque dire *l'Invisible*, dont
j'avais fait le troisième terme de mon existence (Dieu, lui et
moi) était fatigué de cette aspiration à l'amour sublime.... Ses
passions avaient besoin d'un autre aliment que l'amitié enthou-

1. Laisnel de la Salle, cité par Louise Vincent dans *George Sand et le Berry*, p. 103.

siaste et la vie épistolaire.... Je sentais que je devenais pour lui une chaîne terrible, ou que je n'étais plus qu'un amusement d'esprit.... Je l'aimai longtemps encore, dans le silence et l'abattement.... Il n'y eut ni explications, ni reproche, dès que mon parti fut pris[1]....

Quel parti ? Elle hésitait encore. En 1827, pendant un voyage en Auvergne, elle tint un journal qui ne fut pas publié, mais qui avait du style :

Que faire ? Il pleut. Jamais je n'ai eu tant envie de me promener. Je suis fantasque aujourd'hui. Je fais la jolie femme. Ah ! pour femme, pas trop ! Jolie encore moins. C'était bon il y a dix ans.... Si j'écrivais à quelqu'un ? Oui, à ma mère, par exemple.... O ma mère ! que vous ai-je fait ? Pourquoi ne m'aimez-vous pas ? Je suis bonne pourtant. Je suis bonne, vous le savez bien. J'ai mes violences et elles sont terribles. J'ai cent défauts, mais je suis bonne dans le fond.... Pauvre mère, vous êtes légère, mais vous n'êtes pas méchante. Non, vous ne l'êtes point. Vous n'êtes que bizarre.... Au fait, si je me plaignais à moi-même ?... Si je me racontais mon histoire ? C'est une bonne idée. Écrivons des mémoires[2]....

Suivait une préfiguration de ce qui fut plus tard l'*Histoire de ma Vie*. Cette jeune femme de vingt-trois ans parlait de sa vieillesse anticipée :

Le cœur, concluait-elle tristement, demeura pur comme le miroir.... Il fut ardent, il fut sincère, mais il fut aveugle ; on ne put le ternir ; on le brisa. Je partis pour les Pyrénées.... Qu'estce que j'entends là ? Déjà le dîner[3] ?...

Et ce premier essai s'arrêta au coup de cloche.

Il y avait, dans ce journal, du talent, de la drôlerie et du désespoir. A la rédemption spirituelle de son époux, elle avait renoncé. Triste de l'avoir perdue, incapable de la reconquérir, conscient de son infériorité, Casimir buvait

1. George Sand, *Histoire de ma Vie*, t. IV, p. 58.
2. George Sand, *Voyage en Auvergne et en Espagne*, supplément littéraire du *Figaro*, 4 août 1888.
3. *Idem.*

de plus belle. Elle sentait qu'Aurélien s'éloignait d'elle. Il avait prêté serment de respecter Aurore, non de ne pas chercher des plaisirs ailleurs. Il renversait lui-même le piédestal sur lequel elle avait voulu le placer.

Aurélien à Aurore, 15 mai 1828 : Vous avez en vous un type de la raison, de la sagesse ; vous façonnez dans votre imagination un être selon ce type, et quand vous l'avez fait, quand vous l'avez *fait vous-même,* vous dites : c'est Un Tel. Non, non, je n'ai pas d'idées arrêtées et raisonnées sur tout. Et oserai-je vous l'avouer ? Faut-il briser l'idole d'un seul coup ? Je n'ai, je le dis à ma honte, d'idées arrêtées sur rien [1]....

Était-il donc impossible de retenir les hommes sans un lien charnel ? Elle en venait à le penser. Se faire aimer sans se donner, être à la fois femme fatale et amazone, épouse irréprochable et maîtresse adorée, beaux rêves, mais qui ne s'intégraient pas au réel.

Elle avait retrouvé ce Stéphane Ajasson de Grandsagne avec lequel elle avait fait jadis, dans sa chambre de jeune fille, de l'ostéologie sentimentale. Il était plus savant que jamais, et son visage, encadré d'un collier de barbe, restait beau bien que vieilli avant l'âge : « Il dispute encore à la mort un reste de jeunesse qu'elle a flétrie et qui ne fleurira pas longtemps. Moitié poitrinaire, moitié fou, il est venu passer le temps de sa convalescence ici [2]. » Elle fut émue par ses joues creuses, ses yeux égarés, sa taille voûtée. Tout en lui l'attirait. Il avait éveillé en elle les premières émotions amoureuses ; il était savant, et elle aimait à apprendre ; il se disait athée et, bien que croyante, elle était troublée par cette audace ; elle le voyait malade et elle aimait à soigner. En 1827, il vivait à Paris et venait d'entrer au Muséum, pour y être le collaborateur de Cuvier. Latiniste, helléniste, naturaliste, il traduisait les œuvres scientifiques des grands écrivains de la Grèce et de Rome.

1. George Sand, *Le Roman d'Aurore Dudevant et d'Aurélien de Sèze*, p. 208.
2. Collection Spoelberch de Lovenjoul. E. 905, f. 196.

Il écrivait une préface, érudite mais sans génie, pour le *De Natura Rerum* de Lucrèce. Aurore crut, par instants, trouver en lui le maître qu'elle cherchait. Bientôt La Châtre jugea qu'elle se compromettait avec lui. Quand Stéphane n'était pas en Berry, Hippolyte Châtiron, qui avait pris un appartement à Paris avec sa jeune femme, Émilie de Villeneuve, le recevait et en donnait à Aurore des nouvelles....

Hippolyte Châtiron à Aurore Dudevant: Je crois que ses maux viennent en grande partie de son peu d'ordre. C'est un vrai panier percé et, lorsqu'il a de l'argent, son cœur est à tous ses amis, sa bourse à tout le monde.... Je ne connais personne aussi bien que lui. Son instruction et son esprit sont fort au-dessus de ce que l'on croit ; sa maudite tête est de feu. Nul doute qu'il se fera promptement un nom, s'il en a le temps, avec un revenu assez honnête....

Autre lettre d'Hippolyte à Aurore: Notre ami Stéphane, par de nouvelles imprudences, s'est encore rendu malade. Il a voulu passer les nuits, la fièvre lui a tenu parole. J'ai eu beau le prêcher.... Il a fini par soutenir que j'étais plus fou que lui [1]....

Aurore à Hippolyte: Ce que tu me dis de Stéphane me fait beaucoup de peine. Il ne veut soigner ni sa santé ni ses affaires, et n'épargne ni son corps ni sa bourse. Qui pis est, il se fâche des bons conseils, traite ses vrais amis de docteurs et les reçoit de manière à leur fermer la bouche. Je savais tout cela bien avant que tu me le dises et j'avais été, avant toi, bourrée plus d'une fois de la bonne manière.... Je voudrais pouvoir cesser de l'aimer, car ce m'est un continuel sujet de peines que de le voir en mauvais chemin et toujours refusant de s'en apercevoir. Mais on doit aimer ses amis jusqu'au bout, quoi qu'ils fassent, et je ne sais pas retirer mon affection quand je l'ai donnée.... On me saura toujours mauvais gré de lui être aussi attachée et, bien qu'on n'ose me le témoigner ouvertement, je vois souvent le blâme sur le visage des gens qui me forcent à le défendre.... Stéphane me sera toujours cher, quelque malheureux qu'il soit. Il l'est déjà et, plus il le deviendra, moins il m'inspirera d'intérêt ; telle est la règle de la société. Moi, du moins, je réparerai autant qu'il sera en moi ses infortunes. Il me trouvera quand tous les autres lui tourneraient le dos.... On ne soupçonne pas de véritables torts à ceux qu'on aime [1]....

En automne 1827, Stéphane revint au pays alors que Casimir était absent. Il apportait, dans son Berry natal, l'air de Paris et les idées les plus neuves. Aurore le vit beaucoup et l'écrivit à son mari avec cet art, si féminin, de dire la vérité tout en l'enveloppant d'un nuage d'insignifiance.

Aurore à Casimir. Nohant, 17 octobre 1827 : Depuis ton départ, mon ami, je n'ai presque pas été seule. J'ai vu Stéphane, son frère, Jules Néraud, Dutheil, Charles et Ursule, qui, ayant appris par Stéphane (qui est reparti pour la Marche) que j'étais malade, est venue me soigner aujourd'hui. J'ai eu une fièvre très violente....

19 octobre 1827 : Je me porte beaucoup mieux. Je ne mange pas encore, mais je dors bien et cela n'aura pas de suites. Je craignais de tomber malade, mais je vois que cette indisposition venait de l'époque du mois.... Je tombe de sommeil et vais me coucher de bonne heure.... J'ai oublié de te donner une guêtre pour modèle. Si Stéphane revenait à temps, je te l'enverrais par lui. Mais où est-il et que fait-il ? Dieu le sait. Pour lui, ce serait injustice que de lui demander ce qu'il a dans la tête. Je l'ai vu cette semaine, ainsi que je te l'ai dit, et il est reparti pour Guéret avec son frère.... Ils vont faire une chasse.... Je suis toute triste, toute malheureuse et toute désorientée loin de toi. Au reste, sois libre, sois heureux et aime-moi. Personne ne te le rendra aussi bien. Écris-moi l'époque de ton retour si tu veux que je t'envoie chercher à Châteauroux [2]....

Lettre cordiale, mais, dès que Casimir revint à Nohant, elle partit pour Paris avec Jules de Grandsagne et y rejoignit Stéphane.

Aurore à Casimir. Paris, 8 décembre 1827 : J'ai déjeuné ce matin chez ma mère. Hippolyte lui avait dit que j'étais arrivée l'avant-veille. Elle avait grande envie de se fâcher. Enfin, quand je lui ai eu démontré que j'avais passé tout ce temps à me repo-

1. GEORGE SAND, *Correspondance*, t. I, pp. 31-33.
2. Collection Spoelberch de Lovenjoul, E. 868, f. 46 et ff. 48-49.

ser sans pouvoir bouger, elle s'est apaisée et m'a fait un aussi charmant visage qu'il est possible de le faire.... Hippolyte avait amené Stéphane, sous son véritable nom ; elle l'a fort bien reçu, malgré le fagot qu'on lui avait conté.... Je serai certainement obligée de passer encore ici toute la semaine prochaine, mais à la fin, quelque chose qu'il arrive, je partirai. Stéphane dit qu'il reviendra avec nous, ce sur quoi je ne compte pas absolument, vu la fréquente variation de température de son cerveau [1]....

Le *fagot* était un ragot sur une liaison Aurore-Stéphane, qui ne faisait alors de doute pour personne. Aurore voyageait avec Stéphane, l'escortait en Berry, le suivait à Paris, et les descendants de Stéphane ont révélé que les deux amants échangeaient des lettres ardentes [2]. Celles qu'Aurore adressait dans le même temps à Casimir étaient empreintes de cette affection un peu excessive des femmes remordues par quelque faute. Le 13 décembre, elle pria Casimir de ne pas venir la chercher ; Stéphane se chargerait de la ramener en Berry. Le prétexte du séjour à Paris avait été le besoin de consulter des médecins ; elle avait vu les plus illustres et ils l'avaient trouvée bien portante.

En fait, ses maux n'étaient que de l'âme. Après son retour à Nohant, elle tomba dans la langueur et dans la mélancolie. Elle demeurait sombre comme une coupable. *A Zoé Leroy :* « Je ne vous demande plus de m'aimer comme auparavant. Je ne mérite plus l'amitié de personne. Comme l'animal blessé qui meurt dans un coin, je ne saurais chercher d'adoucissement et de secours parmi mes semblables [3].... » Pourquoi cette soudaine humilité d'un être si fier ? Elle était revenue enceinte, peut-être des œuvres de Stéphane. Car l'enfant allait naître le 13 septembre 1828, ce qui faisait coïncider la conception avec le séjour à Paris ; Aurore dit bien qu'il était né avant terme, à cause

1. Collection Spoelberch de Lovenjoul, E. 868, ff. 53-54.
2. Cf. *Le Moniteur général*, du 6 janvier 1900, dans la rubrique « Correspondance et Questions posées », une note de Paul-Émile Ajasson de Grandsagne, fils unique de Stéphane, mort en 1902.
3. Collection Spoelberch de Lovenjoul, E. 902, f. 63.

d'une frayeur que lui avait donnée la petite Léontine Châtiron, fille d'Hippolyte, en tombant dans un escalier de Nohant. Mais Casimir lui-même gardait-il des illusions sur ce point ?

Aurélien de Sèze, qui vint à l'improviste à Nohant, de grand matin, au début de septembre, trouva Aurore seule au salon, dépliant et arrangeant la layette. « Que faites-vous là ? dit-il. — Ma foi, vous le voyez. Je me dépêche pour quelqu'un qui arrive plus tôt que je ne pensais [1]. » Il ne put concilier cette naissance inattendue avec les protestations d'amour céleste et de totale chasteté, même conjugale, qui n'avaient cessé de remplir les lettres et propos de son amie. Zoé Leroy, quand elle revit M. de Sèze, fut effrayée de son chagrin. Il était devenu un peu fou ; il paraissait absorbé dans ses pensées, tisonnait le feu, courait au piano, jouait avec deux doigts. *Zoé Leroy à Aurore Dudevant:* « Je n'ai pas pu revoir Aurélien sans me figurer qu'il avait laissé à Nohant un cortège composé de douleur, de consternation déchirante et d'un affreux isolement [2].... »

L'accouchement fut pénible, de toute manière. Hippolyte était ivre, au point de rouler sur le tapis dans la chambre de sa sœur. De son lit, Aurore écoutait une conversation de son mari, dans la pièce voisine, avec une servante espagnole, Pepita. Leurs propos ne laissaient aucun doute sur la nature de leurs relations. L'enfant, une grosse et belle fille, fut appelée Solange. « Dans la suite, écrit Louise Vincent, quand Stéphane de Grandsagne allait à Nohant, ses amis le taquinaient. « Eh bien, disait-il, je « vais voir ma fille ! » Mme Dudevant elle-même appelait parfois sa fille *Mademoiselle Stéphane* [3]. » Toutefois, M. Dudevant ne parla jamais de répudier sa femme. Il

1. George Sand, *Histoire de ma Vie*, t. IV, p. 48.
2. Collection Spoelberch de Lovenjoul, E. 902, f. 113.
3. Louise Vincent, *George Sand et le Berry*, p. 122. Voir *Appendice* où l'on trouvera les arguments pour et contre la paternité de Grandsagne.

tenait à Nohant, à son fils, et même à Aurore. Elle avait
pris sur lui l'ascendant d'une âme forte sur un esprit
faible. « Paresseux de l'esprit et enragé des jambes », il ne
savait, le soir, que ronfler. Il avait fait, avec les capitaux
du ménage, de mauvais placements ; cela le rendait pénitent et timide. D'ailleurs, si une séparation intervenait,
où irait-il ? Guillery était à sa belle-mère. Une sorte de
trêve s'institua entre les deux époux. Elle toléra les
frasques ancillaires et les beuveries ; il la laissa libre pourvu
qu'elle ne lui demandât pas d'argent. D'ailleurs il donnait
prise, en gérant de plus en plus mal leurs affaires. En 1828,
il tomba entre les mains d'un escroc nommé Desgranges
qui « l'accapara en lui faisant boire du vin de Champagne
et en lui prêtant sa maîtresse », et lui vendit « un joli brick
de commerce dont il lui montra une image ». Dudevant en
prit pour vingt-cinq mille francs. Or le brick n'avait jamais
existé et M. Desgranges était armateur *in partibus*. Aurore
avait été méfiante dès le début.

Aurore à Casimir, 20 décembre 1829 : Je vois, clair comme
le jour, que M. Desgranges se moque de toi. Tu peux le lui dire
de ma part ; du moins je ne suis pas sa dupe, moi ! Il te fait
croire qu'on veut t'acheter ta part ; il te fait donner des rendez-
vous ; il t'amuse par des paroles ; il t'endort par des promesses.
Tu cours, tu attends, tu espères de bonne foi, tandis que M. Desgranges sait fort bien qu'il ne s'est présenté personne pour
acheter. Chaque jour, tu comptes sur le lendemain ; le lendemain amène pour toi une nouvelle mystification.... Tout cela
est la conséquence d'une première sottise et devrait te servir
de leçon. On ne devrait pas conclure d'affaires à la sortie d'un
repas, quand on a le malheur de n'être pas sobre — et je suis
persuadée que tu as fait celle-là le verre à la main. Je t'en dis
mon avis pour n'y plus revenir, puisque le passé est derrière
nous ; l'avenir nous reste ; j'y veillerai. Je me suis dispensée
jusqu'ici de calculer, parce que j'avais dans ton jugement et
dans ta raison une confiance illimitée. Je vois que tu es aussi
capable qu'un autre de te laisser abuser, et cela vient du malheureux défaut que tu as contracté au service, dont tu t'étais
corrigé dans les premières années de notre mariage, mais que tu
as repris, bien malgré moi. Ne te fâche pas de ce que je te dis.
Le droit de se dire la vérité est réciproque.... Je suis mère avant

tout et j'ai du caractère quand il en faut. Tu me trouveras toujours prête à t'excuser, à te consoler, mais je te dirai tout haut
mon avis sur des choses qui intéressent l'avenir de tes enfants....

Il ne faut pas, comme tu dis, jeter le manche après la
cognée — ni laisser entre les mains d'un homme très suspect,
et très peu estimé, vingt mille ou quinze mille francs, qui sont
une brèche pour une fortune comme la nôtre. Ton impatience,
ton découragement ne sont pas d'un homme de bon sens. Quand
on fait une faute, ce n'est pas en jurant, en soupirant, en se la
reprochant sans cesse aux dépens de sa santé, de son repos, et
de celui des autres, qu'on la répare. On a du caractère ; on
intimide les hypocrites ; on n'accepte pas leurs dîners (deux
sont déjà trop) ; on ne va pas en ami chez un homme qu'on
n'estime pas....

Je ne sais où en est cette affaire du moulin, mais il me
semble qu'elle cloche aussi.... Ne peux-tu t'embarquer dans un
marché sans enfer de tracasseries ? Tu n'y es pas heureux ; n'en
fais donc plus. Nous aurons plus de bon sens réunis autour du
feu que dispersés. Dutheil, qui s'entend aux affaires, Hippolyte, que tu as cru si longtemps fou — et qui a plus de bon sens
peut-être, sous ce rapport, que nous deux — nous aiderons à
régler le plan des dépenses de la maison.... Tu feras des choux
et des raves dans la propriété. Tu achèteras tous les ans, si tu
veux et si tu peux, quelques bosselées de terre. Cependant, je
dois t'avertir que tout le monde dit, dans le pays, que tu as le
secret d'acheter plus cher que personne [1]....

Depuis longtemps, Aurore ne partageait plus la chambre
de son mari. Elle avait installé ses deux enfants au rez-de-
chaussée, dans la chambre jaune de Mme Dupin de Francueil ; elle occupait le boudoir voisin, où elle se sentait
en sécurité parce qu'il ne communiquait avec aucune
chambre autre que celle des enfants. Elle y dormait dans
un hamac et faisait son bureau d'un panneau de la boiserie, qui s'abattait en manière de secrétaire. Les livres,
les herbiers, les papillons, les cailloux encombraient cette
petite pièce. Là elle écrivait, rêvait, méditait. Mécontente
de la vie, elle se récompensait comme elle pouvait en esquis-
sant des romans. Elle cherchait encore, comme au couvent,

à entrer en rapports directs avec Dieu. Au culte extérieur, aux pratiques religieuses, elle attachait peu d'importance.

Ce qui m'absorbait, à Nohant comme au couvent, c'était la recherche ardente ou mélancolique, mais assidue, des rapports qui peuvent, qui doivent exister entre l'âme individuelle et cette âme universelle que nous appelons Dieu. Comme je n'appartenais au monde ni de fait ni d'intention ; comme ma nature contemplative se dérobait absolument à ses influences ; comme, en un mot, je ne pouvais et ne voulais agir qu'en vertu d'une loi supérieure à la coutume et à l'opinion, il m'importait fort de chercher en Dieu le mot de l'énigme de ma vie, la notion de mes vrais devoirs, la sanction de mes sentiments les plus intimes [1]....

Hypocrisie ? Tout prouve le contraire. Elle ne se détacha jamais de son Dieu. Seulement comme tout être humain, pour vivre, a besoin de quelque accord avec lui-même, elle effaça de son esprit l'idée que l'adultère est un péché mortel. Elle en vint à penser, comme sa mère : « Tout ça n'a pas grande importance, pourvu que l'amour soit sincère. » Il était regrettable qu'Aurélien fût arrivé trop tôt dans sa vie et en un temps où elle n'était pas encore prête à « sauter le pas ». Peut-être aurait-il été pour elle l'amant romanesque dont elle avait besoin. Aurore fit plusieurs voyages à Bordeaux et revit son ami, mais le trouva « vieilli et enlaidi ». Il n'y eut pas d'explication entre eux, et leur correspondance continua quelque temps encore.

Maurice grandissait. Aurore, bonne disciple de Rousseau, commençait à se préoccuper de l'éducation de son « Émile ». A Duris-Dufresne, le député pour lequel les Dudevant avaient fait une vaillante campagne à La Châtre et qui, au cours d'un voyage, avait raconté à Châtiron que l'un des enfants du général comte Bertrand avait, grâce à une nouvelle méthode, appris à lire en quelques leçons, elle demanda des précisions :

1. GEORGE SAND. *Histoire de ma Vie*, t. IV, p. 54.

Aurore Dudevant à Duris-Dufresne, 4 août 1829 : Me pardon-
nerez-vous, monsieur, d'entrer dans ces détails et de vous
importuner, vous dont les moments nous sont précieux. Ce qui
me rassure, c'est que vous ne regarderez peut-être pas l'avis
que je vous demande seulement comme un service important
à rendre à une mère de famille, mais encore comme un moyen
partiel d'étendre le progrès d'une amélioration précieuse dans
la direction de la première éducation. Votre cœur et votre vie
ont été toujours consacrés à l'utilité de vos concitoyens, cette
considération me donne la confiance de m'adresser à vous et de
m'en rapporter à votre opinion préférablement à celle de tout
autre [1]....

Le député donna le nom du précepteur des enfants Bertrand : Jules Boucoiran. Mme Dudevant correspondit
avec celui-ci et le prit comme gouverneur de son fils, en
septembre 1829, mais ce ne fut qu'un essai de trois mois.

Aurore à Casimir, 14 décembre 1829 : Mande-moi ce qu'il faut
donner à M. Boucoiran et je le congédierai. Tu me répondras
le : *Comme tu voudras* ordinaire, qui n'est jamais ni oui ni non....
Il faut pourtant que je sache à quoi m'en tenir, et où prendre cet
argent, car je ne veux pas garder ce jeune homme éternellement. Il ne me plaît pas beaucoup et d'ailleurs je présume qu'il
ne sera pas fâché de s'en aller [2]....

Boucoiran retourna chez le général Bertrand. Il n'était
pas vrai qu'il déplût à Mme Dudevant. C'était un jeune
méridional, sympathique et serviable, qui était devenu
pour elle un ami, amoureux naturellement, mais qu'elle
tenait en respect. Tout au plus, s'il faisait pour elle des
courses à Paris, lui promettait-elle « de l'embrasser pour
sa peine ». Il s'était montré bon précepteur, « d'une sublime
exactitude grammairienne » ; à six ans, Maurice lisait
couramment ; il commençait la musique, l'orthographe et
la géographie. *Aurore à Boucoiran :* « L'éducation de
Maurice commence et la vôtre n'est pas finie.... Adieu,
mon cher fils.... Les enfants et moi vous embrassons

---

1. Lettre inédite, appartenant à M. Jacques Suffel.
2. Collection Spoelberch de Lovenjoul, E. 868, f. 92.

affectueusement. Comptez toujours sur votre vieille amie.... Avez-vous reçu votre gilet ? »

La présence de Boucoiran, encore qu'il fût « un peu léthargique », avait aidé Mme Dudevant à supporter, pendant quelques semaines, une vie qui n'avait plus rien de conjugal. Casimir entretenait, au vu et au su de tous, deux liaisons ancillaires : avec la Castillane Pepita, bonne de Solange, et avec Claire, cameriste de Mme Châtiron. Aurore essayait d'écrire des romans : *La Marraine, Aimée.* Elle étonna Boucoiran par « cette élasticité et cette force de caractère qui lui permettaient, après les scènes domestiques les plus violentes, de rire le lendemain comme si de rien n'était, et de ne pas courber la tête sous le poids de son malheur [1] ». Parfois, en revenant de La Châtre, le soir, à cheval, seule sous les étoiles, par cette route sur laquelle son père s'était tué, elle réfléchissait à son étrange situation. Elle jugeait médiocres presque tous ceux qui l'entouraient, mais valait-elle mieux ? Elle avait étudié plus de choses ; elle avait plus de sensibilité et, croyait-elle, plus de piété sincère. Mais ne se trompait-elle point sur elle-même ?

Je cherchais Dieu dans le rayon d'une étoile et je me souviens que, dans les sombres nuits d'automne, je voyais des monceaux de nuages lourds courir sur ma tête et me voiler le firmament. Hélas ! me disais-je, c'est ainsi que tu m'échappes toujours, ô toi que je poursuis ! Dieu que je sers au hasard, mystère que j'ai embrassé comme une puissance réelle, rayons insaisissables dont j'ai fait le flambeau de ma vie, où es-tu ? Me vois-tu et m'entends-tu ?... Suis-je une âme d'élite chargée par toi d'accomplir quelque sainte et douce mission sur la terre, ou bien suis-je le jouet de quelque fantaisie romanesque éclose dans mon pauvre cerveau, comme un germe que le vent promène dans l'espace et qu'il laisse tomber dans le premier endroit venu ?...

... Alors, accablée de désespoir et me sentant presque folle, je lançais mon cheval au hasard dans la nuit obscure.... Il y avait un endroit du chemin sinistre pour ma famille. C'était à

1. Wladimir Karénine, *George Sand, sa Vie et ses Œuvres,* t. I, p. 303.

un détour, après le treizième peuplier ; mon père, à peine plus âgé que je ne l'étais alors, revenant chez lui par une sombre nuit, y avait été renversé sur place. Quelquefois, je m'y arrêtais pour évoquer sa mémoire et chercher, au clair de la lune, les traces imaginaires de son sang sur les cailloux. Le plus souvent, lorsque j'en approchais, je lançais mon cheval de toute sa vitesse et je lui lâchais les rênes en l'aiguillonnant à ce détour où le chemin se creusait et rendait ma course dangereuse [1]....

Elle était convaincue que, loin de La Châtre et de Nohant, il existait une société affable, élégante, éclairée, où les êtres doués de quelque mérite pouvaient trouver à échanger leurs sentiments et leurs idées. Elle aurait « fait dix lieues pour voir passer Balzac [2] » ; elle admirait Hugo comme un dieu, mais ces grandeurs l'effrayaient tellement qu'elle n'avait même pas l'idée de faire un pas vers elles. Quand elle allait à Paris avec Maurice, dans l'appartement prêté par Hippolyte, elle ne voyait que sa mère (toujours escortée d'un vieil ami, Pierret), Caron, les Du Plessis, et naturellement Stéphane.

Aurore à Casimir, 2 mai 1830 : J'ai vu aussi Stéphane, hier matin et aujourd'hui. Je ne sais comment il a su que j'étais ici. Il a trouvé une lettre pour moi chez la portière d'Hippolyte, et il a écrit son nom sur l'adresse — en guise de carte — puis, le lendemain, je l'ai vu arriver, très propre et très gracieux. Aujourd'hui *idem.* Nous verrons combien durera cette lune de miel [3]....

De Paris, elle faisait un saut à Bordeaux :

On y va d'ici en trente heures ; j'y passerai deux jours et je serai de retour au commencement de la semaine prochaine. J'étais fort indécise, et même ennuyée de ce voyage à faire, car je ne verrai que très peu Aurélien, qui est toujours à la campagne.... Je vais te dire ce qui me décide : c'est un moment de bisque et de chagrin, qui me donne l'envie et le besoin de remuer. Ma mère a été jusqu'ici charmante avec moi, et je ne sache pas

1. GEORGE SAND, *Journal intime,* pp. 162-167.
2. *Opus cit.,* p. 171.
3. Collection Spoelberch de Lovenjoul, E. 868, f. 102.

avoir été autrement avec elle.... Je reçois une lettre de huit
pages où l'on me prodigue tout ce que la haine et la colère
peuvent inventer ! On me dit entre autres que je suis venue à
Paris *pour faire mes farces* et que c'est *elle* qui me sert de *prétexte* auprès de toi pour ce voyage, etc., etc....

Aussitôt que je serai arrivée à Bordeaux, je te donnerai de
mes nouvelles. Je ne t'engage pas à m'écrire dans cette ville ;
j'y resterai si peu ; je pourrais bien ne pas recevoir ta lettre.
Mais écris-moi ici ; j'y serai presque aussitôt que ta réponse....
Je ne dis à *personne* ici que je vais à Bordeaux.... Je dis que je
vais passer quelques jours « à la campagne », sans m'expliquer
autrement.... Ainsi n'en parle pas à Mme Dudevant, si tu lui
écris [1]....

Le mari se transformait en confident.

IV

LE PETIT JULES

1830. Nohant allait son train. Casimir courait les champs
et les bois ; le soir, il ronflait ou lutinait Pepita. *Aurore
Dudevant à Jules Boucoiran :* « Vous savez comment on vit
à Nohant ; le mardi ressemble au mercredi, le mercredi au
jeudi, ainsi de suite. L'hiver et l'été apportent seuls
quelque diversion à cet état de stagnation permanente....
Je me trouve bien partout, grâce à ma haute philosophie
ou à ma profonde nullité [2].... » Son seul plaisir était de
régner sur les garçons des châteaux voisins. Presque
chaque jour elle prenait son cheval et, sans s'occuper de
son mari, courait à La Châtre ou chez quelques amis.

Le 30 juillet, elle alla ainsi chez Charles Duvernet, au
château du Coudray. Elle trouva là Fleury (le Gaulois),
Gustave Papet et un jeune homme de dix-neuf ans qu'elle
ne connaissait pas : Jules Sandeau. C'était un blondin
charmant, « frisé comme un petit saint Jean de Nativité ».

1. Collection Spoelberch de Lovenjoul, E. 868, ff. 109-110.
2. GEORGE SAND, *Correspondance*, t. I, pp. 100-101.

Son père était receveur des Finances à La Châtre et Jules s'était attaché à cette petite ville. « Pas un coin de rue qui n'ait sa part de bonheur. » Comme il avait montré tout jeune un esprit vif, ses parents, qui étaient pauvres, avaient fait de grands sacrifices pour le bien instruire. Il avait obtenu des succès scolaires au collège de Bourges, puis, en novembre 1828, était parti pour Paris, où il voulait faire son droit. Aux vacances, il revenait à La Châtre, et c'était pour lui une joie que d'arriver en patache sur le pont à échelles, d'être ballotté sur les pavés anguleux de la rue Royale, de revoir la petite place, les rues désertes et solitaires, l'écurie qui servait de théâtre et la grange où l'on dansait. La jeunesse dorée de La Châtre avait tenté d'associer le visiteur à ses plaisirs, mais le petit Jules n'aimait ni la chasse, ni le bruit. Paresseux, de santé fragile, il se blottissait avec un livre sous une haie et s'endormait en rêvant à des félicités futures.

A l'arrivée de Mme Dudevant chez les Duvernet, ce joli garçon s'éloigna du groupe, comme par discrétion, son livre à la main, et alla s'asseoir sur un banc de gazon, sous un vieux pommier. Cette réserve piqua la jeune femme. Elle entraîna les autres vers l'arbre, et la conversation continua autour de Sandeau. On parla de la révolution, qui venait d'éclater à Paris. Les nouvelles étaient rares et confuses. On savait qu'il y avait eu des fusillades et des barricades. Était-ce la République ? Aurore, toujours active et ardente, offrit d'aller aux nouvelles à La Châtre. En sautant à cheval, elle cria : « Charles, vous m'amènerez demain tous vos amis à dîner.... Je compte sur vous *tous*, messieurs. » Elle donna un coup de cravache à Colette et disparut au galop.

Le lendemain 31, Sandeau, avec ses camarades, vint à Nohant pour la première fois. Aurore leur lut une lettre reçue de Jules Boucoiran. Il s'agissait bien d'une révolution, et ce petit groupe libéral l'accueillit avec enthousiasme. Casimir, que la politique réveillait, fut nommé lieutenant de la garde nationale et eut bientôt cent vingt hommes sous ses ordres. Aurore était inquiète pour sa mère et surtout pour sa tante, Lucie Maréchal, dont le mari était inspecteur de la Maison du Roi. Mais « dans de tels moments, la fièvre est dans le sang et le cœur est trop oppressé pour se livrer à la sensibilité [1] ». Elle était fière de trouver La Châtre plus déterminée que Châteauroux. Si la gendarmerie attaquait, si même un régiment était envoyé de Bourges, on se défendrait : « Je me sens une énergie que je ne croyais pas avoir. L'âme se développe avec les événements [2]. » Le petit Sandeau fut fasciné par la beauté sauvage, le caractère exalté et autoritaire, les yeux noirs et brûlants, la taille souple de la châtelaine de Nohant. Quand elle montra quelque intérêt pour lui, il devint amoureux fou. Il s'attacha à Aurore Dudevant parce qu'elle l'enchantait ; parce qu'elle parlait des mêmes sujets que lui et en parlait mieux ; surtout parce qu'elle était forte et qu'il était faible. Les jeunes hommes sans caractère cherchent des maîtresses maternelles, cependant que les femmes sans humilité trouvent, dans la protection généreuse qu'elles accordent, une excuse pour la servitude amoureuse.

Elle lutta quelques semaines, ce qui, dans l'état de son cœur, était héroïque. Tout en lui la tentait : son extrême jeunesse, ses joues blanches et roses, ses cheveux blonds, son esprit, l'air de Paris qu'il apportait, ses rêveries romanesques.

Si vous saviez comme je l'aime, ce pauvre enfant, comme dès le premier jour son regard expressif, ses manières brusques et franches, sa gaucherie timide avec moi me donnèrent envie de le voir, de l'examiner. C'était je ne sais quel intérêt que chaque jour rendait plus vif et auquel je ne songeais pas seulement à résister.... Le jour où je lui dis que je l'aimais, je ne me l'étais pas encore dit à moi-même. Je le sentais et je n'en voulais pas convenir avec mon cœur, et Jules l'apprit en même temps que moi. Je ne sais comment cela se fit. Un quart d'heure avant, j'étais seule, assise sur les marches du perron, tenant un livre que je ne lisais que des yeux. Mon esprit était tout absorbé par

1. George Sand, *Correspondance*, t. I, p. 103.
2. *Opus cit.*

une seule pensée, gracieuse, douce, ravissante, mais vague, incertaine, mystérieuse [1]....

Longtemps elle devait penser avec tendresse au petit bois où ils s'étaient avoué leur amour :

Il y a une place que j'affectionne surtout. C'est un banc placé dans un joli petit bois qui fait partie de mon jardin. C'est là que, pour la première fois, nos cœurs se révélèrent tout haut l'un à l'autre. C'est là que nos mains se rencontrèrent pour la première fois. C'est là aussi que, plusieurs fois, il vint s'asseoir en arrivant de La Châtre, tout haletant, tout fatigué, dans un jour de soleil et d'orage. Il y trouvait mon livre et mon foulard et, quand j'arrivais, il se cachait dans une allée voisine, et je voyais son chapeau gris et sa canne sur le banc. Il n'y a rien de niais dans les petites choses, quand on s'aime, et vous ne rirez pas si je vous dis tous ces riens, n'est-ce pas, mon bon ami ?...

Il n'y avait pas jusqu'au lacet rouge de ce chapeau qui ne me fît tressaillir de joie. Tous ces jeunes gens, Alphonse, Gustave, etc., avaient des chapeaux gris pareils au sien et, quand ils étaient dans le salon et que je passais dans la pièce voisine, je jetais un regard sur les chapeaux. Je savais au lacet rouge que Jules était un des visiteurs : les autres lacets étaient bleus. Aussi je l'ai gardé comme une relique, ce petit cordon. Il y a pour moi, dans son aspect, une vie de souvenirs, d'agitation et de bonheur [2]....

Enfin elle sauta ce nouveau pas. Il y avait, à Nohant, un pavillon qui donne d'un côté sur le parc et de l'autre sur la route. En 1828, Aurore l'avait fait aménager ; il pouvait servir de lieu de rendez-vous. En passant par là, un visiteur évitait l'entrée du village et celle du château. L'attention des domestiques n'était pas éveillée. Parfois aussi les deux amants se retrouvaient dans les bois, au lieudit La Couperie, tandis que leurs amis faisaient le guet. Naturellement, La Châtre commentait sans bienveillance cette liaison entre une femme mariée, mère de famille, et le « petit Jules ».

1. Lettres de George Sand au docteur Émile Regnault, Bibliothèque nationale (département des manuscrits, acquisition récente).
2. *Ibid.*

Aurore Dudevant à Jules Boucoiran, 27 octobre 1830 : Les cancans vont leur train à La Châtre plus que jamais. Ceux qui ne m'aiment guère disent que *j'aime* Sandot (vous comprenez la portée du mot) ; ceux qui ne m'aiment pas du tout disent que *j'aime* Sandot et Fleury à la fois ; ceux qui me détestent, que Duvernet, et vous par-dessus le marché, ne me font pas peur. Ainsi j'ai quatre amants à la fois. Ce n'est pas trop quand on a, comme moi, les passions vives. Les méchants et les imbéciles ! Que je les plains d'être au monde ! Bonsoir, mon fils.... Écrivez-moi [1].

Que lui importaient, au regard du bonheur, les ragots et fagots de La Châtre ? « Je concentre mon existence aux objets de mes affections. Je m'en entoure comme d'un bataillon sacré qui fait peur aux idées noires et décourageantes [2].... » Pour comprendre Aurore Dudevant en 1830, et son besoin d'aventures sentimentales et spirituelles, il faut se représenter ce qu'était alors, en France, l'effervescence intellectuelle. La passion régnait. Comme autrefois la Raison, la Folie était déifiée. Les nouveaux poètes, les nouvelles doctrines philosophiques et sociales enivraient les jeunes. On se disait hugolâtre, saint-simonien, fouriériste avec délire. A La Châtre comme à La Ferté-sous-Jouarre, Dupuis et Cotonet s'interrogeaient sur le romantisme. L'individu n'était plus, comme au XVIIᵉ siècle, un membre responsable d'une communauté sociale et religieuse ; il devenait une fin en lui-même, un objet de contemplation esthétique. « Les tigres sont plus beaux que les moutons. Mais l'âge classique avait tenu les tigres en cage. Les romantiques brisaient les barreaux et admiraient le bond magnifique dans lequel le tigre écrase l'agneau [3].... » Le réel imite la fiction. Au temps de l'*Astrée*, on avait aimé comme les héros de Scudéry. Au temps de Gœthe, on

---

1. Cette lettre, publiée *in extenso* dans la *Revue des Deux Mondes*, fut tronquée par Maurice Sand lorsqu'il la fit réimprimer dans la *Correspondance* de sa mère. Les mots soulignés ci-dessus le sont dans le texte original, et George Sand écrit Sandot au lieu de Sandeau.

2. GEORGE SAND, *Correspondance*, t. I, p. 111.

3. BERTRAND RUSSELL, *History of Western Philosophy*, p. 19.

aimait comme Werther, en attendant d'aimer comme Hernani.

A La Châtre, la jeune baronne Dudevant, tigresse en puissance, était la muse de la sous-préfecture. Mais elle se trouva bien seule quand les vacances se terminèrent et que ses grands hommes partirent pour Paris. Elle leur écrivit des lettres où l'ironie et une poésie toute shakespearienne masquaient, courageusement, une profonde mélancolie :

Aurore Dudevant à Charles Duvernet, 1er décembre 1830: Heureuse, trois fois heureuse la ville de La Châtre, la patrie des grands hommes, la terre classique du génie !... Depuis ton départ — ô blond Charles, jeune homme aux rêveries mélancoliques, au caractère sombre comme un jour d'orage, infortuné misanthrope qui fuis la frivole gaieté d'une jeunesse insensée pour te livrer aux noires méditations d'un cerveau ascétique — les arbres ont jauni, ils se sont dépouillés de leur brillante parure.... Et toi, gigantesque Fleury, homme aux pattes immenses, à la barbe effrayante, au regard terrible ; homme des premiers siècles... depuis que ta masse immense n'occupe plus, comme les dieux d'Homère, l'espace de sept stades dans la contrée, depuis que ta poitrine volcanique n'absorbe plus l'air vital nécessaire aux habitants de la terre, le climat du pays est devenu plus froid, l'air plus subtil.... Et toi, petit Sandeau ! aimable et léger comme le colibri des savanes parfumées ! gracieux et piquant comme l'ortie qui se balance au front, battu des vents, des tours de Châteaubrun ! depuis que tu ne traverses plus, avec la rapidité d'un chamois, les mains dans les poches, la petite place... les dames de la ville ne se lèvent plus que comme les chauves-souris et les chouettes, au coucher du soleil ; elles ne quittent plus leur bonnet de nuit pour se mettre à la fenêtre, et les papillotes ont pris racine à leurs cheveux.... Quant à votre amie infortunée, ne sachant que faire pour chasser l'ennui aux lourdes ailes, fatiguée de la lumière du soleil qui n'éclaire plus nos promenades savantes et nos graves entretiens aux Couperies, elle a pris le parti d'avoir la fièvre et un bon rhumatisme, seulement pour se distraire et passer le temps [1]....

Le temps se passait assez mal. Sa seule société était sa belle-sœur, Émilie Châtiron, douce, bonne, mais qui se

1. George Sand, *Correspondance*, t. I, pp. 116-119.

retirait à neuf heures, tandis qu'Aurore allait écrire ou dessiner dans son boudoir. Les deux marmots ronflaient dans la chambre voisine. Solange demeurait grasse et fraîche ; Maurice travaillait bien et sa mère lui enseignait l'orthographe. Hippolyte et Casimir étaient presque toujours en parties fines. Cette stagnation ne pouvait durer. Mme Dudevant s'était mis en tête de rejoindre le petit Jules à Paris. De plus en plus, sa vie conjugale lui semblait inauthentique. Elle ne deviendrait elle-même qu'en s'enfuyant.

Qu'était-ce qui pouvait la retenir ? La religion ? Elle en conservait une, mais qui tolérait l'amour. La morale ? C'était le temps où les plus graves saint-simoniens prêchaient la loi du plaisir. Les grands artistes, les réformateurs enseignaient que la « phalange sacrée », tenue aux expériences hardies, doit mépriser les conventions bourgeoises. Cette jeune femme intelligente voulait suivre les meilleurs esprits de son temps. Son mari ? Il avait des maîtresses et elle n'admettait pas que cette licence fût unilatérale.

Aurore Dudevant à Jules Boucoiran, 3 décembre 1830 : Vous connaissez mon intérieur ; vous savez s'il est tolérable. Vous avez été étonné vingt fois de me voir relever la tête le lendemain, quand, la veille, on me l'avait brisée. Il y a un terme à tout.... J'ai trouvé un paquet à mon adresse, en cherchant quelque chose dans le secrétaire de mon mari. Ce paquet avait un air solennel qui m'a frappée. On y lisait : *Ne l'ouvrez qu'après ma mort.* Je n'ai pas eu la patience d'attendre que je fusse veuve.... Le paquet m'étant adressé, j'avais le droit de l'ouvrir sans indiscrétion, et, mon mari se portant fort bien, je pouvais lire son testament de sang-froid. Vive Dieu ! Quel testament ! Des malédictions, et c'est tout ! Il avait rassemblé là tous ses mouvements d'humeur et de colère contre moi, toutes ses réflexions sur *ma perversité*, tous ses sentiments de mépris pour mon caractère. Et il me laissait cela comme un gage de sa tendresse ! Je croyais rêver, moi qui jusqu'ici fermais les yeux et ne voulais pas voir que j'étais méprisée. Cette lecture m'a enfin tirée de mon sommeil. Je me suis dit que vivre avec un homme qui n'a pour sa femme ni estime, ni confiance, ce serait vouloir rendre la vie à un mort. Mon parti a été pris et, j'ose le dire, irrévocablement [1]....

Sans attendre un jour, elle annonça son inébranlable décision : « Je veux une pension ; j'irai à Paris ; mes enfants resteront à Nohant. » Casimir fut stupéfait par la fermeté de sa femme. Elle avait la volonté de fer de Maurice de Saxe. Et même les feintes du stratège, car elle demandait plus qu'elle ne voulait. Elle n'avait aucune envie d'abandonner ses enfants, Nohant, ni même son mari. Six mois par an à Paris ; six mois à Nohant ; trois mille francs de pension ; elle acceptait de maintenir la fiction d'un ménage, si ces conditions étaient acceptées. Elles le furent.

Restait à régler le sort des enfants. Aurore avait l'intention d'emmener avec elle « sa grosse fille » dès qu'elle serait sûre de pouvoir la loger et la faire vivre. Trois mille francs, ce n'était guère, pour elle qui aimait à donner et qui n'aimait pas à compter ; il faudrait qu'elle gagnât quelque argent ; elle ne doutait pas d'y arriver, en peignant, en écrivant, ou en décorant des tabatières. Quant à Maurice, son père se proposait de le mettre interne à Paris, mais il était encore trop jeune et trop délicat. Il lui fallait un précepteur, et Aurore voulait que ce précepteur fût Boucoiran : « Si vous êtes à Nohant, lui écrivit-elle, je puis respirer et dormir tranquille ; mon enfant sera en de bonnes mains, son éducation marchera, sa santé sera surveillée, son caractère ne sera gâté ni par l'abandon, ni par la rigueur outrée [2].... » Sans doute Casimir Dudevant n'était pas aimable ; la comtesse Bertrand l'était-elle davantage ? La famille Bertrand pouvait promettre au précepteur le séjour à Paris, le général ayant été nommé à la tête de l'École polytechnique, mais une reconnaissance de femme, une tendresse de mère n'étaient-elles rien ? « Mon cœur n'est pas froid, vous le savez, et je sens qu'il ne restera

1. George Sand, *Correspondance*, t. I, pp. 130-131.
2. *Opus cit.*, t. I, p. 133.

point au-dessous de ses obligations [1].... » Jules Boucoiran, comme tous les jeunes hommes, était fasciné par Mme Dudevant. Cette dernière phrase ouvrait des perspectives délicieuses. Il accepta. Mais, quand il suggéra qu'elle pourrait faire avec lui un voyage à Nîmes, où il irait voir sa famille, elle se déroba. Elle devait, disait-elle, ménager son mari et ne pas lui rendre suspect le futur précepteur de leur fils. « Je vous poursuivrai jusqu'à la mort de mes remerciements et de mon ingratitude. *Prenez-le comme vous voudrez,* comme dit mon vieux curé [2].... »

Aurore Dudevant à Jules Boucoiran : Il faudrait vous dire quelles sottes inductions on avait tirées de vos assiduités près de moi, de ma familiarité avec vous. Savez-vous que cette femme affecte, d'un ton demi-railleur, demi-sérieux, de me prendre pour un Don Juan femelle à sa propre image ?... Jamais traits plus acérés ne furent dirigés par une femme perdue contre une honnête femme.... A Paris, à Bordeaux, au Havre, partout j'avais des amants. C'était un passe-temps de plus que de vous déniaiser [3]....

Le précepteur installé, rien ne la retenait plus. Seul Hippolyte Châtiron tenta d'empêcher Aurore de partir. Le spirituel ivrogne avait le vin sensible et venait, la nuit, pleurer dans la chambre de sa sœur : « Tu t'imagines vivre à Paris, avec un enfant, moyennant deux cent cinquante francs par mois ? lui disait-il. C'est trop risible, toi qui ne sais pas ce que coûte un poulet ! Tu vas revenir avant quinze jours, les mains vides. — C'est bien, répondait-elle, j'essaierai. » Il était vrai que cette grande héritière, légalement dépouillée par le mariage, ne possédait plus en propre une obole. Mais elle espérait reconquérir un jour ses enfants, sa fortune et sa maison. Elle ne choisissait pas une vie bohémienne pour se libérer des soucis du ménage : « Je ne suis pas de ces esprits sublimes qui ne peuvent

1. GEORGE SAND, *Correspondance*, t. I, p. 135.
2. *Opus cit.*, t. I, p. 139.
3. Collection Spoelberch de Lovenjoul, E. 920, ff. 12-13.

redescendre de leurs nuages. » Elle aimait à faire les confitures et à planter ses choux. Romantique par son désir de briser avec les conventions, elle était bourgeoise par son amour de Nohant et de la vie domestique. Volontiers, elle eût fait sienne la formule : « L'homme véritablement extraordinaire est le véritable homme ordinaire. » Coudre, cuisiner, savonner ne l'effrayait pas, mais elle ne voulait servir qu'un être aimé.

Casimir, depuis qu'il savait le départ de sa femme imminent, se lamentait. « Aujourd'hui, disait-elle, il me pleure ! Tant pis pour lui ! Je lui prouve que je ne veux pas être supportée comme un fardeau, mais recherchée et appelée comme une compagne.... » En rejoignant à Paris le gracieux et léger Sandeau, elle rêvait d'être à la fois pour lui maîtresse, ménagère et mère. Depuis son mariage, elle avait été en léthargie. Enfin elle allait vivre : « Vivre ! Que c'est doux, que c'est bon, malgré les chagrins, les maris, les ennuis, les dettes, les parents, les cancans, malgré les poignantes douleurs et les fastidieuses tracasseries ! Vivre, c'est enivrant ! C'est le bonheur ; c'est le ciel ! » Le 4 janvier 1831, Mme Dudevant quitta Nohant. Elle était joyeuse d'avoir conquis sa liberté, fort triste d'abandonner ses enfants. Maurice pleurait, mais la promesse d'un habit de garde national, avec shako à flamme rouge, le calma.

TROISIÈME PARTIE

GEORGE SAND

> Est-ce que ce sont les sens qui
> entraînent ? Non, c'est la soif de
> tout autre chose. C'est la rage de
> trouver l'amour vrai qui appelle
> et fuit toujours.
>
> MARIE DORVAL.

I

DEUX GRANDS HOMMES DE PROVINCE A PARIS

ELLE arriva lasse et glacée ; la chaise de poste ne fermait pas bien. Jules Sandeau l'attendait, ému, empressé, et l'installa 31, rue de Seine, dans l'appartement d'Hippolyte Châtiron. Autour d'eux gravita tout de suite un petit groupe de Berrichons : Félix Pyat, étudiant en droit et journaliste, républicain exalté qui avait, avant les Trois Glorieuses, dans une salle de banquet, remplacé le buste de Charles X par celui de La Fayette, et à qui cette action d'éclat valait un éphémère prestige ; Émile Regnault, étudiant en médecine, confident et conseiller de Sandeau ; le géant Fleury, aux moustaches gauloises ; Gabriel de Planet, qui avait fondé à Paris un club berrichon ; et Gustave Papet, *le Mylord*, l'homme riche de la bande qui payait, au théâtre, les sucres d'orge.

Parmi ces garçons, tous un peu amoureux d'elle, Aurore se sentit heureuse. Ce Paris de 1831 était enivrant : « La révolution est en permanence, comme la Chambre. Et l'on vit aussi gaiement au milieu des baïonnettes, des émeutes et des ruines, que si l'on était en pleine paix. Moi, ça m'amuse [1].... » La littérature n'était pas moins révolutionnaire que la politique. C'était le temps des grandes premières romantiques, où les bousingots défiaient les bourgeois. En février 1831 parut *Notre-Dame de Paris ;* Michelet publia son *Introduction à l'Histoire universelle ;* Buloz devint directeur de la *Revue des Deux Mondes.* Un peu plus tard, Marie Dorval, actrice adorée des jeunes rebelles, créa l'*Antony* de Dumas, apologie de l'adultère et de la bâtardise. Ce fut « une agitation, un tumulte, une effervescence dont on se ferait difficilement une idée aujourd'hui ». Aurore et ses amis, pour défendre la pièce, étaient au parterre. Les femmes n'allaient alors qu'au balcon et dans les loges. Afin de circuler librement et de se vêtir à peu de frais, Mme Dudevant s'habilla en homme. Ayant chassé jadis en blouse et guêtres avec Deschartres, elle n'éprouvait aucune gêne à se travestir. La mode aidait au déguisement. Les hommes portaient des redingotes carrées, dites *à la propriétaire,* qui tombaient jusqu'aux talons et dessinaient peu la taille. Aurore endossa une redingote-guérite en drap gris. Avec un chapeau gris et une grosse cravate de laine, elle eut l'air d'un petit étudiant de première année. Ses bottes surtout l'enchantaient. Ah ! être délivrée des souliers pointus, qui glissaient sur la boue comme des patins, quelle joie !

Mais, plus encore, être délivrée de l'esclavage féminin. Se promener au bras d'un garçon sans que La Châtre murmurât : « C'est bien comme Mme Dudevant ! » Pour que le dépaysement fût complet, elle avait rompu toute attache avec son ancien monde. Elle ne pensait à son époux que dans la mesure où elle avait besoin de lui. *Aurore à Casimir :* « Fais-moi le plaisir de me faire tenir de l'argent pour les emplettes de bas, de souliers, etc.... Écris tout de suite à M. Salmon, pour qu'il me remette trois cents francs. Adieu, mon ami. J'ai vu ma mère, ma sœur, Charles Duvernet et Jules de Grandsagne. Je vais entendre

1. George Sand, *Correspondance*, t. I, p. 168.

Paganini.... Je t'embrasse de tout mon cœur[1].... » Ces lettres étaient des corvées, mais brèves.

A son cher couvent des Anglaises, elle fit une dernière visite. Le canon de juillet avait bouleversé la communauté. La mère Alicia, triste et affairée, ne donna qu'un instant à celle qui avait été « sa fille ». Aurore comprit que les amitiés du dehors ne comptent guère aux yeux des religieuses. Elle alla voir ses deux amies de Cauterets, Jane et Aimée Bazouin. Toutes deux étaient mariées, comtesses, riches, adulées. Elle les quitta, résolue à ne jamais revenir ; ces filles charmantes avaient choisi le conformisme et l'orthodoxie. C'était leur droit ; Aurore Dudevant aimait mieux se promener librement dans le désert des hommes, la tête levée, « les pieds sur le verglas, les épaules couvertes de neige, les mains dans les poches, l'estomac un peu creux quelquefois, mais la tête d'autant plus remplie de songes, de mélodies, de couleurs, de formes, de rayons et de fantômes[2]. »

Cependant il fallait vivre. Elle ne pouvait rester chez Hippolyte, qui venait souvent à Paris et avait besoin de son appartement. La moindre mansarde allait coûter trois cents francs par an. Une portière ferait le ménage pour quinze francs par mois. Un gargotier apporterait les repas pour deux francs par jour. A la rigueur, il serait possible de subsister, tout juste, dans les limites de la pension de trois mille francs, non d'acheter des meubles, des livres. Elle essaya de s'installer, pour travailler, à la bibliothèque Mazarine. Hélas! Aurore était frileuse, et la bibliothèque mal chauffée. Gagner de l'argent devenait une impérieuse obligation, mais comment ? Peindre des boîtes à la gouache ? Faire des portraits à quinze francs ? Il y avait de pauvres diables prêts à les brosser pour cinq francs, et elle avait manqué celui de sa portière, ce qui avait créé mauvaise impression dans le quartier. Écrire ? Pourquoi

1. Collection Spoelberch de Lovenjoul, E. 868, f. 146.
2. GEORGE SAND, *Histoire de ma Vie*, t. IV, p. 102.

pas ? « Je reconnus que j'écrivais vite, facilement, long-temps, sans fatigue ; que mes idées, engourdies dans mon cerveau, s'éveillaient et s'enchaînaient par la déduction, au courant de la plume [1].... » Assez lente à s'exprimer en conversation, elle devenait dans ses lettres spirituelle et vive. Bref, elle était un écrivain-né et le sentait. Toujours elle avait pris plaisir à noter ses impressions. Elle avait apporté dans ses bagages un roman : *Aimée*, composé à Nohant. Mais comment faire un gagne-pain de ce qui, jusqu'alors, avait été un amusement ? Et comment péné-trer dans le monde des lettres ?

L'homme le plus puissant qu'elle connût alors à Paris était Duris-Dufresne, le député de La Châtre. En quelques jours, il devint « mon bon vieux ami Duris-Dufresne ». Il se montrait courtois et galant envers cette jolie compa-triote ; « votre papa », disaient les huissiers de la Chambre à Aurore, quand elle cherchait *son* député dans les cou-loirs ; ce fut à lui qu'elle parla d'écrire. Le réflexe naturel d'un homme en place auquel on demande une recommanda-tion est d'offrir son chef de file. Il parla de la présenter à M. de la Fayette. « N'allez pas chercher si haut, dit-elle, les gens trop célèbres n'ont pas le temps de s'arrêter à des choses secondaires. » Il se rabattit sur un de ses collègues à la Chambre, M. de Kératry, gentilhomme breton, roman-cier, qui, libéral sous la Restauration, était devenu conser-vateur après 1830. Aurore Dudevant avait lu de lui un roman absurde, *Le Dernier des Beaumanoir*, dans lequel un prêtre violait une morte. « Votre illustre collègue est un fou, dit-elle à Duris-Dufresne, cependant on peut être bon juge et méchant praticien. » Elle raconta plus tard que l'entrevue avait été comique et désastreuse. M. de Kératry, vieillard aux cheveux blancs, l'avait reçue, à huit heures du matin, avec de grands airs, dans une jolie chambre où, sous un couvre-pied de soie rose, était cou-chée sa jeune femme. « Je serai franc, lui aurait-il dit.

1. GEORGE SAND, *Histoire de ma Vie*, t. IV, p. 60.

une femme ne doit pas écrire.... Croyez-moi, ne faites pas de livres, faites des enfants. — Ma foi, monsieur, répondit-elle en pouffant de rire, gardez le précepte pour vous-même [1]. » Mais ce récit est de vingt ans postérieur à l'événement ; les documents racontent une tout autre histoire.

Aurore Dudevant à Jules Boucoiran, 12 février 1831 : Je vais chez Kératry, le matin, et nous causons au coin du feu. Je lui ai raconté comme nous avions pleuré en lisant *Le Dernier des Beaumanoir*. Il m'a dit qu'il était plus sensible à ce genre de triomphe qu'aux applaudissements des salons. C'est un digne homme. J'espère beaucoup sa protection pour vendre mon petit roman [2]....

Elle avait une recommandation d'une amie de La Châtre, Mme Duvernet, pour un homme de lettres berrichon : Henri de Latouche. Avec lui les liens ne manquaient pas, car il était cousin des Duvernet, et son père avait été ami de Maurice Dupin, mais il avait la réputation d'un homme difficile à vivre. Né Hyacinthe Thabaud de Latouche, « cet aristocrate s'amusait à faire de la démagogie et haïssait la démocratie ». Son langage était si choisi qu'on croyait d'abord à de l'affectation, mais c'était sa façon de dire. Il avait essayé de tout : théâtre, roman, journalisme, érudition, et brillé partout, au second rang. Un roman de lui, *Fragoletta*, où une femme vêtue en homme menait une vie licencieuse, avait eu un petit succès de scandale et enchanté Théophile Gautier. Latouche avait été l'éditeur posthume d'André Chénier, l'un des introducteurs en France de Gœthe, mais n'avait pu dompter lui-même « le monstre », c'est-à-dire la gloire. D'où un amour-propre à vif ; un esprit chagrin, prompt à prendre offense ; un corps jamais en paix avec son estomac et ses nerfs. Excellent critique des autres, il avait formé plus de génies que personne, sans jamais atteindre lui-même au génie. « J'ai fait plus d'auteurs que d'ouvrages », disait-il amèrement.

1. GEORGE SAND, *Histoire de ma Vie*, t. IV, pp. 121-122.
2. GEORGE SAND, *Correspondance*, t. I, p. 159.

Par exemple, il était devenu le maître grognon du jeune
Balzac et l'avait dirigé, très sagement, vers Walter Scott
et Fenimore Cooper. Pourtant Balzac ne l'aimait guère.
Un seul homme croyait ardemment en Latouche, c'était
Charles Nodier, dont la fille, agacée par tant d'éloges,
disait : « Il est heureux que Dieu ait fait le monde, car
autrement ce serait M. de Latouche qui l'aurait fait. »

Aux yeux de la petite Mme Dudevant, Latouche était
un grand homme. Elle alla le voir, dans son appartement
du quai Malaquais, et trouva un homme de quarante-
cinq ans, assez replet, d'une figure pétillante d'esprit et
de manières exquises. Il avait une voix voilée, douce, péné-
trante, à la fois caressante et railleuse. Un œil crevé dans
l'enfance ne le défigurait nullement et ne portait aucune
trace de l'accident qu'une sorte de feu rouge qui s'échappait
de la prunelle morte et lui donnait « je ne sais quel éclat
fantastique ». Il avait eu de grands succès de femmes et
inspiré un amour tragique à Marceline Desbordes-Valmore,
de laquelle il avait un fils.

Aurore Dudevant à Casimir, 15 janvier 1831 : J'ai vu M. de
Latouche, qui a été fort aimable. Il me mène dimanche à l'Abbaye-
aux-Bois, chez Mme Récamier ; Delphine Gay doit y lire des
vers et j'y verrai toutes les célébrités de l'époque. Je vais chez
lui ce soir, faire lire mon roman, et je suis très occupée d'un
article qui doit être inséré dans la *Revue de Paris.* Il m'offre en
outre de rédiger pour *Le Figaro,* mais je n'en veux pas. Voilà de
bien belles promesses. A quoi aboutiront-elles ? Je ne sais [1]....

Latouche écouta patiemment la lecture du manuscrit
d'*Aimée,* qu'Aurore avait apporté. Quand elle eut terminé : « Avez-vous des enfants, madame ? demanda-t-il.
— Hélas ! oui, mais je ne puis les avoir avec moi, ni retourner avec eux. — Et vous comptez rester à Paris et vous
faire une ressource de votre plume ? — Il le faut absolument. — C'est fâcheux, car je ne vois pas là d'éléments de
succès. Croyez-moi : faites en sorte de rentrer au toit

1. Collection Spoelberch de Lovenjoul, E. 868, f. 137.

conjugal. » Elle écouta respectueusement, têtue comme une Berrichonne. Quand il dit que le livre n'avait pas le sens commun, elle répondit : « C'est juste. » Qu'il fallait tout refaire : « Ça se peut. » A Casimir, elle écrivit : « Entre nous soit dit, je ne m'entendrai jamais avec un homme comme Latouche. » Elle ne devait pas tarder à découvrir qu'« après avoir jeté au-dehors le trop-plein de son esprit » Latouche dévoilait un cœur tendre, plein de dévouement et de générosité.

Il venait d'acquérir un petit journal satirique : *Le Figaro*. Ayant fait le coup de feu sur les barricades avec les républicains, pendant la révolution de 1830, Latouche, homme d'opposition par nature, faisait maintenant feu de bons mots et d'épigrammes contre le régime du roi-citoyen. Il offrit à la jeune femme de l'embaucher dans l'équipe de ses rédacteurs, « tout un nid d'aiglons qui prenaient leur essor », dit-il fièrement. Le journal se composait au coin du feu, dans l'appartement du quai Malaquais. Chacun avait sa petite table. Aurore campa auprès de la cheminée, attentive à ne pas salir le beau tapis à fond blanc de son directeur. Il aimait à enseigner, à reprendre, à indiquer, et jetait à ses aiglons des sujets, avec de petits bouts de papier découpés par lui aux dimensions voulues, sur lesquels il fallait faire tenir un article ou une « bigarrure ». (Tel était alors, au *Figaro*, le nom des échos.) Excellente méthode pour apprendre à faire court, mais c'était justement ce dont la novice se sentait incapable. En vain Latouche lui réservait-il les anecdotes sentimentales : « Je ne savais ni commencer, ni finir dans ce rigide espace, et quand je *commençais à commencer*, c'était le moment de finir.... Cela me mettait au supplice.... » Cependant on causait, on riait. Latouche se révélait étincelant de causticité, adorable de grâce paternelle. « J'écoutais, je m'amusais beaucoup, je ne faisais rien qui vaille, mais, au bout du mois, il me revenait douze francs cinquante centimes.... »

Toutefois, le 5 mars 1831, elle eut un petit triomphe.

Ce jour-là, raillant les précautions du régime, elle avait écrit la *bigarrure* que voici :

> M. le Préfet de police va publier une nouvelle ordonnance, dont voici les principales dispositions : 1° Tous les citoyens capables de porter les armes seront convoqués tous les jours, depuis sept heures du matin jusqu'à onze heures du soir, à l'effet de garder le Palais-Royal ; et toutes les nuits, depuis onze heures du soir jusqu'à sept heures du matin, pour garder les temples et autres édifices publics. Pendant ce temps, les femmes, enfants et vieillards monteront la garde devant les portes de leurs maisons. Les familles qui manqueraient à cet avertissement perdraient leur droit à la protection de la force armée et resteraient exposées aux violences des agitateurs. 2° Afin que la tranquillité des habitants ne soit plus troublée, tous les matins, avant le point du jour, vingt-cinq coups de canon seront tirés sur les places publiques. Le tocsin sonnera dans toutes les églises et le rappel battra dans toutes les rues, à toutes les heures de la nuit. Une patrouille nationale parcourra toutes les rues de la ville en criant : « Prenez garde à vous ! » ainsi qu'il est d'usage dans les citadelles. 3° On engage chaque propriétaire à faire creuser autour de sa maison un fossé de sept pieds et demi de large, à fortifier la porte cochère, griller les fenêtres et avoir chez lui au moins vingt fusils, pour armer ses locataires et domestiques en cas de besoin. Moyennant ces précautions, le gouvernement promet aux habitants une tranquillité pure et durable. Il s'engage à ne pas déjouer plus de douze conspirations par mois et à ne pas souffrir plus de trois émeutes par semaine. Les lundi, mercredi et vendredi seront consacrés à prévenir les rassemblements, et les mardi, jeudi et samedi à les disperser [1]....

Dans les cafés, les rieurs applaudirent, mais le roi-citoyen se fâcha. *Le Figaro* fut saisi. Mme Dudevant espéra un instant que la justice allait rechercher l'auteur de l'article anonyme et qu'elle serait poursuivie.

Aurore Dudevant à Charles Duvernet, 6 mars 1831 : Vive Dieu ! Quel scandale à La Châtre ! Quelle horreur, quel désespoir dans ma famille ! Mais ma réputation est faite ; je trouve un éditeur pour acheter mes platitudes et des sots pour les lire. Je

---

1. Ce texte, publié dans *Le Figaro* du 5 mars 1831, est cité par FRÉDÉRIC SÉGU dans *Le Premier Figaro*, p. 50.

donnerais neuf francs, cinquante centimes, pour avoir le bonheur d'être condamnée [1]....

Hélas ! Le procureur général arrêta la procédure. « M. Vivien a fait signifier aux tribunaux d'en rester là. Tant pis ! Une condamnation politique eût fait ma fortune [2].... »

Quant au « petit Jules », il débutait, lui aussi, dans les lettres. Aurore avait d'abord hésité à le recommander à Latouche, qu'elle savait ménager de son appui. Après avoir elle-même conquis droit de cité, elle avait osé montrer un article de Jules, qui avait plu. A son tour, Sandeau s'était assis dans l'appartement directorial, à une petite table couverte d'un joli tapis. Plus tard, il avait porté à la *Revue de Paris* un texte « incroyable », que les deux amants avaient écrit ensemble et que Jules avait signé. Le docteur Véron, directeur de la *Revue*, l'avait trouvé bien. « J'en suis charmée pour Jules. Cela nous prouve qu'il peut réussir. J'ai résolu de l'associer à mes travaux ou de m'associer aux siens, comme vous voudrez. Tant y a qu'il me prête son nom, car je ne veux pas paraître, et je lui prêterai mon aide quand il en aura besoin [3]. » Mais elle tenait à ce que cette « association littéraire » demeurât secrète : « On m'habille si cruellement à La Châtre qu'il ne manquerait plus que cela pour m'achever [4]. » D'écrire sous son nom, il ne pouvait être question. Sa belle-mère, la baronne douairière, après s'être étonnée de la voir rester si longtemps à Paris sans Casimir, lui avait demandé : « Est-il vrai que vous ayez l'intention d'imprimer des livres ? — Oui, madame. — C'est bel et bon, mais j'espère que vous ne mettrez pas le nom que je porte sur des couvertures de livres imprimés ? — Oh ! certainement non, madame ; il n'y a pas de danger [5]. »

1. GEORGE SAND, *Correspondance*, t. I, p. 172.
2. *Opus cit.*, t. I, p. 175.
3. *Opus cit.*, t. I, p. 152.
4. *Opus cit.*, t. I, p. 153.
5. GEORGE SAND, *Histoire de ma Vie*, t. IV, p. 106.

Donc, au début, le couple signa : J. Sandeau. Les amoureux croyaient avoir trouvé le bonheur. A Émile Regnault, ami et confident, Aurore écrivait :

Il me fallait une âme brûlante pour m'aimer comme je savais aimer, pour me consoler de toutes les ingratitudes qui avaient désolé ma jeunesse. Et, quoique déjà vieille, j'ai trouvé ce cœur aussi jeune que le mien, cette affection de toute la vie que rien ne rebute et que chaque jour fortifie. Jules m'a rattachée à une existence dont j'étais lasse et que je ne supportais que par devoir, à cause de mes enfants. Il a embelli un avenir dont j'étais dégoûtée d'avance et qui maintenant m'apparaît tout plein de lui, de ses travaux, de ses succès, de sa conduite honnête et modeste.... Ah ! si vous saviez combien je l'aime !... Ce pauvre enfant, qui souffre tant de ses accès involontaires de tristesse, on lui en fait des crimes.... Ah ! vous du moins, vous ne l'en faites jamais rougir.... Il faut comprendre ce qu'il y a en lui d'amitié brûlante et de dévouement illimité, pour compenser la froideur apparente qui l'absorbe quelquefois [1]....

Elle plaidait pour Sandeau parce qu'il n'était pas très aimé des Berrichons de Paris. « Il avait infiniment d'esprit, nota plus tard Duvernet, mais c'était un cœur sec et un homme pétri de petites vanités et de fausses ambitions [2]. » Sandeau, conscient de ces hostilités, s'en plaignait. « Il n'a pas besoin de beaucoup d'amis pour vivre heureux, disait Aurore, mais il souffre amèrement quand il a sujet de douter d'eux. » Aurore, plus maternelle encore qu'amoureuse, le consolait et le soignait. De petite santé, il oubliait souvent de manger ; elle veillait à ce qu'il fût nourri. Il n'était pas travailleur ; elle le mettait de force à sa table, comme elle eût fait d'un fils. Elle aimait à exercer cette douce tyrannie. Pour elle le travail était non une servitude, mais une fonction naturelle.

Aurore Dudevant à Jules Boucoiran, 4 mars 1831: Je suis plus que jamais résolue à suivre la carrière littéraire. Malgré les dégoûts que j'y rencontre parfois, malgré les jours de paresse

1. Lettres de George Sand à Émile Regnault, Bibliothèque nationale.
2. CHARLES DUVERNET, *Mémoires*, inédits.

et de fatigue qui viennent interrompre mon travail, malgré la
vie plus que modeste que je mène ici, je sens que mon existence
est désormais remplie. J'ai un but, une tâche, disons le mot : une
passion. Le métier d'écrire en est une violente, presque indestructible. Quand elle s'est emparée d'une pauvre tête, elle ne
peut plus la quitter [1]....

Bref, sa laborieuse vie de bohème l'eût enchantée si elle
n'avait été privée de ses enfants. De Nohant, son frère lui
écrivait là-dessus des lettres menaçantes : « Ce que tu as
fait de mieux, c'est ton fils ; il t'aime plus que personne au
monde. Prends garde d'émousser ce sentiment-là. » Le
farouche Hippolyte n'avait pas tort. Mais Jules et Aurore
se croyaient certains de fonder un foyer libre, où Maurice
et Solange pourraient bientôt vivre. Les deux amants
avaient les mêmes goûts, les mêmes sympathies. « Ils
grimpaient follement l'escalier étroit et tortueux, et ce
n'était jamais sans de joyeux transports qu'ils s'emparaient
de leur petite chambre.... C'était un modeste réduit, placé
bien près du ciel, mais les bruits de la rue n'y arrivaient
jamais.... Il ne s'y trouvait ni tapis, ni tentures, mais les
fleurs y entretenaient un éternel printemps [2].... » Qui n'eût
prédit à leur amour un long avenir ?

II

DE JULES SAND A GEORGE SAND

En avril 1831, fidèle au pacte avec Casimir, elle revint
à Nohant. Elle y fut reçue comme si elle arrivait du plus
ordinaire des voyages. Sa « grosse fille » était belle comme
le jour ; son fils manqua l'étouffer sous les baisers ; son
mari criait fort et mangeait bien. Elle fut contente de revoir
tout son petit monde berrichon, mais elle avait laissé son
cœur dans un logement de la rue de Seine.

---

1. GEORGE SAND, *Correspondance*, t. I, pp. 165-166.
2. JULES SANDEAU, *Marianna*, p. 131.

Aurore Dudevant à Émile Regnault : Mon Dieu ! comme notre chambre doit être gaie par ce beau soleil, comme il doit se refléter en miroirs ardents sur les croisées qui sont en face de nous et couvrir de plaques d'or ces vieilles façades, qui ont l'air de pagodes indiennes.... La campagne est bien belle ici. Le soir, il vient dans ma chambre des bouffées du parfum des lilas, du muguet, puis des papillons jaunes rayés de noir, des rossignols qui chantent sous ma fenêtre et des hannetons qui se jettent le nez en travers de ma lampe. Tout cela est délicieux sans doute. Eh bien, je me surprends toujours à rêver Paris avec ses soirées vaporeuses, ses nuages roses sur les toits et les jolis saules, d'un vert si tendre, qui entourent la statue de bronze du vieux Henri ; et ces pauvres petits pigeons, couleur d'ardoise, qui font leur nid dans les vieux mascarons du Pont-Neuf. Ah ! Paris, mon bon Paris, avec la liberté d'aimer et de sentir, avec mon Jules qui m'aime tant, mon Gaulois et mon bon colibri... cette petite chambre sur le quai où je vous vois, Jules en redingote d'artiste crasseuse et déguenillée, sa cravate sous son derrière et sa chemise débraillée étalée sur trois chaises, tapant du pied et cassant les pincettes dans la chaleur de la discussion [1]....

Elle chargeait Regnault de veiller sur Sandeau : « Bonsoir, mon bel Émile. Je vous charge d'embrasser mon petit Jules et de l'empêcher de se laisser mourir de faim, selon sa coutume.... » Elle avait hâte de revenir à Paris. Que demandait-elle ?

De quoi vivre et être ensemble. C'est tout. C'est le bonheur.... Deux côtelettes et du fromage ; une mansarde avec la vue de Notre-Dame et la rivière ; de l'ouvrage, pour payer le propriétaire et le gargotier. Que d'autres se fassent un nom célèbre, sacrifient leurs affections à la faveur précaire du public ; nous ne les imiterons jamais, ou alors nous serons devenus fous. Je vois le petit en assez bon chemin pour gagner sa vie et la mienne. Ce Balzac est un charmant garçon ; s'il le prend en amitié, je le prends pour un digne homme, car je mesure les gens au degré d'estime qu'ils ont pour mon Jules [2]....

---

1. Lettre II de George Sand à Émile Regnault, Bibliothèque nationale.
2. Lettre II de George Sand à Émile Regnault, Bibliothèque nationale.

Car le Tourangeau Honoré de Balzac, protégé comme
eux de Latouche, s'était lié avec les jeunes amants, qui lui
inspiraient une bienveillance attendrie, et il animait
de temps à autre, leur mansarde de sa verve joyeuse et
bruyante [1].

Pour son retour à Paris, très proche, Aurore souhaitait
que Regnault trouvât un logement, car Hippolyte exigeait
qu'elle lui rendît le sien : « Jules n'est pas capable de cela,
mais vous, c'est autre chose.... » Regnault offrit d'abord
une chambre, au cinquième, dans l'île Saint-Louis.

Aurore Dudevant à Émile Regnault : Le cinquième étage,
c'est un peu haut. L'île Saint-Louis, c'est un peu loin.... Une
seule pièce, ce n'est pas assez. J'ai une mère, une tante, une
sœur, un frère, qui viendront certainement m'embêter.... Si
je n'ai qu'une chambre, je cours le risque d'être bloquée sans
pouvoir les éviter et d'être prise en flagrant délit.... Je voudrais
avoir une sortie, pour laisser échapper Jules à quelque heure
que ce fût, car enfin mon mari peut tomber, je ne dirai pas du
ciel, mais de la diligence un beau jour, à quatre heures du matin et, n'ayant pas de gîte, me faire l'honneur de débarquer
chez moi ! Jugez de ce que je deviendrais si je l'entendais
sonner et si je sentais sa douce présence de l'autre côté de la
porte ! Il l'enfoncerait bien avant que je l'ouvrisse, mais la
situation serait éminemment dramatique [2]....

Par où l'on voit que la complaisance de M. Dudevant
avait des limites, d'ailleurs difficiles à déterminer. Le
bon Émile alors suggéra un appartement de trois pièces,
25, quai Saint-Michel.

30 mai : Va pour le quai Saint-Michel, j'en adore la position. Je m'arrangerai pour que la chambre du fond soit inconnue,
barricadée, impénétrable pour les étrangers. Je serai censée
n'avoir que deux pièces. La troisième sera la chambre noire,
la chambre mystérieuse, la cachette du revenant, la loge du
monstre, la cage de l'animal savant, la niche du trésor, la

1. Cf. *Histoire de ma Vie*, t. IV, pp. 126-132 et 183.
2. Lettre X de George Sand à Émile Regnault. Bibliothèque nationale.

caverne du vampire, que sais-je ?... Terminez sans me consulter davantage [1]....

Elle demanda un plan de l'appartement, avec toutes les mesures, afin de pouvoir apporter des meubles de Nohant. Car, à Nohant même, elle ne pensait qu'à sa vie avec Jules. Elle allait rêver dans le petit bois où elle l'avait jadis si souvent rencontré ; elle se demandait, comment « avec ses vingt ans, ses joues blanches et roses », cet enfant était allé s'éprendre d'une momie souffreteuse et décrépite ?

15 juin 1831 : J'étais dans une sorte d'irritation contre le passé. Je demandais à ma destinée : Pourquoi, lorsque j'avais vingt ans, la beauté que j'ai perdue, la sérénité de mon cœur simple et confiant, et cet amour de l'humanité qui ne peut subsister avec l'expérience, pourquoi, lorsque j'étais faite pour être aimée, n'ai-je pas rencontré Jules tel qu'il est aujourd'hui ? Maintenant me voilà vieille, flétrie, brisée, auprès de ce jeune homme aux passions ardentes [2]....

Toute femme amoureuse regrette de ne pouvoir offrir à son amant la vierge qu'elle fut, mais Aurore savait fort bien qu'elle plaisait encore aux jeunes hommes. Insatiable, elle aimait à sentir que Regnault et Fleury étaient tous deux épris d'elle. Elle rêvait d'un phalanstère à quatre : « Notre amour, notre amitié, tout cela se tient si étroitement que s'entretenir de l'un, ce n'est pas éloigner l'autre. Avons-nous, entre nous quatre, une pensée qui ne nous soit commune ?... »

Non, elle n'était pas « vieille ». Elle avait vingt-sept ans et, malgré quelques malaises, une santé de fer. Quand elle était à Nohant, elle jardinait, galopait jusqu'à La Châtre pour applaudir Duvernet qui jouait la comédie, soignait Maurice malade et trouvait encore le temps d'écrire « un brimborion littéraire et romantique, noir comme cinquante

1. Lettre XI de George Sand à Émile Regnault, Bibliothèque nationale.
2. Lettre XIII de George Sand à Émile Regnault, Bibliothèque nationale.

diables », avec conspirations, bourreaux, assassins, coups de poignard, agonies, râles, sang, jurons et malédictions. « Il est six heures du matin. Je travaille depuis sept heures du soir. J'ai fait un volume en cinq nuits. Dans le jour, pour me divertir, je montre à mon fils le latin que je ne sais pas du tout et le français que je ne sais guère.... » Avec Casimir, point de conflit grave.

Aurore Dudevant à Mme Maurice Dupin, 31 mai 1831: Le fait est que mon mari fait tout ce qu'il veut ; qu'il a des maîtresses ou n'en a pas, suivant son appétit ; qu'il boit du vin muscat ou de l'eau claire, selon sa soif ; qu'il entasse ou dépense, selon son goût ; qu'il bâtit, plante, change, achète, gouverne son bien et sa maison comme il l'entend. Je n'y suis pour rien.... Du reste, il est bien juste que cette grande liberté dont jouit mon mari soit réciproque ; sans cela, il me deviendrait odieux et méprisable ; c'est ce qu'il ne veut point être. Je suis donc entièrement indépendante ; je me couche quand il se lève ; je vais à La Châtre ou à Rome ; je rentre à minuit ou à six heures ; tout cela, c'est mon affaire [1]....

Aussi, quand, en juillet, elle décida de retourner à Paris pour s'installer, ne consulta-t-elle personne. Mère, tante et frère la blâmaient ; elle les remettait à leur place.

Hippolyte Châtiron à Casimir Dudevant, Paris, 6 juillet 1831: Je reçois à l'instant une lettre d'Aurore.... Ta femme veut sa liberté. Elle veut de la dissipation, du mouvement. Tu n'as pas été mauvais mari pour elle, et c'est une justice que l'on te rend, aussi bien ici que dans notre pays. Laisse-la faire. Si elle s'en trouve mal, elle ne s'en prendra ni à toi, ni à moi, ni à ses parents. Puisqu'elle fait sa volonté pleine et entière, que te reste-t-il à faire ? A en prendre ton parti, à ne pas t'ennuyer, à avaler ta langue, à soigner ta fortune, tes enfants [2]....

Aurore aima le logis du quai Saint-Michel, dans les mansardes de la grande maison qui faisait le coin de la place. Trois pièces sur balcon, du ciel, de l'eau, de l'air, des hirondelles, Notre-Dame dans le lointain. Pour s'ache-

---

1. George Sand, *Correspondance*, t. I, pp. 182-183.
2. Collection Spoelberch de Lovenjoul, E. 868, f. 236.

ter des meubles, elle dut emprunter cinq cents francs à
Latouche, autant à Duris-Dufresne. Comment rembour-
ser ces sommes énormes ? En montant un spectacle forain ?

Aurore Dudevant à Émile Regnault : Planet fera l'éléphant
et lancera de l'eau aux passants avec ses narines ; le Gaulois
fera la girafe ; et le petit Jules, le chappard de la Nouvelle-
Espagne. Pour vous, je vous réserve un baquet pour faire le
phoque ou le crocodile. Le Gaulois vendra de la pommade pour
les cheveux, Planet une potion pour la rage, moi du liniment
pour les rhumatismes, le petit Jules de l'onguent pour la galle,
et vous de la mort-aux-rats. Avec tout cela, si nous ne faisons
pas fortune, il nous restera un moyen, c'est de faire du haut du
balcon un plongeon dans la *Sequane*[1]....

Aurore à Casimir : Je vis, à coup sûr, fort modestement et
je ne me donne aucun luxe. Mes meubles sont en noyer et en
merisier, mon logement au cinquième.... Encore faut-il le nécessaire. Tu me mettrais bien à l'aise si tu me faisais tenir mon
mois, en sus des mille francs.... Tu aurais pu, ce me semble, trouver de l'argent à emprunter à La Châtre.... Pour moi, ici, ce
n'est pas de même. J'ai acheté de quoi demeurer chez moi, ne
comptant guère que mon frère et mon mari me laisseraient
tendre la main à des étrangers, pour payer des dettes urgentes....
J'aurais dû mieux connaître ce que j'en devais attendre ! J'ai
signé un effet à mon tapissier, de 250 francs, solvable le 15 août.
Ma mère m'a prêté 200 francs. Maintenant il faut vivre, et je
dois encore divers objets, un chapeau, des souliers, 300 francs à
un ébéniste.... Ce qu'il y a de certain, c'est qu'avec toute l'économie possible il n'y a pas de milieu entre mendier et payer. Je
n'en connais qu'un : c'est la Morgue, qui est vis-à-vis de mes
fenêtres et où je vois, tous les jours, des gens morts faute de
vingt francs.... Je ne peux pas vivre de l'air du temps.... J'attends
ta réponse pour m'adresser à des étrangers. Bon appétit je te
souhaite[2]....

A son frère Hippolyte, qui vint la voir au début d'août,
elle joua une scène de Molière, accusant d'égoïsme et
d'indifférence sa famille, qu'*elle* avait cessé de voir :

---

1. Lettre citée par A. Guet dans *George Sand inconnue*, article publié
dans *La Vie moderne*, le 10 juin 1882.

2. Collection Spoelberch de Lovenjoul, E. 868, ff. 148-150.

Hippolyte Châtiron à Casimir Dudevant, 5 août 1831 : J'ai été voir Aurore plusieurs fois. Ce que je sais, c'est qu'elle montre une grande injustice à mon égard. Elle fait tout ce qu'elle peut pour tenir les siens loin d'elle. Elle m'accuse ensuite d'égoïsme, d'indifférence à son égard. Elle me dit qu'elle a souffert de la faim pendant trois jours, quand ma femme et moi l'avons invitée vingt fois et qu'elle n'a jamais encore accepté une. Que faire ? Je n'en sais rien. Elle est étonnée des privations auxquelles elle se soumet, bien volontairement. Elle croyait gagner de l'argent dans la littérature ; il paraît qu'elle est bien détrompée à cet égard.... Elle m'a écrit dernièrement une lettre où elle me dit que, si je m'entends avec toi pour la rendre malheureuse, la priver de ses enfants, la tenir dans une gêne perpétuelle, elle se jettera à l'eau ! Elle me dit de t'en prévenir, pour que tu n'aies pas sa mort à te reprocher.... J'ai pris sur moi de lui faire avancer cinq cents francs jusqu'au mois d'octobre, moyennant un bon que tu rembourseras, je n'en doute point, car enfin, malgré ses extravagances... il ne faut pas la laisser dans le besoin, livrée à de tristes réflexions qui pourraient la porter à une extrémité dont nous ne nous consolerions jamais. Je lui ai dit que tu ne te refuserais pas à payer ses meubles et à lui continuer sa pension de mille écus. Je lui ai dit que ton intention était de mettre Maurice en pension à Paris, quand Boucoiran aurait fini ; que si, au lieu de mettre un tiers dans ses arrangements avec toi, elle te témoignait de l'amitié, de la confiance, elle obtiendrait de son mari plus qu'il ne faudrait. Tout cela l'a fait pleurer et moi aussi, car enfin, malgré sa diable de tête, on ne peut s'empêcher de l'aimer. Elle m'a promis de retourner à Nohant au mois de septembre [1]....

Elle y revint en effet, mais Jules s'installa en même temps à La Châtre, et les deux amants menèrent, au grand scandale des « trois sociétés », à peu près la même vie qu'à Paris. Ils travaillaient ensemble à un long roman, *Rose et Blanche*, pour lequel un éditeur parisien, Renault, leur avait promis par contrat cent vingt-cinq francs à la remise de chaque volume, et cinq cents francs trois mois plus tard. Regnault était chargé d'attendrir ce Renault :

Peignez notre indigence sous les plus touchantes couleurs ; décrivez-lui l'état de la redingote noire de Jules, la rareté de ses

1. Collection Spoelberch de Lovenjoul, E. 868, f. 238.

gilets, la décadence de mes pantoufles et la décrépitude de mes foulards.... Dites-lui que Niort a ouvert une souscription pour faire raser Jules, et que La Châtre s'est cotisée pour me faire nourrir par entreprise.... J'ai vu deux fois le Gaulois. Je l'ai battu, roulé par terre, embrassé. Il est aimable comme un gros bœuf. Il ne parle que de séduire, enlever, violer, piller, détrousser les passants et, comme dit Paul-Louis Courier, faire le contraire aux passantes [1]....

De ses amours avec Sandeau, elle ne se cachait point. Elle était très fâchée quand on la prenait pour une de ces femmes qui demandent qu'«on respecte leur secret », et qu' « on ménage leur réputation ».

J'ai l'orgueil de me trouver humiliée quand on mesure ma destinée à la même aune que leurs femmes honnêtes. Qu'ils me connaissent peu ! Ils veulent absolument que j'aie une réputation ! Ils rougissent et baissent les yeux quand on me dit femme.... L'amour-propre est dans l'amitié comme la lie est dans le vin. Nos amis nous pardonnent d'être malheureux, ennuyeux, incommodes, ruineux ; ils nous pardonnent tout, hormis d'être perdus dans l'opinion publique [2]....

Non seulement elle rencontrait son amant à La Châtre, mais elle alla, dans sa griserie d'indépendance, jusqu'à le recevoir dans sa chambre, à Nohant, bien qu'elle logeât maintenant au premier étage. Le brave Papet fit le guet :

Gustave n'a pas grondé ; il est dévoué ; il s'est mis dans notre folie jusqu'au cou. Il a bivouaqué dans le fossé, dans mon jardin, tout le temps que Jules a passé dans ma chambre — car il y est venu cette nuit, sous le nez de *Brave*, de mon mari, de mon frère, de mes enfants, de la bonne, etc.... J'avais tout calculé, tout prévu. Jules ne courait d'autre risque que d'être salé d'un coup de fusil en grimpant à ma fenêtre, qui n'est qu'à six pieds du sol... un de ces dangers comme de verser en diligence ou de se casser la jambe en dansant. Il est venu et nous avons été si heureux.... Il était là dans mon cabinet, dans mes

1. Lettre XIX de George Sand à Émile Regnault, Bibliothèque nationale.
2. Lettre XXI de George Sand à Émile Regnault, Bibliothèque nationale.

bras, heureux, battu, embrassé, mordu, criant, pleurant, riant. C'était une rage de joie comme jamais, je crois, nous ne l'avions éprouvée. Voyez donc si l'on peut gronder des gens aussi raisonnables et aussi heureux ? Cette nuit encore, je veux qu'il vienne. Deux fois ce n'est pas trop. Après, ce serait imprudent.... Mon mari ne peut manquer d'apprendre qu'il est à trois portées de fusil de Nohant, mais jusqu'ici il ne le sait pas. Il fait ses vendanges. Il dort, la nuit, comme un cochon.... Je suis abîmée de morsures et de coups ; je ne peux pas me tenir debout ; je suis dans une joie frénétique [1]....

Aurore Dudevant à Gustave Papet: Cher Gustave, que vous êtes bon ! Comme vous aimez Jules et comme mon cœur vous le rend ! Vous avez donc passé la nuit dans un fossé, au bivouac, comme un pauvre soldat, tandis que nous, égoïstes de bonheur, nous ne pouvions pas nous arracher des bras l'un de l'autre. Ah ! ce n'est pas la faute d'avoir dit trente fois : *Allons ! Il le faut !... Gustave est là, pauvre Gustave !...* Jules a pu vous le dire. Au milieu de nos transports les plus fous, nous vous bénissions ; votre nom se mêlait à nos baisers ; toutes nos pensées étaient pour vous.... Et je crois que votre dévouement, votre présence si près de nous, votre sollicitude à veiller notre bonheur le rendaient plus suave encore. Cette amitié sainte et fervente, qui nous entoure et qui nous déborde, elle fait partie de notre vie, elle rend notre sort digne du ciel. Ah ! que vous devez être heureux aussi d'être aimé si ardemment. Ne vous en lassez pas. Mettez-nous à l'épreuve. Mais, mon pauvre ami, en attendant, nous vous donnons des rhumatismes. Mon Dieu ! que l'amour est égoïste auprès de l'amitié [2]....

Au petit Jules, qui n'avait jamais été vigoureux, ce régime réussissait fort mal.

Vous verrez dans quel état de pâleur et de maigreur il est maintenant. Il fait tout ce qu'il peut pour se tuer. Il ne dort pas. Le jour, il est paresseux et flâneur comme un chien ; la nuit, il se prive de sommeil pour réparer le temps perdu, et c'est ainsi qu'il vit. Ensuite, j'ai bien d'autres querelles à lui faire, mais ce serait difficile à vous expliquer. Nous en parlerons, vous et moi, car nous sommes carabins tous deux et les mots ne nous

1. Lettre XX de George Sand à Émile Regnault, Bibliothèque nationale.

2. Lettre citée par MARCEL COULON dans *L'Amoureuse George Sand,* Mercure de France, numéro du 15 août 1928.

écorchent pas les dents. Enfin je suis au désespoir, cela est certain. Tout La Châtre n'a qu'un cri sur son compte : on le regarde comme poitrinaire. Je sais bien que c'est faux, mais je sais bien aussi que sa santé est très altérée.... J'ai eu tant de joie à le voir, tant de transport à le serrer dans mes bras, mais savoir que cet amour qui nous dévore le tue à petit feu ; savoir que ces délices de bonheur embrasent son sang et usent sa vie ! Cette idée est affreuse [1]....

Cependant le travail, à Nohant, marchait de front avec l'amour. Les cinq volumes de *Rose et Blanche* s'achevaient. C'était l'histoire d'une comédienne et d'une religieuse. Latouche n'y vit qu'un pastiche des romantiques et de Sterne. Cette fois, l'homme de goût n'avait pas raison. Naïvetés et énormités ne manquaient point, mais le livre avait des côtés charmants : paysages des Pyrénées et de la Gironde ; personnages truculents, comme la vieille sœur Olympe, cœur d'or et langage de corps de garde ; arrivée d'un évêque ; coulisses de théâtre. Le meilleur était d'Aurore. Elle avait jeté là des souvenirs de couvent, des confidences de sa mère, des impressions de voyage. Sandeau avait ajouté des gaillardises assez lourdes, comme les souvenirs d'un faux castrat, et ce ton cynique, quand le livre parut, choqua Sophie-Victoire, qui, comme beaucoup de femmes aux mœurs libres, aimait les romans chastes.

Aurore Dudevant à Mme Maurice Dupin : Je me rends de tout mon cœur à vos critiques. Si vous trouvez la sœur Olympe trop troupière, c'est sa faute plus que la mienne. Je l'ai beaucoup connue et je vous assure que, malgré ses jurons, c'était la meilleure et la plus digne des femmes. Au reste, je ne prétends pas avoir bien fait de la prendre pour modèle dans le caractère de ce personnage. Tout ce qui est vérité n'est pas bon à dire ; il peut y avoir mauvais goût dans le choix. En somme, je vous ai dit que je n'avais pas fait cet ouvrage seule. Il y a beaucoup de farces que je désapprouve : je ne les ai tolérées que pour

---

1. **Lettre XVIII** de George Sand à Émile Regnault, **Bibliothèque nationale.**

satisfaire mon éditeur, qui voulait quelque chose d'un peu
égrillard [1]....

L'éditeur avait raison sur le plan temporel, car ce roman
« réaliste » se vendit bien. Déjà Aurore travaillait à un
nouveau livre, cette fois seule. Quand Sandeau repartit
pour Paris, elle ne le suivit pas tout de suite. Depuis
quelque temps, elle trouvait son mari « très bien ». En
somme, que lui demandait-elle ? D'avoir confiance et de
« fermer l'oreille aux sales petits cancans qui remplissent
la vie de ce monde, et qui en font le principal ennui [2] ».
Cela semblait facile. Et puis il y avait Maurice, de plus en
plus charmant, auquel elle enseignait l'histoire, en essayant
de la nettoyer de passions politiques et de préjugés religieux.

Mais, en novembre, Regnault écrivit que Jules était
malade et elle accourut. La Châtre n'avait pas eu tort de
le dire poitrinaire. Il avait une fièvre constante et suspecte. Elle eut des remords. Était-ce l'abus des plaisirs
charnels ?

Aurore Dudevant à Émile Regnault : L'enverrai-je coucher
avec vous ? Ces détails sont misérables. Je vous en demande
pardon, mais vous ne savez pas quelle horrible inquiétude, quel
remords affreux c'est de voir mourir dans mes bras l'être à qui
l'on donnerait sa vie, de le sentir maigrir, s'épuiser, se tuer de
jour en jour, et de se dire que c'est lui donner la mort, que vos
caresses sont un poison, votre amour un feu qui consume et ne
ranime pas, un feu qui dévore, qui détruit et ne laisse plus que
de la cendre. C'est une idée affreuse. Jules ne veut pas le comprendre. Il en rit.... Il me répond que c'est la mort qu'il envie
et dont il veut mourir.... Je ne lui ai fait que du mal. Pendant
trois mois, je l'ai laissé mourir de souffrance dans mes bras. Je
l'ai vu cent fois presque évanoui et je lui ai résisté. Enfin j'ai
cédé à la frayeur de le tuer. Pour le guérir, j'ai sacrifié ma
volonté, ma volonté qui est quelque chose cependant ! Eh bien,
aujourd'hui, je frémis de lui avoir fait encore plus de mal par
mon dévouement que par ma résistance. Je le tue, et les plai-

1. GEORGE SAND, *Correspondance*, t. I, p. 212.
2. *Opus cit.*, t. I, p. 200.

sirs que je lui donne sont achetés aux dépens de ses jours. Je suis sa peau de chagrin [1]....

En décembre, *Rose et Blanche* parut. L'accueil du public et de la critique ne fut pas mauvais. Casimir vint à Paris. Au quai Saint-Michel, le dispositif de sécurité fut mis en place, et M. Dudevant passa dans la capitale quelques jours heureux.

Aurore Dudevant à Casimir, 21 décembre 1831 : Je suis maintenant accoutumée à une vie très simple, de sorte que ton séjour ici a été un vrai temps de bombance et de débauche pour moi. Je t'en remercie, ainsi que de ma belle robe, qu'on m'apporte aujourd'hui. Le soir de ton départ, j'ai eu encore une espèce de congestion cérébrale.... Adieu, mon vieux ; donne-moi de tes nouvelles et embrasse les mioches pour moi. Je t'embrasse de tout mon cœur.... Je te prie de m'envoyer la mesure de ton pied. Je suis en train de te faire des pantoufles brodées, mais je n'ai pas ta mesure [2]....

Elle ne tarda pas à suivre son mari à Nohant. La vieille maison avait besoin d'elle. Il y avait eu des drames domestiques. Boucoiran était accusé d'avoir engrossé Claire, caméristе de Mme Hippolyte. Aurore ne prenait pas l'affaire au tragique. *A Jules Boucoiran :* « Que mon mari et mon frère soient les coupables, que Dutheil, Jules ou Charles soient leurs collaborateurs, je m'en moque. Ils sont bien tous assez ladres pour ne pas vouloir payer le violon qui les fait danser. Qu'ils ouvrent donc une souscription ! Quand même vous y auriez travaillé, vous êtes le plus pauvre et vous devez passer par-dessus le marché [3].... »

Cette fois le séjour à Paris avait été bien court, mais Aurore se disait mal portante ; Regnault conseillait la campagne ; surtout elle avait envie d'écrire en paix et le

---

1. Lettre XXIV de George Sand à Émile Regnault, Bibliothèque nationale.
2. Collection Spoelberch de Lovenjoul. E. 868. f. 156 et f. 160.
3. *Ibid.* E. 920, f. 26.

silence des nuits solitaires de Nohant était incomparable. Toutefois elle s'y crut bientôt plus malade, voire mourante, et alerta l'admirable Regnault : « Le mal va vite, mon pauvre Émile, et je ne peux pas me dissimuler ses progrès. J'étouffe continuellement ; je ne peux pas faire le tour de la chambre sans défaillir ; l'estomac me brûle et me tourmente. Ne me laissez pas mourir, mon bon Émile [1].... » Il offrit de venir ; elle battit en retraite : « Je ne peux pas vous engager à venir me trouver ; mon frère et mon mari vous feraient une mine de chien. Ils sont très convaincus que je suis malade imaginaire [2].... » En quoi ils avaient certainement raison, mais elle pensait maintenant avoir le choléra, qui était la maladie à la mode. Enfin elle rassura son ami : « Le *choléra morbus* s'est arrêté ; le sommeil est revenu parfaitement. Je serais au désespoir que Jules me vît revenir dans cet état : pâle, et les yeux bordés de bleu jusqu'au milieu des joues, ne pouvant marcher trois minutes, et faisant à table la plus fâcheuse mine qu'on ait jamais vue [3].... »

Quand elle reparut quai Saint-Michel, au printemps de 1832, elle y ramenait sa grosse fille, Solange, et un roman : *Indiana*.

III

NAISSANCE DE GEORGE SAND

L'arrivée de Solange avait surpris les jeunes camarades berrichons de la mère. Était-il décent de faire vivre une enfant de trois ans et demi avec un faux ménage ?

1. Lettre XXV de George Sand à Émile Regnault, Bibliothèque nationale.
2. Lettre XXIX de George Sand à Émile Regnault, Bibliothèque nationale.
3. Lettre XXVIII de George Sand à Émile Regnault, Bibliothèque nationale.

Aurore Dudevant à Émile Regnault : Oui, mon ami, je vous mène Solange et je ne crains nullement pour elle les inconvénients de ma vie de garçon. Je changerai ma vie pour la conformer à la sienne ; ce ne sera pas bien difficile, ni bien méritoire. Jules ne pleurera pas non plus le spectacle. Nous nous habituerons à marcher plus doucement dans la rue, pour que les petites jambes de notre enfant puissent nous suivre.... Nous irons, tous les jours, passer deux ou trois heures au Luxembourg, avec nos livres et notre enfant. Nous dînerons chez nous comme à l'ordinaire. Elle couchera sur notre canapé, avec un petit matelas, et, comme elle a trois ans et demi, je vous assure qu'elle ne fera ni remarques, ni commentaires, ni questions, ni bavardages. Maurice lui-même n'en ferait pas, tant il est candide. Ainsi que votre moralité ne s'alarme pas. Je n'ai pas plus envie que la plus vertueuse des mères de scandaliser ma fille.... D'abord, elle est bête comme une oie [1]....

Sans doute Jules et elle-même allaient-ils être privés de théâtre. Qu'importait ? Ils étaient prêts tous deux à sacrifier *Robert le Diable* et la Malibran à une seule larme de Solange. Et, en effet, tout s'arrangea bien. Jules raffola de « sa fille », l'emmena au jardin des Plantes, alors tout embaumé d'acacias, lui montra la girafe qu'elle prétendit avoir déjà vue à Nohant dans un pré et lui donna la main pour aller, sur le balcon du quai Saint-Michel, arroser la douzaine de pots de fleurs qui formaient le jardin suspendu de sa mère. Solange cassa quelques tiges et, craignant d'être grondée, essaya de les raccommoder avec des pains à cacheter. L'estampe galante devenait un tableau de Greuze.

Quant à *Indiana*, Sandeau lut le manuscrit de sa maîtresse avec admiration, étonnement et une certaine gêne. C'était trop bien, et aussi trop sérieux pour son gré. Honnêtement, il refusa de signer un ouvrage auquel il n'avait pas travaillé. Mais alors, quel nom de plume devait-elle prendre ? *J. Sand*, leur nom collectif, avait déjà, grâce à *Rose et Blanche*, une petite notoriété. Signer *Dudevant*

1. Lettre XXXIV de George Sand à Émile Regnault. Bibliothèque nationale. Cette lettre a été publiée par Mme Aurore Lauth-Sand dans la *Revue de Paris* du 1er mai 1937.

était impossible ; sa belle-mère et son mari s'y fussent opposés ; sa mère elle-même eût sans doute vu des inconvénients à ce qu'elle signât *Dupin*. Un compromis intervint : elle garderait le nom de *Sand* et changerait de prénom. Ainsi naquit George Sand, car elle tenait à passer pour un homme. Obsédée par l'esclavage des femmes, elle voulait s'y soustraire par le nom comme par la tenue. De ce jour, elle mit au masculin tous les adjectifs qui se rapportaient à elle.

Vers la fin de mai, l'éditeur (J.-P. Roret et Dupuy) venait d'envoyer quai Saint-Michel le premier exemplaire sorti des presses, quand Latouche entra dans la mansarde. Il prit le roman, le flaira, curieux, inquiet, railleur comme toujours. Il tourna les pages : « Allons ! c'est un pastiche ; école de Balzac ! Pastiche, que me veux-tu ? Balzac, que me veux-tu [1] ? » Aurore était sur le balcon. Il l'y rejoignit, le livre en main, lui démontrant par $a + b$ qu'elle avait copié la manière de Balzac. Elle avait conscience de n'avoir pas mérité ce reproche, mais ne se défendit pas. Latouche emporta l'exemplaire, qu'elle avait signé pour lui. Le lendemain, au réveil, elle reçut ce billet : « George, je viens faire amende honorable ; je suis à vos genoux. Oubliez mes duretés d'hier au soir ; oubliez toutes les duretés que je vous ai dites depuis six mois. J'ai passé la nuit à vous lire. O mon enfant, que je suis content de vous ! »

Joie ! Joie ! Venant de ce juge sarcastique et sévère, cette admiration émue était enivrante. Bientôt tous les journaux lui firent écho. Balzac, dans *La Caricature*, écrivit : « Ce livre-là est une réaction de la vérité contre le fantastique, du temps présent contre le Moyen Age, du drame intime contre la tyrannie du genre historique.... Je ne connais rien de plus simplement écrit, de plus délicieusement conçu. Les événements se suivent et se pressent sans art, comme dans la vie où tout se heurte, où souvent le hasard amasse plus de tragédies que Shakespeare n'eût

[1]. GEORGE SAND, *Histoire de ma Vie*, t. IV, p. 148.

pu le faire. Bref, le succès du livre est assuré [1].... » Dans la
Revue des Deux Mondes, Gustave Planche, Gustave le
Cruel, effroi des écrivains, contempteur de Hugo lui-
même et de Balzac, qui, disait-il avec dégoût, « sentait
l'opium, le punch et le café », loua jusques aux cieux la
jeune romancière. Il la tenait pour supérieure à Mme de
Staël ; il vantait son éloquence de cœur, sa simplicité
d'expression : « Sans doute, l'auteur d'*Indiana* deviendra-
t-elle un jour plus habile. Mais le perfectionnement artificiel de son talent vaudra-t-il ses hardiesses ignorantes ?... »

Elle remercia. Il vint la voir, de la part de Buloz, nouveau directeur de la *Revue*, et lui proposa d'y collaborer.
Planche apparut à George comme un étrange homme,
irascible, morose. Ayant lutté pendant sa jeunesse contre
un père hostile à toute vocation littéraire, il en avait
gardé une âme de rebelle et de misanthrope. « Vieilli
peut-être par une amère solitude et par les abus de la
compréhension, il scrutait la pensée d'autrui, sans but ni
système.... C'était le Turc de l'intelligence.... La critique
était son opium et son harem de livres faits l'avait dégoûté
de toute œuvre à faire [2].... » Cet esprit, de culture si étendue,
habitait un corps inculte, malpropre. En vain Buloz
lui payait-il des vêtements ; Planche les vendait et revenait avec délices à ses vestons crasseux. Satisfait de tout
comprendre, « il se contemplait dans l'étendue de son
royaume intellectuel et abandonnait sa forme avec une
insouciance diogénique [3] ». Sand aimait ce type d'homme
indépendant, fier et pauvre. Ils nouèrent une amitié et
elle fit marché avec Buloz. Pour quatre mille francs par
an, elle s'engagea à donner à la *Revue*, toutes les semaines,
trente-deux pages de copie. Comme, en même temps, les
éditeurs d'*Indiana* offraient une avance de quinze cents

1. Cité par BERNARD GUYON dans *La Pensée politique et sociale de
Balzac*, p. 582.
2. BALZAC, *Béatrix*, t. I, pp. 280-282. Portrait de Claude Vignon, qui,
de l'aveu de Balzac, est celui de Gustave Planche.
3. BALZAC, *Béatrix*, t. I, pp. 280-282.

francs pour un autre roman, *Valentine*, dont elle leur avait parlé, elle se vit soudain célèbre et riche.

Qu'était-ce donc qu'*Indiana ?* Sand le disait elle-même dans la préface :

> Indiana, si vous voulez absolument expliquer tout dans ce livre, c'est un type : c'est la femme, l'être faible chargé de représenter les passions comprimées, ou, si vous l'aimez mieux, supprimées par les lois ; c'est la volonté aux prises avec la nécessité ; c'est l'amour heurtant son front aveugle à tous les obstacles de la civilisation [1]....

Par là, le roman exprimait des sentiments forts de l'auteur. Mais la transposition esthétique était complète. En vain eût-on cherché, parmi ses personnages, des portraits de Casimir et de Sandeau. Peut-être Indiana, femme de sang créole, évoquait-elle ce teint d'Indienne qu'admiraient les amis d'Aurore. Certains traits de caractère étaient communs à l'héroïne et à la créatrice : « Elle n'aima pas son mari par la raison qu'on lui faisait un devoir de l'aimer et que résister mentalement à toute espèce de contrainte morale était devenu chez elle une seconde nature, un principe de conduite, une loi de conscience [2].... » Indiana était déçue par son amoureux, Raymon de Ramière (qui rappelait un peu Aurélien de Sèze), comme par son mari, le colonel Delmare, brutal, vulgaire, mais sans méchanceté. Le thème essentiel était l'opposition entre la femme, qui cherche un sentiment absolu, et l'homme toujours plus vaniteux, ou sensuel, qu'amoureux. Le salut venait à la fin, artificiellement, d'un noble et placide cousin anglais, Sir Ralph Brown, qui ramenait Indiana dans la vallée idyllique de son enfance. (Les carnets du Malgache, Jules Néraud, avaient fourni de belles descriptions de l'île Bourbon.)

Valentine, héroïne du second roman, était aussi une femme mal mariée, fille noble qui, ayant épousé un médiocre

1. GEORGE SAND, *Indiana*, p. 7.
2. *Opus cit.*, p. 60.

de son monde, est sensible à l'amour qu'a pour elle le fils d'un de ses fermiers, Bénédict. Le livre plut, pour une part parce que le dépaysement par le retour au peuple était romantique comme le dépaysement par le retour au passé ; pour une autre parce qu'Aurore y décrivait son coin du Berry, qu'elle appelait la Vallée Noire. La poésie pénètre lentement l'âme et la prose. Depuis vingt-quatre ans, elle vivait parmi ces arbres mutilés, ces « traînes » ombragées, au bord de ces ruisseaux ; elle les peignait admirablement. Tous les lecteurs aimèrent le roman champêtre. Quant à la thèse sociale, suivant leurs penchants politiques, les uns louèrent, les autres blâmèrent l'appel à la fusion des classes.

Le saint-simonisme, après quelques années de grand succès parmi les intellectuels, était alors sapé par un désaccord entre ses adeptes sur la question du mariage. Le père Enfantin, grand-prêtre de cette Église, enseignait que l'affranchissement de la femme est impossible, si elle reste soumise à la loi de la fidélité. L'anathème prononcé par le christianisme contre l'amour charnel devait être levé. Ceux qui professaient ces doctrines se tournèrent, après la lecture d'*Indiana* et de *Valentine*, vers George Sand. Cette jeune femme hardie, soudain célèbre, qui battait en brèche le mariage, serait-elle pour leur Église la Mère attendue ? Les saint-simoniens l'espérèrent et tentèrent de l'embrigader ; elle ne se laissa pas faire.

Prudence paysanne ; sagesse féminine. Cependant tout ce bruit transformait sa vie. Elle n'allait plus au journal, mais des visiteurs, trop nombreux, la poursuivaient jusque chez elle. Le soir, elle s'enfermait avec ses plumes, son encre, son piano et son feu. Frileuse et laborieuse, elle aimait ces nuits de chaleur et de travail. De longues nouvelles naissaient, sans effort, sous ses doigts : *Métella*, *La Marquise* (où elle peignait sa grand-mère Dupin de Francueil). Sandeau, un peu humilié, était le témoin de cette fécondité. Elle l'encourageait à l'imiter ; c'était en vain. « Tu veux que je travaille, lui écrivait-il, je l'ai voulu aussi, mais je ne peux pas ! Je ne suis pas né comme toi avec un petit ressort d'acier dans le cerveau, dont il ne faut que pousser le bouton pour que la volonté fonctionne.... » L'inflexible industrie de sa maîtresse lui inspirait une vague crainte de la perdre.

Elle défendait sa liberté contre son amant, comme elle l'avait défendue contre son mari : « Je vais où bon me semble, lui disait-elle assez durement, sans avoir de comptes à rendre à personne. » En 1832, Latouche, qui avait toujours été mécontent, jaloux et que gagnait peu à peu le délire de la persécution, quitta Paris pour aller s'installer à Aulnay, dans la Vallée-aux-Loups de Chateaubriand.

> Il fuit, il se cache, il se couche
> Au fond de la vallée aux loups,
> Sol où les lauriers sont des houx.
> Dormez bien, monsieur de Latouche[1].

En partant, il offrit à Sand l'appartement du quai Malaquais où il avait reçu sa première visite. A elle maintenant le grand tapis blanc et l'acacia qui envahissait la fenêtre. Quelle promotion ! Souvent, pendant l'été de 1832, elle alla voir Latouche à Aulnay. On prenait la diligence jusqu'à Sceaux, puis, par un sentier, on gagnait l'ermitage du poète misanthrope. Ces visites étaient douces et heureuses ; ils causaient jusqu'à la nuit ; George allait chercher des œufs au poulailler, des fruits au verger, et préparait un dîner. « On m'a dit qu'il avait été amoureux de moi, jaloux sans en convenir et blessé de n'avoir jamais été deviné. Cela n'est pas.... » Balzac crut à une liaison, mais les lettres de Latouche évoquent plutôt une amitié amoureuse, désenchantée, pleine de regrets.

Latouche à George Sand : Vous êtes changeante, je le sais, mais enfin vous avez votre part d'humanité et ses avantages à la suite. Votre adorable lettre m'a donné le seul moment de bonheur que j'aie senti depuis un an. Je ne vous accuse pas d'ingratitude envers le sort, ma bien-aimée.... Je vous donne

1. Alfred de Musset.

raison contre toute la terre ; mais pourtant regardez un peu autour de vous : que de sujets de prendre cette terre en patience ! Maternité, orgueil, et des amis, vous avez tout ; vous avez droit d'avoir tous les biens ! Ne me parlez jamais de moi... pauvre enfant ! J'ai vécu mort depuis longtemps déjà ; et quand je m'accoutume au tombeau, quand je m'acclimate à l'autre monde, ne m'appelez pas dans celui-ci. Dans celui-ci, pour ne subir aucun abandon, il faut toujours être heureux. Toutes les vertus sont dans le mot *réussir*. On est mieux, je vous assure, dans la mort que dans toutes les ambitions.... Si j'eusse vécu, d'ailleurs, je vous eusse aimée trop, et je relisais hier les quatre lettres de Rousseau à Sara, pour m'applaudir d'avoir fait mon temps et d'avoir donné ma démission. Adieu, mais je suis encore votre vieux hôte de la vallée d'Aulnay, de la Vallée-aux-Loups. Apportez-lui un petit pot de beurre et surtout un roman de l'auteur d'*Indiana* [1]....

Une visiteuse inattendue et fêtée du quai Malaquais fut Marie Dorval, la grande actrice romantique, interprète de Dumas et de Vigny. George, qui l'admirait passionnément, lui avait écrit et demandé de la recevoir. Un matin, comme elle parlait avec Sandeau, la porte de la chambre s'ouvrit et une femme cria, tout essoufflée : « Me voilà, moi !... » Sand ne l'avait jamais vue à la ville, mais la reconnut tout de suite. Petite, brune, frêle, front bouclé, yeux noyés, bouche frémissante, visage poétique, Dorval était mieux que jolie, elle était charmante ; et cependant elle était jolie, mais si charmante que cela était inutile. Ce n'était pas une figure, c'était une physionomie, une âme. Elle était encore mince et sa taille était un souple roseau qui semblait toujours balancé par quelque souffle mystérieux, sensible pour lui seul. Jules Sandeau la compara, ce jour-là, à la plume brisée qui ornait son chapeau : « Je suis sûr, disait-il, qu'on chercherait dans l'univers entier une plume aussi légère et aussi molle que celle qu'elle a trouvée. Cette plume unique et merveilleuse a volé vers elle par la loi des affinités, ou elle est tombée sur elle de l'aile de quelque fée en voyage [2]... ».

1. Lettre citée par Frédéric Ségu dans *Henri de Latouche*, p. 446.
2. George Sand, *Histoire de ma Vie*, t. IV, pp. 212-213.

Dorval joua un grand rôle dans la vie de George Sand.
En dépit des apparences et malgré la frénésie de certaines
lettres, celle-ci n'avait jamais trouvé dans l'amour des
hommes cet absolu de la passion, ce délire heureux, cette
détente enfin qu'elle y cherchait. Le frêle Sandeau manquait de chaleur humaine. Sand avait fait de son mieux
pour se convaincre qu'elle l'aimait passionnément ; elle
avait, avec lui, poursuivi avec rage le plaisir sensuel et ne
l'avait jamais atteint. Marie Dorval était tout ce que George
eût voulu être :

> Pour savoir l'empire qu'elle exerce sur moi, il faudrait
> savoir à quel point son organisation diffère de la mienne....
> Elle ! Dieu lui a donné la puissance d'exprimer ce qu'elle
> sent.... Cette femme si belle et si simple, elle n'a rien appris ;
> elle a tout deviné.... Je ne sais de quels mots expliquer ce qu'il y
> a de *froid* et d'incomplet dans ma nature ; je ne sais rien expri-
> mer, moi. Il y a sur mon cerveau, à coup sûr, une paralysie
> qui empêche mes sensations de prendre une forme expressive...
> alors, si cette femme paraît sur la scène avec sa taille brisée,
> sa marche nonchalante, son regard triste et pénétrant, alors
> savez-vous ce que j'imagine ?... *Il me semble que je vois mon
> âme* [1]....

Fille naturelle de deux acteurs nomades, élevée parmi
des passions violentes et sordides, Dorval, quand elle était
déchaînée, prenait parfois un ton de harengère. A la ville,
elle avait tout vu, tout dit, tout fait. En scène, cette
femme sublime devenait vibrante d'inspiration, débor-
dante de vie. Le diable au corps. La Madeleine sans repentir. Veuve à vingt-deux ans du comédien Allan Dorval,
mère de trois filles, elle avait, en 1829, épousé Jean-
Toussaint Merle, directeur de la Porte-Saint-Martin et mari
complaisant. En 1831, Alfred de Vigny se montrait fort
assidu auprès d'elle. Étrange couple. Le comte de Vigny,
chevalier de Malte, hautain, rêveur ; Marie Dorval, cynique,
ardente. Sainte-Beuve reprochait à Vigny de faire « obé-

---

1. GEORGE SAND, *Questions d'Art et de Littérature*, pp. 62-63.

lisque à part » ; Dorval était familière et facile. Mais le masque du stoïque austère cachait un sensuel. Amoureux, Vigny crut relever un ange déchu. Quoi de plus adorable au monde qu'une actrice dans sa loge, « qui essaie son âme » ? Ce fut un échange de pensées mystiques et de caresses dévorantes. A Dumas, elle disait en riant : « Je deviens sage ; je me refais une virginité.... Quand donc les parents de Monsieur le comte viendront-ils me demander ma main ? » En ce début de liaison, Vigny ne regrettait rien, et pas même ses remords : « La vie est double dans les flammes. »

Tout de suite Dorval invita le couple Sandeau-Sand à dîner chez elle, avec son mari et Vigny. George vint en culotte collante et bottes à gland. Vigny fut choqué : « C'est une femme qui paraît avoir vingt-cinq ans. Son aspect est celui de la *Judith* célèbre du musée. Ses cheveux noirs et bouclés, et tombant sur son col, à la façon des anges de Raphaël. Ses yeux sont grands et noirs, formés comme les yeux modèles des mystiques et des plus magnifiques têtes italiennes. Sa figure sévère est immobile. Le bas du visage peu agréable, la bouche mal faite. Sans grâce dans le maintien, rude dans le parler. Homme dans la tournure, le langage, le son de la voix et la hardiesse des propos [1].... » Sand le jugea plus équitablement : « Je n'aime pas du tout la personne de M. de Vigny, mais je vous assure que, d'âme à âme, j'en use autrement. » Très vite, l'intimité des deux femmes grandit.

George Sand à Marie Dorval : Croyez-vous que vous pourrez me supporter ? Vous n'en savez rien encore, moi non plus. Je suis si ours, si bête, si lente à penser tout haut, si gauche et si muette quand précisément j'ai beaucoup de choses dans le cœur ! Ne me jugez pas sur les dehors. Attendez un peu pour savoir ce que vous pourrez m'accorder de pitié et d'affection. Moi, je sens que je vous aime d'un cœur tout rajeuni, tout refait à neuf par vous. Si c'est un rêve, comme tout ce que j'ai désiré dans ma vie, ne me l'ôtez pas trop vite. Il me fait tant de

---

1. **ALFRED DE VIGNY**, *Journal d'un Poète*, 21 janvier 1832.

bien ! Adieu, grande et belle. De toute façon, je vous verrai ce soir [1].

A Mme Dudevant, bourgeoise de La Châtre malgré sa pointe dans la bohème, la géniale Marie révélait un monde de plaisirs. Vigny, inquiet, flaira un danger : « Je ne devine pas encore l'existence de cette femme. Elle va voir de temps à autre, à la campagne, son mari et loge à Paris avec son amant.... Elle vit dans une sorte de camaraderie avec Jules Janin et Latouche [1].... »

Le Paris des écrivains fut toujours une très petite ville. Comme jadis à La Châtre, les bonnes âmes prêtaient maintenant à Aurore trois amants : Sandeau, Latouche et Planche. Sandeau, qui ne l'ignorait pas, était jaloux. Il savait bien qu'il n'avait pas triomphé de la froideur essentielle de sa maîtresse et, si parfois il cherchait ailleurs de médiocres et brèves consolations, il craignait amèrement qu'elle n'en fît autant. Il ne pouvait se détacher d'elle.

IV

RUPTURES

Nohant. Été 1832. A peine avait-elle eu quelques mois d'indépendance et déjà elle revenait célèbre dans la maison de l'enfance. Ses rêves les plus ambitieux avaient été dépassés par l'événement. Et pourtant la vie lui semblait amère et vide. En vain explorait-elle les chemins tant aimés. « Tout cela est devenu bien laid. Où sont les jours de jeunesse, de verdure et de poésie, qui animaient cette rivière, ce ravin et ces jolis prés ?... » Seule la petite source gardait son délicieux goût de menthe et d'herbes aromatiques : « Elle est là comme une âme restée pure au milieu du désastre des orages et de la dépravation du temps.... »

1. Lettre inédite, collection Spoelberch de Lovenjoul, E. 881 *bis*, f. 2.
2. ALFRED DE VIGNY, *Journal d'un Poète*, février 1832.

Aurore chercha l'arbre sur lequel Sandeau avait gravé leurs noms ; Casimir l'avait ébranché. « Que j'étais heureuse, que nous étions jeunes alors ! et que ce pays est maintenant vide, morne et désenchanté ! Tout passe.... Le bonheur s'en va, les lieux changent et le cœur vieillit. »

La douloureuse vérité était qu'elle se sentait lasse d'un amant qui ne lui donnait ni les plaisirs du corps, ni le bonheur d'admirer. « Séparée de lui, elle éprouva un senti- nent de délivrance qui la frappa de stupeur. » Sandeau ne vint pas à La Châtre cette année-là ; son père avait été nommé à Parthenay ; Aurore ne l'appelait pas. Elle écri- vait, à d'autres hommes, des lettres si tendres que l'on ne savait si elles étaient d'amour ou d'amitié : « Bonsoir, mon ami bien-aimé... Bientôt je serai dans vos bras, mon chéri.... Je vous embrasse de toute mon âme.... » C'était le style de Mme Dudevant et sans doute ne prou- vait rien, mais Jules, inquiet, cherchait à se rassurer.

Sandeau à Papet, Parthenay, 4 août 1832 : Je t'ai écrit de Saumur ; je t'ai prié de m'écrire souvent. Je t'en conjure encore à mains jointes. Tu me parleras d'Aurore, de sa fille.... Pauvre ami ! Je n'irai pas, cette année, troubler ton sommeil, déver- rouiller tes portes et te conduire, toi, sans passions et sans amour, sur la route et dans les guérets pour entendre, couché dans les fossés de Nohant, les heures de la nuit que frappait l'horloge de La Châtre. Dors tranquille... mais pense quelquefois pour moi à ces folles nuits, comme je veux y penser moi-même, pour t'aimer encore davantage. Vois Aurore ; vois-la souvent. Tu me dis de te recommander à son amitié. Es-tu fou ? Ne sais-tu pas combien elle t'aime ? Ne sommes-nous pas tes amis ? Si tu la vois, parle de moi ; dis-lui de vivre heureuse, tran- quille ; recommande-lui bien le calme et le sommeil. Dis-lui que je l'aime et que je n'ai de vie que la sienne [1]....

En cet amour, Aurore avait perdu la foi. Et quel homme aurait pu ne pas la décevoir ? Elle attendait de l'amant

    1. Lettre de Jules Sandeau à Gustave Papet, appartenant à M. Joseph Pierre, qui la cite dans *Jules Sandeau en Berry*, article publié dans la *Revue du Berry et du Centre*, juillet-août 1933.

idéal qu'il fût un maître et un dieu, mais le choisissait
faible et humain parce qu'elle entendait le dominer. Elle
était homme et voulait sa liberté ; elle était femme et voulait son « nid », ses petits. Elle avait souhaité quitter
Nohant pour vivre indépendante, mais, privée de sa maison
et de ses activités ménagères, elle découvrait que la passion, réduite à ses seules ardeurs, ne saurait se suffire
longtemps à elle-même. Sandeau, jouvenceau sans expérience, aimait mal parce qu'il aimait trop. Il ne savait
pas que « l'orgueil des femmes·méprise l'amant assez
imprudent pour leur immoler le sien ». Pourtant Aurore
ne souhaitait pas rompre cette liaison ; après un si grand
éclat, elle faisait du bonheur une question d'amour-
propre ; mais elle n'était pas dupe de son entête-
ment. Quand elle décida de rentrer à Paris, elle écrivit à
Gustave Papet : « Je pars avec la fièvre dans le sang et le
désespoir dans le cœur, mais ne vous mêlez pas de cela....
Je vais voir Jules. Si nous ne nous entendons pas l'un
l'autre, personne ne pourra nous guérir.... »

Au mois d'octobre 1832, elle reprit la vie de ménage avec
Sandeau. Une réconciliation intervint, avec échange de
bagues, mais ne dura point. L'ennui se glissait dans leur
intimité. Le désœuvrement de Jules, « qui chômait sa
douleur comme il avait chômé sa joie », exaspérait son
industrieuse maîtresse. « Cette vie d'artistes et de bohémiens qui l'avait tant séduite, cet échange de fortune et de
pauvreté qu'elle avait d'abord trouvé si poétique, ne lui
semblait plus qu'une excentricité d'assez mauvais goût,
ou au moins qu'un enfantillage. » Quelques-uns de leurs
meilleurs amis jugeaient George avec sévérité. Ils avaient
aimé le jeune couple qui, à leurs yeux, incarnait l'amour
romantique. Ils en voulaient à leur héroïne de s'être montrée vulnérable. Avec insistance, la rumeur publique lui
attribuait Latouche et Planche. Balzac le croyait, Sainte-
Beuve l'affirmait, Sand le niait, mais Émile Regnault,
qui la voyait de près, lui reprochait « son insatiable coquetterie ». De son côté, elle se plaignait de Jules. Renonçant,

sous prétexte de travail, à la vie commune, elle avait loué
pour lui un petit appartement, 7, rue de l'Université. Elle
l'accusait d'y recevoir des maîtresses. Dans son *Journal
intime*, pendant l'été 1832, elle avait écrit : « Aux autres
l'habitude paresseuse et le tiède pardon, mais entre nous,
s'il y avait une blessure sérieuse, il n'y aurait point de
retour possible [1].... » Si l'amant n'était pas le dieu attendu,
il devenait une idole qu'il fallait abattre.

De jour en jour l'air, autour d'eux, s'alourdissait. « Ce
furent d'abord des scènes qui venaient l'on ne sait d'où et
qui se terminaient par des pleurs et par des caresses,
petits ouragans qui, tant que les larmes s'y mêlent, sont
pour l'amour ce que, durant les fortes chaleurs, est une
large ondée pour la terre. Mais il se forma bientôt des
orages où les mots sillonnaient l'air et frappaient comme
la foudre [2].... » Aurore, si apathique dans la vie quotidienne, avait, dans les moments de crise, des colères sou-
daines et le caractère le plus violent. Par point d'honneur,
elle avait hésité à rompre. Le jour où sa décision fut prise,
au début de 1833, elle brisa net, comme un homme.

Ce fut elle qui mit à louer l'appartement de Jules, fit
prendre à celui-ci un passeport, une place pour l'Italie,
et lui prêta de l'argent pour le voyage. Plus tard, Sandeau
raconta cette étrange rupture à Paul de Musset, qui abusa
de la confidence. Aurore, à en croire Paul de Musset, aurait
dit à Jules : « Il faut partir », et promis de venir, en habit
d'homme, lui dire adieu. Elle serait venue en effet, en
redingote grise, pantalon à plis et, marchant d'un pas
résolu : « Nous allons faire ta malle ensemble [3]. » A la vérité,
Sandeau ne partit pas tout de suite. C'est seulement le
1er juin 1833 que Balzac écrivit à l'Étrangère : « Sandeau
vient de partir pour l'Italie. Il est au désespoir ; je l'ai
cru fou [4].... » Le petit Jules avala de l'acétate de mor-

1. George Sand, *Journal intime*, p. 129.
2. Jules Sandeau, *Marianna*, pp. 185-187.
3. Paul de Musset, *Lui et Elle*, p. 12.
4. Honoré de Balzac. *Lettres à l'Étrangère*, t. I, p. 26.

phine, mais en prit trop et le vomit. Il avait été la grisette
de ce couple. Autour d'eux, on jugea sévèrement Aurore,
mais rien n'est simple. Elle agissait avec dureté, pour en
finir avec un attachement qui lui pesait ; cela ne l'empêchait pas de plaindre la victime. Elle avait, le jour de la
rupture, envoyé Regnault chez Sandeau :

Allez chez Jules et soignez son corps. L'âme est brisée. Vous
ne la relèveriez plus ; n'essayez pas. Je n'ai besoin de rien. Je
désire même être seule aujourd'hui, et puis il n'y a plus rien pour
moi dans la vie. Tâchez que Jules vive. Ce sera terrible pour lui
pendant longtemps, mais enfin il est si jeune ! Un jour peut-
être, il n'aura pas regret d'avoir vécu.... Vous ne l'abandonne-
rez pas, et moi non plus. J'irai le voir aujourd'hui et tous les
jours. Décidez-le à ne pas quitter son travail, et à ne pas ajouter
les privations de la misère volontaire à ses maux. Il n'aura jamais
le droit de m'empêcher d'être sa mère. Allez, mon ami, allez
chez lui [1]....

Le lien tranché, elle s'apaisa et redevint la femme d'action qu'elle savait être.

George Sand à Émile Regnault, 15 juin 1833 : Je viens
d'écrire à M. Desgranges, pour lui donner congé de l'appartement de Jules et lui demander quittance des deux termes
échus, que je veux payer ; l'appartement sera donc à ma charge
jusqu'au mois de janvier 1834.... Je reprends chez moi le reste
de mes meubles. Je ferai un paquet de quelques hardes de Jules,
restées dans les armoires, et je les ferai porter chez vous, car je
désire n'avoir aucune entrevue, aucune relation avec lui à son
retour qui, d'après les derniers mots de sa lettre que vous m'avez
montrée, me paraît devoir, ou pouvoir être prochain. J'ai été
trop profondément blessée des découvertes que j'ai faites sur sa
conduite, pour lui conserver aucun sentiment autre qu'une
compassion affectueuse. Son orgueil — je l'espère encore —
se refuserait à cette condition. Faites-lui comprendre, tant qu'il
en sera besoin, que rien dans l'avenir ne peut nous rapprocher.
Si cette dure commission n'est pas nécessaire, c'est-à-dire si
Jules comprend de lui-même qu'il doit en être ainsi, épargnez-
lui le chagrin d'apprendre qu'il a tout perdu, même mon

---

1. Lettre XLVIII de George Sand à Émile Regnault, Bibliothèque
nationale.

estime. Il a sans doute perdu la sienne propre. Il est assez puni. Plaignez-moi, mon ami, d'avoir à vous dire toutes ces choses. Pourquoi n'est-ce pas vous que j'ai aimé ? Ainsi je n'aurais pas de larmes si amères à répandre aujourd'hui ! Mais cette erreur est la dernière de ma vie.... Entre la saine amitié et moi, il n'y aura plus d'obstacle [1]....

Entre la saine amitié et une jolie femme, il y aura toujours des obstacles. La rupture avec Sandeau ne fut pas la seule qui attrista, pour Sand, l'année 1833. Latouche, homme amer et susceptible, maître jaloux (comme le vieux Porpora de *Consuelo*), n'admettait pas, quand il avait « couvé une intelligence », que l'aiglon volât de ses propres ailes. Il venait de se brouiller avec Balzac après l'avoir patronné. A l'Étrangère, Balzac écrivait : « Latouche est envieux, haineux, méchant ; c'est un entrepôt de venin », et composait la seule épitaphe que, disait-il, cet être orgueilleux eût acceptée pour sa tombe : « *A Henri de Latouche, le XXIe siècle reconnaissant.* » Bref, les deux hommes ne se parlaient plus, et Latouche avait reproché à Sand de continuer à recevoir Balzac, cependant que Balzac, de son côté, disait à George : « Gare à vous ! Un beau matin, sans savoir pourquoi, vous trouverez en Latouche un ennemi mortel. »

La mesure fut comble quand Latouche, ayant écrit contre le Cénacle romantique un article sur *La Camaraderie littéraire*, Planche répondit par un article terrible sur *Les Haines littéraires*. Latouche fut ulcéré : « Je viens, comme écrivain, de subir une attaque et des critiques amères.... Or l'insulteur est tout bonnement le commensal de Mme Dudevant. » Des amis officieux apprirent à Aurore que Latouche ne parlait plus d'elle qu'avec exécration : « Elle est enivrée par la gloire, sacrifie ses vrais amis, méprise les conseils [2].... » Les mêmes bonnes âmes rapportèrent à Aulnay des propos qu'aurait tenus George Sand.

---

1. Lettre L de George Sand à Émile Regnault, Bibliothèque nationale.

2. CHARLES DUVERNET, *Mémoires*, inédits

« Je reconnais là Mme Dudevant, dit Latouche, empressée à grossir et à colporter la liste des personnes contre moi malveillantes, pour s'en faire le chef avec plus de sécurité. J'aime mieux être offensé par ceux à qui je me suis efforcé d'être utile que de manquer jamais moi-même à la reconnaissance. » Il lui fit dire de ne plus venir à Aulnay, et elle eut la douleur de se trouver brouillée avec son premier maître.

Avec Balzac, elle s'était jusqu'alors bien entendue. Elle l'admirait, le trouvait divertissant, génial, et aimait à l'entendre raconter avec feu ses ouvrages futurs. Mais Balzac avait pris du goût pour Sandeau et, quand la rupture intervint, son choix fut vite fait.

Balzac à Mme Hanska, fin mars 1833 : Jules Sandeau est un jeune homme, George Sand est une femme. Je m'étais intéressé à l'un et à l'autre, parce que je trouvais sublime à une femme de tout quitter pour suivre un pauvre jeune homme qu'elle aimait. Cette femme, qui se nomme Mme Dudevant, se trouve avoir un grand talent.... J'aimais ces deux amants, logés en haut d'une maison du quai Saint-Michel, fiers et heureux. *Mme Dudevant avait avec elle ses enfants.* Notez ce point. La gloire arrive et jette le malheur sur le seuil du colombier. Mme Dudevant prétend qu'elle doit le quitter, à cause de ses enfants. Ils se séparent, et cette séparation est, je crois, fondée sur une nouvelle affection que George Sand, ou Mme Dudevant, a prise pour le plus méchant de nos contemporains, Henri de Latouche, l'un de mes ci-devant amis, un des hommes les plus séduisants, mais bien odieusement mauvais. Quand je n'en aurais pour preuve que l'éloignement de Mme Dudevant pour moi, qui la recevais fraternellement, avec Jules Sandeau, ce serait assez. Mais elle décoche des épigrammes à son ancien hôte et, hier, j'ai rencontré Sandeau au désespoir. Voilà ce que c'est que l'auteur de *Valentine* et d'*Indiana* [1]....

C'était un roman, et fort éloigné du réel. Mais que pouvait-on attendre de Balzac, sinon de l'imagination et de la générosité ? Quand Sandeau, quelques mois plus tard, revint d'Italie, il attendrit Balzac. Le petit Jules portait

1. BALZAC, *Lettres à l'Étrangère*, t. I, pp. 19-20.

son cœur en écharpe. Balzac, ému, offrit de le prendre chez lui et de le faire vivre jusqu'au moment où Sandeau réussirait au théâtre : « Il faut le meubler, puis le piloter dans l'océan littéraire, ce pauvre naufragé plein de cœur [1].... » A la vérité, déjà l'amant délaissé, s'il n'oubliait pas, s'apaisait.

Jules Sandeau à Émile Paultre: J'ai dépouillé ma douleur de la sotte importance que je lui donnais à mon départ. J'ai fini par comprendre qu'elle ne dérangeait en rien l'harmonie de la création, que le monde n'en allait pas plus mal et que le cours des astres n'en avait point été troublé un seul instant. En perdant de sa solennité, mon malheur a perdu de sa force. Il ne me semble plus que trivial et vulgaire. Je comprends enfin la valeur réelle d'une âme solitaire et froissée... et je me dis que, dans les grandes douleurs plus que dans les grandes prospérités, il y a souvent bien de l'orgueil et bien de la vanité. Dans la fatuité du chagrin qui nous enivre, nous nous faisons le centre de toutes choses ; nous voulons être seuls à souffrir ce que tous ont souffert avant nous ; nous nous croyons les privilégiés du malheur, les maudits de la destinée, que sais-je encore ? des *Giaour*, des *Lara*. Eh ! mon Dieu, nous ne sommes que des amants trompés, et le monde en est plein [2]....

Il avait, en deux ans, prodigieusement changé. Une calvitie précoce commençait à dégarnir la tête blonde et frisée. Les yeux étaient plus caves et plus expressifs. Il avait souffert ; il maudissait Aurore. Son mince talent allait naître de cette souffrance. Le temps devait venir où Sandeau écrirait sur cette aventure un roman, *Marianna*, qui ne serait pas sans vérité. Là, il ferait un portrait objectif de sa première et inoubliable maîtresse :

Le silence des champs, l'étude, la rêverie, la lecture avaient développé dans Marianna plus de force que de tendresse, plus d'imagination que de cœur, plus de curiosité que de sensibilité vraie. Elle n'avait vécu jusqu'alors que dans le monde des chi-

1. BALZAC, *Lettres à l'Étrangère*, t. I, p. 194.
2. Lettre inédite, collection Spoelberch de Lovenjoul, E. 1031, folio 179.

mères. Seule au bord de la Creuse, sur le flanc des coteaux, le
long des haies verdoyantes, elle s'était arrangé d'avance une
existence héroïque, toute remplie de beaux dévouements et de
sublimes sacrifices. Elle avait entrevu des luttes, des combats,
des amours traversées, des félicités tourmentées. Avant d'avoir
joui, elle avait tout épuisé [1]....

C'était bien là le jugement que George elle-même, lucide
et triste, portait sur son propre cas.

V

NOUVEAUX AMIS. — LÉLIA

Le cours du temps et les hasards de la vie charrient sans
cesse près de nous des inconnus dont quelques-uns, portés
sur nos rivages, y demeurent. Ainsi de nouvelles couches
d'amis remplacent celles qu'emportent les reflux. George
avait perdu son premier conseiller, Latouche ; Sainte-
Beuve devint, pour quelque temps, son confident.

C'était un jeune critique (il avait, comme Sand, vingt-
neuf ans en 1833) qui, déjà, s'imposait par la finesse de
ses jugements. Sa face « pleine, rasée, rusée », n'était pas
belle. Il semblait concupiscent, tendre et méchant. Son
âme « trempée dans de l'eau, avait le feuillage grêle et
blanc des peupliers ». Inquiet de sa vie à tous vents, il
avait cherché à s'attacher au ménage Hugo. Puis, amoureux d'Adèle, il avait haï Victor. Dans le secret de son cœur
et de ses carnets, il avait raillé le poète puéril et titanesque,
ses malices « cousues de câble blanc », son théâtre : « marionnettes pour l'île des Cyclopes », ce « Caliban qui posait
pour Shakespeare ». Sainte-Beuve, commentateur, regrettait à tort de ne pas être un créateur, comme si la grande
critique n'était pas une création. « Bedeau du temple
de Gnide », il aimait à surprendre les secrets des femmes.

---

1. Jules Sandeau, *Marianna*, p. 64.

Il s'introduisait chez elles, les confessait, les conseillait et élevait ensuite l'indiscrétion à la hauteur du génie. Dans la conversation, il brillait par intermittences comme une mouche phosphorescente. « Il semble abriter son esprit derrière la banalité des propos, mais à chaque coup d'aile, une étincelle le trahit [1]. »

Sainte-Beuve avait loué, dès le temps d'*Indiana*, cette jeune romancière mystérieuse et géniale. Elle le savait et, en 1833, au moment de la première de *Lucrèce Borgia*, lui avait écrit pour lui demander deux places, pour elle-même et Sandeau : « Vous êtes l'ami de Victor Hugo, et nous sommes, mon pseudonyme et moi, ses fervents admirateurs.... Si je suis importune, dites-le-moi, mais venez me le dire vous-même [2].... » Il envoya les places ; elle insista pour recevoir sa visite : « Il faut venir à toutes les heures que vous voudrez ; j'y serai toujours pour vous.... Il faut surtout que vous ne me haïssiez pas : car, moi, je désire beaucoup votre amitié. Cela est peut-être ridicule à vous dire, mais quand on se sent dans le vrai, on ne recule pas devant la crainte des fausses interprétations [3].... »

Pour l'amateur de confidences, elle était une belle proie ; pour George, Sainte-Beuve devint vite un précieux conseiller littéraire et sentimental. Quand s'éleva la tourmente de la rupture avec Sandeau, il observa complaisamment ce beau phénomène. Plusieurs fois il dîna chez elle, quai Malaquais, avec l'aimable et cynique Hortense Allart, qui était alors la maîtresse de Chateaubriand et de laquelle il obtenait de précieux récits sur la vieillesse de René. Hortense amenait là un jeune Genevois aux cheveux d'argent, Charles Didier, qui, lui aussi, à Florence, avait été son amant. Toute femme s'intéresse à l'homme qui fut aimé d'une amie. George regarda Didier d'un œil curieux et favorable ; il était beau, froid de manières par éducation

---

1. Lettre d'Henri Lehmann (18 juin 1839) à Marie d'Agoult, publiée dans *Une Correspondance romantique*, p. 20.
2. George Sand, *Lettres à Alfred de Musset et à Sainte-Beuve*, p. 99.
3. *Opus cit.*, p. 100.

protestante, mais viril et attiré par les femmes. Mme Dudevant, ce jour-là, ne lui plut pas : « Un peu sèche et sans
liant, écrivit-il. Elle a une tête singulière. Je ne la crois
pas capable de passion. »

Les sensuels ont de l'instinct. En dépit des apparences,
le Genevois ne se trompait pas. Le roman que George
enfantait alors dans la douleur et dont elle lut une partie
à Sainte-Beuve, *Lélia*, n'était qu'un long aveu d'impuissance charnelle. Livre gâté par le caractère extravagant
des personnages, mais capital par la franchise dans les
confessions. Il faut le lire, non dans l'édition courante,
expurgée par l'auteur quand Sand regretta de s'être
démasquée, mais dans l'édition originale de 1833, où elle
avait trouvé un soulagement triste à décrire ses déceptions
amoureuses et à en analyser les causes.

Lélia est une femme qui nie l'amour. Elle est belle,
sublime, mais froide comme une statue. « Comment sortir
de ce marbre, dit-elle, qui me monte jusqu'aux genoux et
me retient enchaînée comme le sépulcre retient les
morts [1] ? » Sténio, le jeune poète qui l'aime passionnément, essaie en vain de l'émouvoir : « Lélia n'est pas un
être complet, dit Sténio. Qu'est-ce donc que Lélia ? Une
ombre, un rêve, une idée tout au plus. Allez, là où il n'y
a pas d'amour, il n'y a pas de femme [2].... »

Le romantique confident de Lélia, Trenmor, homme du
monde et forçat, la supplie de laisser vivre Sténio et de ne
pas jeter « son haleine glacée » sur les beaux jours de cet
enfant. Mais Lélia n'a pas le courage de renoncer. « Je me
plais à vous caresser, dit-elle à Sténio, à vous regarder
comme si vous étiez mon enfant [3].... » Voilà le thème dis-
cordant, inquiétant, de la maternité amoureuse, thème
qui retentira si souvent dans la vie de Sand. Mais ce n'est
pas comme une mère que Lélia *voudrait* aimer ; c'est
comme la courtisane Pulchérie, sa propre sœur, qui repré-

1. GEORGE SAND, *Lélia*, édition originale (1833), t. I, p. 292.
2. *Opus cit.*, t. I, pp. 104-105.
3. *Opus cit.*, t. I, p. 207.

sente, dans le roman, l'amour sensuel. Elle a tenté de le faire et a été affreusement déçue :

> Moi dont le corps était appauvri par les contemplations austères du mysticisme, le sang fatigué par l'immobilité de l'étude, j'oubliai d'être jeune et la nature oublia de m'éveiller. Mes rêves avaient été trop sublimes ; je ne pouvais plus redescendre aux appétits grossiers de la matière. Un divorce complet s'était opéré, à mon insu, entre le corps et l'esprit [1]....

Alors avait commencé pour Lélia une vie qu'elle appelle « de sacrifice et d'abnégation », parce qu'elle acceptait de donner des plaisirs qu'elle ne pouvait partager. Et voici des textes capitaux pour qui veut comprendre Sand :

> Ce qui fait que je l'aimai longtemps... ce fut l'irritation fébrile produite, sur mes facultés, par l'absence de satisfaction personnelle. J'avais, près de lui, une sorte d'avidité étrange et délirante qui ne pouvait être assouvie par aucune étreinte charnelle. Je me sentais la poitrine dévorée d'un feu inextinguible, et ses baisers n'y versaient aucun soulagement. Je le pressais dans mes bras avec une force surhumaine et je tombais près de lui épuisée, découragée.... Le désir, chez moi, était une ardeur de l'âme qui paralysait la puissance des sens avant de l'avoir éveillée ; c'était une fureur sauvage qui s'emparait de mon cerveau et qui s'y concentrait exclusivement. Mon sang se glaçait, impuissant et pauvre, durant l'essor immense de ma volonté [2]....
>
> Quand il s'était assoupi, satisfait et repu, je restais immobile et consternée à ses côtés. J'ai passé ainsi bien des heures à le regarder dormir. Il me semblait si beau, cet homme !... Les flots ardents de mon sang agité me montaient au visage ; puis d'insupportables frémissements passaient dans mes membres. Il me semblait ressentir les troubles de l'amour physique, et les désordres croissants d'un désir matériel. J'étais violemment tentée de l'éveiller, de l'enlacer dans mes bras et d'appeler ses caresses dont je n'avais pas su profiter encore.... Je résistais à ces menteuses sollicitations de ma souffrance, car je savais bien qu'il n'était pas en lui de la calmer [3]....

---

1. George Sand, *Lélia*, édition originale (1833), t. II, pp. 9-10.
2. *Opus cit.*, t. II, pp. 25-26.
3. *Opus cit.*, t. II, pp. 26-27.

Quelquefois, dans le sommeil, en proie a ces riches extases qui dévorent les cerveaux ascétiques, je me sentais emportée avec lui.... Je nageais alors dans les flots d'une indicible volupté et, passant mes bras indolents à son cou, je tombais sur son sein en murmurant de vagues paroles. Mais il s'éveillait et c'en était fait de mon bonheur.... Je retrouvais l'homme, l'homme brutal et vorace, comme une bête fauve, et je m'enfuyais avec horreur. Mais il me poursuivait, il prétendait n'avoir pas été vainement troublé dans son sommeil, et il savourait son farouche plaisir sur le sein d'une femme évanouie et demi-morte [1]....

Mes sens, loin d'être appauvris, étaient donc renouvelés. Les splendeurs et les parfums du printemps, les influences excitantes d'un soleil tiède et d'un air pur... me jetèrent dans des angoisses nouvelles. Je ressentis tous les aiguillons de l'inquiétude, des désirs vagues et impuissants. Il me sembla que je pourrais encore aimer et désormais sentir. Une seconde jeunesse, plus vigoureuse et plus fébrile que la première, faisait palpiter mon sein. Dans ces alternatives de désir et de crainte, je consumais ma force à mesure qu'elle se renouvelait.... Je rêvais les étreintes d'un démon inconnu ; je sentais sa chaude haleine brûler ma poitrine et j'enfonçais mes ongles dans mes épaules, croyant y sentir l'empreinte de ses dents. J'appelais le plaisir au prix de l'éternelle damnation.... Quand le jour paraissait, il me trouvait brisée de fatigue, plus pâle que l'aube.... J'essayais de me soulager en poussant des cris de douleur et de colère [2]....

Épuisée par une chute d'autant plus vertigineuse que son imagination avait hissé trop haut ses espoirs, Lélia cesse d'aimer son premier amant, mais participer à ce bonheur inconnu d'elle, et si facilement conquis par d'autres femmes, qui est l'amour physique, devient sa seule pensée, la seule règle de sa conduite, le seul but de sa volonté :

Après avoir laissé flotter mes désirs vers les ombres, il m'arriva de courir en songe après elles, de les saisir à la volée, de leur demander impérieusement, sinon le bonheur, du moins l'émotion de quelques journées. Et comme ce libertinage invisible ne pouvait choquer... je m'y livrais sans remords. Je fus infidèle, en imagination, non seulement à l'homme que j'aimais,

1. GEORGE SAND, Lélia, édition originale (1833), t. II, p. 28.
2. Opus cit., t. II, pp. 44-46.

mais chaque lendemain me vit infidèle à celui que j'avais aimé la veille [1]....

Don Juan va de femme en femme parce qu'aucune des Mille et Trois ne lui a donné le bonheur ; Lélia va d'homme en homme parce qu'aucun d'eux ne lui a donné le plaisir. Le roman prouve que la lumière, dans l'esprit de l'auteur, s'était faite et que George, aux approches de la trentaine, s'analysait avec lucidité. Sainte-Beuve, au lendemain de cette lecture, lui écrivit :

Sainte-Beuve à George Sand, 10 mars 1833 : Madame, je ne veux pas tarder à vous dire combien la soirée d'hier et ce que j'y ai entendu m'a déjà fait penser depuis, et combien *Lélia* m'a continué et poussé plus loin encore dans mon admiration sérieuse et mon amitié sentie pour vous.... Le gros public, qui demande au cabinet de lecture un roman quelconque, se rebutera sur celui-là. Mais il vous classera haut parmi tous ceux qui ne voient dans le roman qu'une forme plus vive des éternelles et humaines pensées.... Être femme, avoir moins de trente ans, et qu'il n'y paraisse en rien au-dehors quand on a sondé ces abîmes ; porter cette science qui, à nous, nous dévasterait les tempes et nous blanchirait les cheveux — la porter avec légèreté, aisance, sobriété de discours —, voilà ce que j'admire avant tout.... Allez, madame, vous êtes une nature bien rare et forte [2]....

Elle répondit dès le lendemain, gênée parce qu'elle imaginait le personnage monstrueux et infirme qu'elle devenait sans doute aux yeux d'un lecteur pénétrant, qui l'identifiait avec Lélia.

George Sand à Sainte-Beuve, 11 mars 1833 : Après avoir écouté *Lélia*, vous m'avez dit une chose qui m'a fait de la peine : vous m'avez dit que vous aviez peur de moi. Chassez cette idée-là, je vous en prie, et ne confondez pas l'homme avec la souffrance. C'est la souffrance que vous avez entendue.... Faites ma paix avec Dieu, vous qui croyez toujours et qui priez souvent....

1. GEORGE SAND, *Lélia*, édition originale (1833), t. II, p. 83.
2. SAINTE-BEUVE, *Correspondance générale* recueillie par Jean Bonnerot, t. I, p. 347.

Et ne croyez pas trop à tous mes airs sataniques : je vous jure
que c'est un genre que je me donne.... Vous êtes plus près de la
nature des anges ; tendez-moi donc la main et ne me laissez pas
à Satan [1]....

Ce qui prouve deux choses : qu'elle connaissait mal
Sainte-Beuve et que les hommes savent, mieux que les
femmes, feindre la vertu.

Il y a en toute femme, par amour de l'amour, une entre-
metteuse qui s'ignore ; le côté féminin de Sainte-Beuve
l'inclinait à des complaisances. George Sand ne pouvait,
vivant seule et libre à Paris, rester longtemps une femme
sans homme. Mais trouver un amant qui convînt à Lélia
n'était pas facile. Il eut l'étrange idée de poser la candida-
ture du philosophe Théodore Jouffroy, pour lequel il avait
de l'amitié. Ce Jurassien à l'œil bleu, à la lenteur réfléchie,
était une austère et douce figure : « Sa haute taille, ses
manières simples et franches, une sorte de rudesse âpre
qu'il n'avait pas dépouillée, tout en lui accusait ce type
vierge d'un enfant des montagnes, et qui était fier
d'en être ; ses camarades lui donnèrent le sobriquet de
Sicambre [2].... » Jouffroy avait soutenu en Sorbonne, sur le
Beau et le Sublime, une thèse remarquée. Il avait en commun avec Mme Dudevant le goût d'une haute poésie
agreste et naturelle, mais c'était folie que de vouloir
l'accoupler avec Lélia ; elle n'en eût fait qu'une bouchée.
Pourtant George, qui traitait Sainte-Beuve en directeur
de conscience, avait répondu humblement.

George Sand à Sainte-Beuve, avril 1833 : Mon ami, je recevrai
M. Jouffroy de votre main. Quelque peu disposée que je sois à
m'entourer de figures nouvelles, je vaincrai cette première suggestion de ma sauvagerie et je trouverai sans doute, dans la
personne recommandée par vous si chaleureusement, toutes les
qualités qui méritent l'estime. Prévenez-le, je vous prie, de mon

1. George Sand, *Lettres à Alfred de Musset et à Sainte-Beuve*, pp. 102-
103.
2. Sainte-Beuve, *Portraits littéraires*, t. I, p. 306.

extérieur sec et froid, de la paresse insurmontable et de l'ignorance honteuse qui me rendent silencieuse la plupart du temps,
afin qu'il ne prenne pas pour de l'impertinence ce qui est chez
moi une habitude, un travers, mais non pas une malveillante
intention. J'ai vu, à la figure de M. Jouffroy, qu'il pouvait avoir
l'âme belle et l'esprit bien fait, mais je lui reconnaîtrai peut-
être la possession de ces choses (très rares et très estimables
à coup sûr) sans une très grande admiration. Il y a des hommes
qui viennent au monde tout faits et qui n'ont pas de lutte à soutenir contre les écueils où les autres s'engagent et se choquent :
ils passent au travers sans savoir seulement qu'ils existent, et
parfois ils s'étonnent de voir tant de débris flotter autour d'eux.
Je crains un peu ces hommes vertueux de naissance [1]....

Au dernier moment, elle eut un sursaut de bon sens et
contremanda l'entrevue.

Elle demeurait triste, obstinée dans sa douleur endurcie
et railleuse. « Faites *Lélia*, lui écrivit Sainte-Beuve. Mais
en prose, dans la vie réelle et pratique, ne méprisez pas
ces demi-guérisons, ces demi-bonheurs qui, après certaines
épreuves, sont encore une assez belle part pour le cœur....
Reprenez des hommes et du monde une idée plus juste,
plus tolérante.... Les plus saints, en ce bas monde, ont
d'affreux quarts d'heure.... Il ne faut pas s'abandonner en
ces moments [2].... » Elle le remerciait, lui disait que « parmi
les *écriveurs* », comme disait Solange, elle n'avait trouvé
qu'un ami : lui-même. Mais la vraie confidente de ces mois
atroces fut Marie Dorval, dont le mélange de cynisme, de
naturel, de grandeur et de passion convenait alors parfaitement au désarroi de George. Il est probable que les dialogues de Lélia et de la sage courtisane Pulchérie sont
transposés des conversations de George et de Marie.

Elles se voyaient beaucoup, tantôt chez l'une, tantôt
chez l'autre. George, toujours friande de théâtre, ne manquait pas un spectacle de Dorval. Offres et demandes de
places, c'était le thème central de presque toutes leurs

1. GEORGE SAND, *Lettres à Alfred de Musset et à Sainte-Beuve*, pp. 104-
105.
2. SAINTE-BEUVE, *Correspondance générale*, t. I, pp. 361-362.

lettres. Toutefois George faisait, de ces requêtes, l'occasion de tendres billets :

Je ne peux vous voir aujourd'hui, ma chérie. Je n'ai pas tant de bonheur ! Lundi, matin ou soir, au théâtre ou dans votre lit, il faudra que j'aille vous embrasser, ma dame, ou que je fasse quelque folie. Je travaille comme un forçat, ce sera ma récompense. Adieu, belle entre toutes [1]....

Février 1833 : Bonne petite Marie, vous êtes venue et j'étais à Aulnay. Que je suis malheureuse de perdre un jour de ma vie où vous pourriez être ! Mais dites-moi celui où vous voulez de moi pour bavarder, après minuit. Écrivez-moi un mot et je serai toujours prête. Vous, petite femme, vous avez beaucoup de choses dans votre vie. Moi, rien ! *Rien que vous*, que j'embrasse mille fois [2]....

Dorval répondait plus brièvement et, sans doute pour ne pas déplaire à Vigny, « espaçait » un peu son amie, qui se plaignait :

Mars 1833 : Marie, pourquoi ne nous sommes-nous pas vues depuis si longtemps ? J'ai été malade, moi, c'est une raison. Vous, vous avez été très occupée ; vous n'avez pas pu, je le sais bien, car vous êtes bonne et vous seriez venue à moi si vous n'en aviez pas été empêchée. Mais vous aimer si profondément, Marie, et passer tant de jours loin de vous ! Marie, cela m'attriste et me rend le cœur sombre encore plus que de coutume. Me condamneriez-vous parce que je suis à plaindre ?... Je m'effraye de mériter si peu votre amitié à vous, grande et noble femme ! Je crains de perdre ce que j'ai obtenu — et je me demande s'il n'y a pas dans ma vie quelque tache qui vous éloigne de moi ? Mais vous êtes si supérieure à toute femme, ma chère Marie, qu'en vous je trouverais tolérance et compassion, si j'étais coupable. Je ne crois pas l'être. Maintenant, si je le suis, vous êtes assez bonne pour m'aimer malgré cela.... Quand me donnerez-vous une bonne soirée, chez vous ou chez moi ? Allons, sois bonne pour ton amie, qui est triste et qui retrouve de la jeunesse et du bonheur près de toi seule [3]....

---

1. Lettre inédite, collection Spoelberch de Lovenjoul, E. 881 *bis*, folio 8.

2. Lettre inédite, collection Spoelberch de Lovenjoul, E. 881 *ter*, f. 2.

3. *Ibid.*, E. 881 *ter*, ff. 5-6.

George aurait voulu accompagner une fois Marie en
tournée, fût-ce comme camériste. Elle trouvait un charme
étrange à écouter les plaintes passionnées de Marie Dorval
contre Dieu et contre les hommes. « Ne dissimulant rien
d'elle-même, elle n'arrangeait et n'affectait rien. Elle avait
un abandon d'une rare éloquence ; éloquence parfois sauvage, jamais triviale, toujours chaste dans sa crudité
et trahissant partout la recherche de l'idéal insaisissable,
le rêve du bonheur pur, le ciel sur la terre [1].... » En cette
femme qui, bien plus qu'elle, avait vécu, George retrouvait
son propre besoin d'absolu. Vigny était jaloux de cette
amitié passionnée. Le malheureux craignait naïvement,
pour sa maîtresse, l'influence de cette théoricienne de
l'amour libre. *Sancta simplicitas !* La délicieuse et sublime
Dorval, folle de son corps, n'avait rien à apprendre sur ces
sujets d'aucune femme.

Or, tandis que Lélia, anxieuse, cherchait consolation et
révélation, elle rencontra un cynique qui lui promit l'une
et l'autre. Prosper Mérimée, grand ami de Sainte-Beuve,
était, comme Henri Beyle, un de ces sentimentaux blessés
dès l'enfance dont le diable fait ses Don Juan. Il se plaisait à parler de l'amour en technicien, avec une crudité de
carabin. Cela lui valait des succès au foyer de l'Opéra et
dans quelques boudoirs. Rencontrant cette jolie femme,
bizarre, disponible, intelligente et célèbre, il entreprit
d'ajouter un scalp à son collier. Il la courtisait depuis le
début de 1833, mais sans succès. Elle promettait de le
recevoir, puis au dernier moment s'excusait, sous prétexte
de névralgie ou de visite maritale. Il devint ironique et un
peu amer : « Je vous serais bien obligé de me dire si vous
êtes guérie, si votre mari sort quelquefois tout seul, enfin
si j'aurais quelque chance de vous voir sans vous
ennuyer [2].... »

Il fit sa conquête, « pour quarante-huit heures, par la

1. George Sand, *Histoire de ma Vie*, t. IV, p. 208.
2. Prosper Mérimée, *Correspondance générale*, t. I, p. 229

crânerie avec laquelle, bravant tout respect humain, il s'était montré à tout le Paris élégant, en haut du grand escalier de l'Opéra, portant sur son épaule la petite Solange endormie au dernier acte de *Robert le Diable* [1] ». Elle trouva en lui « un homme calme et fort » qui la fascina « par la puissance de son esprit ». Elle égrena le chapelet des plaintes de Lélia. Cela le fit rire. Un soir d'avril 1833, comme ils se promenaient tous deux quai Malaquais, sur la berge de la Seine, elle offrit une amitié amoureuse. Il répondit qu'il ne pouvait « aimer qu'à *une* condition » et que tout le reste était littérature. C'était l'idée la plus fausse de l'amour, mais elle se trouvait dans cet état d'angoisse où une femme est prête à se raccrocher à tout espoir. « Je crus, écrivit-elle à Sainte-Beuve, qu'il avait le secret du bonheur, qu'il me l'apprendrait... que sa dédaigneuse insouciance me guérirait de mes puériles susceptibilités. »

Enfin, il parvint à la persuader qu'il pouvait exister pour elle une sorte d'amour supportable aux sens, enivrant à l'âme. C'était ce qu'elle voulait encore espérer. Elle se laissa éblouir par le prestige de la compétence. « Allons, dit-elle enfin à Mérimée, je le veux bien, qu'il soit fait ainsi que vous le désirez puisque cela vous fait tant de plaisir, car, en ce qui me concerne, je dois vous déclarer que je suis très sûre de n'en avoir aucun [2]. » On monta dans son appartement ; on soupa quelque peu ; elle fit, avec sa femme de chambre, les arrangements de son déshabillé, qui tenait de la Turque et de l'Espagnole. Mérimée prétendit plus tard qu'elle avait, en cette scène, manqué de pudeur et tué le désir de son partenaire. Sans doute feignit-elle, devant lui, plus de désinvolture qu'elle n'en avait. Quoi qu'il en soit, ce fut un misérable et ridicule échec. Don Juan, comme son ami Stendhal en semblable occasion, fit un complet fiasco. A sa grande surprise, il

---

1. MAURICE PARTURIER, *Une Expérience de Lélia ou le Fiasco du comte Gazul*, p. 12.
2. *Opus cit.*, pp. 16-17.

trouva une femme prude, qui manqua d'adresse secourable, tant par ignorance que par fierté. Vexé, il se dédommagea par une raillerie amère et frivole. Quand il fut parti, elle pleura de souffrance, de dégoût et de découragement.

Elle raconta toute l'histoire à Marie Dorval. Elle se jugeait à plaindre et non à blâmer. Dorval, sous le sceau, si fragile, du secret, informa Dumas, grand bavard. Le récit de l'aventure fit le tour de Paris. Dumas prêtait à Sand ce mot : « J'ai eu Mérimée hier soir ; ce n'est pas grand-chose.... » De bons amis vinrent dire à George que Marie Dorval l'avait trahie. Ils furent mal reçus.

Vous dites qu'elle m'a trahie. Je le sais bien, mais vous, mes bons amis, quel est celui d'entre vous qui ne m'a pas trahie ? Elle ne m'a encore trahie qu'une fois, et vous, vous m'avez trahie tous les jours de votre vie. Elle a répété un mot que je lui avais dit. Vous m'avez tous fait répéter des mots que je n'avais pas dits.... Laissez-moi l'aimer. Je sais qui elle est et ce qu'elle vaut. Ses défauts, je les connais ; ses vices.... Ah ! voilà votre grand mot à vous ! Vous avez peur du vice. Mais vous en êtes pétris et vous ne le savez pas, ou vous n'en convenez pas. Le vice ! Vous faites attention à cela, vous autres ? Vous ne savez donc pas qu'il est partout, à chaque pas de votre vie, autour de vous, au-dedans de vous [1] ?...

Quatorze ans plus tard, elle relut son journal et confirma ce jugement :

1847 : Elle ! Elle est toujours la même et je l'aime toujours. C'est une âme admirablement belle, généreuse et tendre, une intelligence d'élite, avec une vie pleine d'égarements et de misères. Je t'en aime et t'en respecte d'autant plus, ô Marie Dorval [2] !...

A Sainte-Beuve, grand amateur de faiblesses, que la rumeur avait informé, elle adressa une confession plénière :

1. George Sand, *Journal intime*, pp. 134-135.
2. *Opus cit.*, p. 135.

George Sand à Sainte-Beuve, 8 juillet 1833 : Vous ne m'avez pas demandé de confidence : je ne vous en fais pas en vous disant ce que je vais vous dire, car je ne vous demande pas de discrétion. Je serais prête à raconter et à imprimer tous les faits de ma vie, si je croyais que cela pût être utile à quelqu'un. Comme votre estime m'est utile et nécessaire, j'ai le droit de me montrer à vous telle que je suis, même quand vous repousseriez ma confession.... Un de ces jours d'ennui et de désespoir, je rencontrai un homme qui ne doutait de rien... qui ne comprenait rien à ma nature et qui riait de mes chagrins.... Je ne me convainquis pas assez d'une chose : c'est que j'étais absolument et complètement Lélia. Je voulus me persuader que non ; j'espérais pouvoir abjurer ce rôle froid et odieux. Je voyais à mes côtés une femme sans frein, et elle était sublime ; moi, austère et presque vierge, j'étais hideuse dans mon égoïsme et dans mon isolement. J'essayai de vaincre ma nature, d'oublier les mécomptes du passé.... J'étais atteinte de cette inquiétude romanesque, de cette fatigue qui donne des vertiges et qui fait qu'après avoir tout nié on remet tout en question et l'on se met à adopter des erreurs beaucoup plus grandes que celles que l'on a abjurées. Ainsi, après avoir cru que des années d'intimité ne pouvaient pas me lier à une autre existence, je m'imaginai que la fascination de quelques jours déciderait de mon existence. Enfin, je me conduisis, à trente ans, comme une fille de quinze ne l'eût pas fait. Prenez courage.... Le reste de l'histoire est odieux à raconter. Mais pourquoi aurais-je honte d'être ridicule si je n'ai pas été coupable ?... L'expérience manqua complètement. Je pleurai de souffrance, de dégoût, de découragement. Au lieu de trouver une affection capable de me plaindre et de me dédommager, je ne trouvai qu'une raillerie amère et frivole. Ce fut tout, et l'on a résumé cette histoire en deux mots que je n'ai pas dits, que Mme Dorval n'a ni trahis, ni inventés, et qui font peu d'honneur à l'imagination de M. Dumas [1]....

De remords point. Elle contait les faits, sans mentir ni plaider. Elle avait été à la chasse au bonheur en terrain dangereux ; elle l'avait manqué. Ce dernier échec confirmait toutes ses craintes. Devenir, comme Dorval, une véritable amoureuse eût été à ses yeux un triomphe et une

1. Lettre publiée dans la *Revue de Paris* du 15 novembre 1896, mais non reproduite dans le volume : *Lettres de George Sand à Alfred de Musset et à Sainte-Beuve,* qui parut, l'année suivante, chez Calmann-Lévy.

rédemption. Envers Mérimée lui-même, elle ne gardait
pas de rancune : « Si Prosper Mérimée m'avait comprise,
il m'eût peut-être aimée ; et, s'il m'eût aimée, il m'eût
soumise ; et si j'avais pu me soumettre à un homme, je
serais sauvée, car la liberté me ronge et me tue.... »
Mais, si elle avait pu se soumettre à un homme, elle n'eût
pas été George Sand.

VI

Quel désordre et quel désordre ! Dix ans plus tôt, elle
avait été une jeune femme pleine d'espérance et de bonne
volonté ; elle s'était crue capable de modeler les hommes
qui l'aimeraient et de les amener à l'idée haute et mystique
de l'amour qui était alors la sienne. Elle avait été Sténio ;
la crédulité, l'inexpérience, l'attente craintive et ardente de
l'avenir. Puis, ayant échoué avec Aurélien de Sèze comme
avec Casimir Dudevant, elle s'était dit que le mal résidait
dans une société mal faite, dans la rigueur du mariage, et
qu'en s'affranchissant de préjugés mesquins et de lois
périmées, de libres amants pourraient vivre leurs rêves.
Cela aussi avait échoué. L'amour libre s'était révélé aussi
décevant que l'amour conjugal.

Dans sa province, irritée contre les mesquineries des
petites villes, elle avait cru au monde des arts, de la politesse et de l'éloquence ; elle avait imaginé, à Paris, « une
vie de choix, une société affable, élégante, éclairée, où les
êtres doués de quelque mérite pouvaient être accueillis et
trouver à échanger leurs sentiments et leurs idées ». Elle ne
savait pas que le génie est toujours solitaire et qu'il n'existe
pas de hiérarchie morale unanimement acceptée par les
meilleurs. Elle avait pris pour des poètes tous les gens qui
faisaient des vers. Deux ans de dure expérience lui avaient
montré que les grands hommes ne sont pas des géants,
« que le monde est pavé de brutes et que l'on ne peut faire
un pas sans en faire crier une ». Elle avait cherché des

maîtres ; elle avait trouvé de pauvres êtres prudents et hypocrites. Elle avait appris les dangers de la franchise.

Les hommes ne veulent pas qu'on les dévoile et qu'on les fasse rire du masque qu'ils portent. — Si vous n'êtes plus capable d'aimer, mentez ou serrez si bien autour de vous les plis du voile qu'aucun regard ne puisse lire au travers. Faites pour votre cœur comme les vieillards libertins font pour leur corps. Cachez-le sous le fard et le mensonge ; dissimulez, à force de vanterie et de fanfaronnade, la décrépitude qui vous rend incrédule et la société qui vous rend impuissant. N'avouez jamais, surtout, la vieillesse de votre intelligence ; ne dites à personne l'âge de vos pensées [1]....

Lasse, inquiète, sanglante de ses blessures fraîches, suspendue « entre les horreurs du suicide et l'éternelle paix du cloître », en cet été de 1833, elle était vraiment Lélia, femme assoiffée d'amour, digne d'être aimée, mais incapable de cette humilité sans laquelle il n'est point d'amour. « Lélia, votre âme est froide comme la pierre du tombeau ! » se criait-elle par la bouche de Sténio. Et pourtant....

Et pourtant, au fond de son cœur, elle savait bien que la jeune fille du couvent des Anglaises, l'amazone de Nohant, secourable aux malheureux, avide d'apprendre, pure et sérieuse, n'était pas morte. Il y avait en Lélia des traits de Manfred et de Lara. Mais Byron, même lorsqu'il joue son personnage diabolique, demeure un calviniste impénitent et un amant sentimental. Lorsqu'elle dînait gaiement avec Hortense Allart, quand elle écoutait avidement Marie Dorval, George Sand cessait d'être George Sand. Elle retrouvait pour un soir la jeunesse de cœur et les espoirs d'Aurore Dudevant. Alors elle pensait aux allées de Nohant, à la clarté des étoiles, à ce grave et beau silence si propice aux confidences, aux amis berrichons sur le bras

---

1. GEORGE SAND, *Sketches and Hints*, texte cité par Wladimir Karénine dans *George Sand*, t. I, pp. 420-421. L'album manuscrit d'où il est extrait est à la Bibliothèque nationale.

desquels elle s'appuierait un jour pour leur conter les
orages traversés. Et ses hôtes partis, restée seule près de
Solange endormie dans l'appartement du quai Malaquais,
ce qui surnageait en cette âme houleuse, c'était, malgré
tant de naufrages, le besoin de croire à l'amour, et peut-
être à l'amour divin

QUATRIÈME PARTIE

LES JEUX DE L'AMOUR ET DU GÉNIE

> Les femmes croient innocent
> tout ce qu'elles osent.
>
> JOUBERT

I

LES ENFANTS DU SIÈCLE

Nous avons laissé, dans un petit appartement du quai Malaquais, une jeune femme désabusée, désespérée, qui a échoué dans l'adultère comme dans le mariage et qui tente, par un roman, d'exprimer sa révolte. Ne l'imaginez pas en larmes. Elle a trop de vie et de force pour pleurer longtemps. Elle se disait qu'elle avait mal choisi ; que l'amant idéal, capable de respecter sa délicatesse et de vaincre ses répugnances, devait exister ; que, le jour où elle le rencontrerait, la passion, avertissement de la conscience, donc de Dieu, la guiderait. Elle continuait à le chercher et parcourait du regard les rangs des hommes de talent qui l'entouraient, comme un sultan, dans le secret du harem, inspecte ses odalisques.

Sainte-Beuve, malgré son visage poupin « de chérubin devenu prématurément chanoine », ne lui aurait pas déplu et elle aurait volontiers distribué au confident, après le fiasco du cynique, un rôle de jeune premier. Mais Sainte-Beuve, après avoir été fort assidu, se dérobait. Elle ne comprenait pas son silence et aurait préféré « une franche ruade à cette hautaine immobilité [1] ». Avait-elle, par

---

1. GEORGE SAND, *Lettres à Alfred de Musset et à Sainte-Beuve*, p. 116.

quelque souillure énorme, effarouché « son auguste permanence » ? La fuyait-il comme une société désagréable, et le désespoir de Lélia troublait-il en lui une juvénile confiance dans la vie ? Ou était-il amoureux d'une femme jalouse, qui lui défendait d'aller chez une femme dangereuse ? « S'il en est ainsi, ne pouvez-vous la rassurer, lui dire que j'ai trois cents ans, que j'ai donné ma démission de femme avant que sa grand-mère fût née, et que je me soucie de la peau d'un homme comme de Jean de Werth [1] ?... »

Voilà justement ce que ne croyaient ni Adèle Hugo, ni Sainte-Beuve. Il s'était penché sur les abîmes que masquait le charme de George et il avait reculé, effrayé. Il le lui disait plus gracieusement ; il louait « cette loyauté d'homme dans cette grâce de femme », mais constatait que l'amitié avec elle était difficile. « Pour que l'amitié soit possible d'un sexe à l'autre, il faut que la vie soit déjà achevée dans ce qu'elle a d'aventureux et de changeant ; il faut que tout simplement, les uns et les autres, on achève de vivre, comme des gens d'un certain âge qui achèvent leur journée sur un banc, au soleil de quatre heures [2].... » Bref, il voulait bien continuer avec elle, à distance, une amitié « sérieuse », mais point de tête-à-tête. Elle trouva cela triste et bouffon : « Après tout, mon ami, si je ne vous plais pas, soyez libre.... Je ne vous tourmenterai pas davantage. Êtes-vous heureux ? Tant mieux ! J'en bénis le Ciel et trouve que vous faites bien de m'éviter [3].... » Mais elle se garda de se brouiller avec lui. Il était un critique influent et elle peu rancunière, sauf dans l'amour, qui n'était pas en jeu.

Son autre critique ordinaire, Gustave Planche, était devenu, lui, depuis *Indiana*, un familier du quai Malaquais. Amant ? Paris le disait, comme Paris le dit tou-

---

1. GEORGE SAND, *Lettres à Alfred de Musset et à Sainte-Beuve*, p. 118.
2. SAINTE-BEUVE, *Correspondance générale*, t. I, pp. 374-375.
3. GEORGE SAND. *Lettres à Alfred de Musset et à Sainte-Beuve*, pp. 118-121.

jours ; Casimir en était convaincu ; George le niait avec force. A la vérité, Planche, qu'enveloppait toujours une odeur de crocheteur échauffé, ne semblait guère tentant. Mais il était puissant ; elle en avait fait son chevalier servant et il acceptait fièrement ce rôle. Souvent elle allait le querir dans le sordide garni où il vivait, rue des Cordeliers, pour le charger d'étranges missions. C'était Planche qui, si Casimir venait à Paris, devait l'escorter au théâtre ; lui encore qui allait chercher le médecin si Solange était malade ; lui qui accompagnait Maurice au lycée Henri-IV, les soirs de rentrée, et Sand aux premières de Dorval. Gustave le Cruel avait été, par la petite Mme Dudevant, entièrement domestiqué.

Marie Dorval restait l'amie la plus aimée, mais elle ne pouvait guère participer à la vie de George. Vigny faisait tout ce qui était en son pouvoir pour détacher sa maîtresse de celle qu'il appelait « cette femme monstrueuse ». Marie, toujours à court d'argent pour ses trois filles, devait faire tournée sur tournée. Le fidèle Planche était alors dépêché chez Vigny, pour lui arracher une adresse.

George Sand à Marie Dorval : Où es-tu ? Que deviens-tu ?... Pourquoi es-tu partie, méchante, sans me dire adieu, sans me donner un itinéraire de tes courses, afin que je puisse courir après toi ? Ton départ sans adieux m'a fait de la peine. J'étais dans une veine de spleen. Je me suis figuré que tu ne m'aimais pas. J'ai pleuré comme un âne.... Je suis une sotte. Il faut me le pardonner, vois-tu. J'ai de mauvais côtés dans le caractère, mais j'ai le cœur capable de t'aimer, je le sens bien. J'examine en vain les autres, je ne vois rien qui te vaille. Je ne trouve pas une seule nature franche, vraie, forte, souple, bonne, généreuse, gentille, grande, bouffonne, excellente, complète comme la tienne. Je veux t'aimer toujours, soit pour pleurer, soit pour rire avec toi. Je veux aller te trouver, passer quelques jours où tu es. Où es-tu ? Où faut-il que j'aille ? Ne t'ennuierai-je pas ? Bah! ça m'est égal, d'ailleurs ; je tâcherai d'être moins maussade qu'à l'ordinaire. Si tu es triste, je serai triste ; si tu es gaie, vive la joie ! As-tu des commissions à me donner ? Je t'apporterai tout Paris, si j'ai de quoi l'acheter. Allons, écris-moi une ligne et je pars. Si tu as quelque affaire où je sois de trop, tu m'enverras travailler dans une autre chambre. Je sais m'occuper partout. On m'a bien dit de me méfier de toi ; on t'en a dit autant de moi sans doute ; eh bien, envoyons-les tous faire [...] et ne croyons que nous deux.

Si tu me réponds vite, en me disant pour toute littérature : *Viens !* je partirai, eussé-je le choléra ou un amant [1]....

Marie Dorval montra cette lettre à Vigny et feignit, pour le rassurer, de s'en moquer. Il écrivit en marge : « J'ai défendu à Marie de répondre à cette Sapho qui l'ennuie. » Et Dorval : « Mme Sand, piquée de ce que je ne lui ai pas répondu [2]. » Mais George admirait trop Marie pour rester piquée bien longtemps.

Dans le silence du cœur, George travaillait de son allure égale, mais la vie lui semblait vaine. Au début du printemps 1833, la *Revue des Deux Mondes* donna, chez Lointier, 104, rue Richelieu [3], un grand dîner pour ses collaborateurs. Gustave Planche, critique de la maison, y conduisit George Sand, et le hasard, ou un Buloz malicieux, fit d'elle la voisine d'Alfred de Musset. Déjà Sainte-Beuve, au temps où il cherchait pour elle des prétendants, avait parlé de lui présenter ce jeune poète aux cheveux flottants, mince, blond et beau comme un dieu. Musset avait alors vingt-trois ans, six de moins que Sand et que Sainte-Beuve. Mais celui-ci admirait Musset, peut-être parce que Musset incarnait ce que Sainte-Beuve eût voulu être : « C'était le printemps même, dit-il, tout un printemps de poésie qui éclatait à nos yeux.... Nul, au premier aspect, ne donnait mieux l'idée du génie adolescent [4].... » De Byron, Musset avait appris le dandysme.

1. Lettre publiée par Henri Guillemin et citée par Françoise Moser dans *Marie Dorval*, pp. 94-95.

2. Françoise Moser, *Marie Dorval*, p. 96.

3. Tous les biographes de Musset (sauf son frère Paul) et tous ceux de George Sand disent que ce dîner eut lieu, le 20 juin, aux *Frères provençaux*. Marie-Louise Pailleron, petite-fille et héritière de Buloz, possédait un dossier : *Dîner Lointier*, et fixait la date à fin mars ou première quinzaine d'avril.

4. Sainte-Beuve, cité par Paul Mariéton dans *Une Histoire d'Amour*, p. 250.

Sa redingote à col de velours jusqu'à la ceinture, son chapeau de très haute forme penché sur l'oreille, sa haute cravate, son pantalon collant de couleur bleu ciel lui faisaient une élégance un peu outrée. Quand Sainte-Beuve
avait offert de l'amener à George Sand, elle avait refusé :
« Il est très dandy ; nous ne nous conviendrions pas [1]. »

On comprend qu'elle ait été effrayée, car le monde littéraire disait de Musset beaucoup de mal. Il avait fait,
en 1830, un début éclatant, et aussitôt Buloz, le Cénacle,
le salon de l'Arsenal l'avaient adopté. Les belles muses
romantiques avaient cité, avec une admiration passionnée,
certains vers colorés et neufs : *Un dragon jaune et bleu
qui dormait dans du foin....* Mais l'ingrat riait de sa gloire
et de ses confrères. Il les pastichait, les caricaturait, leur
donnait des surnoms. Il appelait Sainte-Beuve, qui le
louait si généreusement, tantôt *Mme Pernelle* et tantôt
Sainte-Bévue. Musset était un enfant gâté par les femmes,
un chérubin qui aurait lu *Les Liaisons dangereuses* et
Manfred. Il avait connu le plaisir avant l'amour et n'y
avait pas trouvé le bonheur. Alors il s'était donné, avec
une fureur naïve, au champagne, à l'opium, aux filles.
Comme Byron, il avait été fasciné par la débauche, où la
femme reprend son rôle antique de sorcière, où l'homme
s'affranchit du despotisme de la société. Déçu par des maîtresses vénales, il avait de mauvais souvenirs. « Aimer,
disait-il, pour nos femmes, c'est jouer à mentir comme les
enfants jouent à cache-cache..., comédie sourde et basse. »
Mais avec un libertin prématurément blasé cohabitait,
en Musset, un page tendre et sensible. De ce contraste
était née sa poésie. Un artiste ne renonce jamais à ce qui
nourrit son génie. Musset connaissait trop bien la dissonance qui faisait chanter ses meilleurs vers. Il cultiva sa
folie. Au début, il y avait en ce jeu une part de feinte et de
dépit, mais « on ne badine pas avec la débauche » et, dès la

---

1. Lettre de George Sand à Sainte-Beuve, du 11 mars 1833, collection Spoelberch de Lovenjoul, E. 899, f. 11.

jeunesse, ses nerfs étaient malades, son inspiration intermittente, sa bourse à sec.

Au dîner de la *Revue des Deux Mondes*, Sand eut
l'agréable surprise de trouver le dandy bon enfant : « Il
n'était ni roué ni fat, bien qu'il méditât d'être l'un et
l'autre [1]. » Il brilla ; il fit rire cette belle silencieuse aux
yeux absents, et elle avait besoin de rire. George, qui
n'avait pas d'esprit, savait apprécier celui des autres.
« Fantasio sentit qu'il plaisait. » Pour lui, il avait souri du
petit poignard passé à la ceinture de sa voisine, mais fut
fasciné par les grands yeux, noirs et lourds, brillants et
doux, qui le regardaient d'un air interrogateur. Des yeux
énormes, comme une Indienne ; un teint olivâtre, aux
reflets de bronze. Nous savons, par les vers de Musset,
qu'il chantait « une Andalouse au sein bruni », qu'il aimait
« un sein vierge et doré comme la jeune vigne ». Cette
peau ambrée dut plaire à ses secrets désirs.

En rentrant chez lui, il lut *Indiana*, sabra la moitié des
adjectifs, car il avait alors plus de goût et de style que
Sand, et lui adressa une lettre fort respectueuse qui se
terminait par : « Agréez, madame, l'assurance de mon
respect », mais qu'accompagnaient des vers : *Après la
lecture d'Indiana :*

> Sand, quand tu l'écrivais, où donc l'avais-tu vue,
> Cette scène terrible où Noun, à demi nue,
> Sur le lit d'Indiana s'enivre avec Raymon ?
> Qui donc te la dictait, cette page brûlante
> Où l'amour cherche en vain, d'une main palpitante,
> Le fantôme adoré de son illusion ?
> En as-tu dans le cœur la triste expérience ?
> Ce qu'éprouve Raymon, te le rappelais-tu ?
> Et tous ces sentiments d'une vague souffrance,
> Ces plaisirs sans bonheur, si pleins d'un vide immense,
> As-tu rêvé cela, George, ou t'en souviens-tu ?

Le tutoiement, les questions pressantes créaient une
intimité poétique. Un marivaudage suivit ; Musset y savait

---

1. GEORGE SAND, *Elle et Lui*, p. 42.

être charmant ; George retrouva sa gaieté. « Mon gamin d'Alfred », dit-elle bientôt. Ils firent ensemble·des projets romantiques : monter aux tours de Notre-Dame, voyager en Italie. Elle le recevait en négligé : robe de chambre ouverte en soie jaune, babouches turques, résille espagnole ; lui offrait du tabac d'Égypte et s'asseyait à terre sur un coussin, pour fumer une longue pipe en cerisier de Bosnie. Alfred s'agenouilla près d'elle et posa sa main sur les babouches sous prétexte d'en suivre les dessins orientaux [1]. Le ton demeurait celui du badinage.

En juillet, *Lélia* fut achevée et Musset reçut des épreuves. Il fut enthousiaste : « Il y a, dans *Lélia*, des vingtaines de pages qui vont droit au cœur, franchement, vigoureusement, tout aussi belles que celles de *René* et de *Lara* [2].... » Puis Chérubin revenait à l'amour :

Vous me connaissez assez pour être sûre à présent que jamais le mot ridicule : *Voulez-vous ou ne voulez-vous pas ?* ne sortira de mes lèvres.... Il y a la mer Baltique entre vous et moi, sous ce rapport. Vous ne pouvez donner que l'amour moral, et je ne puis le rendre à personne (en admettant que vous ne commenciez pas tout bonnement par m'envoyer paître, si je m'avisais de vous le demander), mais je puis être, si vous m'en jugez digne, non pas même votre ami — c'est encore trop moral pour moi —, mais une espèce de camarade sans conséquence et sans droits, par conséquent sans jalousie et sans brouilles, capable de fumer votre tabac, de chiffonner vos peignoirs et d'attraper des rhumes de cerveau en philosophant avec vous sous tous les marronniers de l'Europe moderne [3]....

Elle avait besoin, pour *Lélia*, de quelques vers blasphématoires que Sténio, ivre, devait chanter d'une voix altérée. A qui les demander sinon au jeune poète, trop familier avec l'ivresse, qui prétendait jouer auprès d'elle un rôle de bouffon sentimental ? Musset composa cet *Inno ebrioso* :

1. PAUL DE MUSSET, *Lui et Elle*, p. 55.
2. *Correspondance de George Sand et d'Alfred de Musset*, publiée par Félix Decori, pp. 9-10.

Si mon regard se lève au milieu de l'orgie,
Si ma lèvre tremblante et d'écume rougie
    Va cherchant un baiser,
Que mes désirs ardents, sur les épaules nues
De ces femmes d'amour, pour mes plaisirs venues,
    Ne puissent s'apaiser.

Qu'en mon sang appauvri leurs caresses lascives
Rallument aujourd'hui les ardeurs convulsives
    D'un prêtre de vingt ans,
Que les fleurs de leurs fronts soient par mes mains semées,
Que j'enlace à mes doigts les tresses parfumées
    De leurs cheveux flottants,

Que ma dent furieuse à leur chair palpitante
Arrache un cri d'effroi ; que leur voix haletante
    Me demande merci.
Qu'en un dernier effort nos soupirs se confondent.
Par un dernier défi que nos cris se répondent,
    Et que je meure ainsi !...

Ou, si Dieu me refuse une mort fortunée,
De gloire et de bonheur à la fois couronnée,
    Si je sens mes désirs,
D'une rage impuissante immortelle agonie,
Comme un pâle reflet d'une flamme ternie,
    Survivre à mes plaisirs,

De mon maître jaloux, imitant le caprice,
Que ce vin généreux abrège le supplice
    Du corps qui s'engourdit ;
Dans un baiser d'adieu, que nos lèvres s'étreignent,
Qu'en un sommeil glacé tous mes désirs s'éteignent,
    Et que Dieu soit maudit [1].

Quelque temps encore, il écrivit à Sand sur un ton de comédie shakespearienne, puis, le 29 juillet 1833, arriva par la poste une déclaration sentimentale :

Mon cher George, j'ai quelque chose de bête et de ridicule à vous dire.... Vous allez me rire au nez, me prendre pour un faiseur de phrases dans tous mes rapports avec vous jusqu'ici. Vous me mettrez à la porte et vous croirez que je mens. Je suis amoureux de vous. Je le suis depuis le premier jour où j'ai été chez vous. J'ai cru que je m'en guérirais tout simplement, en vous voyant à titre d'ami. Il y a beaucoup de choses dans votre

1. GEORGE SAND, *Lélia*, édition originale (1833), t. II, pp. 209-210.

caractère qui pouvaient m'en guérir ; j'ai tâché de me le persuader tant que j'ai pu ; mais je paie trop cher les moments que
je passe avec vous.... Maintenant, George, vous allez dire :
« Encore un qui va m'ennuyer », comme vous dites.... Je sais
comme vous pensez de moi et je n'espère rien en vous disant
cela. Je ne puis qu'y perdre une amie.... Mais la vérité est que je
souffre et que la force me manque [1]....

Elle hésita. Cela est important à signaler parce que l'on
a trop souvent fait d'elle une femme fatale, une ogresse
à la recherche de chair fraîche. En ce cas, rien de tel. Elle
s'était divertie avec un jeune homme qu'elle trouvait
génial et délicieux, mais elle avait peur de ce qu'elle savait
de ses débauches. « J'aime toutes les femmes et je les
méprise toutes », lui avait-il dit. L'amour dont elle rêvait
eût été profond et constant. Si elle-même avait été infidèle, c'était, pensait-elle, par déception et désespoir.
Musset devina ce sentiment et, dans une nouvelle lettre,
y répondit :

Vous souvenez-vous que vous m'avez dit un jour que quelqu'un vous avait demandé si j'étais Octave ou Cœlio, et que
vous aviez répondu : « Tous les deux, je crois. » Ma folie a été
de ne vous en montrer qu'un, George.... Aimez ceux qui savent
aimer, je ne sais que souffrir.... Adieu, George, je vous aime
comme un enfant [2]....

Comme un enfant.... Savait-il, en écrivant ces mots, qu'il
avait trouvé ce qui pouvait le mieux la toucher ? « Comme
un enfant, répétait-elle en serrant la lettre dans ses mains
agitées de je ne sais quel frisson. Il m'aime comme un
enfant ! Qu'est-ce qu'il a dit là, mon Dieu ? Et sait-il le
mal qu'il me fait [3] ? » Elle le revit ; il pleura ; elle céda.
« Sans ta jeunesse et la faiblesse que tes larmes m'ont
causée, nous serions restés frère et sœur.... » Bientôt
Musset vint vivre quai Malaquais. Cette fois encore, elle

1. *Correspondance de George Sand et d'Alfred de Musset*, publiée par
Félix Decori, pp. 12-14.
2. *Opus cit.*, pp. 15-16.
3. GEORGE SAND, *Elle et Lui*, p. 87.

avait besoin de la communion des repas et d'être, pour celui qu'elle aimait, ménagère, infirmière, et surtout mère, autant que maîtresse.

L'installation du nouveau favori n'alla pas sans drames d'amitié. Les Berrichons de Paris et Gustave Planche, chiens fidèles accoutumés à s'asseoir aux pieds de George, aboyèrent à l'arrivant et soutinrent que cette liaison publique avec un jeune blondin, un homme du monde, un fat, porterait préjudice à l'avenir littéraire de George. Planche, dont la saleté offusquait le délicat Musset, fut balayé. Là-dessus parut *Lélia*. Sand avait dédié le livre : *A M. H. Delatouche*, avec l'espoir de reconquérir l'ermite d'Aulnay ; il protesta (indigné sans doute par l'orthographe autant que par l'audace) et elle fit disparaître ce nom dans les éditions ultérieures. Pour Musset, sur le premier volume, elle écrivit : *A Monsieur mon gamin d'Alfred*, GEORGE, et, sur le deuxième : *A Monsieur le vicomte Alfred de Musset, hommage respectueux de son dévoué serviteur*, GEORGE SAND.

Le livre fit, dans la presse, un grand éclat. Les hypocrites eurent beau jeu. Un journaliste, Capo de Feuillide, demanda « un charbon ardent » pour purifier ses lèvres de ces pensées ignobles et dévergondées.... « Le jour où vous ouvrirez le livre de *Lélia*, continuait-il, renfermez-vous dans votre cabinet (pour ne contaminer personne). Si vous avez une fille dont vous voulez que l'âme reste vierge et naïve, envoyez-la jouer aux champs avec ses compagnes [1].... »

Le pauvre Planche, chevaleresque, défia cet insulteur. Il publia, dans la *Revue des Deux Mondes* du 15 août 1833, un courageux éloge de *Lélia* et de son auteur : « Il y a des caractères prédestinés qui ne peuvent se passer des émotions d'une lutte perpétuelle.... Quoi qu'il arrive, ils offrent en expiation de leurs fautes les tortures et les angoisses de leurs insomnies. Pour les condamner, il

---

1. Capo de Feuillide, cité par MARIE-LOUISE PAILLERON dans *La Vie littéraire sous Louis-Philippe*, t. I, p. 386.

faudrait ne pas les connaître [1].... » Il ajoutait que les femmes comprendraient *Lélia* :

Elles noteront d'une main attentive tous les passages où elles auront trouvé l'expression et le souvenir de leur vie passée, le tableau de leurs souffrances. Elles auront des larmes et de la vénération pour l'impuissance qui se proclame et qui révèle toutes ses misères. Elles s'étonneront d'abord de la hardiesse de l'aveu ; quelques-unes rougiront d'avoir été devinées et seront presque irritées de l'indiscrétion ; mais, rentrées en elles-mêmes, elles verront dans *Lélia* plutôt une apologie qu'une accusation [2]....

Puis il envoya ses témoins à Capo de Feuillide. Le Paris de Bixiou, de Blondet, de Nathan s'amusa de ce duel. A quel titre M. Gustave Planche se constituait-il le *bravo* de M. (ou Mme) George Sand ? Était-ce une manière de proclamer ses droits au moment où il les perdait ? Le malheureux garçon s'en défendit :

Gustave Planche à Sainte-Beuve : Si j'avais pour George Sand autre chose qu'une intense amitié, ma conduite d'hier serait une grossièreté : j'aurais l'air d'user d'un droit, comme un homme brutal, sans éducation. Ce droit, je ne l'ai pas, je ne suis que ridicule, mais le monde n'est pas obligé de savoir la vérité et ne s'en soucie guère [3]....

A. de Musset afficha une grande colère : « Mon intention était de me battre et j'ai été prévenu. » A partir de ce jour, son dégoût pour Planche se changea en haine :

> Par propreté, laissons à l'aise
> Mordre cet animal rampant.
> En croyant frapper un serpent,
> N'écrasons pas une punaise [1] !

1. GUSTAVE PLANCHE, *Portraits littéraires*, t. I, pp. 356-357.
2. *Opus cit.*, t. I, pp. 359-360.
3. Cité par MARIE-LOUISE PAILLERON, dans *François Buloz et ses Amis*, t. I, p. 389.
1. Alfred de Musset, cité par MARIE-LOUISE PAILLERON dans *François Buloz et ses Amis*, t. I, p. 389.

Sainte-Beuve, lui, attendit prudemment que la tempête fût passée. Sand le relança plusieurs fois, pour avoir un article dans *Le National* :

George Sand à Sainte-Beuve, 25 août 1833 : Mon ami, je suis très insultée, comme vous savez, et j'y suis fort indifférente. Mais je ne suis pas insensible à l'empressement et au zèle avec lequel mes amis prennent ma défense [1]....

Puis elle lui faisait part, officiellement, de sa nouvelle liaison :

Je me suis enamourée, et cette fois très sérieusement, d'Alfred de Musset. Ceci n'est plus un caprice ; c'est un attachement senti, et dont je vous parlerai avec détail dans une autre lettre. Il ne m'appartient pas de promettre à cette affection une durée qui vous la fasse paraître aussi sacrée que les affections dont vous êtes susceptible. J'ai aimé une fois pendant six ans, une autre fois pendant trois, et maintenant je ne sais pas de quoi je suis capable. Beaucoup de fantaisies ont traversé mon cerveau, mais mon cœur n'a pas été aussi usé que je m'en effrayais ; je le dis maintenant parce que je le sens. Loin d'être affligée et méconnue, je trouve cette fois une candeur, une loyauté, une tendresse qui m'enivrent. C'est un amour de jeune homme et une amitié de camarade. C'est quelque chose dont je n'avais pas l'idée, que je ne croyais rencontrer nulle part, et surtout là. Je l'ai niée, cette affection, je l'ai repoussée ; je l'ai refusée d'abord, et puis je me suis rendue et je suis heureuse de l'avoir fait. Je me suis rendue par pitié plus que par amour et l'amour, que je ne connaissais pas, s'est révélé à moi, sans aucune des douleurs que je croyais accepter. Je suis heureuse, remerciez Dieu pour moi.... Maintenant que je vous ai dit ce qu'il y a dans mon cœur, vous voilà dire quelle sera ma conduite.

Planche a passé pour être mon amant : peu m'importe. Il ne l'est pas. Il m'importe beaucoup maintenant qu'on sache qu'il ne l'est pas, de même qu'il m'est parfaitement indifférent qu'on croie qu'il l'a été. Vous comprenez que je ne puis vivre dans l'intimité avec deux hommes, qui passeraient pour avoir avec moi des rapports de même nature ; cela ne convient à aucun de nous trois ! J'ai donc pris le parti, très pénible pour moi, mais inévitable, d'éloigner Planche. Nous nous sommes

---

expliqués franchement et affectueusement à cet égard et nous nous sommes quittés, en nous donnant la main, en nous aimant du fond du cœur, en nous promettant une éternelle estime.... Je ne sais pas si ma conduite hardie vous plaira. Peut-être trouverez-vous qu'une femme doit cacher ses affections. Mais je vous prie de voir que je suis dans une situation tout à fait exceptionnelle, et que je suis forcée de mettre désormais ma vie privée au grand jour [1]....

Vingt jours plus tard, elle faisait un nouvel appel à ce dévouement un peu lent : « Vous rendrez compte de *Lélia* dans *Le National*, n'est-il pas vrai ? Je n'ai pas renoncé à espérer [2].... » Il s'excusa et promit : « Je vais revivre avec vous, Lélia, pendant ces deux jours. Mais je me redirai que vous n'êtes plus l'incrédule et la désespérée d'alors [3].... » Elle le rassura : « Je suis heureuse, très heureuse, mon ami. Chaque jour m'attache davantage à *Lui*.... Son intimité m'est aussi douce que sa préférence m'a été précieuse [4].... » Elle était rajeunie de dix ans ; près de cet *enfant* (un mot qu'elle répétait avec une incestueuse volupté), elle retrouvait la gaieté des premiers jours de Sandeau. De nouveau l'appartement du quai Malaquais retentissait de rires et de chansons. Alfred couvrait son album de portraits et des caricatures. Il dessinait avec esprit et composait des vers légers :

> George est dans sa chambrette
> Entre deux pots de fleurs,
> Fumant sa cigarette
> Les yeux baignés de pleurs....

Les pleurs n'étaient là que pour la rime, ou peut-être riait-elle aux larmes. Alfred faisait mille folies. Un soir, il se déguisait en servante, jupon court, croix au cou, pour passer les plats et renversait la carafe sur la tête du philo-

1. GEORGE SAND, *Lettres à Alfred de Musset et à Sainte-Beuve*, pp. 125-128.
2. *Opus cit.*, p. 130.
3. SAINTE-BEUVE, *Correspondance générale*, t. I., p. 389.
4. GEORGE SAND, *Lettres à Alfred de Musset et à Sainte-Beuve*, p. 131.

sophe Lerminier. George avait toujours aimé les farces.
Naturellement mélancolique, elle avait besoin, pour
s'amuser, d'une grosse gaieté. Cette vie d'étudiant l'enchantait. « Tout début est aimable, dit Gœthe, c'est sur
le seuil qu'il faut s'arrêter. » Cela est vrai des liaisons.
On se découvre l'un l'autre. Chacun étale les trésors de
son esprit. Les premières semaines, dans cet appartement
aux fenêtres ouvertes sur le plus beau paysage du monde,
furent un long enchantement. « Vie libre, intimité charmante, tant de repos, l'espérance naissante. O Dieu !
de quoi se plaignent les hommes ? Qu'y a-t-il de plus doux
que d'aimer ? »

Strange bedfellows. George, sérieuse et ponctuelle,
tenait à livrer son roman à la date promise et sautait du
lit, en pleine nuit, pour travailler, tandis qu'Alfred dormait comme un loir. Au réveil, elle lui faisait de la morale,
comme jadis à Sandeau, car elle était pédagogue autant et
plus qu'amoureuse. Il s'en plaignait en riant : « J'ai travaillé toute la journée, disait-il ; le soir, j'avais fait dix
vers et bu une bouteille d'eau-de-vie ; elle avait bu un
litre de lait et écrit un demi-volume. » Mais, les premiers
jours, il la remerciait de l'arracher à ce lent suicide qu'avait
été sa vie, cependant que George s'abandonnait à la joie
d'avoir rendu toute sa grandeur à une âme d'élite [1].
Pourtant des amis mettaient Alfred en garde ; ils évoquaient les malheurs de Sandeau : « Rappelle-toi ce passage périlleux de la barre de Quillebeuf sur la Seine, où
l'on voit au-dessus des vagues les drapeaux noirs attachés
aux mâts des navires engloutis. Dans la vie de cette femme,
il y a un drapeau noir, l'écueil est signalé [2].... » Mais Musset
appartenait à cette race d'amants qui cherchent le danger
et livrent plus volontiers leur cœur à qui promet de le
déchirer.

En septembre, il offrit à sa maîtresse d'aller à Fontaine-

1. George Sand, *Elle et Lui*, p. 101.
2. Paul de Musset, *Lui et Elle*, p. 63.

bleau et de passer quelques jours dans les bois et les rochers
de Franchard. Elle accepta ; elle aimait associer la nature à
l'amour. Elle n'avait peur ni de la fatigue ni de la nuit, et
marchait dans les bois en habit d'homme, foulant le sable
« d'un pas déterminé, avec un mélange charmant de délicatesse féminine et de témérité enfantine.... Elle allait
devant comme un soldat, chantant à tue-tête[1].... » Au
retour, elle s'appuyait sur le bras de son compagnon et
c'étaient alors de tendres propos à voix basse. Ce séjour
fut d'abord heureux, certainement, car Musset, au temps
des regrets, évoqua toujours « la femme de Franchard »,
mais une scène nocturne vint tout gâter. Alfred eut, dans
un cimetière, au clair de lune, une crise d'hallucinations.
Il avait vu passer sur la bruyère un spectre pâle qui courait, les vêtements déchirés, les cheveux au vent. « Alors
j'ai eu peur et je me suis jeté la face contre terre, car cet
homme... c'était moi[3]. » Le lendemain, il en plaisanta et
en fit une charge ; il écrivit sous sa propre caricature :
Perdu dans la forêt et dans l'esprit de sa maîtresse et, sous
celle de George : *Le cœur aussi déchiré que la robe*. Ce dessin
la chagrina ; elle se refusait à voir le côté risible d'une crise
qui l'avait bouleversée.

On a soutenu que Sand avait exagéré les hallucinations
de Musset. Mais, outre que lui-même les a décrites dans
La Nuit de Décembre, nous en avons un témoignage irréfutable : celui de Louise Allan-Despréaux, la belle actrice
qui fut, seize ans après Sand, la maîtresse de Musset.
Sa description coïncide exactement avec celle de George :
être exquis, lunaire, shakespearien, qui se transforme
soudain en un dément :

*Mme Allan-Despréaux à Mme Samson-Toussaint, 17 juillet
1849 :* Après les premiers jours passés à se chercher et à se
connaître, il est survenu un orage effroyable entre nous, dans
lequel perçait beaucoup d'amour mêlé à des choses que je ne

1. ALFRED DE MUSSET, *Confession d'un Enfant du Siècle*, p. 227.
2. GEORGE SAND, *Elle et Lui*, p. 112.

pouvais supporter. Rentré chez lui, il a été pris d'un accès de délire. Il y est sujet lorsque sa tête s'exalte, ce qui tient à ses anciennes et funestes habitudes. Dans ce cas, il a des hallucinations et parle avec des fantômes.... Je n'ai jamais vu de contrastes plus frappants que les deux êtres enfermés dans ce seul individu. L'un bon, doux, tendre, enthousiaste, plein d'esprit, de bon sens, naïf (chose étonnante : naïf comme un enfant), bonhomme, simple, sans prétentions, modeste, sensible, exalté, pleurant d'un rien, artiste en tous genres.... Retournez la page et prenez le contre-pied : vous avez affaire à un homme possédé d'une sorte de démon, faible, violent, orgueilleux, despotique, fou, dur, petit, méfiant jusqu'à l'insulte, aveuglément entêté, personnel et égoïste autant que possible, blasphémant tout et s'exaltant autant dans le mal que dans le bien. Lorsqu'une fois il a enfourché ce cheval du diable, il faut qu'il aille jusqu'à ce qu'il se rompe le cou. L'excès, voilà sa nature, soit en beau, soit en laid. Dans ce dernier cas, cela ne se termine jamais que par une maladie, qui a le privilège de le rendre à la raison et de lui faire sentir ses torts[1]....

Voilà l'homme double en présence duquel se trouva Sand. Elle s'était attachée en lui à ce charme dont elle fut toujours si fatalement éprise : la faiblesse. Il le savait et proclamait la touchante infirmité de son génie, avec des transports de sincérité et d'attendrissement inépuisables ; puis, dès que sa faiblesse avait triomphé, il retrouvait des forces pour faire souffrir. Et aussi pour souffrir lui-même, car ce masochiste avait besoin de souffrances pour son travail comme pour son plaisir. Cependant la robuste Sand le couvait. Elle l'appelait : « Mon pauvre enfant » ; il la nommait : « Mon grand George, mon Georgeot. » Une fois encore, elle était l'homme du couple.

---

1. Les lettres de Mme Allan-Despréaux ont été publiées par Léon Séché dans la *Revue de Paris* du 1er avril 1906, pp. 519-556.

II

LES AMANTS DE VENISE

> Il y a tant de choses entre deux
> amants dont eux seuls peuvent
> être juges.
>
> GEORGE SAND.

Tous deux souhaitaient voir l'Italie. Musset l'avait chantée sans la connaître ; Sand, attirée par Venise, espérait que le dépaysement lui apporterait enfin quelque secrète révélation. Elle obtint, au cours d'une visite hardie, le consentement de la mère d'Alfred, en lui promettant qu'elle aurait pour Musset une affection et des soins maternels. Quant à Casimir, informé, il engagea beaucoup sa femme à voyager « pour son instruction et son plaisir ». A cette studieuse personne l'instruction, en Italie, ne manquerait pas ; le plaisir était une autre histoire.

Ils partirent en décembre 1833. George, en pantalon gris perle et casquette à gland, riait beaucoup. Pourtant des signes de mauvais augure accompagnèrent ce départ. Dans la cour de l'*Hôtel des Postes*, la malle pour Lyon était la treizième ; elle accrocha la borne en sortant et faillit écraser un porteur d'eau. Mais les amants défiaient dieux et diables. De Lyon à Avignon, ils descendirent le Rhône en compagnie de Stendhal. A Marseille, ils s'embarquèrent pour Gênes. Musset, roulé dans son manteau, souffrait du mal de mer. George, les mains dans ses poches, la cigarette à la bouche, regardait son compagnon d'un air de supériorité. Il en fit un quatrain :

> George est sur le tillac,
> Fumant sa cigarette ;
> Musset, comme une bête,
> A mal à l'estomac....

et un dessin qui accentuait la fermeté de George et les

traits altérés de Musset, avec cette inscription : *Homo sum ; humani nihil a me alienum puto.*

Homo sum.... Alfred trouvait sa maîtresse trop virile. Il se plaignait de son pédantisme, de sa réserve, de sa froideur. Le voyage le plus romanesque ne changeait rien au rythme de la vie laborieuse de Sand. Elle avait un roman à terminer pour Buloz ; à Gênes, puis à Florence, elle exigea ses huit heures de travail par nuit ; tant que la tâche quotidienne n'était pas faite, elle verrouillait sa porte. Si son amant protestait, elle l'engageait à travailler de son côté et lui suggérait le sujet de *Lorenzaccio*. « La véritable victoire de l'homme, c'est que la femme, librement, le reconnaisse comme son destin[1]. » Le destin de Sand demeurait distinct de son amour. Excédé, humilié, Musset devenait brutal. Il l'appelait « l'ennui personnifié, la rêveuse, la bête, la religieuse ». Il lui reprochait « de n'avoir jamais su donner les plaisirs de l'amour ». C'était le point vulnérable de Lélia. Atteinte au cœur, offensée, elle contre-attaquait : « Je suis bien aise que ces plaisirs aient été plus austères, plus voilés, que ceux que tu retrouveras ailleurs. Au moins tu ne te souviendras pas de moi dans les bras des autres femmes[2]. » Mais cette bravade n'apaisait ni l'un ni l'autre.

A Gênes, elle fut malade des fièvres. Désir et maladie font mauvais ménage. Musset, fuyant ce lit brûlant, commença de courir les filles et de boire. Il était las de ce que George nommait « l'amour élevé » et aspirait de tout son être « aux funestes enivrements du passé ». Il revenait à ses sophismes : « Changer, c'est se renouveler. L'artiste est-il né pour l'esclavage ? » Une femme trop maîtresse de soi exaspère et inquiète ses amants. Elle demeure un témoin lucide alors que l'homme cherche dans l'amour l'oubli de soi-même. Il ne veut pas seulement vaincre une pudeur, mais enchaîner une liberté, faire d'un être pensant un objet.

1. Simone de Beauvoir.
2. *Correspondance de George Sand et d'Alfred de Musset*, publiée par Félix Decori, p. 30.

Sand irritait les hommes, parce qu'elle restait sujet.

L'arrivée à Venise, dont elle avait tant attendu, fut lugubre. Il faisait nuit ; la gondole noire avait l'air d'un cercueil. Un instant, quand ils entrèrent en ville ; quand la lune mate et rouge éclaira Saint-Marc dont les coupoles semblaient d'albâtre ; quand le palais ducal, avec sa découpure arabe et ses campaniles chrétiens soutenus par mille colonnettes élancées, se détacha sur les régions lumineuses de l'horizon, ils crurent voir un Turner. Mais c'est l'amour qui embellit les paysages et les villes sur lesquels il pose sa lumière, et non la beauté du décor qui crée l'amour. Les palais roses et les ors de Saint-Marc ne pouvaient changer deux cœurs.

Le soir, à l'hôtel Danieli où ils avaient pris leurs chambres, Musset dit à sa maîtresse : « George, je m'étais trompé, je te demande pardon, mais je ne t'aime pas. » Elle fut atterrée ; elle aurait voulu partir sur-le-champ. Seulement elle était malade, et elle avait scrupule à laisser cet enfant seul, sans argent, en pays étranger. « La porte de nos chambres fut fermée entre nous et nous avons essayé là de reprendre notre vie de bons camarades.... Mais cela n'était pas possible ; tu t'ennuyais ; je ne sais ce que tu devenais le soir.... »

Ce qu'il devenait était facile à imaginer. S'étant écarté d'elle, d'abord par ennui, parce qu'elle le traitait en « gamin » et le sermonnait ; puis par dégoût, parce qu'elle avait une affreuse dysenterie ; et peut-être, suggère Maurras, « par crainte délicate de lui laisser voir sa répulsion », il s'était abandonné à son penchant pour la débauche romantique. Il avait couru les bouges de Venise, où flottait une odeur d'eau stagnante, et humé des alcools inconnus. Puis il avait « cherché les baisers des danseuses de la Fenice ». George, par malaise et ressentiment, le condamnait à la chasteté. Il eut d'autres femmes. Jamais plus elle ne devait oublier ces longues attentes solitaires, le clapotement mystérieux de l'eau sur les marches, le pas pesant et mesuré des sbires sur le quai, le cri aigu et presque enfantin des mulots qui se querellent sur les dalles immenses, tous ces bruits furtifs et singuliers qui troublent faiblement le silence des nuits vénitiennes.

Un matin, il rentra tout ensanglanté par on ne sait quelle rixe. Bientôt commença une de ses terribles crises. Cela tenait de la folie, de la fièvre cérébrale, de la typhoïde ; quoi que ce fût, c'était un spectacle effrayant. Elle eut peur. Il était capable de se tuer ou il pouvait mourir, à Venise, de cette maladie. Quelle responsabilité pour elle ! Quelle fin affreuse d'un roman qu'elle avait rêvé sublime ! Elle appela un jeune médecin qui l'avait soignée : le docteur Pagello, et, pour éclairer son diagnostic, lui raconta dans sa lettre la nuit de Franchard :

Une fois, il y a trois mois de cela, il a été comme fou toute une nuit, à la suite d'une grande inquiétude. Il voyait des fantômes autour de lui et criait de peur et d'horreur.... C'est la personne que j'aime le plus au monde et je suis dans une grande angoisse de la voir en cet état [1]....

Texte important, parce qu'il montre qu'après tant de déceptions Sand appelait encore Musset « la personne qu'elle aimait le plus au monde ». Sur ce qui suivit, on a discuté ardemment ; les livres ont répondu aux livres ; il y a eu des Mussetistes et des Sandistes. On a écrit des volumes pour prouver que Sand et Pagello avaient bu dans la même tasse, qu'ils s'étaient aimés au chevet d'un malade. On a cherché qui avait eu les torts. Mais la réponse est simple : torts et griefs étaient réciproques. « De quel droit m'interroges-tu sur Venise ? Étais-je à toi à Venise ? » demandera plus tard Sand. Elle était de bonne foi, car *sa* morale (et chaque être se fait une morale), c'était que toute passion est sainte, sous réserve qu'il ne faut pas appartenir en même temps à plusieurs hommes. Musset l'ayant abandonnée en tant que maîtresse, elle se tenait

---

1. Lettre de George Sand à Pietro Pagello, citée par PAUL MARIÉTON dans *Une Histoire d'Amour*, pp. 84-85.

pour libre. Lui-même avoue qu'il avait « mérité de la perdre ». Mais Musset, avec la traditionnelle indulgence des hommes pour eux-mêmes, aurait voulu que la femme à laquelle il était infidèle lui demeurât fidèle. C'est un fait que Sand et Pagello soignèrent Musset, pendant vingt jours de délire et de fureurs, avec dévouement.

Pourquoi Sand eut-elle alors envie de Pagello ? Cela est complexe. D'abord, gardant le tenace espoir d'un amour total, de cœur et de corps, elle regardait tout homme jeune, fort, assez beau, comme une réponse possible aux questions de Lélia. Ensuite, délaissée à Venise sur une terre inconnue, au milieu d'étrangers, avec un enfant à demi fou, elle éprouvait un besoin d'appui que les femmes, dans leurs moments de détresse et d'angoisse, confondent parfois avec l'amour. Enfin, tentée par des sujets de romans vénitiens, elle souhaitait une communion intime avec l'Italie. Or tout artiste sait que seul l'amour permet une intimité charnelle avec une autre nation, une autre race.

Pagello et Sand passaient ensemble des nuits à veiller ce malade, tantôt délirant, tantôt endormi. L'anxiété partagée, un travail commun rapprochent un homme et une femme. La fatigue est une proxénète. Pagello admirait la belle étrangère ; il lui jetait des regards·ardents, mais n'osait lui faire la cour. Elle était illustre ; il était un pauvre débutant. Il avait une maîtresse italienne ; Sand vivait à Venise avec un amant. En outre, cet amant était le patient du docteur, et le devoir professionnel évident. Cas de conscience bien subtil pour un brave jeune homme de vingt-six ans, gras et blond, sans complications de sentiments.

Un soir que Musset, voulant dormir, avait prié sa maîtresse et son médecin de s'écarter, ils s'assirent à une table, près de la cheminée, et Pagello demanda innocemment :

« Eh bien, madame, avez-vous l'intention de composer un roman qui parle de la belle Venise ?

— Peut-être », répondit-elle.

Elle prit des feuillets, se mit à écrire avec fougue, puis mit les pages sous enveloppe et tendit l'enveloppe au docteur. Il demanda à qui remettre ce pli. Elle reprit l'enveloppe et écrivit : *Au stupide Pagello*. Rentré chez lui, il lut ce texte romanesque, qui était une déclaration bien plus belle que celles que George prêtait aux héros de ses romans. Elle était faite d'interrogations haletantes, ce qui était chez elle un mouvement de style authentique, car l'interrogation était l'attitude, devant la vie, de cette femme insatisfaite et, chose curieuse, c'est un mouvement que copiera souvent Musset, tant dans les *Nuits* que dans les comédies :

Sand à Pagello : Seras-tu pour moi un appui ou un maître ? Me consoleras-tu des maux que j'ai soufferts avant de te rencontrer ? Sauras-tu pourquoi je suis triste ? Connais-tu la compassion, la patience, l'amitié ? On t'a élevé, peut-être, dans la conviction que les femmes n'ont pas d'âme. Sais-tu qu'elles en ont une ?... Serai-je ta compagne ou ton esclave ? Me désires-tu ou m'aimes-tu ? Quand ta passion sera satisfaite, sauras-tu me remercier ? Quand je te rendrai heureux, sauras-tu me le dire ?... Sais-tu ce que c'est que le désir de l'âme qu'aucune caresse humaine n'endort ni ne fatigue ? Quand ta maîtresse s'endort dans tes bras, restes-tu éveillé à la regarder, à prier Dieu et à pleurer ? Les plaisirs de l'amour te laissent-ils haletant et abruti, ou te jettent-ils dans une extase divine ? Ton âme survit-elle à ton corps quand tu quittes le sein de celle que tu aimes ?...

Je pourrai interpréter ta rêverie et faire parler éloquemment ton silence. J'attribuerai à tes actions l'intention que je désirerai. Quand tu me regarderas tendrement, je croirai que ton âme s'adresse à la mienne.... Restons donc ainsi ; n'apprends pas ma langue ; je ne veux pas chercher dans la tienne les mots qui te diraient mes doutes et mes craintes. Je veux ignorer ce que tu fais de ta vie et quel rôle tu joues parmi les hommes. Je voudrais ne pas savoir ton nom. Cache-moi ton âme, que je puisse toujours la croire belle [1]....

---

1. Lettre citée par PAUL MARIÉTON dans *Une Histoire d'Amour*, pp. 95-97.

Ah ! que Proust, si jamais il le connut, dut aimer ce texte ! Car le silence forcé de Pagello, c'est le sommeil d'Albertine. Les amants exigeants souhaitent que l'idole soit muette, afin qu'elle ne déçoive jamais. En cette aventure, le bien-aimé était non seulement muet, mais terrifié. Cette déclaration avait été, dans sa vie tranquille, un coup de tonnerre. Comme tant de conquérants, le pauvre Pagello se sentait vaincu par sa conquête. Quel scandale allait soulever, dans Venise, une liaison avec « la Sand », comme il disait ! Le jeune médecin commençait à peine à se faire une clientèle, pour laquelle il aurait dû sauver les apparences. Mais comment ne pas être tenté par cette fascinante étrangère ? Elle devint sa maîtresse.

Que vit Musset ? Que sut-il ? Il avait une fièvre cérébrale, des moments de délire, des instants de lucidité. Il vit une femme sur les genoux d'un homme, deux bouches jointes ; il crut que, sur la table près de laquelle étaient assis Sand et Pagello, une seule tasse était posée et que tous deux avaient bu leur thé dans cette même tasse. Plus tard, il se moqua de son émoi : « Dans quelle comédie burlesque y a-t-il un jaloux assez sot pour aller s'enquérir de ce qu'une tasse est devenue ? A propos de quoi auraient-ils bu dans la même tasse ? La noble pensée qui me venait là [1].... » Paul de Musset raconte que son frère trouva un jour George écrivant une lettre. Il l'accusa d'écrire à Pagello ; elle aurait nié, menacé de le faire enfermer dans une maison de fous, jeté par la fenêtre les morceaux de la lettre, puis, à l'aube, couru en jupon dans la rue pour les ramasser. Hallucination ou réalité ? Qui le dira ? Paul de Musset est un témoin partial et suspect.

Ce qui est certain, c'est que l'entrée en scène de Pagello crée un monde d'où Musset se sent exclu, et que Sand triomphe de l'en exclure. Alfred l'a diminuée à ses propres yeux en lui disant qu'elle est une maîtresse maladroite. Elle prend sa revanche en lui imposant la jalousie, qui

1. ALFRED DE MUSSET, *Confession d'un Enfant du Siècle*, p. 291.

naît dès que le troisième sent, entre deux êtres, une complicité dont il est exclu. Cette jalousie s'apaisera dès le jour où, entre Sand et Musset, sera recréée une complicité de laquelle, à son tour, Pagello sera exclu. Alors ce sera Pagello qui souffrira. Et pourquoi Musset serait-il jaloux puisqu'il a dit ne plus aimer sa maîtresse ? Parce que la jalousie réveille l'amour et donne une valeur haute et neuve à un être que l'on dédaignait lorsqu'on pensait le connaître.

Alfred crut-il vraiment que George, pour se débarrasser de lui, songeait à le faire interner ? L'état de délire où il vécut longtemps ne permet pas de répondre avec certitude. Le dévouement constant de la garde-malade dément une telle accusation. Si elle prononça le mot de folie, c'était qu'elle en avait peur et que les crises justifiaient cette crainte. Pourquoi eût-elle souhaité l'interner ? Elle était libre ; elle pouvait le quitter ; elle insista, dès qu'il fut mieux, pour lui dire la vérité. Pagello plaida la cause du silence ; le docteur jugeait que Musset n'était pas encore assez fort pour supporter ce coup. Mais George était tout d'une pièce, à la Kœnigsmark, et sa dignité, disait-elle, exigeait la sincérité. Plus tard elle nota, dans son journal : « Mon Dieu, rendez-moi ma féroce vigueur de Venise ; rendez-moi cet âpre amour de la vie, qui m'a prise comme un accès de rage, au milieu du plus affreux désespoir [1].... »

Féroce vigueur, *âpre* amour de la vie.... Ton étrangement violent pour parler du brave Pagello, avec ses gros baisers, son air simple, son sourire de jeune fille, son grand gilet, son regard doux. Mais il faut penser à ce qu'elle attendait de lui : la perfection dans l'amour. « Hélas ! j'ai tant souffert, j'ai tant cherché cette perfection sans la rencontrer ! Est-ce toi, est-ce toi enfin, mon Pietro, qui réaliseras mon rêve [2] ?... »

Dit-elle à Musset, comme elle le souhaitait, qu'elle aimait Pagello ? Certainement, car il parle d'un « triste soir, à Venise, où tu me dis que tu avais un secret. C'était à un

1. George Sand, *Journal intime*, p. 14.
2. Cf. Paul Mariéton, *Une Histoire d'Amour*, p. III.

jaloux stupide que tu croyais parler. Non, mon George, c'était à un ami [1].... » Qui sait même s'il n'y prenait pas un amer plaisir ? Dans la *Confession d'un Enfant du Siècle*, on lit : « Une volupté secrète me clouait, le soir, à ma place. Quand Smith (Pagello) devait venir, je n'avais pas de repos que je n'eusse entendu la sonnette. Comment se fait-il qu'il y ait ainsi en nous je ne sais quoi qui aime le malheur [2] ?... » C'est que la certitude du malheur est moins douloureuse que le doute. Les souffrances de la jalousie sont essentiellement d'orgueil et de curiosité. L'amant a voulu dominer un être. Il a échoué. Le partenaire, devenu l'adversaire, reste un être libre dont les actions, les pensées, les sensations sont inconnues. Le seul moyen de le dépouiller de cette liberté, c'est de *savoir*. La jalousie s'atténue et parfois disparaît avec la connaissance.

Musset sut que Sand aimait Pagello, mais il ignora si elle avait appartenu à Pietro avant que lui, Alfred, eût quitté Venise ; et cette écharde resta dans sa peau. Elle refusa de lui répondre sur ce point. C'était son secret, disait-elle, et, n'étant plus alors à Musset, elle ne lui devait pas de comptes. A la fin de mars, George et Alfred ne vivaient plus ensemble. Ils échangeaient des billets, par gondoliers.

Musset partit pour Paris le 29 mars, avec un serviteur italien. Il emportait « deux étranges compagnes, une tristesse et une joie sans fin » : tristesse de perdre une maîtresse qu'il aimait de nouveau depuis qu'elle lui échappait ; joie de s'être bien conduit, d'avoir fait un grand sacrifice, de la quitter sur un beau geste. George l'accompagna jusqu'à Mestre et, après l'avoir embrassé tendrement, maternellement, elle fit, comme toujours en ses moments de crise morale, un voyage à pied, pour user cet excès de force qui la consumait. Puis elle revint à Venise, avec sept centimes en poche, s'installer avec Pagello dans un petit

---

1. *Correspondance de George Sand et d'Alfred de Musset*, publiée par Félix Decori, p. 132.

2. ALFRED DE MUSSET, *Confession d'un Enfant du Siècle*, p. 284.

appartement. *Sand à Boucoiran :* « Adressez vos lettres à
M. Pagello, pharmacie Ancillio, près San Lucca, pour
remettre à Mme Sand.... Si Planche s'occupe de corriger
mes épreuves, recommandez-lui de châtier le style et de
corriger les fautes de français [1].... »

Elle vécut cinq mois dans sa retraite vénitienne ; elle y
acheva *Jacques*, roman qui fut envoyé à Musset avec une
sèche dédicace au crayon : *George à Alfred ;* écrivit les
premières *Lettres d'un Voyageur ;* prit des notes pour les
nouvelles italiennes. *Jacques* déplut à Balzac, il jugea le
livre « vide et faux ».

Balzac à Ève Hanska, 19 octobre 1834 : Le dernier roman de
Mme Dudevant est un conseil donné aux maris, qui gênent
leurs femmes, de se tuer pour les laisser libres.... Une jeune fille
naïve quitte, après six mois de mariage, un homme *supérieur*
pour un freluquet ; un homme important, passionné, amoureux,
pour un dandy, sans aucune raison physiologique ni morale.
Puis il y a un amour pour les mulets, comme dans *Lélia*, pour
les êtres inféconds, qui est quelque chose de singulier chez une
femme qui est mère et qui aime passablement, à l'allemande,
instinctivement [2]....

C'est un fait que beaucoup de romans de Sand sont inférieurs à ses lettres et à son génie.

Dans ses moments de loisir, avec son zèle coutumier,
l'industrieuse romancière travaillait à l'aiguille ou au tri-
cot. Elle décora de ses mains, pour son bel Italien, toute
une pièce : rideaux, sièges, sofa. Elle avait l'adultère ménager. Pietro Pagello était fort épris et un peu gêné. Ses maîtresses vénitiennes cherchaient à le reprendre et l'une
d'elles, au cours d'une scène de jalousie, déchira son *bel
vestito*. Son frère Roberto le plaisantait sur sa maigre et
jaune étrangère : « *Quella sardella...* cette sardine », disait
Roberto. Mais Pietro aimait sa Française et, comme il
demeurait au-dehors tout le jour pour soigner ses clients,

1. Inédite. Collection Spoelberch de Lovenjoul, E. 920, ff. 56 et 66.
2. HONORÉ DE BALZAC, *Lettres à l'Étrangère*, t. I, p. 196.

il laissait à Sand ses huit heures de paix et de travail, ce qui était, pour cet amour, une garantie de durée. Étant trop pauvre pour acheter des fleurs, le bon Pietro se levait à l'aube pour aller, dans les faubourgs, cueillir des bouquets pour George.

Était-ce le bonheur ? Un bonheur déjà fade. Tout de suite Sand et Musset regrettèrent le temps de malheur. Quand elle eut quitté Alfred à Mestre, elle lui écrivit : « Qui te soignera et qui soignerai-je ? Qui aura besoin de moi et de qui voudrai-je prendre soin désormais ?... Adieu, mon petit oiseau ! Aime toujours ton pauvre vieux George. Je ne te dis rien de la part de Pagello, sinon qu'il te pleure presque autant que moi [1].... » Ah ! qu'elle avait peine à renoncer à l'idéal du trio ! Quant à Musset, dès qu'il se trouvait loin de la grondeuse, il regrettait l'amie : « Je t'aime encore d'amour », écrivait-il. Il cristallisait sur l'absente et jouait, de bonne foi, la magnanimité. Qu'elle fût heureuse avec Pietro : « Brave jeune homme ! Dis-lui combien je l'aime et que je ne puis retenir mes larmes en pensant à lui [2].... » La bonne infirmière pleurait aussi : « Oh ! je t'en prie à genoux, pas encore de vin, pas encore de filles ! C'est trop tôt.... Ne t'abandonne au plaisir que quand la nature viendra te le demander impérieusement, mais ne le cherche pas comme un remède à l'ennui et au chagrin [3].... » Ils se mettaient d'accord pour penser qu'aucun des deux n'avait été coupable ; leurs caractères violents, leurs devoirs d'artistes ne leur permettaient pas la vie des amants ordinaires.

Ils restaient dévoués l'un à l'autre. Le « pauvre Mussaillon » était chargé par Sand, à Paris, de mille courses : acheter douze paires de gants glacés, quatre paires de souliers, du patchouli ; obtenir, pour tout cela, de l'argent de Buloz ; voir Maurice au lycée Henri-IV. Alfred, lui, conti-

1. *Correspondance de George Sand et d'Alfred de Musset*, publiée par Félix Decori, pp. 22-23.
2. *Opus cit.*, p. 26.
3. *Opus cit.*, p. 42.

nuait à se lamenter et entretenait avec soin sa blessure. Il allait quai Malaquais et sanglotait en regardant, dans une soucoupe, une cigarette laissée par George. Douces larmes : « Il ne faut pas m'en vouloir ; je fais ce que je peux.... Songe qu'à présent il ne peut plus y avoir en moi ni fureur, ni colère ; ce n'est pas ma maîtresse qui me manque, c'est mon camarade George [1].... » Il avait trouvé, en rentrant à Paris, leur petit monde très excité contre Sand. Planche et Sandeau « vomissaient » sur elle. Musset, ivre de pardon, projetait de la défendre : « Je m'en vais faire un roman. J'ai bien envie d'écrire notre histoire : il me semble que cela me guérirait et m'élèverait le cœur. Je voudrais te bâtir un autel, fût-ce avec mes os.... Sois fière, mon grand et brave George, tu as fait un homme d'un enfant.... » Ce qui était vrai. Et un peu plus tard : « J'ai commencé le roman dont je t'ai parlé. A propos de cela, si tu as, par hasard, conservé les lettres que je t'ai écrites depuis mon départ, fais-moi le plaisir de les rapporter [2].... »

O race malheureuse des poètes, toujours taillant en pleine douleur ! Musset avait besoin de ses lettres, comme Rossetti de déterrer ses poèmes. Et il avait besoin aussi de celles de Sand. Il en détachait soigneusement des couplets, qu'il allait utiliser dans *On ne badine pas avec l'amour* : « Peut-être ton dernier amour sera-t-il le plus romanesque et le plus jeune. Mais ton bon cœur, ton bon cœur, ne le tue pas, je t'en prie ! Qu'il se mette tout entier ou en partie dans toutes les amours de ta vie, mais qu'il y joue toujours son rôle noble, afin qu'un jour tu puisses regarder en arrière et dire comme moi : « J'ai souffert souvent, je me suis « trompé quelquefois, mais j'ai aimé [3].... » Seulement la réplique, dans la comédie, passera de Camille à Perdican.

En même temps, comme les hommes sont complexes, comme ils savent à volonté sécréter de la douleur, Musset

1. *Correspondance de George Sand et d'Alfred de Musset*, publiée par Félix Decori, p. 39.
2. *Opus cit.*, pp. 56, 51 et 122.
3. *Opus cit.*, pp. 65-66.

souffrait de plus en plus : « Où penses-tu que j'en sois ? En vérité, on dit que le temps guérit tout. J'étais cent fois plus fort le jour de mon arrivée qu'à présent.... Je lis *Werther* et *La Nouvelle Héloïse*. Je dévore toutes ces folies sublimes, dont je me suis tant moqué. J'irai peut-être trop loin dans ce sens-là, comme dans l'autre. Qu'est-ce que ça me fait ? J'irai toujours [1].... » A ces cris de ralliement du romantisme passionné, on imagine que le cœur de George répondait. Pietro était un bon garçon, mais il ne souffrait pas ; tout lui paraissait simple ; elle n'avait pas besoin de travailler à son bonheur. « Eh bien, moi, j'ai besoin de souffrir pour quelqu'un. J'ai besoin d'employer ce trop d'énergie et de sensibilité qui est en moi. J'ai besoin de nourrir cette maternelle sollicitude qui s'est habituée à veiller sur un être souffrant et fatigué. Oh ! pourquoi ne pouvais-je vivre entre vous deux et vous rendre heureux, sans appartenir ni à l'un ni à l'autre ! J'aurais bien vécu dix ans ainsi [2].... » *Sans appartenir ni à l'un ni à l'autre....* Voilà un cri authentique de Lélia.

Ce fut de Venise qu'ayant appris, par hasard, le mariage d'Aurélien de Sèze avec Mlle de Villeminot, elle lui écrivit pour lui adresser ses vœux de bonheur et pour lui réclamer ses lettres. Il répondit :

Mon cher George.... J'ai été sur le point de céder à votre demande et de vous renvoyer les papiers que vous me demandez. Je comprends que je n'avais nul droit de les retenir. Je ne crois pas non plus qu'ils vous appartiennent plus qu'à moi et j'ai craint que, si vous les parcouriez, quelque réminiscence vous en échappât plus tard dans quelque composition. Je les ai brûlés et n'ai conservé que ce conte que vous m'envoyâtes un jour. Je vous demande instamment la permission de le garder. Adieu donc, George.... Adieu. Mon cœur s'éteindra plein de votre souvenir [3]....

1. *Correspondance de George Sand et d'Alfred de Musset*, publiée par Félix Decori, p. 73.
2. *Opus cit.*, p. 83.
3. GEORGE SAND, *Le Roman d'Aurore Dudevant et d'Aurélien de Sèze*, p. 212.

Tombeaux dans le jardin de l'amour.

Enfin, en juillet 1834, elle pensa au retour en France. Elle avait achevé son roman et tiré de Venise tout ce qu'elle en pouvait tirer pour son œuvre. Elle y avait peu d'argent ; Buloz, Boucoiran, Casimir négligeaient de lui en envoyer. Elle n'avait pas vu ses enfants depuis huit mois. Elle voulait assister, à Paris, à la distribution des prix de Maurice. Elle souhaitait passer l'automne à Nohant, dont elle évoquait avec nostalgie les ormeaux, les acacias, les chemins ombreux. Le problème était : amènerait-elle en France Pagello ? Elle le lui offrit. « Je restai troublé, lit-on dans le journal du docteur, et je lui dis que j'y penserais jusqu'au lendemain. Je compris, du coup, que j'irais en France et que j'en reviendrais sans elle. Mais je l'aimais au-delà de tout et j'aurais affronté mille désagréments plutôt que de la laisser courir seule un aussi long voyage [1].... » Il accepta, en sachant que le dénouement était proche. A son père vénéré, le docteur écrivit : « Je suis au dernier stade de ma folie.... Demain, je pars pour Paris où je quitterai la Sand [2].... » Le brave Pagello était lucide, raisonnable ; triste de perdre sa maîtresse, mais heureux de faire, en la quittant, plaisir à sa famille et de se libérer d'un grand péché.

III

EXIT PAGELLO

Le retour à Paris posait de difficiles problèmes, et sur trois plans.

Le plan de l'opinion publique. Sand s'était moquée des jugements de La Châtre, mais elle attachait grande importance à sa légende dans le monde des lettres, celui de Buloz et de Sainte-Beuve. Au meilleur ami de Musset, Alfred Tattet, venu à Venise, elle avait dit : « Si quelqu'un vous

---

1. PAUL MARIÉTON, *Une Histoire d'Amour*, p. 138.
2. *Opus cit.*, p. 183.

demande ce que vous pensez de la féroce Lélia, répondez seulement qu'elle ne vit pas de l'eau des mers et du sang des hommes [1].... » En rentrant, elle constata que la féroce Lélia était blâmée. Des regards se détournèrent. Pagello surprit et déçut Paris. On attendait quelque comte italien, d'une irrésistible beauté. On trouvait un garçon sympathique, mais le préférer à Musset !... George sentit cette réprobation.

Le plan Pagello. Elle voulait le traiter avec tendresse et générosité. Elle le recommandait à des médecins, qui lui montraient les hôpitaux de Paris, et même à Buloz, dans l'espoir que celui-ci prendrait à Pietro des articles sur l'Italie. Comme il n'avait pas d'argent, elle voulait lui en donner, mais sans le froisser. Aussi avait-elle imaginé de faire apporter à Paris par Pagello quatre tableaux sans valeur, qu'elle prétendrait avoir vendus pour lui et dont elle lui remettrait le montant. Elle put, sous ce prétexte, lui donner quinze cents francs. Ainsi la générosité et l'honneur étaient satisfaits ; mais Pietro, qu'elle avait cru si confiant, se mêlait soudain d'être jaloux : « Du moment qu'il a mis le pied en France, il n'a plus rien compris [2] », disait-elle. *Il n'a plus rien compris*, en langage de comédie amoureuse, veut dire : « Il a tout compris. »

Et il y avait beaucoup à comprendre, car, sur *le plan Musset*, c'était de nouveau le drame. Musset ne voulait pas admettre qu'à certaines amours mal venues une franche coupure est le seul remède. Il voulut revoir George et ne put supporter le choc. Elle lui dit qu'elle était heureuse avec Pietro. Ce n'était plus vrai, mais elle était trop orgueilleuse pour en convenir. Musset décida de s'éloigner ; il demanda une dernière heure et un dernier baiser : « Je t'envoie un dernier adieu, ma bien-aimée.... Je ne mourrai pas, moi, sans avoir fait mon livre sur moi et sur toi (sur toi surtout).... J'en jure par ma jeunesse et par

---

1. PAUL MARIÉTON, *Une Histoire d'Amour*, p. 126.
2. *Correspondance de George Sand et d'Alfred de Musset*, publiée par Félix Decori, p. 146.

mon génie, il ne poussera sur ta tombe que des lis sans
tache. J'y poserai, de ces mains que voilà, ton épitaphe
en marbre plus pur que les statues de nos gloires d'un jour.
La postérité répétera nos noms, comme ceux de ces amants
immortels qui n'en ont qu'un à eux deux, comme Roméo
et Juliette, comme Héloïse et Abélard. On ne parlera
jamais de l'un sans parler de l'autre [1].... »

Puis il partit pour Baden, le 25 août, et elle pour Nohant,
le 29. Casimir, sur la demande de sa femme, avait écrit à
Pagello pour l'inviter. Mais le docteur avait le respect du
mariage ; il refusa, content de rester « dans cette grande
capitale, pour fréquenter les hôpitaux ». A Nohant, George
retrouva sa vieille maison, la jolie place du village, ses
arbres, ses amis, ses enfants, son mari et même sa mère,
venue de Paris. Tout de suite ses Berrichons : le Malgache
Néraud, Dutheil, Rollinat, accoururent. Ceux-là au moins
lui épargnaient les reproches. « Les réprimandes ne font
qu'aigrir le cœur de ceux qui souffrent, et une poignée de
main bien cordiale est la plus éloquente des consolations. »
Elle se sentait brisée, déchirée entre ces deux hommes, et
elle pensait au suicide. Seul l'amour de ses enfants, disait-
elle, la rattachait à la vie.

Elle pressait le Malgache d'interrogations haletantes :
« Es-tu calme ? Supportes-tu sans aigreur et sans désespoir
les tracasseries de la vie domestique ? T'endors-tu aussitôt
que tu te couches ? N'y a-t-il pas autour de ton chevet
un démon sous la forme d'un ange, qui te crie : « L'amour !
« l'amour, le bonheur, la vie, la jeunesse ! » tandis que
ton cœur désolé répond : « Il est trop tard ! Cela eût pu être
« et cela n'a pas été. » O mon ami ! Passes-tu des nuits
entières à pleurer tes rêves et à te dire : « Je n'ai pas été
« heureux [2] ?... » Car Sand jugeait qu'elle n'avait pas été
heureuse. Elle se voyait blâmée, calomniée, et avait le

---

1. *Correspondance de George Sand et d'Alfred de Musset*, publiée par
Félix Decori, p. 136.
2. GEORGE SAND, *Lettres d'un Voyageur*, p. 104.

sentiment d'être innocente. N'avait-elle pas été franche, désintéressée, secourable ? A François Rollinat, ami le plus proche de son intelligence, elle adressait une belle plaidoirie : « Tu me connais pourtant, toi. Tu sais s'il y a, dans ce cœur déchiré, des passions viles, des lâchetés, le moindre détour perfide, le moindre attrait pour un vice quelconque.... Tu sais qu'un orgueil immense me dévore, mais que cet orgueil-là n'a rien de petit ni de coupable, qu'il ne m'a jamais porté(e) à aucune faute honteuse, et qu'il eût pu me porter à une destinée héroïque si je ne fusse point né(e) dans les fers [1].... » Avec lui elle errait, à minuit, dans le parc de Nohant, en échangeant de tristes confidences, à l'heure où les étoiles sont si blanches, l'air si doucement humide, les allées si sombres : « J'ai voulu faire l'homme fort, disait-elle, et j'ai été brisé(e) comme un enfant [2].... »

Pendant ce mois de septembre 1834, elle lut « immensément » : *L'Eucharistie*, de l'abbé Gerbet ; *Réflexions sur le Suicide*, par Mme de Staël ; *Vie de Vittorio Alfieri*, par Alfieri. Un sermon, une dissertation, une confession. Mais surtout elle lut et relut les lettres qu'elle recevait alors de Musset, lettres passionnées, délirantes, qui sont la préfiguration des *Nuits :* « Dis-moi que tu me donnes tes lèvres, tes dents, tes cheveux, tout cela, cette tête que j'ai eue, et que tu m'embrasses, toi, moi ! O Dieu ! O Dieu ! Quand j'y pense, ma gorge se serre, mes yeux se troublent, mes genoux chancellent. Ah ! il est horrible de mourir, il est horrible d'aimer ainsi. Quelle soif, mon George, ô quelle soif j'ai de toi ! Je t'en prie, que j'aie cette lettre. Je me meurs, adieu [3].... » Exagération poétique ? Oui, certainement. On ne meurt pas d'amour autant qu'on le dit. Musset eut, à Baden, ses heures de détente et même une bonne fortune qui lui inspira un poème. Mais la jalousie

1. GEORGE SAND, *Lettres d'un Voyageur*, p. 112.
2. *Opus cit.*, p. 112.
3. *Correspondance de George Sand et d'Alfred de Musset*, publiée par Félix Decori, pp. 143-144.

étaitauthentique, et la passion pour celle qui, croyait-il, lui échappait.

Sand, à Nohant, se réfugiait dans le petit bois pour lui répondre, au crayon, et s'efforçait de le calmer : « Ah ! tu m'aimes encore trop. Il ne faut plus nous voir. » Elle lui parlait du pauvre Pietro, « le brave et pur garçon », qui, après avoir dit tant de fois : « *Il nostro amore per Alfredo* », se mêlait, lui aussi, d'être jaloux et, dans ses lettres, accablait George de reproches. Mais déjà elle n'hésitait plus, en son cœur, entre le poète qui écrivait ces admirables lettres « à la Rousseau », les lettres brûlantes de Baden, et le Pagello faible, soupçonneux, qui lui laissait « tomber sur la tête » des phrases blessantes et maladroites.

Sand à Musset : Il est peut-être parti à l'heure qu'il est, et moi, je ne le retiendrai pas, parce que je suis offensée jusqu'au fond de l'âme de ce qu'il m'écrit et que, je le sens bien, il n'a plus la foi ; par conséquent il n'a plus l'amour [1]....

Le ravissant discours de Jacqueline à maître André, au premier acte du *Chandelier*, est sorti de là : « Vous ne m'aimez plus.... L'innocence même aurait tort devant vous.... Vous ne m'aimez plus, puisque vous m'accusez [2].... »
Car il faut bien avouer qu'en cet épisode le drame devient comédie. George était sincère quand elle demandait avec pathos à Musset : « Est-ce que l'amour élevé et croyant est possible ? Est-ce qu'il faut que je meure sans l'avoir rencontré ? Toujours saisir des fantômes et poursuivre des ombres ! Je m'en lasse. Et pourtant je l'aimais, sincèrement et sérieusement, cet homme généreux, aussi romanesque que moi et que je croyais plus fort que moi. » Mais la muse comique souriait quand Sand ajoutait : « Je l'aimais comme un père, et tu étais notre enfant à tous deux [3].... » Elle aurait

1. *Correspondance de George Sand et d'Alfred de Musset*, publiée par Félix Decori, p. 146.
2. ALFRED DE MUSSET, *Le Chandelier*, acte I, scène I.
3. *Correspondance de George Sand et d'Alfred de Musset*, publiée par Félix Decori, p. 146.

voulu que tout le monde fût heureux, que chacun crut ce qu'elle disait, que chaque amant l'aimât et acceptât généreusement qu'elle fît aussi le bonheur du rival. Mais les êtres humains ne sont pas ainsi. L'amour n'est pas accueillant, ouvert ; l'amour est méfiant, exclusif, inquiet et jaloux. Quelle déception !

Le 15 septembre, Musset, de Baden, écrivit : « Que je revienne à Paris, cela te choquera peut-être, et *lui* aussi. J'avoue que je n'en suis plus à ménager personne. S'il souffre, lui, eh bien, qu'il souffre, ce Vénitien qui m'a appris à souffrir. Je lui rends sa leçon ; il me l'avait donnée en maître [1].... » George revint en hâte de Nohant, pour consoler Pagello avant de le sacrifier. Le beau de la situation était que Pagello n'avait nul besoin d'être consolé. Il avait escompté ce dénouement dès le retour de Venise à Paris. Son séjour en France l'avait intéressé ; de grands médecins lui avaient prodigué des amabilités ; la vie sans maîtresse lui avait paru d'une paix délicieuse. Voici comment il raconta la rupture :

Journal de Pagello : Une lettre de George Sand m'annonça la vente de mes tableaux pour quinze cents francs.... Dans l'extase de la joie, je courus me procurer une boîte d'instruments de chirurgie, avec quelques nouveaux livres pour mon état.... Nos adieux furent muets ; je lui serrai la main sans pouvoir la regarder. Elle était comme perplexe ; je ne sais pas si elle souffrait ; ma présence l'embarrassait [2]....

Exit Pagello. Le bon docteur revint à Venise, s'y maria, eut beaucoup d'enfants et vécut jusqu'à l'âge de quatre-vingt-onze ans (1807-1898), auréolé par cette aventure d'adolescence d'un prestige analogue à celui de la Guiccioli. Heureux ceux qui, associés un instant à quelque lumineuse destinée, sortent vite du faisceau dangereux des projecteurs.

1. *Correspondance de George Sand et d'Alfred de Musset,* publiée par Félix Decori, p. 154.
2. PAUL MARIÉTON, *Une Histoire d'Amour,* p. 210.

IV

LA RECHERCHE DE L'ABSOLU

Qui s'occupait désormais de Pagello ? Dès la première rencontre, Sand et Musset étaient redevenus amants ; lui, ivre de passion ; elle, attendrie et touchée. Mais ce n'était pas la « réconciliation totale et douce » dont parle Pascal. Il avait promis d'oublier le passé. Serment d'ivrogne ! Une âme qui jouit de la souffrance renonce-t-elle jamais à la susciter ? Il poursuivit George de questions minutieuses, incessantes. Quand était-elle devenue la maîtresse du docteur ? Comment ? Elle refusait de répondre, parlait des voiles de la pudeur : « Crois-tu que si Pietro m'eût interrogée sur les secrets de notre oreiller, je lui eusse répondu [1] ? » Musset entra dans son cycle infernal : besoin masochiste de savoir le pire ; jalousie, injures, scènes affreuses ; puis remords, demande de pardon, tendresse exquise et, si l'on résistait, maladie. Une fois encore, elle dut aller le soigner chez sa mère ; elle avait emprunté à sa servante un bonnet, un tablier, et Mme de Musset, complice, feignit de ne pas la reconnaître.

Dès qu'il alla mieux, Alfred revint habiter chez George, quai Malaquais, mais ils ne pouvaient plus être heureux. L'alternance des scènes insultantes et des billets passionnés recommença. Elle vit que la situation était désespérée : « Tout cela, vois-tu, c'est un jeu que nous jouons, mais notre cœur et notre vie servent d'enjeux, et ce n'est pas tout à fait aussi plaisant que cela en a l'air. Veux-tu que nous allions nous brûler la cervelle ensemble à Franchard ? Ce sera plus tôt fait [2].... » Puis comme, au fond, ils n'avaient envie de se tuer ni l'un ni l'autre, elle jugea plus sage de rompre et partit pour Nohant.

1. *Correspondance de George Sand et d'Alfred de Musset*, publiée par Félix Decori, p. 162.
2. *Opus cit.*, p. 170.

Mais alors se produisit un de ces jeux de bascule qui sont les ressorts des passions dans le théâtre classique. L'homme est ainsi fait qu'il méprise ce qui s'offre et poursuit ce qui se refuse. George Sand dut reconnaître avec surprise que Musset, cette fois, acceptait la rupture. Aussitôt elle cessa de la souhaiter. Atteinte dans son orgueil, elle accourut à Paris et voulut le voir. Stylé par ses amis et surtout par Alfred Tattet, il ne répondit pas. Elle sut qu'il se montrait froid et colère en parlant d'elle. On lui dit qu'il ne voulait plus la revoir. Pendant ces jours affreux de novembre 1834, George Sand tint un long *Journal intime* qui est une des plus belles choses qu'elle ait écrites :

Et si je courais, quand l'amour me prend trop fort ? Si j'allais casser le cordon de sa sonnette jusqu'à ce qu'il m'ouvrît la porte ? Si je m'y couchais en travers jusqu'à ce qu'il passe ?... Si je lui disais : Tu m'aimes encore, tu en souffres, tu en rougis, mais tu me plains trop pour ne pas m'aimer. Tu vois bien que je t'aime, que je ne peux aimer que toi. Embrasse-moi, ne me dis rien, ne discutons pas ; dis-moi quelques douces paroles ; caresse-moi, puisque tu me trouves encore jolie.... Eh bien, quand tu sentiras ta sensibilité se lasser et ton irritation revenir, renvoie-moi, maltraite-moi, mais que ce ne soit jamais avec cet affreux mot : *Dernière fois !* Je souffrirai tant que tu voudras, mais laisse-moi quelquefois, ne fût-ce qu'une fois par semaine, venir chercher une larme, un baiser qui me fasse vivre et me donne du courage. Mais tu ne peux pas. Ah ! que tu es las de moi et que tu t'es vite guéri, aussi, toi [1]....

Elle essayait de voir des amis. A la demande de Buloz, elle posait pour Delacroix, qui réveillait sa douleur en lui parlant du talent que révélaient les croquis de Musset. Elle rêvait de se faire la tête de ces femmes de Goya qu'admirait Alfred.

Elle voyait souvent l'aimable et trop sage Hortense Allart, qui lui enseignait qu'il faut ruser avec les hommes et faire semblant de se fâcher pour les ramener. Folie ! Pour ruser, il ne faut pas aimer. Seul Sainte-Beuve ne lui

1. GEORGE SAND, *Journal intime*, pp. 4-5.

disait pas de sottises. Elle lui demandait : « Qu'est-ce que l'amour ? » Il lui répondait : « Ce sont les larmes ; vous pleurez, vous aimez. » Puis elle chercha l'isolement : « Je ne peux plus travailler », écrivait-elle. Voilà qui ne lui était jamais arrivé !

Elle savait que, livré à lui-même, Musset lui fût revenu. Mais il y avait l'orgueil, ce terrible orgueil masculin. Il y avait Alfred Tattet, qui disait d'un air bête : « Quelle faiblesse ! » Si, au moins, elle pouvait retrouver l'amitié de Musset :

Si j'avais quelques lignes de toi de temps en temps, un mot, la permission de t'envoyer de temps en temps une petite image de quatre sous, achetée sur le quai, des cigarettes faites par moi, un oiseau, un joujou, quelque chose pour tromper ma douleur et mon ennui, pour me figurer que tu penses un peu à moi en recevant ces niaiseries [1]....

Et ceci, qui est déchirant et sublime !

O mes yeux bleus, vous ne me regarderez plus ! Belle tête, je ne te verrai plus t'incliner sur moi et te voiler d'une douce langueur ! Mon petit corps souple et chaud, vous ne vous étendrez plus sur moi, comme Élisée sur l'enfant mort pour le ranimer ! Vous ne me toucherez plus la main, comme Jésus à la fille de Jaïre, en disant : « Petite fille, lève-toi ! » Adieu, mes cheveux blonds ; adieu, mes blanches épaules ; adieu, tout ce qui était à moi ! J'embrasserai maintenant, dans mes nuits ardentes, le tronc des sapins et les rochers dans les forêts, en criant votre nom, et, quand j'aurai rêvé le plaisir, je tomberai évanouie sur la terre humide [2]....

En décembre, épuisée, elle partit pour Nohant. Elle se croyait à peu près résignée. Alfred lui écrivit une lettre assez affectueuse, où il disait se repentir de ses violences. « Et voilà, c'est fini. Je ne désire plus le revoir, cela me fait trop de mal [3].... Sur quoi elle apprit qu'il avait dit à

1. George Sand, *Journal intime*, p. 25.
2. *Opus. cit.*, p. 29.
3. George Sand, *Lettres à Alfred de Musset et à Sainte-Beuve*, p. 157.

Tattet que la rupture était définitive. Elle ne put supporter ce coup. Comme Mathilde de la Mole, elle coupa sa belle chevelure et la lui envoya. Delacroix, dans le portrait qui est à Carnavalet, la peignit les cheveux courts, « le front soucieux, les yeux égarés, le nez pincé, la bouche frémissante, pâlie, amaigrie par les veilles [1]. » Lorsque Musset reçut les lourdes boucles noires, il fondit en larmes. Une fois encore il était repris et George, triomphante, put écrire à Tattet : « Monsieur, il y a des opérations chirurgicales fort bien faites et qui font honneur à l'habileté du chirurgien, mais qui n'empêchent pas la maladie de revenir. En raison de cette possibilité, Alfred est redevenu mon amant [2].... »

Mais ils étaient, l'un et l'autre, atteints de la pire des folies : la recherche de l'absolu. De rupture en rupture, de réconciliation en réconciliation, leur amour moribond avait des soubresauts qui n'étaient que les convulsions d'une agonie. Sand et Musset ressemblaient alors à ces lutteurs, baignés de sueur et de sang, qui s'accrochent l'un à l'autre, se meurtrissent, et que les spectateurs ne peuvent séparer. Un jour, il menaça de la tuer, puis, par un court billet en italien, sollicita un dernier rendez-vous : « *Senza veder, e senza parlar, toccar la mano d'un pazzo che parte domani....* Sans voir et sans parler, toucher la main d'un fou qui part demain [3].... »

Sainte-Beuve, arbitre de cet ultime combat, intervint pour y mettre fin. Elle renonça :

Sand à Musset: Mon orgueil est brisé à présent, et mon amour n'est plus que de la pitié. Je te dis : « Il faut en guérir. Sainte-Beuve a raison. » Ta conduite est déplorable, impossible. Mon Dieu, à quelle vie vais-je te laisser ? L'ivresse, le vin, les filles, et encore, et toujours ! Mais, puisque je ne peux

1. RAYMOND ESCHOLIER, *Delacroix*, t. II, p. 125.

2. Lettre publiée par Maurice Clouard dans la *Revue de Paris* du 15 août 1896.

3. *Correspondance de George Sand et d'Alfred de Musset*, publiée par Félix Decori, p. 179.

plus rien pour t'en préserver, faut-il prolonger cette honte pour moi et ce supplice pour toi-même [1]....

Et, comme Alfred s'obstinait à venir chez elle, elle s'enfuit à Nohant. Les dernières scènes évoquent de nouveau la muse comique, car George y montra que, dans le tumulte des passions, elle gardait sa présence d'esprit et ses qualités d'organisatrice. La bourgeoise de La Châtre et la châtelaine de Nohant, aux pires moments, prenaient en charge l'héroïne romanesque.

George Sand à Boucoiran, 6 mars 1835 : Mon ami, aidez-moi à partir aujourd'hui. Allez au courrier à midi et retenez-moi une place. Puis venez me voir. Je vous dirai ce qu'il faut faire.
Cependant, si je ne peux pas vous le dire, ce qui est fort possible — car j'aurai bien de la peine à tromper l'inquiétude d'Alfred —, je vais vous l'expliquer en quatre mots. Vous arriverez à cinq heures chez moi et, d'un air empressé et affairé, vous me direz que ma mère vient d'arriver ; qu'elle est très fatiguée, assez sérieusement malade ; que sa servante n'est pas chez elle ; qu'elle a besoin de moi tout de suite et qu'il faut que j'y aille sans différer. Je mettrai mon chapeau ; je dirai que je vais revenir, et vous me mettrez en voiture.
Venez chercher mon sac de nuit dans la journée. Il vous sera facile de l'emporter sans qu'on le voie, et vous le porterez au bureau. Faites-moi arranger le coussin de voyage que je vous envoie. Le fermoir est perdu.... Adieu, venez tout de suite si vous pouvez. Mais, si Alfred est à la maison, n'ayez pas l'air d'avoir quelque chose à me dire. Je sortirai dans la cuisine pour vous parler [2]....
Alfred de Musset à Boucoiran, 9 mars 1835 : Monsieur, je sors de chez Mme Sand, et on m'apprend qu'elle est à Nohant. Ayez la bonté de me dire si cette nouvelle est vraie. Comme vous avez vu Mme Sand ce matin, vous avez pu savoir quelles étaient ses intentions et, si elle ne devait partir que demain, vous pourriez me dire si vous croyez qu'elle ait quelques raisons pour désirer de ne point me voir avant son départ [3]....

---

1. *Correspondance de George Sand et d'Alfred de Musset*, p. 180.
2. SPOELBERCH DE LOVENJOUL. *La Véritable Histoire de Elle et Lui*, pp. 104-106.
3. Lettre publiée par Maurice Clouard dans la *Revue de Paris* du 15 août 1896.

George Sand à Boucoiran, Nohant, 9 mars 1835 : Mon ami, je suis arrivée en bonne santé et nullement fatiguée à Châteauroux, à trois heures de l'après-midi. J'ai vu, hier, tous nos amis de La Châtre. Rollinat est venu avec moi de Châteauroux. J'ai dîné avec lui chez Dutheil. Je vais me mettre à travailler pour Buloz.

Je suis très calme. J'ai fait ce que je devais faire. La seule chose qui me tourmente, c'est la santé d'Alfred. Donnez-moi de ses nouvelles et racontez-moi, sans y rien changer et sans en rien atténuer, l'indifférence, la colère ou le chagrin qu'il a pu montrer en recevant la nouvelle de mon départ. Il m'importe de savoir la vérité, quoique rien ne puisse changer ma résolution.

Donnez-moi des nouvelles de mes enfants. Maurice tousse-t-il toujours ? Est-il rentré guéri dimanche soir ? Solange toussait aussi [1]....

Dès la première nuit, elle se remit à écrire un roman pour Buloz et couvrit les vingt feuillets quotidiens de sa grande écriture tranquille.

V

CHANTS RUSTIQUES APRÈS L'ORAGE

Le fracas s'est apaisé ; l'orage s'éloigne ; un chant rustique émerge des derniers grondements. Mais cette grande aventure finissait en échec. Lélia, une fois encore, avait cru pouvoir défier le monde, imposer son indépendance, vivre dans la passion et la franchise. Or la passion et la franchise s'étaient révélées incompatibles. Ses plus fidèles amis, son directeur Sainte-Beuve la blâmaient implicitement et lui conseillaient des amours plus sages. La médecine de Sainte-Beuve était, comme il le disait lui-même, «triste et chétive ». C'était l'acceptation de l'amour imparfait.

Non, elle n'espérait plus ni l'amour tendre et durable, ni l'amour aveugle et violent. Elle comprenait que le senti-

1. Spoelberch de Lovenjoul. *La Véritable Histoire de Elle et Lui.* pp. 106-107.

ment est une belle et sainte chose dont elle avait mal usé et dont on avait mal usé avec elle. Elle se disait trop vieille pour l'inspirer encore. Elle n'avait plus ni foi, ni espoir, ni désir. Elle ne reniait pas le dieu de sa jeunesse, mais elle l'avait mal adoré, et il l'avait foudroyée. C'en était fini pour elle des « cavalcades » ; elle ne mettrait plus le pied à l'étrier.

George Sand à Sainte-Beuve, fin mars 1835 : Je vois bien que mon tort et mon mal sont là, dans l'orgueil avide qui m'a perdue.... Maudits soient les hommes et les livres qui m'y ont aidée par leurs sophismes ! J'aurais dû m'en tenir à Franklin, dont j'ai fait mes délices jusqu'à vingt-cinq ans et dont le portrait, suspendu près de mon lit, me donne toujours envie de pleurer, comme ferait celui d'un ami que j'aurais trahi. Je ne retournerai plus à Franklin, ni à mon confesseur jésuite, ni à mon premier amour platonique pendant six ans, ni à mes collections d'insectes et de plantes, ni au plaisir d'allaiter des enfants, ni à la chasse au renard et au galop du cheval. Rien de ce qui a été ne sera plus, je le sais trop[1]....

C'est une erreur commune à tous les hommes que d'oublier, lorsqu'ils sont au creux d'une vague, le mouvement éternel qui, s'ils continuent de vivre et d'agir, les ramènera sur une crête. Sans doute ce qui avait été ne pouvait plus être. Mais les possibles restaient innombrables. Aurait-elle cru, lorsqu'elle se repentait du mal fait à Musset, que celui-ci se remettrait si vite ? Huit ou neuf mois plus tard, c'était lui qui consolait son ami Tattet, victime à son tour d'une infidèle : « Hélas ! hélas ! comme j'en suis revenu ! Comme les cheveux m'ont repoussé sur la tête, le courage dans le ventre, l'indifférence dans le cœur par-dessus le marché[2].... »

La poésie est une émotion dont on se souvient dans la tranquillité. Musset, parce qu'il ne souffrait plus, pouvait, à volonté, rouvrir sa blessure si son art l'exigeait. Le souvenir qu'il gardait de cette saison en enfer, les images de ces jours de passion, de délices et de fureurs, allaient nour-

1. GEORGE SAND, *Lettres à Alfred de Musset et à Sainte-Beuve.* p. 171.
2. JOHN CHARPENTIER, *Alfred de Musset.* p. 165.

rir toute son œuvre. Parfois c'était un cri de haine, mais, le plus souvent, il regrettait l'orgueilleuse insensée, les boucles noires et les beaux yeux.

Le livre qu'il avait jadis promis à George d'écrire sur elle parut en 1836 sous le titre de *Confession d'un Enfant du Siècle*. Il y peignait Sand sous le nom de Brigitte Pierson, sans amertume et même avec respect. Le héros, Octave, ayant mené la vie d'un libertin, a pris l'habitude de tourner en dérision ce que les nuits heureuses ont de plus sacré et de plus mystérieux. Il traite Brigitte alternativement en maîtresse infidèle et en fille entretenue. Elle reste maternelle : « Oui, lorsque vous me faites souffrir, dit-elle, je ne vois plus en vous mon amant ; vous n'êtes plus qu'un enfant malade que je veux soigner et guérir pour retrouver celui que j'aime.... Que le dieu des mères et des amants me laisse accomplir cette tâche.... » George, telle que nous la connaissons, lui avait certainement dit de telles choses. Le roman se terminait sur l'esquisse d'un pardon : « Je ne crois pas, ma chère Brigitte, que nous puissions nous oublier ; mais je crois que dans ce moment nous ne pouvons nous pardonner encore, et c'est ce qu'il faut cependant à tout prix, même en ne nous revoyant jamais [1].... » Lorsque Sand lut ce passage, elle pleura beaucoup. « Puis j'ai écrit quelques lignes à l'auteur pour lui dire je ne sais quoi : que je l'avais beaucoup aimé, que je lui avais tout pardonné et que je ne voulais jamais le revoir [2].... » Sur ce dernier point, ils étaient d'accord.

Un jour, vers la fin de 1840, Musset, traversant la forêt de Fontainebleau, se souvint de la « femme de Franchard » qui avait enfiévré sa jeunesse. Un peu plus tard, il rencontra George au théâtre ; elle restait jeune et belle ; sa bouche riait ; elle le regarda comme aurait fait une inconnue. En rentrant chez lui, la même nuit, il écrivit *Souvenir*, dont

1. ALFRED DE MUSSET, *Confession d'un Enfant du Siècle*, p. 350.
2. Lettre de George Sand à Marie d'Agoult, publiée dans sa *Correspondance*, t. I, pp. 365-372, mais dans laquelle tout ce qui concerne Musset a été supprimé par Maurice Sand.

le thème était : « Oui, l'amour passe, comme toutes les passions humaines et comme les hommes eux-mêmes. »

> Oui, sans doute, tout meurt ; ce monde est un grand rêve,
> Et le peu de bonheur qui nous vient en chemin,
> Nous n'avons pas plus tôt ce roseau dans la main
> Que le vent nous l'enlève....

Mais qu'importe ? Parce que l'amour s'est envolé, en avons-nous moins aimé ?

> Je ne veux rien savoir, ni si les champs fleurissent,
> Ni ce qu'il adviendra du simulacre humain,
> Ni si ces vastes cieux éclaireront demain
> Ce qu'ils ensevelissent.

> Je me dis seulement : « A cette heure, en ce lieu,
> Un jour je fus aimé, j'aimais, elle était belle.
> J'enfouis ce trésor dans mon âme immortelle
> Et je l'emporte à Dieu ! »

On peut concevoir une forme d'amour plus belle que l'amour romantique ; on peut souhaiter une passion que le temps et la volonté transforment en sentiment. Une grande âme peut jurer fidélité, de bonne foi, et tenir le serment. Mais il ne faut pas peser dans les mêmes balances les actions de l'artiste et celles des autres hommes. Tout artiste est un comédien sublime qui a besoin, et il le sait, d'aller au-delà des émotions supportables pour que sa pensée se transforme en quelque chose de riche et d'étrange. Un moraliste a le droit de juger que Sand et Musset auraient pu vivre plus sagement. Mais les particulières œuvres d'art qui sont nées de leurs erreurs et de leurs souffrances n'eussent pas alors été possibles. Musset, avant George Sand, connaissait le désir, non la passion ; il pouvait écrire la *Ballade à la Lune*, non le dialogue de Camille et de Perdican. Et c'est pourquoi nous ne pouvons regretter qu'un jour de 1834, dans une chambre peuplée de fantômes, au-dessus de Venise la rouge, dont la rumeur et l'odeur lourde d'eau dormante montaient jusqu'à eux, deux

amants de génie aient vécu dans l'angoisse et se soient l'un
l'autre déchirés. Sans doute y eut-il, dans leurs cris,
quelque emphase, et quelque feinte dans leurs délires.

> Mais qui sait comment Dieu travaille ?
> Qui sait si l'onde qui tressaille,
> Si le cri des gouffres amers,
> Si les éclairs et les tonnerres,
> Seigneur, ne sont pas nécessaires
> A la perle que font les mers ?

CINQUIÈME PARTIE

PROPHÈTES ET POÈTES

I

MICHEL DE BOURGES

> Vois-tu, plus je vais et plus je
> sens qu'on ne peut bien aimer
> que celui qu'on n'estime pas.
> MARIE DORVAL.

NOHANT. Fin mars 1835. Que le jardin est beau en ces premiers jours du printemps. Mme Dudevant, assez sombre, va s'asseoir sur un banc parmi les pervenches et les jacinthes, pour lire des lettres de Sainte-Beuve : reproches, encouragements, avertissements. Sainte-Beuve renvoie sa pénitente à Dieu. Buloz, au contraire, est épouvanté parce qu'elle lui a demandé Platon et le Coran. Il a peur de toutes les « mysticités » qui vont fondre sur sa tête et sur la *Revue*. « Écrivez à George, dit-il à Sainte-Beuve, qu'elle ne fasse pas trop de mystique. Ah ! si j'avais osé, je ne les aurais pas envoyés, les livres, mais elle se fâche. »

Buloz n'avait pas tort d'avoir peur. Sa romancière « faisait de la mystique ». Non plus la mystique de la passion amoureuse. George affirmait qu'elle se brûlerait la cervelle plutôt que de recommencer la vie des trois dernières années. « Non, non..., ni l'amour tendre et durable, ni l'amour aveugle et violent. Croyez-vous que je puisse inspirer le premier et que je sois tentée d'éprouver le second ? Tous deux sont beaux et précieux, mais je suis trop vieille pour tous les deux[1]. » Effrayée par l'amour après tant

---

[1]. GEORGE SAND. *Lettres à Alfred de Musset et à Sainte-Beuve*, p. 169.

d'échecs, elle souhaite chercher ailleurs sa guerison. Où ?
Comment ? En Dieu, comme jadis au couvent, et comme le
conseille Sainte-Beuve ? Elle le voudrait ; elle n'a cessé
d'aimer ce Dieu inconnu qu'elle sent là, au-delà des astres,
par les nuits mélancoliques où, sous les faibles étoiles,
tout, dans le parc de Nohant, devient silence, mystère,
ténèbres. Mais elle n'a plus la grâce ; elle se sent triste à
mourir ; elle pense : « Dieu ne m'aime pas et ne se soucie
pas de moi, puisqu'il me laisse faible, ignorante et malheureuse sur la terre [1].... » C'est le délaissement par le Ciel
après le délaissement par l'amour.

De ce que lui écrit Sainte-Beuve, elle retient seulement
deux mots : *abnégation, sacrifice.* Elle voudrait se donner
à quelque grande cause, employer cette surabondance de
force qui l'étouffe, s'arracher à son égoïsme et à son
orgueil. Ces désirs restent vagues et sans objet. A qui se
dévouerait-elle ? Les enfants sont loin, Maurice au lycée,
Solange en pension. La « grosse fille » est devenue une
enfant terrible, qui n'obéit à personne, mais se fait tout
pardonner parce qu'elle a de la drôlerie et de la beauté.
Maurice, lui, reste un sentimental qui voudrait vivre dans
les jupes de sa mère. Celle-ci aimerait à le ramener à
Nohant, mais sait qu'elle ouvrirait ainsi, au sujet de l'éducation de leur fils, un conflit permanent avec Casimir.
Dutheil, qui est, à La Châtre, son avoué et l'un de ses
confidents, conseille à Aurore de faire la paix avec son
mari « en devenant sa maîtresse ». Ce projet lui fait horreur : « Les rapprochements sans amour sont quelque chose
d'ignoble à envisager. Une femme qui recherche son mari
dans le but de s'emparer de sa volonté fait quelque chose
d'analogue à ce que font les prostituées pour avoir du pain,
et les courtisanes pour avoir du luxe [2]. » Dutheil invo-
quait l'intérêt des enfants ; elle opposait un instinct profond de répugnance. Non que son mari lui inspirât, plus
que d'autres, un dégoût physique ou une aversion morale.

1. GEORGE SAND, *Histoire de ma Vie*, t. IV, p. 305.
2. *Opus. cit.*, t. IV, p. 291.

Mais elle pensait qu'une femme ne peut se donner comme une chose : « Nous sommes corps et esprit tout ensemble.... Si le corps a des fonctions dont l'âme n'a point à se mêler, comme de manger et de digérer, l'union de deux êtres dans l'amour peut-elle s'assimiler à ces fonctions-là ? La seule pensée en est révoltante [1]. »

Séduire Casimir étant hors de question, il ne restait plus qu'à l'éliminer. Elle souhaitait ardemment une séparation de corps et de biens, qui la rendrait enfin maîtresse chez elle. Dudevant, de son côté, se montrait assez las de la campagne et point hostile à l'idée d'aller à Paris pour y vivre en jeune homme. Un contrat préliminaire de « démariage » fut établi. Aurore devait garder Nohant ; Casimir aurait l'hôtel de Narbonne, rue de la Harpe, qui rapportait six mille sept cents francs de loyers. Là-dessus il paierait la pension de Maurice qui lui serait confié, les impôts et le concierge ; Aurore se chargerait de Solange. Ce traité deviendrait exécutable en novembre 1835. A peine fut-il signé que Casimir eut des repentirs ; il regrettait son petit royaume de Nohant et croyait faire, en abdiquant, un acte d'héroïsme vraiment romain. Sa femme se refusait à le prendre au tragique, ou même au sérieux. « Ma profession est la liberté, et mon goût est de ne recevoir grâce ni faveur de personne, même lorsqu'on me fait la charité avec mon argent [2].... » Surtout, elle ne voulait pas que « le baron » pût, aux yeux des enfants, à l'estime desquels elle tenait, se poser en victime. Que faire ? Dutheil conseilla d'aller consulter, à Bourges, un avocat déjà célèbre, Louis-Chrysostome Michel, dit « Michel de Bourges », ami intime de Planet.

George Sand était curieuse de ce républicain farouche, oracle du Cher et de l'Indre, roi non couronné d'Aquitaine. « Michel pense.... Michel veut.... Michel dit.... » Dutheil, Planet, Rollinat répétaient ces mots avec un

1. GEORGE SAND, *Histoire de ma Vie*, t. IV, p. 292.
2. GEORGE SAND, *Correspondance*, t. I, p. 297.

respect surprenant. Michel de Bourges semblait le chef incontesté, au sud de la Loire, de l'opposition au régime et il exerçait, sur les libéraux de ces provinces, une influence quasi despotique. Bien qu'il n'eût que trente-sept ans, son aspect était d'un petit vieillard voûté, chauve, avec une tête de forme extraordinaire qui semblait faite de deux crânes soudés l'un à l'autre. Le visage était pâle, les dents magnifiques, les yeux myopes d'une douceur admirable. Lamartine l'a décrit : « Homme de granit... dont les lignes, coupées à angles droits comme celles des statues gauloises, ont quelque chose de rustique et de primitif ; joues pâles et creuses ; tête affaissée sur ses hautes épaules ; voix profonde, grave et caverneuse [1]. »

Fils d'un pauvre bûcheron du Var assassiné par la contre-révolution, Michel avait été élevé en paysan. Il continuait à porter une houppelande informe, de gros sabots et, comme il avait froid en toutes saisons, étant malade et fiévreux, il nouait autour de sa tête trois madras qui lui faisaient une coiffure fantastique. Sous cet accoutrement rustique et agressif, on apercevait une chemise fine, toujours blanche et fraîche. Ce tribun redouté avait de la coquetterie ; il aimait les femmes. Son grand moyen de séduction était l'éloquence. Il devenait presque beau quand il parlait.

Le 7 avril 1835, de sept heures du soir à quatre heures du matin, sur les pavés de Bourges, il tira, pour George Sand, Planet et le Gaulois Fleury, un feu d'artifice éblouissant. George était venue pour le consulter sur ses affaires, mais il ne lui parla que de *Lélia* et l'entreprit sur ses idées. Au clair de lune, par une nuit de printemps magnifique, ils se promenèrent dans Bourges, ville austère et muette. Michel discourut jusqu'à l'aube.

C'était comme une musique pleine d'idées, qui vous élève l'âme jusqu'aux contemplations célestes et qui vous ramène,

---

1. Ce texte de Lamartine, publié dans un numéro du *Conseiller du Peuple*, est cité par MAGON-BARBAROUX dans *Michel de Bourges*, pp. 58-59.

sans effort et sans contraste, par un lien logique et une douce modulation, aux choses de la terre et aux souffles de la nature [1].…

De quoi s'agissait-il ? De rallier George Sand à la cause de la révolution militante. De l'arracher à « son athéisme social ». De la guérir de son orgueil intellectuel, qui exigeait une perfection abstraite et dédaignait l'action. Elle se défendait mal, fascinée, trouvant plaisir à se sentir vaincue. Michel avait, pour elle, joué le grand jeu. Il admirait *Lélia* ; George lui plut bien davantage. « Jamais, dit Planet à celle-ci, je ne l'ai vu ainsi. Il y a un an que je vis à ses côtés et je ne le connais que de ce soir. Il s'est enfin livré pour vous tout entier ; il a fait tous les frais de son intelligence et de sa sensibilité. » Elle raconta la rencontre à sa manière. *A Gustave Papet :* « J'ai fait connaissance avec Michel, qui m'a promis de me faire guillotiner à la première occasion.… » *A Hippolyte Châtiron :* « J'ai fait connaissance avec Michel, qui me paraît un gaillard solidement trempé pour faire un tribun du peuple. S'il y a un bouleversement, je pense que cet homme fera beaucoup de bruit [2]. »

Après Musset et Pagello, George s'était crue, de bonne foi, guérie des passions de l'amour. O candeur ! Qui fut jamais guéri des passions tant qu'il reste espoir et jeunesse ? Elle était comme un brave cheval de bataille, heureux après le combat de retrouver le calme des pâturages, mais qui, si la trompette sonne au loin, saute les barrières et galope au canon. Le don d'elle-même, s'il était désintéressé et accompagné d'un sentiment fort, lui paraissait légitime, fût-il immédiat. Sa rencontre avec Michel est du 7 avril ; il existe une bague incrustée d'émaux, qu'elle lui offrit en souvenir de leurs premières amours, et qui porte une date : *9 avril 1835.* Était-il d'ailleurs un nouvel amant ? Non, c'était lui « qu'elle aimait depuis le jour où elle était née, à travers tous les fantômes où

1. GEORGE SAND, *Histoire de ma Vie*, t. IV, p. 320.
2. GEORGE SAND, *Correspondance*, t. I, p. 292.

elle avait cru, un instant, le trouver et le posséder [1] ».

Pourtant elle conservait, en l'écoutant, sa liberté de jugement et son bon sens à la Franklin. La politique instinctive de Sand était tout amour et justice ; celle de Michel avait le pouvoir pour but, la guillotine pour moyen. Rentrée à Nohant, elle commença pour lui (en lui donnant le nom d'*Éverard*) la *Sixième Lettre d'un Voyageur*, qui est à la fois élogieuse et rebelle. Philanthrope, lui, Michel ?

La philanthropie fait des sœurs de charité. L'amour de la gloire est autre chose et produit d'autres destinées. Sublime hypocrite, tais-toi là-dessus avec moi. Tu te méconnais en prenant pour le sentiment du devoir la pente rigoureuse et fatale où t'entraîne l'instinct de ta force. Pour moi, je sais que tu n'es pas de ceux qui observent des devoirs, mais de ceux qui en imposent. Tu n'aimes pas les hommes, tu n'es pas leur frère, car tu n'es pas leur égal. Tu es une exception parmi eux, tu es né roi [2]....

Elle ne voulait être qu'un poète ; elle savait que les plus grands hommes d'action écrivent leurs exploits sur le sable et que le coup de vent qui ramène Sylla efface le souvenir de Marius.

Il la bouscula. Que faisait-elle de ses forces ? Des amours de roman. Rien de plus. Elle était prête à reconnaître que sa vie avait été pleine de fautes, mais, à ces erreurs passées, elle attachait peu d'importance doctrinale : « Tous ceux qui me connaissent depuis longtemps m'aiment assez pour me juger avec indulgence et pour me pardonner le mal que j'ai pu me faire. Mes écrits, n'ayant jamais rien conclu, n'ont causé ni bien, ni mal [3].... » « Alors à quand la conclusion ? demandait-il avec impatience. Et si tu meurs sans avoir conclu ? » Elle aimait à se sentir fouaillée par cette force. Pour la première fois, elle avait affaire à un homme

---

1. Lettre de Sand à Michel de Bourges, publiée par la *Revue illustrée* du 1er décembre 1890, p. 386.
2. GEORGE SAND, *Lettres d'un Voyageur*, VI, p. 152.
3. *Opus cit.*, VI, p. 159.

plus volontaire qu'elle. Il l'appelait : « Imbécile ! » C'était une sensation neuve. Elle caressait ce grand front chauve ; elle pensait qu'elle aurait voulu voir Michel vieilli, malade, pour le soigner. Mais il *était* malade d'ambition insatisfaite. Elle osait le lui dire : « Tu trouves que c'est bien long à venir, l'accomplissement d'une grande destinée ! Les heures se traînent, ton front se dégarnit, ton âme se consume et le genre humain ne marche pas [1].... »

A la fin d'avril, Michel se rendit à Paris pour y plaider le grand procès politique de l'année, celui des insurgés de Lyon. Tous les chefs du parti républicain : Marie, Garnier-Pagès, Ledru-Rollin, Carrel, Carnot, Pierre Leroux, Barbès étaient au banc de la défense. George voulut aller à Paris pour y retrouver Michel et pour suivre les débats. Sainte-Beuve, en retard d'un amour, la mit en garde contre le danger de revoir Musset : « Ne supposez pas, mon amie, que vous ne le verrez pas, qu'il ne saura pas, qu'il ne viendra pas.... Supposez que vous y soyez, que vous lui ouvriez, que nul ne soit là en tiers entre vous [2].... » Elle dut sourire. Il s'agissait bien de Musset ! Elle se laissait gagner peu à peu par la passion politique, qui n'est pas moins enivrante que la passion amoureuse. Avec Michel, toute l'agitation républicaine avait pénétré dans l'appartement du quai Malaquais. « Posons la question sociale ! » disait, chaque soir, le bon et naïf Planet. « Posons la question sociale », répétait le jeune et beau Liszt que Musset avait jadis présenté à George. C'était pour poser « toutes les questions » que Liszt invitait à dîner l'abbé de Lamennais et George ; le prudent Sainte-Beuve se demandait avec effroi ce qu'avaient pu dire ces illuminés.

Michel, qui, dans sa défense des accusés d'avril, ne se ménageait pas, avait, le soir, après l'audience, des heures d'angoisse effrayantes. George, infirmière passionnée, le veillait et « s'attachait par le cœur à cette nature qui ne

1. George Sand, *Lettres d'un Voyageur*, VI, p. 169.
2. Sainte-Beuve, *Correspondance générale*, recueillie par Jean Bonnerot, t. I, p. 521.

ressemblait à rien [1] ». Dès qu'il allait mieux, Michel commençait une nouvelle plaidoirie, celle-là destinée à convertir George. Non qu'elle fût hostile ; elle haïssait comme lui le Juste-Milieu ; elle était confusément bonapartiste, dans la mesure où Napoléon avait incarné la Révolution ; elle avait été républicaine dès l'adolescence par haine des « vieilles comtesses », et amie du peuple par hérédité maternelle. Elle admettait l'égalité des biens, mais la concevait comme une participation au bonheur, non comme un dépècement de la propriété « qui n'eût pu rendre les hommes heureux qu'à la condition de les rendre barbares [2] ». Le système qu'elle entendit prêcher par Michel, une nuit, sur le pont des Saints-Pères, tandis que le reflet des lumières du château dansait sur les arbres des Tuileries, c'était le babouvisme, la conspiration pour mettre fin à l'inégalité par la violence. La châtelaine de Nohant, qui jouissait rêveusement de la nuit charmante, des vagues harmonies d'un orchestre lointain et des « doux reflets de la lune mêlés à ceux de la fête royale [3] », fut tirée de cette contemplation par la voix de Michel : « Moi, je vous dis, s'écria-t-il, que, pour rajeunir et renouveler votre société corrompue, il faut que ce beau fleuve soit rouge de sang, que ce palais maudit soit réduit en cendres, et que cette vaste cité où plongent vos regards soit une grève nue où la famille du pauvre promènera la charrue et dressera sa chaumière ! »

Cette nuit-là, il déclama si bruyamment, cassant sa canne sur les murs du vieux Louvre, que Sand et Planet, attristés, rebutés, lui tournèrent le dos et partirent vers le quai Malaquais. Il les suivit, suppliant George de l'écouter encore. Le débat reprit chacun des jours suivants. Elle se plaignait de la tyrannie intellectuelle que Michel prétendait exercer. Elle croyait à la sagesse et à l'amour plus qu'à la violence. Elle était reconnaissante à Michel de lui avoir

---

1. GEORGE SAND, *Histoire de ma Vie*, t. IV, p. 336.
2. *Opus cit.*, t. IV, p. 328.
3. *Opus cit.*, t. IV, p. 329.

fait entrevoir un idéal de parfaite égalité, mais elle craignait que tant d'éloquence véhémente ne conduisît à des coups de tête et à des coups de fusil. Avec son exigeant bon sens, elle demandait *quelle* société il voulait bâtir ? Quel était son plan ? « Comment le saurais-je ? » répondait-il. L'événement le guiderait. « La vérité ne se révèle pas aux penseurs retirés sur la montagne. Pour trouver les vérités applicables aux sociétés en travail, il faut s'unir et agir. »

Il reprochait à George son impatience : « Vite, vite, disait-il ironiquement, donnez le secret de Dieu à Monsieur George Sand, qui ne veut pas attendre. » Sans doute elle pouvait se croiser les bras et préserver ainsi sa précieuse liberté. « Mais la vérité ne monte pas en croupe des fuyards et ne galope pas avec eux.... Le divin philosophe que tu chéris le savait bien quand il disait à ses disciples : *Là où vous serez seulement trois réunis en mon nom, mon esprit sera avec vous.* C'est donc avec les autres qu'il faut chercher et prier [1].... » Un matin, quand elle voulut répondre, elle s'aperçut qu'il venait de partir et qu'il l'avait enfermée à clef. Plusieurs fois, il la laissa ainsi tout un jour prisonnière. « Je te mets au secret, disait-il en riant, pour te donner le temps de la réflexion. »

Elle trouva, au début, quelque jouissance à se voir ainsi bousculée ; pourtant ses idées n'en furent point transformées. Elle avait toujours pensé que les derniers sont les premiers, que les opprimés valent mieux que les oppresseurs, et les esclaves que les tyrans. « C'est une vieille haine que j'ai contre tout ce qui va s'élevant sur des degrés d'argile. » Toutefois cette haine demeurait passive. Hors quelques bouffées d'ardeur guerrière, George retombait dans une existence toute poétique. Enfin, par affection pour Michel, elle adopta non sa doctrine, mais son drapeau :

Hélas ! je vous en avertis, je ne suis propre qu'à exécuter bravement et fidèlement un ordre. Je puis agir et non délibérer,

1. George Sand, *Histoire de ma Vie* t. IV, p. 342.

car je ne sais rien et ne suis sûr de rien. Je ne puis obéir qu'en fermant les yeux et en me bouchant les oreilles, afin de ne rien voir et de ne rien entendre qui me dissuade ; je puis marcher avec mes amis, comme le chien qui voit son maître partir avec le navire et qui se jette à la nage pour le suivre, jusqu'à ce qu'il meure de fatigue. La mer est grande, ô mes amis ! et je suis faible. Je ne suis bon qu'à faire un soldat, et je n'ai pas cinq pieds de haut.... Allons ! quelle que soit la nuance de votre bannière, pourvu que vos phalanges soient toujours sur la route de l'avenir républicain ; au nom de Jésus, qui n'a plus sur la terre qu'un véritable apôtre ; au nom de Washington et de Franklin, qui n'ont pu faire assez et qui nous ont laissé une tâche à accomplir ; au nom de Saint-Simon, dont les fils vont d'emblée au sublime et terrible problème (Dieu les protège !...) ; pourvu que ce qui est bon se fasse, et que ceux qui croient le prouvent.... Je ne suis qu'un pauvre enfant de troupe, emmenez-moi [1].

Il eût fallu, pour faire de l'enfant de troupe un soldat de la révolution, et pour satisfaire à la fois le cœur et l'esprit de Sand, un prophète plus religieux que Michel et qui sût concilier christianisme et socialisme.

II

LES NOUVEAUX AMIS

Les couches d'amis se renouvellent aussi lentement, mais aussi nécessairement que les couches d'humus. L'un meurt, un autre glisse hors de notre monde, un troisième y pénètre et amène avec lui une équipe nouvelle. Au temps de l'arrivée à Paris, les Berrichons, Regnault, Fleury, avaient entouré Mme Dudevant ; Latouche et Sainte-Beuve avaient été ses confidents. La rupture avec Sandeau avait écarté Balzac et Regnault ; puis la passion avait fait le vide. En partant, Musset avait laissé derrière lui Franz Liszt, qu'il avait amené quai Malaquais. Il y avait beaucoup de raisons pour que Liszt, musicien de génie, plût

1. GEORGE SAND, *Lettres d'un Voyageur*, p. 183.

à George Sand. Formée par sa grand-mère, elle comprenait d'instinct la meilleure musique. Mais il y avait plus. Comme George, Liszt avait été, dans son adolescence, un mystique ; plus qu'elle, il conservait une piété ardente ; comme elle, il éprouvait une compassion tendre pour les malheureux ; comme elle, il combinait des manières aristocratiques avec des opinions démocratiques ; comme elle, il voulait tout savoir, lisait les poètes, les philosophes, et cherchait de nobles émotions. Liszt avait sept ans de moins que Sand ; ses yeux lançaient des éclairs ; sa chevelure soyeuse s'agitait quand il jouait. Elle aurait pu l'aimer.

Les ragots de Paris prétendirent qu'elle l'avait aimé. Musset fut un instant jaloux de Liszt ; Aurore et Franz nièrent toujours, et ils menaient, l'un et l'autre, assez ouvertement des vies libres pour qu'on pût les croire. Liszt admirait les romans de Sand et louait sa conception romantique de l'amour ; la « Corinne du quai Malaquais » ne lui inspirait point de désirs charnels. Quant à elle : « Si j'avais pu aimer M. Liszt, écrivait-elle, de colère je l'aurais aimé. Mais je ne pouvais pas.... Je serais bien fâchée d'aimer les épinards, car, si je les aimais, j'en mangerais, et je ne les peux souffrir [1].... » D'ailleurs Liszt « ne pensait qu'à Dieu et à la Sainte Vierge, qui ne me ressemble pas absolument. Bon et heureux jeune homme [2] ! ». Faut-il voir ici une ombre de dépit ? Les épinards étaient-ils trop verts ? En fait, Franz aimait une autre femme, la comtesse d'Agoult, petite-fille du banquier allemand Bethmann, fille du comte de Flavigny, femme aux cheveux d'or, aux yeux bleus, mince jusqu'à en être diaphane, « droite comme un cierge, blanche comme une hostie », et prête à toutes les audaces de la passion romantique.

Musset avait présenté Liszt à Sand ; Liszt, à son tour, opéra la conjonction de Sand avec l'abbé Félicité de Lamen-

1. Geor+ge Sand, *Journal intime*, p. 21.
2. *Opus cit.*, p. 23.

nais, auquel il portait une piété toute filiale. Il aimait
cette éloquence enflammée, cette hardiesse à se sacrifier
pour ses idées, cette mélancolie aride et sombre, ces alternatives de violence et de tendresse. Ce prêtre breton, naïf
et entêté, de cœur très noble, avec un insatiable besoin
d'être aimé, était « un écorché moral », irritable et bougon.
Sa vocation avait été tardive. Il avait fait sa première
communion à vingt-deux ans, après une longue crise
d'incroyance. « La vie est, disait-il, une sorte de mystère
triste dont la foi est le secret. » La phrase était belle ; la
doctrine demeurait confuse. Dans l'Église, Lamennais
avait vu d'abord la défense de l'Esprit contre les pouvoirs
arbitraires. Tout appartient à César, hors les âmes. Puis,
la révolution de 1830 ayant développé en lui un urgent
désir de réformes, il avait rappelé que le rôle de l'Église
a toujours été d'assimiler et de sanctifier les grands courants historiques. Le catholicisme, au XIXe siècle, devait
donc être libéral, social, démocratique. Prophète plé-
béien, Lamennais se croyait appelé à régénérer l'Église.
Désavoué, condamné par Rome, exclu de la communauté
des fidèles, il était devenu amer et désenchanté. « Je voudrais pouvoir rompre avec moi-même », disait-il. Il habitait, rue de Rivoli, une petite chambre et rêvait de se faire
bâtir un cachot, sur la porte duquel on verrait « un chêne
en éclats, brisé par la foudre, avec la devise : *Je romps et
ne plie pas* ». « Il n'était pas de force, dit Sainte-Beuve,
à supporter ce genre de persécution, le plus pénible de
tous, que Pascal appelle la persécution du silence. »

A la vérité, Sainte-Beuve admirait Lamennais, mais,
avec sa coutumière sévérité, il mesurait l'orgueil de cet
« esprit pape » auquel il ne fallait pour auditeurs que de
jeunes enthousiastes comme Liszt, et qui appelait « gens
qui ne croient à rien » ceux qui ne croyaient pas en lui. Il
notait son incontinence de pensée et sa crédulité, analogues
à celles de La Fayette. Petit, grêle, chétif, « avec une tête
énorme et disparate, des manières embarrassées et
contraintes, une laideur immense, un regard où la myopie

mettait des douceurs trompeuses [1] », Lamennais méprisait les femmes et disait qu'il n'en était aucune qui pût suivre un raisonnement plus d'un quart d'heure. Pourtant il enchanta George Sand. Il lui apportait le mélange de foi religieuse et de foi sociale dont elle avait besoin pour s'adapter à ses nouveaux amis socialistes. Elle entonna des hymnes à Lamennais : « Il n'a jamais existé sur la terre un cœur plus tendre, une sollicitude plus paternelle, une patience plus angélique.... » C'est un grand signe de générosité que d'admirer généreusement.

Liszt alla faire à La Chesnaie, en Bretagne, un long séjour chez l'abbé et décrivit à George la redingote râpée de celui-ci, les gros bas bleus de paysan et le chapeau de paille bien usée. Il racontait aussi les progrès de ses propres amours avec la comtesse d'Agoult. Liszt souhaitait que Marie quittât le comte, comme l'avait fait Aurore, et vécût avec son amant à la face du monde. En juin 1835, il triompha. « C'est une dernière et rude épreuve, dit la comtesse, mais mon amour est une foi et j'ai soif de martyre. » Elle était enceinte, des œuvres de Liszt, et attendait un enfant pour le mois de décembre. George ne pouvait qu'être touchée de voir une telle femme se conduire comme les héroïnes de ses romans.

George Sand à Marie d'Agoult : Ma belle comtesse aux beaux cheveux blonds. Je ne vous connais pas personnellement, mais j'ai entendu Franz parler de vous et je vous ai vue. Je crois que, d'après cela, je puis sans folie vous dire que je vous aime ; que vous me semblez la seule chose belle, estimable et vraiment noble que j'aie vue briller dans la sphère patricienne. Il faut que vous soyez en effet bien puissante pour que j'aie oublié que vous êtes comtesse. Mais, à présent, vous êtes pour moi le véritable type de la princesse fantastique, artiste, aimante et noble de manières, de langage et d'ajustements, comme les filles des rois aux temps poétiques. Je vous vois comme cela, et je veux vous aimer comme vous êtes et pour ce que vous êtes.... Je me nourris de l'espérance d'aller vous voir, comme d'un des plus riants

---

[1]. Eugène Forgues, Introduction à la *Correspondance inédite entre Lamennais et le baron de Vitrolles*, p. 16.

projets que j'aie caressés de ma vie. Je me figure que nous nous aimerons réellement, vous et moi, quand nous nous serons vues davantage. Vous valez mille fois mieux que moi [1].... »

Une gracieuse lettre, et pourtant les deux femmes n'étaient pas faites pour s'entendre. Mme d'Agoult, comme Mme Dudevant, s'était affranchie d'une famille et d'un monde. Mais George aimait authentiquement l'indépendance ; Marie regrettait son rang. Sand, cousine de rois, se vantait de son grand-père l'oiseleur ; Marie, à ceux qui l'oubliaient, rappelait qu'elle était née Flavigny. Sand aimait à courir les champs en blouse bleue et pantalon d'homme ; Mme d'Agoult n'était à son aise, disait Liszt, que dans des robes de mille francs. George allait d'homme en homme et d'espoir en espoir ; Marie, ayant cédé une fois à la passion, prétendait légitimer l'adultère par la fidélité. « Je ne vous jalouse pas, lui écrivait Sand, mais je vous admire et je vous estime, car je sais que l'amour durable est un diamant auquel il faut une boîte d'or pur, et votre âme est ce tabernacle précieux [2]. »

Liszt amena sa comtesse dans le « grenier » du quai Malaquais. Elle avait un long visage maigre, voilé par des boucles à l'anglaise. De profil, sa figure « avait l'air d'avoir été prise entre deux portes [3] ». George loua, non sans une imperceptible ironie, la « Péri en robe bleue » qui avait daigné descendre de son paradis jusque chez une mortelle. Elle ne l'appela plus que *la Princesse*, ou *Arabella*. Le premier contact n'avait pas été très favorable.

George Sand à Marie d'Agoult : La première fois que je vous ai vue, je vous ai trouvée jolie, mais vous étiez froide ; la seconde fois, je vous ai dit que je détestais la noblesse. Je ne savais pas que vous en étiez. Au lieu de me donner un soufflet, comme je le méritais, vous m'avez parlé de votre âme, comme si vous me connaissiez depuis dix ans. C'était bien, et j'ai eu tout de suite

---

1. George Sand, *Correspondance*, t. I, pp. 299-302.
2. *Opus. cit.*, t. I, p. 314.
3. Honoré de Balzac, *Béatrix*, t. I, p. 262.

envie de vous aimer ; mais je ne vous aime pas encore. Ce
n'est pas parce que je ne vous connais pas assez. Je vous connais
autant que je vous connaîtrai dans vingt ans. C'est vous qui
ne me connaissez pas assez. Ne sachant si vous pourrez m'aimer, telle que je suis en réalité, je ne veux pas vous aimer
encore.... Imaginez-vous, ma chère amie, que mon plus grand
supplice, c'est la timidité. Vous ne vous en douteriez guère,
n'est-ce pas ? Tout le monde me croit l'esprit et le caractère
fort audacieux. On se trompe. J'ai l'esprit indifférent et le caractère quinteux.... Il ne faut pas espérer que vous me guérirez de
sitôt de certains moments de raideur qui ne s'expriment que
par des réticences [1].

Elle ajoutait : « Il faut vous arranger bien vite pour que
je vous aime. Ce sera bien facile. D'abord, j'aime Franz.
Il m'a dit de vous aimer. Il m'a répondu de vous comme de
lui. » Le ton n'était guère chaleureux, mais les deux chattes
rentraient leurs griffes et, quand Liszt et Mme d'Agoult
furent ensemble en Suisse, où, bravant le faubourg Saint-
Germain, ils avaient porté leur amour, la correspondance
continua. Avec un obscur plaisir, George devinait à travers
les lettres où Liszt protestait, un peu trop, de son parfait
bonheur, qu'il s'ennuyait à Genève. « Si vous venez,
écrivait-il, vous me trouverez considérablement hébété. »
C'était faux ; il n'avait jamais été plus inspiré, mais les
artistes ont autant de coquetterie que les femmes. Les
amants de Genève relisaient *Lélia*, en déduisaient de
piquantes conclusions sur le tempérament de l'auteur,
adoraient leur petite fille Blandine, née le 18 décembre 1835,
et souffraient de la réprobation qui, dans une société
puritaine, frappe les liaisons irrégulières. Tous deux inci-
taient, dans chaque lettre, George à venir en Suisse. Elle
devait auparavant régler ses affaires en Berry.

1. George Sand, *Correspondance*, t. I, pp. 315-317.

III

LE PROCÈS EN SÉPARATION

Le traité qu'Aurore Dudevant avait signé, en février 1835, avec son mari, était exécutable en novembre, mais Casimir se montrait indécis et irritable. Les nouvelles amitiés politiques de sa femme lui déplaisaient. Les querelles entre époux devenaient plus fréquentes. Aurore voulait retirer l'administration de ses biens à Casimir, qui, disait-elle, la ruinait. Elle consentait à l'entretenir, même après une séparation. « Tu penses bien, écrivait-elle à Hippolyte, que je ne laisserais pas mon mari, tout peu mignon qu'il est, crever sur la paille... au lieu que lui me laisserait aller à la Morgue, faute de vingt francs [1]. »

Le 19 octobre 1835 se déroula une scène, en elle-même peu grave, mais qui détermina la rupture. Au salon, après le dîner, comme la famille et les amis prenaient le café, Maurice redemanda de la crème. « Il n'y en a plus, répondit son père. Va à la cuisine et sors d'ici. » L'enfant se réfugia auprès de sa mère. Suivit une altercation où Aurore se montra calme, Casimir emporté. Il ordonna aussi à sa femme de sortir ; elle répondit qu'elle était chez elle. « C'est ce que nous allons voir, dit-il, sors ou je te gifle ! » Les amis présents : Dutheil, Papet, Fleury, Rozane et Alphonse Bourgoing, s'interposèrent. Fou de rage, Casimir se dirigea vers l'endroit où étaient ses armes en criant : « Il faut que cela finisse ! » Dutheil le vit prendre un fusil, le lui arracha et lui fit de sérieux reproches. « Quand je suis irrité, dit Casimir, je ne me connais plus et à toi-même j'aurais donné une paire de soufflets. » Telle fut la querelle décrite par les témoins. Nous devons tenir compte de ce que tous étaient amis de la femme bien plus que du mari, de ce que Dutheil avait été amoureux d'elle et de ce que

1. Collection Spoelberch de Lovenjoul, E . 920, f. 80.

l'opinion publique, en Berry, douta de leur impartialité. Peut-être la scène fut-elle plus désagréable qu'effrayante. George Sand elle-même la raconta de manière comique et paysanne, à son ami Adolphe Duplomb :

Cher Hydrogène, — Tu es mal informé de ce qui se passe à La Châtre. Dutheil n'a jamais été brouillé avec le baron de Nohant-Vic. Mais voici la véritable histoire. Le baron s'est pris *comme d'une* idée de me battre. Dutheil a pas voulu. Fleury et Papet a pas voulu. Alors v'là que le baron a été *sarcher* son fusil pour tuer tout le monde. V'là que le monde a pas voulu être tué. Alors le baron a dit : « Ça suffit », et il s'est remis à boire. Ça s'est passé comme ça. Personne ne s'est fâché avec lui. Mais moi, comme j'en avais-t-assez et que ça m'ennuie de travailler pour vivre, de laisser mon *de quoi* dans les mains du diable, d'être chassée de la maison tous les ans, à coups de bonnet, tandis que les drôlesses du bourg couchent dans mes lits et apportent des puces dans mon logis, j'ai dit : « J'veux pus d'ça », et j'ai été trouver le grand juge à La Châtre, et j'y ai dit : « Voilà [1]. »

Elle courut à Châteauroux, pour consulter le sage François Rollinat, puis à Bourges, où Michel purgeait, au château, sans trop de rigueur, une peine de prison pour délit politique. Tous les hommes de loi furent d'accord ; il fallait mener les choses rondement, tirer parti de cet incident providentiel, demander une séparation immédiate et obtenir de Casimir qu'il fît défaut. C'était possible, car le *marito*, tant que vivrait la vieille baronne, avait grand besoin de subsides. Il accepta en effet de partir pour Paris, après avoir donné sa démission de maire de Nohant, emmenant les enfants qu'il remettrait, l'un au lycée, l'autre en pension. A sa mère, Aurore recommanda de bien traiter Casimir s'il venait la voir. Il ne fallait pas exciter son amour-propre : « Il me susciterait peut-être quelque chicane. » Elle ajoutait :

Rien ne m'empêchera de faire ce que je dois, et ce que je veux

1. Lettre citée par René Doumic dans *George Sand*, pp. 184-185. Elle lui avait été communiquée par Charles Duplomb.

faire. Je suis la fille de mon père et je me moque des préjugés, quand mon cœur me commande la justice et le courage. Si mon père eût écouté les sots et les fous de ce monde, je ne serais pas l'héritière de son nom : c'est un grand exemple d'indépendance et d'amour paternel qu'il m'a laissé. Je le suivrai, dût l'univers s'en scandaliser. Je me soucie peu de l'univers ; je me soucie de Maurice et de Solange [1].

En novembre, elle était à Nohant, attendant la décision du tribunal. Dans le silence de cette grande maison, elle écrivait un excellent roman de cape et d'épée : *Mauprat*. Pas de domestiques ; Casimir les avait renvoyés. Seuls le jardinier et sa femme faisaient le ménage. Le jugement dépendant pour une part de sa tenue, Aurore jouait « les Sixte Quint » :

George Sand à Marie d'Agoult : Ainsi à l'heure qu'il est, à une lieue d'ici, quatre mille bêtes me croient à genoux dans le sac et dans la cendre, pleurant mes péchés comme Madeleine. Le réveil sera terrible. Le lendemain de ma victoire, je jette ma béquille, je passe au galop de mon cheval aux quatre coins de la ville. Si vous entendez dire que je suis convertie à la raison, à la morale publique, à l'amour des lois d'exception, à Louis-Philippe, le père tout-puissant, et à son fils Poulot-Rosolin, et à sa sainte Chambre catholique, ne vous étonnez de rien. Je suis capable de faire une ode au roi, ou un sonnet à M. Jacqueminot [2]....

En janvier 1836, le « grand juge » de La Châtre entendit les témoins. Les griefs étaient connus : scène de la gifle, au Plessis, en 1824 ; propos insultants.... Relations intimes, au domicile conjugal, entre Casimir et des servantes : Pepita, Claire.... Orgies nocturnes.

Requête d'Aurore Dudevant au Tribunal : La conduite de M. Dudevant devint si dissolue, si bruyante, ses fanfaronnades de libertinage si déplacées en ma présence, le silence de mes nuits fut si souvent interrompu par le vacarme de ses plaisirs que le séjour de ma maison me devint insupportable.... Au mois

1. GEORGE SAND, *Correspondance*, t. I, pp. 312-313.
2. *Opus cit.*, t. I, pp. 321-322.

de janvier 1831, je déclarai à M. Dudevant que je voulais vivre séparée de lui et il y eut une convention amiable, moyennant laquelle j'allai m'installer à Paris.... Je fis un voyage en Italie, durant lequel M. Dudevant m'écrivit des lettres fort convenables, annonçant beaucoup d'indifférence pour mon éloignement et fort peu de désir de mon retour [1]....

Pas un mot de Sandeau, ni de Musset. Hippolyte Châtiron, bien que frère de la demanderesse, avait pris le parti de son beau-frère et l'encourageait à se défendre, en lui disant que tout le pays était pour lui. Cependant Casimir s'était engagé à se taire ; il ne voulait pas perdre la rente promise ; il se laissa condamner par défaut. Le tribunal de La Châtre accordait à Aurore la garde des enfants.

Mais, quand elle réclama cent mille francs pour la liquidation de la société d'acquêts entre elle et son mari, celui-ci se fâcha et fit opposition. Hippolyte l'y poussait : « Il y a des gens, près de toi, qui pourraient d'un coup te faire gagner ton procès. Il s'agit de leur délier la langue.... » George fut surprise et fort irritée par le revirement de son mari. La période de rupture à l'amiable était terminée. Elle dut quitter Nohant, qui, jusqu'au jugement définitif, appartenait légalement à Casimir ; elle alla loger chez Dutheil à La Châtre. Plus que jamais il lui fallait faire la paix avec l'opinion publique, qui, dans une petite ville, exerce une pression muette sur les juges. Elle fut charmante comme elle savait l'être, enfant avec les enfants, chastement coquette avec les hommes, prudente avec les femmes. Elle se promenait dans la campagne, courait après les insectes et trouvait le moyen de voir secrètement Michel, à deux pas de Casimir, dans le pavillon isolé de Nohant, entre parc et route. Elle écrivait à son fils des lettres tendres, où elle exaltait la vertu. Surtout elle travaillait. Ni les procès, ni les conflits avec Michel, ni son immense correspondance ne la pouvaient détourner de ses labeurs de patiente fourmi. De part et d'autre, on

1. Collection Spoelberch de Lovenjoul, E. 948, f. 23 et f. 28.

s'agitait, on battait le rappel des témoignages. Boucoiran arrivait de Nîmes, pour déposer.

George Sand à Boucoiran, 6 janvier 1836 : Vous n'avez pas vu certainement Claire, ni la Pepita, dans les bras de M. Chose, mais vous avez la certitude de ces deux faits ; ils vous ont été prouvés, autant que cette sorte de fait peut l'être, par la vie de tous les jours, par l'opinion de toute la maison et de tout le village [1]....

Casimir Dudevant à Caron, 25 avril 1836 : Dans mon procès avec Aurore, il y a une circonstance qui, m'a-t-on dit, lui donne de la tablature : c'est qu'elle croit que j'ai quelques lettres qu'elle s'amusait à écrire à Mme Dorval et qui la compromettent fort, à ce qu'on dit et que j'ai entendu moi-même à Paris. Ne pourrais-tu pas, soit par Dumont ou tout autre, user de ruse et tâcher d'en escamoter quelques-unes [2] ?

Casimir, réveillé de sa léthargie, composait un mémorandum assez lamentable, dans lequel il énumérait ses griefs. Cela commençait ainsi :

Août 1825 : Voyage aux Pyrénées. Entrevues et correspondance avec Aurélien de Sèze. — *Octobre :* Voyage à Bordeaux. Surprise d'Aurore Dudevant et d'Aurélien de Sèze.

1827 : Correspondance intime entre Aurore Dudevant et Stéphane Ajasson de Grandsagne. — *Novembre 1827 :* Voyage à Paris, avec Stéphane Ajasson de Grandsagne, sous prétexte de santé !

1829 : Lettre écrite par Aurore Dudevant à Stéphane Ajasson de Grandsagne, pour lui demander du poison, sous prétexte d'en finir avec la vie. — *Avril 1829 :* Départ des deux époux pour Bordeaux, avec engagement d'y passer trois semaines, ou un mois au plus. Séjour de trois mois. Visite, tous les matins, de Mme Dudevant chez M. de Sèze, sous prétexte d'aller aux bains....

Novembre 1830 : Arrivée à Paris de Mme Dudevant, chez son frère, rue de Seine, où elle a scandalisé par sa conduite toute la maison, au dire de la portière. M. Jules Sandeau.

1831 : Retour à Nohant, où elle passe quelques jours, et retour à Paris avec une fille de campagne, Marie Moreau,

1. Collection Spoelberch de Lovenjoul, E. 920, f. 120.
2. *Ibid.*, E. 948, f. 63.

qu'elle prend pour bonne. Cette fille témoin de disputes très vives avec Jules Sandeau, suivies de coups.

1832 : M. Gustave Planche....

1833 : Départ pour l'Italie avec M. Alfred de Musset. Séjour de huit mois.... Brouilles et réconciliations....

Le mémoire se terminait en 1835 :

1835 : Antipathie entre les deux époux, Mme Dudevant affectant les manières d'un jeune homme, fumant, jurant, s'habillant en homme et ayant perdu toute la grâce du sexe féminin.... — Auteur de *Lélia* [1]....

En mai 1836, le procès revint devant le tribunal de La Châtre, qui jugea sévèrement les déplaisantes accusations du mari. Pour une part, elles étaient vraies ; pour une autre, diffamatoires ; de toute manière, absurdes, puisque le sieur Dudevant « cherchait non à se soustraire à la cohabitation conjugale, mais à la maintenir ». Les accusations étant de nature à ne laisser aucun espoir de rapprochement entre les deux époux, le tribunal déclarait la dame Dudevant séparée de corps et d'habitation d'avec lui, faisait défense au mari de la hanter ni fréquenter, et donnait à la femme mère la garde des enfants.

Aiguillonné par ses conseillers, Casimir en appela de ce jugement à la cour de Bourges. Là, Michel pouvait plaider le procès. George Sand alla s'installer à Bourges, afin de se rapprocher de son amant et avocat. Elle y logea chez une amie, Eliza Tourangin, qui habitait avec son père, Félix Tourangin, et ses trois petits frères, un vaste hôtel rue Saint-Ambroise. La veille de l'audience, George Sand écrivit, sur la boiserie de sa chambre, une prière :

Grand Dieu ! protège ceux qui veulent le bien, réprime ceux qui veulent le mal.... Détruis le règne obstiné des scribes et des pharisiens, ouvre un chemin au voyageur qui cherche tes sanctuaires [2]....

1. Texte inédit. Collection Spoelberch de Lovenjoul, E. 948, ff. 40-41.
2. Prière publiée en 1878, dans *Le Magasin pittoresque*, p. 190. En partie reproduite dans les *Souvenirs de 1848*, par GEORGE SAND, p. 205.

De Paris, de La Châtre, de Bordeaux, tous les amis vinrent l'assister. Seule Mme Maurice Dupin évita de se compromettre, ne sachant encore qui lui servirait sa rente. Michel plaida pour sa maîtresse, sans vergogne : « Le domicile conjugal est profané, dit-il de sa belle voix grave à la partie adverse, et c'est vous qui l'avez profané. Vous y avez introduit la débauche et la superstition.... » Il lut avec émotion la lettre-journal d'Aurore à Aurélien, qui prouvait la pureté de sa cliente au temps de ce premier amour. Il décrivit la situation paradoxale d'une jeune femme qui, ayant apporté en dot un château et une grande fortune, devait vivre d'une médiocre pension, tandis que son mari « jouissait dans l'opulence et dans une vie licencieuse » de cette maison et de ces biens. Il fit allusion avec horreur aux imputations calomnieuses de M. Dudevant qui allait « jusqu'à représenter sa femme comme la plus vile des prostituées ». Il exalta cette épouse irréprochable, qu'un mari avare et libertin avait forcée à quitter le domicile conjugal. George l'écoutait, charmante dans une robe blanche très simple, capote blanche, collerette tombante en dentelle et châle à fleurs. L'assistance fut bouleversée par l'éloquence de Michel. Le tribunal, partagé, renvoya la cause, mais, le lendemain, un arrangement à l'amiable intervint. Hippolyte, trouvant l'affaire mal engagée, avait conseillé à son beau-frère de céder sur Nohant et Solange :

Hippolyte Châtiron à Casimir Dudevant, 28 juin 1836: Je ne te dis pas d'accepter le premier arrangement de La Châtre, mais de prendre l'hôtel de Narbonne et ton fils, et de laisser à Aurore Nohant, où tu sens bien que tu ne peux rester. Quant à la direction de Solange, ma foi ! il faut en prendre ton parti... Sans aller bien loin, je pourrais te prouver qu'une farceuse a été, pour sa fille, plus sévère qu'une honnête femme.... Ne t'inquiète pas de ceux qui la mènent maintenant. Ils seront tous à la porte avant dix-huit mois ! Dutheil, Michel, Duvernet, Fleury tous les premiers. Son caractère sera plus entier que jamais, mais il est probable qu'ayant sa fille à diriger, il lui reviendra quelques sentiments humains ; qu'elle mettra un certain amour-propre à préserver Solange du précipice où elle est tombée [1]....

Casimir se désista de son appel, et sa femme, pour en finir, lui accorda la garde de Maurice avec l'usufruit de l'hôtel de Narbonne. Aurore conservait Solange et Nohant, qui, d'après les baux, rapportait alors neuf mille quatre cents francs. Que de colères et quels torrents d'éloquence pour en revenir au compromis initial.

IV

LE BEAU DIDIER

Au moment où Michel de Bourges plaidait si brillamment pour George Sand, son éloquence était de métier plus que de cœur. Les deux amants ne s'entendaient plus. Très vite Michel avait heurté George. Tête à tête, il était trop pressant ; il la fatiguait. Bien qu'elle répondît à peine à ses adjurations, il sentait que cette conscience fermée demeurait un sanctuaire inattaquable. Il s'obstinait à lui faire comprendre ce qu'il appelait « les nécessités politiques » ; elle les trouvait coupables ou puériles. Elle était effrayée de le juger plus ambitieux que sincère. A ses idées, il ne tenait guère ; une lecture les transformait ; Montesquieu faisait de lui un modéré, *Obermann* un ermite. Cette mobilité, qui touchait à la folie, laissait George insatisfaite. Elle avait cru trouver un maître ; elle s'était donné un tyran. « Il me semble parfois, lui disait-elle, que tu es l'Esprit du Mal, tant je te vois un fonds de cruauté froide et d'inique tyrannie envers moi. » Pourquoi n'avait-elle pas rompu ? Parce que, chose étrange, cet homme usé, sans beauté, sans bonté, « despote infidèle et jaloux », avait réussi, sinon à combler, au moins à éveiller parfois en elle la femme que de jeunes amants, Sandeau, Musset, Pagello, avaient crue « tout à fait Lélia ».

1. Collection Spoelberch de Lovenjoul, E. 868, ff. 261-263.

George Sand à Michel de Bourges, 25 mars 1837 : «Nous ne cherchions pas l'amour quand la destinée nous jeta l'un vers l'autre. La passion nous envahit. Il n'y eut ni combat, ni réflexion.... Ton désir me devança et me commanda. Je subis ton amour sans comprendre encore la force du mien, mais je le subis avec ivresse, pressentant néanmoins qu'il cesserait le premier, car je savais combien mes affections sont profondes, concentrées, calmes et tenaces.... Je reçus tes premières caresses dans les larmes.... Pendant quelques jours, tu m'aimas assez pour rêver l'association matérielle et absolue de nos destinées. Tu t'y engageas même pour une époque dont le terme approche... Rassure-toi ! C'est dans mon cœur que cette promesse a été écrite et mon cœur t'appartient. C'est une feuille du livre de la vie que tu peux déchirer.... Quand mon armure a été détachée, pièce à pièce, et toute ma force brisée ; quand toutes les cordes de mon être, mises à nu, vibrèrent sous ta main, mon attachement devint si fort et si profond que je ne pus imaginer d'autre but dans la vie que de vivre avec toi [1]....

Elle lui écrivait des lettres brûlantes, mystérieuses et chiffrées, parce qu'il y avait une Mme Michel, dont le tribun avait grand-peur. Michel y était appelé : *Marcel ;* Bourges : *Orléans ;* Nohant : *Le Chesnay ;* Maurice Sand : *Marie ;* le 7 avril (leur anniversaire) : *Genril*. Eliza Tourangin, la jeune fille de Bourges qui était leur confidente, leur complice, et donnait l'hospitalité à leurs amours, était *Speranza*. Parfois, pour dérouter les soupçons, George feignait d'écrire à une femme et parlait de *Marcel* à la troisième personne. Toujours cette correspondance demeurait sensuelle, inquiète et, dans le style coutumier de George, haletante. Les deux amants s'accusaient mutuellement d'infidélités, et tous deux avaient raison.

1. *Revue illustrée*, 1er novembre 1890, pp. 296-297. Cette lettre est l'une de celles qui furent publiées, sans signature, sous le titre : *Lettres de Femme*, dans la *Revue illustrée* (année 1890-1891 ; nos 118, 119, 120, 121 et 123). Spoelberch de Lovenjoul et Wladimir Karénine, tous deux amis de Mme Maurice Sand, les ont authentifiées comme étant des lettres écrites par George Sand à Michel de Bourges, au cours de l'année 1837. Mais comme la famille Sand tenait, à cette époque, à ce que l'épistolière ne fût pas identifiée, la date de 1837 fut partout remplacée, dans la *Revue*, par : 1832. Cette publication s'interrompit brusquement en 1891.

Que Michel fût jaloux se comprend aisément, car Sand, dès qu'elle aimait moins, n'était pas femme à laisser échapper les chances de bonheur. Un jeune Suisse, Charles Didier, âgé de trente et un ans et très beau, fut, en même temps que Michel, un de ses familiers, tant à Paris qu'à Nohant. On se souvient qu'Hortense Allart l'avait jadis amené quai Malaquais. Né à Genève de famille huguenote, botaniste, alpiniste, poète, Didier tenait à la fois de Rousseau et de Benjamin Constant. Chaque soir, dans son journal, il faisait « sa caisse intellectuelle ». Romantique de cœur, puritain passionné, il s'était senti mal à l'aise parmi la bourgeoisie aristocratique de son pays ; il avait voyagé ; à Florence, il était devenu l'amant d'Hortense Allart. Vers 1830, il était arrivé à Paris avec cinquante francs dans sa poche. Victor Hugo, son dieu, l'avait reçu et Didier s'était agrégé au Cénacle. Il avait écrit un roman : *Rome souterraine*, qui avait eu un petit succès, mais, vers ce temps-là, ayant lu *Lélia*, il pensa : « Je me sens faible, pauvre écrivain, petit artiste, auprès d'une pareille puissance de forme et de passion [1]. »

Quand ce bel admirateur lui avait été présenté par Hortense Allart, Sand, bouche close, avait pris mesure du nouveau venu. Didier parlait bien (trop bien, disait Sainte-Beuve), sans discontinuer, d'une voix claire, les yeux baissés, une espèce de sourire vague aux lèvres, assez gracieux dans son dédain et son intime certitude de lui-même. Qu'Hortense, experte en hommes, eût aimé ce Genevois disert était un fait qui méritait attention. Il fut prié de revenir dans l'intimité, loua la modestie de George, mais fut dégoûté par la saleté de Planche et la familiarité des jeunes provinciaux qui campaient alors quai Malaquais.

Didier, austère par éducation, était un homme très viril qui avait besoin de femmes et qui leur plaisait. Sand l'invita seul. Il se prit au jeu. *Journal de Didier :* « Mme Du-

1. Cf. JOHN SELLARDS, *Charles Didier*, 1805-1864 (Paris, Honoré Champion, 1904). Voir aussi le portrait que Sainte-Beuve fait de Charles Didier. sous le nom de *Phanar*, dans les *Causeries du Lundi*. t. XI.

devant, douce et abandonnée ; elle respirait l'amour ; j'ai peur de sa liaison avec Planche, homme non fait pour elle.... » Sainte-Beuve raconta au jeune homme, incrédule, « les turpitudes de Mme Dudevant » et, en particulier, l'aventure avec Mérimée. Puis Musset entra en scène, et Didier fut bien oublié jusqu'au jour où, un beau matin, Sand lui emprunta cent francs qu'il n'avait pas « pour payer son marchand de bois avant de partir pour l'Italie ». Le Genevois jugea ces Françaises bien étranges. Mais, quand il revint lui-même d'Espagne, à la fin de 1835, de plus en plus beau sous ses cheveux prématurément blancs, Musset avait disparu. George offrit à Didier son appui auprès de Buloz, son argent, tout ce qu'il voudrait.

Intimité renouée. Le 26 mars 1836, il soupa chez elle avec Emmanuel Arago. « Nuit fantastique. Nous ne la quittons qu'à cinq heures. Il était grand jour ; Arago était gris.... J'étais las, dans les coussins du divan, et elle, triste et pas trop cassante, me passait les mains dans les cheveux en m'appelant son vieux philosophe.... » Quand ils la quittèrent, elle les avait rendus tous deux amoureux d'elle. Le lendemain soir, il courut quai Malaquais avec trois bouteilles de champagne : « George gaie et riante. Je n'aime pas son côté de mauvais ton, mais je le pardonne. Elle a le vin tendre, moi aussi. Elle m'embrassait, je l'embrassais et, en la quittant, à huit heures, par un orage affreux, nous échangeâmes son écharpe en cachemire contre mon foulard blanc. » Les hommes graves ne jouent pas sans danger à ces jeux sentimentaux. Il la désirait. Mais que voulait-elle ? « Fortoul est convaincu que George Sand a envie de moi.... Je ne voudrais pas m'éprendre, car je serais bien malheureux, avec des caractères comme le sien et le mien. » Pourtant il la trouvait bon enfant : « Elle me parle beaucoup de Michel de Bourges et me raconte la nature, tout intellectuelle, de leurs relations. Elle me jure n'avoir pas eu d'amant depuis sa rupture avec Alfred de Musset.... Elle est belle et charmante. »

Le 25 avril 1836, elle emménagea chez lui, 3, rue du

Regard. Il lui céda sa chambre. *Journal de Didier* : « Son installation chez moi provoque mille cancans.... Notre intimité redouble.... Cet être compliqué m'est inintelligible encore par plus d'un côté et je crains son impétueuse mobilité. Je l'étudie trop, je ne la comprends pas. Est-elle loyale ? Joue-t-elle la comédie ? Le cœur, en elle, est-il mort ? Problèmes sans solution.... » *2 mai 1835 :* « Le soir, elle sort et nous ne nous retrouvons qu'à minuit. Elle achève la sixième *Lettre d'un Voyageur,* puis devient tendre et caressante. Elle se couche à mes pieds, la tête sur mes genoux, ses mains dans les miennes.... O Sirène, que veux-tu de moi ? » D'autres se demandaient aussi ce qu'elle voulait de lui et si le règne de Michel était déjà terminé. Liszt, de Genève, interrogeait Sand elle-même sur ce qu'il y avait de vrai « dans cette nouvelle histoire ». Elle répondit qu'il n'y avait rien.

George Sand à Franz Liszt, 5 mai 1836 : Charles Didier est mon vieux et fidèle ami. A propos, vous me demandez ce qui en est d'une nouvelle histoire sur mon compte où il jouerait un rôle. Je ne sais ce que c'est, que dit-on ? Ce qu'on dit de vous et de moi. Vous savez comme c'est vrai ; jugez du reste. Beaucoup de gens disent, à Paris et en province, que ce n'est pas Mme d'Agoult qui est à Genève avec vous, mais moi.... Didier est dans le même cas que vous, à l'égard d'une dame qui n'est pas du tout moi. Cela ne m'a pas empêchée de passer huit jours chez lui, à Paris [1]....

Oui, elle avait logé chez Didier parce qu'elle craignait, disait-elle, que son mari ne fît saisir son mobilier du quai Malaquais, mais un autre ami, David Richard, avait alors habité sous le même toit, et ces jours avaient été « patriarcaux ». Quant à Musset, elle n'y pensait plus depuis longtemps :

Je ne sais s'il pense à moi, si ce n'est quand il a envie de faire des vers et de gagner cent sous à la *Revue des Deux Mondes*.... Et même je vous dirai que je ne pense à personne dans ce sens-

1. Collection Spoelberch de Lovenjoul, E. 920, folio 140.

là ! Je suis bien plus heureuse comme je suis que je ne l'ai été dans ma vie. La vieillesse vient. Le besoin des grandes émotions est satisfait outre mesure. J'ai, par nature, le sommeil paisible et le caractère enjoué. Les affections saintes et durables sont ce qu'il faut, après trente ans d'une vie ravagée par tous les hasards... Tout cela est loin derrière moi. Il faut bien que le temps marche, et il y a des grâces d'état qui font que l'on s'arrange de tout, de même qu'on se lasse de tout. Ce dont on ne se lasse pas, c'est de la bonté jointe à l'intelligence. Je crois que vous avez trouvé un trésor dans Marie ; gardez-le toujours. Dieu vous en demandera compte au ciel et, si vous n'en avez pas bien usé, vous serez privé pour l'éternité du son des harpes célestes. Moi, je suis bien certaine de n'entendre en l'autre vie que les guimbardes du diable et la grosse caisse de l'enfer. J'ai eu un trésor aussi, c'était mon propre cœur, et j'en ai mal profité [1].

Elle repartit en mai pour La Châtre, où l'appelait son procès. Didier, fou d'amour et encore insatisfait, se demandait plus que jamais : « Sirène, que me veux-tu ? » Tantôt il souhaitait ne plus la revoir et se refusait au rôle pénible de confident ; tantôt il était dévoré de désir et d'espoir. Comme elle lui écrivait à peine, il prit peur et la suivit en Berry.

Journal de Charles Didier : Voyage triste, combats, perplexités. J'arrive à La Châtre. Elle est couchée ; je la réveille et me jette dans ses bras sans parler. Elle me serre dans ses bras et la réconciliation se fait dans cette longue et muette étreinte. Nous n'avons aucune explication que le soir, à Nohant, où elle me mène. Je passe avec elle cinq jours qui sont parmi les plus doux de ma vie.... Oubli du monde ; solitude rustique. Soirées sous les ombrages de Nohant. Clairs de lune. Toujours seuls.... Nuits passées sur la terrasse à la clarté des étoiles, mon bras passé autour d'elle et sa tête appuyée sur ma poitrine [2]....

George, seule parmi ses arbres et ses fleurs, loin des autres hommes, pouvait être une maîtresse bien aimable. Didier, pendant quelques jours, fut comblé, charmé,

1. Collection Spoelberch de Lovenjoul, E. 920, ff. 138-140.
2. Cf. JOHN SELLARDS, *Charles Didier.*

enivré : « Elle est fondamentalement bonne.... Michel est très jaloux de moi ; il en parle dans toutes ses lettres.... » Rentré à Paris, il reçut d'elle quelques pages admirables sur ces belles journées, puis ce fut le silence.

A la vérité, elle ne pensait guère à lui. Elle voyageait, plaidait, se baignait tout habillée dans l'Indre, se jetait ensuite sur l'herbe d'un pré, mouillée et vêtue, faisait quatre lieues à pied, puis, la nuit, travaillait à transformer *Lélia*, pour une édition corrigée. L'aveu d'impuissance en devait disparaître ; Pulchérie et Sténio étaient désormais sacrifiés à la sagesse de Trenmor. Le roman devenait moral et social. Quant à l'amour, Lélia y renonçait. *George Sand à Marie d'Agoult :* « Elle est de la famille des esséniens, compagne des palmiers, *gens solitaria* dont parle Pline. Ce beau passage sera l'épigraphe de mon troisième volume ; c'est celle de l'automne de ma vie. — Approuvez-vous mon plan de livre ? — Quant au plan de vie, vous n'êtes pas compétente ; vous êtes trop heureuse et trop jeune pour aller aux rives salubres de la mer Morte (toujours Pline le Jeune), et pour entrer dans cette famille où personne ne naît, où personne ne meurt [1].... » Ce qui donne à penser qu'après tout, même après Michel, George restait Lélia.

J'ai des grands hommes plein le dos (passez-moi l'expression). Je voudrais les voir tous dans Plutarque. Là, ils ne me font pas souffrir du côté humain. Qu'on les taille en marbre, qu'on les coule en bronze et qu'on n'en parle plus. Tant qu'ils vivent, ils sont méchants, persécutants, fantasques, despotiques, amers, soupçonneux. Ils confondent, dans le même mépris orgueilleux, les boucs et les brebis. Ils sont pires à leurs amis qu'à leurs ennemis. Dieu nous en garde ! Restez bonne, bête même si vous voulez. Franz pourra vous dire que je ne trouve jamais les gens que j'aime assez niais à mon gré. Que de fois je lui ai reproché d'avoir trop d'esprit ! Heureusement que ce trop n'est pas grand-chose et que je puis l'aimer beaucoup [2].

Au gré de Marie d'Agoult, elle l'aimait même un peu trop. « Ce que vous me dites de Franz, lui écrivait George, me donne une envie vraiment maladive et furieuse de l'entendre. Vous savez que je me mets sous le piano quand il en joue. J'ai la fibre très forte et je ne trouve jamais des instruments assez puissants [1].... » Elle avait, en effet, « la fibre très forte », et Marie, plus éthérée, gardait à son égard beaucoup de méfiance. Pourtant elle continuait d'insister pour que Sand vînt en Suisse les rejoindre. Soudain, en août 1836, alors que les amants de Genève étaient déjà partis pour Chamonix, George s'annonça. Son procès était gagné ; elle arrivait avec ses deux enfants, deux vieux amis et une bonne, Ursule Josse, qui, n'ayant jamais quitté La Châtre, se croyait à la Martinique quand elle était à Martigny. Sand voyageait, comme Byron, avec toute sa ménagerie. On imagine l'effet produit, dans les petits hôtels de montagne, par ce page en blouse, qui se jetait au cou d'une belle dame à longues boucles blondes ; par Liszt en béret à la Raphaël, et par son petit élève « Puzzi » Cohen, que l'aubergiste appelait la Jeune Fille. Car Liszt et Marie avaient, eux aussi, leur cirque ambulant et traînaient après eux non seulement Hermann Cohen, mais un spirituel Genevois, le major Adolphe Pictet, qui écrivit de cette course à Chamonix un brillant récit qu'il appela *Conte fantastique*.

C'*était* un conte fantastique. Liszt et Marie s'y nommaient les *Fellows ;* Marie devenait Mirabelle, ou Arabella, ou la Princesse ; Sand et ses enfants se baptisaient les *Piffoëls*, à cause des longs nez de George et de Maurice. Dans le registre de l'hôtel, elle inscrivit :

Noms des voyageurs : Famille Piffoëls.
Domicile : La nature.
D'où ils viennent : De Dieu.
Où ils vont : Au ciel.
Lieu de naissance : Europe.

1. George Sand, *Correspondance*. t. II, p. 4.

Qualités : Flâneurs.
Date de leurs titres : Toujours.
Délivrés par qui : Par l'opinion publique[1].

Débauche d'idées. On parla de philosophie, de musique, des astres, de la création, de Schelling, de Hegel, de Dieu. Dans le petit livre du major, George apparaissait comme le génie, la force créatrice, à la fois gamin et poète, cependant que Liszt était l'esprit de la musique, et Arabella, l'analyse, la pensée. Sur la couverture, on voyait Sand, un cigare à la bouche. Toutes les illustrations opposaient les deux femmes : le gamin en blouse et la comtesse bien coiffée, sérieuse, distante. George elle-même avait fait de leur groupe une caricature à la Musset, avec cette inscription : *L'absolu est identique à lui-même.* Un Liszt aux cheveux ébouriffés demandait : « Qu'est-ce que cela veut dire ? » Le major répondait : « C'est un peu vague », et Arabella, la tête plongée dans les coussins du divan : « Je m'y perds depuis longtemps[2]. » Maurice, dessinateur de treize ans, faisait, lui aussi, d'innombrables croquis et charges. Le cirque ambulant voyagea. A Fribourg, sur les orgues de la cathédrale, Franz joua le *Dies irae* de Mozart : *Quantus tremor est futurus....*

« Tout à coup, dit Sand, dans la *Dixième Lettre d'un Voyageur* qui raconte (admirablement) ce voyage, tout à coup, au lieu de m'abattre, cette menace de jugement m'apparut comme une promesse et accéléra d'une joie inconnue les battements de mon cœur. Une confiance, une sérénité infinie me disait que la justice éternelle ne me briserait pas[3].... » Elle avait la conscience en paix. Au regard de *sa* morale, elle n'était en rien coupable. Didier ? Elle avait eu pitié de cet amour-propre maladif. Comment, sans le blesser, lui refuser ce qu'elle avait accordé à d'autres ? Michel ? Elle eût été prête à lui consacrer sa vie, mais il

1. WLADIMIR KARÉNINE, *George Sand, sa Vie et ses Œuvres*, t. II, pp. 329-330.
2. ADOLPHE PICTET, *Une Course à Chamonix*, p. 144.
3. GEORGE SAND, *Lettres d'un Voyageur*, X, p. 309.

était marié, inconstant et indifférent. Elle était certaine que « le jour de colère serait pour elle le jour du pardon ».

On revint à Genève. Liszt composa un *Rondo fantastique* sur une chanson espagnole de Manuel Garcia, père de la Malibran, et la dédia : *A Monsieur George Sand*, qui écrivit aussitôt un « conte lyrique », *Le Contrebandier*, paraphrase sur le rondo de Liszt. En octobre, George dut rentrer en France ; il était convenu que Franz et Marie la rejoindraient à Paris et que Fellows et Piffoëls demeureraient tous ensemble. Ils étaient assez contents les uns des autres, car le génie reconnaît le génie. Toutefois George enviait un peu ce bel amour et jugeait la Princesse trop peu reconnaissante envers Liszt. Marie d'Agoult, assez amère, se trouvait à Genève « comme une carpe sur un gazon » et se plaignait de sa vie insipide : « Le malheur veut que ce soit là le pain quotidien, ce qui fait que j'ai changé le *Pater* et ne manque jamais de dire au bon Dieu : *Délivrez-nous de notre pain quotidien.* » Arabella n'avait pas aimé que le *Rondo* fût dédié à George, ni que Franz louât le sentiment musical de ce page trop féminin qui se glissait sous le piano quand il jouait. Mais George Sand n'avait-elle pas elle-même dédié un roman, *Simon* (portrait assez flou de Michel)

A MADAME LA COMTESSE D'A...

Mystérieuse amie, soyez la patronne de ce pauvre petit conte.
Patricienne, excusez les antipathies du conteur rustique.
Madame, ne dites à personne que vous êtes sa sœur.
Cœur trois fois noble, descendez jusqu'à lui et rendez-le fier.
Comtesse, soyez pardonnée.
Étoile cachée, reconnaissez-vous à ces litanies [1].

On se sépara sur le ton de l'amitié : « Bonjour, douce et charmante Princesse ; bonjour, cher crétin du Valais.... Ma

---

1. GEORGE SAND, *Simon* (*Revue des Deux Mondes* du 15 janvier 1836).

fille est superbe. Moi je suis pâte et pain, comme dit **Henri Heine** [1].... » Elle revint de Suisse, avec les enfants et le jeune Gustave de Gévaudan, adorateur épisodique. Après avoir vainement attendu Michel en Suisse, elle espérait qu'il la rejoindrait à Lyon :

George Sand à Michel de Bourges : Après six semaines d'attente, d'aspirations, d'espoirs et d'étouffements, vous persistant à ne point venir me trouver parce que, dans vos idées de pacha, je dois aller vers vous avec la soumission d'une odalisque, j'espère vous trouver à Lyon et je fais voyager mes enfants jusque-là. J'y passe cinq mortels jours dans une auberge, avec mes petits — que l'ennui dévore — et mon compagnon de voyage, qui est un bon garçon, obligeant au dernier point, mais pas amusant le moins du monde en tête-à-tête. Vous ne venez pas ! Je pars, faute de temps et d'argent, et quand j'arrive ici, exténuée et mécontente, étouffant de vertu, je vous l'avoue, et ne sachant où dépenser cette poésie et cette ardeur que la Suisse a mis dans mon sang, je trouve de vous une lettre qu'un vieux banquier écrirait tout au plus à une fille entretenue par lui ! Qu'un homme comme vous juge et traite ainsi une femme comme moi, c'est à faire pitié [2]....

Il l'accusait de nouvelles infidélités. Elle protestait.

Je vous ai dit, une fois pour toutes, que, si j'avais eu le malheur de vous devenir infidèle, dans un jour de fatigue, de faiblesse physique, de besoin maladif, je vous avouerais ma faute et que je vous laisserais maître de m'en punir par un oubli éternel.... Une telle rancune serait un châtiment bien peu proportionné à une faute assez grossière, mais assez pardonnable, et que vous avez commise d'ailleurs avec votre femme depuis que nous sommes l'un à l'autre ! Quoi qu'il en soit, je supporterais sans platitude et sans faiblesse les conséquences de mon inconduite. Je n'en aurais que des remords proportionnés à l'importance du crime et n'irais point au désert faire pénitence d'un péché que vous — et beaucoup d'hommes respectables — ont commis je ne sais combien de milliers de fois....

J'ai beaucoup souffert de ma chasteté, je ne vous le cache

1. Collection Spoelberch de Lovenjoul.
2. Lettre inédite. Collection Spoelberch de Lovenjoul, E. 881, f. 31. Inédite

pas ; j'ai eu des rêves très énervants ; le sang m'a monté à la tête cent fois. Au grand soleil, au sein des belles montagnes, en entendant les oiseaux chanter et en respirant les plus suaves parfums des forêts et des vallées, je me suis souvent assise seule, à l'écart, avec une âme pleine d'amour et des genoux tremblants de volupté. Je suis encore jeune. Quoique je dise aux autres hommes que j'ai le calme des vieillards, mon sang est brûlant.... Je fais encore dix lieues à pied et, en me jetant le soir dans un lit d'auberge, je songe encore que le sein d'un homme adoré est le seul oreiller qui reposerait à la fois l'âme et le corps. Cependant j'ai gardé une sérénité dont mes chers amis, Franz et Marie, eux-mêmes ont été dupes.... Les autres croient que je suis Lélia dans toute l'acception du mot et que, quand je pâlis, c'est que j'ai trop marché. L'occasion ne m'eût pas manqué pour me soulager, vous pouvez le croire ; il y avait autour de moi beaucoup d'hommes, plus jeunes que vous, à qui un seul regard eût suffi.... J'avais l'impunité ; mille moyens de vous tromper et d'ensevelir dans l'ombre un instant de brutalité que Catherine II ne se fût guère refusé. Ce qui m'a préservée de cette tache, légère par elle-même, mais ineffaçable pour ceux qui aiment, ce n'est pas ce que les femmes appellent leur « vertu » (moi, je ne sais pas le sens de ce mot-là), c'est l'amour que j'ai dans le cœur et qui me fait envisager avec un insurmontable dégoût l'idée d'être serrée amoureusement dans les bras d'un autre homme que vous. C'est de vous que je rêve, quand je m'éveille trempée de sueur ; vous aussi que j'appelle quand la nature sublime chante des hymnes passionnés et que l'air des montagnes entre dans mes pores par mille aiguillons de désir [1]....

Non, affirmait-elle, jamais elle n'avait cédé aux tentations, tandis que lui.... Quand elle avait traversé Bourges, des amis lui avaient raconté que Michel s'y était épris d'une femme « d'une obésité repoussante » :

J'ai su d'une manière certaine, et par la bouche sans fiel d'un enfant, que tu passais ta vie chez cette femme. Puis-je ne pas souffrir et ne pas douter ? Tu n'as pas d'amitié pour cette femme, car tu m'en aurais parlé et tu ne m'en as jamais rien dit. Je sais par toi-même que tu fais fort peu de cas de son mari. Que fais-tu donc chez elle ? Elle est musicienne, mais elle chante faux et avec une affectation insupportable ; je le sais ; je l'ai entendue.... Ce faux talent ne peut ni te charmer, ni te

1. Lettre inédite. Collection Spoelberch de Lovenjoul, E. 881, ff. 28-30

distraire. Elle est méchante et me hait.... Elle ne perd pas une
occasion de me dénigrer et de me calomnier. Je le sais ; je l'ai
presque entendue. Comment peux-tu supporter l'intimité d'un
être qui me hait ?... Dieu ! je ne pourrais entendre mon meilleur
ami, mon propre fils dire du mal de toi sans le prendre en haine
et sans l'éloigner de moi à jamais !

Dis-moi donc, Marcel, ce que tu fais chez elle et pourquoi tu
y passes toutes les heures que tu arraches à tes travaux ? Cette
femme sert-elle à te soulager les reins, comme ferait une fille
publique ? Hélas ! je suis plus jeune que toi, j'ai plus de sang,
plus de muscles, plus de nerfs, une santé de fer, un surcroît
d'énergie dont je ne sais que faire — et le plus jeune, le plus
beau des hommes ne pourrait me rendre infidèle à toi, malgré
ton oubli, ton dédain, ton infidélité même. Quand cette fièvre
m'inquiète, je me fais ôter par le médecin une livre de sang.
Le médecin me dit que c'est un crime, un suicide ; que d'ailleurs cela ne me soulage pas beaucoup ; qu'il *faut* que j'aie un
amant ou que ma vie est menacée par son excès même. Eh bien,
je le voudrais en vain ; je ne le puis pas ; je n'en peux même
supporter la pensée....

Il m'est odieux de penser que ce corps si beau, si adoré, si
imprégné de mes caresses, tant de fois brisé sous mes étreintes
et ranimé par mes baisers ; ce corps plusieurs fois endolori de
nos délires, plusieurs fois guéri et ranimé par mes lèvres, par
mes cheveux, par mon haleine brûlante.... Hélas ! Où s'égarent
mes souvenirs ? Une fois, je t'avais réchauffé les sens de mon
souffle ; j'ai cru que j'allais mourir, tant j'avais essayé avec
ardeur de faire passer dans tes entrailles douloureuses la vie et
l'amour qui remplissaient ma poitrine. Oh ! qu'il m'eût été doux
de mourir ainsi, en t'infusant la sève des robustes années dont
je sentais le poids sur mes épaules. Oh ! mon Dieu ! Ce corps
idolâtré serait-il souillé au contact d'un ventre infâme ?...
Ta bouche aurait-elle aspiré l'haleine d'une bouche qu'on dit
prostituée à l'adoration de soi-même et au culte de toutes
les puérilités sociales ? Non, cela est impossible [1] !

Comme il la fuyait, elle alla s'installer chez *Speranza* et
le supplia de lui accorder un quart d'heure d'entretien :

« Je ne présume pas que vous ayez peur de moi autant
que de Mme Michel, que vous reculiez devant un rendez-
vous où je fais appel à votre honneur [2].... » Il vint, puis, ce

1. Lettre inédite. Collection Spoelberch de Lovenjoul, E. 881, ff. 16-18.
2. *Ibid.*, f. 4.

mauvais amour replâtré, elle partit pour Paris. Didier, hanté par les beaux souvenirs de Nohant, espérait qu'elle habiterait chez lui, mais elle avait loué une chambre à l'entresol de l'*Hôtel de France*, 23, rue Laffitte, cependant que Franz et Marie y occupaient un appartement, au premier étage. Le salon était à frais communs, et Mme d'Agoult, réprouvée ambitieuse, se donnait beaucoup de mal pour en faire le lieu de rencontre des écrivains et des artistes. Elle avait perdu sa place dans l'Olympe du faubourg Saint-Germain ; elle souhaitait en revanche régner sur un autre monde. On vit donc chez elle Heine, Mickiewicz, Lamennais, Ballanche, Michel, Charles Didier, Eugène Sue. Ce fut là que Sand entendit, pour la première fois, un jeune musicien polonais, Frédéric Chopin, seul pianiste qui pût, par le génie, la beauté, briller près de Liszt ; là aussi elle connut Mme Manoël Marliani, femme du consul d'Espagne, Italienne exaltée, dame à salon, tumultueuse, tendre et dangereuse par ses bavardages.

Le pauvre Didier fut invité à l'*Hôtel de France* ; il y vit George, belle, courtisée par tous, froide envers lui, et fondit en larmes au milieu du salon. Après bien des supplications, il fut autorisé à venir chez elle le 25 novembre, à minuit. Mais les amants malheureux sont toujours maladroits ; au lieu de cueillir le plaisir qui passe, ils se lamentent sur un passé qui ne peut renaître. *Journal de Didier* : « La nuit finit par une affreuse explication et d'effroyables aveux. Ce qu'elle dit me glace au lieu de m'animer et je reste mort auprès d'elle.... Elle a un fonds de férocité, elle aime à faire souffrir, elle se plaît aux maux qu'elle cause. Le cœur manque ; l'imagination tient le gouvernail, mène tout.... » Il oubliait qu'il l'avait jugée « fondamentalement bonne » quand elle le préférait à Michel.

Lorsque George eut de nouveau quitté Paris pour Nohant, il eut l'idée d'aller voir Marie d'Agoult, pour parler avec celle-ci de l'infidèle. Il estimait cette autre femme, grave comme lui-même, et qui savait, mieux que Sand, se faire plaindre. « Elle me plaît plus que Liszt, avouait naïvement le brave Didier, c'est une noble créature, et bien malheureuse.... Je comprends mal leurs rapports ; je crois qu'on joue la comédie et qu'on en est aux dernières étincelles.... » Ce n'était pas encore tout à fait vrai. Pourtant, dès la Suisse, avait commencé « une lutte cruelle entre ces deux natures », ardentes et souvent nobles, « mais toutes deux orgueilleuses, insatiables [1]. » Didier ouvrit son cœur à Marie, qui, jugeant Sand avec la sévérité lucide d'une égale et d'une rivale, prit plaisir à écouter les lamentations du beau Suisse. Elle promit de plaider sa cause à Nohant, où elle-même devait faire un séjour.

V

LES PROPHÈTES

L'abbé de Lamennais avait été, pendant le séjour de Sand à Paris, un des visiteurs favoris de l'*Hôtel de France*. George continuait à aimer les manières brusques de l'abbé, ses obstinations emportées, ses gros habits pauvres et ses bas de laine bleue. « Ceux qui, l'ayant rencontré perdu dans ses rêveries, n'ont vu de lui que son œil vert, quelquefois hagard, et son grand nez acéré comme un glaive, ont eu peur de lui et ont déclaré son aspect diabolique [2]. » George chérissait sa bonté, sa candeur et son courage, sa causerie naïve et sublime. Nerveux, irascible, l'abbé n'était pas facile à vivre, mais Sand l'acceptait avec ses engouements, ses méfiances, ses retours imprévus. Toujours maternelle, elle se plaisait à défendre ce vieil enfant. Quand Sainte-Beuve blâma, dans la *Revue*, les inconséquences de l'abbé, elle riposta, au risque de fâcher et Buloz et le critique. En fait ses relations avec Sainte-Beuve en furent très refroidies. De Buloz, elle obtint une loge au Théâtre-Français, pour l'abbé qui voulait entendre Rachel. *Sand à Lamennais* :

1. COMTESSE D'AGOULT (DANIEL STERN), *Mémoires*, 1833-1854, p. 74.
2. GEORGE SAND, *Histoire de ma Vie*, t. IV, p. 358.

« La loge est à vous seul.... Buloz ne fera pas de cancans, je vous réponds de lui. A vous de cœur et de dévouement respectueux [1]. » Quand l'abbé vint se fixer à Paris et annonça l'intention de fonder un journal, elle se dit prête à travailler avec lui.

George Sand à Marie d'Agoult : Il lui faut une école, des disciples. En morale et en politique, il n'en aura pas s'il ne fait d'énormes concessions à notre époque et à nos lumières. Il y a encore en lui, d'après ce qui m'est rapporté par ses intimes amis, beaucoup plus du *prêtre* que je ne croyais. On espérait l'amener plus avant dans le cercle qu'on n'a pu encore le faire. Il résiste. On se querelle et on s'embrasse. On ne conclut rien encore. Je voudrais bien que l'on s'entendît. Tout l'espoir de l'intelligence vertueuse est là. Lamennais ne peut marcher seul... Si, abdiquant le rôle de prophète et de poète apocalyptique, il se jette dans l'action progressive, il faut qu'il ait une armée. Le plus grand général du monde ne fait rien sans soldats. Mais il faut des soldats éprouvés et croyants [2].

Elle s'offrit, en réclamant une certaine liberté de conscience, et donna au *Monde*, le journal de l'abbé, des articles non payés, alors que les *Débats* lui faisaient de très avantageuses propositions. Les méchantes gens « essayèrent de faire croire à une sorte d'intimité entre l'abbé Féli et George Sand [3] ». Un voisin de Nohant prétendit qu'on avait vu Lamennais sur la terrasse « en robe de chambre orientale, fumant un narghilé en compagnie de l'auteur de *Lélia* [4] ». C'était mal connaître l'austérité et l'innocence de l'abbé. Non, elle s'enrôlait sous ses ordres parce que, comme elle, il était chrétien et démocrate, et aussi parce qu'il était persécuté. « Il est si bon et je l'aime tant que je lui donnerai autant de mon sang et de mon encre qu'il m'en demandera.... » C'était généreux, mais les amis de Lamennais s'affligèrent de cet hyménée littéraire. « L'alliance de M. de Lamennais et de George Sand fait beaucoup parler,

---

1. GEORGE SAND, *Histoire de ma Vie*, t. IV, p. 358.
2. GEORGE SAND, *Correspondance*, t. I, pp. 369-370.
3. MARIE-LOUISE PAILLERON, *George Sand*, t. II, p. 154.
4. *Ibid.*

écrit Mme de Girardin dans *La Presse* du 8 mars 1837.
Chacun de ses amis est un sujet pour elle ; chaque nouvelle relation est un nouveau roman. L'histoire de ses affections est tout entière dans le catalogue de ses œuvres [1].... »

A la vérité, l'abbé lui-même, dont l'indulgence n'était
pas la vertu essentielle, ne tarda pas à trouver cette amitié
encombrante. Il acceptait mal, dans la vie de Sand, un
mélange de confort et de charité. A ses yeux, la châtelaine
de Nohant apparaissait ce que Léon Tolstoï fut plus tard au
yeux de ses adversaires : un aristocrate condescendant.

L'abbé de Lamennais au baron de Vitrolles, 21 décembre 1841 :
La châtelaine de Nohant ne porte plus que des chemises de
foulard des Indes ; elle en viendra aux cachemires, tout en prê-
chant la communauté, à l'immense édification de ceux qui
meurent de faim et à qui elle enseigne, par son exemple, de
quelle manière il faudrait vivre. Elle a une pièce tapissée de
velours : avis aux imbéciles qui n'ont pas même de vitres [2]....

Jugements injustes, mais la pauvreté, comme le courage
physique, est inimitable.

George Sand à Eliza Tourangin, 13 mars 1837 : Je vois très
souvent l'abbé de Lamennais. J'ai une passion pour lui et on en
jase, ce qui vous paraîtra assez curieux si vous voyez l'âge et la
tournure de l'individu. On dit même que je vais me fixer à
Paris afin de tenir son ménage. Heureuse idée ! Ce serait un
ménage admirablement tenu.... Dites-moi si vous avez fait
remettre mes deux lettres à Michel et, si vous avez reçu des
nouvelles, donnez-m'en. Il est fort paresseux et j'en suis inquiète [3]. »

« L'abbé de Lamennais n'a point été habile avec George,
dit Mme d'Agoult, il n'a point deviné qu'elle venait à
lui disposée à se donner complètement, à se dévouer en

---

1. Vicomte de Launay (Delphine de Girardin), *Lettres parisiennes*,
t. I, p. 82.

2. *Correspondance inédite entre Lamennais et le baron de Vitrolles*,
pp. 387-388.

3. Lettre inédite. Collection Spoelberch de Lovenjoul, E. 917, ff. 91
et suivants.

aveugle à ses opinions, à se faire en quelque sorte
le manœuvre de sa pensée.... » Il ne sentit pas qu'elle lui
apportait une grande force ; il ne répondit qu'avec un
humour grognon à ses élans de cœur. Quand elle lui envoya,
pour *Le Monde*, des *Lettres à Marcie*, leur mysticisme
romantique déplut au vieux prêtre réfractaire. George
avait pourtant été prudente. Elle s'adressait, dans les
Lettres, comme un ami masculin à une jeune fille triste,
ennuyée, qui se plaint de sa solitude et d'une pauvreté qui
rend pour elle le mariage difficile : « Marcie, ne vous plaignez point trop, ne soyez point ingrate. Vous êtes belle,
vous êtes instruite, vous êtes pure. Voilà de grandes supé-
riorités, de véritables éléments de bonheur ; et ces riches
infortunées, qui sont réduites à acheter leurs époux, doivent
vous inspirer une profonde pitié [1].... » Pour appuyer sa
démonstration, elle racontait à Marcie deux histoires :
celle d'une fille laide et riche qui crut, en se mariant,
pouvoir attacher son époux par ses vertus et mourut de
désespoir dans un faste exécré ; puis celle des trois nièces
d'un curé lombard qui avaient les unes pour les autres
tant de tendresse qu'elles choisirent de ne pas se marier afin
de ne pas rompre cette harmonie familiale et qu'elles trouvèrent le bonheur dans le célibat : « La vérité, c'est l'amour
de la perfection, et la perfection, c'est l'éternelle tentative
de l'esprit pour dompter la matière [2]. »

Les *Lettres à Marcie*, correspondance romancée, para-
phrasent, sous forme abrégée, les nombreuses lettres à
Eliza Tourangin *(Speranza)*, fille sans dot, qu'écrivait alors
George Sand. Félix Tourangin, père de famille nombreuse
(du type Micawber) s'était ruiné ; des créanciers menaçaient
de faire saisir son château de La Frée. Eliza, depuis sa majorité, craignait plus que tout de rester vieille fille, et Sand,
pour la réconforter, enseignait à cette « Marcie » vivante,
le mépris des richesses et du mariage de raison.

1. GEORGE SAND, *Impressions littéraires, Lettres à Marcie*, pp. 244-245.
2. *Opus cit.*, p. 252.

George Sand à Eliza Tourangin : Ah ! ma pauvre sœur, si l'expropriation qui vous menace n'est pas détournée, si le secours que je rêve n'arrive pas à temps, il n'y aura rien d'irréparable. Pourquoi la perte de votre fortune serait-elle pour vous un mal si affreux ?... Si nous touchons, comme je l'espère, à des jours de renouvellement, l'espèce de mauvaise honte et les privations réelles qui s'attachent maintenant aux riches déchus n'auront plus ni sens ni effet.... Tout n'est pas perdu. Vous ne tomberez pas dans la misère.... Vous n'aurez plus ni terres ni château, mais vous aurez une famille à vous, et le calme.... Et puis, ma sœur chérie, si vous êtes une vieille fille sans un sou, vous n'irez pas gagner votre pain sous un toit étranger ; vous viendrez partager le mien, et nous ferons des confitures pour manger avec [1].

La *Sixième Lettre à Marcie* était une défense de l'égalité des sexes dans l'amour. Égalité, non similitude, et moins encore identité. L'homme, par égoïsme, tente d'étouffer l'intelligence de la femme afin de régner sur elle. On trouve en ces pages « l'écho de scènes brutales avec Michel de Bourges [2] ». Lamennais fut choqué ; n'ayant eu ni jeunesse mondaine ni commerce avec les femmes, il craignait plus que tout le démon de la luxure. Le sujet que suggérait Sand pour la lettre suivante : *Rôle de la passion dans la vie de la femme*, effraya plus encore l'abbé. Il suspendit la publication.

Marie d'Agoult à Franz Liszt : Elle lui a écrit une lettre parfaitement convenable, très affectueuse et très raisonnable, pour lui dire qu'elle ne pouvait continuer à travailler au hasard, qu'elle désirait parler du divorce et de plusieurs autres points, et qu'elle voudrait savoir auparavant quelle latitude l'abbé lui laissait. A cela il a répondu une lettre assez froide. Il ne veut pas du divorce ; il lui demande de ces fleurs qui tombent de sa main, autrement dit des contes et des piffoëlades. De plus, on n'a pas inséré sa *Quatrième Lettre*. Elle est mécontente [3]....

Arabella avait trouvé avec satisfaction, dans la lettre

1. Lettre inédite. Collection Spoelberch de Lovenjoul, E. 917.
2. ERNEST SEILLIÈRE, *George Sand, mystique de la passion*, p. 181.
3. *Correspondance de Liszt et de Madame d'Agoult*, t. I, pp. 199-200.

de George, une « très belle page sur les amours d'exception, les nobles, saintes et impérissables amours, à l'inspiration de laquelle nous ne sommes pas étrangers, je crois ». Le lecteur juge un texte, comme le juré un accusé, en fonction de ses propres passions. Peut-être Lamennais se fût-il mieux entendu avec George si celle-ci n'avait été entourée de femmes qui déplaisaient à l'abbé : Marie d'Agoult et la consulesse d'Espagne, Carlotta Marliani. Surtout il détestait un homme qui jouait, depuis quelque temps, un grand rôle dans la vie spirituelle de ce groupe de femmes et qui était Pierre Leroux. « Ce n'est pas, disait le rude Lamennais, qu'elles comprennent le premier mot de ses doctrines qui les charment tant. Mais il en sort je ne sais quelle odeur de lupanar qu'elles aiment à humer [1].... »

Sainte-Beuve portait toute la responsabilité de l'entrée de Leroux dans la vie de Sand. Quand elle lui avait avoué combien ses idées philosophiques et sociales demeuraient confuses, Sainte-Beuve, lui-même assez vague en ces matières, lui avait recommandé les livres de Pierre Leroux. On en demeure confondu. Comment Sainte-Beuve admirait-il ce fatras ? Comment Sand osait-elle écrire : « Puis-je jamais en vouloir à un être que je considère comme un nouveau Platon, comme un nouveau Christ ? » et, beaucoup plus tard, à une jeune femme qui lui demandait une philosophie : « Mon enfant, lis les œuvres de Pierre Leroux, tu y trouveras le calme et la solution de tous tes doutes ; c'est Pierre Leroux qui me sauva [2]. » Qu'était-ce donc que Pierre Leroux ?

Pierre Leroux était le fils d'un limonadier de la place des Vosges. Il avait fait de brillantes études et tenté d'entrer à l'École polytechnique, mais, par nécessité de gagner immédiatement sa vie, était devenu d'abord commis d'agent de change, puis, par choix, ouvrier typographe. Il avait alors inventé, pour faciliter le travail du typographe, un *piano-*

1. *Correspondance inédite entre Lamennais et le baron de Vitrolles*, p. 318.
2. Wladimir Karénine, *George Sand, sa Vie et ses Œuvres*, t. III, p. 2.

type qui ne réussit pas, bien que ce fût l'embryon de la lino-
type. Avec son ami Jean Reynaud, il entra au *Globe*. Ce
journal saint-simonien édita l'*Encyclopédie nouvelle* de
Leroux et Reynaud, qui, comme celle du XVIIIe siècle,
était un manuel au service d'une idée.

Cette idée, ou plutôt cette philosophie de Leroux, n'offrait
rien de neuf. A Bonnet et Ballanche, il avait emprunté
l'idée de la palingénésie, c'est-à-dire de la métempsycose
de l'humanité tout entière. L'humanité ne meurt que pour
renaître (ce qui est évident) et chaque renaissance amène
un progrès (ce qui l'est moins). Ainsi l'homme s'élève sans
cesse et le dessein de la Providence est logique. L'individu
ne peut vivre qu'en société ; cette société est perfectible;
par notre union avec elle, nous sommes perfectibles et
immortels. La famille, la propriété ont été nécessaires, mais,
dès qu'elles entravent l'homme dans ses mouvements vers
la perfection, elles deviennent nuisibles. L'homme n'est
ni une âme, ni un animal. L'homme est un animal transformé par la raison et uni à l'humanité. Dieu est partout, dans
le monde matériel autant que dans le monde spirituel. Il ne
faut donc pas combattre la vie charnelle, mais l'élever et
la sanctifier.

Sans religion, la société ne serait plus qu'une poussière
d'individus. Ou le christianisme saura être la religion dont
le monde a besoin, ou naîtra une nouvelle religion. En particulier, seule la religion peut rendre les femmes capables
d'accomplir leur mission, qui est de sacrifice. Faute de
religion, il leur faut une philosophie. Leroux croyait apporter la philosophie dont avait besoin son siècle. En fait, ce
qu'il y avait de meilleur dans sa doctrine était emprunté
au christianisme. « Ce que le christianisme a volé d'idées
à Leroux est incroyable [1]. » Toutefois Pierre Leroux
n'admettait pas, comme les chrétiens, l'immortalité de l'individu. Notre corps, disait-il, est notre mémoire. Quand ce
corps périt, nous ne pouvons espérer l'immortalité avec

1. ÉMILE FAGUET.

notre bagage de souvenirs. Le fleuve Léthé est un sage symbole. Mais nous participerons à une immortalité collective.

Leroux était d'accord avec Sand pour juger inadmissible l'inégalité des deux sexes dans l'amour. Avant la formation du couple, la femme est un être humain, une personne morale. Pourquoi le mariage abolirait-il sa dignité ? Si la personne humaine n'est pas respectée dans l'amour, celui-ci devient licence et prostitution. Aucune femme ne réclamera plus la liberté dans l'amour si elle obtient l'égalité dans le couple. « C'est par la perfection du mariage que l'émancipation des femmes aura lieu véritablement. » Texte très doux aux oreilles de Sand.

Tout cela était loin d'être absurde, et tout aussi loin d'être génial. Les contemporains commettent souvent d'étonnantes erreurs. Le très intelligent Sainte-Beuve qui avait, sur Leroux, des illusions écrivait que le Seigneur parfois suscite

> Quelques rares mortels, grands, plus grands que les rois,
> Avec un sceau brillant sur leurs têtes sublimes....
> Ces mortels ont des nuits brillantes et sans voiles ;
> Ils comprennent les flots, entendent les étoiles,
> Savent les noms des fleurs et, pour eux, l'univers
> N'est qu'une seule idée en symboles divers.

Sand, elle aussi, crut voir en ce « rare mortel », en cette « seule idée », la solution de toutes les difficultés qui lui inspiraient tant d'angoisses. Elle pensa que Leroux possédait le Maître Mot. Elle retrouvait en lui l'écho des grandes hérésies qui l'avaient toujours séduite, celle des hussites, celle des taborites, la réhabilitation de la chair, et aussi la réhabilitation de Satan, libérateur de l'humanité trop longtemps « calomniée et avilie par la doctrine du péché originel ». Elle souhaita passionnément connaître Leroux. En 1836, elle lui écrivit pour le prier de venir dîner avec elle et de lui exposer « en deux ou trois heures de conversation, le catéchisme républicain ».

Elle vit entrer un homme à peine plus âgé qu'elle, tout
crotté, « grosse tête bossuée, visage inégal, yeux enfoncés
sous de grosses arcades sourcilières velues [1] ». Elle fut
ravie : c'était *le* Philosophe ; c'était Socrate ; c'était Leibnitz. Elle l'écouta avec ravissement. Plus ardente que critique, elle ne voyait pas « l'insuffisance de ses études et
la fausseté de son esprit ». A tous les amis de Paris et de
La Châtre, elle dit à partir de ce jour : « Avez-vous lu Leroux ?
J'ai la certitude qu'un jour on lira Leroux comme on lit
aujourd'hui le *Contrat social.* » Elle s'assit aux pieds du
maître ; elle loua la pureté de cette âme enfantine, son ignorance de la vie pratique, bien que cette candeur se traduisît
par d'incessantes demandes d'argent. Elle persécuta Buloz
pour que la *Revue* demandât des articles à Pierre Leroux.
Mais la conjonction ne réussit pas. Buloz dit à Leroux : « Non,
non, Dieu n'est pas un sujet d'actualité. » Leroux fut justement indigné.

Sand traîna son philosophe dans quelques salons littéraires. « Il faut que vous sachiez, écrivait Béranger à un
ami, que notre métaphysicien s'est fait un entourage de
femmes, à la tête desquelles sont Mesdames Sand et Marliani,
et que c'est dans les salons dorés qu'il expose ses principes
religieux et ses bottes crottées. Tout cet entourage lui porte
à la tête et je trouve que sa philosophie s'en ressent beaucoup.... » Bref Leroux fut le Godwin de ce Shelley femme.
« Elle l'a poussé, dit encore Béranger, à pondre une petite
religion pour avoir le plaisir de la couver. »

Hélas ! Leroux n'avait pas seulement pondu une philosophie. Il était veuf, avec de nombreux enfants, et il fallait
le faire vivre. George Sand allait s'y appliquer avec une
générosité incomparable. Articles gratuits à Lamennais,
subsides à Leroux, cris de passion à Michel. Ses prophètes
lui coûtaient cher.

---

1. MARIE-LOUISE PAILLERON, *George Sand*, t. II, p. 46.

VI

UN ÉTÉ A LA CAMPAGNE

Elle revint à Nohant au début de janvier 1837, avec ses deux enfants. Elle devait s'occuper du domaine, dont elle était enfin suzeraine absolue ; elle avait besoin de calme pour terminer *Mauprat ;* et elle voulait se rapprocher de Michel, qu'elle tenait à reconquérir parce qu'il lui échappait. Il était convenu que Liszt et Marie d'Agoult la rejoindraient en Berry, mais Arabella vint seule à la fin de janvier. Les deux femmes devinrent plus intimes. Elles faisaient ensemble de longues promenades à cheval. George, en blouse et pantalon, très virile, tenait le cheval de la blonde « Princesse » quand le talus était trop raide ou le gué trop profond. Arabella observait la maisonnée sans excès de bienveillance. Elle trouvait Solange belle, admirablement proportionnée, mais « caractère passionné, indomptable » :

> Quand le vent joue dans ses longs cheveux blonds et que les rayons du soleil illuminent son visage éclatant, il me semble voir une jeune hamadryade échappée à ses forêts.... Ame aussi forte que son corps.... Solange est destinée à l'absolu, dans le bien ou dans le mal. Sa vie sera pleine de luttes, de combats. Elle ne se pliera pas aux règles communes ; il y aura de la grandeur dans ses fautes, de la sublimité dans ses vertus. — Maurice me paraît former avec sa sœur une antithèse vivante. Ce sera l'homme du bon sens, de la règle, des vertus commodes.... Il aura du goût pour les plaisirs tranquilles et pour la vie de propriétaire, à moins qu'un talent transcendant ne le jette dans la vie artistique [1]....

Un nouveau précepteur, Eugène Pelletan, s'occupait de Maurice. Protestant, fils d'un notaire de Royan, il était long comme un jour sans pain, aussi républicain que Michel, mais trop grave pour le ton de Nohant. Quant à

---

1. Comtesse d'Agoult (Daniel Stern), *Mémoires*, p. 82.

George, la Princesse la voyait consumée par un amour absurde et sans espoir. En vain s'accrochait-elle à Michel pour rallumer en lui un désir éteint. Le tribun, égoïste et fatigué, souhaitait se détacher d'une maîtresse épuisante. George se lamentait :

Sand à Michel, 21 janvier 1837 : Que ma tristesse ne t'occupe pas. Elle est profonde, incurable, mais j'ai la force de la supporter et tu n'as pas celle de la guérir. Je ne t'en parlerai plus ; c'est tout au plus si tu la comprendrais, car le monde a mis entre nous un abîme. Les intérêts d'ici-bas ont fait de toi un certain être ; le dégoût et l'horreur de ces choses ont fait de moi un être différent. Et cependant il y a un monde invisible, inconnu, où nous avons vécu et où nous ne faisions qu'un !... Ce n'est pas à cause de l'amour que tu as eu pour moi que je t'ai aimé. D'autres en ont eu davantage, qui ne m'ont pas fait seulement lever les yeux ! Ce n'est pas à cause des belles paroles que tu sais dire aux femmes. J'ai rencontré d'autres beaux parleurs, qui n'ont pas seulement distrait mes oreilles ! Ce n'est pas parce que j'ai compté sur du bonheur ou sur de la gloire, ou seulement sur de l'affection. Je méprise les faux biens et je savais, en me donnant à toi, que le torrent du monde nous séparerait toujours. Je savais que les ambitieux n'aiment qu'une heure par jour.... Je t'ai aimé parce que tu me plais, parce que nul autre ne peut me plaire.... Tu as des vices que je n'ai pas, car tu n'as jamais gouverné tes passions. Je te sais tout entier, car nous sommes *un* et tu es la moitié de mon être [1]....

A ces longues, à ces interminables lettres, il ne répondait plus. Les lisait-il même ? *28 janvier 1837* : « Pourquoi n'écris-tu pas ? Quel est ce nouvel accès ? Es-tu malade ? Mon Dieu ! Me boudes-tu encore ? En aimes-tu une autre ? Hélas ! je le crois, et cette conviction ne m'a pas quittée depuis que je t'ai revu. Ta figure n'était pas celle d'autrefois et, au milieu des retours de tendresse, tu dissimulais mal ton ennui et ton impatience de me quitter !... Fais ce que tu voudras ; je saurai garder la dignité qui convient ; je saurai même garder le silence, si mon affection t'im-

1. Lettre publiée dans la *Revue illustrée*, 1er novembre 1890. pp. 291-292.

portune [1].... » Elle reconnaissait qu'elle avait été injuste, amère, fantasque. Mais était-ce sa faute si elle ne pouvait se passer de lui ? Était-ce sa faute si elle était jalouse de toutes les femmes, et surtout de « la Personne » (Mme Michel) ? « Je ne sais par quel infernal caprice tu voulus, un jour, me promener dans la maison de ta femme et me montrer ta couche nuptiale. Je ne comprends pas que l'amour résiste à de pareilles épreuves. Pourtant le mien résista [2]. »

Que lui donnait-il encore ? De temps à autre, elle galopait la nuit jusqu'à La Châtre, ou Châteauroux, pour passer quelques heures dans les bras de Michel. Mais l'étreinte était « suivie d'une avalanche de glaces sur mon pauvre cœur ». C'était George qui devait solliciter chaque rendez-vous : « Je demandais un miracle quand j'espérais que rien ne t'arrêterait, et que tu trouverais un moyen de dérober *toute une nuit* à tes affaires et à tes devoirs conjugaux.... » Avec une abjecte et surprenante humilité, elle se disait pourtant prête à tout. Voulait-il qu'elle louât une maison à Bourges ? Elle s'y enfermerait comme dans une cellule et serait à lui toutes les fois qu'il le voudrait. Craignait-il les fatigues de l'amour ? Elle accepterait la chasteté :

Ah ! si tu vivais près de moi, lorsque la maladie paralyse ton âme, tu dormirais au moins sur mon sein ! Mon amour, toujours éveillé, recevrait le tien comme un dépôt pour te le rendre à ton réveil. Je ne te tourmenterais pas, moi, pour te rappeler que tu *dois* m'aimer. Je te le laisserais oublier, parce que ton repos serait doux près de moi et que je saurais repousser le néant, lorsqu'il viendrait réclamer sa proie.... Mon amour est toujours incliné sur toi, comme un saule sur les eaux qu'il chérit, et mon plus doux rêve, lorsque je m'abandonne à l'espérance trompeuse de vivre près de toi, consiste à imaginer les soins que je rendrais à ta vieillesse débile ! Les délices de l'amour ne sont pas seulement dans les rapides heures de fièvre qui emportent l'âme dans les cieux ; elles sont aussi dans la tendresse,

---

1. Lettre publiée dans la *Revue illustrée* du 1er novembre 1890, p. 293.
2. *Ibid.*, p. 297.

assidue et innocente de l'intimité.... T'assister tous les jours ; prévenir tes moindres pensées ; te réchauffer dans mes bras en t'endormant le soir, calme, doucement affaissé sur toi-même ; écarter l'orage de tes sens, pour l'empêcher de briser ton être et, à l'âge où nous n'aurions plus de sève, te faire de mon amour un oreiller si doux, une retraite si sûre, une nuit si muette, si tiède et si tranquille, que la pensée du tombeau qui nous réunirait bientôt serait une image sans horreur et sans dégoût ! Voilà ce que je caresse, pour dédommagement d'une carrière de fatigues sans utilité, de soucis sans enthousiasme, que j'ai subie longtemps [1].

Arabella observait ces orages et goûtait de longs jours placides : « Tout le soir, notait-elle, George a été comme engourdie dans un pesant non-être. Pauvre grande femme ! La flamme sacrée que Dieu a mise en elle ne trouve plus rien à dévorer au-dehors et consume au-dedans tout ce qui reste encore de foi, de jeunesse et d'espoir. Charité, amour, volupté, ces trois aspirations de l'âme, du cœur et des sens, trop ardentes dans cette nature fatalement privilégiée, ont rencontré le doute, la déception, la satiété et, refoulées au plus profond de son être, elles font de sa vie un martyre.... Oh ! mon Dieu ! donnez à George la sérénité de Gœthe [2].... »

En somme, à mieux connaître son illustre amie, Marie d'Agoult croyait prendre plus juste conscience de sa valeur personnelle. Non qu'elle n'eût admiré la vitalité de son hôtesse, qui pouvait écrire quatorze heures, puis seller son cheval et courir à un rendez-vous. Elle reconnaissait à George un sens profond de la poésie naturelle, une grâce étrange, le don de l'amitié. Mais le jugement final était sévère. Pourquoi, alors qu'elle disait se mourir d'amour pour Michel, avait-elle la maison pleine de jeunes gens, ceux de La Châtre et ceux venus de Paris, Scipion du Roure, Gévaudan, tous amoureux d'elle ? Pourquoi des gamineries sans dignité ? Pourquoi cette exaltation ridicule de l'amour maternel ? La féconde Marie n'admirait pas « l'amour des *petits*, qui n'est point un sentiment intelligent, mais bien un instinct aveugle dans lequel la dernière brute est supérieure à la femme [1] ». Des deux filles nées de son mariage, Louise et Claire, elle avait perdu l'une, puis abandonné l'autre au comte d'Agoult ; elle avait mis en nourrice, près de Genève, sa fille naturelle Blandine ; elle attendait, sans joie, un nouvel enfant de Liszt.

Le premier diagnostic d'Arabella avait été le plus équitable. C'était la surabondance de vie qui étouffait George. Souvent elle se faisait saigner. « A votre place, j'aimerais mieux Chopin », disait ironiquement la Princesse, car elle n'avait pas été sans remarquer que le frêle et beau musicien faisait grande impression sur Sand et savait que celle-ci eût aimé l'attirer à Nohant. En mai, Liszt arriva de Paris, pâle, ardent, génial, et George, à son tour, observa l'autre couple. Là aussi deux êtres se heurtaient : Franz, jeune, indompté ; Marie, fière et rêveuse. Sand pensa que cet amour ne serait pas éternel. Pourtant, sous les arbres de Nohant, l'été de 1837 fut une admirable saison, tantôt illuminée par les éclairs du génie, tantôt assombrie par les orages des passions. Soleil brûlant. Tilleuls étincelants, immobiles. Or des rayons sous la feuillée. George tenait, chaque soir, le journal intime du docteur Piffoël :

La chambre d'Arabella est au rez-de-chaussée, sous la mienne. Là est le beau piano de Franz, au-dessous de la fenêtre d'où le rideau de verdure des tilleuls m'apparaît, la fenêtre d'où partent ces sons que l'univers voudrait entendre, et qui ne font ici de jaloux que les rossignols. Artiste puissant, sublime dans les grandes choses, toujours supérieur dans les petites. Triste pourtant et rongé d'une plaie secrète. Homme heureux, aimé d'une femme belle, généreuse, intelligente et chaste. Que te faut-il, misérable ingrat ? Ah ! si j'étais aimée, moi !...
Quand Franz joue du piano, je suis soulagée. Toutes mes peines se poétisent, tous mes instincts s'exaltent. Il fait surtout vibrer la corde généreuse. Il attaque aussi la note colère, presque

1. Comtesse d'Agoult (Daniel Stern), *Mémoires*, p. 81.

à l'unisson de mon énergie, mais il n'attaque pas la note hai-
neuse. Moi, la haine me dévore. La haine de quoi ? Mon Dieu,
ne trouverai-je jamais personne qui vaille la peine d'être haï ?
Faites-moi cette grâce, je ne vous demanderai plus de me faire
trouver celui qui mériterait d'être aimé....

J'aime ces phrases entrecoupées qu'il jette sur le piano, et
qui restent un pied en l'air, dansant dans l'espace comme des
follets boiteux. Les feuilles des tilleuls se chargent d'achever la
mélodie, tout bas, avec un chuchotement mystérieux, comme si
elles se confiaient l'une à l'autre le secret de la nature [1]....

Elle pesait, d'une main qu'elle aurait voulu ferme, tous
ces « misérables hochets » de l'homme : la gloire, l'amour....
Dieu ! Que faire de sa force ? Travailler ? Ce n'était plus
pour elle qu'une corvée : « Je hais mon métier. » Seuls les
cigares et le café soutenaient « sa pauvre verve à deux
cents francs la feuille ». Puis, soudain, le monde s'illuminait parce que Michel, enfin, accordait un rendez-vous.
Pour le 7 avril, anniversaire de leur rencontre, il avait
écrit un peu plus tendrement et elle avait été brisée par
un bonheur dont elle avait perdu l'habitude : « Dis-moi si
c'est vrai, si tu m'aimes, si tu viendras, si je te reverrai
au lever de la lune dans nos allées couvertes, si je te pres-
serai contre mon cœur sous nos acacias ?... 7 avril ! Vas-tu
me porter bonheur [2] ? » En mai, elle alla le rejoindre à
cheval et fut heureuse, une nuit.

7 mai 1837 : Cher ange de ma vie, je suis heureuse si tu
m'aimes. Je ne puis te dire autre chose ce soir. Je tombe de
fatigue. J'ai fait, à cheval, sept lieues en deux heures. J'ai
trouvé mes enfants en bonne santé. Liszt et Mme d'Agoult
sont arrivés. Je suis brisée, non pas tant du voyage précipité.
Mais quelle douce fatigue ! Et quel paisible sommeil pèse sur
ma paupière. Adieu. Sois à moi éternellement, comme je suis à
toi. Repasse quelquefois dans ta mémoire nos heures d'ivresse
et de délices.... Écris-moi. A présent, c'est ton tour. Je t'attends,
sur les tièdes gazons semés de violettes. Jusque-là je vivrai du
souvenir des jours qui viennent de s'écouler, rapides et déli-

1. George Sand, *Journal intime*, pp. 45-47.
2. Lettre publiée dans la *Revue illustrée* du 15 novembre 1890,
p. 341.

cieux. Dis-moi qu'ils n'ont pas apporté le trouble dans tes habitudes, le désordre dans tes travaux, la maladie dans ton sein ?... Aime-moi et veuille me le dire jusqu'à ton arrivée. Je ne vivrai que de cela [1]....

O puissance de l'homme qui se refuse ! Il faut évoquer ici, une fois encore, l'étrange bien-aimé vers lequel cette belle jeune femme galopait toute une nuit : prématurément vieilli, le front ceint d'un foulard, le double crâne chauve et bosselé. Et pourtant que d'amour ! Elle succombait à la fatigue.

8 mai 1837 : Ma paupière appesantie peut à peine supporter l'éclat du soleil levant. J'ai froid à l'heure où tout s'embrase ; j'ai faim et je ne puis manger, car l'appétit est le résultat de la santé et la faim celui de l'épuisement. Eh bien, parais, mon amant ! et, ranimée comme la terre au retour du soleil de mai, je jetterai mon suaire de glace et je tressaillirai d'amour... et je te semblerai belle et jeune, parce que je bondirai de joie dans tes bras de fer. Viens, viens, et j'aurai de la force, de la santé, de la jeunesse, de la gaieté, de l'espérance.... J'irai à ta rencontre comme l'épouse du *Cantique* au-devant du Bien-Aimé. Aimer ou mourir, il n'y a pas de milieu pour moi [2].

Quand tous les éléments d'une situation et de deux caractères rendent le bonheur impossible, comment durerait-il ? Elle arrivait à Bourges épuisée, ardente et haletante, pour s'entendre opposer la Personne, la République et les électeurs. « Maudites soient ces brutes ! criait-elle. Nous verrons si tu trouveras dans l'amour de la lune la même chaleur que dans mon âme et dans mes bras. » Michel répondait en se plaignant d'être aimé.

Michel de Bourges à George Sand : Malédiction !... Je soutiens, au foyer domestique, une guerre de tous les jours et de toutes les heures, pour toi et à cause de toi. Soit. C'est juste.

1. Lettre publiée dans la *Revue illustrée* du 1er décembre 1890, p. 392.
2. Lettre publiée dans la *Revue illustrée* du 15 décembre 1890, p. 1.

Rien de bon ici-bas n'est donné à l'homme sans luttes, sans combats. Si au moins je trouvais dans tes bras un asile contre ces misères.... Eh bien, non, tu exiges, tu veux que je combatte contre toi. Ennemie à droite, ennemie à gauche. Moi, je te dis que cette position n'est pas tenable.... Il faut que je vive en repos. Toute lutte de femmes est ignoble. Il ne m'a pas été donné de combattre avec les ennemis de mon espèce, avec les tyrans ; que je goûte au moins un profond, un absolu repos. J'irai m'asseoir dans une cabane, sur le penchant d'un coteau... en vue de la Méditerranée [1]....

Cette fois George se révolta !

George Sand à Michel de Bourges, 31 mai 1837 : Tu me mets sur le même plan que la Personne qui te fait souffrir... et tu rugis de souffrir à cause de moi, comme si un dévouement volontaire et désintéressé pouvait s'assimiler à des débats domestiques !... Tu me menaces d'aller vivre dans une cabane. Dieu me serait bon s'il exauçait ton souhait. J'y serais bientôt près de toi. En moi, tu trouverais le nègre dévoué à soigner ton pauvre corps... et tu comprendrais que l'amour de la femme n'est pas une chose *ignoble*, et que les hommes de boue avec lesquels tu regrettes de ne pouvoir te mesurer ne sont pas, et ne seront jamais tes pareils [2].

Le docteur Piffoël, dans le mystère de son *Journal intime*, se faisait à lui-même de la morale :

Tu t'imagines, Piffoël, qu'on peut dire à l'objet de son amour : «Tu es un être semblable à moi ; je t'ai choisi entre tous ceux de mon espèce parce que je t'ai cru le plus grand et le meilleur. Aujourd'hui, je ne sais plus ce que tu es.... Il me semble que, comme les autres hommes, tu as des taches, car souvent tu me fais souffrir et la perfection n'est pas dans l'homme. Mais j'aime tes taches, j'aime mes souffrances.... » Non, non, Piffoël ! Docteur en psychologie, tu n'es qu'un sot. Ce n'est pas là le langage que l'homme veut entendre. Il méprise parfaitement le dévouement, car il croit que le dévouement lui est naturellement acquis, par le seul fait d'être sorti du ventre de madame sa mère.... L'homme se sait nécessaire à la femme.... La femme

1. Lettre publiée dans la *Revue illustrée* du 1er janvier 1891, p. 1.
2. Lettre publiée dans la *Revue illustrée* du 1er janvier 1891, pp. 101-102.

n'a qu'un moyen d'alléger son joug et de conserver son tyran, quand son tyran lui est nécessaire : c'est de le flatter bassement. Sa soumission, sa fidélité, son dévouement, ses soins n'ont aucun prix aux yeux de l'homme ; sans tout cela, selon lui, il ne daignerait pas se charger d'elle. Il faut qu'elle se prosterne et lui dise : « Tu es grand, sublime, incomparable. Tu es plus parfait que Dieu ! Ta face rayonne, ton pied distille l'ambroisie, tu n'as pas un vice et tu as toutes les vertus.... »

Mon cher Piffoël, apprends donc la science de la vie et, quand tu te mêleras de faire du roman, tâche de connaître un peu mieux le cœur humain. Ne prends jamais pour ton idéal de femme une âme forte, désintéressée, courageuse, candide. Le public la sifflera et la saluera du nom odieux de *Lélia l'impuissante*. Impuissante ! Oui, mordieu, impuissante à la servilité, impuissante à l'adulation, impuissante à la bassesse, impuissante à la peur de toi. Bête stupide, qui n'aurais pas le courage de tuer sans des lois qui punissent le meurtre par le meurtre, et qui n'as de force et de vengeance que dans la calomnie et la diffamation ! Mais quand tu trouves une femelle qui sait se passer de toi, ta vaine puissance tourne à la fureur, et ta fureur est punie par un sourire, par un adieu, par un éternel oubli [1].

Texte essentiel, car il montre à la fois pourquoi Sand haïssait, si elle ne pouvait les dominer, les hommes qu'elle croyait aimer, et pourquoi elle ne pouvait les retenir. Elle était trop lucide pour satisfaire un tyran dont le rêve eût été de voir à ses pieds une femme adorante, acceptant pour parole d'Évangile toutes ses idées, donnant tout et ne demandant rien ; elle était trop fière pour feindre la soumission. Enfin, le 7 juin 1837, pour la première fois, ce fut elle qui eut le courage de contremander un rendez-vous :

George Sand à Michel de Bourges, 7 juin 1837 : Je suis malade. Je ne pourrai pas voyager demain par la chaleur. Je n'ai pas la force de partir ce soir. J'arriverais brisée et tu n'aurais pas grand plaisir, j'imagine, à m'avoir ainsi dans tes bras, à l'auberge !... Je dormirai jusqu'à ce que tu aies le temps de venir *me* voir. Adieu [2]....

1. GEORGE SAND, *Journal intime*, pp. 56-60.
2. Lettre publiée dans la *Revue illustrée* du 1er janvier 1891, p. 104.

Le ressentiment et l'orgueil avaient balayé la passion.
Le gracieux docteur Piffoël salua mélancoliquement ce
triomphe de la sagesse :

Au lever du jour. Ma chambre. 11 juin : Murs amis, rece-
vez-moi bien. Comme ce papier blanc et bleu est plein de gaieté !
Que d'oiseaux dans le jardin ! Quel suave chèvrefeuille dans ce
verre ! Piffoël, Piffoël, quel calme effroyable dans ton âme !
Le flambeau serait-il éteint ?

Je te salue, Piffoël, plein de grâces. La sagesse est avec toi.
Tu fus élu entre toutes les dupes ; le fruit de ta souffrance a
mûri. Sainte fatigue, mère du repos, descends sur nous, pauvres
rêveurs, maintenant et à l'heure de notre mort. Ainsi soit-il [1]....

Exit Michel.

Les soirs, à Nohant, étaient sublimes. La famille et les
amis se réunissaient sur la terrasse. La douce lumière de
la lune enveloppait la vieille maison. Chacun rêvait. Arabella se demandait pourquoi tous les amants regrettent
la première heure de l'affection naissante et pleurent les
affections détruites. George se récitait des vers de Shakespeare : *Je ne suis pas de ces âmes patientes qui accueillent
l'injustice avec un visage serein....* Franz se levait et allait,
dans la maison, se mettre au piano.

Journal de Piffoël, 12 juin 1837 : Ce soir-là, pendant que
Franz jouait les mélodies les plus fantastiques de Schubert, la
Princesse se promenait dans l'ombre, autour de la terrasse ; elle
était vêtue d'une robe pâle. Un grand voile blanc enveloppait
sa tête et presque toute sa taille élancée.... La lune se couchait
derrière les grands tilleuls et dessinait dans l'air bleuâtre le
spectre noir des sapins immobiles. Un calme profond régnait
parmi les plantes ; la brise était tombée, mourant épuisée sur les
longues herbes, aux premiers accords de l'instrument sublime.
Le rossignol luttait encore, mais d'une voix timide et pâmée.
Il s'était approché dans les ténèbres du feuillage et plaçait son
point d'orgue extatique, comme un excellent musicien qu'il
est, dans le ton et dans la mesure.

Nous étions tous assis sur le perron, l'oreille attentive aux
phrases tantôt charmantes, tantôt lugubres d'*Erlkönig ;* engour-

dis comme toute la nature dans une morne béatitude, nous ne pouvions détourner nos regards du cercle magnétique tracé devant nous, par la muette sibylle au voile blanc.... Au bout de la terrasse, elle était à peine visible ; puis elle se perdait tout à fait dans les sapins et reparaissait tout à coup, dans le rayon de la lampe, comme une création spontanée de la flamme. Puis elle s'effaçait encore et flottait, indécise et bleuâtre, sur la clairière. Enfin elle vint s'asseoir sur une branche flexible, qui ne plia pas plus que si elle eût porté un fantôme. Alors la musique cessa, comme si un lien mystérieux eût attaché la vie des sons à la vie de cette belle femme pâle, qui semblait prête à s'envoler vers les régions de l'intarissable harmonie [1]....

Le 8 juin arriva l'acteur Bocage, qui venait presser George d'écrire un drame. C'était le comédien romantique, grand, mince, d'une beauté byronienne. Il avait été superbe dans *Antony*, avec sa redingote noire boutonnée sur son gilet blanc, ses yeux bleu sombre, son teint pâle. En 1837, il avait trente-huit ans, mais restait élancé, ardent, et exprimait avec passion des opinions républicaines. La conversation générale s'engagea sur le théâtre, les artistes, les auteurs ; on se moqua de la vanité de Victor Hugo et de la corruption de Marie Dorval ; George les défendit. Arabella trouva Bocage stupide. Et il était vrai qu'il avait peu de culture. Marie Dorval évoque, dans une lettre à Vigny, « sa faconde de fat et de niais », mais ajoute : « Toutes les femmes sont folles de lui et le suivent dans les rues. » Marie d'Agoult essaya de lui parler de Mickiewicz, et il demanda : « Miss qui ? » Surtout Arabella voyait avec déplaisir que Bocage faisait la cour à Sand ; celle-ci n'en paraissait pas mécontente. Le 15 juin surgit le beau et sinistre Charles Didier. « La châtelaine eût préféré *Zopin* », dit Liszt, car c'était ainsi qu'il prononçait, pour être drôle, le nom de son ami.

Marie d'Agoult, comme elle l'avait promis, plaida pour Didier, mais, à peine celui-ci fut-il à Nohant, qu'il regretta d'être venu. Il avait cessé de plaire et l'accueil fut embar-

1. GEORGE SAND, *Journal intime*, pp. 60-62.

rassé : « Elle prend son ton déplaisant et taquin.... J'ai commis une énorme faute en venant ici.... Elle est pour moi de glace.... Elle a un parti pris de me railler sur ce qu'elle appelle ma majesté.... O artiste ! Cœur mobile et dur[1] ! » Il trouva là, non seulement Bocage, mais François Rollinat et un jeune dramaturge, ami des *Fellows*, Félicien Mallefille. Sur la terrasse, autour de la lampe, on parla de Dieu, de Dorval et d'une fauvette recueillie par George. Celle-ci faisait du punch dont les flammes bleues, la nuit, éclairaient sa robe écarlate. Arabella observait, avec une sympathie un peu moqueuse, la nature ombrageuse de Charles Didier :

Au moindre mot, son front se couvrait d'une subite rougeur ; retranché derrière ses lunettes d'or, son œil scrutait attentivement l'expression de nos visages, et souvent le sourire s'arrêtait sur ses lèvres, glacé soudain par une pensée de défiance et de doute. Caractère malheureux, ambition étique, cœur de lion dans une boule de hérisson ! Je l'aime pourtant[2]....

Didier, lui, pour son malheur, continuait à désirer George, mais il estimait Marie. En se promenant sous les tilleuls avec la translucide Princesse, il dit sa déception et sa douleur. Sand semblait tout occupée de Bocage ; c'en était trop pour le pauvre Didier. Marie d'Agoult lui dit, avec exaspération et brutalité, que leur hôtesse paraissait tout près d'entrer dans le monde de la galanterie. « Elle soutient que George est maintenant incapable d'amour et d'amitié. » Il ne pouvait dormir et pensait à tuer Sand. Ce n'était qu'une rêverie, mais, se sentant sur une pente dangereuse, il prit le parti de fuir. Il faillit quitter Nohant sans dire adieu à la châtelaine. Elle le surprit qui bouclait son sac. « Tu ne pars pas, j'espère ? dit-elle. — Si, à l'instant. — Tiens ! » Elle lui offrit son visage. Il baisa ses grands yeux secs et impénétrables. « L'expérience du

1. Cf. John Sellards, *Charles Didier*.
2. Comtesse d'Agoult (Daniel Stern), *Mémoires*, p. 88.

monde et de la vie porte des fruits amers », nota-t-il dans son journal. *Exit* Didier.

Les *Fellows* partirent le 24 juillet ; Sand et Mallefille les escortèrent à cheval jusqu'à La Châtre. Mallefille, soudain promu favori, restait à Nohant, et il était question d'en faire le précepteur de Maurice. Les adieux furent chaleureux ; les cœurs demeuraient réticents. Pourtant le séjour avait été un succès. Chacun avait brillé à sa manière. Arabella avait pris la plus confiante certitude en sa propre supériorité :

Il ne m'a pas été inutile de voir, à côté de George le grand poète, George l'enfant indompté, George la femme faible jusque dans son audace, mobile dans ses sentiments, dans ses opinions, illogique dans sa vie, toujours influencée par le hasard des choses, rarement dirigée par la raison et l'expérience. J'ai reconnu combien il avait été puéril à moi de croire (et cette pensée m'avait souvent abreuvée de tristesse) qu'elle seule eût pu donner à la vie de Franz toute son extension, que j'avais été une malheureuse entrave entre deux destinées faites pour se confondre et se compléter, l'une par l'autre [1]....

Quant à George, elle avait retrouvé son équilibre, un instant ébranlé par Michel, et elle venait d'achever, en deux mois, un de ses meilleurs romans : *Les Maîtres Mosaïstes*. Elle l'avait écrit pour Maurice et avait pris plaisir à évoquer Venise et les mosaïstes de Saint-Marc, cependant que Liszt jouait du piano et que les rossignols, enivrés de musique et de clair de lune, s'égosillaient avec rage sur les lilas environnants. Elle-même s'étonnait de sa placidité reconquise. Depuis le jour, si riche d'espérances, où elle avait quitté Nohant pour vivre un grand amour, elle avait vu naître et mourir trois passions, et elle dormait dans son lit « aussi tranquillement que Buloz dans le sien ».

1. Comtesse d'Agoult (Daniel Stern), *Mémoires*, p. 81.

VII

BÉATRIX

Félicien Mallefille, épave laissée sur la plage de Nohant, avec George et les enfants, après le reflux de ces grandes marées estivales, était un jeune créole, avec « une barbe de sept pieds de long », né à l'île de France en 1813 et qui, venu en France à neuf ans, y avait fait des études brillantes. A vingt et un ans, il avait eu un drame, *Glenarvon*, joué à l'Ambigu et un autre, l'année suivante, à la Porte-Saint-Martin. « Maigre, le profil superbe, l'œil terrible, il portait hérissées des moustaches qui lui donnaient l'air d'un Vélasquez descendu de sa toile [1]. » Étant pauvre et isolé, il cherchait des appuis, un emploi. Au temps de l'*Hôtel de France*, Arabella, qui le protégeait, l'avait présenté à George Sand. Celle-ci l'avait trouvé « outrageusement laid, vaniteux, bête ». Marie d'Agoult, qui, au contraire, le jugeait « loyal, bon, voire spirituel [2] », l'avait défendu. George s'emporta contre son amie qui « avait le mauvais goût de trouver supportable un homme tourné de la sorte », et plus encore quand Liszt révéla que Mallefille était amoureux de Sand. Elle « mitrailla » le malheureux jeune homme « de sarcasmes assez désobligeants », jusqu'à déclarer qu'il lui inspirait « une répugnance physique invincible ».

Pourtant, lorsqu'elle se brouilla plus qu'à demi avec l'austère Pelletan, qu'il fallut trouver pour Maurice un nouveau précepteur, et que Mme d'Agoult suggéra le frère de Mallefille, Léon (parce qu'elle n'osait parler de Félicien), ce fut sur ce dernier que Sand jeta soudain son dévolu. Un peu plus tard, elle alla s'installer avec lui à Fontainebleau, à l'*Hôtel Britannique*, cependant que Mau-

1. Jules Claretie.
2. FLEURIOT DE LANGLE, *Franz Liszt et Daniel Stern*, article publié dans le *Mercure de France* du 1er février 1929.

rice était au château d'Ars, près de La Châtre, chez Gustave Papet. Mallefille était devenu « une nature sublime » d'un dévouement admirable, et ce fut en sa compagnie qu'elle décida de faire un pèlerinage aux gorges de Franchard où elle avait passé, avec Musset, une nuit inoubliable. Le séjour à Fontainebleau fut troublé par de mauvaises nouvelles. Sophie-Victoire Dupin tomba gravement malade et sa fille courut à Paris, pour la soigner.

George Sand à Gustave Papet, 24 août 1837 : Cher bon vieux, j'ai perdu ma pauvre mère ! Elle a eu la mort la plus douce et la plus calme, sans aucune agonie, sans aucun sentiment de sa fin, et croyant s'endormir pour se réveiller un instant après. Tu sais qu'elle était propre et coquette. Sa dernière parole a été : « Arrange-moi mes cheveux. » Pauvre petite femme ! Fine, intelligente, artiste, généreuse ; colère dans les petites choses et bonne dans les grandes. Elle m'avait fait bien souffrir, et mes plus grands maux me sont venus d'elle. Mais elle les avait bien réparés, dans ces derniers temps, et j'ai eu la satisfaction de voir qu'elle comprenait enfin mon caractère et qu'elle me rendait une complète justice. J'ai la conscience d'avoir fait pour elle tout ce que je devais [1]....

George Sand à Marie d'Agoult, 25 août 1837 : Je vous ai écrit à Genève et j'espère que vous y avez reçu ma lettre.... Je vous disais que j'avais bien du chagrin : ma pauvre mère était à l'extrémité. J'ai passé plusieurs jours à Paris, pour l'assister à ses derniers moments. Pendant ce temps, j'ai eu une fausse alerte et j'ai envoyé Mallefille en poste à Nohant, pour chercher mon fils qu'on disait enlevé. Pendant que j'allais le recevoir à Fontainebleau, ma mère a expiré tout doucement et sans la moindre souffrance. Le lendemain matin, je l'ai trouvée raide dans son lit et j'ai senti, en embrassant son cadavre, que ce qu'on dit de la force du sang et de la voix de la nature n'est pas un rêve, comme je l'avais souvent cru dans mes jours de mécontentement.... Ma pauvre mère n'est plus ! Elle repose au soleil, sous de belles fleurs où les papillons voltigent sans songer à la mort. J'ai été si frappée de la gaieté de cette tombe, au cimetière Montmartre, par un temps magnifique, que je me suis demandé pourquoi mes larmes y coulaient si abondamment [2].

1. GEORGE SAND, *Correspondance*, t. II, p. 84.
2. *Opus. cit.*, t. II, p. 86.

Ainsi se terminait le plus grand drame de sa vie et la plus malheureuse de ses passions.

C'était par Casimir qu'elle avait cru Maurice enlevé. Un ami de La Châtre lui avait écrit que son mari était dans le pays. Il n'en était rien. Papet remit Maurice aux mains de Mallefille et accepta de se charger de Solange.

Félicien Mallefille à George Sand, 16 août 1837 : J'ai Maurice ; tout a été exécuté selon vos désirs, avec une scrupuleuse exactitude.... Pardonnez-moi le décousu de ma lettre ; j'ai tant de petits faits à coordonner que je ne sais pas où commencer, ni finir. Maurice est très bon et très gentil, enchanté de vous revoir. Il se porte très bien. Personne à Nohant, ni à Ars, n'a aperçu la moindre apparence de M. Dudevant.... Avant de partir pour Fontainebleau, faites demander à mon frère vos *Dzyady* et votre chapeau de paille, de quoi vous meubler la tête et la couvrir. Joli ! Priez pour moi, *Santo Giorgio!* J'ai bien envie de dormir. *Veni, vidi, dormi. Vostrissimo.*

FÉLICIEN MALLEFILLE [1].

Le plus étrange est que Casimir, qui n'avait *pas* tenté en août d'enlever Maurice, eut, en septembre, l'idée saugrenue d'enlever Solange et de l'emmener à Guillery. George, prise d'une grande colère, obtint une ordonnance, courut en poste à Nérac, accompagnée de Mallefille et d'un avoué, alerta le sous-préfet, fit cerner Guillery par les gendarmes.

George Sand à Alexis Dutheil, 30 septembre 1837 : Dudevant, devenu doux et poli, amène Solange par la main jusqu'au seuil de sa royale demeure, après m'avoir offert d'y entrer, ce que je refuse gracieusement. Solange a été mise dans mes mains, comme une princesse à la limite de deux États. Nous avons échangé quelques mots agréables, le baron et moi. Il m'a menacée de reprendre son fils par autorité de justice et nous nous sommes quittés, charmés l'un de l'autre [2]....

Après quoi, comme elle n'était pas loin des Pyrénées,

---

1. Collection Spoelberch de Lovenjoul, E. 920, folio 212.
2. GEORGE SAND, *Correspondance*, t. II, p. 91.

elle eut l'idée d'un second pèlerinage sentimental. Mallefille avait hérité déjà des émotions de Franchard. Il fut
associé, cette fois, aux souvenirs qu'évoquait le cirque
du Marboré. Puis la famille réunie, rassurée, gagna le
Berry. Chacun y passa le reste de l'hiver à travailler.

George Sand à Marie d'Agoult, mars 1838 : Mon intérieur
n'a rien de bien intéressant à offrir à votre attention. Il est paisible et laborieux. J'entasse romans sur nouvelles et Buloz sur
Bonnaire ; Mallefille entasse drames sur romans, Pélion sur
Ossa ;... Maurice caricatures sur caricatures ; et Solange, cuisses
de poulet sur fausses notes. Voilà la vie héroïque et fantastique qu'on mène à Nohant [1].

Le docteur Piffoël s'admonestait :

Récapitule un peu ce qui s'est passé depuis trois mois que
tu ne te regardes plus vivre. T'en souviens-tu seulement ?
N'as-tu pas déjà oublié les faits ? Ta mère morte, ton fils sauvé,
ta fille enlevée et reconquise — et le reste ! Tu as revu Franchard, et avec qui ? Tu as revu le Marboré, et avec qui ? Tu
rentres ici, qu'y viens-tu faire, quel sort t'y attend, qui vas-tu
aimer ? De quoi vas-tu souffrir ? Qui haïras-tu le mois prochain, ou l'année prochaine, ou demain ?... Quelle belle âme
tu as, ô mon grand Piffoël ! Tu boirais le sang de tes enfants,
dans le crâne de ton meilleur ami, et tu n'aurais pas seulement
la colique [2].

Les *Fellows*, eux, voyageaient alors en Italie et n'étaient
pas plus heureux. « Il y a de l'orage dans l'air, notait Liszt,
mes nerfs sont irrités.... Images de désolation, de profond
désenchantement, qui planent sur ma destinée entière....
Une seule pensée, un seul remords me reste : j'aurais dû la
rendre heureuse. Je l'aurais pu, mais le puis-je encore ? »
La souffrance rend injuste : un billet de Mallefille, inclus
dans une lettre de Sand, exaspéra Marie, qui le jugea impoli
et cavalier. La vérité était qu'elle en voulait à son ancien
protégé d'avoir passé à l'amie. Elle se plaignit à George,
qui réagit durement.

---

1. GEORGE SAND, *Correspondance*, t. II, p. 103.
2. GEORGE SAND, *Journal intime*, pp. 85-86.

George Sand à Franz Liszt : Ah ! à propos de Mallefille ! Je voudrais bien savoir pourquoi Mirabella semble me rendre responsable des bêtises qu'il lui écrit. Comme si j'étais chargée de lire les lettres de Mallefille, de les comprendre, de les commenter, de les corriger, ou de les approuver ! Dieu merci, je ne suis pas forcée de donner de l'esprit à ceux qui en manquent.... Mallefille écrit une lettre à la Princesse ; cette lettre est bête, ce qui ne m'étonne pas du tout. Croyant que la Princesse était fort habituée aux lettres de Mallefille, et ne prétendant nullement les endosser, je donne accès à ladite lettre dudit Mallefille dans une lettre de moi à la Princesse. Je n'en prends, pardieu, pas connaissance. J'ai assez de lettres bêtes à lire tous les jours ! Si celle de Mallefille se trouve encore plus bête ce jour-là que les autres jours, il me semble qu'on me doit des remerciements pour l'avoir mise dans la mienne, et pour avoir épargné à la Princesse de payer trente sous pour une lettre bête. Maintenant, je demande, quand on se laisse écrire par Mallefille, de quoi diable on a le droit de se plaindre ? Quand on connaît Mallefille et son style, on doit s'attendre à tout ! Ah ! sacredié ! il ne me manquerait plus que cela, de former Mallefille au style épistolaire ! Je sais bien, pour mon compte, que je trouverai toujours ses lettres ravissantes, car j'espère bien n'en lire jamais une seule. Je l'aime de toute mon âme. Il peut me demander la moitié de mon sang ; mais qu'il ne me demande jamais de lire une de ses lettres [1]....

Marie d'Agoult à George Sand, *9 novembre 1837 :* Ce que vous me dites de Mallefille m'a amusée. Vous êtes de drôles de gens, vous autres poètes.... Vous rappelez-vous nos querelles au sujet de Mallefille ? Combien il était laid et stupide, sot, vaniteux, intolérable ? Vous sembliez animée contre lui d'une de ces fureurs qu'Homère met dans le cœur de Junon et de Vénus, et j'en étais réduite à vous dire *mezza voce* que je croyais qu'il était nécessaire de savoir vivre en paix avec les petites vanités d'autrui, sous peine de vivre dans la solitude.... Que d'enthousiasmes effacés, que d'étoiles filantes dans votre ciel ! La pauvre Mirabelle n'aura-t-elle pas son tour [2] ?.

La Princesse Mirabelle allait avoir son tour. Elle n'avait jamais été *persona gratissima* à Nohant. George et Mallefille étaient d'accord pour la juger sévèrement.

---

1. George Sand, *Correspondance*, t. II, pp. 96-98.
2. Cf. Samuel Rocheblave, *Une Amitié romanesque*, article publié dans la *Revue de Paris* du 15 décembre 1894.

George Sand à Dutheil, Paris, octobre 1837 : Tu t'es oublié de sarcher une bâtisse à la d'Agoult (faut pas y dire que j'disons comme ça). Tâche, mon sublime et rayonnant ami, de procurer à la princesse Mirabella, de laquelle je sons très tous les humblissimes esclaves, une chaise curule sur laquelle son ravissant, révéré postérieur puisse arpenter les allées du jardin élyséen appelé la Vallée Noâre [1]....

On faisait encore patte de velours, mais déjà l'on aiguisait les griffes. L'instrument de la vengeance fut Honoré de Balzac, qui « aborda le château de Nohant le samedi gras », 24 février 1838. Balzac avait été en froid avec Sand après l'affaire Sandeau. Non seulement il avait, au temps de la rupture, pris le parti du petit Jules, mais, quand celui-ci était rentré d'Italie, Balzac, ainsi que nous l'avons dit, l'avait logé, entretenu, en échange de vagues services que Sandeau avait promis de rendre et que, par excès de paresse, il ne rendit jamais. Balzac, comme Sand, était un travailleur forcené qui écrivait un roman en deux mois, et au besoin en dix-sept jours. La nature molle et indolente du petit Jules exaspérait ces monstres à « la fibre forte ». Sandeau, de son côté, fut vite las de cette vie torrentueuse. Balzac disait de lui : « C'est un homme à la mer. Il passe sa vie en projets qu'il n'exécute jamais. »

Balzac à Éveline Hanska, 8 mars 1836 : Jules Sandeau a été une de mes erreurs. Vous n'imaginerez jamais une pareille fainéantise, une pareille nonchalance. Il est sans énergie, sans volonté. Les plus beaux sentiments en paroles ; rien en action, ni en réalité. Nul dévouement de pensée ni de corps. Quand j'ai eu dépensé pour lui ce qu'un grand seigneur aurait dépensé pour un caprice, et que je l'ai eu mis dans mon giron, je lui ai dit : « Jules, voici un drame ; faites-le. Après celui-là, un autre ; après cela, un vaudeville pour le Gymnase.... » Il m'a dit qu'il lui était *impossible* de se mettre à la suite de qui que ce soit. Comme cela impliquait que je spéculais sur sa reconnaissance, je n'ai point insisté. Il ne voulait pas même prêter son nom à une œuvre faite en commun. « Eh bien, vivez en faisant des livres.... » Il n'a pas, en trois ans, fait un demi-volume ! De la

---

1. Collection Spoelberch de Lovenjoul, E. 883 folio 50.

critique ? Il trouve cela trop difficile. C'est un cheval à l'écurie. Il désespère l'amitié, comme il a désespéré l'amour. C'est fini [1]....

Les deux hommes se séparèrent. Au début de 1837, Sandeau était en Bretagne, travaillant à un roman sur George : *Marianna*, quand on lui dit que Balzac, de son côté, écrivait un roman sur l'aventure Sandeau-Sand (*Un Grand Homme de province à Paris*).

Jules Sandeau à Balzac, 21 janvier 1837 : Qu'est-ce que les *Illusions perdues ?* On m'écrit de Paris que c'est mon histoire avec la personne que vous savez. Cette histoire est celle de tout le monde et on a bien pu s'y tromper. Toutefois, on assure que chaque page de votre livre est un jour de ma jeunesse. Deux choses m'inquiètent en tout ceci. La première, c'est que, par amitié pour moi, vous ne vous soyez fait trop sévère à l'égard de l'autre personne. La seconde, c'est qu'écrivant moi-même à cette heure cette fatale histoire je n'arrive après coup. Vous comprenez qu'Ulysse, écrivant ses mémoires après l'*Odyssée*, n'eût été qu'un sot et un drôle. Faites-moi le plaisir de m'écrire ce qu'il en est ; j'attends quelques lignes de vous avec impatience [2].

Balzac le rassura : Lucien de Rubempré n'avait rien de commun avec Jules Sandeau ; si un personnage du livre avait quelques traits de celui-ci, c'était Lousteau (ce qui n'était pas plus agréable). Étant arrivé à partager, sur Sandeau, les sentiments de George, Balzac n'avait plus aucune raison de se priver d'une amie puissante et agréable. En outre, Mme Hanska, collectionneuse, désirait des autographes de la romancière. En février 1838, Balzac, étant à Frapesle chez les Carraud, écrivit à Sand pour demander la permission de faire un « pèlerinage à Nohant.... Je ne voudrais pas retourner sans avoir vu, soit la lionne du Berry, soit le rossignol, dans son antre, ou dans son nid [3]...». George n'aimait pas, elle non plus, à être fâchée avec les

1. HONORÉ DE BALZAC, *Lettres à l'Étrangère*, t. I, pp. 303-304.
2. Collection Spoelberch de Lovenjoul, A. 316, folio 110.
3. Lettre publiée par Mme Aurore Lauth-Sand dans *Les Nouvelles littéraires* du 26 juillet 1930.

hommes de génie ; elle l'invita chaleureusement. Il arriva le 24 février, et l'on ne peut raconter la visite à Lélia mieux qu'il ne le fit lui-même :

J'ai abordé le château de Nohant le samedi gras, vers sept heures et demie du soir, et j'ai trouvé le camarade George Sand dans sa robe de chambre, fumant un cigare après le dîner, au coin de son feu, dans une immense chambre solitaire. Elle avait de jolies pantoufles jaunes ornées d'effilés, des bas coquets et un pantalon rouge. Voilà pour le moral. Au physique, elle avait doublé son menton, comme un chanoine. Elle n'a pas un seul cheveu blanc, malgré ses effroyables malheurs ; son teint bistré n'a pas varié ; ses beaux yeux sont tout aussi éclatants ; elle a l'air tout aussi bête quand elle pense ; car, comme je le lui ai dit après l'avoir étudiée, toute sa physionomie est dans l'œil. Elle est à Nohant depuis un an, fort triste, et travaillant énormément....

La voilà dans une profonde retraite, condamnant à la fois le mariage et l'amour, parce que, dans l'un et l'autre état, elle n'a eu que déceptions. Son mâle était rare, voilà tout. Il le sera d'autant plus qu'elle n'est point aimable, et, par conséquent, elle ne sera que très difficilement aimée. Elle est garçon, elle est artiste, elle est grande, généreuse, dévouée, chaste ; elle a les grands traits de l'homme ; *ergo,* elle n'est pas femme. Je ne me suis pas plus senti qu'autrefois près d'elle, en causant pendant trois jours à cœur ouvert, atteint de cette galanterie d'épiderme que l'on doit déployer, en France et en Pologne, pour toute espèce de femme. Je causais avec un camarade. Elle a de hautes vertus, de ces vertus que la société prend au rebours. Nous avons discuté avec un sérieux, une bonne foi, une candeur, une conscience dignes des grands bergers qui mènent les troupeaux d'hommes, les grandes questions du mariage et de la liberté....

J'ai beaucoup gagné en faisant reconnaître à Mme Dudevant la nécessité du mariage, mais elle y croira, j'en suis sûr, et je crois avoir fait du bien en le lui prouvant. Elle est excellente mère, adorée de ses enfants ; mais elle met sa fille Solange en petit garçon, et ce n'est pas bien. Elle est comme un homme de vingt ans, moralement, car elle est intimement chaste, prude, et n'est artiste qu'à l'extérieur....

Toutes les sottises qu'elle a faites sont des titres de gloire aux yeux des âmes belles et grandes. Elle a été dupe de la Dorval, de Bocage, de Lamennais, etc., etc.... Par le même sentiment, elle est dupe de Liszt et de Mme d'Agoult, mais elle vient de le voir, pour ce couple comme pour la Dorval, car elle est de ces esprits qui sont puissants dans le cabinet, dans l'intelligence, et fort attrapables sur le terrain des réalités. C'est à propos de Liszt et de Mme d'Agoult qu'elle m'a donné le sujet des *Galériens* ou des *Amours forcés*, que je vais faire, car, dans sa position, elle ne le peut pas. Gardez bien ce secret-là. Enfin, c'est un homme, et d'autant plus un homme qu'elle veut l'être, qu'elle est sortie du rôle de femme, et qu'elle n'est pas femme. La femme attire et elle repousse, et, comme je suis très homme, si elle me fait cet effet-là, elle doit le produire sur les hommes qui me sont similaires ; elle sera toujours malheureuse. Ainsi elle aime maintenant un homme qui lui est inférieur, et, dans ce contrat-là, il n'y a que désenchantement et déception pour une femme qui a une belle âme ; il faut qu'une femme aime toujours un homme qui lui soit supérieur, ou qu'elle y soit si bien trompée que ce soit comme si ça était [1].

Sans doute Balzac avait-il, pour rassurer la jalouse Hanska, exagéré son indifférence physique à l'égard de Sand et le caractère viril de celle-ci. Pourtant le fond était vrai : il ne la désira jamais. Libérés par là de toute gêne, ces deux grands esprits purent s'entretenir librement. La conversation dut être belle et animée. Les deux « grands hommes » n'étaient d'accord sur rien. George Sand, fidèle disciple de Rousseau, croyait à la liberté originelle et au progrès. Balzac, rousseauiste pénitent, croyait au péché originel et ne pensait pas qu'il fût possible de changer les natures. George Sand revenait au christianisme du Vicaire savoyard, qu'elle appelait celui de l'Évangile selon saint Jean. Balzac, dont les croyances étaient à peu près les mêmes, soutenait néanmoins le catholicisme romain, par politique à la Bonald, et par admiration pour quelques saints. George Sand était républicaine, Balzac monarchiste. George avait prêché l'émancipation de la femme, le mariage d'amour ; Balzac avait défendu le mariage de raison et redouté, pour la femme mariée, l'excès de liberté. George Sand avait créé des héros de roman d'un très pur idéalisme et les avait cherchés dans la vie, sans les trou-

---

1. Honoré de Balzac, *Lettres à l'Étrangère*, t. I, pp. 462-466.

ver ; Balzac, qui avait été aimé, dès son adolescence, par
une femme idéale, la *Dilecta*, peignait avec un réalisme
impitoyable l'adultère et la débauche.

Balzac crut avoir converti Sand au mariage, non pour
elle-même, mais pour les autres femmes, et il est possible
que ce grand sage ait eu, sur la pensée de George, une heureuse influence. Quant aux *Galériens de l'Amour*, Balzac,
en développant le thème suggéré par Sand, en fit un chef-
d'œuvre : *Béatrix ou les Amours forcés*. C'était une allusion, fort cruelle, à la prétention qu'avait eue Marie de
faire de Liszt et d'elle-même le nouveau Dante et la nouvelle Béatrice. « Dante ! Béatrice ! disait amèrement Liszt,
ce sont les Dante qui font les Béatrice, et les vraies meurent
à dix-huit ans. » Mme d'Agoult, de six ans plus âgée que
Liszt, en avait trente-trois.

Quant à George, elle fut peinte par Balzac sous le nom
de Félicité des Touches, en littérature Camille Maupin.
Le choix du nom de Maupin pouvait paraître une épigramme, car il évoquait l'héroïne équivoque de Théophile
Gautier. Mais le portrait était flatteur : « Elle a plus de
cœur encore que de talent.... Elle a du génie et mène une
de ces existences exceptionnelles que l'on ne saurait juger
comme les existences ordinaires.... » Au contraire, Béatrix
de Rochefide était une sévère satire de Marie d'Agoult :
« Il y a chez elle un peu d'affectation ; elle a trop l'air de
savoir les choses difficiles.... » Claude Vignon ressemblait
à Gustave Planche, avec la permission du modèle. Quant
à Gennaro Conti, Balzac jurait que ce n'était pas Liszt, qui,
avec sa coutumière dignité, refusa de se reconnaître et de
se fâcher. En fait la transposition, comme toujours chez
Balzac, était profonde, mais Marie ne pardonna ni à
George, ni à Balzac, ce roman écrit, comme elle le dit,
« après huit jours de tête-à-tête à Nohant ».

En septembre 1839, *Béatrix* parut en feuilleton dans
Le Siècle.

Balzac à George Sand: J'espère que vous serez contente et

que, si quelque chose n'allait pas à votre gré, je compte sur la sincérité de nos relations, la franchise de notre vieille amitié, pour que vous me le disiez.... Chère, j'ai lu *Marianna* et j'ai douloureusement pensé à nos conversations au coin de votre cheminée. Il y aura bientôt des auteurs qui feront laminer leurs viscères et qui y imprimeront leur existence. Nous arrivons aux horreurs du Colisée en littérature.... J'ai trouvé *Les Amours forcés* plus joli que *Les Galériens* [1]....

A l'Étrangère, il révéla les clefs :

Balzac à Éveline Hanska, février 1840 : Oui, Sarah est Mme de Visconti ; oui, Mlle des Touches est George Sand ; oui, Béatrix est trop bien Mme d'Agoult. George Sand en est au comble de la joie ; elle prend là une petite vengeance sur son amie. Sauf quelques variantes, l'histoire est vraie [2]....

Toutefois, lorsque le livre parut en librairie et que George, tout de même ínquiète des réactions *Fellows*, lui demanda de la couvrir par une lettre qu'elle pût au besoin montrer, Balzac joua le jeu :

Balzac à George Sand, 18 janvier 1840 : Je me doutais bien de ce qui arrive à propos de *Béatrix*. Mille gens intéressés à nous mettre mal ensemble, et qui n'y réussiront jamais, devaient chercher à vous faire croire que Camille Maupin était une malice accompagnée de plusieurs autres, et que Claude Vignon était une épigramme contre vous. Comme, malgré notre amitié, nous ne nous sommes pas vus la valeur de huit jours en huit années, il est fort difficile que je sache quoi que ce soit de vous et de votre intérieur.... Ne m'a-t-on pas dit aussi que Béatrix était un portrait, et que tout cela ressemblait à une histoire de vous tous ? Hélas ! Ceci m'est arrivé pour tout ce que j'ai fait ! *Le Lys dans la Vallée* m'a valu de connaître des secrets dont je ne me doutais pas, dans quatre ou cinq ménages. Aussi, quant à la prétendue originale de Béatrix (que je n'ai jamais vue), ce serait par trop fort ! Je n'ai pas eu d'autres raisons, pour faire *Béatrix*, que celles qui sont dans ma préface et qui suffisent. J'adore le talent et l'homme en Liszt, et prétendre que Gennaro peut lui

1. Lettre publiée par Mme Aurore Lauth-Sand dans *Les Nouvelles littéraires* du 26 juillet 1930.
2. HONORÉ DE BALZAC, *Lettres à l'Étrangère*, t. I, p. 527.

ressembler est une double injure, et pour lui, et pour moi [1]....

George Sand à Balzac: Bonsoir, cher Dom Mad, ne vous inquiétez pas de ma susceptibilité. Flattée ou non flattée dans la « cousine germaine » dont vous me parlez, je suis trop habituée à faire des romans pour ne pas savoir qu'on ne fait jamais un *portrait :* qu'on ne peut ni ne veut copier un modèle vivant. Où serait l'art, grand Dieu ! si l'on n'inventait pas, soit en beau, soit en laid, les trois quarts des personnages où le public, bête et curieux, veut reconnaître des originaux à lui connus ? On me dit que vous avez noirci terriblement, dans ce livre, une blanche personne de ma connaissance et son coassocié à ce qu'il vous plaît d'appeler les *galères.* Elle aura trop d'esprit pour s'y reconnaître et je compte sur vous pour *me* disculper, si jamais il lui vient à la pensée de m'accuser de délation malveillante [2].

Ainsi le fruit de ce dramatique été à la campagne fut un chef-d'œuvre. C'était une belle moisson.

1. Lettre publiée par Mme Aurore Lauth-Sand dans *Les Nouvelles littéraires,* du 26 juillet 1930.
2. Collection Spoelberch de Lovenjoul, A. 311, folio 46.

SIXIÈME PARTIE

FRÉDÉRIC CHOPIN

> « Décidément, disait un jour le
> père Buloz en parlant de moi, elle
> est très orgueilleuse en amour et
> très bonne en amitié. »
>
> GEORGE SAND.

I

PRÉLUDES

Tous les amis de Sand avaient remarqué que, pendant
cet été splendide, sublime et absurde de 1837, l'un
des êtres auxquels, en son désarroi, elle avait le
plus souvent pensé était le jeune pianiste polonais qu'elle
essayait en vain d'attirer à Nohant. Chopin semblait,
comme elle eût dit, créé pour elle par la Providence.
Exilé, sensible, malheureux, il regrettait la Pologne, sa
famille, et surtout la douceur de l'amour maternel. « Si
quelqu'un désirait me mettre en lisières, disait-il, je serais
très content. » Or quelqu'un désirait, très exactement,
trouver en lui à la fois un amant et un fils. Chopin était
plus jeune que Sand de sept ans, ce qui permettait d'attendre de lui cette attitude filiale, presque enfantine, que
la tyrannie d'un Michel l'avait amenée à regretter. Elle
voyait le jeune musicien faible, malade, fiévreux ; autant
de traits irrésistibles pour la maternelle infirmière. Par la
beauté, il égalait Liszt : « Une taille moyenne et élancée,
des mains longues, effilées ; de très petits pieds ; des cheveux d'un blond cendré tirant sur le châtain ; des yeux
bruns, plutôt vifs que mélancoliques ; un nez busqué ;

un sourire très doux ; une voix un peu sourde et, dans toute
sa personne, quelque chose de si noble, de si indéfinissa-
blement aristocratique [1] » que tous ceux qui ne le connais-
saient pas croyaient voir en lui un grand seigneur exilé.
Que de fois, tandis qu'elle rêvait en regardant les tilleuls
dorés de Nohant, l'image de ce beau visage était venue
danser au bout de la plume de George et l'avait empêchée
d'écrire, rare et redoutable signe.

Mallefille était un brave garçon, « le meilleur être que le
Ciel ait pétri pour l'amitié », mais de talent fort ordinaire ;
Chopin avait du génie. Sand, si profondément musicienne
par hérédité comme par éducation, Sand qui, petite fille,
allait s'asseoir sous le clavecin de sa grand-mère pour en
goûter le poétique abri et, femme, se blottissait sous le
piano de Liszt pour jouir de cette force qui la pénétrait,
entendait mieux que personne le langage des sons. Ajoutez que, Marie d'Agoult ayant conquis Liszt, ce serait
marquer un point contre elle que d'annexer Chopin.
Tout s'unissait pour inspirer à Sand le désir de s'attacher
le frêle et génial musicien.

Cette conquête était difficile. Chopin, être délicat, céleste
et comme dépaysé sur la terre, avait horreur de toute
discussion bruyante, de tout débraillé dans la tenue et
surtout de tout scandale. Son climat favori était celui d'un
salon admirablement meublé, plein de femmes belles,
nobles, musiciennes et prêtes à écouter, dans une demi-
obscurité, un *Nocturne* qui fût aussi une confession. Il
aimait à plonger un noble auditoire dans un recueillement profond, puis à l'animer soudain de sentiments
héroïques en chantant la Pologne martyre. En politique,
Chopin était conservateur ; en amour, tendre et timide.
Un platonisme volage convenait à la faiblesse de son tempérament. Au demeurant, homme assez malheureux dont
la vie n'était « qu'une immense dissonance ».

Lors de leur première rencontre, il avait porté un juge-

1. WLADIMIR KARÉNINE, *George Sand, sa Vie et ses Œuvres*, t. III, p. 29.

ment sévère sur la romancière qui s'habillait en homme et fumait le cigare ; qui tutoyait ses étranges amis ; qui avait rompu avec tout monde autre que celui des arts, et qui affichait des idées démocratiques et socialistes. Qu'elle était différente de ces belles Polonaises, angéliques et blondes, qu'il avait jusqu'alors aimées chastement ! L'on comprend qu'il ait d'abord refusé d'aller chez elle et qu'après sa visite à l'*Hôtel de France* il ait dit : « Quelle femme antipathique que cette Sand ! Est-ce vraiment une femme ? Je suis prêt à en douter.... »

Pourtant, lorsqu'elle revint à Paris en octobre 1837, il accepta de la revoir. Chopin, dans le secret de son cœur, était malheureux. « Nous sortons, disait-il, de l'atelier d'un maître célèbre, quelque Stradivarius *sui generis* qui n'est plus là pour nous accommoder. Des mains malhabiles ne savent pas tirer de nous des sons nouveaux, et nous les refoulons au fond de nous-mêmes, faute d'un luthier.... » La jeune Polonaise qu'il avait espéré épouser, Marie Wodzinska, s'était peu à peu détachée de lui, sur l'ordre de parents qu'effrayait la fragilité de Chopin. Il ne parlait jamais de ses tristesses, mais éprouvait un besoin profond d'être consolé. Or Sand offrait toutes les consolations. « On a trouvé, dans un carnet de Chopin, une feuille du papier à lettre de George pliée en deux ; sur un côté, elle a tracé ces mots : *On vous adore*, et sa signature.... Au-dessous de la signature de George, Mme Dorval a écrit : *Moi aussi ! Moi aussi ! Moi aussi* [1] ! »

Journal de Chopin, octobre 1837 : Je l'ai revue trois fois. Elle me regardait profondément dans les yeux, pendant que je jouais. C'était de la musique un peu triste, légendes du Danube ; mon cœur dansait avec elle au pays. Et ses yeux dans mes yeux, yeux sombres, yeux singuliers, que disaient-ils ? Elle s'appuyait sur le piano et ses regards embrasants m'inondaient.... Des fleurs autour de nous. Mon cœur était pris ! Je l'ai revue deux fois depuis.... Elle m'aime.... Aurora, quel nom charmant [2] !

1. Marie-Louise Pailleron, *George Sand*, t. II, p. 131.
2. Publié par G. Knosp, dans le *Guide musical* du 15 septembre 1907. Cité par Louise Vincent.

Il trouvait en George une force qui, malgré lui, l'attirait parce qu'elle le soutenait ; une musicienne capable de l'apprécier, de l'inspirer, même de le conseiller ; une femme généreuse de sa personne, qui ne demandait qu'à se donner. Malgré sa nature pudique et comme frileuse, il fut tenté.

Henri Heine, qui les admirait tous deux, donne quelque idée du couple qu'ils formaient. *Elle :* de beaux cheveux châtains tombant jusqu'aux épaules ; des yeux un peu ternes et endormis, doux et tranquilles ; un sourire plein de bonhomie ; une voix mate et voilée que l'on entend peu, car George est taciturne et enregistre plus qu'elle ne livre. *Lui :* d'une sensibilité surhumaine pour laquelle le moindre contact était une blessure, le moindre bruit un éclat de tonnerre ; homme du tête-à-tête, retiré dans une existence mystérieuse, mais en sortant parfois pour des boutades violentes, charmantes ou bizarres.

Pendant le printemps de 1838, elle vint plusieurs fois à Paris, et ils se virent souvent seuls, le soir. Chopin jouait, puis tous deux s'abandonnaient « au vent qui passe », et c'étaient « des embrasements célestes ». Le pauvre Malle-fille était bien oublié. Mais, avec Chopin, il n'était pas facile de conclure. Ses amis, le Polonais Albert Grzymala, la consulesse Marliani, recevaient des confidences aussi lunaires que des *Nocturnes.* Avec Chopin, « le temps est variable dans la saison des amours. On dit beaucoup de *oui,* de *non,* de *si,* de *mais,* et souvent on dit le matin : *Décidément, ceci est intolérable,* pour dire le soir : *En vérité, c'est le bonheur suprême* [1].... » La timidité et la pudeur éveillent le désir plus sûrement que la coquetterie, qui les imite, avec moins de naturel. Cet homme distant, qui se refusait, affola George.

Ce fut en ce climat changeant, incertain, qu'au début de l'été 1838 elle écrivit au meilleur ami de Chopin, le comte Albert Grzymala, « gros Polonais coquet, empale-

1. Lettre de George Sand à Grzymala, publiée *in extenso* par WLA-DIMIR KARÉNINE, dans *George Sand,* t. III, pp. 44-53.

toqué d'un paletot modèle, d'un paletot monstre, d'un
paletot pyramidal », couvert de ganses, de passementeries,
et que Sand appelait son époux parce que Chopin « était
un petit qu'ils avaient eu ensemble », une lettre de trente-
deux pages qui a été sévèrement jugée. On s'est indigné,
ou diverti, parce que Sand y parle franchement de choses
auxquelles la plupart des êtres humains, alors comme
aujourd'hui, pensaient sans les dire. Aux hypocrites, toute
sincérité semble cynisme.

Posons nettement la question une dernière fois, écrit Sand
à Grzymala, parce que, de votre dernière réponse sur ce sujet,
dépendra toute ma conduite à venir.... Votre évangile est le
mien quand il prescrit de songer à soi en dernier lieu et de n'y
pas songer du tout quand le bonheur de ceux que nous aimons
réclame toutes nos puissances. Écoutez-moi bien et répondez
clairement, catégoriquement, nettement....

De quoi s'agit-il? D'abord de savoir si la jeune Polonaise,
Marie Wodzinska, que Chopin doit, ou croit devoir aimer,
peut encore faire son bonheur. Sand ne veut pas jouer le
rôle du mauvais ange. Elle ne veut pas être la femme fatale
qui lutte contre l'amie d'enfance, si celle-ci est belle et
pure. D'autre part, Sand se dit elle-même « comme mariée »
avec un être excellent, parfait sous le rapport du cœur et
de l'honneur (il s'agit de Mallefille), qui s'est donné à elle
entièrement et qu'elle ne veut pas abandonner. Si « notre
petit » (c'est-à-dire Chopin) décidait de mettre son existence entre les mains de George, celle-ci serait bien effrayée :
cet amour « ne peut durer que dans les conditions où il
est né, c'est-à-dire que de temps en temps ; quand un bon
vent nous ramènera l'un vers l'autre, nous irons encore faire
une course dans les étoiles »....

Donc, deux solutions possibles : si « la Personne » est
faite pour donner à Chopin un bonheur pur et vrai et si,
d'autre part, l'âme « excessivement scrupuleuse » de celui-ci
se refuse à aimer deux êtres différents de manière différente, Sand s'éloignera et travaillera à se faire oublier de

lui ; si, au contraire, le mariage avec « la Personne » doit
être « le tombeau de cette âme d'artiste », ou si le bonheur
domestique et les scrupules religieux de Chopin peuvent
s'arranger de « quelques heures de passion chaste et de
douce poésie », alors elle continuera de le voir. Elle ne
saura rien de sa vie positive ; elle ne contrariera pas ses
idées religieuses, politiques, mondaines ; et, réciproque-
ment, il ne lui demandera pas compte de ses actions : « Nous
ne nous verrons pas tous les jours, nous ne posséderons pas
tous les jours le feu sacré, mais il y aura de beaux jours et
de saintes flammes.... »

Reste une question secondaire, mais qu'il faut bien poser,
c'est celle du don total : possession ou non-possession ?
Et c'est là que le ton détaché de George a surpris et choqué.
Sur ce point, elle confesse qu'elle n'a jamais pu se faire
une sagesse qui coïncidât avec ses sentiments : « Je n'ai
là-dessus ni secret, ni théories, ni doctrines, ni opinion
arrêtée, ni parti pris.... » Elle s'est toujours fiée à ses instincts ; elle a beaucoup de bêtises à se reprocher ; pas de
platitudes, ni de méchancetés :

Les sentiments ont toujours été plus forts que les raisonnements, et les bornes que j'ai voulu me poser ne m'ont jamais
servi à rien. J'ai changé vingt fois d'idée. J'ai cru par-dessus
tout à la fidélité, je l'ai prêchée, je l'ai pratiquée, je l'ai exigée.
On y a manqué, et moi aussi. Et pourtant je n'ai pas senti le
remords, parce que j'avais toujours subi dans mes infidélités
une sorte de fatalité, un instinct de l'idéal qui me poussait à
quitter l'imparfait pour ce qui me semblait se rapprocher du
parfait....

En somme, elle n'est pas d'une nature inconstante. Elle a
toujours été fidèle à ce qu'elle aimait, en ce sens qu'elle
n'a jamais *trompé* personne et qu'elle n'a jamais « cessé
d'être fidèle que pour de très fortes raisons, qui avaient
tué l'amour, par la faute d'autrui... ». Dans le cas présent,
elle est mécontente d'elle-même parce que, justement, elle
n'a pas de raisons pour en vouloir à Mallefille. Elle est
consternée de l'effet que lui a produit « ce petit être »

(Chopin). Elle sait que ce serait mal si elle avait eu le loisir de combattre et de raisonner, mais elle a été envahie tout à coup, et il n'est pas dans sa nature de laisser la raison gouverner son être, quand l'amour s'en empare. Ici Rousseau et la morale du cœur. En tout cas, la possession n'accroît pas la faute. La moindre caresse consomme l'infidélité. « Qui a perdu le cœur a tout perdu.... » Si un homme et une femme veulent vivre ensemble, ils ne doivent pas faire outrage à la nature en reculant devant l'union complète. Avec Chopin elle s'imposera, au besoin, le sacrifice de rester chaste, mais à la condition qu'il le fasse par respect pour elle, ou même par fidélité à une autre, non par mépris « des grossièretés humaines », à la manière des dévots. *Mépriser la chair* est une expression que George trouve affreuse :

Il a dit, je crois, que *certains faits* pouvaient gâter le souvenir. N'est-ce pas, c'est une bêtise qu'il a dite et il ne le pense pas ? Quelle est donc la malheureuse femme qui lui a laissé, de l'amour physique, pareilles impressions ? Il a donc eu une maîtresse indigne de lui ? Pauvre ange ! Il faudrait pendre toutes les femmes qui avilissent, aux yeux des hommes, la chose la plus respectable et la plus sainte de la création, le mystère divin, l'acte de la vie le plus sérieux et le plus sublime dans la vie universelle.

Telle est cette lettre fameuse, qui est surtout remarquable par son bon sens. On a dit : « Elle veut avoir Chopin, garder Mallefille, et cherche des prétextes vertueux pour se persuader qu'elle ne poursuit que le bonheur de ces deux jeunes hommes.... » Peut-être. Mais qui, parmi les êtres passionnés, ne recourt à quelque casuistique lorsqu'il s'agit de concilier vie sentimentale et vie des sens ? « Comment donc vivez-vous, tous tant que vous êtes ? » nous demande Sand. « Que faites-vous de vos yeux, de vos oreilles et de votre mémoire ? Vous m'appelez cynique de cœur, parce que je vois et que je me souviens, parce que je rougirais de devoir à l'aveuglement cette fausse bonté qui vous

fait, à la fois, dupes et fripons [1].... » A-t-elle tort ? La pécheresse qui se reconnaît comme telle est acceptée, absoute
par les moralistes, parce qu'en s'accusant, loin d'affaiblir
les principes, elle les consolide. Byron ou Baudelaire,
débauchés mais torturés, sont encore des témoins de la
vertu. C'est la sérénité, la bonne conscience de la rebelle
qui exaspèrent la société. Ce que l'hypocrite lecteur, « mon
semblable, mon frère », ne supportera jamais, dans cette
lettre de Sand, c'est sa tranquille franchise, et c'est surtout qu'elle ait été écrite *par une femme*. Transposez et
vous trouverez, non pas *un* homme, mais presque *tous les*
hommes. Or Sand vit en homme. C'est son originalité, sa
faiblesse et, croit-elle, son honneur.

Le problème, d'ailleurs, était différent de ce que l'extrême réserve de Chopin avait permis à George d'imaginer.
Les fiançailles avec Marie Wodzinska avaient été rompues
dès l'année précédente. Et c'était parce que Chopin souffrait, parce qu'il avait besoin d'une tendresse généreuse,
qu'il s'était laissé aller à chercher, dans les bras de Sand,
une douceur apaisante. On ne sait ce que répondit Grzymala, mais il dut rassurer George, car elle revint aussitôt
de Nohant à Paris.

L'été de 1838 fut un été de bonheur. Peu à peu, dans
l'esprit de Chopin, l'image de Marie Wodzinska pâlissait
jusqu'à n'être plus qu'un souvenir poétique. Il travailla
beaucoup et publia un cahier d'*Études* dédié à la comtesse
d'Agoult. Son extrême pudeur ne lui eût pas permis de
le dédier à George. Dans ce couple paradoxal, c'était
l'homme qui exigeait le secret. George se trouvait d'ailleurs,
cette fois, obligée de prendre quelques précautions, à cause
de Mallefille. Elle avait cru pouvoir s'en débarrasser aisément : « C'est une si bonne et sage nature, que je ne puisse
avec le temps l'amener à tout comprendre, à tout savoir ; c'est une cire malléable sur laquelle j'ai posé mon
sceau et, quand je voudrai en changer l'empreinte, avec

1. GEORGE SAND, *Journal intime*, p. 135.

quelque précaution et quelque patience, j'y réussirai [1].... »

Cette cire, à l'usage, apparut moins molle qu'elle n'avait cru. Mallefille, délaissé, devint jaloux et voulut se défendre. Il avait les passions ardentes d'un créole. Pendant l'été de 1838, il avait provoqué en duel un ami qui, venu à Nohant, avait fait la cour à George. Celle-ci, loyalement, avait averti le jeune précepteur que son temps était terminé et qu'il devait passer désormais de l'amour à l'amitié. Mais le vacarme pouvait recommencer au premier jour avec quelque autre, et il ne fallait surtout pas que cet autre fût Chopin. Imagine-t-on sans effroi un *caballero* de Vélasquez attaquant, de sa rapière, le fragile musicien ? Pierre Leroux, chez qui Mallefille devait se rendre avec Rollinat pour mettre au point certaines questions philosophiques, fut sommé d'user de toute son influence pour apaiser le furieux : « Quand viendra entre vous la question des femmes, dites-lui bien qu'elles n'appartiennent pas à l'homme par droit de force brutale, et qu'on ne raccommode rien en se coupant la gorge [2].... »

L'aventure fit la joie de Marie d'Agoult : « A propos, le pauvre Mallefille ! Le voilà au lit, malade de vanité rentrée, à tout jamais *dés*abusé, *dés*illusionné, *dés*enchanté, et tous les *dés* du monde. Devinez-vous pourquoi ? Oh ! mais c'est une histoire impayable ! Pourvu que vous ne la sachiez pas déjà.... » Sur quoi elle raconte le retour à Paris de Mallefille (que l'on avait envoyé au Havre, pour y conduire Maurice). Le malheureux ne savait rien des nouvelles amours; il avait même publié, dans la *Gazette musicale*, une *Ballade* en l'honneur de Chopin :

Enfin, je ne sais par quelle inspiration du démon, il conçoit des soupçons et va faire le guet à la porte de Chopin où George se rendait toutes les nuits. Ici le dramaturge devient dramatique, il crie, il hurle, il est féroce, il veut tuer. L'ami Grzymala

---

1. Lettre de George Sand à Grzymala, citée par Karénine, t. III, p. 45.
2. Lettre de George Sand à Pierre Leroux, citée par Karénine, t. II, p. 444.

se jette entre les illustres rivaux ; on calme Mallefille, et George décampe avec Chopin, pour filer le parfait amour à l'ombre des myrtes de Palma ! Convenez que voici une histoire bien autrement jolie que celles qu'on invente [1]....

II

UN HIVER A MAJORQUE

Sand avait d'excellentes raisons pour « filer le parfait amour » ailleurs qu'à Paris. Elle était exposée, si elle ne s'éloignait, à de nouvelles crises de jalousie ; Maurice se porterait mieux dans un climat chaud ; Chopin toussait de manière inquiétante et craignait le scandale d'une liaison publique, qui eût épouvanté sa pieuse famille. Quant à George, elle travaillait en tous lieux avec la même régularité et elle éprouvait, comme toujours, le besoin de vivre conjugalement avec son nouvel amant. Elle avait eu, depuis cinq ans, de grands chagrins et de graves ennuis ; elle souhaitait une retraite silencieuse. Ses amis espagnols, l'homme d'État Mendizabal, mi-génie, mi-aventurier, et le consul Marliani lui firent l'éloge de Majorque. Il fut convenu qu'elle partirait à petites journées, avec ses deux enfants, par Lyon, Perpignan et Barcelone, que Chopin les rejoindrait en route et que l'on s'embarquerait ensemble pour les Baléares. A Perpignan, conformément au plan, Chopin apparut « frais comme une rose et rose comme un navet ».

Ils arrivèrent à Palma de Majorque en novembre 1838 ; ils avaient quitté Paris par le froid ; ils trouvèrent en Espagne le soleil, et la première impression fut belle.

Chopin à Jules Fontana, 15 novembre 1838 : Je me trouve à Palma sous des palmes, des cèdres, des aloès, des orangers, des citronniers, des figuiers et des grenadiers.... Le ciel est en tur-

---

1. Lettre de Marie d'Agoult au major Pictet (Florence, 10 janvier 1839), citée par MARIE-LOUISE PAILLERON, dans *George Sand*, t. II, p. 141.

quoise, la mer en lapis-lazuli, les montagnes en émeraudes. L'air ? — L'air est juste comme au ciel. Le jour il y a du soleil, tout le monde s'habille comme en été et il fait chaud ; la nuit, des chants et des guitares pendant des heures entières. D'énormes balcons d'où les pampres retombent sur les murs, datant des Arabes.... La ville, comme tout ici, rappelle l'Afrique.... Bref, une vie délicieuse [1] !...

Il déchanta vite. Deux mauvaises chambres garnies, ou plutôt dégarnies ; des lits de sangle aux matelas d'ardoise, une chaise de paille ; pour aliments, du poisson et de l'ail ; une huile rance et nauséeuse qui imprégnait de sa puanteur maisons, habitants et jusqu'à l'air des champs ; c'en était assez pour indisposer un être exigeant et fin. Sand, toujours active, trouva un logis, voulut l'aménager, mais les Majorquins travaillaient peu et mal. Ils vivaient en plein vent, sans vitres, sans serrures. Enfin un señor Gomez loua au couple, pour cent francs par mois, une maison de campagne, au pied des montagnes.

Les premiers jours, l'amour aidant, y furent agréables. Douces flâneries, beaux soirs passés sur la terrasse en plein décembre. Sand se souvenait des nuits vénitiennes, du clapotement mystérieux de l'eau sur les marbres, et des nuits de Nohant, peuplées de rossignols. A Majorque, le silence était profond, seules le rompaient les clochettes des ânesses et le vague bruit de la mer, lointain et faible. Mais l'enchantement ne dura pas. La saison des pluies commença. Ce fut un déluge. La *Maison du Vent*, que leur avait louée le señor Gomez, méritait son nom. Humide, sans cheminées, elle n'avait pas été construite pour résister aux ouragans. Les murs en étaient si minces que la chaux, dont les chambres étaient crépies, se gonfla comme une éponge. Un manteau de glace tomba sur leurs épaules. L'odeur asphyxiante des braseros déclencha, chez le pauvre Chopin, des crises de toux.

Dès ce moment, il devint pour la population un objet

---

1. Lettre citée par ÉDOUARD GANCHE, dans *Frédéric Chopin*, p. 155.

d'horreur et d'épouvante. Le farouche Gomez écrivit (dit Sand) que « nous *tenions* une personne qui *tenait* une maladie contagieuse ; en vertu de quoi il nous priait de déguerpir de son palais »…. Les trois médecins de la ville se rassemblèrent pour une consultation. *Chopin à Fontana :* « L'un flairait ce que j'avais expectoré ; l'autre percutait, là d'où j'avais expectoré ; le troisième auscultait pendant que j'expectorais…. » Il eut grand-peine à fuir leurs saignées et vésicatoires. Les médecins espagnols affirmant, non sans sagesse, que la phtisie était contagieuse, le señor Gomez mit ses locataires à la porte ; il fallut aller s'installer dans un couvent en ruines, abandonné par des moines expulsés : la chartreuse de Valdemosa. Un réfugié politique, qui devait quitter précipitamment le pays, céda son mobilier et sa cellule. Ils partirent à la mi-décembre pour cette retraite de montagne, à travers les bruyères et les asphodèles.

La chartreuse de Valdemosa, petit couvent bâti pour douze religieux et un supérieur, dominait la mer de deux côtés. L'ordre ayant été dispersé par un décret de 1836, les cellules étaient offertes en location par l'État, mais, par superstitieux effroi, on n'osait guère les habiter. Sand et sa « famille » s'y trouvèrent seuls avec un pharmacien, un sacristain et la Maria-Antonia, une voisine, qui offrait ses services « pour l'amour de Dieu, *por l'assistencia* », mais qui prélevait en fait le plus clair de vos nippes et de votre dîner. Pour le service, il y avait la Catalina, grande sorcière valdemosienne, et la Nina, petit monstre ébouriffé. Le goût arabe avait dessiné les mosaïques des oratoires et des cloîtres. Le soir, au clair de lune, ces vieux bâtiments prenaient un air fantastique. Solange et Maurice grimpaient sur les toits, par des escaliers en spirale.

Montagnes verdoyantes, rochers fauves, palmiers solitaires perdus dans un ciel rose; le décor, les jours de soleil, était sublime. Mais le séjour à Valdemosa fut pourtant un échec. Chopin ne supportant pas la cuisine du pays, Sand devait elle-même préparer les repas. Soigner cuisiner, explorer les boutiques de Palma, errer sous la pluie avec les enfants, traverser en mauvaise voiture des torrents gonflés et, en même temps, refaire *Lélia*, écrire *Spiridion* — car il fallait de l'argent, et Buloz, qui subvenait aux besoins des voyageurs, exigeait de la copie —, ce régime convenait à sa forte nature. Les aigles volaient au-dessus de leurs lits. Souvent le brouillard enveloppait la montagne, et la petite lampe qui les aidait à se diriger dans les cloîtres déserts prenait l'air d'un feu follet. Jamais demeure ne fut plus romantique. Chopin travaillait dans « sa cellule, aux portes plus hautes que les portes cochères de Paris », point frisé, point ganté de blanc, mais pâle comme à l'ordinaire. Il avait enfin reçu son *pianino*, longtemps retenu à Palma dans les griffes de la douane. Sur ce piano, on voyait les œuvres de Bach et ses propres gribouillages. Mais il souffrait d'être privé de ses habitudes et de ses objets familiers.

Le petit groupe français n'était pas aimé des voisins, qu'il scandalisait en n'allant pas à l'église. L'alcade et le curé les disaient païens, mahométans ou juifs. Les paysans se liguaient pour ne leur vendre poisson, œufs et légumes qu'à des prix exorbitants. La blouse et le pantalon de Solange choquaient. Une jeune personne de dix ans ne devait pas s'habiller en homme. Le climat convenait aux enfants ; Solange resplendissait ; Maurice lui-même reprenait à la vie comme par miracle. Leur mère les faisait travailler, avec sa coutumière diligence : « Je suis plongée avec Maurice dans Thucydide et compagnie ; avec Solange, dans le régime indirect et l'accord du participe.... » Mais Chopin dépérissait de manière effrayante. Son « catarrhe » (Sand se refusait à admettre que sa toux eût une autre cause) le plongeait dans un état de langueur et de faiblesse. George souffrait de ne pouvoir le mieux nourrir et piquait de grandes colères pour un bouillon chipé par les servantes, pour un pain frais qui n'arrivait pas. Plus l'hiver avança, plus la tristesse paralysa les efforts de gaieté et de sérénité que faisait Sand :

L'état de notre malade empirait toujours, le vent pleurait dans le ravin, la pluie battait nos vitres, la voix du tonnerre perçait nos épaisses murailles et venait jeter sa note lugubre au milieu des rires et des jeux des enfants. Les aigles et les vautours, enhardis par le brouillard, venaient dévorer nos pauvres passereaux jusque sur le grenadier qui remplissait ma fenêtre. La mer furieuse retenait les embarcations dans les ports ; nous nous sentions prisonniers, loin de tout secours éclairé et de toute sympathie efficace. La mort semblait planer sur nos têtes pour s'emparer de l'un de nous, et nous étions seuls à lui disputer sa proie [1]....

Le médecin du lieu diagnostiquait une phtisie laryngée et conseillait les saignées, la diète. Elle pensait que la saignée eût été mortelle et se refusait à croire à la phtisie. « J'avais soigné beaucoup de malades, écrit-elle, et j'avais un instinct sûr. »

Malgré tant de souffrances, Chopin travaillait. Il composa, pendant le séjour à Majorque, des *Ballades*, des *Préludes* dont plusieurs furent, dit-on (mais cela est douteux), inspirés par ses angoisses, tandis que George, partie avec ses enfants pour quelque promenade nocturne, tardait à rentrer.

Nous nous hâtions, écrit Sand, en vue de l'inquiétude de notre malade. Elle avait été vive, en effet, mais elle s'était comme figée dans une sorte de désespérance tranquille, et il jouait un admirable *Prélude* en pleurant. En nous voyant entrer, il se leva en jetant un grand cri, puis il nous dit d'un air égaré et d'un ton étrange : « Ah ! je le savais bien que vous étiez morts !... » Quand il eut repris ses esprits et qu'il vit l'état où nous étions, il fut malade du spectacle rétrospectif de nos dangers ; mais il m'avoua ensuite qu'en nous attendant il avait vu tout cela dans un rêve et que, ne distinguant plus ce rêve de la réalité, il s'était calmé et comme assoupi en jouant du piano, persuadé qu'il était mort lui-même. Il se voyait noyé dans un lac ; des gouttes d'eau pesantes et glacées lui tombaient en mesure sur la poitrine et, quand je lui fis écouter le bruit de ces gouttes d'eau, qui tombaient, en effet, en mesure sur le toit, il nia les avoir entendues. Il se fâcha même de ce que je traduisais

---

1. GEORGE SAND, *Un Hiver au midi de l'Europe, Majorque et les Majorcains* (*Revue des Deux Mondes* du 15 mars 1841, p. 822).

par le mot d'*harmonie imitative*. Il protestait de toutes ses forces, et il avait raison, contre la puérilité de ces imitations pour l'oreille. Son génie était plein de mystérieuses harmonies de la nature, traduites par des équivalents sublimes dans sa pensée musicale, et non par une répétition servile des sons extérieurs. Sa composition de ce soir-là était bien pleine des gouttes de pluie qui résonnaient sur les tuiles sonores de la chartreuse, mais elles s'étaient traduites, dans son imagination et dans son chant, par des larmes tombant du ciel sur son cœur [1].

Ainsi Chopin, dans ce décor romantique, enfantait des chefs-d'œuvre, mais il prit bientôt Majorque en horreur. Le séjour à Valdemosa devint pour lui un supplice, un tourment pour Sand :

Doux, enjoué, charmant dans le monde, Chopin malade était désespérant dans l'intimité exclusive.... Son esprit était écorché vif ; le pli d'une feuille de rose, l'ombre d'une mouche le faisaient saigner. Excepté moi et mes enfants, tout lui était antipathique et révoltant sous le ciel de l'Espagne. Il mourait de l'impatience du départ, bien plus que des inconvénients du séjour [2].

Enfin ce départ fut décidé. De Palma à Barcelone, le voyage fut affreux. A bord de l'*El-Mallorquin*, l'air était empesté par une cargaison de cochons vivants. Le capitaine, ayant remarqué la toux de Chopin, lui avait assigné la plus mauvaise couchette pour ne pas contaminer les bonnes. Les cochons, auxquels les marins donnaient le fouet « pour les guérir du mal de mer », poussaient des clameurs épouvantables. Chopin eut un abondant crachement de sang et se trouva, en arrivant à Barcelone, à deux doigts de la mort. De Barcelone à Marseille, le médecin du bateau français *Le-Phénicien* prit grand soin du malade, mais il ne pouvait être question pour celui-ci de rentrer à Paris en février. Sand installa toute cette « famille », dont elle était responsable, à l'*Hôtel de Beauvau*, à Marseille.

1. GEORGE SAND, *Histoire de ma Vie*, t. IV, pp. 439-440
2. *Opus cit.*, t. IV, p. 443.

George Sand à Carlotta Marliani, 26 février 1839 : Il faut que je vous donne des nouvelles de mon malade, car je sais, bonne sœur, que vous vous y intéressez autant que moi. Il est beaucoup, beaucoup mieux ; il a supporté très bien trente-six heures de roulis et la traversée du golfe du Lion, qui, du reste, a été, sauf quelques coups de vent, très heureuse. Il ne crache plus du sang, il dort bien, tousse peu, et surtout il est en France ! Il peut dormir dans un lit que l'on ne brûlera pas pour cela. Il ne voit personne se reculer quand il étend la main. Il aura de bons soins et toutes les ressources de la médecine [1].

Elle ne fut pas sensible au charme de Marseille : « Pour peu que je mette le nez à la fenêtre, sur la rue ou sur le port, je me sens devenir pain de sucre, caisse de savon ou paquet de chandelles. Heureusement, Chopin, avec son piano, conjure l'ennui et ramène la poésie au logis [2].... » Les chronophages « oisifs, curieux et mendiants littéraires » assiégèrent sa porte.

George Sand à Carlotta Marliani, 15 mars 1839 : Il y a cohue à ma porte, toute la racaille littéraire me persécute, et toute la racaille musicale est aux trousses de Chopin. Pour le coup, lui, je le fais passer pour mort et, si cela continue, nous enverrons partout des lettres de faire-part de notre trépas à nous, tous les deux, afin qu'on nous pleure et qu'on nous laisse en repos. Nous pensons nous tenir cachés dans les auberges, tout ce mois de mars, à l'abri du mistral qui souffle de temps en temps assez vivement. Au mois d'avril, nous louerons dans la campagne quelque bastide meublée. Au mois de mai, nous irons à Nohant [3].

Bien que les enfants fissent autour d'elle beaucoup de bruit, elle abattait, dans cet hôtel, ses quinze ou vingt pages quotidiennes. Elle rapportait de Majorque, avec *Lélia* transformée, un roman métaphysico-mystique : *Spiridion.* Enivrée de Leroux et de sa philosophie, elle ne voulait plus traiter de « médiocres » sujets sentimentaux.

---

1. Lettre publiée par Wladimir Karénine dans *George Sand*, t. III, p. 94.

2. George Sand, *Correspondance*, t. II, p. 138.

3. Lettre citée par Wladimir Karénine, dans *George Sand*, t. III, p. 96.

Spiridion était né de la « petite religion pondue par Leroux » et avait même, en partie, été écrit par lui. Les couvents de Barcelone et de Majorque avaient fourni le décor. C'était l'histoire d'un moine bénédictin, Alexis, qui raconte à un novice sa vie, liée à celle du fondateur du monastère, l'abbé Spiridion, lequel est un symbole de l'humanité traversant toutes les croyances religieuses ; c'était aussi l'histoire de l'évolution spirituelle de Sand elle-même, depuis l'agnosticisme de son enfance jusqu'au catholicisme exalté du couvent, puis à la foi de Lamennais et de Leroux. Spiridion, né juif, a été successivement catholique, protestant, et enfin déiste chrétien. Dans son tombeau sont enfermés une copie de l'Évangile selon saint Jean et un manuscrit où est exposée la doctrine de Spiridion. Cette doctrine constitue la synthèse de toutes les religions. Alexis révèle ce texte au jeune moine Angel, qui est le héros du livre. A ce moment arrivent au couvent les troupes républicaines françaises, qui tuent le vieil Alexis. Mais celui-ci meurt sans haine parce qu'il sait que ses assassins, qui se battent pour la liberté et l'égalité, aideront à l'avancement de ses idées.

On imagine que ces dissertations mystico-révolutionnaires devaient exaspérer le public de la *Revue des Deux Mondes*. Les amis eux-mêmes haussaient les sourcils. *Sainte-Beuve à Mme Juste Olivier :* « Comprenez-vous *Spiridion ?* On dit que père Alexis est M. de Lamennais et que le fameux livre de *L'Esprit* est l'*Encyclopédie* de Leroux. Je parle au hasard, sans avoir lu ni en avoir envie [1].... » Et Mme d'Agoult, qui, elle, avait lu : « Je n'y ai rien compris. » Il est vrai qu'elle ne tenait pas à comprendre. Buloz supplia Sand de revenir sur terre. Le public voulait une autre *Indiana*, une autre *Lélia*. Mais elle était convaincue qu'elle allait, par ces divagations métaphysiques, vers un plus grand art. Avec *Les Sept Cordes de la Lyre*, détestable pastiche du *Faust* de Gœthe, elle récidiva.

1. Sainte-Beuve, *Correspondance générale*, t. II, p. 486.

George Sand à Carlotta Marliani, 17 mars 1839 : Il faut vous dire que tout ce qui est un peu profond dans l'intention effarouche le Bonnaire et le Buloz, parce que leurs abonnés aiment mieux les petits romans comme *André*, qui vont également aux belles dames et à leurs femmes de chambre. Ces messieurs espèrent que je vais bientôt leur donner quelque nouvelle à la Balzac. Je ne voudrais pas, pour tout au monde, me condamner à travailler dans ce genre éternellement, j'espère que j'en suis sortie pour toujours. Ne le dites pas à notre butor, mais à moins qu'il ne me vienne un sujet où ces petites formes communes puissent envelopper une grande idée, je n'en ferai plus [1]....

Elle continuait de soigner Chopin avec une dévotion toute maternelle. « Je ne puis sortir, car mon pauvre Chopin ne peut rester seul ; il s'ennuie quand notre petit tripotage d'enfants et de lectures n'est pas autour de son fauteuil [2].... » *A Bocage :* « Cher frère.... Je vous réponds de la ville des Phocéens, qui n'est pas plus phocéenne que vous et moi. Telle quelle, je la trouve charmante après l'Espagne. Chopin reprend un embonpoint relatif, ne tousse presque plus et redevient gai comme un pinson quand le mistral ne souffle pas [3].... » Quand il alla mieux, elle le conduisit à Gênes, pèlerinage Musset, comme elle avait jadis emmené Mallefille à Franchard. Les *Fellows*, qui vivaient alors à Lucques, les invitèrent. Mais George était en méfiance. Elle n'avait pas tort. Marie d'Agoult, grande épistolière, décrivait depuis quelques mois, sans bienveillance, à Carlotta Marliani les ridicules de George « enchopinée ».

Marie d'Agoult à Carlotta Marliani, Florence, 9 novembre 1838 : Le voyage aux îles Baléares m'amuse. Je regrette qu'il n'ait pas eu lieu un an plus tôt. Quand George se faisait saigner, je lui disais toujours : « A votre place, j'aimerais mieux Cho-

1. Lettre citée par WLADIMIR KARÉNINE, dans *George Sand*, t. III, p. 234.
2. Lettre inédite. Collection Spoelberch de Lovenjoul, 20 mars 1839, E. 920, folio 309.
3. Lettre inédite. Collection Spoelberch de Lovenjoul, E. 879, f. 5.

pin ! » Que de coups de lancette épargnés ! Puis elle n'eût pas
écrit les *Lettres à Marcie*, puis elle n'eût pas pris Bocage, et
c'eût été tant mieux pour quelques bonnes gens. L'établissement aux îles Baléares doit-il être de longue durée ? A la façon
dont je les connais l'un et l'autre, ils doivent se prendre en
grippe au bout d'un mois de cohabitation. Ce sont deux natures
antipodiques, mais qu'importe, c'est joli au possible, et vous ne
sauriez croire comme je m'en réjouis pour tous deux. Et Mallefille ? Que devient-il dans tous ces conflits ? Va-t-il retremper
sa fierté castillane, comme il disait, aux eaux du Mançanarès ?
Est-ce que par hasard George aurait eu raison de me certifier
si souvent qu'il était outrageusement sot et ridicule ? Je n'ai
jamais été très alarmée de « l'état de santé » de Maurice. En
tout cas, ce serait un singulier remède pour des palpitations de
cœur que le soleil d'Espagne. Vous avez bien raison d'aimer
le talent de Chopin ; c'est la délicieuse expression d'une nature
exquise. C'est le seul pianiste que je puisse entendre, non seulement sans ennui, mais avec un profond recueillement. Donnez-
moi des détails sur tout cela. Pansez-vous les plaies de Bocage,
ou l'avez-vous aussi disgracié ? En vérité, je regrette de ne pouvoir jaser de tout cela avec vous ; je vous assure que c'est on
ne peut plus drôle[1]....

Lamennais, à qui cette lettre avait été montrée et qui
prenait un satanique plaisir « à brouiller ces femelles »,
conseilla à Carlotta de la communiquer à George, ce qui
fut fait. George, justement irritée, écrivit en travers
du premier feuillet : *Voilà comme on est jugé et arrangé par
certaines amies !* Carlotta lui ayant fait jurer de ne pas
révéler l'origine de l'avertissement, elle jugea plus simple
de ne plus répondre du tout aux lettres de Mme d'Agoult :
« Je n'aime pas à faire des semblants d'amitié. » D'où surprise des *Fellows*, qui se plaignirent au major Pictet :

Liszt au major Pictet, Rome, août 1839 : George Dudevant
Kamaroupi nous a laissés sans nouvelles depuis l'ère Chopin (neuf
mois environ).... Les dernières productions du docteur Piffoël
(*Les Aldini, Spiridion* et *Les Sept Cordes de la Lyre*) m'ont laissé
une impression pénible. *Lélia* et les *Lettres d'un Voyageur* sont
assurément d'autres paires de manches. Il y a évidemment

lassitude, épuisement, décadence depuis lors. Mais attendons encore ; et, puisque nous avons été ses amis, ne disons ces choses-là que bas et entre nous [1].... »

Comme si les médisances pouvaient rester confiden-tielles.... Cependant Chopin et Sand, à la fin de mai 1839, quittaient Marseille pour Nohant, à petites journées, « couchant dans les auberges comme de bons bourgeois ».

III

« MES TROIS ENFANTS »

Le Berry en juin. Soleil brûlant. Joie de travailler chez soi et de régner sur sa maison. Le jour où elle fit entrer Chopin à Nohant, George écrivit au crayon sur la paroi gauche d'une croisée, dans sa chambre à coucher, une date qu'on peut encore y voir : *19 juin 1839*. Était-ce pour marquer le commencement d'une nouvelle vie ? Il est permis de le penser. Elle avait compris que le temps des « cavalcades » était passé. Chef de famille, elle se sentait désormais responsable de trois enfants : Chopin, Maurice et Solange. Elle allait essayer, avec une constance méri-toire, de ne plus vivre que pour eux et pour son art. Tous ses vrais amis espérèrent alors que sa vie allait prendre une autre tournure, « pleine de douce intimité et presque patriarcale ». Sans ironie, sans reproches, ils faisaient place à Chopin dans le cercle familial. A partir de 1839, leurs lettres à Sand se terminent par la formule : « J'embrasse Chopin, Maurice, Solange. » La situation était rendue plus facile par l'extrême décence de Chopin, qui ne parlait jamais de Sand qu'en l'appelant *mon hôtesse*, ou *la maîtresse de céans*.

Ce premier été à Nohant fut heureux. Chopin n'aimait

1. Cité par ROBERT BORY dans *Une Retraite romantique en Suisse. Liszt et la comtesse d'Agoult*, p. 156.

pourtant guère la campagne. « Il voulait toujours Nohant et ne supportait jamais Nohant.... Ses désirs campagnards étaient vite assouvis. Il se promenait un peu, s'installait sous un arbre ou cueillait quelques fleurs. Puis il retournait s'enfermer dans sa chambre.... » Il ne pouvait participer à la vie de plein air, qui enchantait George et les enfants. Mais il se sentait mieux, et son piano chantait du matin au soir. « Il a fait des choses ravissantes depuis qu'il est ici », écrivait George, et, en effet, il composa cet été-là la *Sonate* en si bémol mineur, le second *Nocturne* et trois *Mazurkas.* Le goût musical de son amie lui était précieux. Elle était « une fine écouteuse ». A force de le connaître, elle le comprenait comme il se comprenait lui-même et, en l'écoutant jouer, elle suivait sa vie intérieure, vie toujours secrète dont seule sa musique était l'expression mystérieuse et vague.

Journal de Chopin, 12 octobre 1839 : Ils me disent que je vais mieux. La toux et les douleurs ont cessé. Mais je ressens un mal au fond de mon être. Les yeux d'Aurora sont voilés. Ils ne brillent que lorsque je joue ; alors le monde est clair et beau. Mes doigts glissent doucement sur le clavier, sa plume vole sur le papier. Elle peut écrire en écoutant la musique. De la musique au-dessus, à côté, musique de Chopin douce, mais claire comme des paroles d'amour. Pour toi, Aurora, je ramperais sur le sol. Rien ne me serait de trop, je te donnerais tout ! Un regard, une caresse de toi, un sourire de toi lorsque je suis fatigué. Je ne veux vivre que pour toi ; pour toi, je veux jouer de douces mélodies. Ne seras-tu pas trop cruelle, chérie, avec tes yeux voilés[1] ?...

Ne seras-tu pas trop cruelle ? Était-elle donc cruelle avec lui ? Certes non. Mais il y avait une nuance de condescendance dans son affection. Non qu'elle admirât moins le musicien et le poète. Seulement l'expérience de Majorque et la rechute, si grave, qui l'avait suivie avaient prouvé à George que Chopin n'était pas fait pour les plaisirs de

---

1. Cité par Louise Vincent, *George Sand et le Berry,* pp. 309-310.

l'amour. Toujours malade, il ne les supportait pas et, malgré ses supplications, « Aurora », très tôt, l'astreignit à une modération qui devint ensuite une abstention totale. Beaucoup plus tard (12 mai 1847), Sand écrira au confident de leur couple, Albert Grzymala :

> Il y a sept ans que je vis comme une vierge, avec lui et les autres. Je me suis vieillie avant l'âge, et même sans effort ni sacrifice, tant j'étais lasse de passions, et désillusionnée, et sans remède. Si une femme sur la terre devait lui inspirer la confiance la plus absolue, c'était moi, et il ne l'a jamais compris.... Je sais que bien des gens m'accusent, les uns de l'avoir épuisé par la violence de mes sens, les autres de l'avoir désespéré par mes incartades. Je crois que tu sais ce qui en est. Lui, il se plaint à moi de ce que je l'ai tué par la privation, tandis que j'avais la certitude de le tuer si j'agissais autrement [1]....

Chopin n'aurait pas été humain s'il n'avait souffert de cette attitude et s'il ne l'avait attribuée à d'autres amours, mais ce fut seulement plus tard que sa jalousie, injuste, semble-t-il, devint intolérable.

A l'automne, il fallut quitter Nohant, au grand regret de George. A Paris, elle ne cessait d'avoir le cœur « enflé de soupirs » en pensant aux terres labourées, aux noyers autour des guérets, aux bœufs *briolés* par la voix des laboureurs : « Il n'y a pas à dire, quand on est né campagnard, on ne se fait jamais au bruit des villes. Il me semble que la boue de chez nous est de la belle boue, tandis que celle d'ici me fait mal au cœur [2]. » Mais Chopin devait retourner à ses élèves. Sand elle-même souhaitait vivre à Paris, par économie. A Nohant, la maison était lourde. La châtelaine, pillée, ne voulait pas se poser en économe « pour être accusée de crasse ». Chaque jour, des amis s'invitaient et l'on était douze avant même qu'elle fût levée. Elle y dépensait quinze cents francs par mois ; à Paris, la moitié seulement. Donc « la famille » décida de s'installer à Paris.

---

1. Lettre citée par WLADIMIR KARÉNINE, dans *George Sand*, t. III, p. 571.
2. GEORGE SAND, *Correspondance*, t. II, p. 243.

Au début, George Sand et ses enfants occupèrent « deux pavillons, séparés de la rue par un assez vaste et joli jardin, 16, rue Pigalle », et Chopin un appartement, 5, rue Tronchet. Mais Chopin avait besoin, de manière continue, d'un appui moral et de soins vigilants. Il finit par habiter rue Pigalle. Cette cohabitation dura trois ans (octobre 1839 à novembre 1842). Balzac visita l'appartement et le décrivit à « son Ève », avec sa coutumière précision de commissaire priseur et de romancier :

Balzac à Éveline Hanska, 15 mars 1841 : Elle demeure rue Pigalle, n° 16, au fond d'un jardin, au-dessus des remises et des écuries d'une maison qui est sur la rue. Elle a une salle à manger où les meubles sont en bois de chêne sculpté. Son petit salon est couleur café au lait, et le salon où elle reçoit est plein de vases chinois superbes, pleins de fleurs. Il y a toujours une jardinière pleine de fleurs. Le meuble est vert ; il y a un dressoir plein de curiosités, des tableaux de Delacroix, son portrait par Calamatta.... Le piano est magnifique et droit, carré, en palissandre. D'ailleurs Chopin y est toujours. Elle ne fume que des cigarettes et pas autre chose. Elle ne se lève qu'à quatre heures ; à quatre heures, Chopin a fini de donner ses leçons. On monte chez elle par un escalier dit *de meunier*, droit et raide. Sa chambre à coucher est brune ; son lit est deux matelas par terre, à la turque. *Ecco, contessa*[1] !...

En 1842, la serviable et redoutable Mme Marliani trouva, pour Chopin et Sand, deux appartements dans le square d'Orléans, sorte de cité bien éclairée, sablée, avec des arbres et un air noble de palais à l'italienne, qu'elle habitait elle-même et qui est située au 80, rue Taitbout, où ce décor demeure intact. Dans le même square vivaient non seulement les Marliani, mais le sculpteur Dantan, la danseuse Taglioni et le jeune ménage Viardot. Louis Viardot, écrivain et homme politique de gauche, était depuis 1838 l'ami très cher de Sand, à laquelle Pierre Leroux l'avait présenté. Pauline Garcia, sœur de Marie Malibran, enfant à la voix merveilleuse, avait été jadis introduite

---

1. HONORÉ DE BALZAC, *Lettres à l'Étrangère*, t. I, pp. 552-553.

dans la vie de George par Musset, qui courtisait à la fois la Malibran, cantatrice, et Rachel, tragédienne. Sand aimait Pauline Garcia et, plus tard, la rapprocha de Viardot, brave homme qu'elle jugeait digne de cette fille charmante. Les Viardot eurent beaucoup d'enfants et appelaient Sand « notre bon génie ».

Le square d'Orléans devint ainsi une sorte de phalanstère : « Nous avons même inventé de ne faire qu'une marmite et de manger tous ensemble, chez Mme Marliani, ce qui est plus économique et plus enjoué que le chacun chez soi [1].... » On se réunissait le soir, pour des séances de musique, de lecture. Sand et Chopin avaient uni leurs amis. Ceux de Sand étaient Pierre Leroux, Delacroix, Balzac, Henri Heine, Emmanuel Arago, dit *le Bignat,* Bocage, Marie Dorval, Hortense Allart et tous les Berrichons ; ceux de Chopin, des musiciens, des femmes du monde et des Polonais : la princesse Sapieha, la princesse Marceline Czartoryska, Mickiewicz (poète en exil et professeur au Collège de France), la comtesse Delphine Potocka dont il admirait la voix, James et Betty de Rothschild. Le résultat fut que Sand devint slavisante et chanta la gloire de Mickiewicz, cependant que Chopin se liait intimement avec Eugène Delacroix, qui partageait son dandysme. Tous deux sensitifs, impressionnables, tous deux aristocrates de manières et d'idées, ils étaient plus près l'un de l'autre que de leur démocratique amie.

Henri Heine, autre familier du square d'Orléans, plaisait à George par son humour. Il avait été amoureux d'elle, comme tout le monde, mais cette « folle passion », non couronnée, n'avait pas duré. Il l'appelait : « Ma chère cousine » ; terminait ses lettres par : « Mon cœur embrasse le vôtre » ; écrivait : « Je vous rends votre roman qui vous ressemble beaucoup : il est beau.... » Il amusait Sand en appelant Alfred de Musset : « Un jeune homme qui a un grand passé. » Elle ignorait qu'il la surnommait, elle,

1. George Sand, *Correspondance*, t. II, p. 241.

l'*Émancimatrice*. Il ne pouvait résister à la joie de faire un mot, mais admirait la femme et l'écrivain. Nul n'a mieux décrit sa grandeur et sa sérénité : « Comme George Sand est belle et comme elle est peu dangereuse, même pour les méchants chats qui la caressent d'une main et l'égratignent de l'autre ; même pour ces chiens qui aboient le plus férocement contre elle ; comme la lune, elle les regarde d'en haut et avec douceur [1].... »

De Chopin, elle continuait à parler avec tendresse : « Il est toujours bon comme un ange. Sans son amitié parfaite et délicate, je perdrais souvent courage. » « Chopin toussaille son petit train. C'est toujours le plus gentil, le plus caché et le plus modeste des hommes de génie.... » Pour des raisons d'économie, elle ne l'emmena pas à Nohant et n'y alla pas elle-même en 1840, mais les six étés suivants (1841-1846), elle y refit le nid de ses trois poussins. Du matin au soir, des bouffées de musique, s'échappant du piano de Chopin, montaient jusqu'à George, qui travaillait au-dessus de lui, mêlées à l'odeur des rosiers et au chant des oiseaux. Quand Pauline Viardot était là, elle chantait, accompagnée par Chopin, les vieilles partitions, presque inconnues, de Porpora, de Marcello, de Martini. Le *Don Juan* de Mozart était, aux yeux des trois amis, le Beau idéal. Mozart et Bach ne quittaient jamais le pupitre. Souvent Delacroix, pour qui l'on avait aménagé à Nohant un atelier, Chopin et Maurice, qui avait maintenant vingt ans passés, parlaient de leurs arts ; Sand écoutait rêveusement. Elle écrivait alors *Consuelo*, le meilleur de ses romans, et Pauline Viardot lui servait de modèle pour peindre une cantatrice de génie. George a décrit ces soirées de Nohant :

Chopin est au piano et ne s'aperçoit pas qu'on l'écoute. Il improvise comme au hasard. Il s'arrête.

« Eh bien ! Eh bien ! s'écrie Delacroix, ce n'est pas fini !

— Ce n'est pas commencé. Rien ne me vient... rien que des

reflets, des ombres, des reliefs qui ne veulent pas se fixer. Je cherche la couleur ; je ne trouve même pas le dessin.

— Vous ne trouverez pas l'une sans l'autre, reprend Delacroix, et vous allez les trouver tous deux.

— Mais si je ne trouve que le clair de lune ?

— Vous aurez trouvé le reflet d'un reflet. »

L'idée plaît au divin artiste. Il reprend, sans avoir l'air de recommencer, tant son dessin est vague et comme incertain. Nos yeux se remplissent peu à peu de teintes douces, qui correspondent aux suaves modulations saisies par le sens auditif. Et puis la note bleue résonne, et nous voilà dans l'azur de la nuit transparente Des nuages légers prennent toutes les formes de la fantaisie ; ils remplissent le ciel ; ils viennent se presser autour de la lune qui leur jette de grands disques d'opale et réveille la couleur endormie. Nous rêvons d'une nuit d'été. Nous attendons le rossignol [1]....

Ce fut Chopin qui inventa le théâtre de Nohant. Au début, il improvisait au piano, tandis que les jeunes gens jouaient des scènes ou dansaient des ballets comiques. « Il les conduisait à sa guise et les faisait passer, selon sa fantaisie, du plaisant au sévère, du burlesque au solennel, du gracieux au passionné [2].... » Chopin lui-même avait un véritable génie de mime et, de temps à autre, se levait et apparaissait derrière le piano, pour faire une extraordinaire imitation de l'empereur d'Autriche ou d'un vieux juif polonais. Ajoutez les promenades en forêt, Chopin sur son âne, les autres à pied ; les danses villageoises sur la pelouse, avec des joueurs de cornemuse qui suggérèrent à Sand le sujet des *Maîtres Sonneurs*, et vous aurez quelque idée de l'éclat joyeux, charmant, de ce paradis romantique.

Rien ne donnerait une impression plus fausse que de peindre, de 1840 à 1845, un Chopin toujours malade, dévoré par une bacchante inassouvie. L'influence de Sand sur son œuvre et sur sa vie fut alors entièrement bienfaisante, tant par les conseils qu'elle lui donna que par les soins qu'elle lui prodigua. Chopin fut, en ces étés de Nohant,

1. GEORGE SAND, *Impressions et Souvenirs*, chap. v, p. 86.
2. GEORGE SAND, *Dernières Pages*.

aussi heureux qu'il le pouvait être. Malheureusement ni
son caractère ni sa maladie ne lui permettaient de l'être
longtemps. Beaucoup d'amis plaignaient George. Mickiewicz, bien que compatriote de Chopin, disait que celui-ci
était « le mauvais génie de George Sand, son vampire
moral, sa croix », et « qu'il finirait peut-être par la tuer ».
Mme Juste Olivier, après un dîner chez eux, jugea douteux
que Chopin pût faire le bonheur de Sand : « C'est, écrivait-
elle dans son journal, un homme d'esprit et de talent,
charmant, mais de cœur, je ne crois pas[1].... »

Jugement trop sévère. Chopin avait du cœur, mais,
comme tous les nerveux, il était tellement obsédé de ses
répugnances qu'il ne pouvait se mettre à la place des
autres, ce qui est le suprême secret de l'amitié. En politique, il ne s'entendait pas avec Sand ; il ne supportait ni
certains des hommes qu'elle admirait ni les formes véhé-
mentes de leurs jugements. Il prenait les gens en grippe
(par exemple sa propre élève, Marie de Rozières, dont il
blâmait la liaison trop voyante avec le comte Wodzinski)
et les attaquait d'autant plus que George les défendait.
Habituée à ses engouements et « désengouements » mala-
difs, elle changeait alors de sujet, comme on le fait avec un
enfant. Sinon « il y en aurait eu pour tout un jour de silence,
de tristesse, de souffrance et de bizarrerie[2].... » A Nohant,
George n'osait plus inviter, en même temps que Chopin,
les poètes prolétaires qu'elle protégeait. Hippolyte Châtiron irritait Chopin par ses farces bruyantes et ses grâces
d'ours. A Paris, il était choqué par la tenue et les manières
des visiteurs de Mme Sand. Elizabeth Barrett Browning
les a décrits :

Des foules d'hommes mal élevés l'adorent à genoux, entre
des bouffées de tabac et des jets de salive !... Un Grec la tutoyait
et l'embrassait à pleins bras ; un homme de théâtre, d'une

1. Cf. Léon Séché, _Sainte-Beuve_, t. II, chap. III, pp. 109-111.
2. Lettre à Marie de Rozières (20 juin 1841), citée par Wladimir
Karénine, dans _George Sand_, t. III, p. 431.

incroyable vulgarité, se jetait à ses pieds en la nommant sublime ! Caprices de l'amitié, disait alors, avec un dédain tranquille et doux, la femme supérieure [1]....

Ce milieu, qui amusait Sand, exaspérait Chopin. Cependant, pendant longtemps, le désaccord politique, les discordances de goûts, la jalousie n'empêchèrent pas de part et d'autre le maintien d'une profonde amitié, amoureuse du côté de Chopin, maternelle et admirative chez George Sand. Elle continuait de veiller sur son malade avec une sollicitude infinie. Partait-il seul pour Paris qu'elle s'empressait de prévenir Mme Marliani, afin qu'il eût de l'eau chaude pour sa toilette et trouvât sa chambre aérée.

Voilà mon petit Chopin ; je vous le confie ; ayez-en soin malgré lui. Il se gouverne mal quand je ne suis pas là, et il a un domestique bon, mais bête. Je ne suis pas en peine de ses dîners, parce qu'il sera invité de tous les côtés.... Mais le matin, dans la hâte de ses leçons, je crains qu'il n'oublie d'avaler une tasse de chocolat ou de bouillon, que je lui entonne malgré lui quand j'y suis.... Chopin est bien portant maintenant ; il n'a besoin que de manger et de dormir comme tout le monde [2]....

Elle l'avait, non pas guéri, mais amélioré par ses soins, et elle demeurait prête à tout quitter pour aller le soigner. Et, de son côté, le « petit Chopin », son *Chip*, sa *Chipette*, son *Chopinsky*, lui demeurait tout dévoué. Quand elle gardait le lit (ce qui lui arrivait assez souvent, car elle se plaignit toute sa vie de son foie et de son intestin), il fallait le voir dans l'exercice de ses fonctions de garde-malade, zélé, ingénieux, fidèle. Surtout ils continuaient de communier dans l'amour de la beauté. Un soir, à Nohant, elle parla devant lui, comme elle savait le faire, de la paix de la campagne et des merveilles de la nature. « Comme c'est beau, ce que vous avez raconté, dit Chopin. — Vous trouvez ? répondit-elle. Eh bien, traduisez cela en musique. »

---

1. Elizabeth Barrett Browning, *Letters* edited by Frederick G. Kanyon.

2. Lettre citée par Wladimir Karénine, dans *George Sand*, t. III, p. 483.

Aussitôt Chopin improvisa une véritable symphonie pastorale. George Sand, debout à côté de lui, une main gentiment posée sur son épaule, murmurait : « Courage, doigts de velours ! »

Qui sait si, sans cette main sur son épaule, et sans la magique influence de Nohant, Chopin, au cours de sa brève existence, eût composé tant de chefs-d'œuvre ? Qui sait même s'il aurait vécu ?

IV

MORT D'UNE AMITIÉ

On a remarqué sans doute que, parmi les visiteurs de Nohant et de la rue Pigalle, ne figuraient plus les premiers amis du couple Chopin-Sand : Liszt et sa Princesse. La communication par Carlotta Marliani à George des commentaires sarcastiques de Marie d'Agoult avait créé une situation sans remède. Sand, ayant promis de ne pas nommer son informatrice, ne pouvait se plaindre ; Marie, ne sachant pas qu'elle avait été trahie par Carlotta, ne comprenait rien au silence obstiné de Nohant, qu'elle disait « aussi inexplicable que le nez retroussé de son fils », Daniel Liszt. Dans ses lettres à Mme Marliani, elle continuait à parler de Sand avec liberté.

Marie d'Agoult à Carlotta Marliani, Pise, 23 janvier 1839 : Sur quoi jugez-vous, s'il vous plaît, ma belle consulesse, du haut de votre sagesse *a priori*, que je suis incapable d'aimer et de comprendre mes amis ? Et cela à propos de la personne au monde la plus facile à comprendre, qui est notre pauvre Piffoël ! Comment voulez-vous que je prenne au sérieux ce qu'elle ne peut pas prendre au sérieux elle-même, si ce n'est dans ces courts instants où le génie poétique s'empare d'elle et lui fait prendre des cailloux pour des diamants, des grenouilles pour des cygnes ? Je ne vous demande pas du tout de me parler d'elle autrement que pour me dire si elle est morte ou vivante. Lorsque je demeurais chez elle, je faisais tout ce que je pouvais pour ne

pas savoir certains détails de sa vie, qui n'ont rien à voir avec
les sentiments que je lui porte. Depuis, c'est le public qui m'a
informée ; vous savez qu'il est habituellement vite instruit de ce
qui ne le regarde pas. D'ailleurs George le veut ainsi ! La seule
chose vraiment sérieuse pour moi, et je le lui dirais si elle était
là, c'est l'engourdissement de son talent. Depuis les *Lettres à
Marcie* (qui ne peuvent pas compter, puisqu'elles n'ont point
été continuées et qu'elles n'ont développé aucune des choses
qu'elles indiquaient), elle n'a fait que des romans sans valeur.
Il est évident que la période de l'émotion (période si magnifi-
quement révélée par *Lélia* et les *Lettres d'un Voyageur*) est
terminée. L'étude, la réflexion, la concentration des idées
seraient aujourd'hui nécessaires ; or ce n'est ni Bocage, ni Mallefille, ni Chopin qui l'aideront ou la dirigeront dans cette nouvelle voie. Je trouve (entre nous) que Mme Allart entend
mieux cette partie de son existence. Après toutes les folies que
la passion fait faire, elle en est arrivée à ne plus voir dans l'amour
qu'une question physiologique. Quand la chasteté lui devient
impossible, elle prend un amant qu'elle ne trompe point, qui
n'exerce aucune influence sur elle et n'entre pour rien dans sa
vie. Elle fait enfin ce que font les hommes qui satisfont un
besoin physique. Elle le fait en déplorant cette nécessité de son
organisation, mais en restant supérieure à tout cela par la parfaite conscience d'elle-même et l'absolue loyauté[1]....

En août 1839, stupéfaite et un peu inquiète de ne plus
recevoir aucune réponse de George, elle pria Carlotta de
transmettre un dernier appel.

Marie d'Agoult à George Sand, aux soins de Mme Marliani :
Villa Maximiliana, près Lucques, 20 août 1839.

Mon cher George, vous serez peut-être étonnée de ma persistance à vous écrire, car votre silence absolu depuis dix-huit
mois, le silence que vous paraissez avoir imposé à Carlotta
relativement à vous, et surtout votre *non répondu* à ma dernière
lettre, dans laquelle je vous priais de venir passer l'été avec
nous, disent assez que nos relations vous sont devenues incommodes. Mais, ces relations ayant été pour moi choses sérieuses,
certaines paroles ayant été échangées entre nous qui, pour moi
encore, avaient un sens inaltérable, il m'est impossible, ne fût-
ce que par respect pour moi-même, de laisser ainsi se dénouer,

1. Lettre inédite. Collection Spoelberch de Lovenjoul, E. 872.

sans cause connue, un lien qui, dans ma pensée, devait durer autant que nous.

Je ne puis admettre que vous ayez à vous plaindre de moi, car, en ce cas sans doute, vous vous seriez hâtée de me le dire, afin qu'une explication cordiale mît au plus vite fin à ce malentendu passager ; ceci est à la fois le plus simple et le plus rigoureux devoir de l'amitié. D'ailleurs, j'ai beau fouiller dans les replis de ma conscience, je n'y trouve pas l'ombre de l'apparence d'une faute. Franz aussi se demande comment il se fait que vos rapports intimes avec un homme, qu'il se croit le droit de nommer son ami, ont eu pour résultat immédiat une cessation de communications entre nous ?... A la vérité, déjà une première fois votre *intimité* avec un autre de nos amis avait eu à peu près le même effet. Dès alors vous annonciez l'intention « de m'écrire moins souvent » ; ce que Franz vous dit à cette occasion vous fit ajourner, différer ce qui peut-être était déjà arrêté dans votre esprit : l'éloignement graduel et la cessation de nos rapports. Les explications que je pourrais me donner de cet étrange procédé, je me refuse encore à les accepter. De fréquents avertissements, et l'expérience décourageante de tant d'affections brisées dans votre passé, ne me semblent pas jusqu'ici suffisants pour motiver ces tristes conclusions : que vous êtes incapable d'un sentiment durable ; que le premier caprice l'emportera toujours sur les affections éprouvées ; qu'il n'est point pour vous de paroles qui obligent ; que vous livrez à tout vent de hasard les replis les plus profonds de votre âme et qu'il n'est point, dans votre cœur, d'asile où ceux qui vous ont été chers soient à l'abri de l'insulte du dernier venu.

J'espère encore et, laissez-moi le dire, je *souhaite* sincèrement une explication digne de vous et de moi, qui mette fin à un état de choses affligeant et inacceptable. Si pourtant vous persistez dans le silence, je saurai que vous avez *voulu* rompre. La même mobilité qui vous entraînerait jusqu'à trahir une amitié sainte vous aiderait probablement à l'oublier. Pour moi, quoi qu'il arrive, j'en garderai un religieux souvenir et j'ensevelirai dans le silence de mon cœur tout ce qui pourrait le ternir ou l'altérer.

Franz voulait vous écrire, mais sa lettre ne pourrait guère que répéter la mienne. Je vous épargne ou un ennui, ou un chagrin, en lui ôtant la plume des mains car, je vous le répète, il m'est encore impossible de croire que vous renonciez, de gaieté de cœur, à deux amis à toute épreuve.

MARIE [1].

1. Lettre inédite. Collection Spoelberch de Lovenjoul, E. 872, ff. 25-26.

Marie d'Agoult à George Sand (lettre jointe à la précédente) :

Pise, 18 septembre 1839.

Vous verrez, à la date de la lettre ci-incluse, qu'elle a éprouvé un grand retard. Je l'avais envoyée à Carlotta, ignorant où vous étiez. Carlotta me la renvoie, en me disant que *l'effet en sera vraisemblablement opposé à celui que je désire.*

Je comprends de moins en moins. En tout cas, l'effet que je désire avant tout étant une explication franche et nette, je vous envoie la lettre sans y rien changer. Il ne convient ni à vous, ni à moi, de rester dans l'inexpliqué et l'inexplicable. J'attends une réponse immédiate. Adressez à Pise : *Hôtel delle Tre Donzelle* [1].

George Sand communiqua le dossier à Carlotta Marliani, en lui demandant des conseils sur le mode de rupture à choisir. Elle tenait à répondre, d'abord pour disculper Chopin, auquel Arabella pourrait susciter, dans le monde musical, des contrariétés dont il n'avait pas besoin, lui, si nerveux, si discret, si exquis : « Je ferai cette réponse courte, mais ferme, sans colère et sans fiel.... La méchanceté d'une femme ne m'a jamais émue. C'est quelque chose que j'observe froidement.... » Elle comprendrait parfaitement que Carlotta continuât de recevoir cette personne « infiniment spirituelle, gracieuse et de bonne compagnie ». Des rencontres seraient donc inévitables.

Cependant remarquez bien que ces rencontres paisibles, dont je reconnais la nécessité, ne seront pas possibles sans une explication entre nous trois. Autrement elle fera un esclandre et jouera une grande scène de comédie, à la première occasion. Je la connais ! Elle est admirable dans les scènes de dignité. Ce sera fort risible pour tout le monde, excepté pour vous, maîtresse de maison, et pour moi [2]....

Donc George exigeait une explication à trois — et de la fermeté. La Marliani dut être fort ennuyée. Il lui fallait avouer son indiscrétion à Marie. Elle ne s'en tira pas trop mal.

1. Lettre inédite. Collection Spoelberch de Lovenjoul, E. 872, f. 27.
2. Lettre publiée par Samuel Rocheblave dans la *Revue de Paris* du 15 décembre 1894.

Carlotta Marliani à Marie d'Agoult, 1er octobre 1839 : Ma chère Marie, il y a une explication que je vous dois, que je me dois à moi-même, et que j'ai toujours eu l'intention de vous donner de vive voix, à votre retour à Paris. Une circonstance particulière : celle de l'arrivée de Mme Sand, que j'attends bientôt ; puis votre persistance à lui demander compte de son silence avec vous ; enfin la lettre que vous me dites lui avoir envoyée telle que je l'ai lue me décident à m'ouvrir à vous, dès à présent, avec une entière franchise. Vous vous rappelez, je pense, les deux lettres que vous m'avez écrites, le 9 novembre et le 23 janvier ? Vous m'y parliez de mon amie avec une sécheresse, une froideur et une légèreté amère, qui me blessèrent profondément, ainsi que je vous le témoignai dans ma réponse, et ensuite par mon silence absolu sur ce sujet pénible. J'avais cru jusque-là à votre affection pour Mme Sand, par qui j'avais eu le plaisir de vous connaître.

Convaincue désormais qu'elle n'avait point en vous une amie, je fis ce qui me semblait commandé par l'affection profonde que j'ai pour elle. George me parlant de vous, et du retard qu'elle avait mis à vous répondre, je lui écrivis que je ne pensais pas qu'elle dût compter sur votre amitié, que je croyais de mon devoir de l'en avertir, mais qu'elle ne m'en demandât pas davantage parce que je ne lui répondrais pas. George ne m'a jamais fait une question. Je ne lui ai jamais parlé de vos lettres et je ne les lui montrerai jamais.

Que cet avertissement de ma part ait été une imprudence, que je me sois trompée sur ce que je devais à une personne qui m'est si chère, cela se peut. Tout ce que je puis vous assurer, c'est que la démarche — dont *vous* vous plaindrez peut-être mais que, d'après la manière dont je comprends et sens les devoirs d'une sincère amitié, je ne saurais cependant regretter — n'a point eu d'autre motif que ceux que je viens de vous dire [1]....

La correspondance directe entre George et Arabella se trouva ainsi rétablie. George ne ménagea pas son ancienne amie, en qui elle avait toujours senti une ennemie. La lettre mérite d'être lue tout entière. Elle est aussi remarquable par la fermeté du style que par la finesse des analyses.

1. Lettre inédite. Collection Spoelberch de Lovenjoul, E. 872, f. 11.

George Sand à Marie d'Agoult : Je ne sais pas au juste ce que Mme Marliani vous a dit dernièrement, Marie. Je ne me suis plaint de vous qu'à elle.... Vous vous plaignez de moi à beaucoup d'autres, qui me haïssent et me calomnient. Si je vis dans un monde de cancans, ce n'est pas moi qui en suis le créateur et je tâcherai de vous y suivre le moins possible.

Je ne sais quel appel vous faites à *notre passé.* Je ne comprends pas bien. Vous savez que je me jetai dans votre amitié prévenante avec abandon, avec enthousiasme même. L'*engouement* est un ridicule que vous raillez en moi, et c'est peu charitable au moment où vous détruisez celui que j'avais pour vous. Vous entendez l'amitié autrement que moi, et vous vous en vantez assez pour qu'on puisse vous le dire. Vous n'y portez pas la moindre illusion, pas la moindre indulgence. Il faudrait alors y porter une irréprochable loyauté et avoir, en face des gens que vous jugez, la même sévérité que vous avez en parlant d'eux. On s'habituerait à cette manière d'être, si peu aimable qu'elle fût ; on pourrait du moins en profiter. Le pédantisme est toujours bon à quelque chose ; la méchanceté n'est bonne à rien. Mais vous n'avez que de douces paroles, de tendres caresses, même des larmes d'effusion et de sympathie avec les êtres qui vous aiment. Puis, quand vous parlez d'eux, et surtout quand vous en écrivez, vous les traitez avec une sécheresse, un dédain !... Vous les raillez, vous les dénigrez, vous les rabaissez, vous les calomniez même, avec une grâce et une légèreté charmantes. C'est un réveil un peu brusque et une surprise assez désagréable pour les gens que vous traitez ainsi, et il doit leur être permis de rester au moins pensifs, muets et consternés pendant quelque temps. Ce que vous faites alors est inouï, inexplicable. Vous leur adressez des reproches, de ces reproches qui font orgueil et plaisir de la part des gens dont on se croit aimé, mais qui font chagrin et pitié de la part de ceux dont on se sait haï. Vous leur dites de ces injures qui, dans l'amitié blessée, trahissent la douleur et le regret, mais qui, dans d'autres cas, ne trahissent que le dépit ou la haine. Oui, *la haine*, ma pauvre Marie ! N'essayez pas de vous faire illusion à vous-même : vous me haïssez mortellement. Et comme il est impossible que cela vous soit venu sans motif, depuis un an, je ne puis vous expliquer qu'en reconnaissant que vous m'avez toujours haïe. Pourquoi ? Je ne le sais pas, je ne le soupçonne même pas. Mais il est des antipathies instinctives contre lesquelles on se débat en vain. Vous m'avez avoué souvent que vous aviez ressenti cette antipathie pour moi avant de me connaître ; or voici comment j'explique votre conduite depuis lors ; en tout j'aime à voir le beau côté des choses, et c'est un travers dont je m'enorgueillis. Dévouée à Liszt comme vous l'êtes, et voyant que son amitié pour moi était affligée par vos sarcasmes, vous avez voulu lui donner une noble preuve d'affection ; vous avez tenté sur vous-même un immense effort. Vous l'avez persuadé que vous m'aimiez, et vous vous l'êtes peut-être persuadé à vous-même.... C'est pourquoi vous m'avez aimée, par bonds et par saccades, vaincue peut-être quelquefois par l'amitié que je vous portais... mais retombant dans votre aversion lorsque je n'étais pas là et que vous trouviez l'occasion de vous soulager d'un peu d'aigreur, longtemps comprimée. Je crois que, si vous descendez au fond de votre cœur, vous y trouverez tout cela ; et moi, c'est ainsi que je vous excuse et que je vous plains. Je vous admirerais peut-être, si je n'étais la victime de cette malheureuse tentative que vous avez faite ; mais il doit m'être permis de regretter l'erreur où j'avais eu l'imprudence et la précipitation de tomber ; il doit m'être permis surtout de regretter que vous n'ayez pu faire de deux choses l'une : ou me haïr franchement — comme je ne vous connaissais pas, cela ne m'eût fait aucun mal — ou m'aimer franchement. Cela eût prouvé que vous n'aviez pas seulement des rêves et des intentions magnanimes, mais des facultés pour de tels sentiments. C'est donc un rêve que j'ai fait ; j'en ai fait bien d'autres, à ce que vous dites. Il est un peu cruel de me persifler sur cette faculté à prendre, comme vous dites, des vessies pour des lanternes, tout en m'arrachant l'une de ces illusions qui m'étaient les plus chères.

Maintenant vous êtes en colère contre moi ; c'est dans l'ordre. Il y a un vieux mot de La Bruyère là-dessus. Mais calmez-vous, Marie ! Je ne vous en veux pas et je ne vous reproche rien. Vous avez fait ce que vous avez pu pour mettre, avec moi, votre cœur à la place de votre esprit ; l'esprit a repris le dessus ; craignez d'en avoir trop, ma pauvre amie ! Si l'excès de bienveillance mène — comme je l'ai trop souvent éprouvé — à se trouver un beau jour fort mal entouré, l'excès de clairvoyance mène à l'isolement et à la solitude. Et puisque nous sommes forcés d'être sur cette terre avec l'humanité, autant vaut peut-être vivre en guerres et en raccommodements perpétuels que de se brouiller sans retour avec elle....

... Reposez-vous de tout ceci, ma pauvre Marie. Oubliez-moi comme un cauchemar que vous avez eu et dont vous vous êtes enfin débarrassée. Tâchez, non de m'aimer — vous ne le pourrez jamais —, mais de vous guérir de cette haine qui vous fera du mal. Ce doit être une grande souffrance, si j'en juge par la compassion qu'elle m'inspire. Ne vous donnez plus la peine d'imaginer d'étranges romans pour expliquer, à ceux qui vous entourent, notre froideur mutuelle. Je ne recevrai point Liszt, lorsqu'il sera ici, afin de ne point donner prise à la singulière version que vous avez trouvée de le placer *entre nous*, comme un objet *disputé*. Vous savez mieux que personne que je n'ai jamais eu de pensées de ce genre. C'est une idée qui n'est venue qu'à Balzac, et je vous assure qu'y eût-il moyen de la réaliser — ce que je ne crois *pas encore* — aucun ressentiment ne pourrait me la suggérer. Il serait donc indigne de vous de le croire, de le dire, et encore plus peut-être de le laisser dire. J'accepte — avec un certain orgueil, je l'avoue — vos moqueries sur *mes mœurs*, mais il est des insinuations que je repousserai fortement. Revenez à vous-même, Marie ; ces tristes choses sont indignes de vous. Je vous connais bien, moi. Je sais qu'il y a dans votre intelligence un besoin de grandeur, contre lequel une petite inquiétude féminine se révolte perpétuellement. Vous voudriez avoir une conduite noble et chevaleresque, mais vous ne pouvez pas renoncer à être une belle et spirituelle femme, immolant et écrasant toutes les autres. C'est pour cela que vous ne faites pas difficulté de me louer comme « bon garçon » tandis que, sous l'aspect de femme, vous n'avez pas assez de fiel pour me barbouiller. Enfin vous avez deux orgueils, un petit et un grand ; tâchez que ce dernier l'emporte. Vous le pouvez, car Dieu vous a douée richement et vous aurez à lui rendre compte de la beauté, de l'intelligence et des séductions qu'il vous a départies. Ceci est le premier et le dernier sermon que vous recevrez de moi. Veuillez me le pardonner, comme je vous pardonne d'avoir fait des homélies sur moi sans m'en faire part [1]....

Liszt, qui était en tournée, fut tenu au courant par sa maîtresse de cette négociation orageuse. Carlotta fut blâmée par tous, y compris son propre mari. Elle le méritait ; rapporter un propos offensant à celui qui peut en souffrir est plus coupable que bavarder avec la funeste légèreté qui est commune à presque tous les êtres humains. Pour se disculper, Mme Marliani affirma que c'était Lamennais qui l'avait engagée à communiquer les deux lettres, ce qui est, hélas, vraisemblable. Quand les trois femmes se revirent (à Paris, en novembre 1839), Marie d'Agoult fut glaciale envers Carlotta ; avec Sand, elle s'était promis d'être douce et bonne. George montra plus

1. Lettre inédite. Collection Spoelberch de Lovenjoul, E. 872, ff. 56-61.

de tristesse que de colère. Elle n'avait cessé, dit-elle, d'admirer l'esprit de Marie et sa fidélité en amour, mais elle savait que celle-ci ne l'avait jamais aimée. Quant aux lettres... Marie l'interrompit pour dire qu'elle n'avait nulle mauvaise honte à lui en demander pardon. Sur quoi George lui tendit la main et il fut convenu qu'elles se reverraient désormais sans parler de leurs amours, ni de leurs amitiés.

« J'accepte ces termes, dit Marie, parce que je suis convaincue qu'ils changeront. Le temps est un grand maître. Dans quelques mois, ou dans quelques années, vous me direz que vous avez eu tort.

— Cela se peut, répondit George. Je suis très accessible à la séduction et vous êtes très séduisante, Marie [1]. »

Liszt approuva l'attitude de sa compagne : « Votre conduite avec George me plaît extrêmement.... Vous devez être patiente, modérée, et vous le pouvez parce que vous êtes forte.... Le temps de rompre avec George ne me semble pas venu.... S'il se peut, ignorez volontairement beaucoup de choses et pardonnez-en d'autres.... Quand vous romprez, il faut que ce soit avec un avantage éclatant, décidé [2]... ». Mais l'apparente réconciliation ne changea rien et les cancans continuèrent.

Marie d'Agoult à Franz Liszt, 21 janvier 1840 : Potocki m'a avoué que, lorsque j'étais partie seule pour Nohant (en 1837), il n'avait pas douté qu'il n'y eût, entre George et moi, quelque amitié à la Dorval....

Jeudi 6 février : Hier, dîner : George, Carlotta, du Roure, Grzymala, Potocki, les Seghers. George assez maussade. A dîner, elle se fait tâter le genou (à la lettre) par Grzymala, tout enluminé de champagne, disant (on parlait de la beauté du genou) : « Allons, voyons, Grzymala, dis-moi comment j'ai le genou fait ? » *Grzymala :* « Il est de peau rose. » *George :* « Ah ! çà, voyons, finis-en donc, tu me chatouilles. Je vais t'égratigner.... » Conversation contrainte et languissante jusqu'à minuit. Je ne peux plus guère voir *those people* [3].

1. *Correspondance de Liszt et de Madame d'Agoult*, t. I, p. 320.
2. *Opus cit.*, t. I, p. 349.
3. *Opus cit.*, t. I, p. 376.

10 février 1840 : Vigny est venu. Il a été tendre, m'a parlé au long de Dorval. Il dit que c'est George qui l'a perdue ! Il savait, par Sainte-Beuve, que je voyais moins George et s'est écrié un : « Tant mieux ! » du fond du cœur [1]....

10 mars 1840 : « Mes rapports avec la Marliani *re*-sont excellents. Je crois que le ménage Chopin ne peut tarder à se rompre. Les amis communs le posent en malade jaloux, en homme tué par la passion, qui se tourmente et tourmente les autres. Elle en est excédée et craint seulement qu'il ne meure du coup, si elle le quitte [2]....

Marie d'Agoult au peintre Henri Lehmann, 6 février 1841 : L'abbé (Lamennais) soutient bien sa prison. Il ne veut pas y recevoir de femmes. Je crois que c'est pour ne pas voir Mme Sand [3]....

21 avril 1841 : Mme Sand me hait ; nous ne nous voyons plus [4]....

18 mai 1841 : Le concert de Franz pour Beethoven, au Conservatoire, a été une solennité digne de tous deux (avec vous, je puis bien me permettre de dire : *Beethoven et Liszt,* n'est-ce pas ?). Mme Sand, excédée de tous ces triomphes, a poussé Chopin à donner un concert chez Pleyel, à huis clos, entre amis. Liszt a fait un article mirobolant sur le susdit concert (je crois que cela les a fort vexés !).... Figurez-vous qu'elle est à tel point enragée contre moi qu'elle a été jusqu'à *dire, à Franz, que vous avez été mon amant !* Il lui a répondu avec esprit, comme il sait le faire. La haine n'en sera que plus profonde. Je me suis tout à fait retirée de la coterie Marliani [5]....

C'était le moment de reprendre la citation chère à l'abbe de Lamennais : « On nous réconcilia ; nous nous embrassâmes ; depuis ce temps-là, nous sommes ennemies mortelles. »

1. *Opus cit.*, t. I, p. 379.
2. *Opus cit.*, t. I, p. 412-413.
3. *Une Correspondance romantique : Mme d'Agoult, Liszt, Henri Lehmann,* p. 149.
4. *Opus cit.*, pp. 165.
5. *Opus cit.*, p. 170.

V

CHEVEUX GRIS

George Sand à Bocage, 1843 : Nohant est bien changé depuis que vous y avez vu régner les jeux et les ris. Mes quarante ans, qui approchent, y ont fait entrer le sérieux.... De plus, la triste santé de notre ami a mis une grande habitude de mélancolie, ou tout au moins de recueillement.... Pardon de mon griffonnage ; ma lampe s'éteint. L'aurore naissante est grise comme le chef de celle qui vous écrit commence à le devenir [1]....

1845 : La vie est une longue blessure qui s'endort rarement et ne se guérit jamais. Je suis bien triste et bien sombre, mais je n'en aime que mieux ceux qui méritent d'être aimés [2]....

Avec elle, le fleuve du temps emportait, vers les cataractes de la mort, tous ceux qu'elle avait chéris ou haïs. Casimir avait hérité, en 1837, de sa belle-mère, la baronne Dudevant, le domaine de Guillery, mais à charge d'acquitter de nombreux legs, qui firent de lui un grand propriétaire gêné. Il habita le château et vécut en Gascogne, ne voyageant que rarement. Il aimait ces bois de pins et de chênes-lièges, ces fougères et ces genêts, ces clos de vigne. Ses voisins le tenaient pour « le père et le bon Dieu du pays ». La compagnie d'Aurore lui avait donné plus de culture et d'esprit que n'en possédaient ses amis. Il se plaisait à faire des citations de Pascal ou de Sénèque, et ne parlait de ses malheurs qu'avec mesure. Les gens de Guillery avaient peine à croire que sa femme l'eût quitté parce qu'il était grossier et brutal. On le trouvait doux, pacifique, bien fait et de bonne mine. Une dame de Boismartin, un peu mûre, l'aima et tenta de s'en faire aimer. Vain espoir ; il connaissait trop bien le danger des femmes ardentes. Un jour, il écrivit à son fils Maurice : « J'ai une bonne nouvelle à t'apprendre, Mme de Boismartin est

---

1. Lettre inédite, collection Spoelberch de Lovenjoul, E. 879, ff. 14-16.
2. *Ibid.*, E. 879, f. 28.

morte [1].... » La phrase était dure, mais Casimir avait été jadis durement traité. Ses enfants venaient, chaque année, passer une partie des vacances à Guillery. A partir de 1844, il vécut maritalement avec Jeanny Dalias, qui était entrée chez lui comme gouvernante. Il eut d'elle une fille, Rose, et aurait voulu épouser la mère, à laquelle il fut toujours fidèle, mais, Aurore étant vivante, toute régularisation demeurait interdite. Aussi Casimir était-il, par ce concubinage, éloigné des sacrements et il en souffrait, la foi lui étant revenue avec l'âge. Cependant il assistait chaque dimanche à la messe, dans le chœur, comme il convenait au châtelain, et portait avec dignité le poids d'un passé ridicule.

Sandeau, « le petit Jules », faisait son chemin dans le monde. Son premier et malheureux amour l'avait marqué pour la vie. Longtemps il ne put ni oublier ni pardonner. A Marie Buloz, enfant, qui feuilletait un album de portraits, il montra celui de Sand : « Regarde bien cette femme, petite, c'est un cimetière, tu entends ? Un cimetière [2] ! » Pourtant il lui devait tout. Quand elle l'avait connu, il n'avait aucun talent ; lorsqu'il publia, en 1839, *Marianna*, les lecteurs reconnurent une passion vraie. Le livre réussit autant qu'avait échoué l'aventure. Revues, éditeurs demandèrent des romans à Sandeau. Les femmes le recherchèrent. Il devint l'amant de Marie Dorval, lasse de Vigny qui courait d'autres aventures, et demeurée l'amie de George Sand. Ainsi, très étrangement, le petit Jules et sa première maîtresse se trouvaient n'avoir plus entre eux qu'un lien : leur commune admiration pour cette adorable et folle comédienne.

Au début de cette liaison, Dorval ne pensait qu'à Vigny : « Nous réunir est impossible, mais je pleure mon amour.... Je n'ai rien à mettre à la place. Je n'aime *pas* Sandeau. Je tâcherai de l'aimer. Mais je sens que je n'y

1. Cité par Louise Vincent, dans *George Sand et le Berry*, p. 621.
2. Marie-Louise Pailleron, *George Sand*, t. I, p. 187.

réussirai pas. Je ne lui parle que d'Alfred [1]... ». Plus tard, se sentant vieillir, elle s'attacha passionnément à Jules. *Dorval à Sandeau :* « Ah ! comme je t'aime ! Tu es le charme de mes yeux, le ravissement de mon esprit, le délire de mes sens, les délices de mon cœur [2].... » Relisait-il alors d'autres lettres, à peu près semblables, et datées de Nohant, 1831 ? En 1840, il accompagna sa maîtresse en tournée : « Notre chère Marie a de très grands succès.... » Mais le petit Jules souhaitait plus que tout faire un riche mariage et convoitait la dot de Pauline Portier, fille d'un commissaire général de la Marine. Félicie Sandeau, sœur de Jules et confidente de Marie Dorval, recevait des lettres éplorées : « Je suis frappée d'un chagrin dont il me semble que je ne pourrai guérir.... Il y a deux mois qu'il m'a laissée en province pour revenir achever son livre.... Je reviens. J'apprends que Mme et Mlle Portier sont à Paris. J'en parle à votre frère, dans un trouble extrême ; il me dit que cela est vrai.... Je retourne chez moi avec la mort dans le cœur et j'attends Jules, pendant trois jours, dans une anxiété horrible ! Il revient et me dit qu'il se sépare de moi. Je m'étonne. Je m'écrie qu'il est impossible de se séparer vivant de ce qu'on aime ! Il me répond que sa résolution est irrévocable. Ma douleur, Félicie, mesurez-la à la tendresse que j'ai pour lui. Je devais vous dire cela, chère sœur [3].... » Le mariage eut lieu, à Nantes, en 1842. Marie Dorval, en tournée, reçut à Luxeuil un faire-part envoyé par Sandeau. Elle alla pleurer chez Sand, et les deux femmes échangèrent leurs tristes souvenirs sur « ce hâbleur sentimental ». Le blondin frisé devenait prématurément chauve et il écrivait des romans moraux. Déjà l'on parlait pour lui de l'Académie.

Henri de Latouche avait continué de vivre en ermite et en misanthrope, à Aulnay. Il avait suivi de loin, avec amertume, la carrière brillante et scandaleuse de celle qu'il avait

---

1. Lettre à Pauline Duchambge, citée par CHARLES GAUDIER, dans MARIE DORVAL : *Lettres à Alfred de Vigny*, p. 203.
2. Cité par FRANÇOISE MOSER, dans *Marie Dorval*, p. 198.
3. Lettre inédite. Collection Simone André-Maurois.

jadis lancée dans le monde littéraire. En ses lettres à son cousin Duvernet, il avait blâmé ces romans où une femme mettait en scène ses chagrins. Mais il souhaitait une réconciliation. En 1840, il publia lui-même un roman, *Léo*, dont le héros, Arnold, devait parcourir la Vallée Noire et visiter Nohant. Arnold est introduit par une servante, vêtue de droguet bleu des pieds à la tête et coiffée d'un bonnet de toile bise. Dans le salon, carrelé de petites briques cirées, il présente à la châtelaine (donc à George Sand) une lettre de recommandation.

« Je me croyais brouillée, dit-elle, avec le loup-garou qui vous recommande ?

— C'est ce qu'il m'a assuré comme vous, répondit Arnold.... Mais il a gardé pour l'écrivain un tel enthousiasme, une affection si sincère, qu'il ne pourrait jamais se croire étranger ici.

— Les absents n'ont d'autre tort que d'être absents, répondit la jeune femme.... Et ce fou a-t-il gagné quelque chose à ne courtiser que la solitude, à n'ambitionner que le suffrage de sa conscience ? C'est un paysan, moins la santé ; un anachorète, moins la vertu ; il mourra dans l'antichambre de la gloire, faute de camaraderie, lui qui n'attendrait pas dans un salon de roi.... Soldat de la presse victorieuse en 1830, il a manqué du courage d'être préfet ; et, homme littéraire avec une bonne fortune inouïe, celle d'avoir fait fleurir un barbarisme dans la langue de Voltaire, il ne sera jamais de l'Institut [1]... ».

George Sand ne lut pas le roman de son premier maître, mais le fit lire et sut qu'il était, pour elle, bienveillant. Aussi, quand, un peu plus tard, elle fonda *La Revue indépendante*, elle demanda la collaboration de « Monsieur Delatouche » (elle persistait à lui refuser une particule à laquelle il avait droit).

George Sand à Duvernet: J'ai vu Delatouche. Il a été charmant, excellent, et le voilà tout à fait réconcilié avec nous jusqu'à nouvel ordre.... Si c'était un caractère moins quinteux, voilà un rédacteur qui ferait admirablement et le sérieux, et le spirituel d'un journal berrichon.... Mais ne se fâchera-t-il pas à

---

1. Henri de Latouche, *Léo* (Michel Lévy, Paris, 1840).

propos de bottes ?... Que faire pour qu'il ne croie pas que nous conspirons sa perte [1] ?...

Après quelques hésitations, méfiances et coquetteries, il se sentit de nouveau presque à l'aise dans cette amitié. Mais elle trouva en lui un homme aigri, couvert de blessures cachées, irrité par la politique, par les mœurs et par le style de son temps. Elle crut voir Alceste. Cette agonie morale dura quinze ans. Il y a des hommes que tourmente la vie, mais aussi des hommes qui *se* tourmentent. Le malheureux Latouche était de ceux-là.

Le second mentor d'Aurore Dudevant, Sainte-Beuve, était devenu un critique tout-puissant. Son autorité, reconnue et légitime dès ses débuts, avait encore grandi. Il était vite sorti de sa période mystico-sociale et avait été accueilli dans un cercle aristocratique : Mme d'Arbouville, Mme de Boigne, le duc de Broglie, le comte Molé. Là il plaisait, en mettant les femmes au courant des dessous de la vie littéraire. George Sand, bien imprudemment, l'avait constitué gardien de sa correspondance avec Musset. Les lettres circulaient de boudoir en boudoir, « contenues dans une large enveloppe sur le dos de laquelle Sainte-Beuve effaçait à peine le nom des femmes auxquelles il les avait successivement envoyées ». Bien que peu fait pour l'amour, il avait quelques aventures. La charmante Hortense Allart s'était jetée dans ses bras, en échange de quoi il lui prêtait Marc-Aurèle.

> Voici donc le stoïque et sa mâle sagesse,
> En retour d'un présent plus doux.
> Il faut être Aspasie ou vous
> Pour songer à tels noms le soir d'une caresse
> Ou le matin d'un rendez-vous [2].

Il était bien meilleur poète en ces vers lafontainiens que dans les élégies jadis dédiées à Adèle Hugo. A l'égard de

1. **Lettre** inédite. Collection Spoelberch de Lovenjoul, E. 921, f. 85.
2. Cité par Léon Séché, dans *Hortense Allart de Méritens*, p. 184.

Sand, il se montrait poli, prudent et distant. Au fond, il ne l'estimait plus. A un ami qui lui disait : « Oh ! que les lettres à Musset sont belles ! Mme Sand a une belle âme. — Oui, répondait-il, une belle âme et une grosse croupe. » Et il citait avec délices un mot de Félix Pyat : « Elle est comme la tour de Nesle ; elle dévore ses amants, mais, au lieu de les jeter ensuite à la rivière, elle les couche dans ses romans. » Mais tout cela dans le secret. Les articles qu'il écrivait sur elle demeuraient courtois, voire élogieux.

De Pierre Leroux, qu'il avait lui-même jadis donné à Sand, Sainte-Beuve disait maintenant : « Ce Leroux fait de la philosophie comme un buffle qui patauge dans un marais », et Victor Hugo : « Si Pierre Leroux était bon, il serait le meilleur des hommes. » Tels n'étaient pas les sentiments de George. Malgré le discrédit où tombait peu à peu Leroux, elle continuait à le soutenir. Naturellement, le philosophe était devenu amoureux du disciple. George affirme qu'elle résista : « D'aucuns prétendent que c'est l'amour qui fait ces miracles. L'amour de l'âme, je le veux bien, car, de la crinière du philosophe, je n'ai jamais touché un cheveu et je n'ai jamais eu plus de rapports avec elle qu'avec la barbe du Grand Turc. Je vous dis cela pour que vous sentiez bien que c'est un acte de foi sérieux, le plus sérieux de ma vie, et non l'engouement équivoque d'une petite dame pour son médecin ou son confesseur [1].... » Leroux-philosophe devait trop à George pour ne pas lui pardonner d'avoir repoussé Leroux-homme.

Pierre Leroux à George Sand : Que vous êtes bonne et que votre amitié m'est bienfaisante ! Il n'y a pas un mot qui ne m'ait pénétré au fond de l'âme, pas une phrase que je n'aie repassée cent fois dans ma mémoire et méditée, le jour et la nuit. Que je vous remercie de votre confiance ! Oh ! non, il ne faut pas que les chiens vous suivent à la piste de votre sang. Vos douleurs sont sacrées. Il faut vivre et triompher. Reine, Reine, Reine !... Quant à moi, misérable, il n'y a que l'*adieu* de vos lettres que je déteste, quoique je l'embrasse et en sois

1. GEORGE SAND, *Correspondance*, t. II, pp. 293-294.

ravi ; car je l'aime mieux que rien et ainsi je l'adore. *A vous de cœur et d'esprit*, dites-vous ; j'aurais mieux aimé *A vous*, de la façon la plus vague. Ces faces, je vous l'ai dit, sont fausses ; ces faces : *sentiment, intelligence, acte*. Il n'y a rien de réel que *l'être*, et l'être a ces trois aspects, et toujours il les a, dans l'amitié comme dans l'amour. Seulement ces trois aspects de l'être sont autres dans l'amitié et dans l'amour. Que veut donc dire votre *adieu* ? Hélas ! je le sais. Il aurait mieux valu pour moi l'indéfini *A vous*, à vous peut-être, à vous faiblement, à vous dans cette vie ou dans l'autre.... Moi, je vous dis de toute la force de mon âme : « A vous [1]... ».

Si elle ne fut pas *à lui*, elle fit tout ce qu'elle put *pour lui*. Elle abandonna le généreux Buloz pour fonder, avec l'impécunieux Leroux, *La Revue indépendante*. Lamennais commenta cette association avec ironie.

Lamennais au baron de Vitrolles, 19 octobre 1841 : Il va paraître, à ce que l'on assure, une nouvelle revue, dirigée par Leroux et Mme Sand. Ils veulent créer une concurrence à la *Revue des Deux Mondes*, peut-être parce qu'ils n'en admettent qu'un ; et encore, à vrai dire, ne vaut-il pas grand-chose. Mais ils le referont, aidés de Carlotta... et quand il sera refait, nous serons tous là comme le poisson dans l'eau. J'allais dire : Dieu soit loué ! mais, hélas ! nos gens l'ont supprimé aussi. Leur dieu, c'est la Vie Universelle. Et qu'est-ce que la vie universelle ? Et quel moyen de comprendre qu'on dise à la vie universelle : « Soyez louée » ? Je m'en consolerais un peu si au moins leur revue était amusante ; en fait de religion nouvelle, celle qui ferait rire aurait, en ce siècle ennuyé, quelque chance de succès. Par malheur, on ne m'a pas rassuré là-dessus [2]....

25 novembre 1841 : On vient de me donner quelques détails sur Leroux et sur *La Revue indépendante*. Il est personnellement plus enfoncé que jamais dans l'idée de faire une religion, et il ne doute pas de la réussite. Dans dix ans, dit-il, la propriété sera complètement abolie en France. Comme sa *Revue* sera dirigée suivant cet esprit-là, comme il commence par la farcir de ses œuvres réimprimées pour la troisième fois, du moins quelques-unes, et qu'on y verra, entre autres choses connues, que Jésus-

1. Lettre citée par WLADIMIR KARÉNINE, dans *George Sand*, t. III, p. 16.
2. *Correspondance inédite de Lamennais avec le baron de Vitrolles*, pp. 370-371.

Christ a formellement autorisé l'adultère ; plusieurs personnes qui avaient promis d'y fournir des articles se retirent, de sorte qu'il ne tardera pas, m'a-t-on dit, de rester seul avec Mme Sand. Celle-ci, fidèle au révélateur, prêche, dès la première livraison. le communisme dans un roman où je crains bien qu'on trouve peu de traces de son ancien talent. Comment peut-on gâter à plaisir des dons naturels aussi rares [1] ?...

Les dons naturels n'étaient nullement gâtés. Mme Sand allait se révéler bien plus grande romancière dans l'admirable *Consuelo* qu'elle ne l'avait été au temps d'*Indiana*. Mais Lamennais avait raison quand il parlait de l'influence politique de Leroux sur elle. L'erreur de George, depuis son adolescence, avait toujours été de croire que le monde peut être expliqué par une formule. Leroux, qui prétendait apporter la formule, l'avait enchantée. En lui, bien plus qu'en Michel de Bourges, elle avait trouvé un maître à penser : « C'est la seule philosophie qui soit claire comme le jour et qui parle au cœur comme l'Évangile ; je m'y suis plongée et je m'y suis transformée ; j'y ai trouvé le calme, la force, la foi, l'espérance et l'amour patient et persévérant de l'humanité [2].... »

Par Pierre Leroux, elle avait connu le monde ouvrier du compagnonnage, qui datait du Moyen Age, mais qui, vers 1840, prenait une vie nouvelle sous l'influence de quelques prolétaires conscients de leurs intérêts de classe, comme Agricol Perdiguier. Les compagnons faisaient leur tour de France, reçus dans chaque ville par une *mère* qui tenait une sorte d'auberge communautaire. Perdiguier remit en honneur cet usage, ranima les *devoirs* qui tenaient à la fois de la corporation et de la loge maçonnique et prêcha aux ouvriers une philosophie christiano-socialiste, qui n'était pas éloignée de celle de Leroux. George Sand, devenue son amie et sa protectrice, écrivit sur lui un roman : *Le Compagnon du Tour de France*, neuf par la

1. *Correspondance inédite de Lamennais avec le baron de Vitrolles*, p. 380.

2. George Sand, *Correspondance*, t. II, p. 259.

description du monde ouvrier, naïf par les peintures de compagnons amoureux de châtelaines, mais c'était, pour George, une manière de s'absoudre d'être née châtelaine — et de le rester.

Buloz, qui devait en principe publier tous les manuscrits de George, fit de nombreuses objections. Le public de la *Revue* serait choqué. On commençait à parler de *communisme*, mot nouveau pour désigner la doctrine de l'égalité des biens. La bourgeoisie s'effrayait de ces tendances. Sand demanda conseil à son philosophe. Leroux répondit qu'il y avait communisme et communisme ; que certaines formes en étaient insensées ; qu'il préférait, lui, *communionisme*, qui évoquait une idée de fraternité ; qu'il n'y avait donc pas de raison pour que Sand prît à son compte un nom dont Buloz lui faisait si grand-peur ; mais qu'il ne fallait pas non plus le rejeter. Surtout elle ne devait pas accepter que Buloz modifiât le texte de son roman. Elle reprit le manuscrit. Parmi ses amis prolétaires étaient maintenant des poètes : Charles Poncy, maçon de Toulon ; Savinien Lapointe, cordonnier ; Magu, tisserand ; Gilland, serrurier ; Jasmin, coiffeur, et Reboul, boulanger. Ils lui envoyaient leurs vers ; elle leur enseignait la philosophie de Leroux.

De ces amitiés sortit un nouveau roman, *Horace*, où elle opposait un ouvrier bijoutier héroïque et magnanime, Paul Arsène, à un intellectuel bourgeois, égoïste et paresseux. Horace tenait de Jules Sandeau adolescent, mais aussi d'Emmanuel Arago, parfois de Mallefille ; c'était le jeune homme intelligent, doué, parlant son œuvre au lieu de la faire et dépensant, pour s'amuser à Paris, les économies de ses pauvres parents. Il quittait une maîtresse, femme du peuple et enceinte, pour une vicomtesse de Chailly qui était un cruel portrait de Marie d'Agoult :

Sa maigreur était effrayante et ses dents problématiques, mais elle avait des cheveux superbes, toujours arrangés avec un soin et un goût remarquables ; sa main était longue et sèche, mais blanche comme l'albâtre et chargée de bagues de tous les pays du monde. Elle possédait une certaine grâce, qui imposait à beaucoup de gens. Enfin elle avait ce qu'on peut appeler une beauté artificielle.... Elle se piquait de savoir, d'érudition et d'excentricité. Elle avait lu un peu de tout, même de la politique et de la philosophie ; et vraiment c'était curieux de l'entendre répéter, comme venant d'elle, à des ignorants, ce qu'elle avait appris le matin dans un livre, ou entendu la veille de quelque homme grave. Enfin elle avait ce qu'on peut appeler une intelligence artificielle.

La vicomtesse de Chailly était issue d'une famille de financiers, qui avait acheté ses titres sous la Régence, mais elle voulait passer pour bien née et portait des couronnes et des écussons jusque sur le manche de ses éventails. Elle était d'une morgue insupportable avec les jeunes femmes et ne pardonnait pas à ses amis de faire des mariages d'argent. Du reste elle accueillait assez bien les jeunes gens de lettres et les artistes. Elle tranchait avec eux de la patricienne tout à son aise, affectant, devant eux seulement, de ne faire cas que du mérite. Enfin elle avait une noblesse artificielle comme tout le reste, comme ses dents, comme son sein, et comme son cœur [1]....

Liszt conseilla, cette fois encore, la patience et le silence à Marie d'Agoult, qui piaffait de colère. Il avait toléré *Béatrix ;* elle pouvait feindre de ne pas se reconnaître dans *Horace.* Liszt ajoutait, assez cruellement : « Il n'est pas douteux que ce soit votre portrait que Mme Sand ait prétendu faire en peignant l'esprit artificiel, la beauté artificielle, la noblesse artificielle de Mme de Chailly [2].... » Ce qui prouve que Sand et Balzac avaient raison et que, depuis longtemps, Liszt n'aimait plus Béatrix.

Horace parut dans *La Revue indépendante.* George était résolue à s'affranchir de Buloz, qui se permettait de censurer ses textes, et à faire la fortune de Leroux. Dans le premier numéro, elle donna *Horace* et une étude sur les poètes populaires ; dans le second, la suite d'*Horace* et un *Lamartine utopiste.* Puis elle offrit *Consuelo.* Vraiment « elle prodiguait ses richesses » avec une merveilleuse générosité. Le plus beau était qu'elle croyait le véritable intérêt de *La Revue indépendante* dans la prédication de Leroux.

1. GEORGE SAND, *Horace.*
2. *Correspondance de Liszt et de Mme d'Agoult,* t. II, p. 186.

Le thème général de la *Revue* était la création d'un monde nouveau et, par conséquent, d'une littérature nouvelle, par le peuple. *La Revue indépendante* plut à quelques amis, dont Liszt et Duvernet, mais n'eut pas d'abonnés et ne réussit jamais. Leroux disparaissait pendant vingt jours ; les épreuves n'étaient pas corrigées. Pourtant, aux yeux de George, il gardait son prestige.

George Sand à Carlotta Marliani, 14 novembre 1843 : J'ai reçu dernièrement une longue lettre de lui, horriblement triste. La pénurie où il se trouvait pour l'achèvement de sa machine, et aussi sans doute pour les besoins de sa famille, est, je le sais, la cause de ses terreurs et de ses angoisses. Je lui ai envoyé aujourd'hui cinq cents francs.... Je sais que vous êtes bien gênée cette année. Mais ne pouvez-vous cependant trouver quelque chose aussi au fond de vos tiroirs ?... Non, nous ne pouvons pas le laisser succomber.... Il ne faut pas que la lumière de son âme s'éteigne dans ce combat. Il ne faut pas que l'effroi et le découragement l'envahissent, faute de quelques billets de banque. Confessez-le ; arrachez-lui le secret de sa détresse. Sa timidité doit redoubler, en raison des nombreux services qu'il a déjà reçus de vous. Surmontez-la.... Donnez-moi de ses nouvelles : je ne peux supporter l'idée que ce flambeau peut s'éteindre et nous laisser dans les ténèbres [1]....

A La Châtre aussi, George Sand aurait voulu « dissiper les ténèbres ». Il y fallait un journal d'opposition. Avec ses amis Planet, Dutheil, Fleury, Duvernet, elle fonda *L'Eclaireur de l'Indre*. Chaque *patriote* fut taxé « au tarif de sa dose d'enthousiasme », et « M. de Chopin » lui-même, qui était de cœur un ci-devant, dut donner, bon gré mal gré, cinquante francs pour le journal. La première idée avait été de l'imprimer à Paris, mais Leroux, pour y installer sa famille, avait acheté à Boussac une imprimerie. George lui confia *L'Éclaireur*. Chopin observait avec scepticisme et commentait avec ironie ces beaux gestes de son hôtesse.

1. GEORGE SAND, *Correspondance*, t. II, pp. 281-282.

VI

LUCREZIA FLORIANI

Entre George et Chopin, les obstacles n'eussent jamais été insurmontables. Leur mutuelle tendresse s'appuyait sur de solides fondations. Chopin aimait George ; elle avait pour lui une affection maternelle et douce. Elle admirait le génie du musicien ; il respectait le grand écrivain. Toutefois « l'amour n'est plus ici », écrivait Marie de Rozières, cette fille mûrissante qui était la familière du couple et l'élève de Chopin, « l'amour n'est plus ici, au moins d'un côté *(celui de Sand)*, mais bien la tendresse et le dévouement, mêlés, selon les jours, de regrets, de tristesse, d'ennui [1]... ». C'était vrai, mais tendresse et dévouement auraient suffi et duré, s'il n'y avait eu les tiers. George s'était toujours sentie solidaire de ses enfants et de ses amis. Or l'extrême sensibilité de Chopin ne supportait pas le partage. Maurice était maintenant un homme ; il adorait sa mère. La constante présence de Chopin lui semblait un sujet de scandale, et il en souffrait.

Solange eut seize ans en 1844. Élevée dans le spectacle du désordre, elle ne respectait rien ni personne. Tantôt elle se moquait de Chopin, tantôt elle jouait avec lui la coquette et réussissait, car, étant la seule de la maison qui ne le traitât pas en enfant gâté, elle le fascinait. Solange ressemblait, par le visage et le teint, à sa bisaïeule, Aurore de Saxe. C'était une beauté virile, d'un naturel froid et bizarre, toujours prête à faire n'importe quoi par esprit de contradiction. Un peu folle, elle avait les hardiesses de sa mère sans en avoir le génie. « Tu as un bon cœur, mais trop de violence dans le caractère », lui avait écrit Sand quand Solange était encore enfant. Le mauvais caractère était

---

1. Lettre citée par le comte Antoine Wodzinski dans *Les Trois Romans de Frédéric Chopin.*

resté ; le bon cœur était moins apparent. Les rapports entre parents et enfants sont aussi difficiles et aussi dramatiques que les rapports entre amants. L'enfant qui grandit, qui devient sujet libre, étonne et irrite ses parents. Le jouet charmant se transforme en adversaire. Une mère comme George Sand, en échange d'un dévouement incontestable, attend obéissance et dévotion. Maurice les lui donnait ; Solange était rebelle. La mère ne tolérait pas, chez la fille, une indépendance qu'elle avait jadis revendiquée pour elle-même. Or, entre mère et fille, les amours déçues peuvent aller jusqu'à la haine.

Pendant un temps, George, qui ne supportait plus Solange, tenta de l'éloigner en la confiant à Mlle de Rozières ; ce n'était pas un bon choix. Marie de Rozières, fille de bonne famille, sans argent, avait été séduite, puis abandonnée par Antoine Wodzinski (frère de l'inconstante fiancée de Chopin). Cet abandon avait fait d'elle une obsédée et une mythomane ; elle aimait les ragots, les scandales. Il fallut la rappeler à l'ordre.

George Sand à Marie de Rozières : Un moment vient où les petites filles ne le sont plus et où il faut veiller à la tournure que peuvent prendre, dans leur esprit, toutes les paroles qu'elles entendent. *Pas un mot*, même indifférent, sur le sexe masculin, voilà toute la prudence que je vous recommande [1]....

Assez durement, elle lui défendait de parler à Solange de « la taille de M. Un Tel et de la moustache de M. Un Autre ». Le dépit amoureux, disait Sand, avait déterminé en Mlle de Rozières de fâcheux changements : « Faut-il tout vous dire ? Vous n'étiez pas coquette dans ce temps-là et maintenant, mon petit chat, vos yeux ont pris une expression terriblement voluptueuse.... Les hommes le remarquent.... Si cela vous est égal, à moi aussi.... Mais je vous sépare un peu de Solange, jusqu'à ce que la petite crise nerveuse soit passée et que vous ayez pris un amant ou un

---

mari, *ad libitum* [1].... » Voilà une lettre que la pauvre fille, blessée, ne devait jamais pardonner à Sand.

Or il n'était que trop facile, pour Mlle de Rozières, d'exciter Chopin contre son « hôtesse ». Pierre Leroux avait importé de Tulle à La Châtre, pour diriger *L'Éclaireur de l'Indre*, un jeune homme, Victor Borie, qui partageait ses idées politiques et faisait de fréquents séjours à Nohant. Chopin en était vaguement jaloux. Il y avait aussi de perpétuels conflits entre Jean, valet de chambre polonais, et les serviteurs berrichons. « M. de Chopin », fastueux, payait son domestique aussi cher que *L'Éclaireur de l'Indre* son directeur. Enfin tout devenait cause de friction.

En 1844, un séjour à Nohant de la sœur de Chopin, Louise Jedrzeïewicz, et de son beau-frère eut une influence bienfaisante. Les deux femmes se lièrent affectueusement. Mais l'heureux effet de cette visite ne se fit pas sentir long-temps. L'état de Chopin empirait. Il devenait de plus en plus ombrageux, susceptible et jaloux. « Plus taquin, dit Sand, et cherchant des poux dans la tête des gens plus que de coutume. J'en ris. Mlle de Rozières en pleure. Solange lui rend coups de dents pour coups de griffes [2].... » George Sand, elle, se soulageait, comme tout écrivain, en faisant un livre de ses malheurs. Son ennemie, Marie d'Agoult, séparée de Liszt, venait de déchirer celui-ci dans un roman : *Nélida*. George, dans *Lucrezia Floriani*, peignit, avec les déformations et les transpositions qu'exige l'art, l'étrange couple qu'elle formait avec Chopin.

Elle a nié plus tard que Lucrezia fût une image d'elle-même. Pourtant cette grande actrice italienne qui, encore jeune, s'est retirée à la campagne pour y élever ses enfants, ressemble à sa créatrice. Lucrezia a écrit des pièces qui ont réussi. Elle a eu des aventures nombreuses, dont elle s'absout comme Sand elle-même. Elle n'est pas une *courti-sane*, puisqu'elle a toujours *donné* à ses amants et qu'elle

---

1. Lettre inédite. Collection Spoelberch de Lovenjoul, E. 921, ff. 156-157.
2. Lettre de George Sand à son fils Maurice, publiée par WLADIMIR KARÉNINE, dans *George Sand*, t. III, p. 500.

n'a rien *reçu*, même de ses amis. Elle a beaucoup aimé, mais jamais sans le sincère désir d'une vie commune et l'illusion d'une fidélité éternelle. Elle a eu des passions de huit jours et même d'une heure, mais chaque fois en croyant qu'elle y vouait toute sa vie. On sait qu'aux yeux de Sand ce ferme propos suffisait.

Or Lucrezia, qui croit finie pour elle la vie des sens, rencontre un adolescent adorable, doux, sensible, exquis en toutes choses, un ange « beau de visage comme une grande femme triste », pur et svelte de forme, avec une expression chaste et passionnée. Nous retrouvons ici Chopin, qui se nomme, dans le roman, Karol. Le prince Karol aime une chimère de femme, qu'il a créée à son image. Il est plus aimable qu'aimant, mais comment le deviner ? Sa ravissante figure prévient en sa faveur ; la faiblesse de sa constitution le rend intéressant aux yeux des femmes — plus exactement : aux yeux des amoureuses maternelles, comme Sand et la Floriani. Il a un immense défaut, qui est l'intolérance de l'esprit. Il croit que la suprême vertu est de s'abstenir du péché, oubliant que ce qu'il y a de plus sublime dans l'Évangile, c'est l'amour du pécheur repentant. On lui a appris à secourir les malheureux, au besoin à les plaindre, non à les traiter en égaux. Il admet l'aumône, non les réformes sociales. Comme Chopin, le prince Karol parle du peuple avec condescendance. Il n'admet pas que le salut du genre humain puisse s'accomplir sur terre. C'était, en somme, tout le conflit politique entre Chopin et Sand.

Naturellement, Karol s'éprend de Lucrezia ; elle le soigne comme un de ses enfants. Il aime avec un mélange de pudeur et d'emportement qui lui donne un charme irrésistible. Lucrezia croit (comme elle a cru chaque fois) à l'éternité de cet amour céleste. Elle se donne au prince et ils ont quelques semaines de bonheur. Puis se révèle le caractère égoïste du délicieux Karol. Il devient jaloux, intolérant et intolérable.

Un jour, Karol fut jaloux du curé qui venait faire une quête. Un autre jour, il fut jaloux d'un mendiant, qu'il prit pour un galant déguisé. Un autre jour, il fut jaloux d'un serviteur qui, étant fort gâté comme tous les domestiques de la maison, répondit avec une hardiesse qui ne lui sembla pas naturelle. Et puis ce fut un colporteur, et puis le médecin, et puis un grand benêt de cousin.... Karol étai⁴ même jaloux des enfants. Que dis-je, *même!* Il faudrait dire *surtout*.... C'était bien là, en effet, les seuls rivaux qu'il eût, les seuls êtres auxquels la Floriani pensât autant qu'à lui....

Mais plus il était irrité, plus Karol se montrait poli et réservé, et l'on ne pouvait juger du degré de sa fureur qu'à celui de sa courtoisie glacée :

C'est alors qu'il était véritablement insupportable, parce qu'il voulait raisonner et soumettre la vie réelle, à laquelle il n'avait jamais rien compris, à des principes qu'il ne pouvait définir. Alors il trouvait de l'esprit, un esprit faux et brillant, pour torturer ceux qu'il aimait. Il était persifleur, guindé, précieux, dégoûté de tout. Il avait l'air de mordre tout doucement, pour s'amuser, et la blessure qu'il faisait pénétrait jusqu'aux entrailles. Ou bien, s'il n'avait pas le courage de contredire et de railler, il se renfermait dans un silence dédaigneux, dans une bouderie navrante [1]....

Cette lutte constante finit par user la malheureuse Lucrezia. Elle perd sa beauté ; elle devient jaune et flétrie ; elle souffre d'être condamnée à une vieillesse prématurée par les mauvais traitements d'un amant qui ne la respecte pas. Elle n'aime plus Karol ; elle sent qu'elle se brise. Un matin, elle meurt subitement.

Ainsi le roman finissait de manière abrupte et peu vraisemblable, comme la vie. C'était une leçon et un avertissement pour Chopin. L'étrange est que celui-ci ne se reconnut point du tout. Delacroix raconte que Sand fit, un soir, une lecture de *Lucrezia Floriani* pour lui et Chopin : « J'étais au supplice pendant cette lecture, dit Delacroix à Mme Jaubert. Le bourreau et la victime m'étonnaient également.

1. GEORGE SAND, *Lucrezia Floriani*, pp. 246-249.

Mme Sand paraissait absolument à l'aise et Chopin ne cessait d'admirer le récit. A minuit, nous nous retirâmes ensemble. Chopin voulut m'accompagner et je saisis l'occasion de sonder ses impressions. Jouait-il un rôle vis-à-vis de moi ? Non, vraiment ; il n'avait pas compris, et le musicien persista dans l'éloge enthousiaste du roman [1].... »
Peut-être aussi l'extrême décence de Chopin lui commandait-elle de feindre l'impassibilité.

Hortense Allart à Sainte-Beuve, 16 mai 1847 : Je ne vous ai pas dit comme j'ai été indignée de *Lucrezia*.... Mme Sand, achevant d'immoler les pianistes, nous livre Chopin avec des détails ignobles, de cuisine, et avec une froideur qui fait que rien ne la justifie, comme son sosie. Les femmes ne sauraient trop protester contre ces trahisons du lit, qui éloigneraient d'elles tous les amants. Nélida était excusable dans son transport, Lucrezia est sans excuse dans sa froide irritation. Et comment un si beau génie se laisse-t-il si mal inspirer [2] ?....

Hortense était franche et spontanée. Elle écrivit à George ce qu'elle avait déjà dit à Sainte-Beuve, et Sand, naturellement, se défendit d'avoir, en créant le prince Karol, pensé à Chopin.

George Sand à Hortense Allart, 22 juin 1847 : Je suis plus sensible à vos reproches qu'à vos louanges parce que, dans les louanges, je vois toujours un peu de politesse et d'engouement de la part de mes amis tandis que, dans les reproches, je trouve la tristesse et la franchise d'un intérêt sincère. C'est pourquoi j'ai hâte de vous dire que votre lettre m'afflige beaucoup, qu'il m'a fallu la relire deux fois et m'arrêter au mot de *Prince* pour la comprendre ! Qui diable vous a mis cette interprétation dans l'esprit ? Est-ce Marie d'Agoult ?... Si elle connaît bien Chopin, elle doit voir qu'il n'est pas là. Si elle le connaît mal, où est sa certitude ?
Mais vous, d'où le connaissez-vous pour le retrouver dans ce personnage de roman ? Il faut que quelque méchante langue, dirigée par quelque méchante intention, soit venue vous donner

1. Caroline Jaubert, *Souvenirs, Lettres et Correspondances*, pp. 43-44.
2. Lettre citée par Léon Séché, dans *Hortense Allart de Méritens*, p. 207.

ces faux et absurdes renseignements ! Mais je suis donc la Floriani, moi ? J'ai donc eu *quatre* enfants et toutes ces aventures ? Je ne croyais pas être si riche et ma vitalité n'a pas cette puissance, il s'en faut de beaucoup. Je ne suis ni si grande, ni si folle, ni si bonne, car, si j'étais unie au prince Karol, je vous avoue que je ne me laisserais pas tuer et que je le planterais là.... Moi, je me porte bien et je ne songerai jamais à éloigner de moi un ami que huit ans de mutuel dévouement m'ont rendu inappréciable. Comment se fait-il que j'aie composé ce roman sous ses yeux et que je le lui aie lu, chapitre par chapitre, quand je le faisais, écoutant ses observations, ou les rejetant, comme cela m'arrive toujours lorsque nous travaillons sous les yeux l'un de l'autre, et qu'il n'ait point songé à reconnaître ni lui, ni moi, dans ces amoureux du lac Iseo ?

Apparemment, nous nous connaissons moins bien l'un l'autre que le public ne nous connaît. Mais l'histoire est vraiment curieuse et j'en rirais si elle me venait d'un autre critique que vous. Mais vous me faites ce reproche sérieusement et j'y réponds sérieusement. Je ne connais point le prince Karol, ou je le connais en quinze personnes différentes, comme tous les types de roman complets, car aucun homme, et aucune femme, et aucune existence n'offrent, à un artiste épris de son art, un sujet exécutable dans sa réalité.

Je crois vous avoir dit cela déjà et je m'étonne que vous, qui êtes artiste aussi, vous ayez la naïveté du public vulgaire qui veut toujours voir, dans un roman, l'histoire véritable et le portrait d'après nature de quelqu'un de sa connaissance [1]....

Ce qui était à la fois vrai et faux, comme toute idée générale.

VII

SOLANGE ET AUGUSTINE

Les amours commencent par de grands sentiments et finissent par de petites querelles. La vie en commun d'un groupe d'êtres humains engendre nécessairement des conflits. Quand le mariage et les affections de famille permettent de surmonter ceux-ci, tout s'arrange. Dans la liberté d'une liaison, tout casse, et c'est pourquoi « le

---

1. Lettre inédite. Collection Spoelberch de Lovenjoul.

mariage est le seul lien que le temps puisse resserrer ».
A Nohant, tout, en apparence, semblait gaieté, poésie,
génie. On lisait, on composait, on courait les champs, on se
baignait dans la rivière, on jouait des tableaux vivants, des
charades et des ballets, que Chopin accompagnait en impro-
visant au piano, mais la paix n'était pas dans les cœurs.

George Sand avait (en 1845) invité à vivre à Nohant,
puis « adopté » une jeune fille : Augustine Brault, lointaine
cousine côté oiseleur, parente de Sophie-Victoire, fille
d'un ouvrier tailleur et d'une femme entretenue. Celle-ci,
Adèle Brault, vile et mûrissante, avait pensé à tirer parti
de la jeunesse de sa fille qui offrait les plus rares promesses
de beauté. Sand, protectrice des affligés, était intervenue,
avait offert une indemnité en échange d'Augustine et fait
de celle-ci la compagne de ses enfants. Maurice, comme cela
est naturel, avait bien accueilli cette jolie fille. Solange
avait joué à la baronne et traité sa cousine du haut de son
tortil. Deux camps s'étaient formés : Sand et Maurice
protégeant Augustine, Solange et Chopin l'attaquant.
George préférait Augustine, soumise, douce et qu'elle
appelait « sa vraie fille », à la dure Solange. Elle en parlait
à Maurice dans toutes ses lettres :

Titine est toujours la beauté et la bonté immuables. Elle a
entrepris de devenir campagnarde, au physique comme elle
l'est déjà au moral, sauf qu'elle prend encore des groseilles pour
des petits pois.... — Titine est brunie par le soleil et piquée
par les cousins, mais c'est tant mieux. Elle prend de la force et
de la santé comme une paysanne. Elle est toujours douce et
charmante, et Solange ne peut plus guère s'en passer, tout en
prenant de grands airs avec elle [1]....

Cet été de 1846 était brûlant.

George Sand à Marie de Rozières, 18 juin 18 6 : Chopin est
tout étonné de *suer*. Il en est désolé ; il prétend qu'il a beau se
laver, qu'il empeste ! Cela nous fait rire aux larmes de voir un

---

1. Lettre inédite. Collection Spoelberch de Lovenjoul, E. 921, f. 207
et f. 212.

être aussi éthéré ne pas vouloir consentir à suer comme tout le monde.... Je renvoie mon jardinier qui me vole. Chopin est effaré de cet acte de rigueur. Il ne conçoit pas qu'on ne supporte pas toute la vie ce qu'on a supporté vingt ans....

8 août 1846 : Il est très gentil cette année, depuis son retour. J'ai bien fait d'avoir un peu de colère, qui m'a donné, un jour, un peu de courage pour lui dire ses vérités et le menacer de m'en lasser. Depuis ce moment, il est dans son bon sens, et vous savez comme il est bon, excellent, admirable, quand il n'est pas fou [1]....

A l'automne, Solange annonça qu'elle était fiancée. Elle avait fait la conquête d'un jeune châtelain des environs, Fernand de Préaulx, d'excellente famille et d'une majesté olympienne. Maurice, dans un de ses dessins, le représente en buste à l'antique, superbe et un peu ridicule. George Sand, sans s'opposer au projet, montra peu de hâte. Solange n'avait que dix-huit ans ; ses sens (au dire de sa mère) n'étaient pas éveillés ; « elle ne voulait se marier que pour s'appeler madame ». Sand eût préféré quelque passion à cette futilité. « Le jeune homme est très beau et d'une bonté parfaite, disait-elle. Il n'a pas d'esprit, surtout en paroles.... Je l'aime, quant à moi, de tout mon cœur. Mais ce n'est pas un homme à briller à Paris. Il ne connaît rien de la civilisation moderne ; il a passé sa vie dans les bois, avec les chevaux, les sangliers et les loups, auxquels il casse la tête à coups de manche de fouet.... La Princesse l'aime et le gouverne.... »

George Sand à Hetzel (P.-J. Stahl) : Ma fille, la plus superbe des Edmée de Mauprat, s'est laissé attendrir par une espèce de Bernard Mauprat, moins l'éducation féroce et brutale, car il est doux, obligeant et bon comme un ange ; mais c'est un gentilhomme campagnard, un homme des bois, simple comme la nature, habillé comme un garde-chasse, beau comme un antique, chevelu comme un sauvage, brave et généreux comme notre ami le Petit-Loup. Il n'a pas le sou quant à présent, et il est légitimiste. Ainsi tout le monde bourgeois dit que nous

1. Lettres inédites. Collection Spoelberch de Lovenjoul, E. 921, ff. 220-221.

sommes folles, et je suis sûre que mes amis républicains vont me jeter la pierre. Je conviens que j'avais prévu pour mon gendre tout autre chose qu'un noble, un royaliste et un chasseur de sangliers. Mais la vie est pleine d'imprévu et il s'est trouvé que cet enfant était plus égalitaire que nous et plus doux qu'un mouton, sous sa crinière de lion. Voilà, nous l'aimons et il nous aime [1]....

Il y avait un autre mariage, que George eût souhaité bien davantage, c'était celui de Maurice avec Augustine. Mais Maurice, velléitaire, ne se décidait pas. Sand jurait qu'il n'y avait, entre les deux jeunes gens, qu'une fraternelle, « une sainte amitié » ; pourtant il existe une lettre (postérieure) d'elle à Maurice où, à propos d'une autre passion de son fils, elle évoque Augustine :

La première fois que tu as aimé, tu es resté clairvoyant. Tant mieux pour toi, puisque la personne ne pouvait t'appartenir [2]. La seconde fois [3], tu as été capricieux, irrésolu, souvent injuste, finalement point héroïque — et assez cruel. Tant pis pour toi.... Il s'agit de ces incertitudes, de ces alternatives d'attrait et de dégoût où l'on fait souffrir atrocement un être.... Songe qu'il ne faut pas recommencer une faute grave, un engagement précipité, pour m'écrire de Guillery : *Mon père ne s'en soucie pas et il a peut-être raison....* Il ne t'est plus permis de te conduire comme un enfant [4]....

Il semble donc bien que Maurice ait donné à Augustine de grands espoirs, puis se soit abrité derrière le mythe de Casimir, transparente excuse, pour battre en retraite. Cependant Solange, jalouse de la brune Augustine, racontait à Chopin, sans preuves, que cette jeune fille était la maîtresse de Maurice. Le pudique Chopin blâmait. De nouveau, Nohant était lourd de querelles. « Il faut se faire, disait Sand, un caractère en toile cirée sur lequel le monde extérieur coule tant qu'il veut.... »

1. Lettre inédite, communiquée par Mme Bonnier de la Chapelle.
2. Pauline Viardot.
3. Augustine Brault.
4. Lettre inédite de George Sand à son fils Maurice (17 décembre 1850). Collection Spoelberch de Lovenjoul, E. 922, f. 95 et f. 98.

La fin de l'automne fut pénible. Les deux cousines se promenaient tendrement enlacées, se surveillaient l'une l'autre et se détestaient. Chopin était dans ses humeurs. A part Solange, pour laquelle il avait une indulgence infinie, parce que comme lui « la baronne » avait de vigoureux préjugés de classe, tous étaient en butte à ses froides colères. Il traitait la pauvre Augustine avec une amertume effrayante. Maurice, attaqué par Chopin sur ses rapports avec sa cousine Brault, parla d'abandonner la maison. « Cela ne pouvait pas et ne devait pas être, écrit Sand. Chopin ne supporta pas mon intervention, légitime et nécessaire. Il baissa la tête et prononça que je ne l'aimais plus. Quel blasphème après ces huit années de dévouement maternel ! Mais le pauvre cœur froissé n'avait pas conscience de son délire [1].... »

En novembre 1846, Chopin quitta Nohant. Il était loin, ce jour-là, de penser qu'il n'y reviendrait plus. Il continua d'envoyer à Sand des lettres amicales et souvent gaies, mais, quand il écrivait à d'autres correspondants, se mit à critiquer cette famille, dont il avait été l'hôte, avec une liberté narquoise. Le nouveau sujet d'irritation était le mariage de Solange. Chopin avait approuvé les fiançailles avec Fernand de Préaulx. Ce prétendant aristocratique convenait à ses préjugés. Mais, quand Solange, au début de 1847, vint à Paris avec sa mère pour y commander son trousseau, soudain fit irruption dans leur vie un personnage « bruyant et désordonné, un ci-devant cuirassier devenu sculpteur, se conduisant partout comme au café du régiment et à l'atelier [2] ». Cet Auguste Clésinger avait, en mars 1846, écrit à Sand une lettre baroque, pleine d'emphase et de fautes d'orthographe, pour demander la permission « de graver sur le marbre éternelle *(sic)*, le titre touchant de *Consuelo* ». Elle avait répondu en donnant l'autorisation demandée.

1. GEORGE SAND, *Histoire de ma Vie*, t. IV, p. 473.
2. ARSÈNE HOUSSAYE, *Confessions*, t. III, p. 241.

Auguste Clésinger à George Sand, 19 mars 1846 : Soyez heureuse, madame, et bien fière pour le bonheur que vous avez procuré à un pauvre jeune homme ; il le proclamera bien haut, car, dans ses œuvres, il espère toujours rappeler George Sand, à qui il doit ce qu'il est [1]....

En février 1847, dès que les deux femmes arrivèrent à Paris, le cuirassier, barbe en bataille, se jeta sur elles et demanda l'honneur de sculpter leurs bustes « dans le marbre éternelle ». Il représenta Solange en chasseresse, narines frémissantes, épaules nues, cheveux au vent, et les séances de pose troublèrent singulièrement la jeune fille, puisqu'elle rompit, la veille du contrat, ses fiançailles avec le vicomte de Préaulx. « Il est trop en plâtre », déclara-t-elle. Solange choisissait le marbre. « Moi, je regrette et je plains le jeune homme, écrivit Chopin, parce qu'il est très digne et amoureux [2].... » Et Sand elle-même : « Le pauvre abandonné était un noble enfant, qui se montra un vrai chevalier français [3].... » Mais elle avait du goût pour le cuirassier, ou, comme elle disait, pour le « marbrier ». Pourtant on lui donnait, sur Clésinger, les pires renseignements : il était fou, brutal, gravement endetté et il buvait. En vain essaya-t-elle de séparer Solange du sculpteur en la ramenant, précipitamment, à Nohant. Le barbu apparut à La Châtre et, en vrai forcené, arracha le consentement de Sand.

George Sand à Maurice : Voilà, cela se fera parce que cet homme le veut, qu'il fait tout ce qu'il veut, à l'heure même, à la minute, sans avoir besoin de dormir, ni de manger. Depuis trois jours qu'il est ici, il n'a pas dormi deux heures et il se porte bien. Cette tension de la volonté, sans fatigue ni défaillance, m'étonne et me plaît.... J'y vois le salut certain de l'âme inquiète de ta sœur. Elle marchera droit avec lui [4]....

1. Lettre citée par SAMUEL ROCHEBLAVE, dans *George Sand et sa Fille*, p. 93.
2. *Lettres de Chopin*, p. 447.
3. GEORGE SAND, *Correspondance*, t. II, p. 363.
4. Lettre inédite. Collection Spoelberch de Lovenjoul, E. 921, ff. 255-256.

Et un peu plus tard : « Solange est malade, car, pour la première fois, elle est violemment éprise et tu sais que Clésinger est tout feu, tout flammes.... » En fait, George admirait dangereusement ce bandit. A ses amis, elle donna comme raison de sa prompte décision un projet d'enlèvement ébauché, d'accord avec Solange, par le cuirassier déchaîné : « Il faut que ce mariage se fasse impétueusement, comme par surprise [1].... » *George Sand à Maurice, 16 avril 1847* : « Pas un mot de tout cela à Chopin ; cela ne le regarde pas et, quand le Rubicon est passé, les *si* et les *mais* ne font que du mal [2].... » Elle-même faisait contre mauvais choix bon cœur ; elle dota généreusement la fiancée ; elle loua le fiancé : « Clésinger fera la gloire de sa femme et la mienne ; il gravera ses titres sur du marbre et sur du bronze [3].... »

George Sand à Grzymala, 12 mai 1847 : Je ne sais pas encore si ma fille se marie ici, dans huit jours, ou à Paris, dans quinze. Dans tous les cas, je serai à Paris pour quelques jours à la fin du mois et, si Chopin est transportable, je le ramènerai ici.... Je crois qu'il a dû souffrir aussi dans son coin de ne pas savoir, de ne pas connaître, et de ne pouvoir rien conseiller. Mais son conseil, dans les affaires réelles de la vie, est impossible à prendre en considération. Il n'a jamais vu juste les faits, ni compris la nature humaine sur aucun point ; son âme est toute poésie et toute musique, et il ne peut souffrir ce qui est autrement que lui. D'ailleurs son influence dans les choses de ma famille serait, pour moi, la perte de toute dignité et de tout amour, vis-à-vis et de la part de mes enfants.... Cause avec lui et tâche de lui faire comprendre, d'une manière générale, qu'il doit s'abstenir de se préoccuper d'eux.... Tout cela est difficile et délicat, et je ne sais aucun moyen de calmer et de ramener une âme malade, qui s'irrite des efforts qu'on fait pour la guérir. Le mal qui ronge ce pauvre être, au moral et au physique, me tue depuis longtemps, et je le vois s'en aller sans avoir jamais pu lui faire

1. Cf. Samuel Rocheblave, *George Sand et sa Fille*, p. 99.
2. Lettre citée par Wladimir Karénine, dans *George Sand*, t. III, p. 560.
3. Lettre de George Sand à la princesse Galitzine, née La Roche-Aymon, citée par Georges d'Heylli (Edmond Poinsot), dans *La Fille de George Sand*, p. 54.

du bien, puisque c'est l'affection inquiète, jalouse et ombrageuse qu'il me porte qui est la cause principale de sa tristesse [1]....

Solange étant mineure, le consentement de Casimir Dudevant était nécessaire. Clésinger courut à Guillery. L'issue d'une discussion entre cet orage vivant et Casimir le Débonnaire ne faisait point de doute. Il fallut enfin, le plus tard possible, informer Chopin qui venait d'être fort souffrant. Tout, en Clésinger, le choquait, y compris ses nus frénétiques. « Nous allons, disait-il tristement, voir l'an prochain, au Salon, le petit derrière de Solange ! » *Chopin à sa famille, 8 juin 1847* : « La maman est adorable, mais elle n'a pas pour une grosse de bon sens.... Maurice était pour lui *(Clésinger)* parce qu'il détestait de Préaulx, qui était poli et un homme de bonne famille [2].... » Le mariage eut lieu le 20 mai, à Nohant. Casimir vint de Guillery ; il fut très aimable avec « le tailleur de pierres » et avec George.

Sand à Charles Poncy, 21 mai 1847 : Jamais mariage n'a été mené avec tant de volonté et de promptitude. M. Dudevant a passé trois jours chez moi.... Nous avons fait venir le maire et le curé au moment où ils y pensaient le moins, et nous avons marié comme par surprise. C'est donc fini et nous respirons [3]....

Ce n'était *pas* fini. Solange et son mari, après un court voyage de noces, revinrent à Nohant. Maurice y avait invité un ami, Théodore Rousseau, grand peintre de verdures, forêts et prairies. Rousseau devint amoureux de la belle Augustine, et Sand fit de son mieux pour l'amener à demander la main de celle-ci, envers qui elle se reconnaissait une dette.

---

1. Lettre citée par WLADIMIR KARÉNINE, dans *George Sand*, t. III, pp. 570-571.
2. *Lettres de Chopin.*
3. Lettre citée par SAMUEL ROCHEBLAVE, dans *George Sand et sa Fille*, p. 100.

George Sand à Théodore Rousseau, 15 mai 1847 : Si vous aviez vu les joues se couvrir de rougeur, les yeux se remplir de larmes quand je lui ai montré cette belle lettre, vous auriez l'âme aussi sereine et aussi rayonnante qu'elle l'a depuis deux heures.... Elle se jette dans mes bras en disant : « Il y a donc un homme qui m'aimera comme vous m'aimez [1] ! »

Sand alla jusqu'à promettre, si Rousseau se décidait, une dot de cent mille francs à prélever sur ses droits d'auteur, ce qui était plus que généreux. Ici intervint la redoutable Solange, qui haïssait Augustine, n'avait nulle envie de la voir doter par Sand, et qui, en outre, servait ainsi sa belle-famille, un frère cadet de Clésinger s'étant, lui aussi, épris d'Augustine. Elle fit dire à Rousseau que la « cousine » aimait ailleurs et que ce mariage n'était pour elle que de dépit. Rousseau, alarmé, dit à Sand qu'Augustine lui plaisait, certes, mais épouser....

George Sand à Théodore Rousseau : Des esprits monstrueux veulent que, pour avoir recueilli et sauvé une angélique enfant, je sois l'indigne Sand ; et que cette noble créature, qui a refusé la main de mon fils parce qu'elle ne se trouvait pas aimée au gré de son légitime orgueil, soit une intrigante capable de s'entendre avec moi pour tromper un honnête homme, elle qui pourrait demain devenir la femme de Maurice si elle disait ce qu'elle souffre [2]....

Déplorable imbroglio. George devait ruser avec Maurice, qui, voyant Augustine prête à se marier, sentait se réveiller son amour irrésolu ; elle tentait de ramener Rousseau, stupéfait de voir « cette politique de mariage » pratiquée par celle qui passait pour la grande adversaire de cette institution. Que croyait-il donc ? Qu'elle avait voulu faire de sa « fille adoptive » la maîtresse d'un ami ? « Si vous avez cru que je suis l'ennemie du mariage en principe, vous n'avez jamais lu un seul de mes livres.... » Accueillait-il d'abominables calomnies ? « Je me suis

1. Lettre inédite. Collection Spoelberch de Lovenjoul, E. 921, ff. 314-315.
2. Lettre inédite. Collection Spoelberch de Lovenjoul, E. 921, f. 328.

demandé si vous n'étiez pas comme Lamennais, avec lequel il est impossible de vivre parce qu'il a des hallucinations de sentiment.... » Troublé par une lettre anonyme, découragé par Solange, Rousseau se déroba. Augustine resta calme « comme les roses après la pluie », mais, entre Sand et les Clésinger, l'explication fut violente.

C'était surtout à Solange, « âme puissante, tenace, froide, cynique, sans remords et sans pitié », que Sand en voulait.

George Sand à Charles Poncy, 27 août 1847 : A peine mariée, elle a tout foulé aux pieds, elle a jeté le masque. Elle a aigri son mari, qui est une tête ardente et faible, contre moi, contre Maurice, contre Augustine, qu'elle hait mortellement et qui n'a eu d'autre tort que d'être trop bonne et trop dévouée pour elle. C'est elle qui a fait manquer le mariage de cette pauvre Augustine et qui a rendu Rousseau momentanément fou, en lui disant une calomnie atroce sur Maurice et sur elle.... Elle tâche de me brouiller avec mes amis.... Elle se pose comme une victime de mon injuste préférence pour son frère et pour sa cousine ! Elle salit le nid d'où elle sort, en supposant et en disant qu'il s'y commet des turpitudes. Elle ne m'épargne pas non plus, moi qui me suis fait l'existence d'une religieuse [1]....

Les scènes qui suivirent « ne sont pas croyables.... On a failli s'égorger ici ». Le sculpteur leva un marteau sur Maurice. George Sand fit le coup de poing pour défendre son fils contre son gendre. Solange excitait les combattants. « Voilà le train du monde. Satan entre un matin dans une jolie femme. » Raisonnement de Solange : « Quiconque n'est pas bourreau est victime. »

Sand à Marie de Rozières : Ce couple diabolique est parti hier soir, criblé de dettes, triomphant dans l'impudence, et laissant dans le pays un scandale dont ils ne pourront jamais se relever. Enfin, pendant trois jours, j'ai été dans ma maison sous le coup de quelque meurtre. Je ne veux jamais les revoir, jamais ils ne remettront les pieds chez moi. Ils ont comblé la

---

1. Lettre en partie inédite. Collection Spoelberch de Lovenjoul, E. 921, ff. 281-282.

mesure. Mon Dieu ! je n'avais rien fait pour mériter d'avoir une telle fille [1]....

VIII

SÉPARATION

Solange connaissait son pouvoir sur Chopin. Avec Marie de Rozières, qui avait, elle aussi, des sujets de rancune, elle entreprit de « le monter » contre Sand. Elle expliqua la querelle de famille, non par les violences du sculpteur, mais en insinuant que George, maîtresse du jeune Victor Borie et peut-être aussi du peintre Eugène Lambert, camarade d'atelier de Maurice, ne voulait pas chez elle de témoins lucides. Solange accusait son frère de tolérer la présence à Nohant de Borie parce qu'il en avait besoin, comme para-vent, pour couvrir sa propre liaison avec Augustine. Cho-pin n'était que trop prêt à tout croire. Il écouta complai-samment l'accusatrice, qui pourtant n'apportait aucune preuve, et cessa de répondre à Sand, qui, par sollicitude, l'appelait à Nohant.

George Sand à Marie de Rozières, 25 juillet 1847 : Je suis inquiète, effrayée. Je ne reçois pas de nouvelles de Chopin depuis plusieurs jours.... Il allait partir et, tout à coup, il ne vient pas, il n'écrit pas.... Je serais déjà partie sans la crainte de me croiser avec lui et sans l'horreur que j'ai d'aller, à Paris, m'exposer à la haine de celle que vous jugez si bonne.... Par moment je pense, pour me rassurer, que Chopin l'aime beau-coup plus que moi, me boude et prend parti pour elle....
Enfin je reçois, par le courrier du matin, une lettre de Chopin ! Je vois que, comme à l'ordinaire, j'ai été dupe de mon cœur stupide et que, pendant que je passais six nuits blanches à me tourmenter de sa santé, il était occupé à dire et à penser du mal de moi avec les Clésinger. C'est fort bien. Sa lettre est d'une dignité risible et les sermons de ce bon père de famille me

---

1. Lettre citée par Wladimir Karénine, dans *George Sand*, t. III, p. 578.

serviront, en effet, de leçon.... Il y a là-dessous beaucoup de choses que je devine, et je sais de quoi ma fille est capable en fait de prévention et de crédulité.... Mais j'ai vu clair enfin ! Je me conduirai en conséquence ; je ne donnerai plus ma chair et mon sang en pâture à l'ingratitude et à la perversité [1]....

George Sand à Frédéric Chopin : J'avais demandé hier les chevaux de poste et j'allais partir en cabriolet, par cet affreux temps, très malade moi-même ; j'allais passer un jour à Paris pour savoir de vos nouvelles. Votre silence m'avait rendue inquiète à ce point sur votre santé. Pendant ce temps-là, *vous* preniez le temps de la réflexion et votre réponse est fort calme. C'est bien, mon ami. Faites ce que votre cœur vous dicte maintenant et prenez son instinct pour le langage de votre conscience. Je comprends parfaitement.

Quant à ma fille... elle aurait mauvaise grâce à dire qu'elle a besoin de l'amour d'une mère qu'elle déteste et calomnie ; dont elle souille les plus saintes actions, et la maison, par des propos atroces ! Il vous plaît d'écouter tout cela et peut-être d'y croire. Je n'engagerai pas un combat de cette nature ; il me fait horreur. J'aime mieux vous voir passer à l'ennemi que de me défendre d'une ennemie sortie de mon sein et nourrie de mon lait.

Soignez-la, puisque c'est à elle que vous croyez devoir vous consacrer. Je ne vous en voudrai pas, mais vous comprendrez que je me retranche dans mon rôle de mère outragée.... C'est assez d'être dupe et victime. Je vous pardonne et ne vous adresserai aucun reproche désormais, puisque votre confession est sincère. Elle m'étonne un peu ; mais si vous vous sentez plus libre et plus à l'aise ainsi, je ne souffrirai pas de cette bizarre volte-face.

Adieu, mon ami. Que vous guérissiez vite de tous vos maux, et je l'espère maintenant (j'ai mes raisons pour cela), et je remercierai Dieu de ce bizarre dénouement à neuf années d'amitié exclusive. Donnez-moi quelquefois de vos nouvelles. Il est inutile de jamais revenir sur le reste [2].

C'est une chose bien triste et sotte qu'une brouille entre deux êtres qui se sont beaucoup aimés. Le plus souvent il n'y a, au fond, rien de grave. Des propos jamais prononcés, ou prononcés sans trop y croire, dans un moment d'aban-

---

1. Lettres citées par Wladimir Karénine, dans *George Sand*, t. III, pp. 578-579.
2. Bibliothèque nationale, département des manuscrits.

don, ont été rapportés par des tiers officieux ou méchants. Par ressentiment ou par fierté, celui qui a été calomnié renonce à s'expliquer. Un silence qui se prolonge fait que l'on meurt l'un pour l'autre. Ainsi se brisent les affections. Plus un sentiment a été fort, plus la déception crée une sorte de haine. Que d'amis, au jour de la rupture, brûlent ce qu'ils ont adoré et vont trop loin dans la sévérité, comme ils avaient été trop haut dans la louange ! George Sand était assez généreuse pour se retenir sur la route de la haine, mais se sentait à bout de forces nerveuses. La seule chose qu'elle voulait désormais savoir de Chopin, c'était comment il se portait.

George Sand à Carlotta Marliani, 2 novembre 1847 : Chopin a pris ouvertement parti pour elle [*Solange*] contre moi, et sans rien savoir de la vérité, ce qui prouve envers moi un grand besoin d'ingratitude, et envers elle un engouement bizarre. — Faites comme si vous n'en saviez rien. — Je présume que, pour le retourner ainsi, elle aura exploité son caractère jaloux et soupçonneux et que c'est d'elle, et de son mari, qu'est venue cette absurde calomnie d'un *amour* de ma part, ou d'une amitié exclusive pour le jeune homme dont on vous parle [*Victor Borie*]. Je ne puis m'expliquer autrement une histoire si ridicule, et à laquelle personne au monde n'aurait jamais pu songer. Je n'ai pas voulu savoir le fond de cette petite turpitude....

Je vous avoue que je ne suis pas fâchée qu'il [*Chopin*] m'ait retiré le gouvernement de sa vie, dont ses amis et lui voulaient me rendre responsable d'une manière beaucoup trop absolue. Son caractère s'aigrissait de jour en jour ; il en était venu à me faire des algarades de dépit, d'humeur et de jalousie, en présence de tous mes amis et de mes enfants ! Solange s'en est servie, avec l'astuce qui lui est propre ; Maurice commençait à s'en indigner contre lui. Connaissant et voyant la chasteté de nos rapports, il voyait aussi que ce pauvre esprit malade se posait, sans le vouloir et sans pouvoir s'en empêcher peut-être, en amant, en mari, en propriétaire de mes pensées et de mes actions. Il était sur le point d'éclater et de lui dire en face qu'il me faisait jouer, a quarante-trois ans, un rôle ridicule et qu'il abusait de ma bonté.... Voyant venir l'orage, j'ai saisi l'occasion des préférences de Chopin pour Solange et je l'ai laissé bouder, sans rien faire pour le ramener.

Il y a trois mois que nous ne nous sommes pas écrit un mot :

je ne sais pas quelle sera l'issue de ce refroidissement. Je ne
ferai rien, ni pour l'empirer, ni pour le faire cesser, car je n'ai
aucun tort, et ceux qu'on a ne m'inspirent aucun ressentiment,
mais je ne puis plus, je ne dois ni ne veux retomber sous cette
tyrannie occulte qui voulait, par des coups d'épingle continuels
et souvent très profonds, m'ôter jusqu'au droit de respirer....
Le pauvre enfant ne savait plus même garder ce décorum extérieur, dont il était pourtant l'esclave dans ses principes et dans
ses habitudes. Hommes, femmes, vieillards, enfants, tout lui
était un objet d'horreur et de jalousie furieuse, insensée.... Les
accès se produisaient devant mes enfants, devant mes domestiques, devant des hommes qui, en voyant cela, eussent pu
perdre le respect auquel mon âge et ma conduite depuis dix ans
me donnent droit. Je ne pouvais plus l'endurer. Je suis persuadée que son entourage, à lui, en jugera autrement. On en fera
une victime et on trouvera plus joli de supposer qu'à mon âge
je l'ai chassé pour prendre un amant [1]....

George Sand à Marie de Rozières, 22 novembre 1847 : ... Je
vous prie de bien vouloir dire à Chopin qu'il avertisse M. Pleyel
que le piano à queue est parti d'ici, il y a quatre jours. Solange
m'a dit, de la part de Chopin, que Pleyel ne le louait point,
que c'était un instrument de choix, mais que je pouvais le
garder, que Chopin « s'en chargeait ». Je ne veux point du tout
que Chopin me paie un piano. Je n'aime pas à avoir d'obligations à ceux qui me haïssent, et les confidences que Chopin
fait à ses amis — et qui sont trahies, comme toutes les confidences — me prouvent où il en est avec moi désormais.... Ma
chère enfant, je sais très bien *pourquoi* ce revirement dans ses
idées et dans sa conduite. Mes yeux se sont ouverts un peu tard,
mais ils le sont enfin et je lui pardonne de tout mon cœur. Je
vois qu'il n'est plus maître de lui-même, et ce qui serait crime
chez tout autre n'est, chez lui, qu'égarement. J'ai toujours
prévu que son amitié pour moi tournerait à l'aversion, car il ne
fait rien à demi. Je suis très calme là-dessus maintenant, et
tout le passé m'est expliqué. Je désire seulement qu'il ne me
rende pas de *services* [2]....

Puis ce fut le silence. George n'essaya plus de mettre fin
à ce refroidissement. La dernière rencontre, tragique dans
sa simplicité, a été racontée par Chopin dans une lettre à

1. Lettre citée par WLADIMIR KARÉNINE, dans *George Sand*, t. III,
pp. 586-587.

2. Lettre inédite. Collection Spoelberch de Lovenjoul, E. 921,
ff. 299-300.

Solange, *5 mars 1848* : « Je suis allé hier chez Mme Marliani [1] et, en sortant, je me suis trouvé dans la porte de l'antichambre avec madame votre mère, qui entrait avec Lambert. J'ai dit un bonjour à madame votre mère, et ma seconde parole était s'il y avait longtemps qu'elle a reçu de vos nouvelles. « Il y a une semaine, m'a-t-elle répondu. « — Vous n'en aviez pas hier ? Avant-hier ? — Non. — Alors « je vous apprends que vous êtes grand-mère. Solange a une « fillette et je suis bien aise de pouvoir vous donner cette « nouvelle le premier. » J'ai salué et je suis descendu l'escalier. Combes, l'Abyssinien, m'accompagnait, et, comme j'avais oublié de dire que vous vous portiez bien, chose importante pour une mère surtout (maintenant vous le comprendrez facilement, mère Solange), j'ai prié Combes de remonter, ne pouvant pas grimper moi-même, et dire que vous alliez bien, et l'enfant aussi. J'attendais l'Abyssinien en bas, quand madame votre mère est descendue en même temps que lui et m'a fait, avec beaucoup d'intérêt, des questions sur votre santé. Je lui ai répondu que vous m'aviez écrit *vous-même*, au crayon, deux mots le lendemain de la naissance de votre enfant ; que vous avez beaucoup souffert, mais que la vue de votre fillette vous a fait tout oublier. Elle m'a demandé comment je me portais ; j'ai répondu que j'allais bien, et j'ai demandé la porte au concierge. J'ai salué et je me suis retrouvé square d'Orléans, à pied, reconduit par l'Abyssinien [2].... »

Sand a, elle aussi, raconté cette scène : « Je pensais que quelques mois passés dans l'éloignement guériraient cette plaie et rendraient l'amitié calme, la mémoire équitable.... Je le revis un instant, en mars 1848, je serrai sa main tremblante et glacée. Je voulus lui parler ; il s'échappa. C'était à mon tour de dire qu'il ne m'aimait plus. Je lui épargnai cette souffrance et je remis tout aux mains de la

---

1. En 1848, Carlotta Marliani avait, comme George Sand, quitté le square d'Orléans (où Chopin occupait encore son appartement, au nº 5). Mme Marliani s'était installée 18, rue de la Ville-l'Évêque.

2. Lettre citée par WLADIMIR KARÉNINE dans *George Sand*, t. III, p. 592

Providence et de l'avenir. Je ne devais plus le revoir. Il y avait de mauvais cœurs entre nous. Il y en eut de bons aussi, qui ne surent pas s'y prendre. Il y en eut de frivoles, qui aimèrent mieux ne pas se mêler d'affaires délicates [1].... »

Ainsi va la vie. Deux êtres sont, l'un pour l'autre, ce qu'il y a de plus précieux au monde, mais il y a, dans cette communion quotidienne, une part immense d'habitude. Transplantez-les, éloignez-les l'un de l'autre, et les voici qui poussent des racines dans une terre nouvelle. A celui à qui l'on a tout dit, on ne peut se résoudre à dire des riens, et le silence s'établit. On imagine avec compassion Sand et Chopin, dans cet escalier de la rue de la Ville-l'Évêque, s'éloignant chacun de son côté, sans se retourner.

1. GEORGE SAND, *Histoire de ma Vie*, t. IV, p.

SEPTIÈME PARTIE

LA RÉVOLTE DES ANGES

I

POLITIQUE PERSONNELLE DE GEORGE SAND

> L'humanité chaussait le vaste
> enfant Progrès.
>
> ARTHUR RIMBAUD.

> Que la femme soit différente de
> l'homme, que le cœur et l'esprit
> aient un sexe, je n'en doute pas....
> Mais cette différence, essentielle
> pour l'harmonie des choses, doit-
> elle constituer une infériorité mo-
> rale ?
>
> GEORGE SAND.

« LES femmes n'ont point de morale, a dit La Bruyère, elles dépendent pour leurs mœurs de ceux qu'elles aiment. » Plus d'un biographe fut tenté d'appliquer ce mot à la vie politique de George Sand. « Elle n'avait pas de doctrine, disent-ils, elle dépendait pour ses idées de l'homme qu'elle aimait. » Ce n'est pas vrai. Elle avait eu des opinions politiques avant même que d'aimer. Chopin, aristocrate, et Musset, sceptique, ne l'ont rendue ni aristocrate, ni sceptique. Elle a emprunté des idées à Michel de Bourges, à Lamennais, à Pierre Leroux, « mais c'étaient celles qu'elle avait déjà ». Ce qui est plus exact, c'est qu'elle a porté dans la politique son tempérament d'amoureuse. Elle y a été extrême, imprudente, passionnée, violente, avec de belles reprises de charité et un secret fonds de bon sens. Avec Mme de Staël, elle est l'une des rares femmes qui aient joué un rôle dans l'histoire de la France au XIXe siècle. Cela demande explication et analyse.

Nous avons dit qu'elle avait été à un parti avant d'être à un homme. Dès l'enfance, elle était marquée. Parce que, pour une part, elle tenait au peuple et se plaisait à le rappeler (« Je tiens au peuple par le sang autant que par le cœur.... Je ne suis pas une intruse dans le peuple ») ; parce qu'elle avait vécu longtemps en amitié très intime avec des enfants de paysans ; parce que son premier sentiment fort avait été une affection farouche et agressive pour sa mère, injustement traitée, pensait-elle ; parce qu'elle avait appris, de cette mère, à se méfier des riches, elle éprouvait une sympathie spontanée pour les rebelles. Parce qu'elle avait souffert de la corruption des classes alors dirigeantes, et d'ailleurs participé à cette corruption, elle mettait tout son espoir dans les vertus des masses.

Donc, *premier point :* George Sand était, par instinct, démocrate. Ou, du moins, elle le croyait. Nous verrons, un peu plus tard, qu'elle n'avait pas, sur la démocratie, des idées très claires. « Je suis de nature poétique et non législative, guerrière au besoin, mais jamais parlementaire. » Ce qui est un aveu assez grave et expliquera ses déceptions. Avec ses amis de La Châtre, elle avait toujours défendu, contre les monarchistes, les républicains et les bonapartistes. A ses yeux, tout roi, se dît-il citoyen, était un tyran. Quand Maurice fut en classe avec le duc de Montpensier, elle interdit à son fils d'accepter les invitations du jeune prince. Encore une fois, c'était là, chez elle, instinct plutôt que doctrine. Elle était républicaine, mais, comme Jérôme Paturot, à la recherche de la meilleure des républiques.

Deuxième point : elle était par nature, éducation et conviction, chrétienne évangélique. Elle pensait que le christianisme doit être populaire, généreux, social, ou n'être point. Ni la morale des épicuriens, ni celle des salons. Ici Lamennais.

Troisième point : elle demeure, à quarante ans, rousseauiste et mystique. Du mysticisme passionnel, elle tend à s'éloigner à la suite d'expériences qui lui ont prouvé que le cœur n'est pas bon conseiller. Elle persiste à penser, malgré ses déceptions, que la communication directe avec Dieu est le meilleur moyen de connaissance ; elle affirme que ce lien existe, non entre l'individu et Dieu, mais entre Dieu et l'âme du peuple. Elle croit, avec Rousseau, à la naturelle bonté des hommes ; elle n'admet pas le dogme du péché originel. Par là, elle est entièrement différente de Balzac, qui souhaite un gouvernement fort parce qu'il redoute l'homme naturel. Jusqu'à 1848, Sand aura confiance dans les masses, pourvu qu'on enseigne à celles-ci la « vraie » philosophie religieuse et sociale.

Enfin, *quatrième point :* lorsqu'elle professe de telles idées, elle est sincère et désintéressée. Elle n'a aucune ambition personnelle. Est-elle féministe ? Non, si l'on prend le mot au sens qui lui fut donné depuis la fin du XIXᵉ siècle. George Sand n'a jamais demandé ni souhaité pour la femme l'égalité politique. Elle jugeait les fonctions publiques incompatibles avec les devoirs de la maternité. « L'éducation des femmes, disait-elle, deviendra égale à celle des hommes, mais le cœur de la femme restera le refuge de l'amour, du dévouement, de la patience et de la miséricorde. C'est elle qui doit sauver, au milieu des passions grossières, l'esprit chrétien de charité. Bien malheureux serait un monde où la femme ne jouerait plus ce rôle[1]. »

Ce qu'elle demandait pour les femmes, ce n'était pas le droit de suffrage et d'élection, c'était l'égalité civile et l'égalité sentimentale. Elle pensait que la servitude où l'homme tient la femme détruit le bonheur du couple, qui n'est possible que dans la liberté. Les femmes ne réclameraient rien, si elles étaient aimées comme elles veulent l'être : « Mais on les maltraite ; on leur reproche l'idiotisme où on les plonge ; on méprise leur ignorance ; on raille leur savoir. En amour, on les traite comme des courtisanes ; en amitié conjugale, comme des servantes. On ne

1. GEORGE SAND, *Impressions littéraires*, p. 282.

les aime pas, on s'en sert, on les exploite, et on espère ainsi les assujettir à la loi de fidélité [1]. »

Voilà son principal grief, le cri qui, poussé dès sa jeunesse, va retentir à travers toute son œuvre. Au nom de quelle justice, humaine ou divine, peut-on exiger de la femme une fidélité que l'homme, quand il s'agit de lui-même, juge vaine et ridicule ? Pourquoi la femme devrait-elle rester chaste, si l'homme est coureur, grossier, libertin ? « Dans notre société, dans nos préjugés et dans nos mœurs, plus un homme est signalé pour avoir eu de bonnes fortunes, plus le sourire des assistants le complimente. En province surtout, quiconque a beaucoup fêté la table et l'amour passe pour un joyeux compère, et tout est dit.... Telle n'est pas la position de la femme accusée d'adultère. On n'attribue à la femme qu'un seul genre d'honneur. Infidèle à son mari, elle est flétrie et avilie ; elle est déshonorée aux yeux de ses enfants ; elle est passible d'une peine infamante, la prison [2]. » Ce que veut Sand, c'est rendre à la femme les droits civils dont le mariage la prive et abroger la loi qui punit de peines infamantes l'adultère de la femme, « loi sauvage, faite pour perpétuer et multiplier l'adultère ».

Elle ne voit d'autre remède aux injustices qui troublent l'union des sexes que la liberté, alors inexistante, de rompre et de reformer l'union conjugale : « Quand une créature humaine, qu'elle soit homme ou femme, s'est élevée à la compréhension de l'amour complet, il ne lui est plus possible et, disons mieux, il ne lui est plus permis de revenir sur ses pas et de faire acte de pure animalité [3]. » L'union des corps, si elle n'est accompagnée d'un grand sentiment, lui paraît un crime et un sacrilège, fût-ce dans le mariage. La femme doit avoir le droit de s'y soustraire : « Je regarde comme un péché mortel non seulement le

---

1. George Sand, *La Fauvette du Docteur* (*Almanach du Mois*, numéro de novembre 1844).
2. George Sand, *Histoire de ma Vie*, t. IV, pp. 392-393.
3. *Opus cit.*, t. IV, p. 294.

mensonge des sens dans l'amour, mais encore l'illusion que les sens chercheraient à se faire dans les amours incomplètes. Je dis, je crois qu'il faut aimer avec tout son être, ou vivre dans une complète chasteté[1]. » La faute, le péché à ses yeux, ce n'est pas de changer d'amant, pour aller à celui qu'on aime ; c'est de se donner à celui que l'on n'aime pas, fût-il votre mari.

Telles sont les limites de son féminisme, et l'on voit qu'il n'implique pas, pour la femme, une action politique militante.

II

CHATELAINE ET SOCIALISTE

Mais tout esprit est modelé, ou déformé par la pensée de son temps, soit qu'il suive les grands courants, soit qu'il leur résiste. Or le caractère essentiel de cette période 1830-1848, c'est d'avoir fait succéder à la révolution politique de 1789 un appel à la révolution sociale. La bourgeoisie, en 1830, avait achevé la conquête du pouvoir. Le régime du Juste-Milieu était le triomphe des Popinot, des Camusot et des Cardot. Mais il apparaissait aux esprits clairvoyants que la révolution religieuse du XVIIIe siècle devait entraîner une révolution prolétarienne. Pourquoi les masses de travailleurs, qui ne croyaient plus à la vie future, accepteraient-elles la misère en ce monde ? D'où, chez un Balzac, l'idée que seul le rétablissement du catholicisme comme pouvoir spirituel sauverait les sociétés de l'anarchie ; et, au contraire, chez un réformateur comme Saint-Simon, un effort pour établir, sur les ruines de l'autorité catholique, un pouvoir spirituel qui dirigeât les progrès de l'industrie, de la science et de l'art vers ce but suprême : « l'amélioration la plus rapide possible du sort de la classe la plus nombreuse et la plus pauvre ».

1. GEORGE SAND, *Histoire de ma vie*, t. IV, p. 295.

Bien que leurs doctrines eussent un avenir, alors imprévisible, Saint-Simon et ses disciples avaient échoué dans le présent. Ce siècle « fécond en avortements » avait ri des réformateurs et s'était donné au culte de l'argent. Saint-Simon et Fourier, raillés, bafoués, étaient morts dans l'isolement. Ils n'avaient pas eu d'influence profonde sur Sand. Michel de Bourges avait tenté de faire d'elle une militante ; il n'y avait pas réussi. Toutefois il l'avait familiarisée avec des doctrines hardies sur la propriété, et l'avait fait pénétrer dans les groupes avancés. Lamennais, bien que ses propres idées fussent confuses, avait rapproché George d'un socialisme chrétien. Mais le véritable initiateur avait été Leroux.

Leroux lui avait donné une nouvelle religion. Il se tenait pour un prophète et voulait remplacer la charité chrétienne par la solidarité humaine. Sand, qui, dit Sainte-Beuve, « prenait le mot de gens qui lui étaient inférieurs par maint endroit », avait accepté de Leroux l'idée de la perfectibilité de l'homme (l'âge d'or est devant nous) ; celle de l'immortalité, non de l'individu, mais de l'espèce ; et celle de la propriété collective. Seule la société pouvait répartir les biens suivant les œuvres. La propriété n'était pas le vol (et cette proposition apaisait les scrupules de la châtelaine de Nohant), mais elle n'était pas non plus un droit, et la collectivité avait le droit d'en modifier la répartition. Leroux affermit Sand dans un socialisme moins brutal que celui de Michel, mais plus constant et plus sincère. En 1843, Sainte-Beuve appelait Béranger, Lamennais, Sand et Sue, « les quatre grandes puissances socialistes et philanthropiques de notre âge [1] ».

Comment s'exprima ce socialisme ? Sentimentalement, par l'appui qu'elle donnait aux poètes prolétaires : Magu, tisserand ; Reboul, boulanger ; Jasmin, coiffeur, et surtout Charles Poncy, le maçon de Toulon auquel elle écrivait : « Mon enfant, vous êtes un grand poète, le plus inspiré et

---

le mieux doué parmi tous les beaux poètes prolétaires. ..
Vous pouvez être le plus grand poète de la France.... »
Et aussi :

23 juin 1842 : L'humanité qui souffre, ce n'est pas nous,
les hommes de lettres ; ce n'est pas moi, qui ne connais (malheureusement pour moi peut-être) ni la faim, ni la misère ; ce n'est
pas même vous, mon cher poète, qui trouverez dans votre
gloire et dans la reconnaissance de vos frères une haute récompense de vos maux personnels ; c'est le peuple, le peuple ignorant, le peuple abandonné, plein de fougueuses passions qu'on
excite dans un mauvais sens, ou qu'on refoule, sans respect de
cette force que Dieu ne lui a pourtant pas donnée pour rien [1]....

Elle ajoutait : « Hugo a senti cela quelquefois ; mais son
âme n'est pas assez morale pour l'avoir senti tout à fait
et à propos. C'est parce que son cœur manque de flamme
que sa muse manque de goût. » Celle de Poncy manquait
de génie, et même de talent, mais Sand fit de lui un ami
fidèle, un confident intérimaire et, pour finir, un bourgeois
prospère, car il devint, grâce à la notoriété qu'elle lui
donna, secrétaire de la chambre de commerce de Toulon.
Le socialisme de Sand s'exprima aussi dans ses œuvres,
car elle prit « pour sujet de ses nouveaux romans le prolé-
taire des villes et des campagnes, ses travaux, ses misères,
et elle opposa ses vertus à l'égoïsme des grands et des
riches [2] ». Le peuple est le dépositaire de l'inspiration
divine ; c'est lui qui possède cette bonté naturelle que
Rousseau attribue à l'individu. Dans *Le Compagnon du
Tour de France*, le beau menuisier Pierre Huguenin est
« de la même étoffe divine » que le charpentier Jésus. Quand
il parle de la cité future, le vieux et sceptique comte de Vil-
lepreux, chez lequel il travaille, lui dit avec bienveillance :
« Faites des vœux, faites des systèmes. Faites-en tant que
vous voudrez et renoncez à y croire le plus tard que vous
pourrez ! » Mais Huguenin méprise ce cadavre d'un homme

1. GEORGE SAND, *Correspondance*, t. II, pp. 218-220.
2. ERNEST SEILLIÈRE, *George Sand, mystique de la passion*, pp. 200-212.

et d'une société. Dans *Le Meunier d'Angibault*, Sand peint comme un saint, robuste et séduisant, le meunier Grand-Louis et elle montre l'aristocrate Marcelle de Blanchemont se réjouissant de la perte de sa fortune. A son fils, Marcelle dit : « Puisses-tu comprendre que te voilà jeté [*par la ruine*] dans le troupeau de brebis qui est à la droite du Christ, et séparé des boucs qui sont à sa gauche ! » Et au Seigneur : « Mon Dieu, donnez-moi la force et la sagesse nécessaires pour faire de cet enfant un homme. Pour en faire un patricien, je n'avais qu'à me croiser les bras ! » Vers ce temps-là (1840-1848), Sand se dit aussi volontiers communiste que socialiste. A la vérité, elle n'est pas obstinée et voudrait comprendre plus exactement ce qu'il y a au juste derrière ces deux mots.

Sainte-Beuve à Mme Juste Olivier, 3 août 1840 : Mme Sand passe au communisme, à la prédication des ouvriers ; son futur roman sera, je le crains, dans ce sens. Elle ne se conduit pas trop bien. Et, afin de rester au mieux avec elle, je ne la vois pas du tout [1]....

Pierre Leroux l'avait jadis avertie qu'il préférait *communionisme* à *communisme*, puisqu'il s'agissait non seulement d'un partage des biens, mais d'une « fraternelle communion des âmes ». Mais Leroux, en 1848, était bien dépassé par elle ; elle souhaitait que le socialisme passât à l'action, alors que son philosophe ne se plaisait qu'aux systèmes.

George Sand à Bocage : Je suis communiste comme on était chrétien en l'an 50 de notre ère. C'est pour moi l'idéal des sociétés en progrès, la religion qui vivra dans quelques siècles. Je ne peux donc me rattacher à aucune des formules de communisme actuelles, puisqu'elles sont toutes assez dictatoriales et croient pouvoir s'établir sans le concours des mœurs, des habitudes et des convictions. Aucune religion ne s'établit par la force [2]....

Ce communisme semble plus idyllique qu'agressif, et

1. SAINTE-BEUVE, *Correspondance générale*, t. III, p. 332.
2. Lettre inédite. Collection Spoelberch de Lovenjoul, E. 879, f. 271.

l'on a remarqué que les romans où Sand l'exprime ont été publiés par des feuilles conservatrices : *Le Constitutionnel*, *L'Époque*. Quant à sa position personnelle de femme riche, elle n'en est pas embarrassée : « J'ai la haine de la propriété territoriale. Je m'attache tout au plus à la maison et au jardin. Le champ, la plaine, la bruyère, tout ce qui est plat m'assomme, surtout quand ce plat m'appartient, quand je me dis que c'est à moi, que je suis forcée de l'avoir, de le garder, de le faire entourer d'épines et d'en faire sortir le troupeau du pauvre, sous peine d'être pauvre à mon tour, ce qui, dans certaines situations, entraîne inévitablement la déroute de l'honneur et du devoir [1]. » Ce qui est une ingénieuse rationalisation du désir de garder Nohant et d'y vivre dans une simplicité fraternelle.

Dans la province où elle est châtelaine, le Berry, Mme Sand, depuis 1840, a fait campagne contre Louis-Philippe avec l'opposition avancée. En 1843, elle a contribué généreusement, nous l'avons vu, à la fondation de *L'Éclaireur de l'Indre*. La politique de *L'Éclaireur* se rapprochait de celle du journal parisien *La Réforme*, sur lequel régnait Ledru-Rollin, avocat de verve facile, de belle prestance, au sourire aimable, mais paresseux et assez opportuniste, car il avait fait un mariage riche et courait les femmes. Plus près de Sand était Louis Blanc, socialiste communisant qui disait, non plus : « A chacun selon ses œuvres », mais : « A chacun selon ses besoins. » Elle correspondait avec lui et posait, en bonne Berrichonne, quelques questions « bien bêtes » et bien directes, avant de se lier à son mouvement. Quand elle vit Louis Blanc, elle aima ce petit homme d'aspect enfantin, riant et gesticulant, brillant de hardiesse et d'esprit. Elle projeta même de le marier avec « la belle femme », surnom donné à Solange par Pauline Viardot. Dans son roman *Le Piccinino*, elle fit de lui un portrait : « Une grande ambition dans un petit corps, une voix insinuante et douce, une volonté de fer. »

1. Cité par ERNEST SEILLIÈRE, dans *George Sand, mystique de la passion*, p. 205.

Mais ce serait une erreur que de l'imaginer, en ces années 40, tout occupée à préparer une révolution. Elle menait tranquillement sa vie de Nohant.

George Sand à Charles Poncy : Je suis à Nohant jusqu'à l'hiver, comme tous les ans, comme toujours, car ma vie est réglée désormais comme un papier de musique. J'ai fait deux ou trois romans, dont un qui va paraître.... Mon fils est toujours mince et délicat, mais bien portant d'ailleurs. C'est le meilleur être, le plus doux, le plus égal, le plus laborieux, le plus simple et le plus droit qu'on puisse voir. Nos caractères, outre nos cœurs, s'accordent si bien que nous ne pouvons guère vivre un jour l'un sans l'autre. Le voilà qui entre dans sa vingt-troisième année et moi dans ma quarante-deuxième.... Nous avons des habitudes de gaieté, peu bruyante mais assez soutenue, qui rapprochent nos âges et, quand nous avons bien travaillé toute la semaine, nous nous donnons pour grande récréation d'aller manger une galette sur l'herbe, à quelque distance de chez nous, dans un bois ou dans quelque ruine, avec mon frère, qui est un gros paysan plein d'esprit et de bonté, qui dîne tous les jours de la vie avec nous, vu qu'il demeure à un quart de lieue. Voilà donc nos grandes fredaines ! Maurice dessine le site ; mon frère fait un somme sur l'herbe. Les chevaux paissent en liberté... les chiens gambadent et le gros cheval, qui traîne toute la famille dans une espèce de grande brouette, vient manger dans nos assiettes [1]....

Les romans qu'elle écrivait alors n'étaient pas tous des romans sociaux. « Vous pensiez donc que je buvais du sang dans des crânes d'aristocrates ; eh ! non, j'étudie Virgile et j'apprends le latin.... » La lecture de Virgile l'incitait à écrire les *Géorgiques* de sa province. Dans son enfance, elle avait été charmée par les contes que le chanvreur faisait à la veillée. Elle rêvait d'atteindre à cette simplicité rustique du récit, de conserver le ton tranchant et direct du conteur populaire, mais en transposant le langage du terroir, pour être comprise du lecteur parisien. De cette tentative sortirent deux aimables idylles : *La Mare au Diable* et *François le Champi*. Ce sont deux romans symé-

---

triques : dans le premier, un riche fermier épouse une pauvre fille ; dans le second, le Champi (c'est-à-dire le bâtard abandonné dans les champs) se fait aimer de la femme aisée qui l'a recueilli. Ces pastorales, émouvantes et saines, ont toute la grâce de l'antique. On pense non seulement à Virgile, mais à Théocrite, et parfois à l'*Odyssée*. Délivrée des idéologies par la poésie de sa province, Sand avait écrit deux chefs-d'œuvre. En 1843, un libraire avait dit à Balzac : « On ne veut plus nulle part de George Sand. *Le Compagnon du Tour de France* l'a tuée, malgré le privilège qu'ont les auteurs en renom d'être mauvais pendant vingt volumes [1]. » L'année suivante, au contraire, Balzac disait de *Jeanne* à Mme Hanska : « Lisez cela ; c'est sublime !... Le paysage est touché de main de maître [2].... »

En 1847, Sand était plus agitée par ses malheurs personnels : la rupture avec Chopin, le drame Clésinger-Solange, que par la politique. « J'ai eu l'âme et le corps brisés par le chagrin. Je crois ce chagrin incurable, car plus je réussis à m'en distraire pendant certaines heures, plus il rentre en moi sombre et poignant aux heures suivantes [3].... » Mais elle arrivait pourtant à travailler, à paraître gaie et parfois à l'être.

A la chère Titine, George avait enfin trouvé un mari. Karol de Bertholdi, trente-six ans, Polonais en exil, s'était fait professeur de dessin à Tulle et gagnait ainsi trois mille francs par an. Victor Borie l'y avait découvert ; Sand l'avait invité ; Augustine avait su lui plaire. Restait à assurer l'avenir de ces jeunes gens sans fortune. Sand donna à la fiancée une dot de trente mille francs ; puis elle obtint pour le fiancé (qu'elle fit cautionner par Duvernet) un poste de receveur des finances à Ribérac. Pour remettre en équilibre son propre budget, obéré par ces largesses et par les folies des Clésinger, elle travaillait à l'*Histoire de ma Vie*, dix volumes.

1. Honoré de Balzac, *Lettres à l'Étrangère*, t. II, p. 125.
2. *Opus cit.*, t. II, p. 456.
3. George Sand, *Correspondance*, t. II, pp. 374-375.

George Sand à Charles Poncy, 14 décembre 1847 : C'est une série de souvenirs, de professions de foi et de méditations, dans un cadre dont les détails auront quelque poésie et beaucoup de simplicité. Ce ne sera pourtant pas toute ma vie que je révélerai. Je n'aime pas l'orgueil et le cynisme des confessions, et je ne trouve pas qu'on doive ouvrir tous les mystères de son cœur à des hommes plus mauvais que nous et, par conséquent, disposés à y trouver une mauvaise leçon au lieu d'une bonne. D'ailleurs notre vie est solidaire de toutes celles qui nous environnent, et on ne pourrait jamais se justifier de rien sans être forcé d'accuser quelqu'un, parfois notre meilleur ami. Or je ne veux accuser ni contrister personne. Cela me serait odieux et me ferait plus de mal qu'à mes victimes. Je crois donc que je ferai un livre utile, sans danger et sans scandale, sans vanité comme sans bassesse, et j'y travaille avec plaisir [1]....

Elle ne voyait plus guère, en 1847, Pierre Leroux et, après tant d'indulgence, le jugeait enfin sévèrement : « Je ne sais rien des affaires de Leroux. Je commence à m'habituer à l'idée qu'il peut se tenir en équilibre sur ce fil imaginaire qui le sépare du siècle. Je ne sais comment la chose se fera, mais il trouvera toujours moyen. D'une part, il est sans ordre dans les faits; mais, de l'autre, il est habile, persistant et sait très bien arracher à ce monde qu'il renie les secours dont il a besoin. Comment fait-il, depuis tant d'années qu'il traîne ainsi son indigence volontaire, sans jamais manquer de rien, lui et tant d'estomacs à satisfaire ? C'est un problème. Mais la durée du problème le rend moins inquiétant. Si Boussac s'écroule sous ses pieds, il ira nicher ailleurs. Il a une admirable intelligence pour trouver des ressources inattendues. Il a d'admirables lumières pour faire accepter cette manière d'agir.... J'avoue que je n'ai pas pu accepter l'espèce de jésuitisme auquel son fanatisme sait se plier dans l'occasion [2].... » L'hypocrisie est un hommage que le rebelle rend à la société.

1. GEORGE SAND, *Correspondance*, t. II, p. 378.
2. Lettre inédite de George Sand à Carlotta Marliani. Collection Spoelberch de Lovenjoul, E. 921, ff. 297-298.

III

LA MUSE DE LA RÉPUBLIQUE

Le jeune Victor Borie, alors hôte constant de Nohant, était, au début de 1848, « tout sens dessus dessous » à l'idée qu'on allait faire une révolution à Paris. George n'y croyait pas, et celle de février la surprit, comme elle surprit la France. George haïssait Louis-Philippe avec une violence toute féminine, mais la campagne de banquets pour la réforme électorale, qui précéda et amena la chute du régime, lui semblait bénigne et vaine. « C'est une intrigue entre ministres qui tombent et ministres qui veulent monter, écrivait-elle à son fils, et je ne crois pas que le peuple prenne parti pour la querelle de M. Thiers contre M. Guizot.... Ainsi je t'engage à ne pas aller flâner par là, car on peut y être écharpé sans profit pour la bonne cause.... Se faire assommer pour Odilon Barrot et compagnie, ce serait trop bête [1].... » Quand la bagarre éclata, elle s'étonna de ne pas voir Maurice revenir à Nohant, comme elle le lui avait conseillé. Delacroix le décrivait fort excité : « Pour Maurice, il est radieux : il sort d'ici, il est comme s'il était ivre : je ne le croyais pas capable de ce degré d'exaltation [2]. » Inquiète, elle partit pour aller chercher son fils.

En arrivant à Paris, elle eut soudain l'impression que c'était le grand jour et que non seulement la République, mais la République sociale était faite. Elle trouva ses amis au pouvoir ; elle alla voir le petit Louis Blanc en *son* palais du Luxembourg. Les galeries de marbre étaient sillonnées par de longues files de prolétaires. Louis Blanc rayonnait : « Il faut, lui dit-il, que la force du peuple se montre sous l'apparence du calme ; le calme est la majesté de la force. »

1. George Sand, *Correspondance*, t. III. pp. 2-3.
2. Eugène Delacroix : *Correspondance générale*, t. II, p. 343.

D'une fenêtre de la maison de Guizot, tout en causant avec Lamartine, elle regarda passer un cortège :

George Sand à Augustine Brault: Il était beau, simple et touchant, quatre cent mille personnes pressées depuis la Madeleine jusqu'à la colonne de Juillet ; pas un gendarme, pas un sergent de ville, et cependant tant d'ordre, de décence, de recueillement et de politesse mutuelle qu'il n'y a pas eu un pied foulé, pas un chapeau cabossé. C'était admirable. Le peuple de Paris est le premier peuple du monde [1] !...

La République était assurée et on ne la lâcherait plus ; au besoin, on mourrait sur les barricades pour la défendre. Le gouvernement, composé de braves gens, n'était peut-être pas à la hauteur d'une tâche qui eût demandé « le génie de Napoléon ou le cœur de Jésus ». Pourtant la plupart faisaient de leur mieux.

Avec Lamartine, Sand n'avait jamais été vraiment intime. Elle l'avait félicité au lendemain d'un discours de 1843 par lequel il avait pris position contre le régime. Heureux de cette lettre, il lui avait demandé un rendez-vous. Encore couchée à cinq heures du soir, elle s'était levée pour le recevoir et avait paru « en espèce de sarrau un peu ouvert. On a fait apporter des cigares et l'on a causé politique et humanité. C'est la première fois que ces deux grands génies causaient face à face. Jusque-là George Sand avait eu tout l'air de le mépriser un peu [1].... » Quand elle le revit à Paris, en février 1848, elle le trouva fort grisé de son rôle. « Je viens de faire un discours et d'embrasser cent mille hommes », lui dit-il. Elle le jugea plus Vergniaud que Mirabeau, plus poète qu'homme d'action. Mais la République avait encore besoin de lui ; il en était « l'éclat fascinateur ». Sa voix, puissante et douce, amortissait le mot *révolution.*

Sand observa les chefs du gouvernement provisoire,

1. Lettre citée par Wladimir Karénine, dans *George Sand,* t. IV, p. 20.
2. Sainte-Beuve. *Correspondance générale,* t. V, p. 55.

tiraillés en sens contraires par les ouvriers et par les bourgeois. La blouse contre la redingote ; la casquette contre le chapeau ; la république socialiste contre la république bourgeoise, voilà 1848. George, dans la joie de la victoire, ne souhaitait pas ce conflit. Bourgeois et ouvriers avaient ensemble renversé « un régime abject ». Ils devaient se tendre la main.

Le peuple, écrivait Sand, est disposé à accorder toute sa confiance à la bourgeoisie. La bourgeoisie n'en abusera pas. Elle ne se laissera point égarer par de perfides conseils, par des alarmes vaines, par de faux bruits, par des calomnies contre le peuple. Le peuple sera juste, calme, sage et bon, tant que la classe moyenne lui en donnera l'exemple [1]....

En ces premiers jours, elle était d'autant plus optimiste qu'elle se sentait soudain puissante. Elle faisait nommer ses amis commissaires de la République à Châteauroux, à La Châtre. A Bourges, elle obtenait la destitution de son ancien amant, Michel, qui, disait-elle, trahissait la démocratie par crainte de la démagogie. De Maurice, George Sand avait fait, par la grâce de Ledru-Rollin, le maire de Nohant. Pour Pauline Viardot, elle obtenait que celle-ci eût l'honneur de composer « une *Marseillaise* nouvelle sur des paroles de Dupont. C'est moi qui mène tout cela », ajoutait-elle fièrement [2]. Elle-même, George, avait un laissez-passer permanent pour entrer, quand elle le voulait, chez les membres du gouvernement provisoire. Ledru-Rollin, « avec son entrain et son étourderie habituels [3] », la chargeait de rédiger le *Bulletin de la République*. Elle devenait la muse de la révolution. L'action enivre les artistes ; ils n'ont pas l'expérience de ses dangers ; la tête leur tourne. Ils croient que le monde réel se laisse modeler

---

1. George Sand, *Lettre à la Classe moyenne.*
2. Lettre de George Sand à Maurice (25 mars 1848), publiée par Wladimir Karénine, dans *George Sand*, t. IV, p. 48.
3. George Sand, *Journal* (31 mars 1848), publié dans *Souvenirs et Idées*, p. 10.

aussi aisément que les mondes imaginaires. Les réveils sont brusques et pénibles.

Car ce beau rêve ne dura guère, ce qui est le propre des rêves. Les riches avaient peur ; les pauvres aussi. Le peuple, qui gardait un mauvais souvenir de 1830, où le roi-citoyen l'avait frustré de sa République, restait en armes. « J'ai vu, écrivait déjà Sand en mars 1848, la méfiance et le scepticisme s'insinuer dans le cœur des riches ; j'ai vu l'ambition et la fraude prendre le masque de l'adhésion [1]. » Elle redoutait les ouvriers de la treizième heure, les républicains du lendemain, qui déjà se mêlaient aux manifestations pour les faire échouer.

Elle courut à Nohant, pour y introniser Maurice et pour prendre la température de la province. Une fête champêtre eut lieu sur la place du village ; les Berrichons étaient venus à cheval, leurs fusils en bandoulière ; cette chevauchée avait un air de chouannerie pacifique. Mais, à La Châtre, les bourgeois montrèrent de l'hostilité. « Je suis revenue ici aider mes amis, dans la mesure de mes forces, à révolutionner le Berry, qui est bien engourdi.... Quand même ! la République n'est pas perdue parce que La Châtre n'en veut pas [2].... » Toutefois cette déconvenue la durcit et son attitude devint plus agressive. Rentrée à Paris, elle se crut avec fierté le cerveau et la plume du régime.

George Sand à Maurice, 24 mars 1848 : Me voilà déjà occupée comme un homme d'État. J'ai fait deux circulaires gouvernementales aujourd'hui : une pour le ministère de l'Instruction publique, une pour le ministère de l'Intérieur. Ce qui m'amuse, c'est que tout cela s'adresse : *Aux Maires* et que tu vas recevoir, par la voie officielle, les instructions de ta *mère*. Ah ! ah ! monsieur le maire, vous allez marcher droit et, pour commencer, vous lirez chaque dimanche un des *Bulletins* de la République à votre garde nationale réunie.... Je ne sais auquel entendre. On m'appelle à droite, à gauche. Je ne demande pas mieux [3]....

1. GEORGE SAND, *Seconde Lettre au Peuple.*
2. GEORGE SAND, *Correspondance*, t. III, pp. 11 et 13.
3. *Opus cit.*, t. III, pp. 15-16.

Elle était soulevée par un grand et sincère élan de foi. Lamartine lui paraissait bien tiède et bien bourgeois.

George Sand à Lamartine, avril 1848 : Pourquoi doutez-vous, vous qui pouvez juger des miracles que la toute-puissance divine tient en réserve pour l'intelligence des faibles et des opprimés, d'après les révélations sublimes qui sont tombées dans votre âme de poète et d'artiste ?... Vous croyez que Dieu attendra des siècles pour réaliser le tableau magique qu'il vous a permis d'entrevoir ?... Vous vous trompez d'heure, grand poète et grand homme !... Pourquoi êtes-vous avec ceux que Dieu ne veut pas éclairer, et non avec ceux qu'il éclaire ?... Si la peur seule peut les ébranler et les vaincre, mettez-vous donc avec ces prolétaires pour menacer, sauf à vous placer en travers, le lendemain, pour les empêcher d'exécuter leurs menaces [1]....

Balzac, qui ne siégeait jamais au plafond, mesurait sans illusions les chances du nouveau régime : « Comme la République ne durera pas plus de trois ans, dans son terme le plus long, il faut tâcher de ne pas perdre les occasions [2].... » S'il avait eu de l'argent, il aurait alors, comme les spéculateurs de ses romans, acheté rentes et terrains au plus bas, en profitant de la panique. « Pour établir la République, écrivait-il à Mme Hanska, il faut tout démolir et tout reconstruire. C'est une œuvre pour laquelle il n'y a point d'hommes. Ainsi nous reviendrons, assez promptement je crois, au possible.... » Sur les limites de ce possible, Balzac n'aurait pas été d'accord avec son amie et camarade George.

Les élections générales approchaient. Sand faisait tout ce qui était en son pouvoir pour amener le peuple « à bien voter », c'est-à-dire à voter pour des candidats qui soutiendraient le gouvernement et la révolution. Mais toute la province, hors quelques villes ouvrières, semblait aussi conservatrice que La Châtre. Or George n'admettait pas l'idée d'être battue. Elle allait jusqu'à établir une distinction, dangereuse, entre la *majorité* et l'*unanimité :*

1. GEORGE SAND *Correspondance*, t. III, pp. 20-22.
2. HONORÉ DE BALZAC, *Lettres à l'Étrangère.* Lettre publiée par MARCEL BOUTERON, dans la *Revue de Paris*, numéro d'août 1950.

L'idéal de l'expression de la souveraineté de tous, ce n'est pas la majorité, c'est l'unanimité. Un jour viendra où la raison sera si bien dégagée des voiles, et la conscience si parfaitement délivrée d'hésitations, que pas une voix ne s'élèvera contre la vérité dans les conseils des hommes... Oui, à toutes les époques de l'Histoire, il y a de ces heures décisives où la Providence tente une épreuve et donne sa sanction à la véritable aspiration, au consentement électrique des masses. Il y a des heures où l'unanimité se produit à la face du Ciel, et où la majorité ne compte plus devant elle [1]....

Dans le *Bulletin n⁰ 16*, qui allait acquérir une déplaisante notoriété, elle menaçait :

Les élections, si elles ne font pas triompher la vérité sociale, si elles sont l'expression des intérêts d'une caste, arrachée à la confiante loyauté du peuple, les élections, qui devaient être le salut de la République, seront sa perte, il n'en faut pas douter. Il n'y aurait alors qu'une voie de salut pour le peuple, qui a fait des barricades : ce serait de manifester une seconde fois sa volonté et d'ajourner les décisions d'une fausse représentation nationale. Ce remède extrême, déplorable, la France voudra-t-elle forcer Paris à y recourir ?... A Dieu ne plaise [2] !...

C'était un appel à l'émeute. Mme Sand ne la craignait pas. Le gouvernement, la presse, la France entière lui apparaissaient divisés en républicains purement politiques, auxquels s'étaient ralliés les monarchistes, et en républicains socialistes, parmi lesquels elle se rangeait. Le sort des armes, pensait-elle, pouvait seul départager les deux blocs. Les élections ne lui inspiraient aucune confiance, parce qu'elles allaient se faire contre « les communistes », mais contre des communistes chimériques qui auraient voulu la loi agraire, le pillage, le vol.

Si, par le communisme, vous entendez une conspiration disposée à tenter un coup de main pour s'emparer de la dicta-

---

1. GEORGE SAND, *Socialisme IV*, article publié dans *La Cause du Peuple* du 23 avril 1848.
2. GEORGE SAND, *Bulletin de la République*, n⁰ 16.

ture, comme on le disait au 16 avril, nous ne sommes point communistes.... Mais, si, par le communisme, vous entendez le désir et la volonté que, grâce à tous les moyens légitimes et avoués par la conscience publique, l'inégalité révoltante de l'extrême richesse et de l'extrême pauvreté disparaisse dès aujourd'hui pour faire place à un commencement d'égalité véritable ; oui, nous sommes communistes et nous osons vous le dire, à vous qui nous interrogez loyalement, parce que nous pensons que vous l'êtes autant que nous [1]....

Cependant l'extrême gauche (Blanqui, Cabet, Raspail, peut-être Louis Blanc, « grande ambition dans un petit corps ») préparait un coup pour le dimanche 16 avril. Ce fut un grave échec ; toute la garde nationale, toute la bourgeoisie et une grande partie de la banlieue cria : « Vive la République ! Mort aux communistes ! »

George Sand à Maurice, 17 avril 1848 : Il faut te dire comment tout cela est arrivé, car tu n'y comprendrais rien par les journaux. Garde pour toi le secret de la chose. Il y avait trois conspirations, ou plutôt quatre, sur pied depuis huit jours. D'abord Ledru-Rollin, Louis Blanc, Flocon, Caussidière et Albert voulaient forcer Marrast, Garnier-Pagès, Carnot, Bethmont, enfin tous les juste-milieu de la République, à se retirer du gouvernement provisoire. Ils auraient gardé Lamartine et Arago, qui sont mixtes et qui, préférant le pouvoir aux opinions (qu'ils n'ont pas), se seraient joints à eux et au peuple. Cette conspiration était bien fondée.... Elle aurait pu sauver la République, proclamer à l'instant la diminution des impôts du pauvre, prendre des mesures qui, sans ruiner les fortunes honnêtes, eussent tiré la France de la crise financière ; changer la forme de la loi électorale, qui est mauvaise et donnera des élections de clocher ; enfin faire tout le bien possible dans ce moment, ramener le peuple à la République, dont le bourgeois a réussi déjà à le dégoûter dans toutes les provinces, et nous procurer une Assemblée nationale qu'on n'aurait pas été forcé de violenter [2]....

Donc, dès ce moment, dans l'attente de mauvaises

1. GEORGE SAND, *Revue politique de la Semaine*, article publié dans *La Vraie République* du 7 mai 1848.
2. GEORGE SAND, *Correspondance*, t. III, p. 31.

élections, les esprits avancés du gouvernement conspiraient contre leur propre régime. Le succès de la contre-manifestation renforça l'aile modérée. Beaucoup de lecteurs du *Bulletin n° 16* rendirent le texte « incendiaire » de George Sand responsable de ces désordres. On demanda *qui* lui avait permis de le publier dans un journal officiel. Naturellement ni Ledru-Rollin ni Jules Favre (qui était secrétaire général du *Bulletin*) n'acceptèrent la responsabilité d'avoir commandé cet article, et c'était un fait que, conformément aux plus solides traditions administratives, aucun des deux ne l'avait lu avant de le faire imprimer.

George Sand essaya d'expliquer, dans d'autres journaux, qu'elle désapprouvait également manifestation et contre-manifestation, « la Caste et la Secte », comme elle disait. La Caste, c'est-à-dire les classes dites dirigeantes ; la Secte, c'est-à-dire le petit groupe de fanatiques qui prêchaient la violence. Mais elle avait, en fait, encouragé la Secte, et le cri public, contre elle, était très fort. Le 20 avril, la fête de la Fraternité lui donna une revanche.

George Sand à Maurice, 21 avril 1848 : Un million d'âmes.... Cette fête a été la plus belle journée de l'histoire.... Elle signifie plus que toutes les intrigues de la journée du 16. Elle prouve que le peuple ne raisonne pas tous nos différends, toutes nos nuances d'idées, mais qu'il sent vivement les grandes choses et qu'il les veut [1]....

Le 23 avril, les élections eurent lieu et l'Assemblée élue fut d'une modération agressive. Les masses, consultées pour la première fois, apparurent plus conservatrices encore que les électeurs censitaires. Paris, en décrétant le suffrage universel, s'était dépossédé, au profit de la province, du droit de gouverner. Une émeute parisienne pouvait contester la légitimité d'un gouvernement issu du suffrage restreint, non celle d'un gouvernement ayant la majorité dans le pays. Le Palais-Bourbon l'emportait sur l'Hôtel de Ville.

1. *Opus cit.,* t. III, pp. 46-47.

Les Français acceptaient la révolution politique, non la révolution sociale. « Nous avions compté sur de mauvaises élections, dit *La Réforme*, l'événement, il faut l'avouer, a passé notre attente. »

Sand avait encore ses entrées auprès des ministres. Le 10 mai, pendant que l'Assemblée procédait aux élections des directeurs, «Ledru-Rollin était couché sur le gazon de la Chambre des députés avec Mme Sand ; un factionnaire empêchait d'en approcher.... Lamartine est venu les rejoindre un peu plus tard [1].... » Le gros Ledru, opportuniste, instruit par les élections, se rapprochait de Lamartine et des modérés. Louis Blanc fut exclu du gouvernement. Le 15 mai, les ouvriers de Paris firent ce que Mme Sand leur avait conseillé dans le *Bulletin n° 16*. Conduits par deux vétérans des émeutes parisiennes, Barbès et Blanqui, ils envahirent le Palais-Bourbon, déclarèrent l'Assemblée dissoute et proclamèrent un gouvernement socialiste. Mais le gouvernement légal fit battre la générale ; la garde nationale des quartiers riches délivra l'Assemblée ; Barbès et l'ouvrier Albert furent arrêtés. « Les démocrates l'emportaient à la fois sur les rétrogrades et sur les démagogues. » Tel fut le sentiment des amis de Lamartine ; l'épithète désobligeante ne pouvait plaire ni aux amis de Louis Blanc ni à George Sand.

Elle n'admettait pas que l'épreuve de force eût été faite et pensait encore que le peuple imposerait sa volonté. Monckton Milnes, membre du parlement britannique (futur Lord Houghton), de passage à Paris, y donna, au début de mai, un déjeuner où, parmi les invités, figuraient Sand, Auguste Mignet, Alexis de Tocqueville, Carlotta Marliani et Prosper Mérimée. « Une des dames, écrit celui-ci, avait de fort beaux yeux qu'elle baissait sur son assiette. Elle était en face de moi et je trouvais que ses traits ne m'étaient pas inconnus. Enfin, je demandai son nom à mon voisin. C'était Mme Sand. Elle m'a paru infiniment mieux qu'autrefois. Nous ne nous sommes rien dit, comme vous pouvez penser, mais nous nous sommes fort entre-lorgnés [1].... Après le dîner, j'ai donné un cigare au colonel D... qui est allé le lui offrir de *sa* part et qu'elle a gracieusement accepté. Je m'en suis toujours tenu à longueur de gaffe comme disent les marins. « *A long spoon* « *to eat with the devil*. » Tocqueville, qui n'avait pas de souvenirs personnels en jeu, s'intéressait surtout en Sand à « l'homme politique ». Il avait contre elle de grands préjugés ; il fut séduit par une haute et naturelle simplicité de manières et de langage.

Ce qu'elle dit me frappa beaucoup. C'était la première fois que j'entrais en rapport direct et familier avec une personne qui pût et voulût me dire ce qui se passait dans le camp de nos adversaires. Les partis ne se connaissent jamais les uns les autres ; ils s'approchent, ils se pressent, ils se saisissent ; ils ne se voient pas. Mme Sand me peignit très en détail et avec une vivacité singulière l'état des ouvriers de Paris, leur organisation, leur nombre, leurs armes, leurs préparatifs, leurs pensées, leurs passions, leurs déterminations terribles. Je crus le tableau chargé et il ne l'était pas ; ce qui suit le montra bien. Elle parut s'effrayer pour elle-même du triomphe populaire et prendre en grande commisération le sort qui nous attendait : « Tâchez d'obtenir de vos amis, monsieur, me dit-elle, de ne point pousser le peuple dans la rue, en l'inquiétant ou en l'irritant ; de même que je voudrais pouvoir inspirer aux miens la patience, car, si le combat s'engage, croyez que vous y périrez tous [2]....

Cette étonnante confiance dans le triomphe de ses idées, au moment où celles-ci se trouvaient si fort en danger, était un effet de sa surabondance de vie. Se sentant forte, elle croyait que la République sociale l'était aussi. Dans ses articles, elle exprimait sa sympathie pour les républicains socialistes et son hostilité à un communisme immédiat, « qui est la négation même du communisme, puisqu'il voudrait procéder par la violence et par la destruction du prin-

1. Prosper Mérimée, *Correspondance générale*, t. V, pp. 303, 304, 306.
2. Alexis de Tocqueville, *Souvenirs*, p. 204.

cipe évangélique et communiste de la fraternité [1] ». Elle
jugeait l'heure si grave qu'elle n'assista même pas aux
noces berrichonnes de sa chère Titine, le 6 mai 1848.

A quoi rêvait la jeune fille, longtemps amoureuse de son
cousin, quand elle se vit unie à Bertholdi, en mariage de
raison, par Maurice, maire de Nohant ? On imagine la
tristesse avec laquelle Augustine dut quitter une maison
où elle avait conçu de grands espoirs et remporté, dans les
jeux du théâtre, de si vifs succès. Elle y avait parfois
souffert, bien sûr, mais elle s'y était merveilleusement
amusée. Épouser ce vieux garçon « horriblement fafiot »
et partager la vie d'un fonctionnaire obscur, c'était accepter, pensait-elle, l'ennui dans la médiocrité.

Le 15 mai éclata la tempête prédite par George à Tocqueville. L'occasion fut une manifestation en faveur de la
Pologne opprimée, « Christ des nations ». Lamartine,
ministre prudent, avait refusé d'engager la France dans
une campagne sans espoir, et l'émigration polonaise le
combattait violemment. Telle fut la cause ostensible de la
démonstration. En fait, celle-ci était destinée à montrer
la puissance du peuple et à imposer de nouvelles élections.
Beaucoup de manifestants croyaient naïvement aux mots
d'ordre donnés et criaient : « Vive la Pologne ! Vive la
République ! » Peu à peu montèrent des : « Vive Louis
Blanc ! » et Blanqui entraîna la foule à l'assaut de l'Assemblée nationale. Lamartine, Ledru-Rollin, Barbès même
ne purent parler. Blanqui et Louis Blanc firent acclamer la
République démocratique et sociale. Ils demandaient le
départ immédiat d'une armée pour la Pologne. A ce
moment, on entendit battre le rappel. Le garde nationale
venait au secours de l'Assemblée. Tout était manqué. La
panique s'empara de la foule. On cria : « Mort à Barbès ! »
Il fut arrêté. C'était fini.

Où était, le 15 mai, George Sand ? Rue de Bourgogne,
mêlée à la foule. Elle y vit, à la fenêtre d'un rez-de-chaussée,

1. GEORGE SAND, *Revue politique de la Semaine*, publiée le 7 mai 1848,
dans *La Vraie République*.

une dame inconnue qui haranguait le peuple et se faisait acclamer. Elle demanda qui était cette héroïne. On lui répondit que c'était George Sand ! Maurice raconte que ce fut une plaisanterie de quelques badauds. Lui-même partit pour aller chercher le canon de l'École militaire, avec le Berrichon Adolphe Duplomb, et ne trouva que des bocks. « Journée mémorable et des plus hilarantes », écrit-il. Il est certain que Sand n'y prit pas une part active. Les journaux ne l'en rendirent pas moins responsable, pour avoir dit dans le *Bulletin n° 16* que le peuple avait le droit de défendre la République, fût-ce contre l'Assemblée nationale. A quoi elle répondait que le *Bulletin* était bien antérieur au 15 mai et ne pouvait en avoir été la cause directe, ce qui était vrai.

Le soir du 15 mai, elle jugea que la cause de la République sociale était perdue et n'eut plus qu'un désir : rentrer à Nohant. Pourtant elle attendit deux jours, parce qu'on racontait qu'elle allait être arrêtée. Elle ne voulait pas avoir l'air de fuir. Dans l'attente d'une perquisition, elle brûla tous ses papiers et son *Journal intime*. Mais nul ne songeait à l'inquiéter, et elle partit tranquillement, le 17 au soir.

Je voulais donner à la justice le temps de me trouver sous sa main, si elle croyait avoir quelque chose à démêler avec moi. Cette crainte de mes amis n'était guère vraisemblable et j'aurais pu faire l'important(e) à bon marché, en prenant un petit air de fuite, pendant que personne ne me faisait l'honneur de penser à moi, si ce n'est quelques messieurs de la garde nationale, qui s'indignaient de voir oublier un conspirateur aussi dangereux.

IV

NOHANT 1848-1850

> Il n'y a pas de principes ; il
> n'y a que des événements.
>
> BALZAC.

Quand elle l'avait évoqué, rue de Bourgogne, au soir du
15 mai, Nohant lui était apparu comme un refuge. Il
fallut déchanter. Elle se vit plus en danger dans ces campagnes, où elle faisait cible pour les réactionnaires, que dans
la confusion de Paris, où on l'oubliait. Ses voisins l'accusaient de toutes les erreurs et de tous les crimes.

Ici, dans ce Berry si romantique, si doux, si bon, si calme,
dans ce pays que j'aime si tendrement et où j'ai prouvé aux
pauvres et aux simples que je connaissais mes devoirs envers
eux, je suis, moi, particulièrement regardée comme l'ennemi du
genre humain et, si la République n'a pas tenu ses promesses,
c'est évidemment moi qui en suis cause [1]....

On racontait qu'elle avait obtenu de « M. le duc Rollin »
toutes les vignes, toutes les terres et toutes les prairies du
canton, et qu'elle avait fait mettre au donjon de Vincennes
les meilleurs députés.

George Sand à Carlotta Marliani : Il faut que je tienne en
respect, par ma présence, une bande considérable d'imbéciles
de La Châtre, qui parlent tous les jours de venir mettre le feu
chez moi. Ils ne sont braves ni au physique ni au moral, et
quand ils viennent se promener par ici, je vais au milieu d'eux et
ils m'ôtent leur chapeau. Mais quand ils ont passé, ils se ha-
sardent à crier : « *A bas les communisques* [2] ! »

Le nouveau maire de Nohant, le père Aulard, adversaire

---

1. GEORGE SAND, *Souvenirs de 1848*, p. 120.
2. GEORGE SAND, *Correspondance*, t. III, p. 80.

politique mais ami personnel, lui conseilla de quitter le pays jusqu'à ce que toutes ces rumeurs et colères fussent apaisées. Elle partit pour Tours et les journaux ne rirent : « Où s'en est allé George Sand ?... Paris nous a fait savoir que George Sand déconfite, ou déconfit, de l'issue des journées de Juin, avait fait emballer ses meubles, sa boîte à cigares, et privait Paris de sa présence pour aller demeurer à Tours. Simple affaire d'entrepreneur de déménagements [1].... »

Delacroix lui écrivait qu'elle avait bien fait de partir : « On vous aurait peut-être accusée d'avoir fait des barricades. Vous dites fort bien que, dans des temps comme ceux-ci, l'esprit de parti ne raisonne pas et que les coups de fusil ou de baïonnette deviennent les seuls arguments qui aient cours.... Votre ami Rousseau, qui, du reste, n'avait jamais vu que le feu de la cuisine, exalte quelque part, dans un accès d'humeur belliqueuse, le mot d'un palatin polonais, qui disait à propos de sa turbulente république : « *Malo periculosam libertatem quam quietum* « *servitium.* » Ce latin veut dire : « Je préfère une liberté mêlée « de dangers à une servitude paisible. » J'en suis venu, hélas ! à l'opinion contraire en considérant surtout que cette liberté achetée à coups de batailles n'est vraiment pas de la liberté, laquelle consiste à aller et venir en paix, à réfléchir, à dîner surtout à ses heures, et beaucoup d'autres avantages que les agitations politiques ne respectent pas. Pardonnez-moi mes réflexions rétrogrades, chère amie, et aimez-moi malgré mon incorrigibilité misanthropique [2]. »

Après la défaite de l'insurrection et les sanglants massacres de juin il y eut des milliers de déportés. La République sociale était vaincue, et peut-être toute République. Un nouveau fossé sanglant se trouvait creusé entre la bourgeoisie et les ouvriers. Sand fut désespérée et cessa d'écrire dans les journaux.

---

1. Article de TH. MURET publié dans *La Mode* du 23 juillet 1848, pp. 130-137.
2. EUGÈNE DELACROIX, *Correspondance générale*, t. II, pp. 349-350.

George Sand à Edmond Plauchut, 24 septembre 1848 : Vous me demandez dans quel journal j'écris. Je n'écris nulle part, en ce moment du moins ; je ne puis dire ma pensée sous l'état de siège. Il faudrait faire, aux prétendues nécessités du temps, des concessions dont je ne me sens pas capable. Et puis mon âme a été brisée, découragée pendant quelque temps. Elle est encore malade et je dois attendre qu'elle soit guérie [1]....

Chopin, qui était à Londres, parlait avec une malveillance croissante des malheurs de son ancienne amie : « Dans ces derniers temps, elle s'est enfoncée dans toutes les boues et en a entraîné beaucoup d'autres avec elle. On lui attribue les abominables proclamations qui ont allumé la guerre civile [2].... »

Aux malheurs publics s'ajoutaient des conflits intimes et douloureux. Le tailleur Brault, père d'Augustine, venait de publier un pamphlet intitulé : *Une Contemporaine. Biographie et Intrigues de George Sand.* Il y accusait celle-ci d'avoir attiré Augustine à Nohant pour en faire la maîtresse de Maurice et d'avoir ensuite marié la jeune fille, compromise, avec le premier venu. C'était un chantage, car Brault (qui annonçait d'autres brochures sur le même sujet) n'avait aucun intérêt, hors celui de faire chanter Sand, à salir sa propre fille. George demanda conseil au grand avocat Chaix d'Est-Ange. Elle affirmait qu'entre sa fille adoptive et son fils il n'y avait eu qu'une fraternelle, une sainte amitié : « Ils ont toujours vécu sous mes yeux comme nous vivons à la campagne, dans une intimité de famille [3]. » Chaix d'Est-Ange intimida le tailleur, dont la seconde plaquette ne parut jamais ; mais cette fois encore Chopin endossa les accusations : « En un mot l'aventure la plus sale dont tout Paris s'entretienne aujourd'hui. C'est une indignité de la part du père, mais c'est la vérité.

1. GEORGE SAND, *Correspondance*, t. III, p. 92.

2. *Souvenirs inédits de Frédéric Chopin*, publiés par KARLOWICZ, journal daté du 19 août 1848.

3. Lettre inédite de Sand à Chaix d'Est-Ange (25 juillet 1848). Collection Spoelberch de Lovenjoul. E. 921, f. 414.

Le voilà donc, cet acte de bienfaisance contre lequel j'ai combattu de toutes mes forces quand la jeune fille est entrée dans la maison[1] !... » Le prince Karol en était venu à haïr Lucrezia Floriani. A Solange, qui était restée l'amie de Chopin et recevait de lui, souvent, des œillets et des roses, Sand écrivait : « Je n'ai pas pu payer sa fureur et sa haine par de la haine et de la fureur. Je pense souvent à lui comme à un enfant malade, aigri et égaré[2].... »

Contre les attaques d'un monde hostile, sa table de travail fut, une fois de plus, sa forteresse. Elle se remit à l'*Histoire de ma Vie* et revint aussi, sur le conseil de Rollinat, à la veine des romans champêtres. En commençant *La Petite Fadette*, elle écrivit une charmante préface : *Pourquoi nous sommes revenus à nos moutons.* Elle y rapportait la conversation avec François Rollinat d'où le livre était sorti :

Et tout en parlant de la République que nous rêvons et de celle que nous subissons, nous étions arrivés à l'endroit du chemin ombragé où le serpolet invite au repos.

« Te souviens-tu, dit-il, que nous passions ici il y a un an et que nous nous y sommes arrêtés tout un soir ? Car c'est ici que tu me racontas l'histoire du *Champi* et que je te conseillai de l'écrire, dans le style familier dont tu t'étais servi avec moi.

— Et que j'imitais de la manière de notre chanvreur ? Je m'en souviens et il me semble que, depuis ce jour-là, nous avons vécu dix ans.

— Et pourtant la nature n'a pas changé, reprit mon ami : la nuit est toujours pure, les étoiles brillent toujours, le thym sauvage sent toujours bon.... Tout affligés et malheureux que nous sommes, on ne peut nous ôter cette douceur d'aimer la nature et de nous reposer dans sa poésie. Eh bien, puisque nous ne pouvons plus donner que cela aux malheureux, faisons encore de l'art comme nous l'entendions naguère, c'est-à-dire célébrons tout doucement cette poésie si douce ; exprimons-la, comme le suc d'une plante bienfaisante, sur les blessures de l'humanité.

---

1. *Souvenirs inédits de Frédéric Chopin*, publiés par KARLOWICZ (19 août 1848).

2. N° 6013 du catalogue de la librairie Auguste Blaizot, 51ᵉ année (1942).

— Puisqu'il en est ainsi, dis-je à mon ami, revenons à nos moutons, c'est-à-dire à nos bergeries [1].... »

Cette nouvelle bergerie lui rendit l'affection de son public. Non que, dans cette préface ou dans ses articles, elle reniât ses idées, mais elle renonçait à la politique militante. Elle admettrait désormais, disait-elle, deux sortes de propriété : une part individuelle, que seule rendrait tolérable l'entente des classes, et une part collective, qu'elle souhaitait aussi large que possible.

George Sand à Joseph Mazzini : Ce n'est donc qu'avec le concours de tous, avec la bourgeoisie réactionnaire comme avec la bourgeoisie démocratique, comme avec les socialistes, que le peuple doit se gouverner. Il lui faut, pour s'éclairer, la lutte pacifique et légale de tous ces éléments divers [2]....

Le jour de Noël (25 décembre 1848), Hippolyte Châtiron mourut à Montgivray : « Malade depuis près de deux ans, il cherchait une excitation factice dans le vin. Il ne mangeait plus et buvait chaque jour davantage.... La mort est venue sans qu'il s'en aperçût [3].... »

En 1849, Augustine donna à Bertholdi un fils qui fut appelé Georges, comme l'avait été le petit-fils de Marie Dorval. Celle-ci, devenue vieille, toutes liaisons brisées, n'était plus qu'une aïeule passionnée. Sa fille Caroline (née de ses amours avec Piccini, pendant le veuvage de jeunesse) avait épousé le comédien René Luguet ; leur couple avait, au théâtre, peu de succès, mais déjà trois enfants à nourrir ; Merle, paralysé, vivait en infirme ; des charges accablantes pesaient sur Dorval. Courageusement, elle faisait tournée sur tournée, la famille indigente n'ayant d'autres ressources que ses cachets d'actrice errante. Le

1. GEORGE SAND, préface à *La Petite Fadette*, publiée dans *Le Spectateur républicain* (septembre 1848). Le roman parut, le 1er décembre 1848, dans *Le Crédit*.

2. GEORGE SAND, *Correspondance*, t. III, p. 73.

3. Lettre inédite à Charles Poncy (9 janvier 1849). Collection Spoelberch de Lovenjoul, E. 922, f. 3.

petit Georges était chétif. Pour qu'elle pût l'emmener dans le midi (quand elle fut engagée à Nîmes, Avignon, Marseille), Sand paya le voyage de l'enfant. Cependant il mourut d'une fièvre cérébrale. Dorval ne lui survécut qu'un an.

René Luguet à George Sand, 23 mai 1849 : Chère madame Sand, elle est morte, cette admirable et pauvre femme ! Elle nous laisse inconsolables. Plaignez-nous !...

Chère madame Sand, vous qu'elle a tant aimée, vous qu'elle a tant admirée, laissez-moi vous raconter une partie de ses souffrances.... Elle est donc morte *de chagrin!* de *découragement.* Le dédain l'a tuée !... Oui, le dédain.... Toutes ces médiocrités, refoulées à chaque succès depuis vingt ans, ont profité d'un intervalle de créations pour s'agglomérer, et tous ces êtres, devenus puissants par l'argent, par les passions, par les nécessités de la plupart des directeurs, toutes ces créatures ont envahi le théâtre, le trottoir a fait irruption sur la scène.... Et quand la pauvre femme allait d'un théâtre à l'autre, avec son talent, ces hommes qu'on appelle directeurs ouvraient de grands yeux au nom de Dorval !... Son talent ? Il était bien question de cela.... Il lui manquait une ou deux dents.... Elle avait quarante ans.... Sa robe était noire, son regard sérieux.... Tout cela n'eût pas attiré aux stalles un de ces inutiles moitié dandy, moitié huissier, qui peuplent nos théâtres au seul nom d'*Amanda*, de *Frisette* ou de *Rose Pompon*.... C'est donc au plus fort de cette décomposition que notre premier grand malheur arriva : mon Georges mourut....

La vie de cette pauvre Marie s'échappait donc par deux côtés, deux profondes blessures : la mort d'un être adoré... le dédain, l'injustice, l'oubli partout, la misère à la maison ! C'est ainsi que nous arrivons au 10 avril dernier. J'étais à Caen. Elle devait venir m'y rejoindre, mais avant elle voulait tenter un dernier effort, une dernière démarche pour avoir au Français *un coin*, et cinq cents francs par mois : *du pain!* Le directeur, M. Seveste, lui dit devant moi que cinq cents francs, il n'y fallait pas penser, mais que bientôt, grâce à des calculs intelligents, il allait faire sur le luminaire une économie de trois cents francs et qu'il verrait s'il pouvait vaincre *la répugnance* du comité ! Mais qu'il ne répondait ni ne s'engageait à rien ! Voilà donc Marie qui, avec ses deux coups de couteau, reçoit un coup de poing de ce bourreau !... Il fallut plus d'une fois son regard angélique pour arrêter les effets de mon indignation. Ce fut son dernier coup. Elle partit pour Caen et, en arrivant, elle fut malade. En deux heures, le mal devint si

grand que je dus appeler une consultation. L'état fut jugé
très grave : il y avait fièvre pernicieuse et ulcère au foie !... Je
reçus cet arrêt suprême comme on entend prononcer sa condamnation à mort. Je ne pouvais en croire mes yeux et, quand
je regardais cet ange de douleur et de résignation, qui ne se
plaignait pas et me regardait en souriant tristement, et qui
semblait me dire : « Luguet, vous êtes là, vous.... Vous ne me
laisserez pas mourir », oh ! madame Sand, j'étouffais ! La
tempête était dans mon cerveau. Je maudissais Dieu !...

Bien que les médecins eussent prédit sa mort en cas de
voyage, comme je voyais aussi la mort loin de Paris, qu'elle
appelait jour et nuit avec un accent qui me fait encore fris-
sonner, je pris le coupé de la diligence.... Le lendemain, elle
était dans sa chambre, au milieu de nous tous, mais le mal que
le voyage avait engourdi reprit son empire et, le 20 mai, à une
heure, elle nous dit : « Je meurs, mais je suis résignée.... Ma fille,
ma bonne fille, adieu.... Luguet sublime.... » Voilà, madame,
ses dernières paroles, voilà sa dernière action. Puis son dernier
soupir s'est exhalé à travers un sourire.... Oh ! ce sourire ! Il
flamboie à mes yeux.... Chère madame Sand, j'ai le cœur meur-
tri. Votre lettre a ravivé toutes mes tortures. Cette adorable
Marie, vous avez été son dernier poète. J'ai lu *Fadette* à son
chevet, puis nous avons parlé longtemps de tous ces beaux
livres que vous avez faits. Nous nous sommes rappelé en pleurant toutes les scènes touchantes qu'ils renferment. Puis elle
m'a parlé de vous, de votre cœur.... Ah ! chère madame Sand !
comme vous aimiez Marie, comme vous avez su comprendre
son âme ! Et comme je vous aime, et comme je suis
malheureux....

Mais je m'aperçois que ma lettre est longue. Il faut m'arrêter
là et attendre le jour bienheureux où je pourrai vous parler de
notre infortunée Marie.... Quand je vous saurai à Paris, vous
me donnerez *une heure* et là je vous raconterai toutes les choses
inouïes que cet ange m'a dites, dans ces jours de douleur et de
mélancolie [1]....

Dorval avait fait prévenir Dumas père et Sandeau,
qu'elle voulait revoir tous deux. Dumas accourut, rassura
Marie qui craignait d'être « jetée dans la fosse commune »,
promit de trouver les cinq ou six cents francs nécessaires à
l'achat de quelques pieds de terre. Mais le petit Jules arriva
trop tard à ce dernier rendez-vous. Sur la tombe fut plantée

1. Collection Simone André-Maurois.

une croix de bois noir : MARIE DORVAL, *morte de chagrin*.
Elle avait été, tout au long de sa vie, maudite, trahie et
souillée, « victime de l'art et de la destinée » ; sa mémoire
fut exaltée, chérie, et George Sand s'occupa généreusement de ses petits-enfants, Jacques et Marie Luguet, qui
longtemps passèrent leurs vacances à Nohant.

Chopin mourut le 17 octobre 1849, sans avoir revu
George. On raconta qu'il avait balbutié : « Elle m'avait dit
que je ne mourrais que dans ses bras », mais les récits que
l'on fit sur ses derniers jours sont si nombreux et si contradictoires que nul n'en peut rien affirmer. Solange fut l'une
des femmes qui écoutèrent, au chevet de Chopin agonisant,
la comtesse Delphine Potocka chanter d'une voix entre-
coupée de sanglots. George, lorsqu'elle apprit cette mort,
plaça une boucle de cheveux, qu'il lui avait donnée jadis,
dans un sachet de papier sur lequel elle écrivit : « *Poor
Chopin !* 17 octobre 1849. » On pense à : « *Moïa biéda*[1]. »

Deux ans plus tard, Alexandre Dumas fils, à la frontière
russo-polonaise, découvrit les lettres de Sand à Chopin.
La sœur de celui-ci les avait apportées de Paris à Mys-
lowitz où, craignant les indiscrétions de la douane, elle
les avait laissées chez des amis qui, pour distraire le jeune
Alexandre, lui communiquèrent cette correspondance
amoureuse d'une Française dont ils ignoraient tout.

George Sand à Dumas fils, 7 octobre 1851 : Puisque vous avez
eu la patience de lire ce recueil, assez insignifiant par les redites,
et qui me semble n'avoir d'intérêt que pour mon propre cœur,
vous savez maintenant quelle maternelle tendresse a rempli
neuf ans de ma vie. Certes, il n'y a pas là de secret, et j'aurais
plutôt à me glorifier qu'à rougir d'avoir soigné et consolé,
comme mon enfant, ce noble et inguérissable cœur [2]....

Ce qui était vrai.

Depuis sa rupture avec Liszt, Marie d'Agoult vivait à

---

1. Le sachet appartient à Mme Aurore Lauth-Sand.
2. Collection Spoelberch de Lovenjoul, E. 882 f. 11.

Paris. Réconciliée avec tous les siens (à l'exception de son mari), elle tenait salon politique dans sa « maison rose », aux Champs-Élysées, et, sous le pseudonyme de Daniel Stern, publiait des ouvrages sérieux : *Essai sur la Liberté*, *Lettres républicaines*, *Esquisses morales*. Elle écrivait une *Histoire de la Révolution de 1848* en trois volumes, quand elle souhaita se rapprocher de George Sand, qui, actrice de ce drame, pouvait l'aider de ses souvenirs. Les deux femmes étaient brouillées depuis onze ans.

Marie d'Agoult à George Sand, 11 octobre 1850 : Un de nos amis communs [1] me dit de votre part (mais est-ce bien de votre part ?) des paroles qui me vont au cœur. Je n'ose encore m'abandonner à toute la joie qu'elles me causent. Si vous étiez seule, je partirais à l'instant pour aller savoir de vous-même si en effet notre belle amitié brisée vous a laissé quelques regrets et si vous sentez comme moi qu'elle était de nature immortelle et ne pouvait point être remplacée. Le public prétend savoir que nous avons eu de graves torts l'une envers l'autre. Je suis prête à confesser les miens, si vous m'en trouvez, mais à vrai dire je crois que, toutes deux, nous n'avions à nous reprocher qu'une chose : notre jeunesse. Nous étions jeunes, c'est-à-dire crédules, exigeantes, emportées. Nous avions cru, naïvement, des rapports perfides, ou tout au moins inconsidérés. Notre vive tendresse, qui s'est crue trahie, s'est exaltée en paroles violentes, mais j'ai gardé une conviction que personne ne saurait m'ôter : c'est que si à toute heure, à toute minute, pendant ces tristes années, nous avions pu lire dans l'âme l'une de l'autre, nous n'y eussions trouvé, sous tous ces bruits de colère, qu'une affection vraie, profonde, indestructible. J'hésitais cependant tout à l'heure à prendre la plume. Cette affection que je vous ai gardée, aura-t-elle encore pour vous quelque charme ? Hélas ! les années, qui m'ont rendue peut-être un peu meilleure, m'ont rendue beaucoup moins aimable. La blonde Péri a laissé ses ailes on ne sait où ; la Princesse fantastique a dépouillé sa robe d'azur ; le rayon divin a quitté le front d'Arabella ; de toutes ces visions de votre génie, il ne reste qu'une femme, plus courageuse que forte, qui marche lentement dans un chemin solitaire, en menant un long, bien long deuil : celui de ses espérances mortes.... Quoi qu'il en soit, à tout risque, je vous écris. Vous sentirez que ceci est une parole sérieuse et sincère ; je la devais

1. Émile de Girardin.

à tout ce que vous avez été pour moi. George, en traçant ce nom si cher, il me semble que ma jeunesse revit en moi. Tous mes doutes se dissipent. Une voix me dit que notre amitié renaîtra, aussi tendre et plus forte. Je n'ai jamais rien souhaité plus ardemment. Et vous, George, et vous [1] ?

La réponse du docteur Piffoël déçut Arabella, qui s'était crue magnanime. Tout le passé y était remis en question.

Marie d'Agoult à George Sand, 23 octobre 1850 : Pourquoi me forcez-vous, mon cher George, à énoncer des griefs, à rappeler, à préciser des souvenirs amers, quand je ne voulais qu'effacer, dans un serrement de mains, jusqu'à la dernière trace de nos torts mutuels ? Pourquoi insister sur ce que vous appelez *l'énigme* de ma conduite envers vous ? Ne pouviez-vous donc avoir *a priori* la certitude qu'une personne fière, habituée à dominer son cœur, n'eût pas été au-devant de vous si elle ne s'était sentie aussi autorisée à pardonner que vous pouviez l'être ? J'éprouve une répugnance presque invincible à revenir dans cette voie d'accusations que vous m'ouvrez, parce que je sens qu'elle nous éloigne au lieu de nous rapprocher, mais enfin puisque vous *ne vous êtes expliqué ni ma colère, ni mon silence,* force m'est donc de vous en indiquer au moins le principal motif.

La personne qui exerçait alors sur moi un très grand empire [2] m'avait fait *jurer* de ne jamais vous parler d'elle. Elle paraissait redouter le jour où, vous et moi, nous traiterions à cœur ouvert *certaine question délicate.* J'avais cru généreux à son égard de faire cette promesse ; je l'ai tenue, quoi qu'il m'en ait coûté.

Des accusations très graves, très précises — auxquelles l'opinion du public, de tous mes amis, et même de quelques-uns des vôtres, donnèrent du poids — soulevèrent, en Italie, ces premières colères dont l'expression se teignit d'une ironie *qui n'était pas la mienne,* qui contrastait avec la nature de mes sentiments, et dont je n'ai pas hésité à reconnaître l'injustice à mon retour à Paris. Dans le temps même où nous tentions de nous rapprocher, une lettre de vous à Liszt me fut communiquée par lui. Je l'ai gardée.... Cette lettre me traitait avec une sévérité cruelle et, pardonnez le mot, *perfide,* car elle s'adressait à un homme passionnément aimé de moi, et tendait à m'enlever son amour et son estime !... Mais, encore une fois, à

1. Lettre inédite. Collection Spoelberch de Lovenjoul, E. 872.
2. Franz Liszt.

quoi bon revenir sur ce douloureux passé ? Votre lettre me prouve que nous ne sommes pas dans les mêmes dispositions d'âme. Vous m'avez oubliée, dites-vous ; moi, je ne vous ai point oubliée.... Vous semblez inspirée d'un esprit aristocratique ; je dirais presque (passez-moi le mot) *sacerdotal*. Vous voulez bien prononcer sur moi l'*Absolvo te*. Et voyez : moi qui ai été, qui vais encore tous les jours à l'école du xviiie siècle et de la Révolution française, je suis devenue égalitaire à un point dont vous ne sauriez vous faire l'idée. Je ne reconnais à personne le droit d'absolution, le privilège de l'aumône. Je ne voyais, après les journées de Juin, de possible qu'une amnistie mutuelle. Elle ne me paraît pas possible entre nous parce que vous ne vous sentez aucun tort, et que d'ailleurs aucun é.an ne vous entraîne plus vers moi.... Alors que faire ?

Vous avez peut-être raison et je regrette aujourd'hui d'avoir donné trop de créance à des amis pleins d'illusions bienveillantes. Ils me disaient que vous me regrettiez, et j'avais la naïveté de trouver cela tout simple. Ils me rappelaient la cordialité, la bonne grâce parfaite avec lesquelles jadis George, l'artiste, avait tendu la main à la « Princesse » fugitive. J'en concluais que c'était à moi, aujourd'hui, à prendre les devants.... Je vous connaissais des peines, différentes, mais aussi profondes que les miennes. Et voici que je suis venue troubler, inopportunément, votre retraite, par un élan hors de saison d'abord, puis, aujourd'hui, par une récrimination maussade [1]....

George n'était pas hostile à l'idée d'une demi-réconciliation, mais, avant de s'y prêter, elle tenait à vider l'abcès, à éclairer tous les points demeurés obscurs.

Marie d'Agoult à George Sand, 28 octobre 1850 : Décidément, vous êtes meilleure femme que moi ! Vous ne vous fâchez pas d'une lettre qui, à votre place, m'aurait probablement irritée et vous me rendez, avec la simplicité et la franchise qui conviennent entre nous, la possibilité de vous revoir en toute joie et confiance.

Il ne serait pas rigoureusement exact de dire que j'ai cru à un *rôle double* joué par vous, entre Liszt et moi. Toute autre femme à ma place, j'en suis persuadée, n'aurait pas eu mes hésitations (et vous en conviendrez quand je vous conterai, un bon soir de laisser-aller, en tête-à-tête, au coin de votre feu ou du mien, cette longue histoire) ; mais je croyais un jour, je

---

1. Lettre inédite. Collection Spoelberch de Lovenjoul, E. 872.

doutais l'autre. J'étais, en amitié, ce que j'ai été si longtemps en amour, admettant et rejetant, dans la même heure, les certitudes les plus opposées et les plus inconciliables. Mes deux lettres ont été écrites dans un moment où votre situation entre Bocage, Mallefille et Chopin, qui m'était dépeinte sous les couleurs les plus odieuses, faisait pencher tout mon esprit du côté de la *trahison;* cela ne les excuse pas ; cela les explique. Je n'ai été ni capricieuse, ni bizarre. Je n'ai même pas eu l'envie de vous *nuire,* car je savais très bien que je m'adressais à une personne qui vous chérissait (pour rien dans l'univers, je n'aurais parlé ainsi à vos ennemis). J'étais blessée ; je me soulageais inconsidérément. Ces deux lettres ne valaient que d'être jetées au feu.

L'autorité de Liszt, invoquée contre moi, a si complètement tourné depuis ; il s'est si bien confié depuis à cette personne à laquelle il ne voulait pas se confier ; il a si complètement rompu avec cette pauvre femme qu'il conseillait, que je n'y saurais voir un sujet d'alarme pour ma conscience. Je crois qu'en mettant entre vos mains le fil qui, à partir de notre première entrevue, en 1835, conduit à travers un véritable labyrinthe d'intrigues, de malentendus, d'équivoques, vous sentirez et jugerez les choses comme je les sens moi-même. Et si notre amitié ne doit pas renaître, ce ne sera pas le passé qu'il en faudra accuser, mais le présent et l'avenir. J'en touchais dernièrement un mot à notre « réconciliateur ». A cet égard, je ne suis pas sans appréhension. Il y a entre nous de grandes analogies, et les plus belles ; je crois que notre *idéal* ne diffère que peu. Mais dans la pratique, dans le terre à terre de la vie, dans nos goûts, dans nos habitudes, dans nos opinions secondaires, dans notre entourage, il surgit des contrastes auxquels, je crois, vous attachez beaucoup plus d'importance que moi. Si vous rencontrez chez moi quelqu'un dont l'air vous déplaît ; si vous apercevez, sur quelques cuillers d'argent, des armoiries que je n'aurai pas fait enlever par indifférence, par économie, ou par horreur de ce qui pourrait sembler une lâcheté ; si je n'approuve pas les voies et moyens de certains de vos amis politiques, etc., etc..., vous serez choquée ; si l'on dit chez moi des sottises, vous m'en rendrez responsable ; enfin si une longue habitude de solitude et de concentration me rend parfois moins expansive que je ne le voudrais, vous supposerez que je suis défiante et calculée. Voilà, mon cher George, ce qui me rend un peu craintive, pas assez pourtant pour ne pas vouloir tenter la conquête de la Terre promise [1]....

A la vérité, l'amitié entre les deux femmes n'était plus

1. Lettre inédite. Collection Spoelberch de Lovenjoul, E. 872.

possible. Elles avaient trop parlé, trop écrit, l'une et l'autre. Chacune des deux savait ce que pensait d'elle sa rivale et son adversaire. L'excès de franchise ne se pardonne pas. Il laisse l'âme de l'autre inquiète d'un jugement trop lucide, qui a été cruel et peut le redevenir. Point d'amitié sans confiance, et l'estime, même feinte, lui est plus favorable qu'une dure sincérité, laquelle d'ailleurs n'est souvent que l'expression d'une humeur ou d'une rancune.

Les enfants de Sand ne changeaient guère. Solange et son marbrier continuaient à osciller entre la passion et la rupture. L'hôtel de Narbonne avait été vendu à vil prix, par autorité de justice, « à la requête, poursuite et diligence » des créanciers, pour non-paiement des intérêts de l'hypothèque. La fille ayant perdu sa dot par ses folies, la mère, généreusement, avait consenti à lui faire une rente de trois mille francs, ce qui était une lourde charge. Le 10 mai 1849, à Guillery, chez Casimir, était née une petite fille : Jeanne Clésinger. Médaillé de première classe au Salon de 1848, le tailleur de pierres avait été décoré l'année suivante. Solange « se laissait emporter au tourbillon de la vie parisienne » ; elle recevait à dîner des écrivains, des comédiens ; elle avait chevaux, voiture, cocher anglais. Dieu savait comment elle payait tout cela !

Maurice, indécis, velléitaire, parlait toujours de fonder un foyer. Projets en l'air. « Mais non, lui écrivait sa mère, le 21 décembre 1850, je ne prenais pas au tragique ton idée de mariage.... Ne dis pas que je te reproche le passé. Je ne te reproche rien ; je parle du passé avec toi.... » Elle lui conseillait, si vraiment il cherchait femme, d'élargir, à Paris, le cercle de ses connaissances et de pénétrer dans des groupes très différents les uns des autres : « Autre milieu encore : veux-tu voir Mme d'Agoult, qui reçoit la fine fleur des grands esprits ? Il y a eu des paroles de paix entre nous ; quoique je ne veuille pas la fréquenter beaucoup, tu peux la voir. Elle te recevra à bras ouverts, car elle grille de se rapatrier.... Elle a des filles. Elle doit recevoir du jeune monde. Et puis une connaissance en fait faire une autre [1].... » Surtout elle demandait à Maurice de ne se décider qu'après un choix sérieux ; c'était chose grave, non seulement pour lui, mais pour elle qui, si elle ne s'entendait pas avec sa belle-fille, devrait quitter Nohant. Instruite par l'expérience, George Sand rappelait à son fils que le seul moyen d'être heureux en ménage, c'est d'y apporter toute sa volonté, et non des idées vagues et flottantes. Elle conseillait la fidélité, ce qui peut surprendre, mais la fidélité par l'amour, ce qui avait toujours été sa doctrine.

Le mariage sans amour, ce sont les galères à perpétuité.... Je t'entendais dire, il n'y a pas longtemps, que tu ne te croyais pas capable d'aimer toujours, et que tu ne répondais pas d'être fidèle dans le mariage. Ne te marie pas dans ces idées-là, car tu seras cocu et tu auras mérité de l'être. Tu auras à tes côtés ou bien une victime abrutie, ou bien une furie jalouse, ou bien une dupe que tu mépriseras. Quand on aime, on est persuadé qu'on sera fidèle. On peut bien se tromper, mais on le croit, on en fait serment de bonne foi, et on est heureux aussi longtemps qu'on persiste. Si l'amour exclusif n'est pas possible pour toute la vie (ce qui ne m'est pas prouvé), qu'au moins il y ait une série de belles années où on le croit possible.... Le jour où je te verrai sûr de toi, je serai tranquille [2]....

Maurice attirait à Nohant beaucoup de garçons de son âge, camarades d'atelier, amis politiques. Plusieurs d'entre eux : Eugène Lambert, le peintre des chats, Alexandre Manceau, le graveur, Victor Borie, le journaliste, Émile Aucante, l'homme de loi, y vécurent longtemps à demeure. Sand les associait à sa vie et terminait ses lettres à Eugénie Duvernet : « Respects et amitiés pour vous deux, de Maurice, Lambert et Borie. » Ces jeunes gens se relayaient à Nohant. *Sand à Maurice :* « Lambert, parti ce matin, doit être ce soir dans tes bras. Il a été bien gentil, bien dévoué, bien attentif pour moi dans notre solitude. A présent,

1. Lettre inédite. Collection Spoelberch de Lovenjoul, E. 922, f. 104.
2. Collection Spoelberch de Lovenjoul, E. 922, f. 97.

c'est le tour de Manceau, qui est très mignon aussi [1].... »

Ainsi quatre jeunes hommes rivalisaient de zèle pour plaire à leur illustre amie et pour la servir. Aucante, adroit et souple, sera l'homme d'affaires, chargé de toutes les négociations avec les éditeurs et plus tard appointé. Lambert, longtemps favori, sera moins aimé du jour où il décidera que sa carrière de peintre nécessite de longs séjours à Paris. Mme Sand exige que Nohant soit tenu pour le centre du monde. Durement traité, Lambert se plaindra.

Eugène Lambert à Émile Aucante, 30 mai 1852 : Mme Sand termine sa lettre par un mot *cruel !...* J'ai bien pleuré, mon ami, en recevant ce reproche et cependant je ne l'avais pas mérité. Si je quitte Mme Sand pendant deux ou trois mois, c'est que mon avenir l'exige. Aussi lui ai-je dit dans ma réponse : « Il faut que je travaille, de temps en temps, à Paris — ou je suis perdu ! » J'avais mis tout mon cœur dans cette lettre et on n'a rien trouvé à me répondre ! Tout est donc fini. Voilà dix années jetées au vent parce que je suis resté un peu trop longtemps absent. Je ne sais si je me trompe, mais *on* devrait aimer les gens un peu plus pour eux, un peu moins pour soi.... Prends garde qu'un jour le vide ne se fasse autour d'elle. *Personne ne sait mieux aimer, mais personne ne brise plus vite ce qu'elle a aimé....*

4 juin 1852 : Je passerai tous mes étés à Nohant. Aussitôt qu'elle aura besoin de moi pour une pièce, je serai à sa disposition.... Mais ce que je veux conserver avant tout, c'est ma liberté.... Si petit que soit le nuage qui passe, il a refroidi son cœur ; moi, le mien n'a pas changé ; je n'oublierai de ma vie ce qu'elle a fait pour moi [2]....

A partir de 1850, Manceau fut promu favori et le resta. Il avait tout pour satisfaire, en Mme Sand, à la fois ses préjugés politiques et ses instincts de maternité ambiguë, étant de treize ans plus jeune qu'elle, faible de poitrine, fin, joli de visage et homme du peuple puisque fils d'un gardien du Luxembourg. Manceau était graveur sur acier, très artiste. D'abord secrétaire de George Sand, il devint vite son homme de confiance. Entre Lambert et lui, elle

---

1. Collection Spoelberch de Lovenjoul, E. 922, f. 115.
2. Lettres inédites. Collection Spoelberch de Lovenjoul, E. 953, ff. 139 et 142

maintenait une paix précaire. *Agenda 1852 tenu par Manceau:* « Manceau et Lambert veulent se battre. Madame les fait s'embrasser.... » Quand Sand allait à Paris, elle souhaitait y loger chez Manceau, en dépit des objections de Maurice, qui craignait, malgré l'âge mûr de sa mère, que cela ne fît encore jaser.

George Sand à Maurice, 24 décembre 1850 : Je logerai où tu voudras. Je serais mieux chez Manceau que chez toi.... Il n'y aurait pas de cancans possibles si tu étais avec moi, et si tu pouvais coucher dans son atelier. Il n'y en aurait pas quand même tu n'y coucherais pas.... Songe donc que personne autre que son portier ne me saura là !... Tous les jours, un garçon prête son appartement à une dame de province, surtout quand elle a quarante-six ans ! Tu pourrais, demain, prêter le tien à Titine, quand même tu serais à Paris. Il n'y aurait pas un mot à dire, du moment que tu vas dormir sous un autre toit [1]....

Les Bertholdi habitaient Ribérac, où « le Polonais » avait été nommé receveur particulier, mais la belle Titine, qui s'ennuyait en Périgord, montrait de grandes ambitions et faisait de fréquents séjours à Paris, *Hôtel du Helder*. On la regrettait d'autant plus à Nohant que l'on y jouait la comédie et que l'on manquait de jeunes premières.

George Sand à Augustine de Bertholdi, 15 janvier 1850 : On te regrette bien aussi dans les comédies. Lambert et Maurice s'aperçoivent qu'ils ont perdu la perle des jeunes premières. Mme Fleury est élégante et paraît jeune avec du fard, mais elle est trop larmoyante et maniérée.... Manceau, tu sais, l'ami de Maurice et de Lambert, est notre premier acteur maintenant. Il joue le sérieux et le comique, et pour les costumes, pour se faire une tête, pour arranger les décors, il est de première force. On a poussé les pantomimes à un degré de perfection dont tu n'as pas d'idée, et qui serait l'idéal si on avait une jolie Colombine comme toi. Mais les dames n'y mordent pas du tout et on a pris le parti de faire une Colombine burlesque d'un garçon déguisé [2]....

---

1. Fragments inédits d'une lettre en partie seulement publiée par Maurice Sand. Voir *Correspondance*, pt. III, p. 224-228, et collection Lovenjoul, E. 922, f. 105.

2. Lettre inédite. Collection Simone André-Maurois.

Ainsi Arlequin et Colombine avaient pris, dans la vie de George, la place de Ledru-Rollin et de Louis Blanc. Comme en toutes les tempêtes de sa vie, elle avait rallié à Nohant son port d'attache et, l'émoi des voisins apaisé, elle y avait retrouvé le calme des jours, la beauté des iris et des bruyères, les querelles et la gaieté des jeunes hommes. Manceau à soigner, son fils à aimer, sa maison à gouverner et, chaque nuit, vingt feuillets de roman ; la vie était de nouveau normale.

V

NOTRE-DAME DE BON SECOURS

Cependant Louis-Napoléon Bonaparte avait été élu président de la République. Le nom magique avait opéré. Pour George Sand, le nouveau chef n'était pas un inconnu. Dans sa jeunesse, il avait été libéral et même carbonaro. Vers 1838, elle l'avait rencontré dans un salon de Paris et ils avaient communié dans la haine de Louis-Philippe. Quand les complots de Louis-Napoléon l'avaient fait enfermer au fort de Ham, le jeune prince y avait édifié un système confus où se mêlaient l'ordre et la révolution, le socialisme et la prospérité, le libéralisme et l'autorité. En 1844, il avait publié une brochure sur l'extinction du paupérisme. Louis Blanc était allé le voir en prison et avait écrit sur lui un article que Sand publia dans *L'Éclaireur de l'Indre.*

Le prince avait su que Mme Sand s'était intéressée à lui et lui avait fait dire que, si elle pouvait venir à Ham, ce serait pour lui, « véritable excommunié, un jour de fête ». Elle n'y alla pas, mais lui écrivit pour affirmer courtoisement sa position républicaine : « Sachez-nous donc quelque gré de nous défendre des séductions que votre caractère, votre intelligence et votre situation exercent sur nous [1].... »

1. GEORGE SAND. *Correspondance,* t. II, p. 328.

Elle ne reconnaissait d'autre souverain que le peuple :
« Aucun miracle, aucune personnification du génie populaire dans un seul.... » Louis-Napoléon répondit avec la
même franchise.

Fort de Ham, 24 janvier 1845 : Madame, croyez que le
plus beau titre que vous puissiez me donner est le titre d'ami,
car il indique une intimité que je serais fier de voir régner entre
nous. Vous, madame, qui avez les qualités d'un homme sans
en avoir les défauts, vous ne pouvez pas être injuste à mon
égard [1]....

Elle fut alors tentée de croire à la sincérité de ce jeune
Bonaparte ; ses amis la mirent en garde, mais, lorsqu'il fut
élu président, elle fit paraître dans *La Réforme* un article
qui n'était pas hostile : « En repoussant le favori de l'Assemblée [2], le peuple protestait, non contre la République
dont il a besoin, mais contre celle que l'Assemblée lui a
faite. Croyez bien que c'est là le grand ascendant de Louis
Bonaparte, c'est de n'avoir encore rien fait sous la République bourgeoise [3].... » Elle goûtait un certain plaisir à
constater la défaite de ces modérés auxquels elle avait
prodigué les avertissements. A son éditeur, Jules Hetzel,
elle disait :

Je suis redevenue très calme.... Cela s'est fait en moi en
voyant la grande majorité du peuple voter pour Louis Bonaparte. Je me suis sentie alors comme résignée devant cette
volonté du peuple, qui semble dire : « Je ne veux pas aller plus
vite que cela, et je prendrai le chemin qui me plaira. » Aussi
ai-je repris mon travail, comme un bon ouvrier qui retourne à sa
tâche, et j'ai beaucoup avancé mes mémoires. C'est un travail
qui me plaît et ne me fatigue pas [4]....

1. Lettre de Louis-Napoléon Bonaparte à George Sand, publiée dans
Le Figaro, en 1897.
2. Le général Cavaignac.
3. George Sand, *Sur le général Cavaignac*, article cité par Wladimir Karénine, t. IV, p. 166.
4. Lettre inédite, communiquée par Mme Bonnier de la Chapelle.

En novembre 1851, elle vint à Paris pour les répétitions de sa pièce, *Le Mariage de Victorine*, jouée au Gymnase le 26 novembre 1851. Solange assistait à la première, avec son mari et son protecteur, le comte d'Orsay. Le ménage Clésinger allait de séparations en réconciliations et de réconciliations en séparations. L'année suivante (1852), un jugement devait mettre fin à l'orageuse vie conjugale de ces époux ennemis. Lady Blessington étant morte en 1849, Alfred d'Orsay, très puissant dans le nouveau régime, s'était attaché à la jeune Solange et protégeait, par ricochet, la mère de son amie.

Tout le monde parlait d'un coup d'État probable. Qui s'y opposerait ? Les bourgeois ? Ils étaient monarchistes. Les ouvriers ? Pourquoi défendraient-ils une Assemblée qui avait fait tirer sur eux ? Emmanuel Arago dit à Sand, le 1er décembre : « Si le président ne fait pas bien vite un coup d'État, il n'entend pas son affaire, car, pour le moment, rien ne serait si facile [1]. » Le soir, elle alla au cirque avec Solange et Manceau. En passant, à une heure du matin, devant le palais de l'Élysée, ils regardèrent le portail de la cour qui était fermé. Un seul factionnaire le gardait. Un profond silence ; la clarté des réverbères sur le pavé gras et glissant : « Ce n'est pas encore pour demain ! » dit Sand en riant. Et elle dormit profondément toute la nuit.

Le lendemain, 2 décembre, Manceau lui dit : « Cavaignac et Lamoricière sont à Vincennes. L'Assemblée est dissoute. » Cela ne lui fit aucune impression. La République qui se mourait n'était plus la sienne depuis longtemps. Dans les rues, les gens étaient calmes, mais, le soir, au Gymnase, on joua *Le Mariage de Victorine* devant une salle vide. « Je suis si maîtresse de moi à présent, dit George à un ami, que rien ne m'indigne plus. Je regarde l'esprit de réaction comme l'aveugle fatalité qu'il faut vaincre par le temps et la patience. » Elle passa la nuit au coin de son feu, en tendant l'oreille aux bruits du dehors : « Rien ! Un silence

1. GEORGE SAND, *Journal*, publié dans *Souvenirs et Idées*, p. 80.
2. *Opus cit.*, p. 86.

de mort, d'imbécillité ou de terreur [2]. » Pendant quelques jours, elle espéra que le nouveau maître allait essayer de réconcilier les Français.

George Sand à Jules Hetzel, 24 décembre 1851 : Quelques personnes avaient pensé qu'entre la victoire trop prochaine et trop peu durable du socialisme et ce qui s'est fait ce mois-ci il y avait un terme moyen : une République constitutionnelle. Vous voyez bien que le peuple n'en voulait pas et c'est tout simple. L'extrême souffrance veut des remèdes extrêmes, fût-ce l'empirisme ; elle préfère l'inconnu au connu, les charmes aux palliatifs.... Si l'homme d'aujourd'hui n'est pas insensé, ne va-t-il pas comprendre que sa force est dans le peuple ? Et lui seul aujourd'hui peut être fort, puisque lui seul peut réunir les six, sept ou huit millions de suffrages, extorqués ou non, qu'il va recueillir [1]....

Mais les débuts du nouveau régime furent sanglants et tyranniques. Comme au temps de la Terreur blanche, des *ultras* demandaient au prince de voiler les statues de la Clémence et de la Pitié, d'être « un homme de bronze inflexible et juste », et de traverser le siècle « le glaive de la rigueur à la main ». Tout ce qui restait fidèle à la République fut brutalement éliminé. La répression était aggravée par les vengeances locales. « La moitié de la France dénonce l'autre », écrivait George Sand. Par des décisions sans appel, déterminées par des calomnies anonymes, des malheureux étaient emprisonnés, transportés en Afrique, envoyés à Cayenne. Dans le Berry, ce fut la panique. Beaucoup des familiers de Nohant étaient en prison, d'autres désignés pour la déportation. Pierre Leroux, Louis Blanc, Ledru-Rollin, Victor Borie s'étaient exilés volontairement. On racontait que Sand allait être arrêtée. Elle ne voulut pas fuir ; au contraire, elle désira voir Louis-Napoléon.

A la vérité, elle ne risquait rien. Le prince président la respectait. Mais elle insista pour avoir son audience ; elle voulait plaider la cause de ses amis. Le préfet de police, Maupas, lui envoya un laissez-passer ; elle vint à Paris, le 25 janvier 1852, et écrivit au prince :

Je vous ai toujours regardé comme un génie socialiste.... Pénétrée d'une confiance religieuse, je croirais faire un crime en jetant, dans cette vaste acclamation, un cri de reproche contre le ciel, contre la nation, contre l'homme que Dieu suscite et que le peuple accepte [1]....

Il répondit de sa main, sur papier de l'Élysée : « Madame, je serai charmé de vous recevoir, tel jour de la semaine prochaine qu'il vous plaira de fixer, vers trois heures [2].... » Elle avait préparé une longue lettre, où elle avait exposé ce qu'elle craignait de ne pouvoir dire, faute de temps. C'était un appel à la clémence :

Prince, je ne suis pas Mme de Staël. Je n'ai ni son génie ni l'orgueil qu'elle mit à lutter contre la double face du génie et de la puissance.... Je viens pourtant faire auprès de vous une démarche bien hardie.... Prince, les amis de mon enfance et de ma vieillesse, ceux qui furent mes frères et mes enfants d'adoption, sont dans les cachots ou dans l'exil : votre rigueur s'est appesantie sur tous ceux qui prennent, qui acceptent ou qui subissent le titre de républicains socialistes.... Prince, je ne me permettrai pas de discuter avec vous une question politique ; ce serait ridicule de ma part ; mais, du fond de mon ignorance et de mon impuissance, je crie vers vous, les yeux pleins de larmes : « Assez, assez, vainqueur ! Épargne les forts comme les faibles.... Sois doux et humain, puisque tu en as envie. Tant d'êtres innocents ou malheureux en ont besoin ! » Ah ! prince, le mot *déportation*, cette peine mystérieuse, cet exil éternel sous un ciel inconnu, elle n'est pas de votre invention ; si vous saviez comme elle consterne les plus calmes, et les hommes les plus indifférents !..., Et la prison préventive, où l'on jette des malades, des moribonds, où les prisonniers sont entassés maintenant sur la paille, dans un air méphitique, et pourtant glacés de froid ! Et les inquiétudes des mères et des filles qui ne comprennent rien à la raison d'État, et la stupeur des ouvriers paisibles, des paysans qui disent : « Est-ce qu'on met en prison

1. George Sand, *Correspondance*, t. III, p. 264.
2. Lettre publiée par Wladimir Karénine, dans *George Sand*, t. IV, p. 179.

des gens qui n'ont ni tué, ni volé ? Nous irons donc tous ?
Et cependant nous étions bien contents, quand nous avons
voté pour lui. » Ah ! prince, mon cher prince d'autrefois, écoutez l'homme qui est en vous, qui est vous, et qui ne pourra
jamais se réduire, pour gouverner, à l'état d'abstraction. La
politique fait de grandes choses, sans doute, mais le cœur seul
fait des miracles. Écoutez le vôtre !

Amnistie ! Amnistie bientôt, mon prince ! Si vous ne m'écoutez pas, qu'importe pour moi que j'aie fait un suprême effort
avant de mourir ? Mais il me semble que je n'aurai pas déplu à
Dieu, que je n'aurai pas avili en moi la liberté humaine, et surtout que je n'aurai pas démérité de votre estime, à laquelle je
tiens beaucoup plus qu'à des jours et à une fin tranquilles [1]....

Louis-Napoléon prit les deux mains de Sand, l'écouta
avec émotion plaider en faveur de l'amnistie et dénoncer
les vengeances personnelles auxquelles la politique servait
de prétexte. Il lui dit qu'il avait la plus grande estime
pour son caractère et qu'il lui accorderait, pour ses amis,
ce qu'elle voudrait. Il la recommanda au ministre de
l'Intérieur, Persigny, de qui elle obtint l'élargissement de
plusieurs Berrichons. Persigny lui dit que le préfet de
l'Indre s'était conduit comme une bête. Désavouer est
facile, et le métier d'agent d'exécution ne sera jamais de
tout repos.

Suit une longue période qui fait honneur à George Sand,
car elle lutta avec courage et ténacité pour obtenir la grâce
des malheureux. Tâche doublement ingrate, car l'insistance de ses démarches risquait d'exaspérer le pouvoir,
cependant que ses rapports avec celui-ci attiraient sur elle
le blâme de ses amis républicains. Pourtant elle n'avait
rien renié. Au ministre Persigny, elle disait : « Je suis républicaine, mais, en 1848, j'ai passé des heures, dans le bureau
qui est aujourd'hui le vôtre, à prêcher la clémence à ceux
que vous avez renversés. » Aux républicains, elle affirmait
qu'elle était fidèle et qu'elle continuait à se compromettre
pour ceux qui la calomniaient : « Je ne suis pas dégoûtée

1. George Sand, *Correspondance*, t. III, pp. 262-270.

de mon devoir, qui est avant tout, je crois, de prier les forts pour les faibles, les vainqueurs pour les vaincus, quels qu'ils soient et dans quelque camp que je me trouve moi-même.... » Sa thèse essentielle était : « Vous pouvez poursuivre des actes, non des opinions. La pensée doit être libre. » Sur ce terrain, elle fut aidée par le cousin du président, le prince Napoléon-Jérôme (« Plonplon »), auquel le comte d'Orsay l'avait présentée et qui devint pour elle un véritable ami. Enfant terrible de la famille Bonaparte, « prince de la Montagne », ce jacobin défendait contre Thiers « la vile multitude » et s'assurait ainsi l'estime des esprits avancés. Très intime avec son cousin Louis-Napoléon, il pouvait tout se permettre et son appui fut précieux à George. Elle le voyait souvent. *Agenda inédit, 8 février 1852 :* « Déjeuner chez Napoléon Bonaparte. Manceau garde son bout de cigare et le reste de son petit verre, en disant : « Qui sait ? Un jour.... Il ressemble tant « à son oncle [1] ! »

Pendant des mois, Sand courut de ministre en ministre, de prince en préfet, sauvant des prisonniers malades, obtenant des secours pour leurs familles, arrêtant les convois de déportés, envoyant aux exilés des livres et de l'argent, rédigeant des pétitions de manière à sauvegarder la dignité des pétitionnaires, arrachant au peloton d'exécution quatre jeunes soldats condamnés à mort. Les communistes l'appelaient « la sainte du Berry » ; le proscrit Marc Dufraisse, « Notre-Dame de Bon Secours » ; et, Alfred d'Orsay lui écrivait : « Vous êtes une très chère femme, indépendamment d'être le premier homme de notre temps. » Quand elle rencontra trop d'obstacles, elle n'hésita pas à s'adresser de nouveau au président :

Qu'on sache que ce que vous m'avez dit est vrai : *Je ne persécute pas la croyance, je ne châtie pas la pensée....* Mais, en attendant cette amnistie que vos véritables amis nous promettent, faites que votre générosité soit connue dans nos pro-

---

1. Bibliothèque nationale, département des manuscrits.

vinces ; connaissez ce que dit le peuple qui vous a proclamé : « Il voudrait être bon, mais il a de cruels serviteurs et il n'est pas le maître. Notre volonté est méconnue en lui ; nous avons voulu qu'il fût tout-puissant et il ne l'est pas [1].... »

Elle continuait à croire à la bonne foi de l'ancien prisonnier de Ham, devenu le somnambule de l'Élysée.

George Sand à Jules Hetzel, 20 février 1852 : Le président, j'en reste et resterai convaincue, est un infortuné, victime de l'erreur et de la souveraineté du but. Les circonstances, c'est-à-dire les ambitions de parti, l'ont porté au sein de la tourmente. Il s'est flatté de la dominer, mais il est déjà submergé à moitié et je doute qu'à l'heure qu'il est, il ait conscience de ses actes [2]....

Quand il eut été fait empereur, par la quasi-unanimité du pays, elle cessa de le voir et, désormais, quand elle eut besoin d'un appui ou d'un secours pour quelque malheureux, passa par l'impératrice, par le prince Napoléon ou par la princesse Mathilde. Toute la conduite de Sand, pendant cette difficile période, fut belle, digne et généreuse. Elle avait été, pendant quelques semaines, de mars à mai 1848, emportée par ses passions ; elle les avait, après le coup d'État, dominées au profit de la charité.

Agenda tenu par Manceau, 5 décembre 1852 : « Proclamation de l'Empire à Nohant : Napoléon III, empereur des Français.... Toute la maison, en costume de pompiers, va à la proclamation. Puis on rentre. On travaille. Madame monte à onze heures et demie. *Pressoir* [3]. Lambert part demain [4]. »

1. GEORGE SAND, *Correspondance*, t. III, pp. 290-291.
2. *Opus cit.*, t. III, p. 298.
3. *Le Pressoir* est un drame champêtre auquel travaillait George Sand et qu'elle fit représenter, le 13 septembre 1853, au Gymnase.
4. Texte inédit. Bibliothèque nationale, département des manuscrits.

VI

MARIONNETTES

Ainsi George Sand retombait sur ses pieds, comme une chatte adroite et chanceuse. Le pouvoir la ménageait ; elle avait du crédit auprès du régime ; elle sortait de la bagarre, sinon intacte, du moins désormais intangible. Mais elle avait reçu un choc pénible. Une fois encore, la recherche de l'absolu l'avait conduite à une douloureuse déception.

La défaite est le temps de la comédie. Dans le grand désarroi des années qui suivirent l'échec de 1848, George Sand dut son salut au théâtre. Elle l'avait toujours aimé, par tradition ancestrale. A Nohant, dès l'ère de Chopin, on avait joué des pantomimes et de petites pièces à demi improvisées. Puis, en 1848, Maurice avait inauguré un théâtre de marionnettes. Il les sculptait dans des souches de tilleul et sa mère les habillait, avec autant d'esprit que de goût.

George Sand à Augustine de Bertholdi, décembre 1848 : Maurice et Lambert ont fabriqué un théâtre de marionnettes, qui est vraiment quelque chose d'étonnant. Décors, changements à vue, perspectives, palais, forêts, clairs de lune et couchers de soleil, transparences, c'est réellement joli et plein d'effets très heureux. Ils ont une vingtaine de personnages à eux et ils font parler et gesticuler tout ce monde de guignols de la façon la plus divertissante. Ils font eux-mêmes leurs scénarios, quelquefois très bien, et même des mélodrames noirs.... Il y a des masses de costumes, pour tous les acteurs en bois [1]....

Il y avait là tous les personnages de la comédie italienne, plus cent autres qui avaient été inventés à Nohant : Balandard, directeur de la troupe, gourmé, sympathique, en redingote et gilet blanc ; Bassinet, le garde champêtre ;

---

1. Lettre inédite. Collection Simone André-Maurois.

Bamboula, la négresse ; le colonel Vertébral et la comtesse de Bombrecoulant, à la poitrine avantageuse. Les costumes étaient parfaits : collerettes tuyautées, broderies, chapeaux à plumes. Les bustes étant recouverts de peau, les dames de la troupe pouvaient se décolleter et les mâles lutter, torse nu.

En 1851, sa mère fit à Maurice la surprise de lui construire un vrai théâtre, dans l'ancienne salle de billard du château. Cette grande pièce voûtée du rez-de-chaussée fut réunie à la chambre de Solange et consacrée à l'art dramatique. Au fond était une scène pour les acteurs de chair et d'os ; au centre, le public ; dans une alcôve, le théâtre de marionnettes. Celui-ci était mieux équipé qu'aucun autre au monde. Grâce à un tournebroche que l'on remontait, le soleil et la lune suivaient leurs courses accoutumées. La pluie tombait ; les éclairs sillonnaient la toile de fond. Les décors, peints par Maurice, donnaient une impression de profondeur. Il existait, d'un même personnage, plusieurs répliques, de tailles différentes, de sorte que, quand il arrivait du fond de la scène, il grandissait en se rapprochant. Toutes les poupées étaient montées sur des ressorts si sensibles qu'un souffle suffisait à les faire bouger. Quand l'une d'elles faisait un récit, les autres s'agitaient au bon moment. Maurice, excellent improvisateur, aimait que le public interpellât ses marionnettes, qui répondaient brillamment.

George Sand à Augustine de Bertholdi, 24 février 1851 : Oui, le théâtre a épaté Maurice. Il est arrivé le matin, il y a environ trois semaines. Le théâtre était fermé. Le soir, je lui ai bandé les yeux et je l'ai conduit dans le billard. Il a vu la toile se lever, le décor de *Claudie* en place, tout bien propre, bien éclairé. Tu juges de sa surprise ! On a joué deux fois seulement depuis son retour. Je ne laisse jouer que tous les quinze jours, parce qu'après tout il faut travailler. Hier a été une représentation splendide. Une pièce dans le goût des *Pilules du Diable*, moitié parlée, moitié pantomime, avec des surprises, des diables, des pétards à chaque scène. Il y avait soixante personnes au public. Ça pirouettait un peu. Mais on criait, on trépignait et les acteurs étaient électrisés....

28 avril 1851 : « Nous avons joué ma dernière pièce [1]. Ah !
comme tu nous serais nécessaire ! Me voilà condamnée à faire
les jeunes premières. La figure va encore quand je suis bien
plâtrée, mais c'est un obstacle invincible pour moi de me persuader que je suis jeune, et, ne me sentant pas la personne que
je représente, je ne peux pas bien jouer [2]... »

« Personne ne sait ce que je dois aux marionnettes de
mon fils », écrit Sand. Et c'était vrai. Ce jeu l'avait, en des
jours pénibles, arrachée à elle-même, ce qui est le rôle de
tout jeu. Après un demi-siècle d'expériences, dont beaucoup
avaient été violentes et douloureuses, George commençait
à voir clairement les fils qui meuvent les marionnettes
humaines. Tandis qu'à la grande table de Nohant elle
taillait et cousait, le soir, des costumes pour Arlequin et
Colombine, pour Balandard et Bamboula, elle pensait aux
ressorts, presque aussi simples, des passions. Elle avait
connu des êtres innombrables ; elle pouvait les ramener à
quelques emplois. Il y avait les « vieilles comtesses » de son
enfance, la femme du peuple violente et sublime, le réformateur bavard et quémandeur, l'opportuniste lyrique à la
Michel, le jeune premier ardent et phtisique, la jeune première en quête de l'amour. Dès leur entrée sur la scène de la
vie, elle savait maintenant ce qu'ils allaient faire. C'est une
grande tentation, vers la cinquantaine, pour un esprit
désabusé, que de s'amuser de la mécanique humaine, puis
de se détacher de cette comédie absurde. Le théâtre est la
purgation des passions ; il pourrait aussi en être la mort.

Mais les meilleurs des spectateurs vont au-delà de la
comédie. Ils apprennent d'elle « à tuer en eux la marionnette » ; puis ils découvrent que, la marionnette dominée,
il reste en l'homme autre chose. George Sand a cherché
quelque amour idéal ; elle ne l'a pas trouvé ; elle ne regrette
pas de l'avoir souhaité. Elle continue de penser que la

1. *Nello, ou le Joueur de Violon.* Plusieurs fois remaniée, cette pièce
fut représentée à l'Odéon, le 15 septembre 1855, sous le titre de *Maître
Favilla.*

2. Collection Simone André-Maurois.

femme, en amour, doit vouloir tout ou rien. Elle a espéré la République idéale ; elle a vu l'échec de son rêve ; elle ne regrette pas d'avoir rêvé. Elle croit encore qu'il y a en l'homme, malgré ses moments de bassesse, des ressources immenses de grandeur et qu'il vaut mieux lui parler « de sa liberté que de son esclavage ». Elle constate le mal ; elle garde sa foi dans le bien. La mère Alicia et l'abbé de Prémord ont eu raison jadis de lui accorder, malgré toutes ses fautes, leur confiance, car elle va, en vieillissant, vers la sérénité qui, pour chacun de nous, doit être une conquête.

HUITIÈME PARTIE

MATURITÉ

I

L'AGE DANGEREUX

« L'AGE dangereux » ne l'est que pour les femmes qui n'ont pas eu leur vie de femme. Celles-là s'abandonnent, quand s'annonce la vieillesse du corps, à des regrets qui mènent à des folies. George Sand, qui a connu l'amour et garde la gloire, n'a pas à se demander tristement, comme tant d'autres, ce qui aurait pu être ; elle se souvient de ce qui fut. Sans doute elle traverse, vers 1852, un « état de faiblesse inévitable par la révolution que l'âge fait en elle », mais que lui importe de voir ternir sa beauté ? Son prestige la sauve du délaissement. A celle qui toujours refusa de n'être qu'un objet de luxe, il sera, non pas indifférent (toute femme interroge son miroir), mais supportable, de s'avouer, le jour venu, *premier rôle marqué.* Plus que jamais Sand se sait, malgré l'âge, un centre d'attraction. Puissante matriarche, elle règne sur Nohant. Les amis de Maurice, Borie, Manceau, Lambert, Aucante, lui font leur cour avec dévotion. Eugène Delacroix s'étonne de trouver chez elle tant de garçons installés à demeure. *Journal de Delacroix, 21 février 1852 :* « Impression bizarre de la situation de ces jeunes gens près de cette pauvre femme [1].... » Car Delacroix, esprit traditionnel, favori du régime, considère Sand avec un peu de pitié et quelque sévérité. Mais le moyen de rester jeune est, pense-t-elle,

---

1. EUGÈNE DELACROIX, *Journal*, t. II, p. 87.

de vivre avec la jeunesse : « On s'amuse chez moi et j'y suis toujours gaie[1].... »

Maurice Sand, en ses quatre albums de caricatures, nous a laissé des images de cette gaieté un peu grosse. On y voit les ridicules de Lambert, nez au vent, et de ce *pôtu* de Borie. Manceau y apparaît plus fin, petite moustache soigneusement coupée, corps maigre, tout grelottant au bord de l'Indre après un bain glacé. Il demeurait le favori de Mme Sand. C'était un prince consort déférent, serviable, et un cœur d'or. « Si vous le connaissiez, vous sauriez que de telles âmes sont à apprécier et à chérir particulièrement[2]. » Maurice et Lambert travaillaient, l'hiver, à Paris ; Borie, revenu de Belgique, cherchait fortune dans la banque ; Manceau et « Madame » (toujours il la nommait ainsi), restaient en tête-à-tête. Parce qu'il avait un caractère fort et loyal, Manceau acquit sur Sand plus d'influence qu'aucun homme n'en avait eu. Elle ne pouvait se passer de lui, l'emmenait en voyage et à Paris. Elle lui dédia cinq de ses œuvres. Par lui, elle fut délivrée des soucis matériels. Il s'assurait, chaque soir, qu'elle avait sur son bureau ses cahiers de papier et son verre d'eau sucrée. « Tout de même, disait Théophile Gautier, Manceau lui avait joliment machiné Nohant pour la copie ! Elle ne peut s'asseoir dans une pièce sans qu'il surgisse des plumes, de l'encre bleue, du papier à cigarettes, du tabac turc et du papier à lettres rayé[3] !... »

Agenda tenu par Manceau, 23 juin 1852 : Lambert est arrivé ce matin. Il est gras. Il a des commandes de tableaux et il frise ses moustaches avec son tire-bouchon.... Il pleut ; on ne peut pas sortir. Causeries. Travail. Dîner. Musique. Broderie. Maurice fait une pièce. Lambert se couche, Mme Solange aussi. On monte à minuit ; Madame va faire quelques lettres.

Agenda de George Sand, 13 janvier 1853 : Pervenches, laurier-thym, mousses, primevères, giroflées, violettes et blanches.

1. GEORGE SAND, *Correspondance*, t. III, p. 186.
2. GEORGE SAND, *Lettres à Alfred de Musset et à Sainte-Beuve*, p. 212.
3. *Journal des Goncourt*, t. II, p. 119.

Le cognassier du Japon fleurit depuis quinze jours. Une profusion de violettes partout, dans les bois et le jardin. La pivoine rose couverte de gros boutons. Pas encore une seule gelée à glace.... Nous avons continué à lire du Balzac. J'ai fait et envoyé une notice, très vertueuse, pour *Leone Leoni*. J'ai relu *Lucrezia* pour faire demain la notice.... — *14 janvier 1853 :* Temps assez froid. Maurice part demain. Nous avons lu du Balzac, et assez ri toute la soirée pour faire contre mauvaise fortune bon cœur.... — *28 janvier 1853 :* Je reçois enfin une lettre de Maurice. Il fait un temps charmant : roses, pervenches, giroflées de trois couleurs ; primeroses doubles, simples, panachées ; les jacinthes sont prêtes à fleurir ; les amandiers sont en pleine pousse. J'ai fait, hier soir, quinze pages de mon roman. Ce soir, tapisserie. On lit *Ivanhoe*. Borie dort et ronfle ; Solange lui attache une queue de cerf-volant aux cheveux... Il est furieux, jure et arrache la mèche de cheveux avec le ruban. Il vocifère et tempête. Il court après Solange, en lui disant de grosses vérités qui mettent Manceau à la noce.

Agenda tenu par Manceau, 1ᵉʳ février 1853 : Mme Solange se lève dès neuf heures ; elle met en branle tous les domestiques de la maison, réveille tous ceux qui dorment encore, et même Madame ! On trouve ça charmant. Pas moi, pourtant.... Madame brode toute la journée, pour terminer la chaise à l'Iris. Elle est fort absorbée et bien jolie quand elle brode des iris. Le soir, Manceau lit à haute voix *La Jolie Fille de Perth*. Borie et Émile vont se coucher, mais on monte à minuit.... — *14 février 1853 :* Il fait beau. Madame se lève avec une migraine qui augmente toute la journée jusqu'à huit heures du soir.... Madame dîne avec du thé, du pain et du beurre. J'ai pourtant fait mon possible pour la distraire : je l'ai menée au jardin, planter des fleurs dans l'île ; j'ai été spirituel, bête, gai, rien n'y a fait !...

Agenda de George Sand, 18 février 1853 : Nouvelle lettre de Napoléon, avec le sauf-conduit de M. de Maupas pour Patureau....

Agenda tenu par Manceau, 27 février 1853 : Temps froid, gris et bête. Madame va bien. Préface des *Maîtres Sonneurs* et corrections au roman. Madame a dédié ce roman à Lambert. Je vous demande un peu si ce dur sacripant mérite un pareil bonheur [1] ?...

Quand la maison de Nohant était pleine, ou quand venaient des amis de La Châtre, la vie n'en conservait pas

---

1. Bibliothèque nationale, département des manuscrits. Textes inédits.

moins une régularité monastique : le déjeuner, l'heure de
promenade, le travail, le dîner, le cent de dominos, puis la
lecture « autour de la table ». Cette grande table ovale était
l'œuvre du menuisier du village, Pierre Bonnin, vieil
homme qui avait connu Aurore Dupin lorsqu'elle avait
quatre ans et qui disait encore à George Sand, si elle allait
le voir dans son atelier : « Otez-vous de là, vous m'empê-
chez de travailler ! » La table du soir jouait, à Nohant, un
rôle essentiel. Elle avait prêté son dos patient à tant de
choses :

Écritures folles ou ingénieuses, dessins charmants ou caricatures échevelées, peintures à l'aquarelle ou à la colle, maquettes
de tout genre, études de fleurs d'après nature, à la lampe, croquis de *chic* ou souvenirs de la promenade du matin, prépa-
rations entomologiques, cartonnage, copie de musique, prose
épistolaire de l'un, vers burlesques de l'autre, amas de laines et
de soies de toutes couleurs pour la broderie, appliques de
décors pour un théâtre de marionnettes, costumes *ad hoc*, parties d'échecs ou de piquet, que sais-je ? Tout ce que l'on peut
faire à la campagne, en famille, à travers la causerie, durant les
longues veillées de l'automne et de l'hiver[1]....

« Le jour où la table sera au grenier, et moi à la cave,
disait George Sand, il y aura du changement ici. » Autour
de la table, on faisait la lecture en commun. Hugo venait-il
d'envoyer à Sand *Les Contemplations ?* Duvernet les lisait
à haute voix ; on discutait sur les rimes ; on louait le
lyrisme du poète. Le plus souvent Mme Sand fait des
patiences et de la tapisserie, sans mot dire, jusqu'à minuit,
ou bien elle travaille à l'aiguille, habille les marionnettes,
brode des vêtements. A minuit, elle lève la séance. Manceau lui prépare sa lampe à huile et l'accompagne jusqu'à
son bureau où elle restera jusqu'à six heures du matin,
écrivant et fumant des cigarettes dont elle jette les bouts
dans un verre d'eau.

Dans l'après-midi, elle s'occupe de sa maison et de son

1. GEORGE SAND, *Autour de la Table.* p. 8.

jardin. Ce n'est pas une petite besogne. Le personnel est nombreux : huit ou neuf domestiques, plus des gens à la journée quand le château est plein d'invités, ou quand Madame fait ses confitures de groseilles, car elle y travaille elle-même et elle est fière de sa recette. Le menuisier Bonnin et un peintre sont à l'année. Tout ce monde est bien payé ; Sand a pour règle de donner un peu plus que les voisins. Elle ne veut pas que l'on parle de *maîtres* et de *valets*. On n'est pas le maître d'un homme libre. Il y a des « fonctionnaires de la maison », qui ont chacun leur emploi. Ayant l'amour des choses bien faites, George est exigeante. Mais elle ne demande jamais de services humiliants. Elle n'admet ni les livrées, ni les discours à la troisième personne. Pour donner un ordre, elle emploie la formule berrichonne : « Voulez-vous faire ceci ? » et elle aime la réponse : « Je veux bien. » La qualité qu'elle apprécie le plus, chez ceux qui la servent, est *la discrétion*. Nul ne doit raconter ce qui se passe à Nohant. Reste de son aventureuse et secrète jeunesse.

De même que cette révolutionnaire était bourgeoise dans l'administration de sa maison, cette romantique avait un juste « sentiment des sciences ». Étrange alliance de mots, qui la définit : « Apprendre à voir, disait-elle, voilà tout le secret des études naturelles », mais elle ajoutait qu'il est impossible de « voir », fût-ce un mètre carré de jardin, si on l'examine sans notion de classement : « Le classement est le fil d'Ariane dans le dédale de la nature [1]. » Depuis Deschartres, elle enrichissait ses herbiers. Deschartres était mort depuis bien longtemps ; le pauvre Malgache, autre compagnon de ses recherches, se mourait ; elle continuait de chercher avec soin, pour en nourrir ses chenilles, les quatre espèces de bruyère : « La callune vulgaire, la bruyère cendrée, la bruyère à balais et la quaternée, qui est à mon gré la plus jolie. Nous n'avons pas trouvé la plus belle de

1. GEORGE SAND, *Nouvelles Lettres d'un Voyageur : Le Pays des Anémones*, p. 51.

toutes, la vagabonde [1].... » Enivrée de nature, elle n'avait plus le goût ni le besoin de Paris ; elle n'y allait plus que pour ses affaires de théâtre : « J'ai secoué la boue de cette ville maudite. »

Les spectacles naturels rendent les changements du corps humain plus faciles à supporter. Les arbres cuivrés de l'automne annoncent l'hiver sans le maudire, et George accueille avec équanimité la vieillesse qui vient à grands pas :

La vieille femme, dit un de ses personnages, eh bien, oui, c'est une autre femme, un autre *moi* qui commence et dont je n'ai pas encore à me plaindre. Cette femme-là est ignorante de mes erreurs passées. Elle les ignore parce qu'elle ne saurait plus les comprendre et qu'elle se sent incapable de les renouveler. Elle se montre douce, patiente et juste, autant que l'autre était irritable, exigeante et rude.... Elle répare tout le mal que l'autre avait fait et, par-dessus le marché, elle lui pardonne ce que cette autre, agitée de remords, ne pouvait plus se pardonner à elle-même [2]....

Telle est, dans les meilleurs jours, l'attitude de Sand au seuil de la cinquantaine. A la passion, elle voudrait substituer, comme mobile de ses actions, la bonté. C'est une vertu qu'elle a toujours eue et que masquaient parfois les violences de son caractère. Elle a été bonne par foucades ; elle souhaite désormais l'être de manière stable. Elle croit sa recherche terminée. Non qu'elle soit résignée, mais les effets de la violence lui ont donné le dégoût de la violence. Elle ne voudrait désormais lutter que pour le bonheur des autres, sans haine et sans ressentiment.

Cet état d'esprit ne sera pas immuable. La vieillesse ressemble au reste de la vie ; elle connaît ses hauts et ses bas. Sand aura des rechutes, des irritations, des appétits, des regrets, des faiblesses, des injustices. D'où parfois ses excès de gaieté. « La frivolité est un état violent » et le

1. GEORGE SAND, *Impressions et Souvenirs : Entre deux Images*, p. 352.
2. GEORGE SAND, *Isidora*, t. II, p. 258.

bruit couvre les voix intérieures. Cependant, comme elle se souhaite cohérente, non seulement elle se pardonne le passé, mais elle le transforme, de bonne foi, pour le rendre digne de ce parti pris de charité. Musset ? Elle ne fut pour lui qu'un ange du dévouement. L'amoureuse à sa proie attachée n'est même plus une marionnette de la mémoire. La mystique de la passion ? La haine du mariage ? Ce n'était qu'une mode romantique. L'époque, non l'écrivain, mérite le blâme.

Quant à ses romans d'autrefois, témoins de ce passé tumultueux, elle les faisait réimprimer en y joignant des préfaces inédites, pour les accommoder à sa nouvelle philosophie. Cela exaspéra quelques grondeurs, comme Barbey d'Aurevilly, qui la pasticha sarcastiquement :

Vous avez cru que j'étais l'ennemie du mariage... et que j'avais, de l'union convenable entre l'homme et la femme, une plus libre notion ? Eh bien, après trente ans d'illusions entretenues par moi, je viens vous dire que cela n'est pas. Je n'ai pas tant d'esprit que cela ; je n'en ai jamais vu, ni voulu si long ! Je suis une naïve femme de génie, qui donne des romans comme le pêcher donne des fleurs roses, et qui n'a jamais visé qu'à être aimable [1]....

Dans ses livres nouveaux, le mariage sera de plus en plus respectable. L'amour, voulu de Dieu, est dicté par le cœur, oui, mais il se distingue de l'instinct des animaux en ce que la raison intervient dans le choix, qui est exclusif et doit durer. « Et si l'amour meurt, demande un personnage du roman *Constance Verrier*, l'actrice Sofia Mozzelli, modelée sur Marie Dorval, ne faut-il pas le chercher ailleurs ? — Pourquoi *ailleurs ?* riposte l'héroïne. Utilisez donc plutôt la puissance que vous attribuez à votre cœur pour le guérir de sa coupable lassitude. » Tuer en soi le démon sauvage du désir, connaître mieux l'homme auquel on est unie, plutôt que d'en chercher un autre, tel est le secret du mariage heureux. Balzac s'était félicité jadis de

1. BARBEY D'AUREVILLY, *Les Œuvres et les Hommes du XIXᵉ siècle ; V : Les Bas-Bleus.*

l'avoir fait comprendre à George, mais le temps, sur de tels sujets, est meilleur maître que les amis.

George Sand à Sainte-Beuve, 15 décembre 1860: Je suis une pente qui monte ou descend, sans que j'y sois pour rien. La vie me mène où elle veut et, depuis beaucoup d'années, je suis si désintéressée dans la question que je n'ai à me défendre de rien ; je traverse des régions sereines et je rends grâces à Dieu de m'y avoir laissée entrer : mais, comment cela s'est fait, je ne sais pas. Peut-être avais-je bonne intention : « *Pax hominibus bonæ voluntatis*[1].... »

II

LE CERCLE DE FAMILLE

Cette nouvelle philosophie du mariage était venue à George trop tard pour assurer le salut conjugal du pauvre Casimir, et d'ailleurs il n'est pas probable que leur union eût jamais pu être sauvée. Il y a des cas où, plus une femme cherche à approfondir sa connaissance d'un époux, moins elle trouve en lui de traits aimables. Prêcher la conciliation est alors vain. Sand aurait dû le savoir mieux que personne. Cependant les vieilles femmes ne voient pas ces drames sous le même angle que les jeunes. Elles y pensent, non plus pour leur compte, mais pour celui de leurs filles, belles-filles, petites-filles, et l'on a toujours assez de force pour résister aux passions des autres. La mère de Solange Clésinger ne pouvait juger ni sentir comme la femme de Casimir Dudevant.

Solange et sa mère étaient sévères l'une pour l'autre. Sand et Maurice avaient fait bloc contre la méchante petite fille, qui entrecroisait de façon si perfide et si plausible ses dénonciations que l'on finissait, autour d'elle, par se

---

1. GEORGE SAND, *Lettres à Alfred de Musset et à Sainte-Beuve*, pp. 225 et 229.

détester les uns les autres, sans pouvoir en trouver la raison. « Jusqu'aux coqs devenaient plus batailleurs, jusqu'aux chiens étaient plus hargneux durant un séjour de
Solange. » Spectatrice dès l'enfance des liaisons de sa
mère, elle les avait condamnées, puis enviées. « Lorsque je
lui parlais de Dieu, dit Sand, elle me riait au nez. » Il faut
avouer que Solange avait été à bonne école de facilité
amoureuse. Mais de cela, George n'était pas consciente.
Elle ne pouvait se voir comme la voyait Solange. « Elle se
flatte, écrivait durement Sainte-Beuve, qu'on ne croira
jamais ce qui est et que la phrase, en définitive, prévaudra. »
L'attitude était plus sincère qu'il ne pensait. L'esprit cru
de sa fille, son cynisme hardi choquaient à la fois, en
Mme Sand, la mère, la bourgeoise et la romantique. Tout
en s'appelant « ma grosse, ma mignonne, ma chérie », ces
deux femmes ne s'aimaient pas. Au temps de Chopin, il y
avait eu entre elles une rivalité secrète. La conduite de
Solange avait alors été condamnable. Puis Sand avait
voulu — et cru — pardonner. Elle avait doté sa fille deux
fois, en lui donnant l'hôtel de Narbonne, puis une rente
après la saisie de cette maison ; elle espérait au moins que
le mariage tiendrait.

Il n'en fut rien. Clésinger était un fou qui fit, en un an,
assez de dettes pour rendre inévitable la vente de l'hôtel
hypothéqué ; il ruina sa femme et appauvrit considérablement sa belle-mère, car Sand essaya, en vain, de le sauver.
Cependant Solange, fidèle à son système de calomnies
intimes, racontait à ses amis Bascans que « les créanciers
de sa mère » la poursuivaient ! Mystérieuse, elle cachait à
Sand l'état de son ménage. « Je ne peux jamais rien savoir
d'elle que ce qu'elle veut bien m'en dire, et elle ne dit que
ce qu'elle croit utile à ses intérêts.... » La naissance de la
petite Jeanne Clésinger, « Nini », avait amené, entre mère et
fille, une détente, non un rapprochement. « Si Clésinger
est le plus fou des deux, il n'est pas le plus mauvais »,
disait Sand. En février 1851, Solange et Nini vinrent à
Nohant.

George Sand à Augustine de Bertholdi, 24 février 1851 : En fait de choses sérieuses, je te dirai que Solange est venue ici, la veille de l'arrivée de Maurice, et qu'elle y a passé quatre jours avec sa petite, qui est très jolie, mais qui n'est pas commode du tout. Sol était venue avec la résolution d'être aimable, et elle a été aimable avec beaucoup d'aplomb, comme une dame du monde qui n'a rien au fond du cœur. Voilà tout ce que j'en puis dire, car le motif de cette visite et le fond des intentions de Solange, personne ne peut jamais les savoir. Elle parle de venir passer quelques mois d'été dans ce pays-ci et cherche à louer une habitation, mais elle n'en trouvera pas, par la raison qu'il n'y en a pas. Je ne sais si c'était une manière de se faire inviter à venir ici. Je lui ai dit formellement que je ne voulais pas recevoir son mari, ni ses domestiques, ni ses amis, ni ses chevaux, ni ses chiens, que je ne recevrais qu'elle seule et sa fille, et encore avec précaution et en me tenant sur mes gardes contre les tempêtes ; à quoi elle a répondu qu'elle n'avait pas eu l'intention de demeurer chez moi, vu qu'elle avait un train de maison que la mienne ne pourrait pas contenir. Elle dit que son mari gagne beaucoup d'argent. Je le crois. Reste à savoir si on paie les dettes. Elle le défend toujours beaucoup, disant qu'il a un mauvais caractère et un bon cœur. Tant mieux si elle est contente. Elle me paraît ne faire consister son bonheur qu'à être femme du monde, mais, quant au monde qu'elle voit, elle l'abîme et le raille cruellement. Elle n'est pas bien portante, voilà le mauvais côté des choses, mais il me semble que c'est sa faute. Elle fait une fausse couche ; elle monte à cheval le lendemain et, depuis quelques mois, elle ne peut se remettre. Elle m'écrit des lettres prétentieusement tendres. J'ai pris mon parti sur tout cela et ne suis plus ni fâchée, ni désolée, ni dupe. Je vois tranquillement ce qui est et ne peut changer [1]....

Si grande était l'horreur que Sand avait de ce couple qu'elle le croyait capable d'un crime. Elle suppliait Maurice de ne pas dîner chez sa sœur.

George Sand à Maurice, 2 janvier 1851 : Je n'aime pas que tu manges chez eux.... Clésinger est fou. Solange est sans entrailles. Tous les deux ont une absence de moralité dans les principes qui les rend capables de tout, dans certains moments.... Ils ont tout intérêt à ce que tu n'existes pas et, pour eux, l'intérêt avant tout. Une atroce jalousie a toujours dévoré le cœur de

---

1. Lettre inédite. Collection Simone André-Maurois.

Solange. Ils te recherchent. Clésinger s'attache à tes pas....
Vas-y avec une extrême prudence et, encore une fois, *n'y mange
pas*, *n'y bois pas*.... Brûle cette lettre, mais ne l'oublie pas. Le
crime n'est pas toujours ce qu'on croit. Ce n'est pas un parti
pris, une tendance fatale qui germe lentement chez des monstres.
C'est un acte de délire, le plus souvent un mouvement de
rage [1]....

Elle s'avouait enfin qu'elle n'avait, pour sa fille, aucune
affection : « C'est pour moi une barre de fer froid, un être
inconnu, incompréhensible.... » A Solange elle-même, Sand
écrivait alors : « Ta vie est très fantastique, ma chère
grosse, et plus elle va, moins j'y comprends [2].... » Fantastique ? Oui, Solange agissait de manière bien étrange.
Pendant quelque temps, elle alla vivre chez son père, à
Guillery, et le pauvre Casimir, qui n'était pas bien sûr de
mériter l'honneur de cette paternité, en assuma les charges,
ce qui n'empêcha pas Solange de se plaindre de lui. Clésinger se montrant infidèle, Solange voulut le devenir aussi
et, comme elle était bien faite, de beauté singulière et d'esprit brillant, elle trouva facilement des adorateurs. En 1852,
elle quitta Clésinger qui « la traitait comme un modèle »,
puis, ayant cherché refuge dans un couvent, elle continua
de se lamenter.

Solange Clésinger à George Sand, 23 avril 1852 : Est-ce ainsi
qu'elles vont passer, les plus belles années de ma vie ? Sans
parents, sans amis, sans enfant, sans même un chien pour interrompre le vide ?... L'isolement au milieu du mouvement et du
bruit, à côté de gens qui s'amusent, de chevaux qui galopent,
de femmes qui chantent, d'enfants qui jouent au soleil, d'êtres
qui s'aiment et qui sont heureux, ce n'est pas de l'ennui, c'est
du désespoir ! Et l'on s'étonne que de pauvres filles, sans esprit
et sans éducation, se laissent entraîner au plaisir et au vice !
Les femmes de jugement et de cœur savent-elles toujours s'en
préserver [3] ?...

1. Lettre citée par WLADIMIR KARÉNINE, dans *George Sand*, t. III,
pp. 607-609.

2. Lettre citée par SAMUEL ROCHEBLAVE, dans *George Sand et sa Fille*,
p. 148.

3. Lettre citée par WLADIMIR KARÉNINE, dans *George Sand*, t. III,
p. 610.

George Sand à Solange Clésinger, 25 avril 1852 : J'ai beaucoup vécu, beaucoup travaillé seule, entre quatre murs sales,
dans les plus belles années de ma jeunesse, comme tu dis, et ce
n'est pas ce que je regrette d'avoir connu et accepté. L'isolement dont tu te plains, c'est autre chose.... Il est la conséquence
du parti que tu as pris. Ce mari n'est peut-être pas digne de tant
d'aversion et d'une si fougueuse rupture. Je crois qu'on aurait
pu se séparer autrement, avec plus de dignité, de patience et de
prudence. Tu l'as voulu, c'est fait.... Mais je trouve que tu n'as
pas bonne grâce à te plaindre des résultats immédiats d'une
résolution que tu as prise seule et malgré ces *parents, amis* et
enfant dont tu sens l'absence aujourd'hui. *L'enfant* aurait dû te
faire patienter ; *les amis* l'auraient voulu ; et *les parents*, car
c'est moi dont tu parles, demandaient instamment que le moment fût mieux choisi, les motifs mieux prouvés.... Je ne vois
pas que les amis que tu as été à même de te faire, en vivant loin
de moi volontairement, dans le monde, te soient restés plus
fidèles que ceux qui te venaient de moi.... Il n'est pas un de mes
vieux amis qui n'eût été prêt à te pardonner tes aberrations
envers moi et à t'accueillir comme par le passé.... Le nombre
n'en est pas grand, il est vrai, et ce ne sont pas gens d'importance et de haute volée. Cela n'est pas ma faute. Je ne suis pas
née princesse comme toi, et j'ai établi mes relations suivant mes
goûts simples.... Alors le grand malheur de ta position, c'est
d'être ma fille, mais je n'y peux rien changer....

Il te faudrait, pour te consoler, de l'argent, beaucoup
d'argent. Dans le luxe, dans la paresse, dans l'étourdissement,
tu oublierais le vide de ton cœur. Mais, pour te donner ce qu'il te
faudrait, il me faudrait, moi, travailler le double, c'est-à-dire
mourir dans six mois, car le travail que je fais excède déjà mes
forces.... Tu ne serais pas longtemps riche, donc cela ne servirait
à rien, car mon héritage ne vous fera pas riches du tout, ton
frère et toi. D'ailleurs, si je pouvais travailler le double et durer
quelques années encore, est-il bien prouvé que mon devoir envers
toi soit de me créer cette vie de galérien, de me faire cheval de
pressoir, pour te procurer du luxe et du plaisir ?...

Je te donnerai le plus que je pourrai. La maison sera tienne
tant que tu n'y mettras pas le trouble par des folies, ou le
désespoir par des méchancetés. Je garderai, j'élèverai ta fille
tant que tu voudras, mais je ne m'affecterai pas des plaintes
inutiles sur la gêne et les privations qu'il te faudra subir à Paris....
Les réflexions de ta lettre sur *les femmes de jugement et de cœur*
qui succombent quelquefois, comme les filles sans éducation,
au plaisir et au vice, me font penser que ton mari ne mentait
pas toujours, quand il prétendait que tu lui avais fait certaines

menaces. Si ton mari est fou, tu es diablement folle aussi... en de certains moments, tu ne sais ni ce que tu penses ni ce que tu dis. Tu étais dans un de ces moments-là en m'écrivant le paradoxe étrange qui est dans ta lettre.... Si tu dis souvent de pareilles stupidités, je ne m'étonne pas que tu aies fait péter la cervelle de Clésinger.... Tu trouves difficile d'être pauvre, isolée, et de ne pas *tomber dans le vice* ? Tu as bien de la peine à te tenir debout parce que tu es entre quatre murs et que tu entends rire les femmes et galoper les chevaux au-dehors ? « Qué malheur ! » comme dit Maurice. Le vrai malheur, c'est d'avoir une cervelle où peut entrer le raisonnement que tu fais : *Il me faut du bonheur ou du vice*.... Essaies-en donc un peu du vice et de la prostitution, je t'en défie bien, moi ! Tu ne passeras pas seulement le seuil de la porte pour aller chercher du luxe dans l'oubli de ta fierté naturelle.... Ce n'est pas si facile que tu crois de se déshonorer. Il faut être plus extraordinairement belle et spirituelle que tu ne l'es, pour être poursuivie, ou seulement recherchée par les acheteurs. Ou bien il faut être plus rouée, se faire désirer, feindre la passion ou le libertinage, et toutes sortes de belles choses dont, Dieu merci, tu ne sais pas le premier mot ! Les hommes qui ont de l'argent veulent des femmes qui sachent le gagner, et cette science te soulèverait le cœur d'un tel dégoût que les pourparlers ne seraient pas longs....

J'ai vu des jeunes femmes lutter contre des passions, de cœur ou des sens, et s'effrayer de leurs malheurs domestiques, dans la crainte de succomber à des entraînements involontaires. Mais je n'en ai jamais vu une seule, élevée comme tu l'as été, ayant vécu dans une atmosphère de dignité et de liberté morale, qui se soit alarmée des privations du bien-être et de l'isolement, à cause des dangers que tu signales. Une femme de cœur et de jugement peut craindre, si forte qu'elle soit, d'être entraînée par l'amour, jamais par la cupidité. Sais-tu que si j'étais juge dans ton procès, et que je lusse tes aphorismes d'aujourd'hui, je ne te donnerais certes pas ta fille [1] ?...

Solange dut rire amèrement en lisant : *Élevée comme tu l'as été, ayant vécu dans une atmosphère de dignité et de liberté morale*.... Pourtant sa mère lui écrivait ces choses en toute bonne foi. Elle eût compris un bel amour désintéressé ; elle ne pouvait admettre la vénalité. A quoi Solange répondit : « Il t'est facile de parler de désintéresse-

1. Lettre publiée par WLADIMIR KARÉNINE, dans *George Sand*, t. III, pp. 611 à 616.

ment ; tu as toujours été riche. Moi, je n'ai rien que la misérable pension que tu me fais ; il faut bien que je vive. » La rupture avec Clésinger fut suivie d'un procès (chimérique) en restitution de dot et de querelles au sujet de Nini, qui fut heureusement envoyée à Nohant.

Solange Clésinger à George Sand, 29 avril 1852 : Mon mari est un fou, s'il en fut jamais.... Je consens de tout mon cœur à ce que l'enfant te soit remise. Toi ou moi, c'est la même chose. Mais je ne veux, à aucun prix, la lui confier deux mois par an.... A présent, elle est trop jeune pour être abandonnée à un pareil homme, qui la laisse manquer de tout. Plus tard, ce sera une jeune fille, et il sera tout aussi dangereux de la laisser à un homme aussi grossier, aussi cynique [1]....

George Sand avait l'expérience des enlèvements. Pour défendre Nini contre le marbrier, elle mit Nohant en état de défense ; au besoin, elle mobiliserait les pompiers de Manceau. Maintenant que sa petite-fille lui était confiée et qu'elle pouvait l'élever, elle retrouvait la joie qu'elle avait eue jadis à vivre avec des enfants. Elle fut grand-mère avec délices. Le sentiment de protection tendre primait tout chez elle. Enseigner était sa vocation véritable. Nini et elle devinrent inséparables ; elles ornèrent ensemble le « jardin de poupée » que Mme Dupin avait jadis créé pour Aurore et que celle-ci avait appelé son petit Trianon. Il y avait là des montagnes en miniature, des chalets minuscules, des sentiers tapissés de mousse et des cascades qu'alimentait un bassin de zinc caché dans les arbres.

George Sand à Augustine de Bertholdi, 28 octobre 1853 : Je travaille tous les jours à mon petit Trianon ; je brouette des cailloux ; j'arrache et je plante du lierre ; je m'éreinte dans un jardin de poupée, et cela me fait dormir et manger on ne peut mieux [2]....

George Sand à Solange Clésinger : Je lui ai acheté un chapeau de paille pour le jardin, quatre robes du matin, chaus-

---

1. Lettre citée par SAMUEL ROCHEBLAVE, dans *George Sand et sa Fille*, pp. 173-174.
2. Collection Simone André-Maurois.

sures, etc. Il ne lui faudrait qu'un chapeau, aussi simple et aussi
bon marché que tu voudras, mais qui, du moins, ne sera pas
dans le goût atroce de La Châtre.... J'ai acheté aussi des bas.
Les guimpes et pantalons sont faits. Notre fillette est charmante, toujours mirobolante de santé, et lisant avec assez
d'attention. Nous sommes toujours inséparables, de midi à
neuf heures du soir. Le matin, elle est avec Manceau, qui
l'adore [1]....

La « reine des Ninis » régnait sur Nohant. « Elle n'accepte
son petit clystère qu'à la condition que les fleurs et les
rubans flotteront à la seringue et que Manceau sifflera un
air pendant la manœuvre. » Quand, pendant l'accalmie
d'une réconciliation passagère, Solange reprend sa fille
« dont elle a faim et soif », la grand-mère proteste : « Je
garderai Nini autant que possible. La pauvre enfant ne
sera jamais si tranquille et si heureuse, tant que cette lutte
ne sera pas résolue. » Sand ne veut surtout pas d'allées et
venues continuelles : « J'ai le malheur de m'attacher aux
êtres dont je me charge, et je n'aime pas du tout l'imprévu.... Si la réconciliation ne se soutient pas, tu vas me
rapporter Nini malade, déroutée, irritée, difficile à ma-
nier [2].... » Ce fut en effet ce qui arriva, mais de nouveau le
charme de Nohant opéra.

George Sand à Solange Clésinger, 21 septembre 1852 : Nini se
porte comme un charme et elle n'est pas reconnaissable pour le
caractère.... Avec moi, la Ninette est ravissante.... Ses nerfs se
calment. Elle s'est remplumée. Elle est plus jolie que jamais.
Elle parle de toi souvent, mais elle n'a pas de chagrin et croit
toujours que tu reviendras demain. Elle fait des progrès étonnants de compréhension et se livre à la description du jardin,
des fleurs, du soleil « qui met son manteau gris », et des étoiles
« qui ont des pattes d'or », des belles-de-nuit qui s'ouvrent le soir
pendant que les mauves se ferment, des vers luisants, etc....
Enfin, il n'y a rien de plus gentil que cette petite fille-là [3]....

    1. Lettre publiée par R. DE BURY, dans le *Mercure de France*,
juin 1900, p. 590.
    2. Lettres citées par SAMUEL ROCHEBLAVE, dans *George Sand et sa
Fille*, pp. 175-176.
    3. *Opus cit.* p. 180.

Les agendas inédits de George Sand, tenus le plus souvent par Manceau, parfois par elle, nous ont conservé le
souvenir des jeux de la grand-mère et de la petite-fille,
des travaux du Trianon berrichon et des bizarres soirées de
Paris où George emmenait Solange, Nini, Maurice et Manceau dîner chez Magny, puis traînait à l'Odéon ou à l'Ambigu cette enfant de quatre ans dont ni mère ni grand-
mère, toutes deux affamées de théâtre, ne savaient que
faire pendant les spectacles.

Agenda de George Sand, 19 avril 1853 : Je donne le dernier
chic à mon petit Trianon. Manceau y introduit une cascade. Je
fais le bosquet de Bacchus. Émile est épaté ; les rossignols
aussi.... Je lis, seule, le dernier volume de mes mémoires.... —
20 avril 1853 : Temps ravissant, un peu couvert, mais doux.
Les feuilles poussent à vue d'œil. Je fais une montagne à côté de
Trianon, mais Manceau l'a défaite en deux heures ! Il a installé,
à la place, un dolmen contenant un réservoir invisible, lequel
envoie un jet d'eau dans la grotte de Trianon. Quelle surprise
pour Nini et encore plus pour moi, qui suis beaucoup plus enfant
qu'elle.... Le jet d'eau dure deux heures.... Je n'ai absolument
rien fait aujourd'hui, qu'un narcisse en tapisserie. Je flâne. Ah !
si ça pouvait durer !... Nous envoyons le premier volume des
Maîtres Sonneurs à Dutacq.... — *21 avril 1853 :* Le jardin est
tout remis à neuf et propre. Il est superbe. Pas encore de
tulipes, mais des narcisses, des tapis de violettes impériales
dans le petit bois. Les pensées sont très belles. Pâquerettes,
coucous, épines noires.... J'ai fait une seconde butte à Trianon,
pour couvrir les réservoirs.... J'ai commencé la chaise à nids
d'oiseaux....

Ici Manceau reprend la plume : Elle commence aussi la suite
de *Ma Vie :* quatrième partie du VIIe volume.... — *13 avril
1853 :* Nini devient vraiment gentille, mais elle veut toujours
manger sa soupe avec ses doigts et bonne-maman ne veut pas....
Nini sera tout à fait gentille quand petite-maman viendra lui
faire des grottes avec ses ongles peints en rose.... — *16 juin
1853 :* Mme Solange doit venir demain ; donc elle ne viendra
pas.... — *17 juin 1853 :* Mme Solange n'est pas venue, par-
bleu ! — *18 juin 1853 :* Mme Solange est arrivée ce matin....
Le soir, elle fait dîner Nini toute nue et, le matin, elle se plaignait du froid et de la campagne. Mon Dieu !...

Agenda de George Sand, 29 août 1853 : Pluie et froid. Correc-
tion des *mémoires.* Je ne mets le nez dehors qu'après le dîner.

Il fait beau ; le ciel est clair ; je vois la comète tout à fait, dans le couchant très rouge.... Manceau en ermite, Maurice en Bertram, Lambert en Lélia, etc., improvisent une pièce dans le décor de la forêt. Les costumes sont à mourir de rire. C'est très joli, et divertissant de pathos et d'absurdité. Cela m'a amusée beaucoup, d'autant plus que je ne m'y attendais pas.... Pas de deux et ballet dansé entre Lambert (en diablesse) et Manceau (en moine), figurant la tentation de saint Antoine ; chose admirable !... La pièce s'appelle : *La Croyance et le Doute*....

Agenda tenu par Manceau, 17 novembre 1853 : On part de Nohant à trois heures du matin. Maurice a voulu se coucher une heure et il ne peut pas manger de la bécasse, que Manceau découpe si bien. Nous arrivons à Châteauroux avant six heures ; on ne pouvait pas retenir les chevaux ! On part pour Paris à neuf heures et demie.... Nous prenons un coupé, rien que ça ! Le train arrive à Paris à six heures du soir. Jean [1] se charge des bagages. Dîner chez Magny. On rentre. Madame range son linge et se couche à dix heures et demie. — *19 novembre 1853 :* Madame va assez bien.... Répétition des six premiers tableaux [2]. Coupures. Vaëz [3] se met en fureur après ses comédiens. Dîner chez Magny, puis on va voir le *Champi* à l'Odéon, avec Maurice, Mme Solange et Nini....

Agenda de George Sand, Nohant, 19 décembre 1853 : Temps magnifique. Je vais en voiture au bois du Magnier, avec Nini et sa poupée. J'emmène Jean sur le siège, avec beaucoup de bêches et de paniers. Nous pataugeons dans la boue, mais nous emportons une magnifique récolte pour les Trianons.... Nini, très gentille, me fait en route beaucoup de questions sur « ce qu'on devient quand on est mort ».... — *27 décembre 1853 :* Neige toute la journée. Les poissons sont pris sous la glace ; on travaille à les délivrer. Les oiseaux ne savent que dire. Mon Trianon rappelle la Suisse.... J'écris des lettres et un peu de la remise au net de *Teverino*.... Le père Aulard [4] et Pierre le Noir viennent dîner. Le paysan dîne assez mal (parce qu'ils ne goûtent jamais les mets qu'ils ne connaissent pas). Émile réussit à lui faire goûter un « chinois » à l'eau-de-vie. Je joue aux cartes avec Manceau, puis je collationne *Daniel* avec Émile.

---

1. Domestique de George Sand.

2. *Mauprat*, drame tiré par George Sand du roman publié par elle en 1837, était en répétitions à l'Odéon, où il fut représenté le 28 novembre 1853.

3. Gustave Vaëz, codirecteur de l'Odéon (avec Alphonse Royer). Il eut de l'actrice Bérengère une enfant dont George Sand fut la marraine.

4. Maire de Nohant-Vic.

Je monte à dix heures. Je fais des vers pour le père Aulard et pour Émile, puis du *Teverino*....

Agenda tenu par Manceau, 28 décembre 1853 : Beaucoup de neige. Madame va bien et, pour prendre un peu d'exercice, elle pousse la neige devant elle avec un râteau plein, et cela avec tant d'ardeur qu'elle a chaud comme au mois d'août ! Les carpes meurent toujours. Manceau ne tuera jamais un merle de sa vie.... — *29 décembre 1853 :* Nini revient de chez Mme Périgois [1] avec une masse de joujoux. Elle est épatée des robes qui sont arrivées pour elle ce matin, envoyées par sa petite-maman [2]....

Comme il était arrivé jadis aux deux dames Dupin, la petite-fille unissait pour quelques jours mère et grand-mère. Ensemble, elles s'enchantaient de ses mots.

George Sand à Solange Clésinger, 9 février 1854 : Il n'y a de drôle ici que Nini ; c'est toute la gaieté de la maison, avec Manceau qui se met tellement à son niveau qu'elle m'adresse souvent cette question : « Bonne-maman, est-ce que je suis encore plus bête que lui ? » Elle est toujours gentille à croquer [3]....

George Sand à Augustine de Bertholdi, 12 mars 1854 : Tout va à Nohant comme de coutume. Solange y est en ce moment et ne s'y amuse pas à en perdre la tête, aussi ne sera-ce pas une longue apparition. Ce qu'elle fait de plus sage, c'est de me laisser Nini qui est charmante et dont je ne peux guère me passer. Manceau me soigne comme ferait une vieille bonne femme. C'est un *gâ* excellent et qui me tient fidèle compagnie, quelque maussade que je sois. Maurice a des succès à Paris [4]....

Mais entre Solange et son cuirassier, aucun arrangement ne pouvait durer. En mai 1854, nouvelle catastrophe. Clésinger, ayant été informé d'une liaison de sa femme avec le comte Carlo Alfieri, député d'Alba au parlement piémontais, pénétra violemment dans la chambre de Solange. Après une scène épouvantable, il saisit toute la

1. Angèle Néraud, fille du « Malgache », avait épousé Ernest Périgois.
2. Textes inédits. Bibliothèque nationale, département des manuscrits.
3. Lettre citée par SAMUEL ROCHEBLAVE, dans *George Sand et sa Fille*, p. 185.
4. Lettre inédite. Collection Simone André-Maurois.

correspondance de l'amant et l'envoya à son avocat, Bethmont, avec ces mots : « Que faut-il faire ? J'ai eu le courage de ne pas la tuer[1].... » Il quitta le domicile conjugal, vint à Nohant accompagné d'un « homme décoré » pour chercher Nini et demanda la séparation de corps, cette fois à son profit, contre une femme adultère. De nouveau, la pauvre enfant passa de mains en mains ; confiée tantôt à sa marraine, Mme Bascans ; tantôt à son père ; enfin placée par lui dans un pensionnat. Les lettres de George Sand à Mme Bascans montrent qu'elle ignora, pendant un mois, ce qu'était devenue sa petite-fille.

L'aventure produisit un premier résultat, inattendu. Solange, brisée par tant d'émotions, souhaita se convertir. Son cousin Gaston de Villeneuve, très dévot, « la poussa dans les bras du père de Ravignan ». La voici en retraite, au Sacré-Cœur : « Si je n'arrive pas à croire, ce ne sera pas de ma faute. Dans tous les cas, je pillerai Henri IV pour dire : « Ma fille vaut bien une messe[2]. » Espérant un appui du Ciel, pour la première fois de sa vie elle montrait quelque humilité : « Il faudrait un miracle pour que ma fille me fût rendue. Dieu peut les miracles. Mais ai-je mérité qu'il en fasse un pour moi ? Non.... » George Sand, toujours adroite, saisit la balle au bond : « Si tu es réellement pieuse, c'est le moment d'échanger le baiser de paix avec Augustine. » Et Solange, décidément transformée, consentit à cette réconciliation.

Le miracle espéré se produisit le 16 décembre 1854. Le tribunal, en séparant les époux, confia la garde de l'enfant à sa grand-mère.

George Sand à Solange Clésinger, 17 décembre 1854: Quel bonheur, ma fille ! Voici de quoi affermir ta foi ! Dieu est venu à notre aide et, de quelque religion que l'on soit, on sent cette aide-là quand on la cherche et quand on l'implore. Il faut venir tout de suite, mais avec Jeanne[3]....

1. Cf. Georges d'Heylli, *La Fille de George Sand,* p. 78.
2. Samuel Rocheblave, *George Sand et sa Fille,* p. 188.
3. *Opus cit.,* p. 190.

Le Jour de l'An était tout proche. Quelle fête Nohant ferait à Nini si elle revenait à ce moment ! Hélas ! il faut attendre que le jugement soit signifié ; Clésinger peut encore faire appel, et l'avocat Bethmont est impitoyable. Le 1er janvier 1855, Solange ne peut qu'aller porter des jouets à la pension Deslignières, rue Chateaubriand. Elle-même trouve sous sa porte, comme quand elle était petite, quatre vers de mirliton, quatre vers de George, qui sont d'une mère attendrie et inquiète :

> Pour ma Solange, en ce beau jour,
> J'ai retrouvé tout mon amour
> Puisqu'elle veut bien être sage ;
> Pourvu qu'elle en ait le courage[1] !

Une ordonnance provisoire maintenait l'enfant en pension. « Le père faisait sortir sa fille en plein janvier, écrit Sand, sans s'apercevoir qu'elle était en robe d'été ! » Le soir, il la ramenait, malade, et s'en allait chasser loin de Paris, on ne sait où. Sand était inquiète. *29 décembre 1854 :* « Journée *gloomy*. Je suis tout occupée de Nini. J'écris des lettres. Je rumine. » Les sombres pressentiments furent, hélas, vite confirmés. Une scarlatine se déclara et la pauvre petite en mourut.

George Sand à Charles-Edmond, 7 février 1855 : « Le plus affreux, c'est qu'on me l'a tuée, ma pauvre enfant.... J'allais la revoir ; le tribunal me l'avait confiée. Le père résistait, par amour-propre.... Il appelait donc du jugement, et ce jugement n'était pas exécutoire sur-le-champ.... J'écrivais en vain à son dur et froid avocat que ma pauvre petite était mal soignée dans cette pension où il l'avait mise, lui !... On a appelé sa mère et on a consenti à lui laisser soigner l'enfant quand on l'a vue perdue. Elle est morte dans ses bras, en souriant et en parlant, étouffée par une enflure générale et disant : « Non, va, ma petite maman, je n'irai pas à Nohant. Je ne sortirai pas d'ici, moi[2] !...

Agenda tenu par Manceau, 14 janvier 1855 : Vers dix heures,

1. Quatrain cité par SAMUEL ROCHEBLAVE, dans *George Sand et sa Fille*, p. 191.
2. GEORGE SAND, *Correspondance*, t. IV, pp. 34-36.

un exprès de Châteauroux apporte une dépêche télégraphique, qui annonce que la pauvre Nini a cessé de souffrir dans la nuit d'hier à aujourd'hui. Madame est désolée, et tout le monde avec elle.... — *16 janvier 1855 :* Arrivée de Solange, Lambert, Émile.... et Nini ! On la met de suite à l'église. Ursule[1], Périgois, Vergne[2], Mme Decerfz et Mme Périgois viennent à l'enterrement. Le petit corps est porté dans la terre à une heure et demie, par Bonnin, Jean, Sylvain[3] et le jardinier.

Agenda de George Sand, 17 janvier 1855 : J'ai dormi, après avoir pleuré tout ce que j'avais renfermé. J'ai bien pensé à elle, et il me semble qu'elle m'a répondu. Sol est accablée, plus calme par conséquent. J'écris quelques lettres.... Solange se lève pour dîner. On relit *Laurence*, qu'elle écoute de son mieux. Je monte à une heure. Je suis toujours navrée. — *18 janvier 1855 :* Rien aujourd'hui de nouveau. Je ne travaille pas. Je flâne. Je cause, assez tristement, toute la journée. La terre est couverte de neige. Solange est enrhumée et toute malade. Lecture de Cooper. Tapisserie. Maurice et Lambert font de la peinture à la colle. *Laurence :* raccords.

Agenda tenu par Manceau, 23 janvier 1855 : Madame va assez bien. Dégel.... Madame fait, avec Mme Solange, l'historique de la pauvre Nini (pour écrire : *Après la mort de Jeanne Clésinger*). Dîner. Discussion sur les mondes futurs. Tapisserie. Cooper. Mme Solange est enrhumée ; on la couvre d'emplâtres. Madame va reprendre son historique de Nini, cette nuit, d'après notre journal quotidien[4].

Il ne faut pas juger sévèrement ce besoin qu'éprouva Sand d'écrire un article sur la mort de sa petite-fille[5]. Les sentiments les plus vrais, chez un écrivain, se transforment en mots et phrases. Souvent il ne sent que ce qu'il peut écrire. George Sand tentait de travailler, puis elle regardait les poupées de Nini, ses livres, sa brouette, son arrosoir, ses petits ouvrages, le jardin qu'elles avaient fait ensemble. « La Providence est bien dure à l'homme, à la femme surtout », disait-elle.

---

1. Ursule Josse, paysanne de Nohant, contemporaine de George Sand, dont elle avait partagé les jeux d'enfance.
2. Le docteur Vergne de Beauregard, médecin de campagne.
3. Sylvain Brunet, cocher de George Sand.
4. Textes inédits. Bibliothèque nationale, département des manuscrits.
5. L'article intitulé : *Après la mort de Jeanne Clésinger*, a paru dans un recueil d'essais de George Sand, *Souvenirs et Idées*, p. 137.

George Sand à Augustine de Bertholdi, 18 janvier 1855 : Merci de ta lettre, ma chérie. Je suis navrée et brisée. Je ne suis pas malade, j'ai le courage qu'il faut, ne sois pas inquiète. Solange a été exaltée, et forte par conséquent autant que possible ; hier, nous avons enseveli la victime auprès de ma grand-mère et de mon père. Nous sommes accablées aujourd'hui. Je ne sais pas encore combien de temps ma douleur sera aussi intense. Je ferai tout ce que je pourrai pour qu'elle ne me tue pas, sois-en sûre. Je veux vivre pour ceux qui me restent. Je t'aime et t'embrasse de toute mon âme, ma fille chérie. Solange est bien touchée de l'affection que tu lui as témoignée. Elle la sent et la comprend [1]....

Les bonnes âmes ne peuvent se rassasier de la douleur des malheureux. Elles voudraient toujours que l'on souffrît un peu plus. On blâma Sand parce qu'elle continuait, malgré ce deuil, à observer les sauts des salamandres dans le petit étang ; parce qu'elle demandait à Maurice, dès le 23 février, si, à un dîner chez le prince Napoléon, Solange avait été « bien belle et bien peinte » ; parce qu'en juillet les spectacles recommencèrent à Nohant. Mais George Sand, comme Gœthe, ne croyait pas qu'il fût louable de cultiver une douleur. « Par-delà les tombes, en avant », eût été pour elle une devise acceptable.

Après la mort de Nini, ses « garçons », Maurice, Aucante et Manceau, voulurent l'emmener en Italie pour la distraire. Ce fut un beau voyage, par mer de Marseille à Gênes, « où nous avons déjeuné en plein air sous des orangers couverts de leurs fruits » ; puis par terre, à travers la campagne romaine, « empilés dans une espèce de diligence », vers Florence, par Foligno, « Trasimène où Annibal ficha une raclée aux Romains ». Cette phrase est de Maurice Sand, qui décrivit le voyage à Titine dans une lettre fantaisiste : « Nous traversons les États du duc de Modène, où tout est en marbre blanc, tout depuis la clôture de la chaumière du paysan jusqu'à la couronne du duc. Ses États ont douze lieues de tour ; il a treize hommes de

1. Lettre inédite. Collection Simone André-Maurois.

troupe, y compris la musique, et tous ses sujets sont marbriers [1].... »

A travers les « immenses blagues » de Maurice, on devine que le voyage fut gai, avec de grosses charges d'atelier comme les aimait Sand, que Manceau coupa sa moustache et baisa le pied de saint Pierre, que Sand reprit des forces et escalada les montagnes avec fatigue et allégresse, que l'on trouva beaucoup de plantes et d'insectes inconnus, que l'on fit la chasse aux papillons sur les ruines de Tusculum, bref que le ton de cette campagne d'Italie fut bien différent de celui de la *Lettre à Fontanes*. Sand était heureuse, mais décidée à trouver tout mal et à regretter la France à chaque pas. D'où des jugements surprenants : « Ne croyez pas un mot de la grandeur et de la sublimité des aspects de Rome et de ses environs. Pour qui a vu autre chose, c'est tout petit ; mais c'est d'un coquet ravissant.... Rome, à bien des égards, est une vraie *balançoire ;* il faut être ingriste pour admirer tout.... C'est curieux, c'est beau, c'est intéressant, c'est étonnant, mais c'est trop mort.... La ville est immonde de laideur et de saleté ! C'est La Châtre centuplée en grandeur [2].... » O Berrichonne !

La vérité était qu'elle observait la scène romaine avec un parti pris hostile. A son ami Luigi Calamatta, qui lui reprochait de ne pas dire qu'à côté de mendiants et de filous, il y avait à Rome un peuple honnête et des martyrs de la liberté, elle répondit que la censure impériale ne lui aurait pas permis de parler des libéraux italiens, de Mazzini et de Garibaldi qu'elle aimait. « Donc, puisque l'on ne peut parler de ce qui, à Rome, est muet, paralysé, invisible, il faut éreinter Rome, ce que l'on en voit, ce que l'on y cultive : la saleté, la paresse, l'infamie.... Il est donc bon de dire ce que l'on devient quand on retombe sous la soutane, et j'ai très bien fait de le dire à tout prix [3].... »

Cette explosion d'anticléricalisme surprend, se produi-

1. Lettre inédite. Collection Simone André-Maurois.
2. GEORGE SAND, *Correspondance*, t. IV, pp. 47-51.
3. *Opus cit.*, t. IV, pp. 97-99.

sant si peu de temps après le projet de mettre Nini au couvent, et en un moment où Sand avait pour amis plusieurs curés des environs de Nohant. Il la faut attribuer, pour une part, au vieux fond de voltairianisme toujours prêt à faire irruption dans les grandes secousses de cet esprit, pour une autre au ressentiment contre ceux qui lui avaient fait espérer un miracle en faveur de sa petite-fille, mais surtout à l'horreur que lui inspirait la politique, non pas religieuse, mais cléricale du Second Empire. Elle voyait que la liberté de pensée semblait menacée, que de jeunes professeurs étaient persécutés ; elle jugeait nécessaire de réagir. Le livre qu'elle écrivit sur son voyage en Italie, *Daniella*, pamphlet plutôt que roman, lui valut beaucoup d'ennuis. Le journal qui le publia en feuilleton, *La Presse*, faillit être suspendu. George Sand dut faire intervenir l'impératrice, en l'apitoyant sur le sort des protes et ouvriers innocents. L'impératrice agit, ce qui, de la part d'une Espagnole dévote, était courageux, mais n'en conquit pas pour cela les bonnes grâces de Mme Sand.

III

LA FAUX DU TEMPS

Pendant son voyage en Italie, George avait appris la mort du pauvre Malgache, à qui elle se réjouissait de rapporter des plantes inconnues. Dans la vieillesse, l'esprit devient un cimetière. Ceux qu'on a le mieux aimés, ceux qu'on a mal aimés, rôdent, la nuit, parmi les tombes. Le bel Ajasson de Grandsagne était mort en 1847, Hippolyte Châtiron en 1848, Chopin et Marie Dorval en 1849, Balzac et Carlotta Marliani en 1850, Latouche et la tante Lucie Maréchal en 1851, Planet en 1853, Nini Clésinger et Néraud en 1855.

Pourtant Nohant regorgeait d'hôtes. Manceau ne quittait jamais son poste ; les autres garçons venaient toutes les fois qu'ils le pouvaient. Maurice inquiétait sa mère par sa versatilité. Il faisait mille choses assez bien, aucune parfaitement. Ses caricatures étaient amusantes, ses illustrations ingénieuses et poétiques, les mélodrames qu'il composait pour les marionnettes fort drôles ; il avait même écrit un roman. Il n'émergeait pas de son obscurité. Le poids de la gloire maternelle l'alourdissait. Malgré elle, Sand, qui l'aimait de tout cœur, gardait un ton protecteur pour lui parler de ses travaux : « Montre ton roman à Buloz ; il le prendra pour me faire plaisir. » Ce n'est pas ainsi qu'on encourage un artiste. Maurice allait vers la quarantaine ; il devient pénible, à cet âge, de n'être que le fils de sa mère. Elle aurait voulu qu'il se mariât, et, sur ce plan non plus, il ne savait choisir.

Elle regrettait encore qu'il n'eût pas épousé « la chère Titine », avec laquelle Sand correspondait régulièrement. Les Bertholdi avaient toujours quelque chose à demander. Ni Augustine ni son mari ne s'estimaient jamais placés dans un poste convenable. Étaient-ils à Lunéville ? Ils voulaient se rapprocher de Paris. Sand les faisait-elle nommer à Saint-Omer ? Pour raisons de climat, ils souhaitaient Antibes ! Augustine, qui demeurait fort belle, aurait voulu que George Sand la présentât au prince Napoléon, protecteur puissant.

George Sand à Augustine de Bertholdi : Je ne *veux pas* te montrer au prince. Ça ne m'irait pas du tout de lui présenter une aussi jolie personne, qui sollicite. Défais-toi de cette petite obstination où tu t'enfermes, de croire que je peux demander des faveurs, et des protections, sous ce régime.... Je n'irai pas, avec mes cheveux blancs, faire antichambre chez un garçon qui serait mon fils, et donner du nez en terre, quand il irait de la vie ou de la mort pour mon compte.... Et ne compte pas que je te donnerai une lettre d'introduction. Il ne me sied pas d'envoyer une jeune et jolie femme à un garçon qui les aime, et d'avoir l'air d'une fournisseuse.... Maurice est encore avec nous, mais pour peu de temps. Il t'embrasse ainsi que Manceau, quoique celui-ci n'ait pas encore de cheveux blancs. Je crains pour lui qu'il n'en ait jamais. Pauvre, pauvre garçon[1]....

1. Lettre inédite. Collection Simone André-Maurois.

Car Manceau toussait et crachait de manière suspecte, que Sand ne connaissait que trop bien. Quant à Solange, elle courait le monde comme font les femmes libres, « de grande beauté et de petite vertu », qui courent les hommes. Elle partait pour la Belgique, pour Londres, pour Turin.

George Sand à Solange Clésinger, 25 juillet 1855: J'ai eu envie de rire de tes caprices de voyage, que tu racontes si drôlement ; mais je crains toujours que, sous toutes ces gaietés, il n'y ait des chagrins ou des folies. Te voilà bien en peine de savoir où tu promèneras tes pas, comme si Nohant ne te valait pas beaucoup mieux, au moral et au physique.... Mais le diable te pousse je ne sais où. Au moins, dis-moi toujours ce que tu fais. Et quand tu seras bien lasse de ne pas t'amuser, viens au moins t'ennuyer avec quelque chance de repos [1]....

A quoi Solange répondait que Nohant, sans ses chiens et sans ses chevaux, lui serait intolérable :

Je t'avouerai franchement que le Berry perd beaucoup de charmes, pour moi, à être vu à pied.... Je n'ai malheureusement que vingt-sept ans et, tout en étant souvent malade, je n'en ai pas moins le sang et les nerfs trop jeunes pour pouvoir, tout un hiver, faire de la tapisserie, jouer du piano et me livrer à ma vaste correspondance. J'ai besoin d'une activité quelconque, soit de l'activité des salons, des spectacles, des courses, etc., soit de l'activité du cheval, qui est la plus calmante de toutes [2]....

Mais George ne voulait pas de chevaux à nourrir et d'ailleurs, pour la première fois de sa vie, souhaitait elle-même s'éloigner de Nohant. Pour entretenir sa famille, aider les proscrits, secourir les petits-enfants de Marie Dorval et tant d'autres, qui vivaient d'elle et de sa plume, elle devait travailler plus que jamais. Excédée, à Nohant, par un défilé quotidien de visiteurs, dont beaucoup venaient

---

1. Lettre citée par SAMUEL ROCHEBLAVE, dans *George Sand et sa Fille*, p. 220.
2. *Opus cit.*, p. 221. La lettre de Solange, datée du 6 octobre 1855, répond à celle que Sand lui avait écrite, le 4 octobre, pour l'inviter à venir passer l'hiver à Nohant, « à une seule condition : pas de cheval ».

lui demander d'user, en leur faveur, de son crédit auprès
du prince Napoléon, elle souhaitait, pour son travail,
un lieu plus solitaire. Or, au cours d'une excursion qu'elle
fit avec Manceau dans la vallée de la Creuse, qui forme la
partie montagneuse et, comme elle disait, la petite Suisse
du Berry, elle découvrit un village, Gargilesse, au bord de
la rivière du même nom, qui l'enchanta. Il faut avouer
que cette région est bien belle. Des falaises couvertes de
bruyère encadrent des roches noires, au fond desquelles
coule la Creuse, aux eaux bleues rayées de rochers blancs
et de remous écumeux. L'air avenant des habitants, leur
obligeance hospitalière lui plurent. Moreau, pêcheur de
truites, les conduisit du Pin à Gargilesse, village construit
au fond d'un entonnoir, où vingt sources entretiennent
la beauté d'une végétation presque africaine, tant le lieu
est chaud et protégé. Il y avait sept cents habitants, une
église romano-byzantine, un château romantique, des
papillons algériens. « Nous rêvâmes, dit-elle, nous autres
qui ne sommes pas forcés de vivre à Paris, de nous arranger
un pied-à-terre au village.... Tout artiste aimant la campagne a rêvé de finir ses jours dans les conditions d'une vie
simplifiée jusqu'à l'existence pastorale [1].... »

Tout de suite, elle eut envie d'acheter une petite maison
à Gargilesse. Cela coûtait de cinq cents à mille francs.
Manceau demanda la permission de la lui offrir, en trouva
une au bord de la rivière, l'acheta et bientôt ne parla plus
que de *son* perron, de *ses* prés et de *sa* cuisine. Pour un
forfait de trois cents francs, le « fidèle tête-à-tête » fit
repeindre et meubler cette maison ; il l'équipa comme un
bateau, avec des cabines minuscules mais confortables.
Mme Sand y prit goût. Dès qu'elle voulait travailler en
paix, elle quittait Nohant avec Manceau et se réfugiait à
Gargilesse, où tous deux trouvaient un bonheur idyllique.
Maurice y vint, puis l'actrice Bérengère, mais Gargilesse
était à Nohant ce que Marly était à Versailles : un séjour

1. GEORGE SAND, *Promenades autour d'un Village*.

réservé à quelques élus. Sand ne donnait guère cette adresse. Plus tard, Victor Hugo immortalisa la petite rivière ։

> George Sand a la Gargilesse
> Comme Horace avait l'Anio....

En 1857 moururent Alfred de Musset et Gustave Planche, ce dernier après une affreuse agonie sur laquelle veilla fidèlement Buloz. Planche, en ses articles, avait soutenu jusqu'au bout George Sand, qui le tenait pour « le seul critique sérieux de ce temps-ci ». Elle voulait dire : le seul qui parlât d'elle. Sandeau le pleura : « Pauvre Planche, pauvre Trenmor, comme nous l'appelions ici.... On ne sait pas combien je l'aimais. » L'avait-il su lui-même quand l'autre était vivant ? Quant à Musset, son cœur, « son pauvre cœur », avait été prématurément épuisé par tant de folies et d'excès. Il avait tenté de remplacer George ; il ne l'avait jamais oubliée. En 1851, il avait fait un voyage en Italie ; il y avait retrouvé le souvenir :

> Aveugle, inconstante, ô fortune !
> Supplice enivrant des amours !
> Ote-moi, mémoire importune,
> Ote-moi ces yeux que je vois toujours...

Il répétait ces vers chaque fois que, malgré lui, il voyait, dans ses rêveries, « passer les yeux de velours, sombres et profonds », de la décevante mais inoubliable amante de Venise.

En 1834, au temps où il préparait la *Confession d'un Enfant du Siècle*, George lui avait écrit : « Il m'est impossible de parler de toi dans un livre, dans la disposition d'esprit où je suis ; pour toi, fais ce que tu voudras : romans, sonnets, poèmes ; parle de moi comme tu l'entendras, je me livre à toi les yeux bandés [1].... » Après la mort de Musset,

---

1. Lettre datée du 12 mai 1834, publiée par Spoelberch de Lovenjoul dans *La Véritable Histoire de Elle et Lui*, p. 136.

en 1858, s'étant réconciliée avec la *Revue des Deux Mondes* (après dix-sept ans de rupture), elle offrit à Buloz de lui donner, sur la tragédie de Venise, un roman autobiographique : *Elle et Lui*. Sand, tout en se croyant impartiale, s'était, dans ce récit, attribué un rôle sublime. Son héroïne, Thérèse Jacques, ne se donnait à son amant que par charité. Buloz, quand il lut le manuscrit, conseilla de représenter Thérèse moins parfaite et de lui appliquer moins d'expressions *saintes*. L'âge ayant transformé la philosophie amoureuse de George, elle retouchait le passé, une fois encore, pour faire l'unité de sa vie. Cela est humain et peut-être sage. Mais ce roman excita la colère de Paul de Musset, qui répondit par *Lui et Elle*, livre cruel et injuste. Enfin vint le coup de pied de l'ânesse : Louise Colet, femme de lettres aussi dépourvue de talent que riche de tempérament, écrivit *Lui*, pamphlet débordant de haine.

George Sand possédait les lettres d'amour de Musset et les siennes. Vers 1860, elle souhaita les publier, pour rétablir la vérité par des documents irréfutables. Il est certain que cette correspondance faisait la preuve d'une mutuelle passion. La publication en était-elle opportune ? Sand décida de consulter là-dessus Sainte-Beuve, jadis témoin de leurs déchirements. Sans qu'il y eût jamais eu brouille, elle l'avait perdu de vue. A l'abri de ses armoires à poisons, il n'était pas tendre pour elle : « Une Christine de Suède à l'estaminet », écrivait-il en ses carnets secrets. Mais Solange l'avait rencontré, en 1859, sous la Coupole, à la réception de Jules Sandeau. Il avait gracieusement parlé de George à la jeune femme et l'avait invitée à venir le voir. Solange prétendait alors écrire une vie du maréchal de Saxe, son trisaïeul. Sainte-Beuve lui donna des conseils, paternellement. « Il fait le papa avec moi, d'une façon fort touchante. »

Sainte-Beuve à Solange : « Voilà le beau temps. Vous êtes peut-être déjà allée à Versailles. Dans tous les cas, M. Soulié (conservateur du musée ; il loge au château) est prévenu de la chance gracieuse qui peut lui échoir. Vous feriez bien de lui parler de votre affaire sur le maréchal de Saxe. Il sait sans doute quelque chose. Mille respectueux et tendres hommages [1]. » Sainte-Beuve recevait Solange rue du Montparnasse, dans une chambre Louis XV à panneaux blanc et or, dont les deux fenêtres s'ouvraient sur un prunier et une clématite grimpante. La femme de chambre, un peu trop jolie, ressemblait à Mme de Pompadour. Une chatte, derrière la porte, allaitait ses chatons. Sainte-Beuve prodigua, pour la belle visiteuse, les trésors infinis de son esprit et de son érudition. De ces conversations ne naquit point une *Vie du maréchal de Saxe* (Solange se dégoûtait des besognes aussi vite que des amants), mais cela fit une amitié.

A Jeanne de Tourbey, la Dame aux Violettes, qui avait pour amant Ernest Baroche, fils du tout-puissant ministre de la Justice [2], Sainte-Beuve écrivait : « Donc c'est une chose à laquelle je tiens infiniment. Il s'agit d'intéresser tout à fait notre ami M. Bar[oche] pour cette charmante fille de Mme Sand, Solange, qui a un procès qui se juge mardi, et qui, à l'heure qu'il est, par suite de l'âge de messieurs les conseillers, paraît assez compromis. Mais le fils du garde des sceaux peut beaucoup pour ramener l'attention de ceux qui causent en jugeant. Et puis l'avocat général ! Enfin vous savez tout maintenant, et je sais que M. Bar[oche] est informé [3].... »

Les lettres de Solange rappelèrent à Sand le temps où Sainte-Beuve la calmait et la réconfortait. « Personne ne dit mieux les bonnes choses ; il leur donne une forme agréable et sérieuse en même temps. » Elle envoya donc rue du Montparnasse Émile Aucante, avec une copie de la correspondance Musset : « Ainsi, cher ami, c'est deux

---

1. Lettre inédite (26 septembre 1859). Collection Simone André-Maurois.
2. Ernest Baroche s'apprêtait à régulariser sa liaison avec la Dame aux Violettes quand il fut tué au Bourget, en 1870. Légataire universelle d'un héros, héritière de sa grande fortune, Jeanne de Tourbey épousa, en 1872, le comte de Loynes.
3. Lettre inédite. Collection Simone André-Maurois.

heures de votre précieux temps que je vous demande pour
lire toutes les pièces, et puis une heure de conversation
avec l'envoyé, pour qu'il supplée à tout ce qui manque de
si et de *mais* à cette lettre-ci. Et puis, une heure de
réflexion quand vous pourrez, et une solution dernière à
laquelle je me conformerai [1].... » L'avis du consultant fut
très ferme. Il ne fallait pas publier.

George Sand à Sainte-Beuve, 6 février 1861 : Mon ami ;
Émile me rend compte de votre dernier entretien et de votre
dernier avis. Il est bon et je le suivrai. Les lettres ne paraîtront
qu'après moi. Je crois qu'elles prouveront de reste que trois
horribles choses ne pèsent pas sur la conscience de votre amie :
le spectacle d'un nouvel amour sous les yeux d'un mourant ;
la menace, la pensée de le faire enfermer dans une maison de
fous ; la volonté de le reprendre et de l'attirer malgré lui, après
sa guérison morale.... Voilà les saletés de l'accusation, et
les lettres ne prouvent qu'une chose, c'est qu'au fond de ces
deux romans : la *Confession d'un Enfant du Siècle, Elle et Lui*,
il y a une histoire vraie, qui marque peut-être la folie de l'un et
l'affection de l'autre, la folie de tous deux si l'on veut, mais
rien d'odieux ni de lâche dans les cœurs, rien qui doive faire
tache sur des âmes sincères [2].... »

Touché par la confiance de Sand et ayant appris, par
Solange, que la communauté de Nohant n'était pas finan-
cièrement prospère (George n'avait pu, disait-elle, l'hiver
précédent, s'acheter un manteau et une robe, ce qui étonne
un peu), Sainte-Beuve eut l'idée de faire attribuer à la
grande romancière, par l'Académie française, le prix
Gobert de vingt mille francs. Vigny appuya cette proposition ; il avait assez de grandeur d'âme pour faire passer
la valeur littéraire avant les rancunes personnelles. Guizot,
avec force éloges et regrets, combattit l'auteur d'*Elle et
Lui* et cita des phrases « scandaleuses » sur le mariage et sur
la propriété. Mérimée et Sainte-Beuve protestèrent. On
vota : Sand eut dix-huit voix contre elle et seulement six

---

1. Lettre publiée par SPOELBERCH DE LOVENJOUL dans *La Véritable
Histoire de Elle et Lui*, p. 223.
2. *Opus cit.*, pp. 224-225.

chevaliers : Sainte-Beuve, Ponsard, Vigny, Mérimée, Nisard et Silvestre de Sacy. Jules Sandeau n'était pas venu ! Comme on devait voter une seconde fois, devant l'Institut tout entier, Mérimée, très actif pour George malgré de ridicules souvenirs, relança par lettre le « petit Jules ». Mais Sandeau ne pardonnait pas à la « naufrageuse » de son adolescence. Thiers eut le prix.

La cour, où l'on continuait à protéger, malgré elle, Mme Sand, fut irritée de cet échec. L'impératrice suggéra que peut-être l'Académie pourrait, à défaut d'un prix, donner un fauteuil. Plus tard parut une brochure : *Les Femmes à l'Académie*, dont l'auteur anonyme décrivait la réception, sous la Coupole, d'une femme qui ne pouvait être que George Sand. Elle répondit par une autre brochure : *Pourquoi les Femmes à l'Académie ?* Elle y exposait que, malgré son respect pour la compagnie et tout en reconnaissant le talent de ses membres, elle n'avait aucun désir de s'attacher à une institution qu'elle jugeait vieillie, inactuelle. Les gens allaient dire : « Ces raisins sont trop verts.... — Non point, répondait Sand, ces raisins sont déjà trop mûrs. »

IV

LE MARIAGE DE MAURICE

En 1861, Maurice Sand avait trente-huit ans ; sa mère, cinquante-sept. Se sentant vieillir, elle insistait avec force pour qu'il se mariât. Elle désirait de nouveaux petits-enfants. La belle Solange menait une vie peu favorable à la maternité ; Maurice restait le suprême espoir. En 1854, il avait demandé la main de Berthe Duvernet, mais celle-ci avait épousé Cyprien Girerd. Plus récemment, deux projets de mariages, « arrangés » par l'intermédiaire d'Aucante, n'avaient abouti ni l'un ni l'autre.

George Sand à Jules Boucoiran, 31 juillet 1860 : Je n'espère pas que vous réussissiez à le marier, si vous lui cherchez femme parmi les dévots et les légitimistes. Je préférerais de beaucoup une famille protestante. Voyez pourtant ce qu'on vous dira et faites-m'en part. Je désire bien qu'il se décide et qu'il devienne père de famille. Si vous lui trouviez une charmante personne, ayant des goûts sérieux, une figure agréable, de l'intelligence, une famille honnête qui ne prétendrait pas enchaîner le jeune couple à ses idées et à ses habitudes, autrement que par l'affection, nous rabattrions bien des prétentions d'argent [1]....

Je préférerais de beaucoup une famille protestante.... Les liens de George Sand avec le catholicisme se relâchaient de plus en plus. Elle en avait, au temps du couvent des Anglaises, aimé les cérémonies. Puis elle avait cessé de pratiquer et n'avait conservé qu'un christianisme limité, comme elle disait, à l'Évangile selon saint Jean, un christianisme de vicaire savoyard, auquel Pierre Leroux et Jean Reynaud avaient donné une forme nouvelle. Son Dieu était le Dieu des bonnes gens, celui de Béranger et de Victor Hugo. *George Sand à Flaubert :* « Le christianisme (de 1848) a été une *toquade* et j'avoue qu'en tout temps il est une séduction quand on n'en voit que le côté tendre.... Je ne m'étonne pas qu'un cœur généreux, comme celui de Louis Blanc, ait rêvé de le voir épuré et ramené à son idéal. J'ai eu aussi cette illusion, mais, dès qu'on fait un pas vers ce passé, on voit que cela ne peut se ranimer [2].... » Pourtant elle gardait, en souvenir du père de Prémord, une prédilection pour les jésuites en qui elle voyait (et c'était à ses yeux un grand éloge) des hérétiques, tout proches de sa philosophie. « La doctrine de Loyola reste la seule religion praticable. »

En fait, Maurice n'épousa pas une protestante, mais une Italienne de vingt ans, sans religion, qu'il avait vue grandir, la fille d'un vieil ami, le graveur Luigi Calamatta. « Aime ou n'épouse pas », avait été le conseil de sa mère. Lina

---

1. GEORGE SAND, *Correspondance*, t. IV, p. 214.
2. *Opus cit.*, t. V, pp. 271-272.

Calamatta était une charmante fille, élevée en partie à Paris, très jolie, intelligente et, ce qui aux yeux de Sand était important, « chaude patriote romaine ». Il n'y aurait pas de querelles politiques entre belle-mère et bru.

George Sand à Lina Calamatta, 31 mars 1862 : Ma Lina chérie, fiez-vous à nous, fie-toi à lui, et crois au bonheur. Il n'y en a qu'un dans la vie, c'est d'aimer et d'être aimée.... Je sens bien que je te serai une mère véritable ; car j'ai besoin d'une fille et je ne peux pas trouver mieux que celle du meilleur des amis. Aime ta chère Italie, mon enfant, c'est la marque d'un généreux cœur. Nous l'aimons aussi, nous, surtout depuis qu'elle s'est réveillée dans ces crises d'héroïsme [1]....

Les deux femmes, à Nohant, s'entendirent bien. Lina avait une voix délicieuse, fraîche et veloutée, qui faisait la joie de sa belle-mère. « C'est une nature et un type : ça chante à ravir, c'est colère et tendre, ça fait des friandises succulentes pour nous surprendre, et chaque journée de notre phase de récréation est une petite fête qu'elle organise [2].... » Riant aux éclats d'une mouche qui vole, pleurant aux marionnettes quand il y avait un bout de sentiment, la petite Italienne était d'une exquise finesse. Elle fut bientôt, comme tout Nohant, folle de géologie et de fossiles, ce qui ne l'empêchait pas de tailler des brassières et d'ourler des langes, car, très vite, le ménage attendit un enfant. Le problème religieux n'avait pas été résolu. Sand aurait accepté un mariage catholique, comme le prouve une lettre du 10 avril 1862, où elle dit à Lina fiancée : « Dieu nous tiendra compte à tous trois de notre foi, car le mariage est un acte de foi en *Lui* et en nous-mêmes. Les paroles du prêtre n'y ajoutent rien.... Nous nous entendrons sur ce point, nous autres, et à l'église, pendant que le prêtre marmottera, nous prierons le vrai Dieu, celui qui bénit les cœurs sincères et qui les aide à tenir leurs promesses [3].... »

---

1. George Sand, *Correspondance*, t. IV, pp. 324-325.
2. *Opus cit.*, t. V, pp. 238-239.
3. Lettre publiée par Wladimir Karénine, dans *George Sand*, t. IV, p. 415.

Maurice était, sur ce point, plus intransigeant que sa mère, et Lina Calamatta, longtemps opprimée par une mère bigote (qui, après la mort de son mari, prit le voile sous le nom de sœur Marie-Josèphe de la Miséricorde), partageait les sentiments de son fiancé. Le mariage avait donc été purement civil, mais comment élever les enfants ? On pourrait composer tout un livre sur *George Sand à la recherche du meilleur des protestantismes*. Elle écrivait à des pasteurs, pesait leurs doctrines, cherchait des dissidents qui ne fussent pas trop dissidents, afin que ses petits-enfants eussent tout de même, plus tard, l'abri et l'appui d'une Église organisée. Car il s'agissait de Maurice et des enfants, non de George Sand elle-même, dont le siège était fait. Enfin Maurice et sa femme se firent protestants, se remarièrent religieusement et firent baptiser, par le pasteur Muston, Marc-Antoine Dudevant-Sand, dit « Cocoton », né le 14 juillet 1863, anniversaire de la prise de la Bastille. On l'avait fourré dans un bain de vin de Bordeaux : « Nous avons tiré le petit canon [*c'était celui de 1848*], et un *pifferari* d'Auvergne est venu faire entendre le plus primitif des chants gaulois [1].... »

La naissance de Cocoton se passa, comme tout ce qui touchait Nohant, dans une atmosphère pittoresque et un peu folle. La comédie tenait, dans cette maison, plus de place que la vie. Théâtre ou marionnettes, les répétitions et représentations étaient devenues quotidiennes. Manceau, comme acteur, était « la perfection des perfections ». Une jeune fille du village, Marie Caillaud, d'abord appelée « Marie des poules » parce qu'elle s'occupait de la basse-cour, puis instruite par Sand qui, la trouvant très douée, l'avait transformée en femme de charge, avait été enrôlée par Manceau dans la troupe et en était devenue l'étoile. Chaque soir on jouait, on soupait. Puis « la Dame », comme disait Manceau, se couchait une heure ; après quoi Manceau allait la réveiller et elle travaillait. Cependant Man-

1. GEORGE SAND, *Correspondance*, t. IV, p. 353.

ceau « toussait son petit train » et Lina tricotait des brassières.

Pendant le printemps et l'été de 1863, Sand alla sans cesse au théâtre de La Châtre, où elle faisait venir des comédiens en tournée. Le 2 juillet, la pieuse douairière Calamatta arriva pour l'accouchement de sa fille. Elle fut stupéfaite de trouver la maison pleine d'acteurs, qui répétaient *Le Château de Pictordu*. Manceau, malgré sa fièvre, Marie Caillaud, George et même Lina, enceinte, prenaient des bains de rivière, mais non Maurice, perclus de rhumatismes. Quand Lina fut à terme, une sage-femme vint s'installer à Nohant ; on l'emmena, elle aussi, à La Châtre, voir *Le Fils de Giboyer* et *Trente ans ou la Vie d'un Joueur*. Toute la maison était au théâtre quand Lina fut prise des douleurs ; la patiente attendit une partie de la nuit le retour de sa garde-malade ; mais Cocoton n'en fut pas moins un bébé superbe que George Sand « reçut dans son tablier ».

***

Le premier de ses amis auquel George Sand écrivit pour annoncer la naissance de Marc-Antoine fut Alexandre Dumas fils. Elle éprouvait depuis longtemps la plus solide affection pour ce « cher fils » qui l'appelait « maman », avait vingt ans de moins qu'elle, mais le même tempérament généreux, le même goût pour la littérature « engagée », la même ardeur à défendre la femme et l'enfant. Elle avait insisté pour l'attirer à Nohant, mais n'y réussit qu'en 1861, car Dumas était tout occupé par sa liaison avec une patricienne russe « aux yeux verts, aux longs cheveux d'ambre », la princesse Nedefa Narishkine. Enfin il promit.

Alexandre Dumas fils à George Sand, 20 septembre 1861: Je vous remercie, comme dirait M. Prudhomme, de votre honorée du 15, et je mets la main à la plume pour vous en exprimer toute ma vive gratitude. J'ai appris que mon hôtesse vous avait écrit.... Je ne vous cacherai pas qu'elle se fait une fête d'être reçue à Nohant et de vous contempler en face.... Reste la question de sa fille, qu'elle ne veut pas laisser seule dans les quarante-quatre chambres de la grande baraque et qu'elle vous a demandé la permission de vous présenter. On la couche dans la chambre de sa maman, sur un canapé. Elle adore ça, en sa qualité de jeune Moscovite voyageuse. Donc pas d'embarras à craindre de ce côté. Mais tremblez !... Voici le chicotin : il y a un ami à moi, un gros ami qui ressemble assez à vos chiens de Terre-Neuve, qu'on nomme Marchal, qui pèse 182 livres, et qui a de l'esprit comme quatre. Celui-là couchera n'importe où, dans un poulailler, sous un arbre, sous la fontaine. Peut-on l'amener [1] ?...

Dumas admira les marionnettes, ou du moins le dit, et lut le soir, autour de la table, des vers de Musset. Le choix surprit. Le géant Marchal fut un grand succès. « Marchal fait une pièce de marionnettes avec Maurice.... Marchal devient mon gros bébé.... » Il resta longtemps après Dumas, peignit le portrait de Maurice, puis ceux de Sand, de Manceau, de Marie Caillaud, mais chagrina Mme Sand en n'écrivant point de « lettre de château » après ce long séjour, au cours duquel il avait connu le prince Napoléon et obtenu de lui des commandes.

Dumas fils à Sand, 21 février 1862 : J'aurai toujours peur d'introduire qui que ce soit dans cette maison de Nohant, où tout fonctionne si bien entre amis que le moindre grain de sable pourrait arrêter toute la mécanique ! Ainsi notre ami Marchal serait-il déjà un ingrat ? C'est bien tôt ! Il aurait dû cependant vous remercier de la commande de six mille francs qu'il a reçue et que le prince ne lui a faite que grâce à vous. Hélas ! hélas ! j'ai bien peur que l'humanité ne soit pas le chef-d'œuvre de Dieu....

26 février 1862 : Je suis furieux aujourd'hui et le silence de mon mastodonte y contribue fièrement. Je ne sais pas plus que vous où il est. Le manque d'éducation qui se perpétue dans l'âge mûr ressemble par trop au manque de cœur. Ce pauvre garçon ne sait pas encore que, lorsqu'on a reçu d'une personne comme vous une hospitalité aussi longue, aussi cor-

---

1. Lettre inédite. Bibliothèque nationale, département des manuscrits.

diale et aussi utile, on doit au moins répondre aux lettres qu'on reçoit encore par-dessus le marché [1] !....

La vérité était que le mastodonte était un égoïste, mais il avait du charme. Sand lui pardonna et même garda pour lui beaucoup de tendresse. Ce fut Dumas aussi qui amena George chez Édouard Rodrigues, l'agent de change.

Dumas fils à George Sand, 8 mars 1862 : Ce Rodrigues est aussi artiste que possible, très musicien, très ami des arts (mais dans le bon sens du mot). Ainsi il vient de doter de quarante mille francs la petite Emma Fleury, du Théâtre-Français, et l'a mariée avec un jeune sculpteur de talent [2]. Et cela sans aucune raison *naturelle*, par pure bienfaisance.... Voilà un homme qui a pour vous une admiration dont l'expression est assez difficile à rendre, s'il ne l'avait trouvée lui-même en résumant tout ce qu'il vous doit : « Mme Sand m'a rendu meilleur.... » J'ai trouvé le mot si touchant, et si digne de vous, que je me suis promis de vous l'envoyer et que je vous l'envoie [3]....

Quand la « chère maman » fit un séjour à Paris, cet hiver-là, elle accepta d'aller avec Dumas dîner chez Rodrigues, « dans son coin tout doré » ; celui-ci promit d'accorder son appui matériel à quelques « fils » dans le besoin.

Les thèmes favoris de Sand devinrent ceux de Dumas. Ils aimaient tous deux les « pièces à thèse ». De *François le Champi*, Dumas allait faire *Le Fils naturel*, sujet qui lui tenait, naturellement, à cœur. *Claudie*, la fille mère qui, pour avoir été trahie, mérite plus que toute femme le respect des hommes, lui inspirera *Les Idées de Mme Aubray*, puis *Denise*. Enfin *Le Mariage de Victorine*, éloge de là mésalliance, leur parut à tous deux un si beau sujet que Sand en fit un roman, *Le Marquis de Villemer*, et que Dumas fils l'aida à tirer de ce roman une seconde pièce.

1. Lettres inédites. Bibliothèque nationale, département des manuscrits.

2. Jules Francaschi (1825-1893).

3. Lettres inédites. Bibliothèque nationale, département des manuscrits.

Car il était homme de théâtre et savait construire un scénario, à quoi Sand restait assez malhabile. Cela n'empêchait pas Dumas de l'admirer à la folie. « Elle pense comme Montaigne, disait-il, elle rêve comme Ossian, elle écrit comme Jean-Jacques. Léonard dessine sa phrase, et Mozart la chante. Mme de Sévigné lui baise les mains et Mme de Staël s'agenouille quand elle passe. »

Le Marquis de Villemer était une banale histoire, celle de la demoiselle de compagnie qui épouse le fils de la maison, et les mots d'esprit dont Dumas fils anima cette moralité ne brillaient pas d'un éclat bien vif. La pièce alla pourtant aux nues. Voici pourquoi. Indignée par l'intolérance religieuse du gouvernement impérial, irritée de voir en danger les libertés de conscience et d'expression, George Sand devenait de plus en plus anticléricale.

George Sand au prince Napoléon, 26 février 1862 : L'empereur a craint le socialisme ; soit, à son point de vue, il devait le craindre ; mais, en le frappant trop fort et trop vite, il a élevé, sur les ruines de ce parti, un parti bien autrement habile et bien autrement redoutable, un parti *uni* par l'esprit de caste et l'esprit de corps, les nobles et les prêtres, et, malheureusement, je ne vois plus de contrepoids dans la bourgeoisie. Avec tous ses travers, la bourgeoisie avait son côté utile comme prépondérance. Sceptique ou voltairienne, elle avait aussi son esprit de corps, sa vanité de parvenu. Elle résistait au prêtre, elle narguait le noble dont elle était jalouse. Aujourd'hui, elle le flatte ; on a relevé les titres et montré des égards aux légitimistes dont on s'est entouré ; vous voyez si on les a conquis ! Les bourgeois ont voulu alors être bien avec les nobles, dont on avait relevé l'influence ; les prêtres ont fait office de conciliateurs. On s'est fait dévot pour avoir entrée dans les salons légitimistes. Les fonctionnaires ont donné l'exemple, on s'est salué et souri à la messe, et les femmes du *tiers* se sont précipitées avec ardeur dans la légitimité, car les femmes ne font rien à demi [1]....

Anticléricale, elle n'était pas et ne voulait pas être antireligieuse.

1. GEORGE SAND, *Correspondance*, t. IV, p. 315.

George Sand à Alexandre Dumas fils : J'ai, sur la mort, des croyances très douces et très riantes, et je m'imagine n'avoir mérité qu'un sort très gentil dans l'autre vie. Je ne demande pas à être dans le septième ciel avec les séraphins, et à contempler à toute heure la face du Très-Haut. D'abord, je ne crois pas qu'il y ait ni face ni profil, et puis, si c'est une grande jouissance d'être aux premières places, ce n'est pas pour moi une nécessité…. Je suis optimiste en dépit de tout ce qui m'a déchirée, c'est ma seule qualité peut-être. Vous verrez qu'elle vous viendra. A votre âge, j'étais aussi tourmentée et plus malade que vous, au moral et au physique. Lasse de creuser les autres et moi-même, j'ai dit un beau matin : « Tout cela m'est égal. L'univers est grand et beau. Tout ce que nous croyons plein d'importance est si fugitif que ce n'est pas la peine d'y penser. Il n'y a, dans la vie, que deux ou trois choses vraies et sérieuses, et ces choses-là, si claires et si faciles, sont précisément celles que j'ai ignorées et dédaignées, *mea culpa !* Mais j'ai été punie de ma bêtise ; j'ai souffert autant qu'on peut souffrir ; je dois être pardonnée. Faisons la paix avec le bon Dieu [1] !… »

Donc paix avec Dieu, mais elle ne pouvait croire ni au diable, ni à l'enfer. Qu'un Dieu bon pût condamner pour l'éternité la révoltait. Elle était loin d'imaginer combien elle, de son côté, choquait les esprits naturellement âpres et sombres. Rien n'irrite les cœurs blessés comme une quiétude optimiste. Baudelaire la détestait :

La femme Sand est le Prudhomme de l'immoralité. Elle a toujours été moraliste. Seulement, elle faisait autrefois de la contre-morale. Aussi, elle n'a jamais été artiste. Elle a le fameux style coulant, cher aux bourgeois. Elle est bête, elle est lourde, elle est bavarde ; elle a, dans les idées morales, la même profondeur de jugement et la même délicatesse de sentiment que les concierges et les filles entretenues. Ce qu'elle a dit de sa mère…. Ce qu'elle dit de la poésie…. Son amour pour les ouvriers…. Que quelques hommes aient pu s'amouracher de cette latrine, c'est bien la preuve de l'abaissement des hommes de ce siècle. Voir la préface de *Mademoiselle La Quintinie*, où elle prétend que les vrais chrétiens ne croient pas à l'enfer. La Sand est pour le *Dieu des bonnes gens*, le Dieu des concierges et des

---

1. Lettre citée par Wladimir Karénine, dans *George Sand*, t. IV, pp. 407-409.

domestiques filous. Elle a de bonnes raisons pour vouloir supprimer l'enfer.

Le Diable et George Sand. Il ne faut pas croire que le diable ne tente que les hommes de génie. Il méprise sans doute les imbéciles, mais il ne dédaigne pas leur concours. Bien au contraire, il fonde ses grands espoirs sur ceux-là. Voyez George Sand. Elle est surtout, et plus que toute autre chose, une grosse bête ; mais elle est possédée. C'est le diable qui lui a persuadé de se fier à *son bon cœur* et à *son bon sens*, afin qu'elle persuadât toutes les autres grosses bêtes de se fier à leur bon cœur et à leur bon sens. Je ne puis penser à cette stupide créature sans un certain frémissement d'horreur. Si je la rencontrais, je ne pourrais m'empêcher de lui jeter un bénitier à la tête.

George Sand est une de ces vieilles ingénues qui ne veulent jamais quitter les planches [1].

Réaction injuste, mais naturelle. Comment l'angoisse ne haïrait-elle pas la sérénité ? Les habitants du côté ombre et ceux du côté soleil n'ont jamais pu s'entendre. Depuis son voyage à Rome, George avait « la hantise du spectre noir ». Les cloches des églises, qui, dans son adolescence et encore en 1834, l'avaient apaisée et consolée, sonnaient maintenant à son oreille « comme un lugubre tonnerre, comme un tam-tam sinistre ». Or, en 1862, Octave Feuillet, romancier de dix-sept ans plus jeune qu'elle, publia dans la *Revue* de Buloz un roman dévot, sentimental et médiocre : *Sibylle*. C'était l'histoire d'une jeune fille qui, après une enfance croyante, avait eu de graves doutes au temps de sa première communion. Un soir de tempête, elle voyait le curé se jeter, seul, dans une barque, pour sauver des marins en péril. Elle jugeait alors la religion par ses effets, revenait à Dieu et, plus tard, amoureuse d'un jeune sceptique, s'efforçait à son tour de le convertir et mourait au retour d'une promenade « théologique et sentimentale [2] », au clair de lune.

Ce livre exaspéra George Sand et, du tac au tac, l'année suivante, dans la même *Revue des Deux Mondes*, elle répli-

1. CHARLES BAUDELAIRE, *Mon Cœur mis à nu*, pp. 53-54.
2. RENÉ DOUMIC, *George Sand*, p. 351.

qua par un contre-roman : *Mademoiselle La Quintinie.*
Sa rapidité de conception et d'exécution demeurait intacte.
La situation imaginée par Feuillet était retournée. L'héroïne, Lucie, pieuse fille d'un général, était courtisée par
un jeune libre penseur qu'elle aimait. Celui-ci avait contre
le catholicisme, quatre griefs : l'enfer, la négation du progrès, l'ascétisme charnel et surtout la confession. Une
femme, disait-il, ne pouvait se confier à la fois à un mari
et à un directeur de conscience. Ce jeune Émile s'indignait
de devoir partager la pensée de sa femme avec un prêtre
qui, dans ce roman, est un personnage à demi défroqué,
redoutable et suspect. Mais Émile réussissait à libérer
l'esprit de sa femme et à l'amener à la vraie religion, c'est-
à-dire à celle de l'auteur.

Le débat passionna le monde littéraire, et Sainte-Beuve
arbitra le combat :

L'auteur de *Sibylle* a remué dans ce roman de grosses questions, plus grosses peut-être qu'il n'avait d'abord pensé : questions théologiques, sociales, questions de présent et d'avenir.
George Sand, on le sait, s'en est émue ; l'aigle puissante s'est
irritée comme au jour du premier essor ; elle a fondu sur la
blanche colombe, l'a enlevée jusqu'au plus haut des airs, par-
dessus les monts et les torrents de Savoie, et, à l'heure qu'il est,
elle tient sa proie comme suspendue dans sa serre. Thèse contre
thèse, théologie contre théologie, et tout cela en roman ; c'est
un peu rude [1]....

Sand remercia : « J'ai lu un article excellent de vous sur
Feuillet, qui finit par un mot trop brillant sur moi. Je suis
un bien vieux aigle pour emporter les jeunes talents et en
faire une bouchée [2].... » En un temps de cléricalisme officiel, cette attitude donna à George Sand, aux yeux de la
jeunesse, allure de grande femme d'opposition. Elle devint
un personnage et un drapeau. Lorsque l'Odéon annonça la
pièce tirée du *Marquis de Villemer*, et que l'on parla d'une

---

1. SAINTE-BEUVE, *Nouveaux Lundis*, t. V, p. 40.
2. GEORGE SAND, *Lettres à Alfred de Musset et à Sainte-Beuve*, p. 249.

cabale, étudiants et ouvriers se préparèrent à soutenir
Sand. Elle était très calme ; seul Manceau avait mal au
ventre. En fait, il n'y eut pas de cabale. L'empereur et
l'impératrice assistèrent à la première et applaudirent avec
l'insistance, naïvement ostentatoire, des consciences peu
rassurées.

Agenda de George Sand, 29 février 1864 : Première de *Ville-*
mer. Temps affreux. Il pleut. Paris est un fleuve de boue. Je
vais en voiture, avec Maillard [1], acheter des fleurs, des gants
chez Jouvin. Visite au prince.... Le reste de la journée, je reçois
des étudiants qui viennent quatre par quatre, la carte au chapeau, demander des places ! Ils sont, depuis dix heures du matin,
sur la place de l'Odéon, faisant la queue, criant et chantant....
L'empereur et l'impératrice ; la princesse Mathilde ; le prince
et la princesse Clotilde [2] ; je vas dans la loge de ceux-ci.... Succès
inouï, insensé ; cris, chants, vivats, rappels d'acteurs. C'est
presque une émeute, car les six cents étudiants qui n'ont pu
entrer vont chanter des cantiques à la porte du club catholique
et de la maison des jésuites ! On les disperse et on les met au
violon. Je sors dans une haie de : « Vive George Sand ! Vive
La Quintinie ! » On me suit au café Voltaire ; on y crie encore ;
nous nous sauvons.... Au foyer, plus de deux cents personnes
sont venues me biger, entre autres Déjazet, Ulbach, Camille
Doucet, Alexandre, Montigny, Lesueur..., etc., etc [3]....

Le Marquis de Villemer, honorable mélodrame, bénéficia
de cette popularité. Les recettes montèrent en flèche :
4 300 francs, 4 500, 5 000, 5 310, alors que l'Odéon avait
coutume de faire au plus quinze cents francs. « Il faut
voir, écrivait Sand, le personnel de l'Odéon autour de
moi.... Je suis le bon Dieu. »

Parmi les amis qui, sur les marches de l'Odéon, se

1. Louis Maillard, cousin de Manceau, ingénieur des colonies et naturaliste, auquel George Sand consacra deux articles, publiés en 1863, dans
la *Revue des Deux Mondes,* sous le titre : *M. Maillard et ses Travaux sur*
l'île de la Réunion. Ils ont été réimprimés dans le volume : *Questions*
d'Art et de Littérature.

2. Le prince Napoléon avait épousé, en 1859, Clotilde de Savoie, fille
du roi Victor-Emmanuel II.

3. Texte inédit. Bibliothèque nationale, département des manuscrits.

tenaient aux côtés de Sand pendant cette ovation, il y avait Gustave Flaubert qui « pleurait comme une femme ». Romantique impénitent et réaliste pénitent, il avait toujours admiré le talent de George. Il la voyait parfois au dîner Magny, avec Renan, Sainte-Beuve, Théophile Gautier, les frères Goncourt. Elle s'asseyait à côté de lui, regardait le monde d'un air intimidé et jetait dans l'oreille de Flaubert : « Il n'y a que vous ici qui ne me gêniez pas ! » Cependant les Goncourt admiraient « la belle et charmante tête » qui accusait, de jour en jour un peu plus, un type de mulâtresse, et « la délicatesse merveilleuse des petites mains, perdues dans des manchettes de dentelle [1] ».

Agenda de George Sand, 12 février 1866 : Dîner chez Magny, avec mes petits camarades. Ils m'ont accueillie on ne peut mieux. Ils ont été très brillants, sauf le grand savant Berthelot [2].... Gautier, toujours éblouissant et paradoxal ; Saint-Victor [3], charmant et distingué ; Flaubert, passionné, est plus sympathique à moi que les autres. Pourquoi ? Je ne sais pas encore. Les Goncourt, trop d'aplomb, surtout le jeune.... Le plus fort en paroles, avec autant d'esprit que qui que ce soit, est encore l'*oncle Beuve* comme on l'appelle.... On paie dix francs par tête ; le dîner est médiocre. On fume beaucoup ; on parle en criant à tue-tête et chacun s'en va quand il veut.... J'oublie Louis Bouilhet [4], qui ressemble à Flaubert ; il a été modeste.... J'ai rencontré Mme Borie. J'ai vu, chez moi, la couturière, puis Camille [5] et Lucien Arman [6]. Je suis invitée à dîner chez Sainte-Beuve.... — *9 avril 1866 :* Dîner Magny, avec mes petits camarades : Taine, Renan, Sainte-Beuve, Gautier, Saint-Victor, Charles-Edmond, les Goncourt... et Berthelot qui ne dit rien. Lui et moi ne parlons pas. Le fils de Gavarnie *(sic)*, joli garçon, et un autre que je ne peux pas spécifier. La conversation est fougueuse, brillante, inondée des paradoxes de Gautier. Taine est raisonnable, lui, trop raisonnable. Tout cela est très au-des-

---

1. EDMOND et JULES DE GONCOURT, *Journal*, t. III, p. 18.
2. Marcelin Berthelot (1827-1907).
3. Paul de Saint-Victor (1825-1881), critique littéraire.
4. Louis Bouilhet (1822-1869), poète, ami de Flaubert.
5. Le docteur Camille Leclerc, qui soignait George Sand, et fut d'un parfait dévouement pendant l'agonie de Manceau.
6. Lucien Arman (1811-1873), député de la Gironde.

sous de la gaieté et du charme bon enfant des comédiens[1].

Ce fut au dîner Magny qu'un soir où Sand était en Berry (14 septembre 1863), on pria Théophile Gautier, qui revenait de Nohant, de décrire son séjour :

« Est-ce amusant ?

— Comme un couvent des frères moraves. Je suis arrivé le soir. C'est loin du chemin de fer. On a mis ma malle dans un buisson. Je suis entré par la ferme, au milieu de chiens qui me faisaient une peur !... On m'a fait dîner. La nourriture est bonne, mais il y a trop de gibier et de poulet. Moi, ça ne me va pas.... Là étaient Marchal le peintre, Mme Calamatta, Alexandre Dumas fils....

— Et quelle est la vie à Nohant ?

— On déjeune à dix heures. Au dernier coup, quand l'aiguille est sur l'heure, chacun se met à table. Mme Sand arrive, avec un air de somnambule, et reste endormie tout le déjeuner. Après le déjeuner, on va dans le jardin. On joue au cochonnet, ça la ranime. Elle s'assied et se met à causer. On cause généralement, à cette heure, des choses de prononciation : par exemple, sur la prononciation d'*ailleurs* et de *meilleur*. La causerie chaffriolante toutefois, ce sont les plaisanteries stercoraires.

— Bah !

— Mais, par exemple, pas le plus petit mot sur les rapports des sexes. Je crois qu'on vous flanquerait à la porte si vous y faisiez la moindre allusion.... A trois heures, Mme Sand remonte faire de la copie jusqu'à six heures. On dîne, seulement on dîne un peu vite, pour laisser le temps de dîner à Marie Caillot *(sic)*. C'est la bonne de la maison, une petite Fadette que Mme Sand a prise dans le pays pour jouer les pièces de son théâtre, et qui vient au salon le soir.... Après dîner, Mme Sand fait des patiences sans dire un mot, jusqu'à minuit[2].... »

Ces vieillesses massives et puissantes, qui s'imposent dans le silence et les manies étranges, sont signe de force. Gautier observait Sand comme Hegel les montagnes : « C'est ainsi. »

1. Texte inédit. Bibliothèque nationale, département des manuscrits.
2. EDMOND et JULES DE GONCOURT, *Journal*, t. II, pp. 116-117.

V

QUE N'ÉMIGRONS-NOUS VERS LES PALAISEAU ?

George Sand à Augustine de Bertholdi, 31 mars 1864 : Le succès de *Villemer* me permet de recouvrer un peu de liberté, dont j'étais privée tout à fait à Nohant dans ces dernières années, grâce aux bons Berrichons qui, depuis les gardes champêtres de tout le pays jusqu'aux amis de mes amis — et Dieu sait s'ils en ont ! — voulaient être *placés* par mon *grand crédit.* Je passais ma vie en correspondances inutiles et en complaisances oiseuses. Avec cela les visiteurs, qui n'ont jamais voulu comprendre que le soir était mon moment de liberté, et le jour mon heure de travail. J'en étais arrivée à n'avoir plus que la nuit pour travailler et je n'en pouvais plus. Et puis, trop de dépense à Nohant, à moins de continuer ce travail écrasant. Je change ce genre de vie ; je m'en réjouis et je trouve drôle qu'on me plaigne. Mes enfants s'en trouveront bien aussi, puisqu'ils étaient claquemurés par les visites de Paris, et que nous nous arrangerons pour être tout près les uns des autres à Paris, et pour revenir ensemble à Nohant quand il nous plaira d'y passer quelque temps. On a fait sur tout cela je ne sais quels cancans et on me fait rire quand on me dit : « Vous allez donc nous quitter ? Comment ferez-vous pour vivre sans nous ? » Ces bons Berrichons ! Il y a assez longtemps qu'ils vivent *de moi* [1]....

George ne disait pas tout à Augustine, et d'autres raisons expliquaient son désir de quitter Nohant. Depuis long-temps, les rapports de Maurice Sand et de Manceau étaient hargneux. Pour Maurice, il avait été pénible de voir un camarade de son âge, qu'il jugeait subalterne, promu favori. Il était humilié de voir « Mancel le Vieil » investi, comme secrétaire, comptable et quasi-régisseur, d'une autorité, déléguée mais réelle, dans l'administration de Nohant. Manceau, lui, ressemblait prodigieusement aux héros populaires des romans de George Sand. Son désin-téressement allait à la passion ; dès qu'il avait quatre sous,

[1]. Collection Simone André-Maurois.

Il cherchait à les donner. A Sand, sa dame, il était dévoué comme un chien ; avec les autres, d'une ombrageuse fierté. D'ailleurs homme de talent. Non seulement les critiques d'art le tenaient pour un excellent graveur, mais il montrait quelque sens du théâtre. Il écrivit, très aidé par George, une petite pièce en vers que joua l'Odéon ; il dirigeait pour Sand des répétitions, lisait les pièces aux acteurs. Les amis de la maison, Dumas, Flaubert, le comte d'Orsay, le traitaient affectueusement ; la princesse Mathilde l'invitait à dîner ; le prince Napoléon venait assister à sa première.

Aux Goncourt, qu'avaient surpris la gravité, la placidité, le demi-sommeil et la voix monotone, presque automatique, de Mme Sand, Manceau expliquait, un peu comme un montreur de phénomènes, cette extraordinaire puissance de travail : « C'est égal qu'on la dérange.... Supposez que vous ayez un robinet ouvert chez vous ; on entre ; vous le fermez.... C'est comme cela chez Mme Sand [1].... » La dévotion était réciproque. A Dumas fils, George faisait l'éloge de Manceau : « En voilà un que vous pouvez estimer sans crainte de déception. Quel être tout cœur et tout dévouement ! C'est bien probablement les douze ans que j'ai passés avec lui, du matin au soir, qui m'ont définitivement réconciliée avec la nature humaine [2].... »

En 1863, la tension, à Nohant, devint intolérable. Maurice et Manceau se querellèrent au sujet de Marie Caillaud qui, grisée par ses succès d'actrice et de femme [3] devenait impudemment familière. Comme au temps e Chopind, Maurice signifia à sa mère un ultimatum : « Lui ou moi.... L'un de nous deux doit quitter Nohant. » Un instant, elle parut sacrifier Manceau.

1. EDMOND et JULES DE GONCOURT, *Journal*, t. II, p. 23.
2. Lettre publiée par WLADIMIR KARÉNINE, dans *George Sand*, t. IV, p. 408.
3. L'auteur dramatique Édouard Cadol (1831-1898), qui passa huit ans à Nohant (Cf. *Juliette Lamber*, t. II, p. 203), fut amoureux de Marie Caillaud, mais, quoi qu'en dise Karénine (t. IV, p. 387), il ne l'épousa pas. En 1868, elle donna le jour à une fille, Lucie, que nul père ne reconnut.

Agenda tenu par Manceau, 23 novembre 1863 : A la suite de
je ne sais quelle conversation, on m'annonce que je suis libre
de m'en aller à la Saint-Jean prochaine ; toutes les larmes sont
versées à mon sujet ! Ça n'a pas été long ! Voilà tout ce que j'ai
pu amasser de regrets par quinze ans de dévouement. J'aime à
le constater ici, pour n'en pleurer jamais et avec l'espoir d'un
sourire plus tard. C'est égal, c'est en grande partie une triste
chose que l'humanité.... Je vais donc retrouver ma liberté et,
si je veux aimer quelqu'un et me dévouer encore, puisque c'est
là ma joie à moi, je pourrai le faire en toute liberté.... Liberté !
c'est joli, ça.... *Ici surcharge postérieure, de l'écriture de Maurice
Sand :* Relisez *Tartuffe !* — MAURICE [1].

Mais, après une nuit de réflexion, Sand jugea que la
situation n'était plus la même qu'en 1847. Maurice bien
marié, père d'un fils, pouvait désormais se passer de la
constante présence d'une mère ; Manceau, très atteint,
ne devait pas être abandonné. Le 24, George choisit Manceau, et le départ.

Agenda de George Sand, 24 novembre 1863 : Moi, je ne suis
pas triste. Pourquoi ? Nous savions tout ça, et ça allait mal. Et
moi aussi, je reprends *ma* liberté.... Et puisque *nous* ne nous
quittons pas, et qu'on est content que ça change ? Et que j'aspi-
rais à un changement quelconque, dans cette vie d'amertume
et d'injustice ? Partons, mon vieux. Partons sans rancune, sans
fâcherie, et ne nous quittons jamais.... Tout à eux, tout pour
eux, mais pas notre dignité, et pas le sacrifice.... JAMAIS [2].
Ici surcharge de l'écriture de Maurice Sand : Relisez le père
dans *Tartuffe.* Ma mère toujours dupe ! — MAURICE [2].

Suivirent des jours pénibles. Mme Sand, bouleversée
par la gravité de la décision, était malade et dormait sur
son lit « tout habillée ». Manceau, « les nerfs tendus »,
faisait la navette entre Nohant et Paris, cherchant un logis
à la campagne. Cependant les marionnettes continuaient
leurs jeux.

1. Texte inédit. Bibliothèque nationale, département des manuscrits.
2. George Sand a souligné trois fois le mot *Jamais.*
3. Texte inédit. Bibliothèque nationale, département des manuscrits.

Agenda tenu par Manceau, 26 décembre 1863 : Madame est sans doute souffrante aujourd'hui. Elle est un peu impatiente. Dans l'après-midi, elle dort. Le soir, elle se passionne aux costumes des marionnettes. Ce n'est pas de la folie, c'est de la frénésie !... Et quand il n'y aura plus de marionnettes ?

Car Manceau, victorieux, était un peu inquiet à l'idée d'arracher « Madame » à sa vie familière et familiale. L'année se termina par les coutumières cérémonies.

Agenda de George Sand, 31 décembre 1863 : Froid. Je ne sors pas. Je cause de *L'Homme de Neige* avec Maurice.... Dîner de Lucullus : perdreaux truffés, petits pois, meringues ; puis cigarettes, dominos. Lina chante. Minuit sonne. On se regarde. On apporte Cocoton, qui est réveillé et gai comme un pinson. On se donne des étrennes. On croque des bonbons [1].

.*.

A Paris, les compagnons habituels changèrent. Sand vivait avec Manceau, 97, rue des Feuillantines [2] ; elle voyait les Maillard, cousins de celui-ci ; l'agent de change Rodrigues, ex-saint-simonien, qui continuait à l'aider généreusement dans ses charités ; les Lambert [3] ; les convives du dîner Magny. Elle se faisait poser un râtelier, allait au théâtre quatre fois par semaine et courait la banlieue pour y trouver une « maisonnette ». Maillard, qui habitait Palaiseau, sur la ligne de Versailles à Limours, en proposa une. Delacroix venait de mourir. Sand possédait plus de vingt tableaux de lui (« On en a pour 70 ou 80 000 francs, j'en réponds », écrit-elle). Elle décida de vendre toutes ces toiles, sauf deux : *La Confession du Giaour*, qui avait été le premier cadeau du peintre, et *Le Centaure*, son dernier présent. L'opération devait per-

1. Texte inédit. Bibliothèque nationale, département des manuscrits.
2. La partie de la rue des Feuillantines, où George Sand s'installa le 12 juin 1864, porte aujourd'hui le nom de rue Claude-Bernard. En mai 1866, Manceau étant mort, Maurice Sand loua un appartement à l'entresol du même immeuble.
3. Eugène Lambert avait fait, en 1862, un mariage brillant.

mettre à Sand de « mettre dans la vie de Maurice une rente très agréable, trois mille francs, au lieu d'une richesse stérile », et d'acquérir un petit domaine. Rodrigues facilita les arrangements financiers. La « Villa George Sand » fut achetée au nom de Manceau, qui s'engageait à la léguer à Maurice.

Un dernier séjour à Nohant, pour les adieux. Le vieux maire paysan, le « père Aulard », pleura. Maurice et Lina prêchèrent la sagesse à cette mère demeurée trop jeune de cœur.

Agenda de George Sand, 25 avril 1864 : Abstinence ! Abstinence de quoi, imbéciles ? Abstenez-vous donc, toute la vie, de ce qui est mal. Est-ce que Dieu a fait ce qui est bon pour qu'on s'en prive ? Abstenez-vous de sentir ce beau soleil et de regarder fleurir les lilas. Je travaille, moi... sans m'abstenir de regretter de ne pas travailler davantage. Mais je m'ennuie et n'ai pas grand cœur à l'ouvrage.... Ce soir, roman de Maurice. J'apprends, dans la journée, à faire les *gnocchi* pour en faire à Palaiseau....

Agenda tenu par Marceau, 11 juin 1864 : Dernière soirée à Nohant. Nous nous en souviendrons tous, je crois. Il n'y a donc rien à écrire sur cette dernière veillée. Mais je pense malgré moi que, pendant les quatorze ans que j'ai passés ici, j'ai plus ri, plus pleuré, plus *vécu* que dans les trente-trois ans qui les ont précédés.... Me voilà désormais seul avec Elle. Quelle responsabilité ! Mais aussi quel honneur et quelle joie ! *Ici surcharge de l'écriture de Maurice Sand :* Quel fat ! Quel sot [1] !

Ce ne fut pas une brouille et tout se fit à l'amiable. On mit Nohant en veilleuse, « sur le pied d'absence », car Maurice et Lina, eux aussi, se refusaient à porter le poids de cette vaste demeure : « Les chers enfants ne veulent pas gouverner Nohant ; ils ont un peu tort, dans leur intérêt..., mais ils y portent je ne sais quels scrupules, qui sont bons et tendres [2].... » Ils décidèrent d'aller à Guillery, chez Casimir, qui demeurait le suprême refuge de ses enfants et pour

---

1. Textes inédits. Bibliothèque nationale, département des manuscrits.
2. GEORGE SAND, *Correspondance*, t. V, p. 30.

lequel Maurice et Lina avaient beaucoup d'affection.

George Sand « vola vers Palaiseau », accompagnée par les lamentations des Berrichons qui la poursuivaient d'adresses attristées et de pétitions affectueuses. La Châtre parla d'une querelle de famille. Sand protesta : « Nous vivons toujours en bonne intelligence, Dieu merci ; mais, si les gens de La Châtre n'avaient pas incriminé, selon leur coutume, c'est qu'ils auraient été malades [1].... » Elle aima le nouveau « logement de Paris, tout petiot, mais ravissant, commode, propre et d'un goût charmant ». Palaiseau l'enchanta.

Agenda de George Sand, 12 juin 1864 : Je suis dans le ravissement de *tout :* du pays, du petit jardin, de la vue, de la maison, du dîner, de la bonne, du silence. C'est un enchantement ! Le bon Mancel a pensé à tout ; *c'est la perfection. — 13 juin 1864 :* « Sommeil de plomb. Il paraît qu'il vente et qu'il tonne. Je ne m'en aperçois pas.... Nous passons la journée à déballer et à ranger. C'est amusant d'installer ses affaires dans des meubles tout neufs, et dans un local si propre. Lucy [2] nous fait un dîner succulent, et servi avec une propreté appétissante. Nous mangeons des fraises de *notre* jardin, du poisson, des œufs et du café. C'est-y Mancel qui *gâgne ?*... Chouette [3] !...

George Sand à Maurice, 14 juin 1864 : C'est une assiette de verdure avec un petit diamant d'eau, au milieu, le tout placé dans un paysage admirable, un vrai Ruysdaël.... On y dort bien ; c'est le silence de Gargilesse, la nuit comme le jour.... Les arbres sont superbes, les prés et les blés splendides, et la culture excessive n'empêche pas que, sur les marges des sentiers et des ruisseaux, il n'y ait beaucoup de plantes. J'ai fait un petit tour ce matin et j'ai déjà rapporté des consoudes roses, bleues et lilas, que nous n'avons pas chez nous. Ce que je voudrais vous envoyer, c'est une spirée rose de mon jardinet, qui est un arbuste ravissant [4]....

A peine était-elle installée à Palaiseau que George

---

1. GEORGE SAND, *Correspondance*, p. 33.
2. Lucie (et non Lucy) était une cuisinière, engagée par Mancel.
3. Textes inédits. Bibliothèque nationale, département des manuscrits.
4. Lettre citée par WLADIMIR KARÉNINE, dans *George Sand*, t. IV, p. 478.

Sand apprit une affreuse nouvelle. Le petit Marc-Antoine, « Cocoton », était tombé malade à Guillery.

Agenda tenu par Manceau, 19 juillet 1864 : Nous recevons l'affreuse nouvelle que Marc est mourant : « BEAUCOUP PLUS MAL. PEU D'ESPOIR. » Nous renvoyons les jeunes gens dire à Maillard de nous attendre à la gare de Sceaux. Nous faisons nos malles et nous partons. Nous pouvions prendre le train de Bordeaux le soir même, mais notre train est en retard et nous manquons celui d'Orléans, de cinq minutes ! Nous ne pouvons plus partir que demain.... Nous couchons rue des Feuillantines. Nous avons bien fait d'amener Lucie.... — *20 juillet 1864* : Nouveau télégramme : « SI TU VEUX LE VOIR, VIENS. » Visite de Maillard... et de Camille, que nous décidons à nous accompagner. Nous dînons seuls chez nous, rue des Feuillantines, et nous partons à sept heures quarante-cinq de la gare. Nous sommes en coupé.... — *21 juillet 1864* : Nous déjeunons entre Périgueux et Agen, dans notre coupé. A Agen, à dix heures et demie, nous trouvons la poste qui nous attend et nous filons sur Guillery, où nous sommes à deux heures. Depuis une demi-heure, nous savons par le facteur rural que nous arrivons trop tard : l'enfant est mort ce matin. La première personne que nous voyons, c'est Maurice ; puis M. Dudevant et Mme Dalias[1] ; puis Mme Maurice[2]....

Sand vit là son mari pour la dernière fois. Casimir, ennuyé de la recevoir sous son toit, avait dit : « Je ne puis l'empêcher de venir voir son petit-fils. » Quand on annonça « la voiture de Madame la baronne », Dudevant sortit sur le perron avec ses amis. Aurore amenait le docteur Camille Leclerc et Manceau. Elle murmura très bas : « Casimir.... — Madame, dit-il, vous connaissez votre chambre ; depuis votre départ, elle n'a pas été habitée. » La concubine escorta poliment la femme légitime, qui lui dit : « Je vous confie mon vieux mari. »

George Sand portait une robe étrange, relevée sur un jupon rouge ; elle fumait d'énormes cigarettes. Pendant le

---

1. Jeanny Dalias, gouvernante-maîtresse du baron Dudevant et mère de sa fille Rose, plus tard Mme Bergé.
2. Texte inédit. Bibliothèque nationale, département des manuscrits.

repas, elle ne dit mot. Les personnes présentes à Guillery remarquèrent « son air affaissé, sa rotondité, ses joues pendantes ». Elle repartit le lendemain. «Quelle impression vous a faite cette dernière rencontre avec votre épouse ? demanda le docteur Selsis à Casimir. — Oh ! répondit-il, je n'ai pas eu envie de l'appeler Aurore ; elle ressemblait plutôt à un soleil couchant [1].... »

Maurice et Lina rentrèrent à Nohant, Sand à Palaiseau. Dans ce deuil, une fois encore, elle étonna ses amis par son immédiate résilience. « Quelle douleur ! Et pourtant je demande, je *commande* un autre enfant, car il faut aimer, il faut souffrir, il faut pleurer, espérer, créer.... » Dîners Magny, vaudeville, Gymnase, Odéon, la vie reprit son circuit fermé. Manceau toussait, tout en aménageant Palaiseau et, le soir, jouait au bésigue avec « sa dame ».

VI

SOUFFRANCES ET MORT DE MANCEAU

L'année 1865 fut douloureuse. Manceau toussant, fiévrotant, dépérissait avec une terrifiante rapidité. George, elle aussi, se plaignait de mille maux, mais, toujours active, courait dans la boue du jardin pour planter des oignons envoyés de Nohant ; allait à Paris chaque soir au théâtre ; épuisait Manceau et Maillard en courses et achats. Le 23 janvier, Maillard mourut subitement d'une péritonite et « Madame fut bien bonne et tendre pour tous ». Mais quelques jours plus tard, sous la pluie battante, elle traînait Manceau à Palaiseau pour assister à un spectacle forain : *Les Mémoires du Diable*. Elle ne pouvait résister à la tentation des marionnettes.

A la vérité, il y avait des moments où elle ne pouvait résister à aucune tentation. Elle avait retrouvé à Paris,

1. Cf. Louise Vincent, *George Sand et le Berry*, pp. 622-623.

en 1864, le jeune peintre Marchal, le mastodonte, devenu grâce à elle familier de la princesse Mathilde. Dumas fils les avait, une seconde fois, rapprochés en priant Sand d'obtenir du prince un ruban « pour ce gros Apelle qui aime le rouge ». A la suite de cette démarche, le gros Apelle était venu à Palaiseau faire son remerciement. Manceau, moribond, glissait alors au désespoir. Il était difficile à soigner. Sand, qui n'en pouvait plus, avait décidé soudain d'aller passer quelques jours à Gargilesse avec Marchal. *Agenda de Manceau, 29 septembre 1864 :* « Marchal est insolent comme le valet du bourreau. »

Mais cette fugue avait été la dernière. En 1865, voyant Manceau perdu, elle se jura de ne plus le quitter et tint parole. Il « soufflait comme un chien » et crachait un peu de sang. Comme il s'assombrissait, George eut l'idée d'écrire avec lui un roman : *Le Bonheur*, afin qu'il fût plus étroitement associé à sa vie. « Madame travaille à *notre* roman. » Cependant elle l'envoyait à Paris « pour une pompe et d'autres choses ». Il rentrait épuisé : « La chère dame est à la gare, qui m'attend comme si elle était moi, et moi elle ! C'est bien gentil.... » *30 mai 1865 :* « Elle est triste, la dame, de me voir ainsi. Pourtant je fais ce que je peux pour la faire rire, aussitôt que la fièvre veut bien m'oublier.... »

Elle le soignait avec un dévouement de sœur de charité, faisant elle-même les frictions, lotions, enveloppements humides. C'était elle seule, maintenant, qui tenait le journal, mais, Manceau le lisant chaque jour, elle devait maintenir un difficile équilibre entre un optimisme qui eût été invraisemblable et un désespoir qui aurait effrayé le mourant.

Agenda de George Sand, 18 juin 1865 : Ce matin, il me disait : « Je sue moins et je vais certainement mieux. » Il dort complètement, après déjeuner, tant mieux, ses nuits sont si entrecoupées ! Il travaille un peu et me lit quelques pages, sans tousser. Il voudrait sortir en voiture, s'il faisait chaud, mais il fait très froid.... Moi, je ne vis plus ! Quelle douleur de le voir souffrir ainsi ! Il prend, ce soir, après sa friction, deux pilules.... Il a

froid, même après sa friction.... — *25 juin 1865:* Triste journée. Il est découragé, irrité, désespéré. Je ne fais que pleurer
et cela ne remédie à rien. Il s'en prend à moi de ce qu'il ne guérit
pas, de ce que les médecins ne soient pas sérieux ! Il a la fièvre
toute la journée, deux heures de toux avant le dîner ; après, il
est exaspéré. Il grogne le docteur Morin, les amis, tout le
monde.... — *6 juillet 1865 :* Journée orageuse. Une chaleur
tropicale, qui l'accable. Il a un moment de calme à une heure, et
il me le crie d'en haut, pauvre ami ! Mais cela ne dure pas. La
fièvre le ronge et il est faible, faible. Et pourtant il mange. Mais
comment, dans l'état où il est, pourrait-il lutter contre cette
chaleur qui abat les valides ? Il y met bien du courage, je le vois,
et moi, au lieu de lui en donner, je ne peux pas vaincre les
larmes. Il était ma force et ma vie ! Quand il est le plus faible
physiquement, moi, je suis la plus faible moralement.... —
8 juillet 1865: Toujours plus faible et plus irrité. Journée
affreuse. Le soir, le docteur Fuster [1] arrive, avec son secrétaire
et Camille. Le docteur Morin vient aussi. Fuster examine et
ausculte. Toujours la même chose : un poumon parfaitement
sain ; un léger point à l'autre. Rien de grave par là, mais cette
fièvre, mais ces nerfs, mais ce tempérament irritable !... Il veut
qu'il se guérisse *par l'effort de sa volonté* et par sa soumission à
son régime qu'il maintient dans toute sa rigueur. Il faut les
lotions d'eau froide ; il les faut sans tarder, ni fléchir. Il m'a dit,
à moi, qu'il a guéri des malades bien autrement compromis,
mais que je ne dois pas céder, et que je me fasse détester s'il le
faut.... Pauvre enfant ! Il crie pendant cette lotion, c'est déchirant. J'ai envie de me tuer. Non ! Il faut le soigner et le sauver...
le sauver malgré lui.

18 août 1865: Il tousse sans interruption toute la nuit et
toute la journée. Quarante-huit heures ! C'est déchirant, et
pourtant il est infiniment plus calme que les jours précédents.
Il semble qu'il repose quand même, car il est surpris quand on
lui dit l'heure et il ne se rend pas compte du temps écoulé.... —
19 août 1865 : Hélas ! Tout ce qui précède, *il le lisait.* Tantôt
je craignais de l'irriter en adoucissant son mal, et tantôt je
craignais qu'il n'en connût la gravité sans recours. Il y a plus
d'un mois que je la connais ; quelle lutte j'ai soutenue pour le
lui cacher ! Le voilà au plus mal. Il dort, accablé par la fièvre,

---

1. Le docteur Fuster, professeur à la Faculté de Montpellier, croyait
avoir découvert le moyen de guérir la tuberculose. Les journaux ayant
loué ce « merveilleux traitement », George Sand avait correspondu avec
lui et fait suivre à Manceau le régime en question. On voit qu'elle n'hésita
pas à faire venir Fuster en consultation, de Montpellier à Palaiseau, au
chevet de son malade.

étouffé, ne toussant même plus. Est-ce le dernier sommeil ?...

Lundi 21 août : « *Mort* ce matin, à six heures, après une nuit complètement calme, en apparence. En s'éveillant, il a parlé un peu, d'une voix déjà morte, et puis des paroles vagues comme dans un rêve, et puis quelques efforts de respiration, et puis la pâleur, et puis *rien !* Il n'a pas eu conscience, j'espère. Il m'avait parlé, avec volonté et lucidité, à minuit. Il a parlé d'aller à Nohant !... Je l'ai changé et arrangé sur son lit. J'ai fermé ses yeux. Je lui ai mis des fleurs. Il est beau et paraît tout jeune. Ah ! mon Dieu ! je ne le veillerai plus.... — *22 août 1865:* J'ai passé la nuit, seule, près de ce sommeil ! Il est sur son lit, toujours calme à présent. Rien de laid ni d'effrayant. Aucune mauvaise odeur. Je lui ai mis des roses fraîches.... Seule à présent, et lui là, à côté de moi, dans cette petite chambre. Je n'ai plus à écouter sa respiration, et la nuit prochaine, plus rien, *encore plus seule !* Et à présent, toujours [1]....

Dans toute la vie de George Sand, il y a peu de traits plus émouvants que cette longue veillée, que ce courageux mensonge, que cette tendresse active. Pendant cinq mois, elle ne quitta pas un jour cet agonisant. Dès qu'il fut mort, elle écrivit à Maurice.

George Sand à Maurice, 21 août 1865: Notre pauvre ami a cessé de souffrir. Il s'est endormi à minuit, avec toute sa lucidité.... Je suis brisée de toutes façons, mais, après l'avoir habillé et arrangé moi-même sur son lit de mort, je suis encore dans l'énergie de volonté qui ne pleure pas. Je ne serai pas malade, soyez tranquilles, je ne veux pas l'être ; je veux aller vous rejoindre aussitôt que j'aurai pris tous les soins nécessaires pour ses pauvres restes et mis en ordre ses affaires et les miennes, qui sont aussi les vôtres [2]....

Car Manceau, bien qu'il eût encore ses parents et une sœur non mariée, Laure, avait légué tout ce qu'il possédait à Maurice Sand.

George Sand à Maurice, 22 août 1865: Me voilà seule depuis deux nuits, auprès de ce pauvre endormi qui ne se réveillera

---

1. Textes inédits. Bibliothèque nationale, département des manuscrits.
2. Lettre citée par Wladimir Karénine, dans *George Sand*, t. IV, p. 490.

plus. Quel silence dans cette petite chambre, où j'entrais sur la pointe du pied, à toutes les heures du jour et de la nuit ! Je crois toujours entendre cette toux déchirante ; il dort bien à présent ; sa figure est restée calme ; il est couvert de fleurs. Il a l'air d'être en marbre, lui si vivant, si impétueux ! Aucune mauvaise odeur ; il est pétrifié. Son imbécile de sœur est venue ce matin et n'a pas voulu le voir, disant que cela lui ferait trop d'impression [1]....

Après l'enterrement, « journée d'émotions et de larmes », Maurice la ramena vers Nohant. *Journal de George Sand, 23 août 1865 :* « Mon fils est mon âme même. Je vivrai pour lui, j'aimerai les braves cœurs. — Oui, oui, mais *toi*.... Toi qui m'as tant aimée ! Sois tranquille, ta part reste impérissable.... » Elle trouva Lina, enceinte de quatre mois, « bien fraîche et bien ronde, la maison bien propre et bien rangée.... Un tour au jardin, aux bêtes, partout. C'est bien tenu et très joli. » Maurice et Lina semblaient s'attacher de plus en plus à Nohant. La belle-fille était active, douce, soumise. Sand passa là quelques semaines, puis, dès la rentrée, on la revit à Paris, au Théâtre-Français, à l'Odéon. Elle subissait la douleur ; elle ne la cultivait pas. D'une autre femme, elle disait : « Elle se nourrit de ces puérilités douloureuses, qui aggravent le mal et ne réveillent pas le sentiment du devoir. Elle passe tous les jours plusieurs heures sur la tombe de son fils, et non pour prier ou pour méditer sur l'immortalité des êtres, mais pour contempler ce coin de terre où il n'y a de lui que ce qui était le vêtement passager de son impérissable essence.... Le temps ferme les plaies, si le blessé ne s'obstine pas à les envenimer. »

Une lettre à Flaubert, qui avait été en cette épreuve un visiteur amical et fidèle, décrit très sincèrement son état d'esprit.

George Sand à Gustave Flaubert, 22 novembre 1865 : Me voilà toute seule dans ma maisonnette.... Je suis triste ici tout

1. Lettre citée par WLADIMIR KARÉNINE, dans *George Sand*, t. IV, p. 491.

de même. Cette solitude absolue, qui a toujours été pour moi vacance et récréation, est partagée maintenant par un mort, qui a fini là comme une lampe qui s'éteint, et qui est toujours là. Je ne le tiens pas pour malheureux, dans la région qu'il habite ; mais cette image qu'il a laissée autour de moi, qui n'est plus qu'un reflet, semble se plaindre de ne pouvoir plus me parler. N'importe ! La tristesse n'est pas malsaine : elle nous empêche de nous dessécher. Et vous, mon ami, que faites-vous à cette heure ? Vous piochez aussi, seul aussi, car la maman doit être à Rouen. Ça doit être beau aussi, la nuit, là-bas. Y pensez-vous quelquefois au « vieux troubadour de pendule d'auberge, qui toujours chante et chantera le parfait amour » ? Eh bien oui, quand même ! Vous n'êtes pas pour la chasteté, monseigneur, ça vous regarde. Moi, je dis qu'*elle a du bon*. Et sur ce, je vous embrasse de tout mon cœur et je vais faire parler, si je peux, des gens qui s'aiment à la vieille mode. Vous n'êtes pas forcé de m'écrire quand vous n'êtes pas en train. Pas de vraie amitié sans liberté absolue. A Paris, la semaine prochaine, et puis à Palaiseau encore, et puis à Nohant [1].

Pendant cette retraite solitaire à Palaiseau, au seuil de la vieillesse, où en est-elle ? En religion, elle avoue son ignorance. L'homme n'est pas assez fort pour définir Dieu et il ne peut affirmer ce qu'il ne peut définir. Pourtant elle veut croire.

George Sand à Desplanches, *25 mai 1866 :* Ce siècle ne peut pas affirmer, mais l'avenir le pourra, j'espère ! Croyons au progrès ; croyons en Dieu dès à présent. Le sentiment nous y porte. La foi est une surexcitation, un enthousiasme, un état de grandeur intellectuelle qu'il faut garder en soi comme un trésor et ne pas le répandre sur les chemins en petite monnaie de cuivre, en vaines paroles, en raisonnements inexacts et pédantesques.... Laissez donc faire le temps et la science. C'est l'œuvre des siècles de saisir l'action de Dieu dans l'univers. L'homme ne tient rien encore : il ne peut pas prouver que Dieu n'est pas ; il ne peut pas davantage prouver que Dieu est. C'est déjà très beau de ne pouvoir le nier sans réplique. Contentons-nous de ça, mon bonhomme, nous qui sommes des artistes, c'est-à-dire des êtres de sentiment.... Croyons quand même et disons : *Je crois!* ce n'est pas dire : « J'affirme » ; disons : *J'espère!* ce

n'est pas dire : « Je sais. » Unissons-nous dans cette notion, dans
ce vœu, dans ce rêve qui est celui des bonnes âmes. Nous sen-
tons qu'il est nécessaire que, pour avoir la charité, il faut avoir
l'espérance et la foi, de même que, pour avoir la liberté et
l'égalité, il faut avoir la fraternité [1]....

Donc « elle aime Dieu », comme l'avait prédit la mère
Alicia ; mais, si pour son compte elle demeure spiritualiste,
elle n'excommunie pas les matérialistes : « Place aux
athées ! Ne sont-ils pas comme nous tournés vers l'avenir ?
Ne combattent-ils pas comme nous les ténèbres de la
superstition ? »

En politique, bien que plus sceptique quant à l'action
immédiate, elle continue d'espérer. L'Empire ne lui dit
rien qui vaille, malgré l'amitié que lui témoigne le Palais,
et elle ne croit guère au libéralisme que commence d'afficher Napoléon III. Dans un roman qu'elle écrit alors,
Monsieur Sylvestre, deux hommes s'opposent en un dialogue qui est celui de Sand avec Sand. M. Sylvestre,
vieil anachorète, après avoir été quarante-huitard, ne
croit plus en aucun type de société, parce que l'expérience
lui a montré que la justice ne triomphe jamais ; son inter-
locuteur, Pierre Sorède, est un jeune homme qui n'admet
pas que l'on devienne sceptique par dépit de n'avoir pas
réalisé sur terre le paradis. Pourquoi prétendre imposer
à un peuple des lois parfaites ? « C'est la doctrine du ter-
rorisme : *Fraternité ou la mort* ; c'est aussi celle de l'In-
quisition : *Hors de l'Église, point de salut*. La vertu et
la foi décrétées ne sont plus la foi et la vertu ; elles deviennent haïssables. Il faut laisser aux individus le loisir
de comprendre les avantages de l'association et le
droit de la fonder eux-mêmes, quand les temps seront
venus. »

Ainsi la révolutionnaire mystique et romantique acquiert
peu à peu l'esprit critique. Elle le doit, pense-t-elle, à la
pratique des sciences. Dans un autre roman de cette

1. GEORGE SAND, *Correspondance*, t. V, pp. 114-115.

période, *Valvèdre*, elle fait avec affection et respect le portrait d'un homme de science. « Ne me dites pas, à moi, que l'étude des lois naturelles et la recherche des causes refroidissent le cœur et retardent l'essor de la pensée ; je ne vous croirai pas. » Comme Renan et Berthelot, dans le même temps, Mme Sand passe du romantisme populaire au romantisme scientifique. Évoluant avec son époque, elle demeure, « comme un écho sonore », au centre des pensées neuves.

Les livres qu'elle écrit alors ne sont pas très bons et elle le sait. Ce sont des romans d'idées où s'affrontent, non des êtres vivants, mais des doctrines incarnées. L'art doit être plus concret. Le vrai génie de Sand avait été lié à l'amour de la terre ; il brille d'un dernier éclat dans des bouts de lettres.

George Sand à Maurice, 1ᵉʳ février 1866 : J'ai fait un très bon voyage : un lever de soleil fantastique, admirable, sur la Vallée Noire : tous les ors pâles, froids, chauds, rouges, verts, soufre, pourpre, violets, bleus, de la palette du grand artisan qui a fait la lumière ; tout le ciel, du zénith à l'horizon, était ruisselant de feu et de couleur, la campagne charmante, des ajoncs en fleurs autour de flaques d'eau rosée [1]....

Valvèdre n'est qu'un être de raison, héros de roman « engagé », auquel manque la folie de la vie. Mais Sand, elle, va toujours, tête basse comme un bœuf berrichon, et creuse chaque jour son sillon. Heureuse ? Oui, parce qu'elle veut l'être.

George Sand à Charles Poncy, 16 novembre 1866 : On est heureux par soi-même quand on sait s'y prendre : avoir des goûts simples, un certain courage une certaine abnégation, l'amour du travail et avant tout une bonne conscience. Donc, le bonheur n'est pas une chimère, j'en suis sûre à présent ; moyennant l'expérience et la réflexion, on tire de soi beaucoup ; on refait même sa santé par le vouloir et la patience.... Vivons donc la vie comme elle est, sans ingratitude [2]....

---

1. George Sand, *Correspondance*, t. V, p. 106.
2. *Opus cit.*, t. V, p. 106.

C'est la philosophie que Sainte-Beuve lui prêcha jadis, au temps des grands orages. Aussi lui envoie-t-elle *Monsieur Sylvestre* avec cette dédicace : « A Sainte-Beuve, douce et précieuse lumière dans ma vie. » Mais cet assagissement qu'ont amené l'âge et l'expérience n'implique ni excuses, ni regrets. La mode est, en 1866, de railler ce « mal du siècle » dont elle souffrit jadis avec tous ses amis romantiques. Elle relève ce vieux drapeau troué : « Peut-être notre maladie valait-elle mieux que la réaction qui l'a suivie ; que cette soif d'argent, de plaisirs sans idéal et d'ambitions sans frein, qui ne me paraît pas caractériser bien noblement la *santé du siècle* »

NEUVIÈME PARTIE

L'ART D'ÊTRE GRAND-MÈRE

> Malgré tant d'épreuves, mon âge avancé et la grandeur de mon âme me font juger que tout est bien.
>
> SOPHOCLE.

I

MON TROUBADOUR

LA MORT de Manceau rapprocha George Sand et Nohant. Son étrange goût des logis multiples fit qu'elle conserva pourtant la maisonnette de Palaiseau et un appartement à Paris. L'amour du théâtre, les dîners Magny, les répétitions de ses pièces l'y ramenaient souvent. Elle alla au Français voir une comédie de Musset : *On ne badine pas avec l'amour*. « Vieille histoire, pièce charmante », nota-t-elle. Oui, vieille histoire où elle retrouvait ses propres phrases et le souvenir des passions défuntes. Parfois elle emmenait, au cirque ou au Gymnase, Marchal le Gigantesque.

George Sand à Charles Marchal : As-tu entendu le *Don Juan* du Lyrique ? Je demande deux places pour mardi. En veux-tu une ? Si oui, dînons ensemble où tu voudras. Sinon, donne-moi rendez-vous quelque part pour que je te bige et te bénisse avant de m'en aller à Nohant. Je pars jeudi de Paris, et d'abord de Palaiseau lundi. Fais-moi trouver un mot de toi, lundi, rue des Feuillantines, afin que je donne mon autre place pour *Don Juan* à un autre camarade, si tu n'es pas libre d'en profiter. Comment vas-tu, mon gros lapin ? Moi, bien. Y a que le vent d'est qui m'embête. Je t'embrasse [1]....

---

1. Lettre inédite. Collection Simone André-Maurois.

Mais le camarade était décevant, « tout englué » de beaux modèles et difficile à tenter, fût-ce par un dîner à dix francs, chez Magny ou Brébant.

A Palaiseau, la maison restait bien tenue, par Jacques et Caroline, couple de gardiens résidents, pieux et prolifiques, « le service bien fait, sans oublier la montre *à l'heure*, l'almanach *au jour* », comme au temps de Manceau, de sorte que George pouvait, lorsqu'elle le souhaitait, passer là de calmes soirées, seule, pas trop triste, dans le silence et le recueillement. Mais, par essence, elle demeurait une campagnarde berrichonne et préférait à tout son cher Nohant.

Enfant, jeune fille, femme, elle avait rarement vécu un an sans venir, en se promenant sous ces charmilles, reprendre contact avec ses morts et sa terre. Ce cimetière plein d'herbes, ces grands ormeaux délabrés, ce petit clocher couvert de tuiles, ce porche de bois brut, « tout cela devient doux et cher à la pensée quand on a vécu longtemps dans ce milieu calme et silencieux ». Ces maisonnettes de paysans qui l'entourent sont celles des camarades de jeu de son enfance, de leurs enfants et de leurs petits-enfants. Le sonneur-fossoyeur est un vieil ami. Peut-être la châtelaine a-t-elle jadis scandalisé le village. Certains croient avoir vu des diables dans le parc et y ont entendu d'étranges musiques, masques et bergamasques, polonaises et mazurkas, mais c'est fini. Mme Sand est maintenant la Bonne Dame de Nohant, personnage légendaire et tutélaire, qui « a donné la gloire à l'harmonieux Berry ».

Avec elle vivent non seulement Maurice et Lina, mais une petite-fille, Aurore, car la « commande » faite après la mort de Cocoton a été exécutée. Aurore, dite « Lolo », est belle, fraîche et gaie ; elle a les yeux de velours noir de sa grand-mère, « des mains et des pieds adorables, toujours le regard sérieux, même quand elle rit ». Aurore IV « veut absolument parler et se livre à un extraordinaire exercice de consonnes dans le nez et dans la gorge ». En 1868, elle aura deux ans, et bonne-maman, pour sa fête, lui fera présent, avec le jardin de Trianon, d'un bouquet de primevères blanches.

La maison restait celle du bon Dieu, toujours ouverte aux amis. Seulement, ceux-ci avaient changé. Borie, tout-puissant directeur du Comptoir d'Escompte, gagnait maintenant vingt-cinq mille francs par an [1], au grand scandale de George. Lambert, peintre à succès, décoré, bien marié, menait grand train : « Le voilà plus riche que moi, mieux logé, mieux vêtu, mieux nourri, disait Sand. Qu'importe ? Il entre dans la vie et j'en sors [2] ». Une nouvelle génération de « fils » se formait peu à peu autour d'elle. Il y avait Edmond Plauchut [3], avec qui elle correspondait depuis des années parce que ce grand voyageur disait avoir été sauvé, après un naufrage sur une île du cap Vert, Bôa-Vista, par son admiration pour George. Il portait toujours sur lui un album contenant des autographes d'Eugène Sue, de Cavaignac et de George Sand. Maltraité par les nègres, éconduit par un soi-disant consul de France, il avait été mieux accueilli par un Portugais cultivé, auquel il avait montré son album-talisman. La gloire universelle de la Dame de Nohant l'avait protégé. En 1861, à Tamaris, il était apparu, nez de pirate et barbe de conquistador, et avait été adopté. Il y avait Charles-Edmond, président du conseil d'administration du *Temps* [4], Henry Harrisse, l'Américain des dîners Magny, grande autorité dans son pays sur Christophe Colomb et sur George Sand ; et tout un groupe de Berrichons de deuxième génération, comme Maxime Planet et Angèle Néraud, ou de troisième génération comme les petits-fils

1. Environ cinq millions de francs 1951.
2. Agenda inédit de George Sand, 7 février 1866. Bibliothèque nationale, département des manuscrits.
3. Edmond Plauchut (1814-1909) est enterré dans le cimetière familial de Nohant.
4. Charles-Edmond Chojecki (1822-1899), bibliothécaire du Sénat, avait cessé de porter son nom polonais et n'est connu que sous ses deux prénoms.

d'Hippolyte Châtiron : René, Edme et « Bébert » Simonnet.
Mais le grand ami de la vieillesse de Sand fut Gustave
Flaubert. Il avait achevé de prendre son cœur en venant
à Palaiseau, après la mort de Manceau, lui tenir compagnie.
A son tour, Sand lui avait rendu visite à Croisset, et cette
« conjonction » avait été un immense succès.

Journal de George Sand, 28 août 1866 : J'arrive à Rouen à
une heure. Je trouve Flaubert à la gare avec une voiture. Il
me mène voir la ville, les beaux monuments, la cathédrale,
l'hôtel de ville, Saint-Maclou, Saint-Patrice ; c'est merveilleux. Un vieux charnier et des vieilles rues ; c'est très curieux.
Nous arrivons à Croisset.... La mère de Flaubert est une vieille
charmante. L'endroit est délicieux, la maison confortable, jolie
et bien arrangée. Et un bon service, de la propreté, de l'eau, des
prévisions, tout ce qu'on peut souhaiter ! Je suis comme un
coq en pâte !... Flaubert me lit, ce soir, une *Tentation de saint
Antoine* superbe. Nous bavardons dans son cabinet, jusqu'à
deux heures. — *Mercredi 29 août :* Nous partons à onze heures
par le bateau à vapeur, avec Mme Flaubert, sa nièce [1], son amie
Mme Vaas, et la fille de celle-ci, Mme de la Chaussée. Nous
allons à La Bouille. Un temps affreux. Pluie et vent. Mais je
reste dehors, à regarder l'eau.... A La Bouille, on reste dix
minutes et on revient avec la *barre*, ou le *flot*, ou le *mascaret*,
raz de marée. On est rentré à une heure. On fait du feu, on se
sèche, on prend du thé.... Je repars avec Flaubert pour faire
le tour de sa propriété : jardin, terrasses, verger, potager, ferme,
« citadelle », une vieille maison de bois bien curieuse, qui lui sert
de cellier. La *Sente de Moïse*. Vue d'en haut sur la Seine.... Abri
excellent, tout en haut. Le terrain sec et blanc au-dessus. Tout
charmant, très poétique.... Je m'habille. On dîne très bien. Je
joue aux cartes avec les deux vieilles dames. Je cause ensuite
avec Flaubert et je me couche à deux heures. Excellent lit ;
on dort bien. Mais je retousse ; mon rhume est mécontent ; tant
pis pour lui ! — *Paris, jeudi 30 août :* Départ de Croisset à
midi, avec Flaubert et sa nièce. Nous la déposons à Rouen. Nous
revoyons la ville, le pont ; c'est vaste ; c'est superbe. Un beau
baptistère dans une église de jésuites.... Flaubert m'emballe [2].

Sand à Flaubert : Je suis vraiment touchée du bon accueil
que j'ai reçu dans votre milieu de chanoine, où un animal errant

1. Caroline Commanville, plus tard Mme Franklin-Grout.
2. Texte inédit. Bibliothèque nationale, département des manuscrits.

de mon espèce est une anomalie que l'on pouvait trouver gênante. Au lieu de ça, on m'a reçue comme si j'étais de la famille et j'ai vu que ce grand savoir-vivre venait du cœur. Ne m'oubliez pas auprès des très aimables amies.... Et puis, toi, tu es un brave et bon garçon, tout grand homme que tu es, et je t'aime de tout mon cœur [1]....

Elle revint à Croisset en novembre 1866.

Journal de George Sand, 3 novembre 1866 : Départ de Paris à une heure, avec Flaubert. Express très rapide, temps délicieux, charmant pays, bonne causerie.... A Rouen-gare, nous trouvons Mme Flaubert et son autre fils, le médecin. A Croisset, tour de jardin, causerie, dîner, recauserie et lecture jusqu'à une heure et demie. Bon lit. Sommeil de plomb. — *4 novembre 1866 :* Temps ravissant. Tour de jardin jusqu'au verger. Travail. Je suis très bien dans ma chambrette ; il y fait chaud. A dîner, la nièce, son mari, et la vieille dame Crépet.... Elle s'en va demain. Patiences. Gustave me lit ensuite la féerie. C'est plein de choses admirables et charmantes, mais trop long, trop riche, trop plein. Nous causons encore à deux heures et demie. J'ai faim. Nous descendons chercher du poulet froid à la cuisine. Nous sortons une tête dans la cour, pour chercher de l'eau à la pompe. Il fait doux comme au printemps. Nous mangeons. Nous remontons. Nous fumons. Nous recausons. Nous nous quittons à quatre heures du matin. — *5 novembre 1866 :* Toujours un temps délicieux. Après déjeuner, nous allons nous promener. J'entraîne Gustave, qui est héroïque ; il s'habille et il me conduit à Canteleu. C'est à deux pas, en haut de la côte. Quel admirable pays ! Quelle douce, large et belle vue ! Je rapporte une charge de polypiers de silex. Il n'y a que de ça. Nous rentrons à trois heures. Je travaille. Après dîner, recauserie avec Gustave. Je lui lis *Cadio.* Nous recausons et nous soupons, d'une grappe de raisin et d'une tartine de confitures.... — *6 novembre 1866 :* Il pleut. Nous partons à une heure, en

---

1. Dans le tome V de la *Correspondance* imprimée (p. 126), cette lettre est datée : *10 août 1866.* Erreur évidente, puisqu'elle est postérieure au voyage de Croisset. Le journal que George Sand tint, pendant vingt-cinq ans (1852-1876), sur de grands agendas de format commercial où chaque journée commence par un en-tête imprimé, prouve de façon irréfutable que les deux séjours à Croisset eurent lieu du 28 au 30 août, puis du 3 au 10 novembre 1866. Sand datait rarement ses lettres. Quand Maurice Sand publia six volumes de correspondance (Calmann-Lévy, 1882-1884), il fit précéder les lettres de dates précises, mais souvent inexactes.

bateau à vapeur, pour Rouen, avec la maman. Je vais avec
Gustave au cabinet d'histoire naturelle. Reçus par M. Pouchet,
sourd comme un pot, malade et faisant des efforts inouïs pour
être charmant. Impossible d'échanger un mot avec lui, mais,
de temps en temps, il explique et il est intéressant.... Le nid de
quatre-vingts mètres de tour avec les œufs abandonnés.... Les
petits qui naissent avec des plumes.... Collection de coquilles
superbes. Cabinet de M. Pouchet : son araignée vivante, man-
geuse d'oiseaux ; son crocodile. Nous descendons au musée du
jardin des Plantes. Fragments porte de Corneille.... Dîner chez
Mme Caroline Comenville *(sic)*. Ensuite la ménagerie Schmith.
Superbes animaux, apprivoisés comme des chiens. Les fœtus.
La femme à barbe. Une pantomime. Foire Saint-Romain. Nous
rentrons à minuit et demi à Croisset, avec la maman, qui est
très vaillante et qui a fait une grande course à pied. Nous causons encore jusqu'à deux heures [1]....

Une belle correspondance s'engagea. Il l'appelait :
Chère maître, ou *Chère maître bien-aimée ;* elle, *mon bénédictin*, ou *mon troubadour*. Car elle aimait à répéter qu'ils
étaient, « se rôtissant les guiboles au coin du feu », comme
deux vieux troubadours de pendule romantique. A n'observer que les apparences, cette mutuelle tendresse était surprenante, car jamais deux êtres ne furent plus différents.
Elle était une bohémienne ; elle aimait marcher, voyager.
Il vivait accroché à son pavillon de Croisset, à ses manuscrits et à son confort.

Gustave Flaubert à George Sand, 12 novembre 1866 : Tout le
monde ici vous chérit. Sous quelle constellation êtes-vous donc
née, pour réunir dans votre personne des qualités si diverses,
si nombreuses et si rares ? Je ne sais pas quelle espèce de sentiment je vous porte, mais j'éprouve pour vous une tendresse
particulière et que je n'ai ressentie pour personne jusqu'à présent. Nous nous entendions bien, n'est-ce pas ? C'était gentil....
Je me demande, moi aussi, pourquoi je vous aime. Est-ce parce
que vous êtes un grand homme ou un être charmant ? Je n'en
sais rien.... — *27 novembre 1866 :* C'était bien gentil, nos
causeries nocturnes. Il y avait des moments où je me retenais
pour ne pas vous *bécoter* comme un gros enfant [2]....

1. Texte inédit. Bibliothèque nationale, département des manuscrits.
2. GUSTAVE FLAUBERT, *Correspondance*, t. V, pp. 247 et 250.

George Sand à Gustave Flaubert, 12 octobre 1867 : Tu n'as pas comme moi un pied qui remue et toujours prêt à partir. Tu vis dans ta robe de chambre, le grand ennemi de la liberté et de l'activité [1]....

Rien au monde n'intéressait Flaubert que la littérature. Sand écrivait pour gagner sa vie, mais d'autres métiers l'eussent tentée : « J'aime les classifications ; je touche au pédagogue. J'aime à coudre et à torcher les enfants ; je touche à la servante. J'ai des distractions et je touche à l'idiot [2].... » Et aussi : « La sacro-sainte littérature, comme tu l'appelles, n'est que secondaire pour moi dans la vie. J'ai toujours aimé quelqu'un plus qu'elle, et ma famille plus que ce quelqu'un [3].... » Flaubert se refusait à écrire des romans à thèse ou des romans autobiographiques : « Un romancier n'a pas le droit d'exprimer son opinion sur quoi que ce soit. Est-ce que le bon Dieu a jamais dit son opinion ?... Le premier venu est plus intéressant que M. Gustave Flaubert, parce qu'il est plus général et, par conséquent, plus typique [4].... » Sand répondait : « Je crois que l'artiste doit vivre dans sa nature le plus possible [5].... » Flaubert suait toute une nuit sur un mot ; Sand abattait trente pages au cours de la sienne et recommençait un autre roman une minute après avoir terminé le livre en cours.

George Sand à Gustave Flaubert, 29 novembre 1866 : Vous m'étonnez toujours avec votre travail pénible. Est-ce une coquetterie ? Ça paraît si peu !... Quant au style, j'en fais meilleur marché que vous. Le vent joue de ma vieille harpe comme il lui plaît d'en jouer. Il a ses hauts et ses bas, ses grosses notes et ses défaillances ; au fond, ça m'est égal pourvu que l'émotion vienne, mais je ne peux rien trouver en moi. C'est *l'autre* qui chante à son gré, mal ou bien, et, quand j'essaie de penser à ça,

1. GEORGE SAND, *Correspondance*, t. V, p. 229.
2. *Opus cit.*, t. V, p. 157 (30 novembre 1866).
3. *Opus cit.*, t. V, p. 371 (30 mars 1870).
4. GUSTAVE FLAUBERT, *Correspondance*, t. V, p. 253.
5. *Opus cit.*, t. V, p. 253.

je m'en effraie et me dis que je ne suis rien, rien du tout.... Laissez donc le vent courir un peu dans vos cor 'es. Moi, je crois que vous prenez plus de peine qu'il ne faut et que vous devriez laisser faire *l'autre* plus souvent. Ça irait tout de même, et sans fatigue [1]....

Parfois elle était moins sûre d'elle : « Quand je vois le mal que mon vieux se donne pour faire un roman, ça me décourage de ma facilité et je me dis que je fais de la littérature savatée.... » Flaubert répondait modestement : « L'idée coule chez vous largement, incessamment, comme un fleuve. Chez moi, c'est un mince filet d'eau. Il me faut de grands travaux d'art avant d'obtenir une cascade. » Ils discutaient souvent la sensualité de l'artiste. Sand restait passionnément intéressée par cet aspect des êtres.

George Sand à Gustave Flaubert, 21 septembre 1866 : Et toi, mon bénédictin, tu es tout seul dans ta ravissante chartreuse, travaillant et ne sortant jamais ?... Vous êtes un être à part, très mystérieux, doux comme un mouton avec tout ça. J'ai eu de grandes envies de vous questionner, mais un trop grand respect de vous m'en a empêchée ; car je ne sais jouer qu'avec mes propres désastres, et ceux qu'un grand esprit a dû subir pour être en état de prod iire me paraissent choses sacrées qui ne se touchent pas brutalement ou légèrement. Sainte-Beuve, qui vous aime pourtant, prétend que vous êtes affreusement vicieux. Mais peut-être qu'il voit avec des yeux un peu salis.... Moi, je présume que l'homme d'intelligence peut avoir de grandes curiosités. Je ne les ai pas eues, faute de courage [2]....

Phrase qui surprend après les expériences de sa jeunesse, mais multiplicité n'est pas variété ; George sait mieux que personne qu'un artiste réserve à son art le meilleur de ses forces et qu'il est souvent impuissant à jouir des plaisirs qu'il décrit.

Sand à Flaubert, 30 novembre 1866 : Moi, je ne crois pas à ces Don Juan qui sont en même temps des Byron. Don Juan ne faisait pas de poèmes et Byron faisait, dit-on, bien mal l'amour.

---

1. GEORGE SAND, *Correspondance*, t. V, p. 154.
2. *Opus cit.*, t. V, p. 135.

Il a dû avoir quelquefois — on peut compter ces émotions-là dans la vie — l'extase complète par le cœur, l'esprit et les sens ; il en a connu assez pour être un des poètes de l'amour. Il n'en faut pas davantage aux instruments de notre vibration. Le vent continuel des petits appétits les briserait [1]....

Flaubert la renvoyait au chapitre du « père Montaigne » intitulé : *Sur quelques vers de Virgile.*

Flaubert à Sand, 27 novembre 1866 : Ce qu'il dit de la chasteté est précisément ce que je crois. C'est l'effort qui est beau, et non l'abstinence en soi. Autrement, il faudrait maudire la chair, comme les catholiques. Dieu sait où cela mène !... Les grandes natures, qui sont les bonnes, sont avant tout prodigues et n'y regardent pas de si près à se dépenser. Il faut rire et pleurer, aimer, travailler, jouir et souffrir, enfin vibrer autant que possible, dans toute son étendue. Voilà, je crois, le vrai humain [2]....

Ils discutaient le cas de Sainte-Beuve qui, vieux, restait libidineux et paraissait « désolé de ne pouvoir hanter les bosquets de Cypris ». Sand blâmait : « Il regrette ce qu'il y a de moins regrettable, entendu comme il l'entendait. » Flaubert était bien plus indulgent : « Mais quelle sévérité pour le père Beuve, qui n'est ni jésuite, ni vierge !... Les hommes trouveront toujours que la chose la plus sérieuse de leur existence, c'est jouir. La femme, pour nous tous, est l'ogive de l'infini. Ce n'est pas noble, mais tel est le vrai fond du mâle [3].... » C'était ce qu'elle se refusait à admettre.

Sand à Flaubert, 16 février 1867 : Non, je ne suis pas catholique, mais je proscris les monstruosités. Je dis que le vieux laid qui se paie des tendrons ne fait pas l'amour et qu'il n'y a là ni Cypris, ni ogive, ni infini, ni mâle, ni femelle. Il y a une chose contre nature ; car ce n'est pas le désir qui pousse le tendron

---

1. George Sand, *Correspondance*, t. V, p. 156.
2. Gustave Flaubert, *Correspondance*, t. V, pp. 250-251.
3. *Opus cit.*, t. V, p. 274.

dans les bras du vieux laid et, là où il n'y a pas liberté et réciprocité, c'est un attentat à la sainte nature [1]....

Comme Flaubert travaillait alors à *L'Éducation sentimentale*, il posait cent questions à la quarante-huitarde qu'elle avait été. Pour les hommes de 1848, Flaubert était sévère ; Sand, camarade fidèle, les défendait : « Est-ce depuis 89 qu'on patauge ? Ne fallait-il pas patauger pour arriver à 48, où l'on a pataugé plus encore, mais pour arriver à ce qui doit être [2] ?... » Elle craignait que Flaubert ne fût injuste : « Tu m'inquiètes en me disant que ton livre accusera les patriotes de tout le mal ; est-ce bien vrai, ça ? Et puis les vaincus ! C'est bien assez d'être vaincu par sa faute, sans qu'on vous crache au nez toutes vos bêtises. Aie pitié. Il y a eu tant de belles âmes quand même [3] ! »

Que de différences et même de contrastes ! Mais ils étaient « deux vieux troubadours, croyant à l'amour, à l'art, à l'idéal, et chantant quand même alors que le monde siffle et baragouine. Nous sommes les jeunes fous de cette génération. Ce qui va nous remplacer s'est chargé d'être vieux, blasé, sceptique à notre place [4]... ». A quoi Flaubert : « Ah ! oui, je veux bien vous suivre dans une autre planète ; l'argent rendra la nôtre inhabitable dans un avenir rapproché. Il sera impossible, même au plus riche, d'y vivre sans s'occuper de son bien. Il faudra que tout le monde passe plusieurs heures par jour à tripoter ses capitaux : ce sera charmant [5] ! »

Et puis ils avaient des haines communes : « Chère maître, chère amie du bon Dieu, rugissons contre M. Thiers ! Non, rien ne peut donner idée du vomissement que m'inspire ce vieux melon diplomatique, arrondissant sa bêtise sur le fumier de la bourgeoisie [6] !... » Il est toujours plus

1. George Sand, *Correspondance*, t. V, pp. 180-181.
2. *Opus cit.*, t. V, p. 145.
3. *Opus cit.*, t. V, p. 271.
4. *Opus cit.*, t. V, p. 164.
5. Gustave Flaubert, *Correspondance*, t. V, p. 267.
6. *Opus cit.*, t. V, pp. 346-347.

facile de se mettre d'accord contre quelqu'un que pour
quelque chose. Elle aurait voulu attirer Flaubert à Nohant.
C'était là que l'on devenait vraiment un « fils ». Mais
Flaubert avait son livre à finir et ne s'accordait pas de
congé : « Voilà pourquoi je ne vais point à Nohant. C'est
toujours l'histoire des amazones. Pour mieux tirer de
l'arc, elles s'écrasaient le téton. Est-ce un si bon moyen
après tout[1] ?... » Sand jugeait le moyen très mauvais.
Malgré les redingotes «guérites» et les pantalons d'homme,
elle n'avait jamais été une amazone. Bien au contraire,
elle avait essayé d'être artiste et femme, artiste comme
femme. Mieux encore qu'à Flaubert, elle expliquait cette
attitude, vers 1868, à une jeune et belle confidente.

II

« MA CHÈRE ENFANT.... »

Juliette Lamber avait été, vers 1860, une aimable
débutante des lettres, unie à un insupportable mari. Son
père, le docteur Jean-Louis Lambert, lui avait enseigné une
doctrine idéaliste et progressiste, dans la manière de
Mme Sand ; son mari, l'avocat La Messine, positiviste,
conservateur, mauvais amant, l'avait exaspérée. Venue à
Paris, elle y avait plu parce qu'elle avait de la vivacité et
du charme. Non seulement les républicains, ses amis politiques, mais des hommes de l'Empire, comme Mérimée,
l'avaient bien accueillie. Elle avait débuté par un petit
volume où elle défendait les femmes contre les attaques
de Proudhon et où, en particulier, elle louait avec passion
George Sand et Daniel Stern (Marie d'Agoult) d'avoir osé
vivre leur vie librement. Aussitôt elle fut invitée par la
comtesse d'Agoult, qui tenait salon politique et bureau
d'esprit. George Sand écrivit à la jeune essayiste pour la

1. GUSTAVE FLAUBERT, *Correspondance*, t. V, p. 348.

remercier, mais ne voulut pas la voir quand elle sut que Juliette allait chez son ennemie. Carlotta Marliani lui avait appris à redouter les amitiés divisées et les médisances colportées. Franche rupture, pensait-elle, vaut mieux que papotages. « Le jour où vous serez fâchée avec Mme d'Agoult, vous saurez que George Sand est votre amie et que vous pouvez venir à elle [1] .... »

A la jeune Juliette, Mme d'Agoult parut élégante et virile. « J'ai atteint l'âge d'homme », disait Daniel Stern. C'était faux ; elle gardait ses nerfs de femme. Quand elle s'affirmait démocrate et recevait Grévy, Pelletan, Carnot, on souriait, tant sa couronne de cheveux blancs, voilés de chantilly noir, semblait aristocratique. Elle ne put résister à la tentation de démolir George dans l'esprit de la néophyte : « Ma chère enfant, laissez-moi vous donner un conseil. Ne connaissez jamais Mme Sand. Vous perdriez sur elle toute illusion. Comme *femme*, pardon ! comme *homme*, elle est insignifiante. Aucune conversation. C'est un ruminant, elle le reconnaît elle-même. Elle en a le regard, d'ailleurs fort beau. » Marie ne reconnaissait à George aucune vertu. Sa bonté ? « Elle a une sorte de dédain des gens qui ont reçu ses bienfaits.... Ses amants sont pour elle un morceau de craie blanche avec lequel elle écrit au tableau. Quand elle a fini, elle jette le morceau sous son pied et il n'en reste plus que poussière vite envolée. » La jeune femme se permit d'exprimer un regret : « Quel dommage, pour l'exemple des *petites*, que deux *grandes* comme Daniel Stern et George Sand ne puissent se réconcilier ! » La « grande » montra de l'impatience : « Jamais ! » dit-elle [2].

Lorsque Juliette La Messine quitta son mari, Mme d'Agoult l'approuva et la soutint. Mais toujours, dans leurs promenades, elle revenait à Sand : « Ce que je ne lui pardonne pas, à elle qui a de la race, c'est son manque

1. Mme ADAM (JULIETTE LAMBER), *Mes Premières Armes littéraires et politiques*, pp. 98-99.
2. JULIETTE ADAM, *Opus cit.*, pp. 202-203.

de tenue, la façon dont elle s'habille, ses grosses farces de Nohant et, à son âge, ses manières de rapin.... Elle est bien née ; elle n'a plus d'excuses, en vieillissant, de rester gamin[1]. » Ce qui était, eût dit Sophie-Victoire Dupin, un propos de vieille comtesse.

En 1867, La Messine mourut. Juliette en éprouva une joie merveilleuse et décida d'épouser, dans le plus court délai possible, l'homme qu'elle aimait, Edmond Adam, journaliste et homme politique. Tous ses amis la félicitèrent, sauf Mme d'Agoult : « Le malheur d'être veuve, dit-elle, c'est qu'on a l'envie stupide de se remarier. J'imagine que vous ne ferez pas cette sottise ? Une femme qui pense doit rester libre[2]. » Quand elle apprit le nouvel engagement, elle s'emporta de façon violente, traita Juliette de provinciale, de sotte, et lui prédit qu'avant deux ans elle cesserait d'écrire pour faire ses comptes de ménage. La scène ressemblait à un accès de folie, et en effet, l'année suivante, Mme d'Agoult dut entrer, pour un temps, dans la clinique du docteur Blanche.

La brouille avec Mme d'Agoult autorisait enfin Juliette à voir George Sand. Elle demanda une audience et fut convoquée rue des Feuillantines, 97. Elle entra dans ce salon avec émotion. Elle vit une toute petite femme qui roulait une cigarette et qui lui fit signe de s'asseoir près d'elle. George alluma sa cigarette ; elle semblait faire effort pour parler et n'y réussissait pas. La visiteuse fondit en larmes ; Sand lui ouvrit les bras, d'un geste maternel. Elle s'y jeta, et cette scène muette fut le début d'une longue amitié.

Juliette Lamber jugea George Sand infiniment supérieure à Daniel Stern, par la délicatesse des sentiments, par la noblesse du cœur, par une haute compréhension de la vie, et par une sérénité conquise au prix des plus cruelles écoles. Tout de suite, George Sand adopta cette fille spiri-

1. JULIETTE ADAM, *Mes Premières Armes littéraires et politiques*, p. 152.
2. JULIETTE ADAM, *Mes Sentiments et nos Idées avant 1870*, p. 136.

tuelle. Elle voulut amener Juliette au dîner Magny et la
présenter à ses amis. La jolie femme émoustilla les convives,
qui racontèrent des histoires salées. Sand se fâcha : « Vous
savez que je déteste ce genre de conversation, qu'elle me
dégoûte ! » Dumas fils loua la beauté de Juliette : « J'espère
bien qu'elle n'a aucun talent. Est-ce qu'avec cette tournure et cette frimousse on doit s'appliquer à devenir un
bas-bleu ? — Jeune Alexandre, dit Mme Sand, je te prie
de veiller sur ton dédain pour les bas-bleus !... Je parie que
tu vas prêcher l'amour à cette Juliette ? — Certainement !
On n'est pas écrivain quand on a cet ensemble-là. — Mon
enfant, dit Sand, n'écoutez pas ces gens-là. Vous n'avez
qu'à lire ce qu'ils font des femmes amoureuses, des
madame Bovary, des madame Aubray, des Germinie Lacer-
teux ; ils sont incapables de donner un bon conseil. —
Vous, dit Dumas, vous n'avez jamais aimé que les héros
futurs de vos livres, des marionnettes que vous avez
habillées dans le style pour leur faire répéter votre pièce.
Est-ce que c'est aimer, ça[1] ? »

Parfois, fumant des cigarettes qu'elle jetait dans un vase
rempli d'eau après en avoir aspiré quelques bouffées,
George essayait, pour Juliette, de tirer les leçons d'une vie
orageuse. « Je vous conterai, à mesure que nous nous
connaîtrons mieux, par quels chemins, d'autant plus rudes
que je les cherchais plus doux, j'ai gravi l'existence.... La
bonté, qui doit être une vertu clairvoyante et pondérée,
était en moi un élément tumultueux, torrentiel, qui n'aspirait qu'à se répandre. Sitôt qu'on m'inspirait une grande
pitié, on me possédait. Je me précipitais sur l'occasion
d'être bienfaisante avec un aveuglement qui me faisait, le
plus souvent, provoquer le mal. *Quand je m'examine, je
vois que les deux seules passions de ma vie ont été la maternité
et l'amitié.* J'ai accepté l'amour qui s'offrait, sans le chercher, sans le choisir, et ainsi lui ai-je apporté, en ai-je
exigé tout autre chose que ce qu'il me donnait. J'aurais pu

---

1. JULIETTE ADAM. *Mes Sentiments et nos Idées avant 1870*, p. 162.

trouver des amis, des fils dans ceux qui ont obtenu de moi l'amour. Après les deux premiers choix, je n'avais plus le droit d'imposer l'amitié. Il faut de l'autorité morale pour cela. Les hommes n'aiment en amis qu'à regret. Ils entendent, eux, qui peuvent éprouver le plaisir avec la première femme venue, faire bénéficier leurs sens des affections tendres qu'ils éprouvent [1].... »

Ce diagnostic sur elle-même, si sûr, eût bien surpris les ennemis de George Sand, qui voyaient en elle une femme folle de son corps. Pourtant tout était vrai. Elle s'était donnée d'abord par charité ; plus tard, comme elle disait, parce qu'elle n'avait plus « l'autorité morale d'imposer l'amitié » ; plus tard encore par habitude et besoin d'une présence. L'époque avait dicté une attitude. Aurore Dudevant avait été jeune en un temps où toute une génération d'artistes voulait aimer, sentir autrement que les bourgeois. « Nous perdions pied à chaque instant, avec le mépris de la rive, ne voulant nager qu'au large, au-dessus de l'insondable. Loin des foules, loin des bords, toujours plus loin ! Combien de nous se sont perdus, corps et biens ? Ceux qui souffraient, qui refusaient de se noyer, qui se débattaient, étaient rejetés à la côte, reprenaient pied, redevenaient des gens comme les autres, par leur contact avec la terre, et surtout avec les gens sensés ou les humbles. Combien de fois me suis-je reprise au milieu des paysans ? Combien de fois Nohant m'a-t-il guérie et sauvée de Paris ?... » Elle concluait : « Notre grande faute fut de mêler les sens à nos ardeurs sentimentales [2]. »

Ce fut vers ce temps-là que, se baignant dans le Cher avec Sand, Alexandre Dumas fils, gouailleur, lui demanda : « Eh bien, à propos, que pensez-vous de *Lélia* ? » George répondit, tout en nageant : « *Lélia* ? Ne m'en parlez pas ! J'ai voulu relire ça, il y a quelque temps, et je n'ai pas pu aller jusqu'au bout du premier volume. » Puis elle ajouta :

1. JULIETTE ADAM, *Mes Sentiments et nos Idées avant 1870*, pp. 169-170.
2. JULIETTE ADAM, *Opus cit.*, pp. 170-172.

« N'importe ! Quand j'écrivais ça, j'étais sincère [1].... »
Mais qui eût dit que Lélia achèverait sa vie dans le château
de sa grand-mère, en composant des contes pour ses
petits-enfants ?

Un autre jour, après avoir expliqué à Juliette, pour la
centième fois, que Musset avait été « la meilleure action de
sa vie » et qu'elle n'avait eu « d'autre pensée que de le sauver de lui-même », elle supplia sa « fille choisie », si jamais
l'on accusait devant elle George Sand de déloyauté, de
répondre ceci : « George Sand, si elle a perdu le droit d'être
jugée en femme, a conservé celui d'être jugée en homme, et,
en amour, elle a été le plus loyal d'entre vous. Elle n'a
trompé personne, n'a jamais eu à la fois deux aventures !
Sa seule culpabilité a été de choisir, dans une existence où
l'art tenait la plus grande place, la société des artistes,
et d'avoir préféré la morale masculine à la morale féminine. — Et je me hâte de vous confesser, ma Juliette,
que, pour une femme, c'est une infériorité que se défémi-
niser. Retenez bien ceci, vous qui vivez entourée d'hommes
comme je l'ai été, qui êtes aimée et sans doute adorée par
beaucoup d'entre eux, parmi les premiers de votre temps,
retenez bien ceci : lorsque l'homme est supérieur, il est
pour la femme exceptionnelle un ami enviable ; il est le
même amant pour toutes les femmes, et souvent le plus
parfait pour la femme la plus vile et la plus bête. J'ai
l'expérience de l'amour, des amours, hélas ! bien complète.
Si j'avais à recommencer ma vie, je serais chaste [2] ! »

Juliette et sa fille Alice, dite « Topaze », étaient
alors devenues les compagnes habituelles de Mme Sand,
qui allait faire avec ses deux amies des voyages à Fécamp,
à Dieppe, à Jumièges. Ce fut avec Juliette et son « fiancé »,
Edmond Adam, républicain à tête de bon chien, que George
visita l'Exposition de 1867.

Journal de George Sand, 22 septembre 1867 : J'ai trouvé,

1. JULES CLARETIE, *La Vie à Paris, 1904* (E. Fasquelle, 1905), p. 168.
2. JULIETTE ADAM, *Mes Sentiments et nos Idées avant 1870*, p. 220.

hier, un délicieux cocher qui revient me prendre aujourd'hui.
Je vas chez Juliette, qui est logée bien haut ! Mais elle a une
belle vue et un charmant petit nid. Nous allons à l'Exposition
avec Adam et Toto. Le géant chinois est superbe, c'est l'Apollon
tartare. Un affreux nain chinois ; une Chinoise pas belle, qui a
l'air embêtée des sottises qu'on lui dit. Que le public est bête
et grossier à présent !... Le décapité Casque-de-Fer, qui a l'air
d'un homme très bien. Salviati. Les costumes de la Roumanie.
Je mange des bananes. On prend des glaces. Je reviens dîner,
très gentiment, chez Juliette. Je rentre à dix heures, corriger
Cadio [1]....

Juliette alla passer l'hiver au Golfe-Juan. La *Villa
Bruyères*, que ses parents lui avaient donnée, était voisine
du *Grand Pin*, propriété du « bon chien ». Mme Sand,
invitée, accepta, et ce séjour fut un grand succès. Le temps
était superbe ; la villa confortable et gaie. Edmond Adam,
que Sand appelait « mon bon oua-oua », se montrait aussi
dévoué que sa future femme à leur vieille et illustre amie.
Sand avait amené toute sa suite : Maxime Planet, Edmond
Plauchut, qui racontait tous les soirs son naufrage et le
salut par l'album d'autographes ; et Maurice, « admirablement paternel avec sa mère, qu'il soigne, amuse, protège ».
Lina, enceinte pour la troisième fois, était restée seule à
Nohant. « Elle est sur le point d'accoucher, disait Sand,
et, pour que Solange ne me gâte pas mon séjour ici, car
Solange ne craint que Maurice, c'est Lina elle-même qui a
voulu que son mari m'accompagne. » Solange était alors
« en bonne fortune à Cannes », avec un prince étranger,
et Mme Sand tenait à ne pas les rencontrer. Maurice plut
beaucoup à ses hôtes, qui le trouvèrent plein de talent et de
gaieté. Ils le baptisèrent le *Sargent*, parce qu'il avait hérité
du maréchal de Saxe la passion des choses militaires.
Déjeuners en plein air, excursion à Vallauris, « grand village
de potiers, très intéressant » ; promenades en barque,
cueillette de plantes ; étude des cystes, lentisques, myrtes,
arbousiers, anémones, et chasse aux insectes ; jeux de cro-

1. Texte inédit. Bibliothèque nationale, département des manuscrits.

quet ou de boules dans le jardin ; le soir, petits papiers, histoires abracadabrantes, musique ; chaque jour apportait ses simples plaisirs.

La bande joyeuse fit de petits voyages à Nice, Cannes, Menton, Monaco. Au casino de Monte-Carlo, Maurice joua le Berrichon naïf et accosta les gens en leur racontant qu'il était un paysan, qu'il venait jouer et ne savait comment s'y prendre. Les uns l'appelaient imbécile ; les autres lui donnaient des conseils ; ses compagnes mouraient de rire. La police finit par les expulser de la salle de jeux. Mme Sand s'amusait : « Elle aimait encore la jeunesse dans les autres et elle adorait en elle la vieillesse, cet âge heureux où l'on n'est plus qu'amie, mère et grand-mère. » On avait tant de plaisir à vivre ensemble qu'on formait des projets d'avenir collectifs : fonder une abbaye de Thélème, parcourir la France en roulotte. La bande devint une armée. George Sand était la colonelle, Maurice le *Sargent*, Plauchut et Planet les fusiliers, Adam le pékin, Juliette la cantinière. A la fin du séjour, Maurice promut la cantinière lieutenante-colonelle et Mme Lamber fut très fière. On se sépara, le cœur plein de souvenirs doux et gais, et l'on jura de se retrouver à Nohant, où George avait hâte d'embrasser une petite-fille toute neuve, née en son absence : Gabrielle Sand.

III

NOHANT AVANT LA GUERRE

Adam et Juliette, mariés, vinrent à Nohant en juillet 1868. Ils eurent pour compagnon de voyage l'Américain Henry Harrisse, qui les irrita parce qu'il faisait le cicerone avec pédantisme et que ce Christophe Colomb à rebours prétendait avoir découvert le Berry. Mais ils aimèrent la poésie de cette maison. Le soir, fenêtre ouverte sur le ciel étoilé, les senteurs du jardin montant vers eux, ils écoutèrent Sand jouer par cœur avec style, du Mozart et du Gluck. Ils regardaient au mur le maréchal de Saxe, par La Tour, avec sa cuirasse miroitante, ses cheveux poudrés, et la belle Aurore de Kœnigsmark, à laquelle ressemblait Maurice : « Les ancêtres vous impressionnent », dit celui-ci en riant à Juliette. Elle l'avoua. Le sang royal, uni à tant de simplicité, étonnait cette républicaine.

Le lendemain, c'était la fête de « Bonne Mère ». Maurice tira des coups de canon ; chacun offrit un bouquet cueilli dans les champs. Le soir, les marionnettes donnèrent une représentation. Juliette, qui en était depuis longtemps curieuse, les a décrites mieux que personne :

Nous connaissons par leurs noms, avant de les voir, Balandard, Coq-en-bois, le capitaine della Spada, Isabelle, Rose, Céleste, Ida, et tous, toutes.... Nous sommes en costume de grande première, décolletées. Le programme de la soirée est affiché partout. Les marionnettes jouent *Alonzi Alonzo le Bâtard*, ou *Les Brigands de las Sierras*. Maurice passe vingt nuits pour amuser, une heure, son adorée mère.... Enfin le moment solennel arrive. Nous défilons gravement, selon le rang que Mme Sand nous assigne. Nous entrons dans la salle de théâtre, que nous ne connaissions pas encore et qui est brillamment éclairée. A gauche, la grande scène où l'on joue la comédie ; en face, le théâtre des marionnettes, avec un rideau étonnant, peint par Maurice, bien entendu. Le rideau se lève : la toile de fond a des perspectives extraordinaires. Nous voilà transportés en Espagne, dans *las Sierras*. Nous sommes prévenus qu'il est permis d'interpeller les acteurs, que l'action et le dénouement lui-même peuvent être influencés par les spectateurs, Maurice n'ayant de respect que pour ce genre de suffrage universel.

Balandard, directeur de la troupe, entre et nous apprend ce que je viens de dire ; le personnage, à la fois gourmé et sympathique, ajoute : « On va s'amuser. » Oh ! Balandard ! sa redingote, son gilet blanc impeccable, son immense chapeau qui le couvre où qu'il tient à la main, avec tant de dignité. C'est George Sand qui est son tailleur et il s'en vante à tout propos....

... Les habitués du théâtre, qui connaissent les personnages pour ainsi dire en dehors de leurs rôles, ou dans l'ensemble de ces rôles, dans leur caractère que Maurice respecte, dans leur genre, car ils ont chacun leur emploi déterminé et ne jouent

jamais un rôle en désaccord avec leur talent, avec leur moralité ou leurs vices, les habitués, dis-je, accordent déjà une part
de vie à ces personnages dès qu'ils apparaissent. Chacun a ses
préférences, voire ses faiblesses pour tel ou tel. On sait que
Plauchut ne peut voir Mlle Olympe Nantouillet sans un plaisir
qu'il manifeste. Lina chérit Balandard. Mme Sand a un goût
marqué pour le doge de Venise et Gaspardo, le meilleur pêcheur
de l'Adriatique. Planet courtise Mlle Ida. Pour moi, un choix
s'impose. Coq-en-bois n'a jamais aimé personne. Il dédaigne le
sexe et lui manque souvent de respect. Nous avons le coup de
foudre l'un pour l'autre. Je lui fais une déclaration publique ; il
y répond....

« Comment, toi, Coq-en-bois, jusqu'ici fidèle à ton nom,
toi aussi, malheureux, te voilà pincé ! s'écrie Lina.

— Qu'est-ce que tu veux ? *Juilliette* me dit quelque chose. »
Adam proteste et s'écrie :

« Ah ! non ! par exemple ! »

Nous éclatons de rire. Mme Sand, ravie, déclare qu'Adam
s'est laissé prendre, que c'est l'un des grands succès de Maurice [1]....

Les Adam découvraient que Sand n'était vraiment
elle-même qu'à Nohant. « Tout ce qui m'en écarte est pur
vagabondage », disait-elle en riant. Elle se plaisait de plus
en plus à penser que ses « cavalcades » n'avaient été que des
échappées fortuites hors de la seule vie qu'elle eût aimée.
Les visiteurs de Nohant étaient alors Dumas fils (qui avait
épousé, en 1864, sa princesse aux yeux verts) ; Gautier, le
bon Théo qui, lors de sa première visite, avait cru George
Sand hostile parce qu'elle le regardait sans rien dire ;
Flaubert, que l'on avait eu grand-peine à décider au voyage
et qui taquinait Mme Adam en lui annonçant que la future
République serait le triomphe de l'envie et de la sottise ;
Tourgueneff, amené par Pauline Viardot et dont Sand admirait les romans (« Il est tout étonné quand je lui dis qu'il est
un grand artiste et un grand poète ») ; et même, un jour,
toute la troupe de l'Odéon, un *roman comique* en tournée,
chants et rires avec champagne frappé, jusqu'à trois heures
du matin.

1. Juliette Adam, *Mes Sentiments et nos Idées avant 1870*, pp. 269-273.

Le programme des journées était immuable. *Sand à Flaubert :* « Je suis ici fourrée jusqu'au menton dans la rivière tous les jours et reprenant mes forces tout à fait dans ce ruisseau froid et ombragé que j'adore et où j'ai passé tant d'heures de ma vie à me refaire après les trop longues séances en tête-à-tête avec l'encrier [1].... » En été, bain dans ce ruisseau toujours frais parce qu'il est ombragé. A midi, déjeuner en commun, puis longue promenade dans le parc, visite aux fleurs, travail ou leçons à Aurore ; Sand trouve même le temps de donner des leçons de fanfare au clairon des pompiers.

George Sand à Juliette Adam, 10 janvier 1869 : En voilà une occupation ! Mais comme je sais faire mon affaire à présent ! Le réveil, l'appel, le rappel, la générale, la berloque, l'assemblée, le pas accéléré, le pas ordinaire, etc. Je profite de l'occasion pour apprendre les éléments de la musique à mon bonhomme, qui est garçon meunier et ne sait pas lire ; il est intelligent ; il apprendra [2]....

A six heures, dîner. Après une nouvelle promenade au jardin, on rentre au salon bleu, et Sand, au piano, joue des classiques, des airs espagnols ou de vieux refrains berri-chons. Les enfants montent se coucher ; on se réunit autour de la table. Sand fait des patiences ou taille des robes pour ses petites-filles ; Maurice dessine des caricatures ; d'autres jouent à la bataille ou aux dominos ; parfois quelqu'un fait la lecture. Flaubert, Tourgueneff, Sand elle-même essaient sur ce public des inédits. Mais le plus sou-vent, on blague, on rit de manière assez puérile. George Sand, bien qu'elle garde le silence, aime autour d'elle tout ce bruit : « La gaieté, dit-elle, est la meilleure hygiène du corps et de l'esprit. » Elle croit à la gaieté comme à la santé et à la bonté. Et elle la veut *hénaurme*, comme dit son ami Flaubert. La soixantaine ne l'a pas guérie du goût

1. GEORGE SAND, *Correspondance*, t. V, p. 219. Lettre du 10 sep-tembre 1867.
2. *Opus cit.*, t. V, p. 298.

des farces. Avec Maurice, elle cache un coq dans le coffre à
bois de la chambre des Adam, et le malheureux Edmond
ne peut fermer l'œil. Juliette prend sa revanche en sou-
doyant le sonneur-fossoyeur, pour qu'il sonne l'angélus
à toute volée et réveille ainsi la maison. Flaubert bou-
gonne. Il est, comme bien on pense, « insupportable aux
marionnettes, parce qu'il critique tout et n'admet pas que
ce soit idiot ». Sand, par amicales représailles, lui dédiera
Pierre qui roule où elle fera, des marionnettes de Nohant,
des personnages de roman.

Car elle écrit encore des romans, sans trop y croire.
« Mais on s'habitue à regarder tout ça comme une consigne
militaire, et on va au feu sans se demander si on sera tué
ou blessé.... Je vas devant moi, bête comme un chou et
patiente comme un Berrichon [1].... » Chaque nuit, après le
coucher des hôtes, elle emplit de sa ferme écriture vingt
feuillets. Elle ne recopie jamais, corrige peu : « J'écris
comme on jardine », dit-elle. Ce n'est pas excellent, mais
« le vieux troubadour retiré des affaires chante, de temps
en temps, sa petite romance à la lune, sans grand souci de
bien ou mal chanter pourvu qu'il dise le motif qui lui
trotte dans la tête [2].... » Elle demeure la modestie même.
Ce qu'elle admire vraiment, ce n'est pas ce qu'elle fait,
c'est *L'Éducation sentimentale*. Elle est désolée quand des
articles hostiles attristent Flaubert. On ne peut imaginer,
dit-elle, l'honnêteté artistique de Flaubert, son souci du
métier, mais elle fait cette réserve très fine : « Il ne sait pas
s'il est poète ou réaliste et, comme il est les deux, ça le
gêne [3]. »

Ce sens critique si juste paraît aussi dans des lettres
qu'elle adresse alors à un jeune écrivain, Hippolyte Taine,
rencontré chez Magny : « Vous avez donné à Balzac sa vraie
place qui, de son vivant, ne lui a pas été attribuée. De
grands esprits l'ont nié et il en a souffert. Que de fois je lui

1. George Sand, *Correspondance*, t. V, p. 277.

2. *Opus cit.*, t. V, p. 300.

3. Juliette Adam : *Mes Sentiments et nos Idées avant 1870*, p. 416.

ai dit : « Soyez donc tranquille ! Vous resterez au faîte [1]. »
Lorsque Taine lui envoya *Thomas Graindorge*, elle loua
l'intelligence de l'ouvrage et le talent de l'auteur, mais
fit des réserves.

George Sand à Taine, 17 octobre 1867 : Je n'aime pas la
fiction qui sert de cadre aux réflexions de M. Graindorge. Je
n'aime pas son nom, je n'aime pas son pédicure, je n'aime pas
son porc salé ni ses huiles, encore moins sa danseuse. Tout cela
me paraît être inoculé à froid, après coup, et d'un comique trop
anglais, c'est-à-dire fantasque et pas gai. L'esprit français aime
la vraisemblance. Molière, le logicien, est son expression de tous
les temps. *Tristram Shandy* nous étonne sans nous amuser
beaucoup, et nous n'aimons réellement que le côté sentimental
et gracieux de l'œuvre. On ne sait pas pourquoi M. Graindorge, qui est un peintre de premier ordre, un critique subtil,
un artiste exquis, est affublé de ridicules et de bizarreries, encore
moins pourquoi il est vicieux. L'auteur a eu son idée ; on ne la
saisit pas : cette énigme attriste ou impatiente [2]....

Ce qui est un jugement très français, admirablement
exprimé.

Quant à la Dame de Nohant, elle prend ses sujets autour
d'elle. Celui de *Mademoiselle Merquem* lui est fourni par
la vie de sa fille Solange. Elle la peint sous le nom d'Erneste
du Blossay, « caractère altier, capricieux, porté à l'esprit
de contradiction, mi-fantasque, mi-pratique et sachant
escompter tous les bénéfices de sa position ». Comme
Solange avait rompu ses fiançailles avec Fernand de
Préaulx, gentilhomme berrichon, pour épouser Clésinger,
Erneste rompt les siennes avec un hobereau, M. de La
Thoronay, pour épouser Montroger. Il semble qu'après
vingt et un ans George Sand se soit reportée à de vieilles
lettres, conservées ou rendues. Solange demeurait un problème. Belle quadragénaire, elle avait des amants riches,

1. Lettre de George Sand à Taine publiée dans la *Revue des Deux
Mondes* du 15 janvier 1933, p. 339.
2. Lettre publiée dans la *Revue des Deux Mondes* du 15 janvier 1933,
p. 340.

bien nés, et obtenait d'eux des subsides non négligeables,
ce qui ne l'empêchait pas de recevoir des pensions de son
père et de sa mère.

Tous comptes faits et toutes passions éteintes, George est
heureuse : « Vais-je pleurer sur les ruines de Palmyre ?
Non, ça passera, comme dit Lambert. Le malheur, pour
mes contemporains, c'est qu'*ils voudraient revenir*. On ne
revient pas ; on passe aussi ; on est l'eau qui jase et coule ;
n'est-ce pas assez coulé, assez jasé, quand on a reflété de
belles choses et qu'on les a aimées et chantées ? On s'en-
nuierait de continuer, on s'effrayerait de recommencer.
On vieillit *seul*, triste ou recueilli, mais tranquille, toujours plus tranquille [1]!... » Elle se porte comme le Pont-
Neuf ; elle est brûlée du soleil comme une brique ; elle est
encore capable de marcher tout un jour et de prendre, au
retour, un bain dans l'Indre glacée.

George Sand à Joseph Dessauer, 5 juillet 1868 : J'ai aujour-
d'hui soixante-quatre printemps. Je n'ai pas encore senti le
poids des ans. Je marche autant, je travaille autant, je dors
aussi bien. Ma vue est fatiguée ; aussi je mets depuis si longtemps
des lunettes que c'est une question de numéro, voilà tout. Quand
je ne pourrai plus agir, j'espère que j'aurai perdu la volonté
d'agir. Et puis on s'effraie de l'âge avancé comme si on était
sûr d'y arriver. On ne pense pas à la tuile qui peut tomber du
toit. Le mieux est de se tenir toujours prêt et de jouir des vieilles
années mieux qu'on n'a su jouir des jeunes. On perd tant de
temps et on gaspille tant la vie à vingt ans ! Nos jours d'hiver
comptent double ; voilà notre compensation [2]....

Dans la course de la vie, le peloton de tête va toujours s'amenuisant. En 1869, son premier directeur de conscience, Sainte-Beuve, mourut. Vers la fin, il dégoûtait
Flaubert par les éloges qu'il faisait de Napoléon III :
« Oui, à moi ! L'éloge de Badinguet ! Et nous étions
seuls ! »

---

1. Agenda inédit de George Sand, 27 novembre 1866. Bibliothèque
nationale, département des manuscrits.
2. GEORGE SAND, *Correspondance*, t. V, p. 267.

Gustave Flaubert à George Sand, 14 octobre 1869 : Nous nous verrons samedi, à l'enterrement du pauvre Sainte-Beuve. Comme la petite bande diminue ! Comme les rares naufragés du radeau de la *Méduse* disparaissent !... — *29 juin 1870* : De sept que nous étions au début des dîners Magny, nous ne sommes plus que trois : moi, Théo et Edmond de Goncourt ! S'en sont allés successivement depuis dix-huit mois : Gavarni, Bouilhet, Sainte-Beuve, Jules de Goncourt, et ce n'est pas tout [1] !...

Casimir, lui, vivait encore. Sa femme continuait à le surveiller de loin et mettait en garde Solange et Maurice contre le danger d'un legs à la fille naturelle, qui les frustrerait de Guillery. Poussés par elle, ils firent un procès à leur père, au sujet de l'interprétation du testament de la baronne Dudevant. George Sand mena toute la négociation « avec une passion de mère, une finesse de femme et une adresse d'homme de loi ». Cette procédure attrista Casimir ; il en perdit le sommeil et la santé. Il n'avait jamais été de force à lutter contre Aurore. On le mit en demeure de vendre Guillery. Sur le produit de la vente, il garda pour lui-même cent quarante-neuf mille francs ; Maurice et Solange se partagèrent le reste (cent trente mille francs). Casimir se retira au village de Barbaste, à six kilomètres de Guillery, où il mourut le 8 mars 1871. Ses malheurs avaient ramolli son cerveau et troublé son jugement, car, en mai 1869, il avait adressé à l'empereur une étonnante lettre par laquelle « le baron Dudevant, ancien officier du Premier Empire », demandait la Légion d'honneur :

J'ai pensé que l'heure était venue de m'adresser au cœur de Votre Majesté, pour en obtenir la récompense honorifique que je crois avoir méritée. Sur le soir de mes jours, j'ambitionne la croix de la Légion d'honneur. C'est la faveur suprême que je sollicite de votre magnificence impériale. En demandant cette récompense, je m'appuie non seulement sur mes services depuis 1815, au pays et au pouvoir établi, services sans éclat, insignifiants peut-être, mais encore sur les services éminents rendus

1. GUSTAVE FLAUBERT, *Correspondance*, t. VI, pp. 7, 79 et 123.

par mon père, depuis 1792 jusqu'au retour de l'île d'Elbe. Bien plus, j'ose encore invoquer des malheurs domestiques qui appartiennent à l'histoire. Marié à Lucile Dupin, connue dans le monde littéraire sous le nom de George Sand, j'ai été cruellement éprouvé dans mes affections d'époux et de père, et j'ai la conviction d'avoir mérité le sympathique intérêt de tous ceux qui ont suivi les événements lugubres qui ont signalé cette partie de mon existence [1]....

Napoléon III ne jugea pas que des malheurs conjugaux, fussent-ils historiques, méritaient la croix, mais il dut juger la lettre piquante et la montrer, car elle fut trouvée sur son bureau, après l'abdication, en 1870.

George ne pensait guère à plaindre Casimir. Elle jouissait, après tant de traverses, d'une vieillesse puissante, honorée, triomphale. Ses amis évoquaient en la regardant vivre, la peinture qu'elle venait de donner de la vieillesse d'une de ses folles héroïnes de jadis, Métella : « On l'admira encore dans l'âge où l'amour n'est plus de saison, et, dans le respect avec lequel on la saluait, entourée par les charmants enfants de Sarah, on sentait l'émotion qui se fait dans l'âme à la vue d'un ciel pur, harmonieux et placide, que le soleil vient d'abandonner [2].... » Un jour, elle rouvrit l'album *Sketches and Hints*, à reliure romantique, dans lequel, au temps de Musset puis de Michel, elle avait fixé des sentiments si vifs. La femme qu'elle avait été la surprit et lui déplut.

Septembre 1868 : Je relis tout cela par hasard. J'étais amoureuse de ce livre, je voulais y écrire de belles choses. Je n'y ai écrit que des bêtises. Tout cela me semble emphatique aujourd'hui. Je croyais pourtant bien être de bonne foi. Je m'imaginais me résumer. Est-ce qu'on peut se résumer ? Est-ce qu'on peut se connaître ? Est-ce qu'on est jamais *quelqu'un* ? Je n'en sais

1. Une copie de cette lettre est à la collection Spoelberch de Lovenjoul, E. 868, folio 291. L'original se trouve dans les dossiers de la grande Chancellerie.

2. *Métella*, nouvelle publiée en 1834 dans le recueil intitulé *Le Secrétaire intime*, ne peignait pas alors l'héroïne devenue vieille. Cette conclusion « très vertueuse » apparaît pour la première fois dans le tome II des *Œuvres complètes* (Hetzel-Lecou, 1852), p. 427.

plus rien. Il me semble qu'on change de jour en jour et qu'au bout de quelques années on est un être nouveau. J'ai beau chercher en moi, je n'y retrouve plus rien de cette personne anxieuse, agitée, mécontente d'elle-même, irritée contre les autres. J'avais sans doute la chimère de la *grandeur*. C'était la mode du temps, tout le monde voulait être grand, et, comme on ne l'était pas, on tombait dans le désespoir. J'ai eu bien assez à faire de rester bonne et sincère. Me voilà très vieille, je parcours gentiment ma soixante-cinquième année. Par une bizarrerie de ma destinée, je suis beaucoup mieux portante, beaucoup plus forte et plus agile que dans ma jeunesse ; je marche plus long-temps ; je veille mieux ; je m'éveille sans effort après un som-meil excellent.... Je suis calme absolument, une vieillesse aussi chaste d'esprit que de fait, aucun regret de la jeunesse, aucune ambition de gloire, aucun désir d'argent si ce n'est pour en lais-ser un peu à mes enfants et petits-enfants. Aucun mécontente-ment de mes amis. Un seul chagrin, le genre humain qui va mal, les sociétés qui semblent tourner le dos au progrès, mais qui sait ce que cache cette atonie ? Quel réveil couve sous cette torpeur ?...

Dois-je vivre longtemps ? Cette étonnante vieillesse qui s'est faite pour moi sans infirmité et sans lassitude, est-elle le signe d'une longue vie ? Tomberai-je tout d'un coup ? Qu'im-porterait de savoir cela, puisqu'on peut à toute heure être emporté par un accident ? Serai-je encore utile ? Voilà ce qu'on peut se demander. Il me semble que oui. Je sens que je peux l'être plus personnellement, plus directement que jamais. J'ai acquis, sans savoir comment, beaucoup de sagesse. Je pourrais élever des enfants bien mieux qu'autrefois. Je suis toujours croyante, tout à fait croyante en Dieu. La vie éternelle. Le mal un jour vaincu par la science. La science éclairée par l'amour. Mais les symboles, les figures, les cultes, les dieux humains ? Bonjour ! J'ai dépassé tout cela.... On a tort de croire que la vieillesse est une pente de décroissement : c'est le contraire. On monte et avec des enjambées surprenantes. Le travail intel-lectuel se fait aussi rapide que le travail physique chez l'enfant. On ne s'en rapproche pas moins du terme de la vie, mais comme d'un but et non comme d'un écueil [1]....

1. GEORGE SAND, *Journal intime*, pp. 229-232.

IV

LA GUERRE ET LA COMMUNE

Le 1er juillet 1870, George Sand eut soixante-six ans.
« Pas démolie, très bien portante, agissante, pas de poids
sur les épaules », nota-t-elle. Une chaleur torride enveloppait Nohant ; le thermomètre, à l'ombre, montait à 45° ;
plus un brin d'herbe ; les arbres jaunis perdaient leurs
feuilles ; une chaleur d'Afrique donnait à toutes choses un
aspect de fin du monde. Et puis des fléaux, des incendies
de forêts, des loups effarés venant rôder autour des maisons,
des épidémies. « Je n'ai jamais vu d'été si triste et par-
dessus le marché la guerre est déclarée.... »

Par-dessus le marché ! Ce fléau supplémentaire lui
semblait encore plus absurde que redoutable. Elle avait
compris une campagne pour délivrer l'Italie, mais, entre la
France et la Prusse, « il n'y a en ce moment qu'une question d'amour-propre, à savoir qui aura le meilleur fusil ».
Plauchut, très chauvin, lui écrivait de Paris que le peuple
était « rugissant d'enthousiasme ». Elle répondait tristement : « Ce n'est pas la même chose en province. On est
consterné ; on voit là un jeu de princes [1].... » A *Flaubert :*
« Je trouve cette guerre infâme.... Maibrough s'en va-t-en
guerre.... Quelle leçon reçoivent les peuples qui veulent des
maîtres absolus [2] ! »

Le début d'août fut atroce. Aucune nouvelle des armées.
Cette morne attente devenait angoissante. Les journaux,
bâillonnés, ne disaient rien. George Sand observait la
fureur des paysans contre l'empereur : « Il n'en est pas un
qui ne dise : « Nous lui f... notre première balle dans
« la tête ! » Ils ne le feront pas ; ils seront très bons soldats.... Mais c'est la méfiance, la désaffection, la résolution

1. GEORGE SAND, *Correspondance*, t. VI, p. 3.
2. *Opus cit.*, t. VI, pp. 4-5.

de punir par le vote futur [1]. » *A Juliette Adam* : « Il faut que nous chassions les Prussiens et les empires du même coup [2]. » Maurice aurait voulu servir, mais la confusion était partout. « *Aux armes !* Quelles armes ? » On manquait de fusils, de vivres, de tout. « Trois Prussiens prendraient La Châtre ; rien n'était prévu pour une invasion. »

Vers la fin d'août, les nouvelles du désastre commencèrent à se répandre. *Journal de George Sand, 4 septembre 1870* : « Une dépêche officielle enfin. Lugubre !... Une seule consolation : l'empereur est fait prisonnier. Mais nos pauvres soldats ! Comme on a dû en tuer pour que quarante mille se rendent.... C'est la fin de l'Empire, mais dans quelles conditions.... » — *5 septembre 1870* : « Maurice me réveille en me disant que la République est proclamée à Paris sans coup férir, fait immense, unique dans l'histoire des peuples.... Dieu protège la France ! Elle est redevenue digne de son regard [3].... » — *A Edmond Plauchut* : « Vive la République quand même !... »

En septembre, une épidémie de variole décima Nohant. Il fallut éloigner les petites filles. Toute la famille partit pour la Creuse. Lolo et Titite jouaient aux Prussiens, avec des fusils en tige de roseau. Sur les places de village, les garçons faisaient l'exercice avec des bâtons. George souffrait à la fois comme Française et comme pacifiste. Les Allemands l'étonnaient douloureusement : « Ils arrivent, froids et durs comme une tempête de neige, implacables dans leur parti pris, féroces au besoin quoique les plus doux du monde dans l'habitude de la vie. Ils ne pensent pas du tout, ce n'est pas le moment ; la réflexion, la pitié, le remords les attendent au foyer. En marche, ils sont machines de guerre, inconscientes et terribles [4].... » Sand,

1. GEORGE SAND, *Correspondance*, t. VI, p. 11.
2. *Opus cit.*, t. VI, p. 13.
3. Texte inédit. Bibliothèque nationale, département des manuscrits.
4. GEORGE SAND, *Journal d'un Voyageur pendant la Guerre* (*Revue des Deux Mondes*, numéro du 1er mars 1871, p. 15).

comme Jules Favre, souhaitait la paix, mais non une paix honteuse.

Rentrée à Nohant, elle apprit que deux ballons nommés *Armand-Barbès* et *George-Sand* avaient quitté Paris assiégé. *Barbès* amenait à Tours un jeune député, déjà orateur célèbre, Léon Gambetta, qui soutenait qu'on pouvait encore armer la France et gagner la guerre. George n'y croyait pas : « Nos dictateurs de Tours sont infatués d'un optimisme effrayant [1]. » Les armées qu'improvisait Gambetta n'inspiraient pas confiance à la prudence paysanne de Mme Sand. Une République réelle, légitimée par des élections, était son rêve, mais une dictature prolongée, que le succès des armes ne justifiait même pas, lui faisait horreur. *Journal de George Sand, 7 décembre 1870 :* « On ne comprend rien ; on devient fou. Enfermés dans notre solitude, nous sommes comme des passagers dans un navire battu des vents contraires et qui ne peut bouger.... » — *11 décembre 1870 :* « Le gouvernement quitte Tours pour Bordeaux. Gambetta va à l'armée de la Loire. Veut-il la commander en personne ? Ou c'est le consul Bonaparte, ou c'est un risque-tout qui perdra tout. Le voilà dans son cinquième acte. Il faut qu'il réussisse ou se fasse tuer.... Je travaille toujours, et même avec entrain, à mesure que le danger se rapproche. C'est comme une tâche que je voudrais finir, pour mourir avec la satisfaction d'avoir travaillé jusqu'au bout [2].... »

En pleine guerre, les partisans se heurtaient. A Paris, des *rouges* menaçaient. Sand, qui comptait parmi eux d'anciens amis comme Félix Pyat, révolutionnaire professionnel depuis 1830, se refusait à les craindre. Elle avait plus peur des monarchistes, des bonapartistes ou de la dictature. Les épurations de Gambetta la choquaient : « Je vois avec regret le renouvellement des fonctionnaires

---

1. GEORGE SAND, *Journal d'un Voyageur pendant la Guerre (Revue des Deux Mondes* du 15 mars 1871, p. 214).

2. Texte inédit. Bibliothèque nationale, département des manuscrits.

et des magistrats prendre des proportions colossales [1]. »
Surtout elle trouvait illégal et malsain de se passer du
vote. Les extrémistes de Paris, comme le gouvernement
de Bordeaux, prétendaient s'appuyer sur « des minorités
actives ». Oubliant qu'elle-même avait soutenu cette thèse
en 1848, elle la condamnait : « Le mépris des masses, voilà
le crime du moment. » Quand le bombardement de Paris
mit en danger ses amis : Juliette Adam, Edmond Plauchut,
Eugène et Esther Lambert, Édouard Rodrigues, elle
devint furieuse contre Gambetta : « L'erreur funeste a été
de croire que le courage suffisait là où il fallait le sens profond de la vie pratique.... Pauvre France : Il faudrait
pourtant ouvrir les yeux et sauver ce qui reste de toi [2] ! »
Elle croyait Gambetta honnête et convaincu, mais déplo-
rait son manque total de jugement : « C'est un grand
malheur de se croire propre à une tâche démesurée [3].... »
Elle blâmait ces discours qui se terminaient comme un
refrain de cantate : « *Donc patience! Courage ! Discipline !*
Quand M. Gambetta a apposé beaucoup de points d'excla-
mation au bas de ses dépêches, il croit avoir sauvé la
patrie [4]. »

Lorsque l'armistice permit au gouvernement de Paris de
reprendre la France en main, George Sand eut l'impression
que Gambetta tentait de retarder les élections pour maintenir la dictature de Bordeaux et s'opposer à la paix. Elle
prit parti avec force pour Paris : « Je donnerais beaucoup
pour être sûre que le dictateur a remis sa démission. Je
commençais à le haïr pour avoir fait tant souffrir et mourir
inutilement. Ses adorateurs m'irritaient en me répétant
qu'il nous a sauvé l'honneur. Notre honneur se serait fort
bien sauvé sans lui. La France n'est pas si lâche qu'il lui

---

1. GEORGE SAND, *Journal d'un Voyageur pendant la Guerre (Revue des Deux Mondes* du 15 mars 1871, p. 231).

2. GEORGE SAND, *Journal d'un Voyageur pendant la Guerre (Revue des Deux Mondes*, numéro du 1er avril 1871, p. 418).

3. *Opus cit.*, p. 422.

4. *Opus cit.*, p. 432.

faille avoir un professeur de courage et de dévouement devant l'ennemi. Tous les partis ont eu des héros dans cette guerre ; tous les contingents ont fourni des martyrs. Nous avons bien le droit de maudire celui qui s'est présenté comme capable de nous mener à la victoire et qui ne nous a menés qu'au désespoir. Nous avions le droit de lui demander un peu de génie, il n'a même pas eu de bon sens. » Mais elle ajoutait : « *Que Dieu lui pardonne* [1] ! »

Journal de George Sand, dimanche 29 janvier 1871 : « Ah !... Mon Dieu, enfin ! enfin ! Un armistice est signé, pour vingt et un jours. Convocation d'une assemblée à Bordeaux. Un membre du gouvernement de Paris va y aller. On ne sait rien de plus. Le Gambetta paraît furieux. Sa dictature va lui rentrer dans le ventre.... Y aura-t-il ravitaillement de Paris ?... La paix sortira-t-elle de cette suspension d'armes ? Pourrons-nous communiquer avec Paris ? Le sous-préfet, qui nous apporte la dépêche à deux heures, croit que Gambetta va résister. Alors ce sera donc la guerre civile ? Il est capable de la vouloir, plutôt que de se décoller de son autorité [2] ! »

Les élections, comme en 1848, furent ventrues et reventrues. Sauf à Paris, le parti de la paix triomphait. *Journal de George Sand, 15 février 1871 :* « Le lion de la situation, à Paris, est Louis Blanc, le plus haï, le plus impopulaire en mai 1848. O revers des choses humaines ! En province, le lion, c'est M. Thiers, élu dans une vingtaine de départements. Deux historiens de l'époque moderne. Deux nains, mais la taille n'y fait rien. Grandes intelligences, et qui s'entendront peut-être s'ils ne se jalousent pas trop [3].... » Sand, attristée par les dures conditions de paix, demeura néanmoins favorable à l'idée qu'il fallait en finir.

George Sand à Edmond Plauchut, 2 février 1871 : N'aie pas

---

1. GEORGE SAND, *Journal d'un voyageur pendant la guerre (Revue des Deux Mondes)* du 1ᵉʳ avril 1871), p. 439.
2. Texte inédit. Bibliothèque nationale, département des manuscrits.
3. *Ibid.*

de chagrin, n'en ayez pas : vous avez tous fait votre devoir....
Le malheur ne tache pas et, si la France est dans le sang, elle
n'est pas dans la boue.... A présent, il faut faire la paix, l'obtenir, la meilleure possible, mais ne pas s'obstiner à la guerre, par
colère et par vengeance de nos malheurs [1]....

Elle savait que la France se relèverait vite. Paysanne
berrichonne, elle connaissait les infinies ressources et les
prodigieuses facultés de récupération du pays. Elle-même, qui
souvent dans sa vie avait été proche du suicide et, chaque
fois, était sortie de ses crises pour commencer une nouvelle
jeunesse, apparaissait comme un symbole de la France.

Thiers, qu'elle avait tant méprisé jadis, devenait aux
yeux de Mme Sand le moindre mal. Depuis qu'il en était
le chef, il acceptait la République. Il pensait qu'elle serait
« le régime qui nous divise le moins », si elle était présidée
par lui. L'œuvre à faire était immense : libération du ter-
ritoire, reconstruction du pays, constitution. Thiers se
sentait capable de tout mener à bien. Mais Paris, patriote,
n'acceptait pas le traité; Paris, socialiste, n'acceptait pas
une assemblée réactionnaire ; Paris, capitale, n'acceptait
pas que le gouvernement fût à Versailles. Sand vit avec
anxiété les faubourgs se soulever.

Journal de George Sand, *5 mars 1871*: Les Prussiens, entrés
le 1er mars au matin aux Champs-Élysées, l'ont quitté *(sic)* le
3 au matin, sans avoir eu de commerce avec la population.
Paris a été très sage et très digne, mais on craint, encore plus
après leur départ, quelque chose comme des journées de Juin.
On envoie des troupes à Paris. Échapperons-nous à la crise du
désespoir des partis ?... — *8 mars 1871*: Harrisse m'écrit
que la ville reprend son élégance apparente : le gaz a reparu,
les cocottes se montrent. Pourtant il croit à une prochaine « journée » ; je n'y crois pas encore.... — *19 mars 1871*: Plus agités
que jamais. Paris est dans l'inconnu du délire. On a essayé,
pendant la nuit d'hier, de reprendre les canons de Montmartre
avec de la troupe qui, après avoir cerné le « Mont Aventin »
comme on l'appelle, a été cernée à son tour par Belleville, ras-

---

1. GEORGE SAND. *Correspondance*, t. VI, pp. 73-74.

semblé en armes, et a mis la crosse en l'air. On raconte de rapides échanges de coups de fusil, aussitôt arrêtés par le refus des soldats de tirer sur le peuple.... Dans la journée, le gouvernement a envoyé une dépêche portant qu'il était tout entier à Versailles et qu'il ne fallait pas recevoir d'autres ordres que les siens, ce qui prouverait qu'on s'est emparé de l'Hôtel de Ville et que révolution, émeute ou conspiration a le dessus à Paris. Sont-ce de nouvelles journées de Juin ? J'en suis malade. Antoine[1] et de Vasson[2] viennent dîner. On est triste[3]....

Puis ce fut la Commune. Paris se couvrit de barricades, de canons, de mitrailleuses. Sand, cette fois, était hostile aux insurgés. *Journal de George Sand, 22 mars 1871* : « La foule qui les suit est en partie dupe et folle, en partie ignoble et malfaisante.... »

Jeudi 23 mars 1871 : L'horrible aventure continue. Ils ranconnent, ils menacent, ils arrêtent, ils jugent. Ils empêchent les tribunaux de fonctionner. Ils ont exigé de la banque un million, de Rotchild *(sic)* cinq cent mille francs. On a peur, on cède. On commence à se battre dans les rues ; à la place Vendôme, ils ont fait feu et tué plusieurs personnes d'une manifestation non amie. Ils ont pris toutes les mairies, tous les établissements publics. Ils pillent les munitions, les vivres. Leur *Officiel* est ignoble. Ils sont ridicules et grossiers, et on sent qu'ils ne savent déjà que faire de leur coup de main. L'assemblée de Versailles est stupidement réactionnaire. Elle ne veut pas.de conciliation. Jules Favre est plus réactionnaire qu'elle. Il l'excite contre Paris. Thiers est plus habile, plus maître de lui-même, bien qu'on le sente très offensé. L'Assemblée se rebiffe contre lui et l'empêche de parler[4]....

Elle blâmait ses amis, les républicains de Paris, qui avaient laissé l'émeute renverser le gouvernement. « Lettre de Plauchut. Il est de ceux que je compare au locataire

---

1. Antoine Ludre-Gabillaud était fils de l'avoué de George Sand.
2. Paulin de Vasson, dont la femme était apparentée à la fois aux Périgois, à Gustave Papet et aux Néraud, habitait avec celle-ci le château de Varennes, tout proche de Nohant.
3. Texte inédit. Bibliothèque nationale, département des manuscrits.
4. *Ibid.*

qui laisse brûler la maison, et lui avec, pour faire niche au propriétaire [1].... »

Cela dura de mars à juin, puis Thiers triompha.

Journal de George Sand, 1er juin 1871 : Tout est bien fini à Paris. On démolit les barricades ; on enterre les cadavres ; on *en fait,* car on fusille beaucoup et on arrête en masse. Beaucoup d'innocents, ou tout au moins de demi-coupables, paieront pour de plus coupables qui échapperont. Alexandre [2] dit qu'il en fait délivrer beaucoup sur les affirmations de sa science physiogno-moniste, enseignée par le docteur Favre. Sa lettre est bizarre et je ne vois pas comment il s'y prend pour faire écouter ses essais d'application par les cours martiales. Hugo est tout à fait toqué. Il publie des choses insensées et, à Bruxelles, on fait des manifestations contre lui.... — *7 juin 1871 :* Détails sur les dégâts de Paris. Ils sont énormes et le plan était bien de tout brûler. C'est le règne de Tamango. On ne sait pas ce qui se passe. Le lâche bourgeois, qui a tout subi, voudrait à présent tout tuer. Fusille-t-on toujours sommairement ? C'est à craindre [3]....

Les excès de la répression, aussi cruels que ceux de la Commune, la mirent, comme sont si souvent les esprits honnêtes, en désaccord avec tous. Ses amis politiques lui reprochèrent de ne plus comprendre la nécessité des barricades ; ses ennemis, de manquer de fermeté. Elle demeurait fidèle à la doctrine qu'elle appelait celle de l'Évangile selon saint Jean :

Je n'ai pas à me demander où sont mes amis et mes ennemis. Ils sont où la tourmente les a jetés. Ceux qui ont mérité que je les aime et qui ne voient pas par mes yeux ne me sont pas moins chers. Le blâme irréfléchi de ceux qui me quittent ne me les fait pas considérer comme ennemis. Toute amitié injustement retirée reste intacte dans le cœur qui n'a pas mérité l'outrage. Ce cœur-là est au-dessus de l'amour-propre ; il sait attendre le retour de la justice et de l'affection [4].

---

1. Texte inédit. Bibliothèque nationale, département des manuscrits.
2. Dumas fils.
3. Texte inédit. Bibliothèque nationale, département des manuscrits.
4. George Sand, *Réponses à un Ami,* articles publiés dans *Le Temps.*

Les violences et lâchetés des partisans, dans les deux camps, apportaient leur eau souillée au moulin du pessimiste Flaubert : « Les romantiques auront de beaux comptes à rendre avec leur sentimentalité immorale.... On est tendre pour les chiens enragés et point pour ceux qu'ils ont mordus [1].... » George Sand le rappelait à la sagesse.

George Sand à Gustave Flaubert, 1872 : Faut pas être malade, faut pas être grognon, mon vieux troubadour. Il faut tousser, moucher, guérir, dire que la France est folle, l'humanité bête, et que nous sommes des animaux mal finis ; il faut s'aimer quand même, soi, son espèce, ses amis surtout.... Après ça, peut-être que cette indignation chronique est un besoin de ton organisation ; moi, elle me tuerait.... Peut-on vivre paisible, diras-tu, quand le genre humain est si absurde ? Je me soumets, en me disant que je suis peut-être aussi absurde que lui et qu'il est temps d'aviser à me corriger [2]....

Ce qui était la sagesse même. Si, au lieu de blâmer son temps, chacun balayait devant sa porte, la rue serait un peu plus propre. Les mois passèrent et Flaubert ne décoléra pas. L'Assemblée oscillait maintenant entre monarchie et république.

Flaubert à Sand : L'esprit public me semble de plus en plus bas. Jusqu'à quelle profondeur de bêtise descendrons-nous ? La France s'enfonce doucement, comme un vaisseau pourri, et l'esprit de sauvetage, même aux plus solides, paraît chimérique.... Je ne vois pas le moyen d'établir aujourd'hui un principe nouveau, pas plus que de respecter les anciens.... En attendant, je me répète le mot que Littré m'a dit un jour : « Ah ! mon ami, l'homme est un composé bien instable et la terre une planète bien inférieure [3].... »

A la vérité, ce n'était pas un mot très intelligent. Planète inférieure ? Inférieure à quoi ? Et les choses vont-elles mieux sur Saturne ou Mars ? Sand était d'accord avec

1. GUSTAVE FLAUBERT, *Correspondance*, t. VI, pp. 296-297.
2. GEORGE SAND, *Correspondance*, t. VI, pp. 192-194.
3. GUSTAVE FLAUBERT, *Correspondance*.

Renan pour attendre un salut relatif d'une République sage. « Elle sera très bourgeoise et peu idéale, mais il faut bien commencer par le commencement. Nous autres artistes, nous n'avons point de patience. Nous voulons tout de suite l'abbaye de Thélème, mais avant de dire : « Fais ce que veux ! » il faudra passer par : « Fais ce que peux ! » Quant à revenir à des formes autoritaires de gouvernement, c'était, pensait-elle, aller au désastre :

Le suffrage universel, c'est-à-dire l'expression de la volonté de tous, bonne ou mauvaise, est la soupape de sûreté sans laquelle vous n'aurez plus qu'explosions de guerre civile. Comment ? Ce merveilleux gage de sécurité vous est donné, ce grand contrepoids social a été trouvé, et vous voulez le restreindre et le paralyser [1] ? »

Ce n'était plus l'esprit révolutionnaire de 1848, mais déjà la sagesse de la Troisième République. Elle avait du bon.

V

NUNC DIMITTIS....

George Sand à Gustave Flaubert, 6 novembre 1872 : Eh bien, pourquoi ne te marierais-tu pas ? Être seul, c'est odieux, c'est mortel, et c'est cruel aussi pour ceux qui vous aiment. Toutes tes lettres sont désolées et me serrent le cœur. N'as-tu pas une femme que tu aimes ou par qui tu serais aimé avec plaisir ? Prends-la avec toi. N'y a-t-il pas quelque part un moutard dont tu peux te croire le père ? Élève-le. Fais-toi son esclave. Oublie-toi pour lui.... Que sais-je ? Vivre en soi est mauvais [2]....

Elle-même vivait ce qu'elle conseillait. Avant tout, pendant les années qui suivirent la guerre, George Sand fut une grand-mère passionnée. Apprendre à lire à Titite, enseigner à Lolo la géographie, l'histoire, le style, quelles

1. GEORGE SAND, *Impressions et Souvenirs*. VII. *Réponse à une Amie.*
2. GEORGE SAND, *Correspondance*, t. VI, p. 252.

joies pour cette institutrice-née. Aurore demeurait la favorite. « Elle m'occupe beaucoup. Elle comprend trop vite et il faudrait la mener au triple galop. Comprendre la passionne, savoir la rebute [1]. » Le spectacle du monde reprend son prix quand on peut le découvrir, tout neuf, par les yeux des enfants. Autour de la vieille femme, les petites filles couraient dans les bruyères, comme des lapins. « Mon Dieu, que la vie est bonne quand tout ce qu'on aime est vivant et grouillant ! »

Avec ses petites-filles, elle continuait à jouir des voyages, de la nature, du soleil, des fleurs. Son travail de romancière ? Non, elle ne l'aimait pas plus que jadis. Elle abattait ses deux ou trois romans par an parce qu'il fallait bien remplir le contrat Buloz, auquel était venu s'ajouter un contrat Charles-Edmond avec *Le Temps*, et parce que sa famille et ses amis avaient besoin d'argent. Elle s'en tirait assez bien, car elle avait du métier, mais les thèmes ne se renouvelaient guère : idylle campagnarde (*Marianne Chevreuse*), enlèvement d'enfant (*Flamarande*, et sa suite : *Les Deux Frères*). Libre de choisir, elle eût préféré se reposer et faire de la tapisserie. Flaubert la poussait à lire des jeunes : Émile Zola, Alphonse Daudet. Elle aimait assez leurs livres, mais les trouvait bien noirs.

George Sand à Gustave Flaubert, 25 mars 1872 : La vie n'est pas bourrée que de scélérats et de misérables. Les honnêtes gens ne sont pas le petit nombre, puisque la société subsiste dans un certain ordre et sans trop de crimes impunis. Les imbéciles dominent, c'est vrai ; mais il y a une conscience publique qui pèse sur eux et qui les oblige à respecter le droit. Que l'on montre et flagelle les coquins, c'est bien, c'est moral même, mais que l'on nous dise et nous montre la contrepartie ; autrement, le lecteur naïf, qui est le lecteur en général, se rebute, s'attriste, s'épouvante, et vous nie pour ne pas se désespérer [2]....

Depuis longtemps, les critiques avaient cessé de parler de ses nouveaux romans ; Hugo lui-même ne lui consacrait

1. George Sand, *Correspondance*, t. VI, p. 250.
2. *Opus cit.*, t. VI. p. 398.

pas un article, bien qu'elle l'eût fait pour lui ; elle se sentait, littérairement, très isolée. Pourtant quelques hommes de la nouvelle génération commençaient à louer son idéalisme. Le monde littéraire, comme le monde social, oscille autour d'un point fixe. *Itus et reditus.* Le pendule revient sur sa course. Un certain Anatole France rendait hommage au beau génie de Mme Sand, à tant de passions généreuses, tant de passions confuses, chez cette grande et naïve amante des choses.

Taine écrivait : « Nous avons été réalistes à outrance ; nous avons insisté avec excès sur la partie animale de l'homme et sur l'endroit gâté de la société [1] », et il affirmait à Sand qu'elle avait, plus que jamais, un rôle à jouer, que les Français attendaient beaucoup d'elle.

Hippolyte Taine à George Sand, 30 mars 1872 : Conservez-vous pour nous longtemps encore ; donnez-nous, outre ce que vous avez dans le cœur et dans la tête, cette œuvre plus populaire et plus éclatante que je vous demandais ; ce sera une prédication, une exhortation pour des hommes blessés et brisés, un appel, un encouragement que les Français attendent ; ils ne souhaitent pas entendre de thèse sociale, pas même de thèse morale, aucune thèse, mais des voix franches et généreuses comme celles de maître Favilla, du Champi, de Villemer, afin d'emporter chez eux la persuasion qu'il y a un monde héroïque, au moins dans la région des possibles, et qu'en se haussant un peu, celui-ci pourrait bien lui ressembler [2]....

Bref, il la louait de sauver la foi, l'espérance et la charité. Elle en était ravie et toute surprise, « car Flaubert, qui m'aime de tout son cœur personnellement, ne m'aime pas tant que ça littérairement. Il ne croit pas que je sois dans le bon chemin, et il n'est pas le seul de mes amis qui me croie plus bienveillante qu'artiste [3].... »

---

1. Lettre publiée dans la *Revue des Deux Mondes* du 15 janvier 1933, p. 345.
2. *Opus cit.*, p. 346.
3. *Opus cit.*, p. 349.

Le pauvre Flaubert ne dérageait pas. La politique « en était au bavachement ». Une « cabale holbachique » le persécutait, et ses comédies, *Le Candidat, Le Sexe faible*, étaient « des fours de première grandeur ». Il n'y avait plus de place en ce monde pour les gens de goût. Pourtant il continuait à croire à l'art pour l'art, au mot propre, au rythme de la phrase, au poli de l'œuvre. Peu lui importait ce qu'on disait pourvu qu'on le dît bien. Sand le rabrouait doucement : « Tu ne cherches plus que la phrase bien faite, c'est quelque chose — ce n'est pas tout l'art, ce n'en est même pas la moitié. » Elle le suppliait de venir à Nohant, se retremper dans la gaieté et l'affection d'une famille :

« Qu'importe que l'on ait cent mille ennemis si l'on est aimé de deux ou trois bons êtres ! »

Mais, en 1872, il résista. En vain, Pauline Viardot, qu'il voyait beaucoup, voulut l'entraîner ; il la laissa partir pour Nohant, seule avec « les Paulinettes », Marianne et Claudie Viardot. Ce fut une courte mais belle visite. Comme au temps de Liszt, comme au temps de Chopin, la musique régna.

Journal de George Sand, 26 septembre 1872 : Quelle journée, quelle émotion, quelle pénétration musicale ! Pauline chante dans le jour et le soir.... Elle est toujours plus sublime, incomparable. Je pleure comme un veau.... Lolo a bu la musique avec son grand œil. Les fillettes Viardot ont chanté délicieusement.... Des voix de cristal. Mais Pauline, Pauline, quel génie !... — *1er octobre 1872 :* Pauline fait chanter ses fillettes et chante avec elles la *Fra Galina*, qu'elle a mise en trio ; c'est charmant. Et puis elle chante *Alceste :* « Divinités du Styx.... » C'est beau, beau. C'est un frisson, une émotion à tout rompre. J'en suis ivre. Cela m'empêche de penser à autre chose.... — *2 octobre 1872 :* Pauline chante un peu et promet de rechanter ce soir. On organise des charades après dîner. Lolo en est ; elle fait le chien.... Elle est gentille tout plein et s'en va au beau milieu sans dire : « Ouf ! ».... On continue jusqu'à dix heures, et puis Pauline chante *Pancito*, et cinq ou six choses espagnoles ravissantes, le *Printemps* de Schumann, et puis *Lady Macbeth* de Verdi, dont je ne suis pas folle, mais elle le dit si bien ! Et puis la finale de la *Sonnambula*, et puis *Orphée*[1]. C'est l'idéal dans les deux tons, la joie et la douleur[2]....

Enfin, pour Pâques 1873, le révérend père Cruchard[3] fit le pèlerinage de Nohant, où Tourgueneff vint le rejoindre. On l'initia aux folies rituelles. Danses échevelées. Chacun changea trois fois de costume. Flaubert finit par se déguiser en danseuse andalouse et par esquisser un fandango : « Il est bien drôle, mais il étouffe au bout de cinq minutes. Il est bien plus vieux que moi !... Toujours trop vivant par le cerveau, au détriment du corps. Notre vacarme l'assourdit[4].... »

Journal de George Sand, 17 avril 1873 : On saute, on danse, on chante, on crie, on casse la tête à Flaubert, qui veut toujours tout empêcher pour parler littérature ! Il est débordé. Tourgueneff aime le bruit et la gaieté. Il est aussi enfant que nous. Il danse, il valse ; quel bon et brave homme de génie ! Maurice nous lit la *Ballade à la Nuit*, on ne peut mieux. Il a grand succès. Il épate Flaubert à propos de tout.... — *18 avril 1873 :* Causerie de Flaubert, bien animée et drôle. Mais il n'y en a que pour lui, et Tourgueneff, qui est bien plus intéressant, a peine à placer un mot. Le soir, c'est un assaut, jusqu'à une heure. Enfin on se dit adieu. Ils partent demain matin.... — *19 avril 1873 :* « On *vit* avec le caractère plus qu'avec l'intelligence et la grandeur. Je suis fatiguée, *courbaturée* de mon cher Flaubert. Je l'aime pourtant, et il est excellent, mais trop exubérant de personnalité. Il vous brise.... Ce soir, on fait du bruit, on joue, on est bête avec délices. On regrette Tourgueneff qu'on connaît moins, qu'on aime moins, mais qui a la grâce de la simplicité vraie et le charme de la bonhomie[5]....

Mais Flaubert, au retour, remercia de tout cœur.

Gustave Flaubert à George Sand, 23 avril 1873 : Il n'y a que cinq jours depuis notre séparation et je m'ennuie de vous

---

1. Il s'agit de la *Somnambule* de Bellini, d'*Alceste* et d'*Orphée* de Gluck.
2. Texte inédit. Bibliothèque nationale, département des manuscrits.
3. Surnom que se donnait Flaubert, « aumônier des dames de la Désillusion ».
4. *Journal inédit de George Sand*, 13 avril 1873. Bibliothèque nationale, département des manuscrits.
5. Texte inédit. Bibliothèque nationale, département des manuscrits.

comme une bête. Je m'ennuie d'Aurore et de toute la maisonnée, jusqu'à Fadet [1]. Oui, c'est comme ça ; on est si bien chez vous ! Vous êtes si bons et si spirituels !... Vos deux amis, Tourgueneff et Cruchard, ont philosophé sur tout cela, de Nohant à Châteauroux, très agréablement portés dans votre voiture, au grand trot de deux bons chevaux. Vivent les postillons de La Châtre ! Mais le reste du voyage a été fort déplaisant, à cause de la compagnie que nous avions dans notre wagon. Je m'en suis consolé par les liqueurs fortes, car le bon Moscove avait une gourde remplie d'excellente eau-de-vie [2]....

L'été, elle emmenait sa nichée. Elle proposait la Suisse ; ses enfants aimaient mieux aller vers l'océan. « Va pour l'océan ! Pourvu que l'on voyage et qu'on se baigne, je suis folle de joie.... Je suis absolument comme mes petites-filles, qui sont ivres d'avance et sans savoir pourquoi [3].... » Si elle était à Nohant, elle restait fidèle à l'eau de la rivière. Elle allait s'y plonger avec Plauchut et, tout en se couchant dans l'eau, évoquait un cortège d'ombres évanouies.

Journal de George Sand, 21 juillet 1873 : Tout en me couchant dans l'eau, je pense à ceux qui se sont baignés là jadis avec nous : Pauline et sa mère, Chopin, Delacroix, mon frère.... Nous nous y sommes même baignés la nuit. On venait à pied, on retournait de même. Tous sont morts, sauf Mme Viardot et moi. Ce pauvre coin champêtre a vu passer des célébrités et ne s'en doute pas [4].

La politique ne l'occupait plus guère. Parfois elle avait peur d'Henri V : « Je sens comme une odeur de sacristie qui nous gagne. » Il faut dire que le général gouverneur de Paris venait d'interdire, sous prétexte qu'elle risquait de troubler l'ordre public, la pièce tirée de *Mademoiselle La Quintinie.* A son ami le prince Napoléon, elle

---

1. Fadet était un petit chien.
2. GUSTAVE FLAUBERT, *Correspondance*, t. VII, p. 13.
3. GEORGE SAND, *Correspondance*, t. VI, p. 217.
4. Texte inédit. Bibliothèque nationale, département des manuscrits.

envoyait des vœux de bonne année, mais non de restauration bonapartiste.

George Sand au prince Napoléon-Jérôme, 5 janvier 1874: Vous dites que, même en politique, nous nous entendrions : je n'en sais rien, car je ne vois pas votre vision actuelle des événements et je ne sais pas ce que vous en espérez pour la France ; si vous désirez nous voir chercher le remède à nos malheurs dans la personne d'un enfant [1]. Non, vous ne pouvez pas vouloir cela. Je comprendrais davantage une ambition personnelle ; mais, quoique la vôtre fût légitimée par une grande intelligence, vous auriez pour premier ennemi le parti de la veuve [2] et de l'enfant. Enfin je ne vois pas du tout, d'ici à un temps impossible à déterminer, l'impérialisme réunir les suffrages [3]....

Elle n'attendait de salut que d'une République modeste. L'année 1875 vit enfin cette République s'installer, à une voix de majorité. Telle est la France.

Solange habitait, depuis 1873, à côté de Nohant, au château de Montgivray qu'elle avait acheté, avec sa très impure fortune, à sa cousine Léontine Simonnet, fille d'Hippolyte Châtiron. Elle s'était réconciliée, pour un temps, avec sa mère et Maurice, en 1871, à la faveur de la guerre. Un jour, on l'avait vue arriver en réfugiée, suppliante. La bonne Lina avait plaidé cette cause ; Solange, domptée par le danger, avait rentré ses griffes et, comme elle avait hérité des talents de Sophie-Victoire, avait rendu de grands services en taillant et cousant des robes pour Lina et les petites. La paix revenue, tout s'était de nouveau gâté. Sand avait interdit l'acquisition de Montgivray, ne voulant pas voir « cette chouette » la guetter du haut de sa tour. Solange ayant passé outre et acheté le château par personne interposée, sous le nom de Mme Brétillot, sa pension lui avait été supprimée, et Nohant avait fini par lui être à peu près fermé, car elle critiquait tout ce qui s'y faisait. Mais de temps à autre, le matin, elle arri-

1. Le prince impérial.
2. L'impératrice Eugénie.
3. GEORGE SAND, *Correspondance*, t. VI, pp. 305-306.

vait en coup de vent. Les petites, qui l'avaient en sainte horreur, veillaient à la porte de leur grand-mère pour arrêter la tante Solange.

Les anciens amis, les anciens ennemis achevaient de disparaître. Le 5 mars 1876, la princesse Arabella mourut. Elle avait retrouvé, vers la fin, sa raison et son orgueil. Dans son salon ranimé, elle recevait la nouvelle génération d'hommes d'État républicains. Elle avait vécu assez pour voir Liszt abbé, et Henri Lehmann président de l'Académie des Beaux-Arts.

Jules Sandeau était bien affaissé. L'âge l'avait empâté et « déchevelé » ; la paresse et le découragement l'avaient alourdi, mais on devinait encore qu'il avait dû être charmant dans sa jeunesse. Au mur de son bureau était accroché un crayon de lui qu'avait jadis dessiné Aurore Dudevant. « Il n'y a que nous autres chauves pour avoir eu autant de cheveux », disait-il. Quand il s'asseyait au Palais-Royal, au *café de la Rotonde*, les passants disaient : « Regarde, c'est Sandeau, le premier amant de George Sand. » Son seul titre à la gloire.

Le mastodonte Marchal inspirait des inquiétudes à Sand et à Dumas. Pourtant l'après-guerre lui avait donné une chance de succès. Un tableau de lui, *L'Alsace*, primé au Salon, fut tout de suite gravé à des milliers d'exemplaires. Après cela, Marchal se vit chargé d'illustrer des œuvres d'Erckmann-Chatrian. On lui commanda les décors d'une pièce patriotique. Mais il était paresseux, négligent, inexact. Jamais il ne livrait à temps gravures ou maquettes. La plupart des commandes finirent par être annulées. Il avait perdu ses deux puissants protecteurs : le prince Napoléon et la princesse Mathilde qui, tous deux, vivaient hors de France depuis la chute du régime impérial. Il glissait à la bohème sordide, vivait d'expédients et d'emprunts. « Le vin et les filles le perdront », écrivait Sand, et cette phrase rend un son familier. Ailleurs on croit entendre un thème extrait des lettres de Sand sur Musset : « Dix années d'affection maternelle » n'ont pas réussi, écrit-elle, à chasser « les deux cruels démons : Paresse et Débauche. » Tant il est vrai que les femmes changent peu, et les hommes.

Hortense Allart, amie cynique de la romantique George, vieillissait bien. Elle avait écrit, sur ses expériences amoureuses, un livre hardi : *Les Enchantements de Prudence*, et Sand avait été «enchantée de ces *Enchantements*. Je viens de lire ce livre étonnant. Vous êtes une très grande femme. » Très grande ? Très franche plutôt, mais George, qui l'était moins, estimait cette audace. *Journal d'Hortense Allart, 6 avril 1873 :* « Je viens de recevoir une lettre de la reine [1], en réponse à deux de moi, la dernière contre l'idée qu'il y a des femmes déchues. Elle dit bien que la femme déchue tient à l'ensemble d'un passé qu'elle désavoue : l'enfer, les prêtres hypocrites.... Elle croit que tout cela sera changé. Elle dit que je n'ai rien de la vieillesse et que je mourrai toute vive [2].... »

George Sand elle-même, à soixante-douze ans, ne se sentait pas vieillir et commençait à croire qu'elle vivrait jusqu'à un grand âge. Elle achevait un livre parfaitement vain : *La Tour de Percemont*, en commençait un autre : *Albine Fiori*, roman par lettres qui était l'histoire d'une fille naturelle, née de la liaison d'un grand seigneur avec une comédienne. Les ancêtres Saxe et Rinteau allaient, une fois de plus, se rendre utiles. Surtout elle continuait d'écrire des contes de fées pour Lolo.

Agenda de George Sand, mardi gras, 29 février 1876 : J'ai l'intention de travailler, mais il n'y a pas moyen.... Je fais le tour du jardin qui est plein de fleurs : violettes, perce-neige, crocus, anémones, tout pousse. L'abricotier, auprès de la serre, est fleuri. Je me prépare un costume, puis les fillettes viennent se faire arranger et admirer : Titite en fée, Lolo en Valaque, très belles comme ça. René [3] se met en Pierrot, Maurice en Chinois,

---

1. Surnom donné à George Sand par Hortense Allart, depuis que Béranger l'avait appelée « la reine de notre nouvelle génération littéraire ».
2. Cité par LÉON SÉCHÉ, dans *Hortense Allart de Méritens*, p. 23.
3. René Simonnet.

Plauchut en bébé, Lina en Indienne.... On danse et je tiens le piano jusqu'au coucher des enfants, à neuf heures. Alors chacun se rhabille sauf Plauchut, qui met une blouse, un faux nez, et va au bal du village [1]....

Au début du printemps 1876, elle souffrait de manière intermittente. Toute sa vie elle s'était plainte de son foie et d'un intestin rebelle. Elle prenait son parti de ses douleurs et s'inquiétait infiniment plus d'une névralgie de Maurice.

Agenda de George Sand, 19 mai 1876 : Maurice a sa crise à cinq heures, jusqu'à sept heures et demie. Aurore lui tient compagnie et l'attend pour dîner. Ils dînent gaiement ensemble et la soirée se passe sans rechute.... Moi, j'ai encore souffert toute la journée. J'ai donné la leçon à Lolo, j'ai écrit des lettres et j'ai lu. J'ai fini le volume de Renan : *Dialogues et Fragments philosophiques* [2]....

Le 20 mai, le docteur Marc Chabenat, de La Châtre, fut convoqué par Maurice et Lina, sous le prétexte de lui demander une consultation pour la névralgie de « Bouli », en fait parce que les souffrances de leur mère inspiraient des inquiétudes au ménage. Sand déclara au médecin qu' « elle était atteinte *depuis quinze jours* d'une constipation opiniâtre, mais que son cerveau était aussi libre qu'auparavant et qu'elle avait bon appétit ». Elle ajouta que « cet état étant plutôt une gêne qu'une maladie, elle ne s'en préoccupait pas autrement ». Le 23 mai, elle écrivit à son médecin de Paris, le docteur Favre :

Malgré l'âge (soixante-douze ans bientôt), je ne sens pas les atteintes de la sénilité. Les jambes sont bonnes, la vue est meilleure qu'elle n'a été depuis vingt ans, le sommeil est calme, les mains sont aussi sûres et aussi adroites que dans la jeunesse. Quand je ne souffre pas de ces cruelles douleurs, je me sens plus forte et plus libre dans mon être.... J'étais légèrement asthmatique : je ne le suis plus. Je monte les escaliers aussi lestement que mon chien. Mais, *une partie des fonctions de la vie*

1. Texte inédit. Bibliothèque nationale, département des manuscrits.
2. *Ibid.*

étant presque absolument supprimées, je me demande où je vais et s'il ne faut pas s'attendre à un départ subit, un de ces matins [1]....

La mort est une visiteuse humble et discrète. Elle entre sans bruit. Le dernier paragraphe de George Sand ne trahit aucune crainte :

29 mai 1876 : Temps délicieux. Je ne souffre pas beaucoup. Je fais un bon tour de jardin. Je donne la leçon à Lolo. Je relis une pièce de Maurice. Après dîner, Lina va au spectacle à La Châtre. Je joue au bésig *(sic)* avec Sagnier [2]. Je dessine. Lina revient à minuit [3].

Sur ces mots s'arrête le journal de George Sand, mais nous avons celui de sa voisine, Nannecy de Vasson.

Le dimanche 28 mai, écrit Mme de Vasson, j'ai été à Nohant passer la journée avec Ninie [4], pendant que Paulin était au Coudray avec ses parents. Nous y avons déjeuné, sans Mme Sand ; comme toujours, elle était un peu souffrante, mais rien d'extraordinaire ; elle ressentait depuis longtemps des douleurs assez vives, qui n'inspiraient presque plus d'inquiétude. Après déjeuner, nous nous sommes promenées, Lina et moi, dans l'allée du jardin potager, où nous avons parlé longtemps de choses et d'autres.... Peu après, Mme Sand est descendue. Nous avons fait quelques pas avec elle, admirant toutes les fleurs des champs qu'elle aimait tant, dont le gazon était rempli ; elle nous a même emmenées dans un rond-point du petit bois, pour nous faire admirer un orchis très rare. Puis nous sommes revenues nous asseoir près de la maison. Mme Sand a parlé du voyage à Paris qu'elle projetait. La conversation languissait un peu ; elle n'était jamais très vive avec Mme Sand,

---

1. Lettre citée par Wladimir Karénine, dans *George Sand*, t. IV, pp. 598-599.

2. Charles Sagnier, l'un des hôtes du château. Dans *Sur la Maladie et la Mort de George Sand*, Paulin de Vasson dit que ce Sagnier était « un jeune homme de Nîmes, qui venait souvent à Nohant... ». Le *Journal* inédit nous apprend qu'il avait été présenté à Sand, le 27 janvier 1871, par Jules et Paul Boucoiran, neveux de l'ancien précepteur de Maurice.

3. Texte inédit. Bibliothèque nationale, département des manuscrits.

4. Jenny de Vasson, fille de Paulin et de Nannecy.

qui avait mille pensées dans l'esprit. Elle a dit une chose qui m'a frappée. Elle admirait un oiseau qui marchait devant elle et elle a ajouté : « C'est singulier, ma vue est en train de revenir, je vois bien mieux qu'avec mes lunettes [1].... »

Les jours suivants, Mme Sand souffrit beaucoup. « J'ai le diable dans le ventre », disait-elle. Les atroces douleurs de l'occlusion intestinale lui arrachaient des cris aigus. Son ami, le docteur Papet, dit à Maurice : « Elle est perdue. » Seule une opération immédiate aurait pu la sauver. Mais Sand voulut faire venir de Paris le docteur Favre, en qui elle avait confiance et qui était « un faux savant, bavard et sans pratique médicale ». On lui demanda d'amener avec lui un grand consultant. Il vint seul et dit, avant même d'avoir vu la malade : « C'est une hernie ; je la frictionnerai. » Le premier triomphe théâtral d'Aurore Dupin avait été, à dix-sept ans, au couvent des Anglaises, une adaptation du *Malade imaginaire*. Elle se mourait entourée de médecins de Molière, qui exigeaient qu'elle succombât plutôt que leurs amours-propres.

Enfin les Diafoirus locaux se décidèrent à appeler un chirurgien, Jules Péan, mais celui-ci jugea l'entérotomie impossible et ne fit qu'une ponction abdominale. Mme Sand souffrit encore six jours, appelant ardemment la mort et humiliée par la nature de sa maladie. Le 7 juin, elle voulut voir ses petites-filles : « Mes chères petites, que je vous aime ! dit-elle. Embrassez-moi. Soyez bien sages. » Dans la nuit du 7 au 8, elle dit plusieurs fois : « La mort, mon Dieu, la mort ! » Solange était maintenant près d'elle avec Lina. Maurice avait fait porter un billet à Montgivray : « Notre mère est malade et son état est grave.... Viens si tu veux. » Solange était à Paris ; avertie par un télégramme de ses domestiques, elle était venue après avoir humblement demandé qu'on lui fixât une heure.

Solange et Lina veillaient seules près du lit lorsqu'elles

entendirent : « Adieu, adieu, je vais mourir », puis une phrase inintelligible finissant par : « Laissez verdure. » Après cela, il y eut encore dans son regard, dans son serrement de main, quelque chose de bienveillant et de tendre, mais elle restait muette et paraissait distraite. « Adieu Lina, adieu Maurice, adieu Lolo, ad... » furent ses dernières paroles. Elle mourut à six heures du matin. Au repas de midi, Solange avait pris à table la place de sa mère et commandait à tous, Maurice suffoquant de douleur.

***

George Sand fut enterrée à Nohant, dans l'enclos funéraire du parc, près de sa grand-mère, de ses parents et de sa petite-fille Nini. Une pluie fine et froide tombait ; le vent, bruissant à travers les ifs noueux et les buis, se mêlait aux litanies du vieux chantre. Toutes les paysannes des environs, agenouillées dans l'herbe humide, disaient leur rosaire. A la vive surprise des amis de Sand, l'enterrement était catholique. Solange l'avait exigé ; Maurice avait cédé ; l'abbé Villemont, curé de Vic, ayant demandé l'autorisation de l'archevêque de Bourges, celui-ci, Mgr de la Tour d'Auvergne, l'avait accordée sans hésitation. « Il avait eu raison, dit Renan, il ne fallait pas troubler les idées des simples femmes qui venaient prier pour elle, encapuchonnées, avec leur chapelet à la main. Pour moi, j'eusse regretté de passer, sans entrer, devant le porche abrité de grands arbres. »

Une quinzaine de familiers étaient venus de Paris : le prince Napoléon, autorisé de nouveau à vivre en France, en 1872, Flaubert, Renan, Dumas fils, Lambert, Victor Borie, Édouard Cadol, Henry Harrisse et Calmann Lévy. On remarqua l'absence du géant Marchal ; il avait toujours été fort égoïste. Délégué par Victor Hugo, Paul Meurice lut un message de celui-ci :

Je pleure une morte et je salue une immortelle.... Est-ce que nous l'avons perdue ? Non. Ces hautes figures disparaissent, mais ne s'évanouissent pas. Loin de là ; on pourrait presque dire qu'elles se réalisent. En devenant invisibles sous une forme, elles deviennent visibles sous l'autre. Transfiguration sublime. La forme humaine est une occultation. Elle masque le vrai visage divin qui est l'idée. George Sand était une idée ; elle est hors de la chair, la voilà libre ; elle est morte, la voilà vivante. « *Patuit dea* [1].... »

Des hommes de lettres ne peuvent entendre un texte, fût-ce au bord d'une tombe, sans le juger en techniciens. Flaubert trouva le discours de Hugo très bon ; Renan dit que c'était un tissu de clichés. Tous deux avaient raison, car des clichés de Victor Hugo font du bon Victor Hugo. Mais un rossignol, tout à coup, se mit à chanter d'une voix si douce que plusieurs se dirent : « Ah ! voilà le vrai discours qui convient ici. »

Flaubert à Tourgueneff, 25 juin 1876 : La mort de la pauvre mère Sand m'a fait une peine infinie. J'ai pleuré à son enterrement comme un veau, et par deux fois : la première, en embrassant sa petite-fille Aurore (dont les yeux, ce jour-là, ressemblaient tellement aux siens que c'était une résurrection), et la seconde, en voyant passer devant moi son cercueil.... Pauvre chère grande femme !... Il fallait la connaître comme je l'ai connue pour savoir tout ce qu'il y avait de féminin dans ce grand homme, l'immensité de tendresse qui se trouvait dans ce génie.... Elle restera une des illustrations de la France et une gloire unique [2].

Eût-elle pu souhaiter plus belle oraison funèbre que les larmes de son vieux troubadour ?

1. Victor Hugo, *Depuis l'Exil*, t. II, pp. 151-152.
2. Gustave Flaubert, *Correspondance*, t. VII, p. 311.

VI

> « Consuelo, quel nom bizarre !
> dit le comte.
> — Un beau nom, Illustrissime,
> reprit Anzoleto. Cela veut dire
> *consolation.* »
>
> GEORGE SAND.

« Hugo était bien au-dessous de l'évêque Bienvenu.
Je le sais. Mais, de ses passions mêlées, ce fils de la terre
était pourtant capable de donner vie à ce saint au-dessus
de l'homme. De même George Sand, de sa propre vie,
médiocre, déformée, manquée comme est toute vie, a
pu former cette Consuelo, modèle unique, où toute femme
trouvera de quoi imiter, tout homme de quoi comprendre
et aimer toute femme [1]. »

George Sand avait été, comme toute femme, fille de la
terre. Plus qu'une autre sans doute, par son enfance dis-
cordante, par cette lutte en elle de deux classes et de deux
siècles, par cette liberté précoce et par la douloureuse expérience d'un mariage indigne de son génie. Oui, sa vie avait
été manquée, comme est toute vie. Mais grandement.

Elle avait attaché peu d'importance à son œuvre, sa
véritable recherche ayant été celle de l'absolu, d'abord
dans l'amour humain, puis dans l'amour du peuple, enfin
dans l'amour de ses petits-enfants, de la nature et de Dieu.
Pourtant, de cette œuvre dont elle parlait avec tant d'humilité, une belle part reste vivante. « George Sand est
immortelle par *Consuelo*, œuvre pascale », oui, mais aussi
par son *Journal intime*, par les *Lettres d'un Voyageur*,
par cette immense correspondance si aisée, si juste de ton,
si ferme de pensée, et par la vérité permanente de ses
idées. Beaucoup des thèses qu'elle défendit et qui éton-
nèrent, en son temps, des lecteurs sans imagination, sont

---

1. ALAIN, *Propos de Littérature*

devenues aujourd'hui la politique des meilleurs. L'égalité qu'elle demandait pour les femmes, celles-ci sont en voie de l'obtenir ; l'égalité qu'elle demandait pour le peuple, le suffrage universel, une plus juste répartition des biens, il n'y a plus d'esprit honnête qui ne soit là-dessus d'accord avec elle.

On a beaucoup blâmé ses aventures amoureuses, mais l'acharnement haletant de sa recherche s'explique par la perfection, introuvable, qu'elle poursuivait. La vie de Sand fait penser à ces romans de Graham Greene où, pendant trois cents pages, un héros malheureux commet tous les péchés et où le lecteur découvre, dans l'ultime paragraphe, que c'est le pécheur et non le pharisien qui sera sauvé. Les âmes de feu, qui ont fait les grands saints, avaient souvent connu d'orageuses jeunesses.

Toute vie est portée par une métaphysique latente. La philosophie de Sand était simple. Le monde a été créé par un Dieu bon. Les forces d'amour qui existent en nous viennent de lui. Le seul péché sans rémission est d'apporter dans l'amour, qui doit être communion totale, des réticences et des mensonges. Je ne dis pas que Sand ait toujours vécu selon ces principes ; aucun de nous ne vit à chaque instant toutes ses idées ; mais il faut juger les êtres plus par leurs dépassements que par leurs défaillances.

La postérité ne s'y est pas trompée. On se souvient des durs jugements que, vers 1830, portait sur Aurore Dudevant la petite ville berrichonne qui était aux portes de Nohant. Or que voit-on aujourd'hui au cœur de La Châtre ? Une statue de George Sand. La réprouvée, la pécheresse est devenue la patronne du pays. Ceux qui furent ses amis : Néraud, Papet, Duvernet, Fleury, vivent dans les mémoires à ses côtés. Et où sont ceux qui la blâmaient ? Qui connaîtra désormais leurs noms et leurs négatives vertus ?

A Nohant, pour le centenaire de la mort de Chopin, en 1949, tout le Berry s'était donné rendez-vous. Des admirateurs de George Sand étaient venus de pays lointains. Avec piété, les hôtes d'un jour admiraient les marionnettes, spirituellement bouffonnes, que virent danser Dumas et Flaubert, l'atelier où travailla Delacroix, la pelouse où flotta dans la nuit l'écharpe blanche de Marie d'Agoult, puis allaient méditer, dans le petit bois obscur et funèbre, sur les pierres tombales qui content, avec la magistrale brièveté de la mort, cette étrange et belle histoire.

Marie-Aurore de Saxe, comtesse de Horn, veuve Dupin de Francueil, 1748-1821.... Maurice Dupin, lieutenant-colonel au Ier régiment de hussards, 1778-1808.... Antoinette-Sophie-Victoire Delaborde, épitaphe rongée par les mousses, aujourd'hui indéchiffrable.... *Amantine-Lucile-Aurore Dupin, baronne Dudevant*, GEORGE SAND, *née à Paris le Ier juillet 1804, morte à Nohant le 8 juin 1876....* Et, près de cette grande lignée, d'autres morts : *Marc-Antoine Dudevant* (c'est Cocoton) ; *Jeanne-Gabrielle* (c'est Nini, et le nom détesté de Clésinger n'est pas gravé sur la tombe) ; puis *Maurice Sand, baron Dudevant* (1823-1889) ; *Lina Sand, née Calamatta* (1842-1901) ; *Solange Clésinger-Sand, mère de Jeanne* (1828-1899) et, enfin, *Gabrielle Sand, épouse Palazzi* (1868-1909). Cette dernière, jadis, avait été Titite.

Quant à Lolo, devenue Mme Aurore Lauth-Sand, active et souple malgré ses quatre-vingt-trois ans, elle trottait par les allées, montait en courant le vieil escalier de pierre, montrait la grande table ovale du menuisier Pierre Bonnin, le secrétaire minuscule sur lequel fut écrit *Indiana*, le piano que touchèrent Liszt et Chopin, et promenait, sur cette assemblée respectueuse, les yeux de velours noir de sa grand-mère. Quand la nuit fut venue, on s'assit sur la terrasse, au clair de lune, en face des cèdres noirs et des saules pleureurs. L'odeur des rosiers que planta George enveloppait ces pèlerins passionnés. Par les fenêtres du salon bleu, ouvertes sur le parc, arrivaient des phrases de Chopin, *Préludes* ou *Nocturnes*, qui avaient été écrites dans cette maison, la main de l'amie posée sur l'épaule du poète. C'était comme le murmure de confidences vagues et mélancoliques, chuchotées dans un léger soupir. Chacun se souvenait doucement de ses malheurs. Puis la note bleue s'éleva, et avec elle l'espérance. Deux grandes voix semblaient dire à cette foule : « Ayez confiance, hommes de peu de foi. Les querelles des amants s'éteignent ; les œuvres inspirées par l'amour demeurent. Il peut y avoir en ce monde de la tendresse et de la beauté. » Consuelo avait triomphé de Lélia. Tel est le jugement muet des générations.

NOTE SUR LA NAISSANCE
DE SOLANGE DUDEVANT-SAND

Deux thèses contradictoires sont soutenues au sujet de cette naissance. Mme Aurore Lauth-Sand pense que Solange était fille légitime de Casimir Dudevant. Cette légimité lui semble d'autant plus évidente que, devenue grande, Solange fut bien reçue et généreusement hébergée à Guillery. C'est là qu'elle mit au monde les deux filles nées de son mariage avec Clésinger. Jamais le baron ne témoigna une particulière préférence à Maurice. « Il est certain, dit Mme Aurore Lauth-Sand, qu'en 1827-1828 ma grand-mère avait fait une dernière tentative de complète réconciliation avec son mari. »

Le présent comte de Grandsagne, auteur d'une *Histoire sommaire des Grandsagne*, est d'un avis opposé. Il fait état d'une ressemblance frappante entre sa propre fille, la vicomtesse du Manoir, et le portrait de Solange par Charpentier. Dans son travail généalogique, après avoir mentionné le fils légitime de Stéphane (Paul-Émile-Tancrède Ajasson de Grandsagne, mort en 1902), il ajoute : « Stéphane avait eu de George Sand une fille naturelle, devenue Mme Clésinger, morte sans postérité. »

* *

Paul-Émile Ajasson de Grandsagne (1842-1902), fils de Stéphane, fut professeur de mathématiques au Collège Chaptal, puis rédacteur en chef du *Moniteur de la Guerre*. En 1876, il devint directeur-gérant du *Moniteur général*, organe officiel du service des travaux de la Ville de Paris. Cette publication comportait une rubrique : *Correspondance et Questions posées*. On y peut lire, dans le numéro du 6 janvier 1900, la réponse suivante à une « question posée » antérieurement :

« Ainsi que nous l'avons dit, nous possédons 123 lettres inédites de George Sand, écrites de 1820 à 1838... adressées à celui qui fut tout pour elle ; celui auquel elle devait une partie de son savoir et de son immense talent d'écrivain. Dans le Berry, tout le monde sait que, dès l'âge de seize ou dix-sept ans, Aurore Dupin fut l'amie très intime de Stéphane Ajasson de Grandsagne, le créateur des Bibliothèques populaires. [...] Les lettres en

question sont très intéressantes, mais trop étranges pour être
publiées. Elles bouleverseraient, si elles étaient connues, toutes
les idées généralement admises sur le caractère et la vie de cette
femme distinguée, qui fut une des gloires de notre siècle. [...]
Nous pouvons cependant dire qu'il est plusieurs fois question,
dans cette correspondance, de *Solange*, fille de George Sand, qui
épousa le sculpteur Clésinger.... »

Il semble évident que la note ci-dessus fut rédigée par Paul-
Émile de Grandsagne, directeur du journal dans lequel elle
parut. C'était en 1858 que celui-ci avait été présenté à George
Sand. Au cours d'un séjour en Berry, son oncle, Jules de Grandsagne, l'avait conduit à Nohant. (Il avait alors seize ans.) Plus
tard, il revit Sand à Paris, et même à Palaiseau. « Plusieurs fois,
elle a manifesté le désir que jamais sa correspondance avec
Stéphane ne fût rendue publique », ajoute la note du *Moniteur
général*.

Voici quelques autres données du problème : le *13 décembre 1827*, c'est-à-dire neuf mois, jour pour jour, avant la naissance de Solange, née le *13 septembre 1828*, Aurore Dudevant
était à Paris, d'où elle écrivait à Casimir, resté à Nohant :
« *Paris, 13 décembre 1827.* — ... Je verrai demain Broussais, si
Stéphane me tient parole. [...] Comme Stéphane vient ce matin,
s'il peut partir lundi, j'enverrai peut-être promener le reste
de mes courses....

« *Midi.* — Stéphane est forcé de passer ici la journée de lundi;
il me prie en grâce de ne partir que mardi ; je suis donc obligée
de remettre mon départ [1].... »

Neuf ans plus tard, au moment du procès en séparation de
corps des époux Dudevant, Casimir rédigea un mémorandum
(Cf. Collection Spoelberch de Lovenjoul, E. 948), dans lequel on
trouve cette ligne significative : « *Novembre 1827.* — Voyage à
Paris avec Stéphane Ajasson de Grandsagne, sous prétextes de
santé ! »

Autre renseignement, donné par Louise Vincent, dans sa
thèse de doctorat (page 122) : « À Nérac, on se souvient encore
qu'en 1837, lorsque George Sand vint à Guillery pour reprendre
Solange, enlevée par Dudevant, elle disait : « Ce qu'il y a de
plus curieux, c'est qu'il revendique une enfant qui n'est pas à
lui. »

Il semble qu'Hippolyte Châtiron ait, lui aussi, entendu racon-

---

1. Collection Spoelberch de Lovenjoul, E. 868.

ter en Berry que Solange était une enfant adultérine. Dans une lettre à son beau-frère, il fait allusion à ce fait. Ce document est à Chantilly. *Hippolyte à Casimir, 28 juin 1836 :* « Quant à la direction de Solange, ma foi ! il faut en prendre ton parti. Sans aller bien loin... *d'après tout ce que j'ai entendu dire, tu dois en prendre facilement ton parti !* »

Enfin Louise Vincent, faute des lettres de Sand à Stéphane, put se faire communiquer d'autres documents relatifs à leur aventure, car elle écrit [1] : « Des lettres ne font point partie de la collection Spoelberch. Après avoir rompu avec Musset, George Sand gémit sur ses malheurs... *Déjà, avant Jules Sandeau, elle a eu un amant que Jules n'a pas connu.* Dans une autre lettre inédite, elle fait des excuses à Mme de Grandsagne. *Elle lui demande pardon de l'avoir fait souffrir, d'avoir aimé son mari.* Elle compte sur sa générosité pour lui pardonner le mal qu'elle lui a fait [1].... »

1. Louise Vincent : *George Sand et le Berry*, page 125.

BIBLIOGRAPHIE

SOURCES MANUSCRITES

BIBLIOTHÈQUE NATIONALE, DÉPARTEMENT DES MANUSCRITS

N. a. f. (fonds Aurore Sand) : Agendas de George Sand, années 1852-1876 ; Journal intime inédit ; Lettres inédites d'Alexandre Dumas fils à George Sand ; Lettres, en partie inédites, de George Sand au Dr Émile Regnault ; *Sketches and Hints*, manuscrit autographe d'un journal de jeunesse ; Lettres de Chopin à George Sand.

Cote 24639 (fonds Balachowsky-Petit) : Lettres inédites de George Sand à Alexandre Dumas fils.

COLLECTION SPOELBERCH DE LOVENJOUL

E. 868 : Correspondance, en partie inédite, entre Aurore et Casimir Dudevant ; Confession adressée par Aurore Dudevant à son mari ; Lettres d'Hippolyte Châtiron à Casimir Dudevant.

E. 872 : Correspondance inédite entre George Sand, Marie d'Agoult et Carlotta Marliani.

E. 875, E. 876 et E. 877 : Lettres inédites de George Sand à Émile Aucante.

E. 879 : Lettres à Pierre Bocage.

E. 881 : Lettres, en grande partie inédites, de George Sand à Michel de Bourges.

E. 881 bis et E. 881 ter : Lettres inédites de George Sand à Marie Dorval.

E. 883 : Lettres inédites de George Sand à Alexis Dutheil.

E. 902 : Journal adressé par Aurore Dudevant à Aurélien de Sèze ; Lettres d'Aurélien de Sèze à Aurore Dudevant ; Correspondance entre Aurore Dudevant et Zoé Leroy.

E. 917 : Lettres inédites de George Sand à Eliza Tourangin.

E. 920 : Lettres inédites de George Sand à Jules Boucoiran et à d'autres correspondants.

E. 921 : Lettres inédites de George Sand à Théodore Rousseau, à Gustave Chaix d'Est-Ange et à Charles Poncy ; Lettres, en partie inédites, de George Sand à son fils Maurice.

E. 948 : Dossier du procès en séparation de corps et de biens entre les époux Dudevant.

E. 953 : Lettres inédites d'Eugène Lambert à Émile Aucante.

E. 954 : Lettres du comte Ajasson de Grandsagne à Madame Varvara Komarow (Wladimir Karénine) ; Lettres du comte Ajasson de Grandsagne au vicomte de Spoelberch de Lovenjoul.

COLLECTIONS PARTICULIÈRES

Collection de Madame Aurore Lauth-Sand : Journal inédit d'Aurore Dupin, jeune fille, au Couvent des Dames Anglaises; Lettres inédites d'Hippolyte Châtiron à Aurore Dudevant ; Correspondance entre George Sand et sa fille Solange ; Lettres inédites du prince Charles Radziwill à Solange Clésinger, etc.

Collection de Madame Bonnier de la Chapelle : Correspondance inédite entre George Sand et Jules Hetzel (P.-J. Stahl).

Collection de Monsieur Henri Goüin : Lettres de George Sand à Édouard Rodrigues.

Collection de Monsieur Alfred Dupont : Lettres inédites de Lamennais à divers correspondants.

Collection de Monsieur Jacques Suffel : Lettres inédites de George Sand à Duris-Dufresne.

Collection de Simone André-Maurois : Lettres inédites de Marie Dorval à George Sand ; Lettres inédites de George Sand à Augustine de Bertholdi, à Charles Marchal, à Édouard Charton et au général Ferri-Pisani ; Lettres inédites de Sainte-Beuve à Jeanne de Tourbey et à Solange Clésinger ; Lettres de Marie Dorval à Félicie Sandeau.

SOURCES IMPRIMÉES

ADAM (Juliette Lamber, Madame Edmond) : Mes Premières Armes littéraires et politiques (Paris, Lemerre, 1904) ; Mes Sentiments et nos Idées avant 1870 (Paris, Lemerre, 1905).

ADERER (Adolphe) : Souvenirs inédits de Chopin (Le Temps, n° du 28 janvier 1903) ; George Sand et Marie Dorval (Le Temps, n°s du 19 et du 21 février 1903).

AGEORGES (Joseph) : L'Enclos de George Sand (Paris, Bernard Grasset, 1910).

ALBERT-PETIT (A.) : George Sand avant George Sand (Journal des Débats, n° du 27 mars 1896).

AMIC (Henri) : George Sand. Mes Souvenirs (Paris, Calmann-Lévy, 1893) ; La Défense de George Sand (Le Figaro, n° du 2 novembre 1896).

ANONYME : Compte rendu de la procédure qui a eu lieu les 10 et 11 mai 1836 à La Châtre (Le Droit, n° du 18 mai 1836).

ANONYME : Procès de séparation de corps de Madame Dudevant, auteur des ouvrages publiés sous le nom de George Sand : arrêt de partage (Gazette des Tribunaux, n°s du 31 juillet et du 1er août 1836).

BALZAC (Honoré de) : Lettres à l'Étrangère, tome I (Paris, Calmann-Lévy, 1899), tome II (id., 1906), tome III (id., 1933), tome IV (id., 1950), tome V (encore inédit en 1952 — les originaux sont à la Collection Spoelberch de Lovenjoul) ; Correspondance avec Zulma Carraud, édition revue et augmentée, publiée par Marcel Bouteron (Paris, Gallimard, 1951) ; Lettres à sa

Famille (Paris, Albin Michel, 1951) ; *Béatrix* (Paris, Souverain, 1839) ; *Mémoires de deux Jeunes Mariées*, dédicace à George Sand (Paris, Souverain, 1842).

BARBÈS (Armand) : *Lettres à George Sand* (*Revue de Paris*, nᵒ du 1ᵉʳ juillet 1896).

BARBEY D'AUREVILLY (Jules) : *Les Œuvres et les Hommes au XIXᵉ siècle*, V : *Les Bas-Bleus* (Paris, Société générale de Librairie catholique, 1878).

BARINE (Arvède) : *Alfred de Musset* (Paris, Hachette, 1893).

BARRETT BROWNING (Elizabeth) : *Letters*, edited by Frederick G. Kenyon, 2 volumes (Londres, Smith, Elder and Cᵒ, 1898).

BAUDELAIRE (Charles) : *Œuvres posthumes et Correspondances inédites*, publiées par Eugène Crépet (Paris, Quantin, 1887).

BAUDELAIRE (Charles) : *Journaux intimes* (Paris, Mercure de France, 1908) ; *Mon Cœur mis à nu ; Écrits intimes*, préface de Jean-Paul Sartre (Paris, Éditions du Point du Jour, 1946).

BÉRANGER : *Correspondance*, recueillie par Paul Boiteau, 4 volumes (Paris, Perrotin, 1860).

BERTAUT (Jules) : *George Sand devant la critique* (*L'Opinion*, nᵒ du 16 janvier 1909) ; *Une Amitié romantique : George Sand et François Rollinat* (*Revue de Paris*, nᵒ du 1ᵉʳ juin 1914).

BIDOU (Henry) : *La Chartreuse de Valdemosa* (Supplément du *Journal des Débats*, nᵒ du 1ᵉʳ juillet 1904).

BILLY (André) : *Balzac*, 2 volumes (Paris, Flammarion, 1944-1947).

BLAZE DE BURY (Henri) : *Épisode de l'Histoire du Hanovre : les Kœnigsmark* (Paris, Michel Lévy, 1855) ; *Les Amours de Chopin et de George Sand* (*Mercure de France*, nᵒ de juin 1900).

BRAULT : *Une Contemporaine. Biographie et Intrigues de George Sand* (Plaquette publiée sans nom d'éditeur, Paris, 1848).

BRISSON (Adolphe) : *Les Amours de George Sand* (*Le Temps*, nᵒ du 25 octobre 1896) ; *George Sand et Alfred de Musset* (*Le Temps*, nᵒ du 23 décembre 1896) ; *Gabrielle Sand* (*Les Annales politiques et littéraires*, nᵒ du 18 juillet 1904).

BRUNETIÈRE (Ferdinand) : *Histoire et Littérature*, tome V, II : *George Sand et Flaubert* (Paris, Calmann-Lévy, 1891).

CABANÈS (Docteur) : *Un Roman vécu à trois personnages : Alfred de Musset, George Sand, Pagello* (*La Revue hebdomadaire*, nᵒ du 1ᵉʳ août 1896) ; *Une Visite au docteur Pagello* (*La Revue hebdomadaire*, nᵒ du 24 octobre 1896).

CADOL (Édouard) : *Une Visite à Nohant. La Bête noire* (Paris, Lévy, 1875).

CAPO DE FEUILLIDE : *Lélia, par George Sand* (*L'Europe littéraire*, nᵒ du 22 août 1833).

CASTELLANE (Maréchal de) : *Journal*, 5 volumes (Paris, Plon, 1896). Cf. tome IV : 1847-1853.

CATALOGUE DE LA BIBLIOTHÈQUE DE MADAME GEORGE SAND ET DE M. MAURICE SAND. Vente du 24 février au 3 mars 1890 (Paris, Ferroud, Librairie des Amateurs, 1890).

CARO (Edme) : *George Sand* (Paris, Hachette, 1887).

CHAMBON (Félix) : *Notes sur Prosper Mérimée* (Paris, Dorbon aîné, 1904).

CHARPENTIER (John) : *George Sand* (Paris, Tallandier, 1936); *Alfred de Musset* (Paris, Tallandier, 1938).

CHATEAUBRIAND : *Mémoires d'outre-tombe*, édition du Centenaire, établie par Maurice Levaillant, 4 volumes (Paris, Flammarion, 1948). Cf. tomes III et IV.

CHOPIN (*Souvenirs inédits de Frédéric*), recueillis et notés par Misczyslaw Karlowicz. Traduits par Laure Disière (Paris, H. Walter, 1904).

CLARETIE (Jules) : *La Vie à Paris, 1880-1883* (Paris, Havard, 1881-1884) ; *Jules Sandeau* (Paris, Quantin, 1883) ; *Madame Dorval* (*Le Temps*, nᵒ du 1ᵉʳ avril 1904).

CLÉMENT (Abbé S.) : *George Sand. Souvenirs d'un curé de campagne* (Bourges, Sire, 1901).

CLOUARD (Maurice) : *Alfred de Musset et George Sand* (*Revue de Paris*, nᵒ du 15 août 1896) ; *Alfred de Musset. Documents inédits* (Paris, Chaix, 1896) ; *Alfred de Musset, lauréat de l'Académie* (*Nouvelle Revue*, 1899).

COLET (Louise) : *Lui* (Paris, Calmann-Lévy, 1880).

CORNUAULT (Charles-Pierre) : *Une Grande Passion d'un grand Écrivain* (Aix-en-Provence, Éditions de la Victoire).

COUPY (Étienne) : *Marie Dorval* (Paris, Albert Lacroix, Librairie Internationale, 1868).

DAVRAY (Jean) : *George Sand et ses Amants* (Paris, Albin Michel, 1935).

DELACROIX (Eugène) : *Journal*, 3 volumes (Paris, Plon, 1932);

Correspondance générale, publiée par André Joubin, 5 volumes (Paris, Plon, 1936-1938).

DONNAY (Maurice) : *Alfred de Musset* (Paris, Hachette, 1914).

DORVAL (Marie) : *Lettres à Alfred de Vigny*, recueillies et annotées par Charles Gaudier (Paris, Gallimard, 1942).

DOSTOIEVSKY (Fédor) : *Journal d'un Écrivain*, traduit du russe par J.-W. Bienstock et J.-A. Nau (Paris, Charpentier, 1904). Cf. *La Mort de George Sand*, pp. 225-236.

DOUMIC (René) : *George Sand* (Paris, Perrin, 1908); *L'Amie de Michel de Bourges. Mauprat* (*Revue hebdomadaire*, mars 1909); *Dix Années de la Vie de George Sand* (*Revue des Deux Mondes*, nᵒ du 15 avril 1912).

DUQUESNEL (Félix) : *Les Dîners Magny* (*Le Gaulois*, nᵒ du 30 juin 1904) ; *George Sand intime* (*Le Temps*, nᵒˢ du 30 septembre 1912 et du 4 janvier 1913) ; *Comment écrivait George Sand* (*Le Temps*, nᵒ du 10 octobre 1912) ; *Nohant* (*Le Temps*, nᵒ du 7 janvier 1913).

ESCHOLIER (Raymond) : *Delacroix*, 3 volumes (Paris, Floury, 1926-1929).

FAGUET (Émile) : *XIXᵉ Siècle. Études littéraires. George Sand ; Amours d'Hommes de lettres : George Sand et Musset* (Paris, Société française d'Imprimerie et de Librairie, 1907) ; *Michel de Bourges* (*Revue des Deux Mondes*, nᵒ du 1ᵉʳ novembre 1909).

FIDAO (J.-E.) : *Pierre Leroux* (*Revue des Deux Mondes*, nᵒ du 15 mai 1906).

FŒMINA (Madame Bulteau) :

Les *Kœnigsmark* (*Supplément littéraire du Figaro*, 7 et 14 mars 1914).

FONTANEY (Antoine) : *Journal intime*, publié par René Jasinski (Paris, Les Presses Françaises, 1925).

FORGUES (E.) : *Correspondance inédite entre Lamennais et le Baron de Vitrolles* (Paris, Charpentier, 1886).

FRANCE (Anatole) : *La Vie littéraire*, tome I (Paris, Calmann-Lévy, 1892).

GAILLY DE TAURINES (Ch.) : *Aventuriers et Femmes de qualité*. Cf. *La Fille du Maréchal de Saxe* (Paris, Hachette, 1907).

GALZY (Jeanne) : *George Sand* (Paris, Julliard, 1950).

GANCHE (Édouard) : *Frédéric Chopin, sa vie et ses œuvres* (Paris, Mercure de France, 1913).

GESTAT (Pierre) : *La Vie mouvementée et passionnée d'un grand avocat : Michel de Bourges* (Bourges, Société historique et littéraire du Cher, 1949).

GINISTY (Paul) : *Le Baron Haussmann et George Sand* (*Journal des Débats*, no du 31 mars 1909) ; *Bocage* (Paris, Félix Alcan, 1932).

GONCOURT (Edmond et Jules de) : *Journal des Goncourt*, tome III (Paris, Charpentier, 1888).

GRANDSAGNE (Paul-Émile Ajasson de) : *Correspondance* et *Questions posées* (*Le Moniteur général*, no du 6 janvier 1900).

GRENIER (Édouard) : *Souvenirs littéraires* (Paris, Lemerre, 1894).

GRÉVILLE (Henry) : *Maurice Sand* (Versailles, Cerf et fils, 1889).

HALPÉRINE-KAMINSKY (Ely) :

Lettres d'Ivan Tourgueneff à Madame Viardot (*Revue hebdomadaire*, no du 1er octobre 1898) ; *Ivan Tourgueneff, d'après sa correspondance avec ses amis français* (Paris, Eugène Fasquelle, 1901).

HAUSSMANN (Baron) : *Mémoires* (Paris, V. Havard, 1890). Cf. tome II, pp. 129-136.

HAUSSONVILLE (Othenin, vicomte d') : *Études biographiques et littéraires : George Sand* (Paris, Calmann-Lévy, 1879).

HEINE (Heinrich) : *Sämmtliche Werke* (Hambourg, Hoffmann und Campe, 1874) ; *Briefe von Heinrich Heine*, herausgegeben von Eugen Wolff (Breslau, Schottländer, 1893).

HEVESY (André de) : *Liszt et les Romantiques* (*Revue de Paris*, no du 1er novembre 1911).

HEYLLI (Georges d'), (Edmond Poinsot) : *La Fille de George Sand* (Paris, sans nom d'éditeur, 1900). Ouvrage tiré à 200 exemplaires.

Histoire de Maurice, comte de Saxe, 2 volumes publiés sans nom d'auteur (Dresde, Walther, 1770).

HOUSSAYE (Arsène) : *Confessions. Souvenirs d'un demi-siècle (1830-1890).* (Paris, Dentu, 1891). Cf. tomes V et VI.

ISAAC (Le Bibliophile), (Charles, vicomte de Spoelberch de Lovenjoul) : *Étude bibliographique sur les Œuvres de George Sand* (Bruxelles, 1868). Tiré à 100 exemplaires. Voir plus loin : LOVENJOUL.

JANIN (Jules) : *Biographies de Femmes auteurs : George Sand* (Paris, Alfred de Montferrand, 1836).

JASINSKI (René) : *Les Années romantiques de Théophile Gau-*

tier (Paris, Vuibert, 1929).

JAUBERT (Caroline) : *Souvenirs, Lettres et Correspondances* (Paris, Hetzel, 1881).

KARÉNINE (Wladimir), (Varvara Komarow) : *George Sand, sa vie et ses œuvres*, 4 volumes. Tome I : *1804-1833*, et tome II : *1833-1838* (Paris, Ollendorff, 1899). Tome III : *1838-1848* (Paris, Plon-Nourrit, 1912). Tome IV : *1848-1876* (Paris, Plon, 1926).

KARLOWICZ (Mieczyslaw) : *Lettres inédites de Chopin* et *Souvenirs de Chopin* (*La Revue hebdomadaire*, n° 8, 1902, et *Revue musicale*, janvier à septembre 1903).

KÉRATRY (Comte de) : *Lettres inédites de George Sand* (*Le Figaro*, n° du 28 septembre 1888).

KNOSP (Gaston) : *Journal de Chopin* (*Le Guide musical*, n°ˢ du 8 et du 15 septembre 1907).

LAISNEL DE LA SALLE (A.) : *Anciennes Mœurs, Scènes et Tableaux de la Vie provinciale au XIXᵉ siècle* (La Châtre, Montu, 1900).

LA ROCHEFOUCAULD (Sosthène, vicomte de) : *Mémoires* (Paris, Allardin, 1837). Cf. pp. 353-383, dix lettres de George Sand.

LA SALLE (Bertrand de) : *Alfred de Vigny* (Paris, Arthème Fayard, 1939).

LATOUCHE (Hyacinthe Thabaud de Latouche, dit Henri de) : *Léo* (Paris, Michel Lévy, 1840).

LAUVRIÈRE (Em.) : *Alfred de Vigny, sa vie et son œuvre*. Édition augmentée, en 2 volumes (Paris, Grasset, 1946). L'édition originale, en 1 volume, a paru en 1909, chez Armand Colin.

LECOMTE DU NOUY (Hermine Oudinot, Madame), et Henri AMIC : *En regardant passer la vie...* (Paris, Ollendorff, 1903); *Jours passés* (Paris, Calmann-Lévy, 1908).

LEMAITRE (Jules) : *Les Contemporains*, 7 volumes (Paris, Lecène et Oudin, 1886-1899). Cf. tome IV, pp. 159-168 : *George Sand* ; *Impressions de Théâtre*, 10 volumes (Paris, Lecène et Oudin, 1888-1898). Cf. tome I, pp. 141-157, et tome IV, pp. 125-135.

LEVALLOIS (Jules) : *Sainte-Beuve, Gustave Planche et George Sand* (*Revue bleue*, n° du 19 janvier 1895) ; *Souvenirs littéraires. Visite chez George Sand* (*Revue bleue*, n° du 16 mars 1895).

LISZT (Franz) : *Lettre d'un Voyageur à monsieur George Sand* (*Revue et Gazette musicale*, n° du 6 décembre 1835) ; *Frédéric Chopin* (Paris, Escudier, 1852) ; *Correspondance de Liszt et de Madame d'Agoult*, publiée par Daniel Ollivier, 2 volumes (Paris, Grasset, 1933-1934) ; *Correspondance de Liszt et de sa Fille, Madame Émile Ollivier* (Paris, Grasset, 1936).

LORENZ (Paul) : *Aurore de Kœnigsmark* (Paris, Éditions des Quatre Vents, 1945).

LOVENJOUL (Charles, vicomte de Spoelberch de) : *Études balzaciennes : Un Roman d'Amour* (Paris, Calmann-Lévy, 1896) ; *A propos de lettres inédites* (*Le Figaro*, n°ˢ des 15 et 22 février 1893) ; *La Véritable Histoire de « Elle et Lui »* (Paris, Calmann-Lévy, 1897) ; *Histoire des Œuvres de H. de Balzac*. Troisième édition, entièrement revue et corrigée à nouveau (Paris, Calmann-Lévy, 1888) ; *George Sand. Étude bibliographique sur ses Œuvres.* Édition posthume, tirée à 120 exemplaires. C'est une réimpression, considérablement augmentée, de la bibliographie publiée à Bruxelles en 1868, et à laquelle l'auteur travailla jusqu'à sa mort (Paris, Henri Leclerc, 1914).

MAGON-BARBAROUX : *Michel de Bourges* (Marseille, Flammarion, Aubertin et Rolle, 1897).

MARBOUTY (Caroline), dite Claire Brunne : *Une Fausse Position*, 2 volumes (Paris, Amyot, 1844).

MARIÉTON (Paul) : *Une Histoire d'amour : George Sand et Alfred de Musset* (Paris, Havard fils, 1897) ; *Les Amants de Venise* (Paris, Ollendorff, 1903).

MAUGRAS (Gaston) : *Les Demoiselles de Verrières* (Paris, Calmann-Lévy, 1890).

MAUPASSANT (Guy de) : *Préface à l'Édition originale des Lettres de Gustave Flaubert à George Sand* (G. Charpentier, Paris, 1884).

MAURRAS (Charles) : *Les Amants de Venise* (Paris, Albert Fontemoing, 1903).

MAYNIAL (Édouard) : *Le Procès en Séparation de George Sand* (*Mercure de France*, n° du 1er décembre 1906).

MICHAUT (Dr) : *Une Observation d'Incompatibilité sexuelle* (*Chronique médicale*, n° du 1er juillet 1904) ; *George Sand et Dumas fils* (*Chronique médicale*, n° du 1er septembre 1904).

MILLE (Pierre) : *Frédéric Chopin, d'après quelques lettres inédites* (*Revue bleue*, n° du 7 janvier 1899).

MONIN (Hippolyte) : *George Sand et la République de février 1848* (*La Révolution française*, 14 novembre et 14 décembre 1899, 14 janvier et 14 février 1900).

MOSER (Françoise) : *Marie Dorval* (Paris, Plon, 1947).

MOUROT (Eugène) : *Un Oublié : Ajasson de Grandsagne* (Paris, Imprimerie Chaix, sans date).

MUSSET (Alfred de) : *Confession d'un Enfant du Siècle* (Paris, 1836).

MUSSET (Paul de) : *Lui et Elle* (Paris, Charpentier, 1860) ; *Alfred de Musset*, biographie (Paris, Charpentier, 1877).

NICOLAS (Auguste) : *Aurélien de Sèze* (Ch. Douniol, 1870).

NOZIÈRE (Fernand) : *Marie Dorval* (Félix Alcan, 1928) ; *Elle et Lui* (*Le Temps*, n° du 11 juin 1904).

PAILLERON (Marie-Louise) : *George Sand*, 2 volumes (Paris, Grasset, 1938-1942) ; *François Buloz et ses Amis. I : La Vie littéraire sous Louis-Philippe ; II. La Revue des Deux Mondes et la Comédie-Française* (Paris, Firmin-Didot, 1930) ; *Le Paradis perdu. Souvenirs d'enfance* (Paris, Albin Michel, 1947) ; *Une Petite-Fille de George Sand* (*Revue des Deux Mondes*, n° du 15 octobre 1950).

PARTURIER (Maurice) : *Une Expérience de Lélia ou le Fiasco du comte Gazul* (Paris, Le Divan, 1934) ; *Deux Lettres de Prosper Mérimée à George Sand* (Paris, Le Divan, 1935).

PICTET (Adolphe) : *Une Course à Chamonix* (Paris, Benjamin Duprat, 1838).

PLANCHE (Gustave) : *Portraits littéraires*, 2 volumes (Paris, 1848).

PLAUCHUT (Edmond) : *Autour de Nohant* (Paris, Calmann-Lévy, 1898) ; *George Sand à Gargilesse* (*Le Temps*, n° du 13 août 1901).

POURTALÈS (Guy de) : *Liszt* (Paris, Gallimard, 1926) ; *Chopin ou le Poète* (Paris, Gallimard, 1936).

PYAT (Félix) : *Comment j'ai connu George Sand* (*Grande Revue de Paris et de Saint-Pétersbourg*, n° du 15 février 1888).

RAMANN (Lina) : *Franz Liszt als Kunstler und Mensch*, 3 volumes (Leipzig, Breitkopf und Hartel, 1880-1887).

RENAN (Ernest) : *Feuilles détachées* (Paris, Calmann-Lévy, 1894).

ROCHEBLAVE (Samuel) : *Une Amitié romanesque : George Sand et Madame d'Agoult*. (*Revue de Paris*, n° du 15 décembre 1894) ; *George Sand avant George Sand* (*Revue de Paris*, n° du 15 mars 1896). Préface à l'édition originale des *Lettres de George Sand à Alfred de Musset et à Sainte-Beuve* (Paris, Calmann-Lévy, 1897) ; *George Sand et sa Fille* (Paris, Calmann-Lévy, 1905) ; *Lettres de George Sand à Charles Poncy* (*Revue des Deux Mondes*, n°ˢ du 1ᵉʳ et du 15 août 1909).

ROLLINAT (Charles) : *Liszt et Chopin* (*Le Temps*, n° du 1ᵉʳ septembre 1874).

SAINTE-BEUVE (Charles-Augustin) : *Correspondance générale*, recueillie, classée et annotée par Jean Bonnerot. *1818-1846*, six volumes, en 7 tomes, ont déjà paru (Paris, Stock, 1935-1949).

SAINTE-BEUVE (Charles-Augustin) : *Causeries du Lundi*, édition Garnier frères, s. d., en 15 volumes. Cf. tomes I, II, III, IV, IX, X, XI, XII, XIII et XV ; *Portraits de Femmes* (Paris, Garnier frères, s. d.). Cf. pp. 103, **163 et 447** ;

Premiers Lundis, **3** volumes (Paris, Calmann-Lévy, 1886-1894). Cf. tomes II et III ; *Portraits contemporains*, 5 volumes (Paris, Calmann-Lévy, Cf. tomes I, II, III et IV ; *Nouveaux Lundis*, 13 volumes (Paris, Calmann-Lévy, 1870-1894). Cf. tomes I, II, III, V, VI, VIII, IX, X, XI, XII et XIII.

SAND (Aurore) : *Souvenirs de Nohant* (*Revue de Paris*, n° du 1ᵉʳ septembre 1916) ; *Le Berry de George Sand* (Paris, Albert Morancé, 1927).

SAND (Maurice) : *Masques et Bouffons* (*Comédie italienne*) (Paris, Michel Lévy, 1860) ; *Le Monde des Papillons* (Paris, Rothschild, 1866) ; *Raoul de La Châtre* (Paris, Michel Lévy, 1865).

SANDEAU (Jules) : *Marianna* (Paris, Werdet, 1832).

SAXE (Maurice, comte de) : *Lettres et Documents inédits*, publiés par le comte d'Eckstaadt (Leipzig, Denicka, 1867).

SAXE (Maurice, maréchal de) : *Mes Rêveries* (Paris, Durand, 1757).

SÉCHÉ (Léon) : *Sainte-Beuve, son esprit, ses idées, ses mœurs*, 2 volumes (Mercure de France, 1904) ; *Correspondance inédite de Sainte-Beuve avec M. et Mme Juste Olivier* (Paris, Mercure de France, 1904) ; *Hortense Allart de Méritens, dans ses rapports avec Chateaubriand, Béranger, Lamennais, Sainte-Beuve, George Sand, Madame d'Agoult* (Paris, Mercure de France, 1908) ; *Lettres inédites d'Hortense Allart de Méritens à Sainte-Beuve* (1841-1848), avec une introduction et des notes par Léon Séché.

SÉCHÉ (Alphonse) : *Alfred de Musset anecdotique* (Paris, Sansot, 1907).

SÉCHÉ (Alphonse) et BERTAUT (Jules) : *La Vie anecdotique et pittoresque des grands Écrivains : George Sand* (Grand-Montrouge, Louis Michaud, 1909).

SÉGU (Frédéric) : *Henri de Latouche, 1785-1851* (Paris, Société d'édition « Les Belles-Lettres », 1931) ; *Le Premier Figaro, 1826-1833* (Paris, Société d'édition « Les Belles-Lettres », 1932).

SEILLIÈRE (Baron Ernest) : *George Sand, mystique de la passion* (Paris, Félix Alcan, 1920) ; *Nouveaux Portraits de Femmes* (Paris, Émile-Paul, 1923).

SELLARDS (John) : *Charles Didier, 1805-1864* (Paris, Honoré Champion, 1904).

SILVER (Mabel) : *Jules Sandeau, l'homme et la vie* (Paris, Boivin et Cie, L'Entente Linotypiste, 1936).

STERN (Daniel), Marie de Flavigny, comtesse d'Agoult : *Histoire de la Révolution de 1848*, 3 volumes (Paris, G. Sandré, 1851). Cf. tome II ; *Nélida* (Paris, d'Amyot 1846); *Souvenirs* (Paris, Calmann-Lévy, 1877) ; *Mémoires* (Calmann-Lévy, 1927) ; *Autour de Madame d'Agoult et de Liszt* (Paris, Bernard Grasset, 1941), lettres publiées par Daniel Ollivier.

TAINE (Hippolyte) : *Derniers Essais de Critique et d'Histoire* (Paris, Hachette, 1894).

TOCQUEVILLE (Alexis de) : *Souvenirs* (Paris, Calmann-Lévy, 1893).

TOESCA (Maurice) : *Une Autre George Sand* (Paris, Plon, 1945).

TROUBAT (Jules) : *Souvenirs du dernier Secrétaire de Sainte-Beuve* (Paris, Calmann-Lévy, 1890).

VICAIRE (Georges) : *Manuel de l'Amateur de Livres au XIXᵉ siècle*, 8 volumes (Paris, P. Rouquette, 1894-1920). Cf. tome VII, pp. 193-330.

VIEL-CASTEL (Comte Horace de) : *Mémoires sur le temps de Napoléon III, 1851-1864*, 6 volumes (Berne, Imprimerie Haller, 1883).

VINCENT (Louise) : *George Sand et le Berry* (Paris, Édouard Champion, 1919) ; *George Sand et l'Amour* (Paris, Champion, 1917) ; *La Langue et le Style de George Sand dans les Romans champêtres* (Paris, Édouard Champion, 1919).

VIVENT (Jacques) : *La Vie privée de George Sand* (Paris, Hachette, 1949).

VUILLERMOZ (Émile) : *Vie amoureuse de Chopin* (Paris, Flammarion, 1927).

WODZINSKI (Comte) : *Les Trois Romans de Frédéric Chopin* (Paris, Calmann-Lévy, 1886). Cf. pp. 259-323 : *George Sand.*

ZOLA (Émile) : *Documents littéraires, Études et Portraits : George Sand* (Paris, G. Charpentier, 1881).

ZWEIG (Stefan) : *Balzac* (Paris, Albin Michel, 1950).

Le présent ouvrage était en cours d'impression quand l'auteur a reçu, en décembre 1951, le livre de M. Édouard Dolléans : *Féminisme et Mouvement ouvrier, George Sand* (Les Éditions Ouvrières, collection « Masses et Militants », Paris, 1951), et le numéro spécial consacré aux *Problèmes du Romantisme* par la *Revue des Sciences humaines* (Faculté des Lettres de Lille, 1951) qui contient l'article de Mme Thérèse Marix-Spire : *Bataille de Dames, George Sand et Madame d'Agoult.*